MICHELLE RAVEN
Ghostwalker
Pfad der Träume

Michelle Raven

GHOST WALKER

PFAD DER TRÄUME

Roman

LYX
EGMONT

Originalausgabe Februar 2010 bei LYX
Verlegt durch EGMONT Verlagsgesellschaften mbH,
Gertrudenstr. 30–36, 50667 Köln

1. Auflage
Lektorat: Katharina Kramp
Satz: Greiner & Reichel, Köln
Druck: CPI – Clausen & Bosse, Leck
ISBN 978-3-8025-8225-7
www.egmont-lyx.de

1

Regungslos verharrte Kainda in der Bewegung, alle Sinne auf die Umgebung ausgerichtet. Der Mann, der sie verfolgte, war immer noch da. Sie konnte ihn zwar nicht sehen oder hören, aber sie roch ihn. Die Mischung aus billigem Aftershave und kaltem Zigarettenrauch ließ Übelkeit in ihr aufsteigen. Wie war es möglich, dass sie ihn nicht abschütteln konnte? Der Sender in ihrem Nacken war vernichtet worden, und sie war inzwischen Hunderte von Kilometern von ihrem zuletzt bekannten Standort entfernt. Trotzdem war er ständig hinter ihr, seit sie hinter Temecula ein Stück der Senke entlang des Escondido Freeways gefolgt war, da sie nicht genug Kraft hatte, die Berge zu überqueren, und ihr auch die Zeit fehlte. Oder hatte er ihre Spur schon früher aufgenommen, als sie das Haus durchsuchte, in dem der Jäger lebte, der sie vor sechs Monaten in Afrika gefangen genommen und nach Amerika gebracht hatte? Es war ein Risiko gewesen, dort einzudringen, aber sie musste es eingehen, denn Gowan hatte ihre Kooperation mit der Drohung erzwungen, die Beweise für ihre Existenz, die Existenz von Wandlern, wie sie es war, weiterzugeben, wenn sie nicht taten, was er ihnen befahl.

Nun war Gowan seit fast drei Monaten tot, einer der Berglöwenwandler hatte ihm die Kehle herausgerissen. Was Kainda hätte freuen sollen, wenn es nicht ohne den Jäger noch viel schwieriger wäre, wieder nach Hause zu kommen. Deshalb hatte sie in seinem Haus nach diesen Beweisen gesucht, doch bis auf einige schäbige Möbel und ausgestopfte Tiere war es leer gewesen. Vermutlich hatte bereits jemand alle persönlichen Gegenstände und Unterlagen an sich genommen und wusste nun über die Wandler Bescheid. Oder es gab jemanden, der schon die ganze Zeit darüber informiert war. Gowan hatte sein Wort vielleicht nicht gehalten und nicht über das geschwiegen, was sie waren. Konnte es sein, dass der Verfolger schon seit Wochen hinter ihr her war?

Doch sie konnte nicht aufgeben, sie musste einen anderen Weg finden, wie sie und ihre Schwester Jamila nach Afrika zurückkehren konnten. Bislang war sie leider wenig erfolgreich gewesen, denn ohne Papiere und Geld würden sie nie Flugtickets bekommen. Ganz abgesehen davon, dass sie nicht wusste, wie sich ein Flug auf ihren Organismus auswirken würde. Es wäre vermutlich ungünstig, sich in der Kabine vor allen Leuten in einen Leoparden zu verwandeln. Auf dem Hinweg war sie betäubt und zusammen mit ihrer Schwester in einen Käfig im Laderaum des Flugzeugs eingesperrt gewesen, als wären sie normale Tiere, deshalb war ihre Besonderheit niemandem aufgefallen. Was würde jedoch passieren, wenn sie als normale Passagiere an Bord gingen? Und welche Alternativen gab es? Die Suche dauerte jetzt schon wesentlich länger, als Kainda geplant hatte, und sie war nur froh, dass sie Jamila im Lager der Berglöwenwandler zurückgelassen hatte, wo sie in Sicherheit war und sich ausruhen konnte.

Der Gestank wurde stärker, ein leises Knacken war zu hören. Kainda schüttelte alle Gedanken ab und konzentrierte sich darauf, noch stärker mit der Umgebung zu verschmelzen. Jetzt wünschte sie sich die tiefen Wälder rund um den Yosemite National Park zurück, auch wenn sie ihr erst so fremd erschienen waren. Hier in Südkalifornien war es wesentlich trockener, die Vegetation spärlicher. Ähnlich wie in Afrika. Unwillig fletschte Kainda die Zähne. Nichts konnte es mit ihrem Zuhause aufnehmen, weder die Natur noch die Menschen, und erst recht keine

Berglöwen. Tatsache war, dass ihr Verfolger sie in Richtung der Städte trieb und sie sich schnell etwas ausdenken musste, wie sie ihm entkommen oder ihn überwältigen konnte. Vor einigen Monaten war sie gezwungen gewesen, einen Mann zu töten, weil ihre Schwester und sie sonst von Gowan, der sie gefangen hielt, umgebracht worden wären. Das wollte sie nie wieder tun müssen, und sie hasste es, schon wieder so in die Enge gedrängt zu werden.

Kainda schlich um eine Baumgruppe herum, um sich dem Mann von der anderen Seite zu nähern, wo er sie nicht erwarten würde. Trockene Blätter streiften raschelnd ihr Fell. Sofort erstarrte Kainda und lauschte. Von ihrem Verfolger war kein Laut zu hören. Sein Geruch war weniger intensiv, als hätte er sich von ihr entfernt. Gut so, vielleicht hatte er erkannt, wie aussichtslos es war, sie einfangen zu wollen. Sie würde noch einige Minuten abwarten und dann ihren Weg fortsetzen. Wenn sie Glück hatte, würde sie bei der Gelegenheit auch etwas zu essen auftreiben. Ihr Magen knurrte bei dem Gedanken an Nahrung. Es war zu lange her, dass sie etwas Anständiges gegessen hatte. Genau genommen hatte sie ihre letzte warme Mahlzeit bei den Berglöwen eingenommen, bevor sie aufgebrochen war. Seitdem hatte sie sich nur noch von dem ernährt, was ihr über den Weg gelaufen war.

Ihr Kopf ruckte hoch, als sie eine Bewegung ganz in der Nähe wahrnahm. Aber das konnte nicht sein, sie hätte den Verfolger längst gerochen, wenn er so nah wäre. Wahrscheinlich war es nur ein Zweig gewesen, der sich im Wind bewegt hatte. Kainda sog tief die Luft ein, konnte jedoch keine Spur des Verfolgers mehr aufnehmen. Froh darüber, sich nicht länger damit beschäftigen zu müssen, setzte sie sich wieder in Bewegung. Instinktiv duckte sie sich hinter einige Büsche und nutzte die spärliche Deckung, während sie sich so schnell wie möglich von der Stelle entfernte, an der sie den Mann zuletzt gerochen hatte. Als sie sicher war, ihn abgehängt zu haben, atmete sie tief durch. Sie würde in Zukunft eindeutig vorsichtiger sein müssen, nie wieder würde sie sich von jemandem einfangen lassen, eher würde sie sterben. Ein Zittern lief durch ihren Körper, als sie sich daran erinnerte, wozu sie von Gowan gezwungen worden waren. Die Schreie hallten noch immer in ihren Ohren, und der Geschmack von menschlichem Blut lag auf ihrer Zunge.

Kaindas Magen krampfte sich schmerzhaft zusammen. Ihr blieb keine andere Wahl, sie würde in die Stadt gehen müssen und durfte dabei nicht auffallen. Als Erstes brauchte sie dafür Kleidung, denn nackt würde sie zu viel Aufsehen erregen. Allerdings vermutlich auch nicht mehr als in Leopardenform. Jetzt hätte sie gut das Geld gebrauchen können, das ihr Fay, die Heilerin der Berglöwen, angeboten und das sie aus blödem Stolz abgelehnt hatte. Oder weniger aus Stolz als vielmehr aus Scham darüber, etwas von denjenigen anzunehmen, denen sie mit ihren Taten geschadet hatte und die trotzdem so großzügig gewesen waren, ihre Schwester bei sich aufzunehmen.

Etwas flog an ihrem Ohr vorbei und landete vor ihr auf dem Boden. Irritiert betrachtete Kainda den Gegenstand, bevor verspätet die Reaktion einsetzte. Ihr Herz begann zu hämmern, als sie erkannte, dass es sich um einen Betäubungspfeil handelte, wie Gowan und seine Männer sie verwendet hatten. Noch bevor der Gedanke in ihrem Kopf zu Ende geformt war, rannte sie los. Der Verfolger musste noch hinter ihr sein, aber wieso hatte sie ihn dann weder gehört noch gerochen? Kein normaler Mensch konnte sich so leise bewegen, dass sie ihn nicht bemerkte. Doch der Pfeil musste von irgendwoher gekommen sein, und Betäubungsgewehre hatten eine viel kürzere Reichweite als normale Schusswaffen. Es raschelte in unmittelbarer Nähe, und Kainda warf sich herum, als der Gestank von kaltem Rauch in ihre Nase stieg. Diesmal hörte sie sogar das ploppende Geräusch des Kolbens. Etwas streifte ihre Hüfte, bevor es gegen einen Baum prallte. Panik breitete sich in ihr aus. Wenn es dem Verfolger gelang, sie zu fangen, dann konnte das auch ihre Schwester in Gefahr bringen.

Kainda stieß ein wütendes Fauchen aus. Sie würde nicht zulassen, dass dieser Verbrecher gewann! Entschlossen sprang sie in einem langen Satz über einen umgestürzten Baumstamm und lief so schnell sie konnte in Richtung Sicherheit. Wenn ihr Angreifer nicht gerade fliegen konnte, würde er ihr nicht folgen können. Über dem Rauschen in ihren Ohren konnte sie nichts mehr hören, deshalb blieb sie erst stehen, als sie sich sicher war, ihn abgehängt zu haben. Lauschend legte sie den Kopf zur Seite und versuchte, ihren Herzschlag zu beruhigen. Es war totenstill. Zu still für ihren Geschmack. Es fehlten die normalen Geräusche, die in jedem Wald zu hören waren. Stattdessen herrschte unheilvolles Schweigen.

Ihr Nackenfell richtete sich auf, und ihr Instinkt sagte ihr, dass sie nicht allein war. Wie konnte das sein? Die einzige Erklärung war, dass es mehrere Männer gab, die sie nun genau dorthin trieben, wo sie sie haben wollten. Solange sie nicht wusste, wo die Verfolger waren, konnte sie nur versuchen, ihre Linie zu durchbrechen, um sich irgendwo in Sicherheit zu bringen. Doch wenn sie schnell genug war, dann gelang ihr vielleicht die Flucht.

Um ihnen keine Gelegenheit zu geben nachzurücken, warf sie sich herum und jagte los. Erde und Pflanzenreste stoben unter ihren Pfoten auf. Wie aus weiter Ferne hörte sie ein weiteres Ploppen, etwas bohrte sich in ihr Bein. Kainda kam ins Stolpern, konnte sich aber gerade noch abfangen. Eine Spritze ragte aus ihrem Oberschenkel. Mit einem Knurren zog sie sie mit dem Maul heraus und schleuderte sie zur Seite. Nur ein Gedanke beherrschte sie: Weg von hier! Sie lief weiter, doch es dauerte nicht lange, bis sie merkte, dass ihre Beine unter ihr einzuknicken drohten. Wenn sie jetzt hinfiel, würde sie nicht wieder hochkommen. Nur nicht anhalten, weiterlaufen, weiter … Adrenalin pumpte durch ihren Körper und half ihr, die Betäubung zu bekämpfen. Ein Stück noch, bis sie sich irgendwo verstecken konnte. Doch sie merkte, wie ihre Kraft schwand.

Ein lautes Brummen drang an ihre Ohren. Für einen Moment dachte sie, dass sie es sich nur einbildete, doch dann erkannte sie, dass sie sich direkt auf eine Straße zu bewegte. Das war ihre Rettung! Wenn es ihr gelang, jemanden auf sich aufmerksam zu machen und so zu tun, als wäre sie überfallen worden, konnten ihre Verfolger nichts mehr tun. Kainda rutschte die hohe Böschung hinunter und verwandelte sich dann hinter einem Busch. Es fiel ihr unglaublich schwer, sich wieder aufzurichten und auf zwei Beinen fortzubewegen, doch sie schaffte es. Mit letzter Kraft taumelte sie auf die Straße. Schneller, als sie reagieren konnte, tauchten zwei Scheinwerfer vor ihr auf, die immer größer wurden. Kainda versuchte, sich zur Seite zu werfen, doch es war zu spät. Mit ungeheurer Wucht wurde sie erfasst und durch die Luft geschleudert. Ein grelles Quietschen ertönte, bevor sie auf dem Asphalt auftraf. Halb betäubt vor Schmerz und von dem Mittel bekam sie alles nur wie durch eine Watteschicht mit. Sie spürte, wie sie sich erneut zu verwandeln begann, der Leopard übernahm ihren Körper. Kainda schloss die Augen, als sie das Schlagen einer Wagentür hörte und eine aufgeregte Stimme, die näher kam. Dann verblassten die Geräusche, und sie versank in der Bewusstlosigkeit.

2

„O Gott!" Cal Rivers trat instinktiv auf die Bremse, als eine Gestalt vor ihm auf der Straße auftauchte. Er konnte nur einen schemenhaften Umriss im Lichtkegel seiner Scheinwerfer sehen, dann hörte er auch schon den grässlichen Aufprall. Für einen Moment glaubte er, die weit aufgerissenen Augen einer Frau zu sehen, bevor sie zur Seite geschleudert wurde. Mit qualmenden Bremsen kam der Truck zum Stehen, Cals Hände zitterten, als er die Warnblinkanlage einschaltete und die Tür der Fahrerkabine öffnete. Er hatte in seiner Zeit als Trucker schon einige Tiere angefahren, aber noch nie einen Menschen. Was tat eine Frau mitten in der Nacht auf einem einsamen Highway? Hastig schwang er sich aus der Fahrerkabine und trat vor den Truck. Die Kühlerabdeckung war verbeult, Blut klebte daran. „Shit."

Cal kniete sich hin und versuchte, unter dem Lastwagen etwas zu erkennen, doch es war zu dunkel. Fluchend holte er eine Taschenlampe aus dem Handschuhfach und leuchtete zwischen den Rädern hindurch. Der Lichtschein tanzte durch die Dunkelheit. Nichts. Mühsam richtete Cal sich wieder auf.

„Hallo, können Sie mich hören?" Es war unwahrscheinlich, dass jemand diesen Zusammenprall unbeschadet überstanden hatte, aber die Hoffnung starb bekanntlich zuletzt. Cal zuckte zusammen. Schlechte Wortwahl. Mit der Taschenlampe leuchtete er die Straße ab und entdeckte schließlich einige Meter entfernt eine kleine Erhebung auf dem Asphalt. So schnell er konnte, lief er darauf zu und atmete tief durch, bevor er den Lichtstrahl auf das Opfer richtete. Cal stutzte und beugte sich weiter vor, als nicht wie erwartet eine Frau vor ihm lag, sondern irgendetwas mit heller Fellfarbe und dunklen Flecken. Seltsam, was war das für ein Tier? Egal was es war, er musste es von der Straße schaffen, bevor ein anderes Auto hineinfuhr. Mit einer Grimasse schob er seine Hände unter den noch warmen Tierkörper und hob ihn an. Etwas Warmes, Feuchtes lief über seine Finger. Blut.

Erst jetzt merkte Cal, wie groß und schwer das Tier war, es wog sicher vierzig Kilo, der lange Schwanz hing fast bis zum Boden. Schweiß bildete sich auf seiner Stirn, während er die paar Meter bis zum Straßenrand zurücklegte. Vorsichtig bettete er das Tier auf das karge Gras, das neben dem Standstreifen wuchs. Mit der Taschenlampe leuchtete er es an, um herauszufinden, was es genau war. Schlanker Körperbau, lange Beine, langer Schwanz. Cal beugte sich vor, um sich den Kopf genauer anzusehen, und zuckte zurück. Verdammt, das war eine große Raubkatze! Die Reißzähne blitzten tödlich im Licht der Taschenlampe, die Augen waren geschlossen. Bedauern durchzuckte Cal. Es tat ihm leid, wenn ihm ein Tier vor den Truck lief, aber noch mehr, wenn es so ein außergewöhnliches Tier war. Wenn ihn nicht alles täuschte, war es ein Leopard, Gepard oder Jaguar, jedenfalls etwas, das eigentlich hier nicht herumlaufen sollte. War es aus einem Zoo entkommen?

Vielleicht sollte er den Unfall der Polizei melden, damit jemand den Kadaver einsammelte, bevor ein anderer Autofahrer auf die Idee kam, ihn mitzunehmen und sich das Fell über den Kamin zu hängen. Allein die Vorstellung machte ihn wütend. Cal kniete sich neben die Katze und strich sanft über das zerzauste Fell. Zu Lebzeiten hatte sie vermutlich grandios ausgesehen, kraftvoll und trotzdem elegant. Mit einem tiefen Seufzer erhob Cal sich und schaltete die Taschenlampe aus. Er musste weiterfahren, wenn er heute noch zu Hause ankommen wollte. Zögernd wandte er sich ab und wollte zu dem Truck zurückgehen, als er ein seltsames Geräusch hörte. Fast wie ein Stöhnen. Nervös sah er sich um, konnte aber außer der toten Raubkatze nichts entdecken. Oder hatte er doch eine Frau überfahren, die jetzt noch irgendwo in den Büschen lag? Nein, das konnte nicht sein, es musste das Tier gewesen sein, schließlich war es noch warm gewesen und das Blut frisch. Cal hob die Schultern und drehte sich wieder um. Wahrscheinlich steckte ihm der Schreck noch in den Knochen, und er hörte schon Dinge, die gar nicht da waren.

Müde wollte er über seine Augen reiben, als ihm bewusst wurde, dass seine Hände blutig waren. Genauso wie seine Arme, sein T-Shirt und seine Schuhe. Vermutlich war das Blut auch auf seine Hose gelangt. Wenn ihn irgendjemand so sah, würde man ihn vermutlich für einen Mörder halten. Cal schnitt eine Grimasse. Besser, er wusch sich den Dreck erst ab, bevor er weiterfuhr. Wenn er Blut in den Truck schleppte, würde seine Frau ihn skalpieren, schließlich kämpfte sie schon seit Jahren darum, dass er den saubersten Lastwagen der gesamten Weststaaten fuhr. Rasch holte er einen Wasserkanister aus der Fahrerkabine und stellte sich an den Straßenrand. Während er das Wasser über seine Hand fließen ließ, sah er noch einmal zu der Raubkatze hinüber. Sie lag noch genauso dort, wie er sie hingelegt hatte, nur dass jetzt die Spitze des Schwanzes hochstand. Cal vergaß das Blut an seinen Händen und starrte die Katze an. Kein Zweifel, der Schwanz bewegte sich. Konnten das Muskelzuckungen nach dem Tod sein? Aber dafür war sie doch schon zu lange tot, oder?

Langsam stellte Cal den Kanister auf den Boden und wischte seine Hände an der Hose ab. Er hockte sich vor die Raubkatze und beobachtete die Bewegung. Die Schwanzspitze zuckte hin und her, fast wie bei der Katze, die er als Kind gehabt hatte, wenn sie aufgeregt gewesen war. Zögernd legte er eine Hand auf den Brustkorb der Raubkatze. Zuerst verharrte er reglos, doch dann bewegte er sich unter einem flachen Atemzug. Cal zuckte zurück. Sie lebte noch! Was sollte er jetzt machen? Er konnte sie unmöglich hier liegen und unter Schmerzen sterben lassen. Sollte er ihr ein gnädiges Ende bereiten? Cal verwarf den Gedanken sofort. So etwas brachte er nicht einmal bei kleinen Tieren fertig, und er konnte sich einfach nicht vorstellen, einer Raubkatze den Schädel einzuschlagen. Ganz davon abgesehen, dass das Tier jemandem gehören musste, der darüber sicher nicht erfreut sein würde. Vermutlich stand es sogar unter Artenschutz. Kopfschüttelnd ging Cal zum Truck zurück. Die Polizei würde ihm sagen können, was er machen sollte.

Cal holte das Telefon heraus und wählte den Notruf.

Ein Muskel zuckte in Fred Edwards' Wange, als er auf den Blutfleck heruntersah. Er bückte sich und strich mit dem Finger hindurch, das Blut war noch feucht. Langsam ließ er seinen Blick über die Umgebung gleiten. War die Leopardin irgendwo zum Sterben ins Gebüsch gekrochen? Nein, das Blut endete an einer Stelle am Straßenrand, eigentlich hätte sie dort liegen müssen. Doch das tat sie nicht. Er blickte zur Straße zurück. Beginnend mit dem Blutfleck zog sich eine breite Bremsspur über den Asphalt, die erst einige Meter weiter endete. Die Doppelreifen deuteten auf einen Truck hin. Anscheinend hatte der Fahrer den Unfall bemerkt und angehalten. Ungewöhnlich, dass jemand das für ein Tier tat, aber anscheinend war es so. Er hob den Kopf und verengte die Augen. Hatte der Fahrer sie etwa mitgenommen?

Wut stieg in Edwards auf, während er auf die anderen Jäger wartete. Wenn ihn nicht irgendetwas zu Fall gebracht hätte, gerade als er zum Betäubungsschuss ansetzte, wäre die Leopardin jetzt in seiner Gewalt. Stattdessen war sie losgerannt, als wären alle Höllenhunde hinter ihr her, und es war ihm nicht gelungen, sie wieder einzuholen. Er hatte zwar noch einige Male geschossen, aber anscheinend nicht getroffen. Verärgert steckte er sich eine Zigarette an und sog den Rauch tief in seine Lunge. Warum hatte sein Auftraggeber auch ausgerechnet ihm diese Aufgabe zugeteilt? Er war schließlich kein Jäger, auch wenn er keine Probleme damit hatte, jemanden zu beseitigen, wenn nötig. Aber nachdem Gowan, der die Tiere eigentlich einfangen sollte, verschwunden und vermutlich tot war, blieb diese Aufgabe an ihm hängen. Auch die Männer, die er zur Unterstützung mitgenommen hatte, waren unfähig gewesen, die Leopardin zu stoppen.

Er hätte große Lust gehabt, sie einfach zu erschießen, als sie kurz darauf aus dem Wald hervorbrachen. Aber es konnte sein, dass er sie noch brauchte. Besonders wenn sein Auftraggeber so wütend über ihr Versagen war, wie er vermutete. Während er in die Richtung weiterging, in die der Lastwagen gefahren war, zog er sein Handy heraus und wählte eine Nummer.

„Ja." Mehr sagte sein Auftraggeber selten zur Begrüßung.

„Hier ist Edwards."

„Habt ihr sie?"

Edwards schluckte trocken und bemühte sich, zuversichtlich zu klingen. „Nein, noch nicht. Sie ist auf die Straße gelaufen und anscheinend von einem Lastwagen erfasst worden. Jedenfalls sind hier Brems- und Blutspuren. Wir werden noch alles absuchen, aber ich schätze, dass der Fahrer sie mitgenommen hat."

Stille dröhnte durch den Hörer. „Du hast also wieder versagt."

„Nein, ich …"

Sein Auftraggeber redete weiter, als hätte er ihn nicht gehört. „Du weißt, dass ich dir noch eine Chance gegeben habe, obwohl du die Sache bei Stammheimer verbockt hast. Lass mich nicht bereuen, dir vertraut zu haben."

Ein kalter Schauder lief über Edwards' Rücken. „Dafür bin ich auch sehr dankbar. Ich werde Sie nicht enttäuschen."

„Das solltest du auch besser nicht tun. Du weißt, wie wenig ich Unfähigkeit ertrage." Ein tiefer Atemzug drang durch den Hörer. „Besorg dir die Polizeiprotokolle der Umgebung und prüf nach, ob ein Notruf bezüglich einer verletzten Raubkatze eingegangen ist. Wenn du nichts findest, versuch etwas über den Truckerfunk herauszubekommen." Ohne eine Antwort abzuwarten, legte sein Auftraggeber auf.

Ryan Thorne vergrub seinen Kopf unter dem Kissen, als das Klingeln in seinem Schädel einfach nicht aufhörte. Nachdem er sich die letzten Nächte im Park um eine kranke Giraffe gekümmert hatte, wollte er endlich den verlorenen Schlaf nachholen. Doch das war ihm wohl nicht vergönnt. Denn jetzt schien es auch noch so, als wollte jemand seine Tür eintreten. Mit einem Seufzer rollte Ryan sich aus dem Bett und blieb einen Moment auf der Kante sitzen, bis er die Augen aufbekam. Zumindest so weit, dass er auf dem Weg zur Haustür nirgends gegen lief.

„Ja, ja, ich komme, lass meine Tür heil!" Selbst seine Stimme schien sich noch im Tiefschlaf zu befinden und kam nur als heiseres Krächzen heraus. Das Poltern ließ nicht nach, deshalb legte Ryan die letzten Meter so schnell zurück, wie er konnte, damit nicht auch noch die Nachbarn davon aufwachten.

Ryan schob den Riegel zurück und zog die Tür mit einem Ruck auf. Erstaunt blickte er Lynn an. „Hast du diesen ganzen Lärm veranstaltet? Hattest du einen Rammbock dabei?"

Lynn stemmte ihre Fäuste in die Hüften und richtete sich zu ihrer vollen Größe von einem Meter achtzig auf. „Sehr witzig, Mister Schnarchnase. Ich hätte nicht so viel Krach machen müssen, wenn du mir gleich die Tür geöffnet hättest. Oder wenn du an dein Telefon gegangen wärst." Ihr Mundwinkel hob sich. „Dann hätte ich allerdings verpasst, dich in Boxershorts zu sehen, also streich das."

Innerlich stöhnte Ryan auf, während er an sich heruntersah. Tatsächlich, er hatte abends einfach nur die Jeans ausgezogen und war so ins Bett gekrochen. Woher hätte er auch wissen sollen, dass die junge Tierpflegerin ihm einen Besuch abstatten würde. Immerhin waren alle strategischen Punkte verdeckt, sodass er sich nicht die nächsten Wochen alle möglichen Witze bei der Arbeit anhören musste. „Warum bist du hier?"

„Außer, um dich fast nackt zu sehen, meinst du?" Ihr Grinsen reichte von einem Ohr zum anderen.

„Lynn."

Sie zog eine Schnute. „Oh, schon gut. Du bist so eine Spaßbremse."

„Das kann vorkommen, wenn ich mitten in der Nacht aus dem Bett geholt werde, nachdem ich die letzten Nächte schon in der Klinik verbracht habe."

Die Tierpflegerin wurde ernst. „Ich soll dich holen, es wird angeblich gleich eine große Raubkatze von einem Trucker gebracht, der sie angefahren hat."

Ryan hob eine Augenbraue. „Sprechen wir von einem Luchs oder Puma?"

„Nein, soweit ich das verstanden habe, soll es wohl ein Leopard oder etwas Ähnliches sein." Sie hob die Schultern. „Guck mich nicht so an, ich bin nur der Überbringer der Nachricht. Also schmeiß dich in deine Klamotten und komm mit, dann kannst du es mit eigenen Augen sehen. Ich fahre schon mal zurück."

„Wehe, das ist nur ein Scherz." Damit drehte Ryan sich um und ging ins Schlafzimmer zurück.

Er schlüpfte in seine Jeans und zog einen Pullover an. Nach einem kurzen Besuch im Bad war er abfahrbereit. Er freute sich schon darauf, wieder etwas mehr Freizeit zu haben, wenn bald ein weiterer Tierarzt in der Klinik anfing, aber es war auch ein seltsames Gefühl, die Verantwortung teilen zu müssen. Hoffentlich verstanden sie sich wenigstens gut, sonst würde die Arbeit sehr unangenehm werden. Bisher hatte er den neuen Kandidaten nur einmal kurz gesehen und sich noch keine Meinung über ihn gebildet. Rasch zog Ryan seine Schuhe an, überprüfte, ob er sein Handy eingesteckt hatte, und nahm den Schlüssel vom Haken.

Lynn war schon nicht mehr zu sehen. Immer wenn er mit ihr zusammen war, fühlte er sich doppelt so alt. Hatte er überhaupt jemals solche Energie besessen? Irgendwie konnte er sich nicht mehr daran erinnern. Er liebte seine Arbeit im San Diego Wild Animal Park, der trotz diesem Namen am Rande der kleinen Stadt Escondido lag, aber sie fraß auch sein Leben auf. Wenn er abends nach Hause kam, war er meistens so kaputt, dass er sich nur noch Essen in der Mikrowelle erhitzte, etwas fernsah oder ein Buch las und dann todmüde ins Bett fiel. Er hatte nicht mal Zeit, sich ein Haustier anzuschaffen, obwohl er sich über etwas Gesellschaft im Haus freuen würde.

Der Jeep rollte vom Grundstück auf die Straße, und Ryan trat das Gaspedal durch. Um diese Uhrzeit war nur selten jemand unterwegs, deshalb hatte er freie Fahrt zum Park. Außerdem wurde er dank eines Abkommens mit dem hiesigen Sheriff nicht angehalten, wenn er in tierärztlicher Mission unterwegs war. Einer der Vorteile, wenn man in einer Kleinstadt wohnte. Auch Lynn schien die leeren Straßen ausgenutzt zu haben, als er wenige Minuten später auf der Zufahrtsstraße zum Park in die Einfahrt des Klinikgeländes einbog und neben ihrem Auto parkte, war sie schon im Gebäude verschwunden.

Ryan schwang sich aus dem Jeep und betrat die Tierklinik. Das Backsteingebäude war hell erleuchtet, und er hörte aufgeregtes Stimmengewirr. Das bedeutete wohl, dass tatsächlich jemand eine verletzte Raubkatze eingeliefert hatte. Neugier und Aufregung breiteten sich in Ryan aus. Er mochte viele Tierarten, aber Katzen waren seine Lieblinge. Sie waren irgendwie … geheimnisvoll, nie zu durchschauen. Obwohl er so viel über sie wusste, konnten sie ihn dennoch immer wieder überraschen. Und da lag diese Wildheit in ihren Augen, ganz egal, wie lange sie schon im Zoo lebten oder ob sie nie wirkliche Freiheit gekannt hatten.

Ryan eilte den langen Korridor entlang. Eine Mischung aus Spannung und dunkler Vorahnung jagte durch sein Blut, ließ sein Herz schneller schlagen. Wie oft hatte er dieses Gefühl schon verspürt, wenn er zu einem Patienten gerufen worden war? Unzählige Male, und trotzdem war es immer wieder eine Überraschung. Nach zehn Jahren als Tierarzt sollte er sich allmählich daran gewöhnt haben und völlig abgebrüht sein. Doch das war er nicht. Auch wenn er es nach außen nicht zeigte, hatte er jedes Mal Angst, dass etwas schiefging und er ein Tier nicht retten konnte.

Als er den Behandlungsraum betrat, waren neben Lynn noch mehrere andere Pfleger und sogar der Nachtwächter des Parks anwesend. Neben ihm stand ein Mann, den er nicht kannte, dessen Hände und Kleidung Blutspuren aufwiesen. Er schien sich unbehaglich zu fühlen, während er auf etwas hinunterblickte.

„Wo ist der Notfall?" Die anderen zogen sich vom Tisch zurück, auf dem ein undefinierbares Bündel lag. Vor allem bewegte es sich nicht, was nie ein gutes Zeichen war.

Der Unbekannte trat vor. „Ich war auf dem Highway unterwegs, als plötzlich etwas aus dem Gebüsch auf die Straße lief. Zuerst dachte ich, es wäre eine Frau." Sein Gesicht rötete sich. „Entschuldigung, mein Name ist Cal Rivers, ich bin Truckfahrer. Ich habe den Notruf angerufen und gefragt, wer so ein Tier behandeln kann."

Ryan schüttelte seine Hand. „Ryan Thorne, ich bin der Tierarzt hier." Er beugte sich vor und begann, den Stoff zurückzuschlagen.

Rivers trat von einem Bein aufs andere. „Als ich merkte, dass das Tier noch lebt, habe ich es in meine Ersatzhemden eingewickelt, damit es nicht zu viel Blut verliert."

Ryan nickte stumm. Der helle Stoff war blutdurchtränkt, deshalb war fraglich, ob das Tier überhaupt noch lebte. Sein Herz zog sich zusammen, als er das dreckige, blutverkrustete Fell sah. „Ein Leopard."

Einer der Pfleger reichte ihm einen Kittel und Latexhandschuhe, die er überzog, bevor er den zerschundenen Körper berührte. Vorsichtig tastete er nach dem Herzschlag, konnte aber nichts spüren. Verdammt. Er zog den Handschuh zurück und hielt seine Handfläche vor die Schnauze des Leoparden. Ein feiner Luftstrom traf seine Haut. „Er lebt." Hastig wandte er sich an die Pfleger, die um ihn herumstanden. „Sonya, mach bitte eine Bluttransfusion fertig, erst einmal einen Liter." Ein Energiestoß schoss durch seinen Körper, das war es, wofür er diesen Beruf erlernt hatte. „Peter, mach den Operationsraum fertig. Ich weiß nicht, wie viel er noch mitbekommt, deshalb nehmen wir erst einmal eine leichte Betäubung." Er drehte sich zu dem Truckfahrer um. „Hat er sich noch bewegt, nachdem sie ihn erwischt hatten?"

Unbehaglich hob Rivers die Schultern. „Ich dachte zuerst, er wäre schon tot, weil er so still dalag. Nur der Schwanz hat ein wenig gezuckt."

„Okay. Zuerst müssen wir den Blutverlust stoppen, und danach machen wir eine Röntgenaufnahme." Ryan blickte auf den Leoparden hinunter. „Auf jeden Fall ist der linke Humerus gebrochen."

Rivers starrte ihn an. „Der was?"

„Der Oberschenkelknochen." Mit den Fingerspitzen fuhr er über die Umgebung der Wunde. Ein Knochen schimmerte durch das Fell.

Der Truckfahrer wurde blass. „Ich glaube, ich gehe lieber." Er trat ein paar Schritte zurück. „Meine Frau wartet auf mich. Wäre es möglich, dass Sie mir später sagen, wie die Sache ausgegangen ist? Irgendwie fühle ich mich dafür verantwortlich."

„Natürlich, hinterlassen Sie vorn Ihre Telefonnummer. Lynn, nimmst du das bitte in die Hand? Wir bräuchten auch den genauen Ort, an dem der Leopard angefahren wurde."

Die Tierpflegerin nickte und führte Rivers nach draußen. Nachdem wieder Ruhe im Raum eingekehrt war, begann Ryan damit, den Leoparden zu untersuchen. Er bog das Maul auf und sah hinein. Die Zähne waren noch intakt und in gutem Zustand, die Reißzähne blitzten tödlich. Auch die Mundschleimhaut wirkte normal, wenn auch etwas blass, was aber durch den Blutverlust bedingt war. Mit den Daumen hob Ryan die Lider an. Blass grüngelbe Augen schienen ihn anzustarren, die Pupille ein winziger Punkt. Aber das war bei Raubkatzen normal, deshalb machte er sich erst einmal keine größeren Gedanken darüber. Langsam ließ er seine Finger über den Brustkorb wandern und schnitt eine Grimasse, als er eine Fraktur an den Rippen entdeckte. Hoffentlich war bei dem Aufprall kein Knochen in die wichtigen Organe eingedrungen. Die Wirbelsäule schien wenigstens noch intakt zu sein. Wäre sie gebrochen gewesen, hätte er den Leoparden sofort eingeschläfert. Er wollte dem Tier keine schmerzhafte Operation und Rekonvaleszenz zumuten, wenn es Schäden zurückbehielt, die ihm kein artgerechtes Leben mehr gestatten würden.

Der Schwanz schien unverletzt zu sein, ebenso wie die anderen Beine. Vorsichtig drehte Ryan die Raubkatze herum, sodass er sich auch die andere Seite ansehen konnte. Blut verklettete das Fell, wo es über einigen Schnitten eingetrocknet war. Wenigstens waren das nur oberflächliche Wunden, die bald verheilt sein würden. Um die verletzten Rippen nicht weiter zu belasten, begnügte er sich damit, über den Bauch zu streichen und nach weiteren Verletzungen zu tasten. Er hielt inne, als er einen Knubbel fühlte. In kurzem Abstand folgte ein weiterer und dann noch einer. Zitzen. Sanft zog Ryan seine Hände zurück und drehte sich zu Lynn um, die inzwischen zurückgekehrt war. „Es ist ein Weibchen." Er zog die Handschuhe aus und warf sie in den Mülleimer. „Gibst du mir den Scanner?"

Lynn reichte ihm das Gerät, mit dem er die Informationen auf dem implantierten Mikrochip abrufen konnte. Ryan fuhr damit über die linke Seite des Nackens, doch es wurden keine Informationen angezeigt. Stirnrunzelnd stellte er sicher, dass das Gerät auch funktionierte, bevor er noch einmal die gesamte Nackenregion scannte. Nichts. Entweder war der Chip beim Unfall kaputtgegangen, oder es war nie einer implantiert worden. Allerdings war das mehr als unwahrscheinlich, alle Parks und Zoos waren verpflichtet, jedes ihrer Tiere durch einen Chip kenntlich zu machen. Vielleicht würden sie ihn auf dem Röntgenbild entdecken. Jetzt durfte er jedoch keine Zeit mehr verlieren. Zuerst würde er die Blutungen stoppen und sich den Bruch des Humerus vornehmen, dann die kleineren Wunden säubern und nähen oder verbinden, bevor er anhand des Röntgenbilds bestimmen würde, ob eine aufwendigere Operation nötig war. Wenn irgend möglich würde er gerne darauf verzichten, um dem ohnehin schon geschwächten Organismus nicht noch mehr zuzumuten.

„Okay, bringen wir sie rüber." Ryan löste die Feststellbremsen des Tisches und schob die Leopardin mit Lynns Hilfe in den Operationsraum.

3

Schmerzen. Ihr Körper fühlte sich an, als wäre sie von einer Herde Nashörner niedergetrampelt worden. Kainda versuchte, ihre Augen zu öffnen, doch es gelang ihr nicht. Furcht durchrieselte sie. Wo war sie? Was war geschehen? Sie konnte sich nicht mehr erinnern, was … Bilder flackerten hinter ihren geschlossenen Lidern. Ein Wald, Zweige, die sich bedrohlich bewegten, sie war auf der Flucht. Mit einem Schrei richtete sie sich auf, nur um gleich darauf wieder zurückzusacken, als unerträgliche Schmerzen durch ihren Brustkorb schossen. Ein dumpfes Stöhnen entkam ihr.

„Ganz ruhig, meine Schöne, es ist alles in Ordnung. Du bist hier in Sicherheit." Eine kratzige männliche Stimme ertönte dicht neben ihr.

Kainda erstarrte und drückte sich dichter auf den Boden. Hatten ihre Verfolger sie erwischt? Doch wie konnte das sein, sie hatte keinerlei Erinnerung daran, dass sie gefangen genommen worden war. Aber woher sollten die Schmerzen sonst kommen? Zitternd versuchte sie, die Augen zu öffnen, aber noch immer gelang es ihr nicht.

Etwas strich über ihren Kopf. „Keine Angst, ich kümmere mich um dich."

Wer war das? Sie roch Desinfektionsmittel, Seife und Mann. Doch darunter war noch etwas anderes, der Geruch nach anderen Tieren, nach Angst und Schmerzen. *O Gott.* Sie hatten sie gefangen, und nun war sie den Verbrechern ausgeliefert. Sie musste hier weg, bevor es ihr so ging wie dem Berglöwenjugendlichen, der vor einigen Monaten gefangen genommen und gefoltert worden war! Wenn sie wirklich in die Hände der skrupellosen Verbrecher gefallen war, die versuchten, mit allen Mitteln zu beweisen, dass es Menschen gab, die sich in ein Tier verwandeln konnten, dann wäre ihr Leben verwirkt. Sie würden sie testen und foltern, bis sie ihr Geheimnis preisgab. Das durfte auf keinen Fall geschehen, nicht nur ihretwegen, sondern auch wegen ihrer Schwester Jamila und allen anderen Wandlern. Noch einmal versuchte sie, sich aufzurichten, wurde aber sanft zurückgedrückt.

„Du musst liegen bleiben, wenn du dich zu sehr bewegst, wirst du die Nähte wieder aufreißen." Sie spürte einen Stich in der Hüfte. „Schlaf noch etwas, du musst dich ausruhen, wenn du wieder gesund werden willst." Die einschmeichelnde Stimme wurde leiser, bis sie ganz verklang. Kainda spürte, wie ihr Körper schwerer wurde, das Angstgefühl verschwand. Weiche Wärme umhüllte sie. Und dann war da noch eine Hand, die in seltsam hypnotischen Bewegungen über ihr Fell strich. Eigentlich sollte sie sich fürchten und versuchen zu fliehen, aber sie fühlte sich plötzlich so zufrieden und wünschte sich nichts mehr, als hierzubleiben und die Zuwendungen zu genießen.

Ryan strich durch das zerzauste Fell der Leopardin und beobachtete, wie sie tiefer in die Bewusstlosigkeit sank. Ihre Bewegungen hatten ihn aus dem Schlaf gerissen, und nachdem sie immer panischer geworden war, hatte er ihr noch einmal eine Betäubungsspritze gegeben. Behutsam prüfte er, ob sie sich die Nähte aufgerissen hatte, doch es schien alles in Ordnung zu sein. Erleichtert lehnte er sich gegen die Wand und betrachtete seine Patientin. Blut und Dreck verklebten das Fell, wo er es nicht rasiert hatte, um die Wunden zu desinfizieren und zu nähen. Sie sah schlimm aus, kaum etwas erinnerte an die majestätische Raubkatze, die irgendwo unter dem Schmutz verborgen sein musste. Seine Hand glitt über ihre Seite, wo die Rippen deutlich hervorstanden. Die Leopardin war eindeutig zu dünn, fast ausgezehrt, als hätte sie lange nicht mehr richtig gegessen. Wenn sie aus einem Zoo oder Tierpark geflohen war, musste das bereits einige Wochen zurückliegen, anders konnte er sich ihren Zustand nicht erklären. Ryans Augenbrauen schoben sich zusammen. Außer sie war in einem Privatgehege gehalten worden, und der Besitzer hatte sich nicht richtig um sie gekümmert. Dazu würden auch der fehlende Mikrochip und die älteren Narben passen, die er unter ihrem Fell entdeckt hatte.

Nach dem, was die Leopardin höchstwahrscheinlich erlebt hatte, wunderte ihn ihre Unruhe nicht. Wahrscheinlich würden sie alle Hände voll zu tun haben, wenn sie erst wieder vollständig aus der Narkose erwacht war und bemerkte, wo sie sich befand. Irgendwie musste es ihm dann gelingen, sie zu beruhigen, denn sie durfte sich noch nicht zu sehr bewegen, und er konnte sie nicht die ganze Zeit sedieren. Sie musste fressen und wieder zu Kräften kommen, um überhaupt eine Chance zu haben.

Vielleicht sollte er die Gelegenheit nutzen und die Leopardin waschen, bevor sie wieder aufwachte. Mit einem unterdrückten Stöhnen stand Ryan auf und duckte sich unter der Käfigtür hindurch. Die leere Spritze warf er in den Sondermüll, während er herzhaft gähnte. Obwohl er einige Stunden auf der Liege vor dem Käfig geschlafen hatte, fühlte er sich wie gerädert. Aber das war nicht zu ändern, bald würden die anderen eintreffen und der Arbeitstag beginnen, egal ob er dafür bereit war oder nicht. Wahrscheinlich würde Lynn ihm sagen, dass er selbst schuld war, schließlich hatte er darauf bestanden, bei seiner Patientin zu bleiben, obwohl die Operation erfolgreich verlaufen war.

Rasch ließ er Wasser in eine Schüssel laufen, während er sich einen Kittel überzog. Mit einer Fellbürste und einem Lappen bewaffnet kletterte er wieder in den Käfig. Er würde beim Kopf beginnen und dann sehen, wie weit er kam, bis ihn die anderen störten oder die Leopardin aufwachte. Ryan tunkte den Lappen ins lauwarme Wasser und strich damit sanft über die Stirn. Punkte verschiedener Größe tauchten auf, je mehr Blut und Schmutz er entfernte. Vorher waren sie nur zu erahnen gewesen. Als Nächstes nahm er sich die Ohren vor, deren längere Haare völlig verklebt waren. Bei seiner Berührung zuckte der Schwanz, das Maul öffnete sich. Er sollte sich eindeutig beeilen, es sah so aus, als wäre die Leopardin schon dicht unter der Oberfläche. Noch vorsichtiger säuberte er die Nase und die langen Schnurrhaare, bevor er sich dem Maul widmete.

„Na, du bist aber ein schönes Mädchen unter all dem Schmutz." Automatisch begann er zu reden, wie er es mit allen Patienten tat, die sich länger in der Klinik aufhalten mussten. Andere Tierärzte belächelten so etwas, aber er hatte das Gefühl, dass sie dadurch ruhiger wurden und die Heilung schneller voranschritt. Wahrscheinlich nur Einbildung, aber es schadete sicher auch nicht, wenn er sich mit den Tieren unterhielt. Nicht, dass sie jemals antworteten, zumindest nicht mit Worten. „Dann wollen wir mal dafür sorgen, dass auch jeder deine schönen Rosetten sehen kann."

Während er sich langsam zum beinahe weißen Bauchfell vorarbeitete, summte er eine Melodie vor sich hin, die sich in seinem Kopf festgesetzt hatte, seit er die Leopardin zum ersten Mal gesehen hatte. Seltsamerweise war er in diesem Moment völlig zufrieden, entspannt und ruhig wie schon lange nicht mehr. Sanft fuhr er mit dem Lappen über die Zitzen und stutzte. Ein Lächeln glitt über seine Lippen. „Du hast also schon Nachwuchs gehabt. Herzlichen Glückwunsch."

Vorsichtig wusch er um den Rippenverband herum und widmete sich zuletzt dem Schwanz, der erneut zuckte. Allzu lange sollte er sich nicht mehr im Käfig aufhalten. Auch wenn die

Leopardin noch schwach war, musste sie ihn mit ihrer Tatze nur einmal richtig treffen, um ihn schwer zu verletzen. Mit der Bürste versuchte er, das Fell so zu glätten, wie es das Tier normalerweise mit der Zunge selbst machen würde, und ließ schließlich zufrieden die Hand sinken. „So, das war's. Jetzt siehst du wieder wie ein Mensch aus." Ryan lachte leise. „Entschuldige, wie eine Leopardin."

Die Ohren bewegten sich in Richtung seiner Stimme, ein sicheres Zeichen für Ryan, dass seine Patientin ihn hören konnte. Ein letztes Mal strich er über ihren Hals. „Ruh dich aus, ich sehe später wieder nach dir." Er kletterte rückwärts aus dem Käfig und schloss die Tür leise hinter sich.

„Redest du schon wieder mit den Tieren?"

Ryans Rücken knackte protestierend, als er herumwirbelte. „Verdammt, Lynn, musst du mich so erschrecken?"

Die Pflegerin lachte nur. „Ich frage mich, was du machst, wenn mal irgendwann ein Tier anfängt, mit dir zu reden."

„Wahrscheinlich falle ich vor Schreck tot um."

Lynn nahm ihm Schüssel und Bürste ab. „Dann ist es ja gut, dass das nie passieren wird." Sie neigte den Kopf zum Dreckwasser. „Dir ist aber schon klar, dass das unsere Aufgabe ist?"

„Natürlich, aber da ich sowieso wach war und ihr auch so schon genug zu tun habt, habe ich es euch ausnahmsweise abgenommen." Er sah zur Leopardin zurück. „Sie hat anscheinend schon einiges hinter sich, ich wollte, dass sie sich etwas wohler fühlt." Warum er meinte, sich rechtfertigen zu müssen, war ihm ein Rätsel. Wahrscheinlich, weil er das Gefühl hatte, nur selber richtig für die Raubkatze sorgen zu können. Was totaler Quatsch war, sein eingespieltes Team lieferte sehr gute Arbeit ab, und er konnte sich jederzeit auf seine Leute verlassen. Ryan zwang sich zu einem Lächeln. „Beim nächsten Mal bist du dann wieder dran."

Lynn hob die Schultern. „Ich werde dich daran erinnern. Wie geht es ihr?"

„Sie hat die Nacht überlebt, mehr kann ich noch nicht sagen. Morgens ist sie unruhig geworden, deshalb habe ich sie noch einmal leicht sediert. Wir müssen verhindern, dass sie sich die Nähte gleich wieder aufreißt oder dass sich die gebrochenen Knochen verschieben." Das Bein hatte er geschient, aber die angebrochenen Rippen konnte er schlecht eingipsen, um sie zu immobilisieren. Ryan zog den Kittel aus, ging zu seinem Spind und holte seine Waschtasche heraus. „Ich mache mich ein wenig frisch, und dann kümmere ich mich um die heutigen Patienten." In der Tür blieb er stehen. „Du achtest auf die Leopardin?"

„Natürlich." Lynn nahm ihm den Kittel ab. „Dafür bin ich ja da."

Jamila roch Finn, bevor sie ihn den Hügel heraufkommen hörte. Es schien, als hätte sich sein unvergleichlicher Duft nach Mann und Holz in ihr Gehirn gebrannt und wäre nicht mehr daraus zu vertreiben, egal was sie auch versuchte. Und das schon seit drei Monaten, seit sie mit Kainda in das Lager der Berglöwenwandler gekommen war und ihn zum ersten Mal so blond, groß und stark – und vor allem nackt – vor sich gesehen hatte. Es hatte nicht einmal die Tatsache geholfen, dass sie zu der Zeit zusammen mit ihrer Schwester in eine Art Gefängnishöhle gesperrt gewesen war und die Berglöwenwandler ihre Feinde waren. Irgendwie hatte die Leopardin in ihr nur einen Blick auf ihn geworfen und ganz laut und deutlich ‚meins' gesagt.

Blind starrte sie weiterhin von ihrem Platz auf dem Felsüberhang auf die Landschaft unter ihr. In den letzten Monaten hatte sie sich daran gewöhnt, in dichtem Wald zu leben. Trotzdem gab es noch Momente, in denen sie sich in die afrikanische Savanne zurückwünschte. Dort fühlte sie sich nicht so … umzingelt. Über sich selbst verärgert, presste sie die Lippen zusammen. Sie sollte froh sein, bei den Berglöwenmenschen untergekommen zu sein, während sie auf Kaindas Rückkehr wartete. Unerwartet schoss ein scharfer Schmerz durch ihr Herz. Mit einem unterdrückten Aufschrei presste Jamila die Hände auf ihren Brustkorb. Sie krümmte sich nach vorne und rang nach Luft.

„Jamila, was hast du?" Finns raue Stimme erklang jetzt neben ihr, und seine große Hand legte sich zögernd auf ihren Rücken.

„K… Kainda."

„Was ist mit deiner Schwester?"

„I… Ich weiß es nicht. Irgendetwas ist nicht in Ordnung." Sie atmete zitternd ein.

Finns Wärme schloss sich um sie, als er sie an sich zog. Ihre Wange legte sich wie von selbst an seine nackte Brust, und sie schloss für einen Moment die Lider. Das beruhigende Pochen seines Herzens trieb ihr Tränen in die Augen.

Abrupt löste sie sich wieder von ihm und drehte ihm den Rücken zu. Er durfte ihre Schwäche nicht sehen, auch wenn sie vermutete, dass er wusste, wie sie auf ihn reagierte. Sein Anblick, vermischt mit seinem Geruch und ihrem eigenen Zustand, hatte schon damals bei ihrer ersten Begegnung eine Reaktion verursacht, die sie sich nicht leisten konnte. Seitdem hatte sie sich bemüht, ihm so weit wie möglich aus dem Weg zu gehen. Es half auch nicht, dass er jetzt dem Rat vorstand, denn damit war er für alle Wandler im Lager verantwortlich, also auch für Jamila.

„Hast du etwas von Kainda gehört?"

„Nein, nichts. Und das beunruhigt mich, eigentlich hätte sie sich längst wieder melden müssen. Ihre letzte Mail ist jetzt schon Wochen her."

Finn setzte sich neben sie und ließ die Beine über den Vorsprung hängen. Jamila hatte Mühe, die muskulösen Oberschenkel nicht anzustarren oder gar den Blick daran hinaufwandern zu lassen. Wenn sie die Augen schloss, konnte sie sich noch bis ins kleinste Detail daran erinnern, wie er an jenem Tag ausgesehen hatte. So kraftvoll und ... groß.

„Vielleicht hat sie Probleme damit, in eine Stadt zu kommen, ohne aufzufallen. Ich nehme an, es ist hier ein wenig anders als bei euch", sagte Finn.

Nun sah sie ihn doch an, hielt ihren Blick aber strikt auf sein Gesicht gerichtet. „Wir haben so wie ihr zurückgezogen in der Wildnis gelebt, wenn du das meinst. Das Konzept Stadt ist uns aber durchaus bekannt."

Seine Zähne blitzten in seinem gebräunten Gesicht auf. „Autsch. Du kannst die Krallen wieder einziehen, ich wollte euch keineswegs beleidigen, nur darauf hinweisen, dass amerikanische Städte sicher etwas anders sind als afrikanische. Besonders wenn sie in die Nähe von San Francisco oder Los Angeles kommt." Sein Gesichtsausdruck wurde ernster. „Was ich nicht hoffe, denn dort ist die Gefahr einer Entdeckung viel zu hoch. Und deine Schwester könnte die Verbrecher, die unsere Existenz für ihre Zwecke ausschlachten wollen, direkt zu uns führen."

Ärger stieg in Jamila auf. „Kainda würde uns nie verraten! Warum habt ihr sie überhaupt gehen lassen, wenn ihr uns nicht vertraut?"

Finns Augenbrauen schoben sich zusammen. „Was hätten wir denn tun sollen, sie hier einsperren oder sogar töten? Außerdem meinte ich nicht, dass sie freiwillig Informationen preisgibt, zumindest nicht, solange du bei uns lebst. Aber du weißt, was mit Bowen passiert ist."

Jamila schloss die Augen. Wie könnte sie das vergessen, nachdem sie dazu beigetragen hatte, die Entführung des Jugendlichen zu ermöglichen. Nur knapp waren die Wandler damals einer Entdeckung entgangen, und noch heute hatte sie Albträume wegen ihrer Beteiligung an all dem Unglück. Sie war sehr dankbar, dass die Berglöwenmenschen ihr erlaubten, hier zu bleiben, obwohl sie ihren ehemaligen Anführer Coyle und seine Geliebte Marisa beinahe getötet hatte. Sie selber wäre wahrscheinlich nicht so großzügig gewesen, wenn einer der ihren verletzt worden wäre. „Kainda würde sich nie gefangen nehmen lassen."

Schweigend hob Finn eine Augenbraue, bis Jamila errötete und wegblickte.

„Manchmal hat man keine Chance, das solltest gerade du wissen." Seine tiefe Stimme war noch rauer als sonst. „Aber wir sollten nicht das Schlimmste annehmen, sondern davon ausgehen, dass deine Schwester sich melden wird, sobald sie die Möglichkeit dazu hat. Wenn du möchtest, können wir eine Internetsuche nach ihr starten."

Jamila grub die Zähne in ihre Lippe und nickte. „Ich könnte es nicht ertragen, nicht zu wissen, was mit ihr passiert ist. Sie ist alles, was ich noch habe."

Finn sah aus, als wollte er etwas sagen, kam dann aber nur in einer eleganten Bewegung auf die Füße. „Ich sage dir Bescheid, wenn ich etwas herausgefunden habe."

Jamila legte ihre Hand auf seinen Arm. Sie konnte der Versuchung nicht widerstehen, ihn noch einmal zu berühren, seinem warmen Körper so nah zu sein. Unwillkürlich glitten ihre Augen über ihn, und sie spürte, wie sich Hitze in ihr ausbreitete. Ihre Finger zitterten vor Verlangen, ihn zu streicheln. Nur gut, dass ihre dunkle Hautfarbe die Röte nicht zeigte, die in ihre Wangen gestiegen war. Rasch ließ sie ihn los. „Danke."

Finn nickte knapp und verwandelte sich ohne ein weiteres Wort in einen Berglöwen. Für einen Moment sah Jamila ihm nach, wie er zum Lager zurücklief, bevor sie ihm langsamer folgte. Was sollte sie tun, wenn Kainda sich nicht mehr meldete? Ihr Gefühl sagte ihr, dass sie ihrer Schwester folgen musste, aber wie sollte sie sie jemals finden? Sie konnte überall sein, und Amerika war zu groß, um überall zu suchen. Allein der Westen war so gigantisch, dass solch eine Aktion von vornherein zum Scheitern verurteilt wäre. Doch was konnte sie sonst tun? Einfach nur hier sitzen und Däumchen drehen, während Kainda vielleicht in Lebensgefahr schwebte? Unmöglich. Obwohl es wahrscheinlich nichts bringen würde, schloss sie die Augen und damit alle äußeren Elemente aus. *Kainda, melde dich!*

Das Handy klingelte, als Edwards gerade ein kleines Diner betreten wollte, aus dem ihm der Duft nach frischem Kaffee entgegenströmte. Nachdem er die ganze Nacht nach Spuren gesucht hatte, war seine Energie erschöpft und er brauchte dringend einen Schuss Koffein. Es war alles nur die Schuld dieser verfluchten Leopardin, wie konnte sie so blöd sein, sich anfahren zu lassen? Und wie war es ihr gelungen, dass jemand sie mitgenommen hatte?

Er klappte das Handy auf. „Hast du was?"

„Ich habe mir alle Polizeiprotokolle in einem Umkreis von fünfzig Meilen besorgt und arbeite sie gerade durch. Mein Truckerkumpel war gestern unterwegs und meinte, er hätte über Funk nichts von einem Unfall gehört. Aber ich werde weiterforschen."

„Gut. Ich brauche in zwei Stunden ein Ergebnis."

„Aber …"

Ohne eine Antwort zu geben, klappte Edwards das Handy zu und schob es in seine Hosentasche. Nach seiner Erfahrung erzielte er so schneller, was er erreichen wollte, als wenn er Drohungen ausstieß. Es schadete natürlich auch nicht, dass ihm sein Ruf vorauseilte, auch wenn dieser größtenteils auf Gerüchten, Mutmaßungen und falschen Aussagen beruhte. Diejenigen, die dachten, sie hätten ihn und seine Motive durchschaut, lagen oft so weit daneben, dass es lachhaft war. Aber er machte sie nicht auf ihren Fehler aufmerksam, sondern ignorierte sie einfach.

Ein freudloses Lächeln hob seine Mundwinkel, als er das Diner betrat. Er suchte sich eine dunkle Ecke und wartete darauf, dass die Kellnerin an seinen Tisch kam.

„Was darf es sein?“ Sie kniff ihre Augen zusammen, während sie versuchte, ihn in der Dunkelheit richtig zu erkennen.

„Den stärksten Kaffee, den Sie haben, bitte.“

Ein wissendes Lächeln huschte über ihre Lippen. „Ah, lange Nacht, was?“

„Sehr lang.“ Damit lehnte er sich zurück und sah der Kellnerin nach, als sie zur Theke zurückeilte, um seine Bestellung zu erfüllen.

Wie war er überhaupt in diese Situation geraten? Jahrelang hatte er kleinere Sachen für seinen Auftraggeber erledigt, meist beschränkte es sich darauf, irgendwelchen Leuten eine Botschaft zu überbringen und sie ein wenig aufzumischen. Nur hin und wieder musste er jemanden endgültig verschwinden lassen. So wie diesen Henry Stammheimer vor drei Monaten. Sein Auftraggeber hatte ihm nicht gesagt, warum er den Wissenschaftler beseitigen sollte, aber er vermutete, dass es darum ging, sich eines Mitwissers zu entledigen und gleichzeitig dessen Forschungsergebnisse, unter anderem irgendeinen Film, an sich zu bringen. Und einen Berglöwen, der irgendwo im Haus versteckt sein sollte. Nur hatte er keinen gefunden. Also hatte er nur Stammheimer erledigt und seinen Computer mitgenommen, in der Annahme, dass sein Auftraggeber damit zufrieden sein würde.

Doch das war er nicht, ganz im Gegenteil. Besonders weil der von ihm gewünschte Film nicht auf dem Computer zu sein schien und auch auf keinem der Datenträger, die er mitgenommen hatte. Deshalb war Edwards gleich noch einmal zurückgefahren, aber nicht mehr zum Haus durchgekommen, weil die Polizei alles abgeriegelt hatte. Sie schienen jedoch auch nicht das gefunden zu haben, was sein Auftraggeber suchte, nachdem Stammheimers Tochter sie gerufen hatte – was ein Glück für ihn gewesen war, denn sonst hätte sein Auftraggeber ihn wohl nicht am Leben gelassen. Nachdenklich rieb er über die Narbe an seinem Hals. Wo war die Kleine überhaupt gewesen? Edwards war ihre Kleidung in einem der Zimmer aufgefallen, aber er hatte sie im Haus genauso wenig finden können wie den Berglöwen, der dort angeblich versteckt war. Deshalb war er lieber verschwunden, solange er es noch konnte, und hatte nicht auf ihre Rückkehr gewartet. Vielleicht war das ein Fehler gewesen, aber sein Auftraggeber plante sicher schon, wie er erfahren konnte, ob diese Isabel etwas wusste. Armes Mädchen.

Jamila! Der Name zuckte durch ihren Verstand und brachte sie an die Oberfläche zurück. Es kam Kainda vor, als wäre sie in Treibsand gefangen, sie konnte sich kaum bewegen, und ihre Gedanken waren zäh. Aber ihre Ohren funktionierten noch, ein seltsames Quietschen, das sie nicht zuordnen konnte, ließ sie zusammenzucken. Unerwartet schoss ein scharfer Schmerz durch ihre Rippen, der sie schwach fauchen ließ, was bedeutete, dass sie gerade Leopard war. Bevor sie sich zurückverwandeln konnte, musste sie feststellen, wo sie sich befand, doch das war schwieriger als erwartet. Ihre Lider waren so schwer, dass sie die Augen nur einen winzigen Spalt öffnen konnte. Ihre Umwelt lag hinter einem unscharfen Schleier, der sich nur langsam klärte. Schließlich erkannte sie, dass sie in einem Käfig lag, enge Gitterstäbe versperrten ihr den Weg in die Freiheit. Hatten ihre Verfolger sie mitgenommen, nachdem die Betäubung gewirkt hatte? Ein Zittern lief durch Kaindas Körper, das weitere Schmerzen auslöste. Mit angehaltenem Atem starrte sie angestrengt durch die

Stäbe. Ihr Käfig befand sich in einem kleinen Raum, dessen Tür halb offen stand.

Dahinter schienen sich mehrere Personen aufzuhalten und … ihre Nasenflügel blähten sich. *Nahrung.* Jetzt konnte sie auch die Geräusche zuordnen: Im Nebenraum befand sich ein lebendiges Dik-Dik. Das Wasser lief ihr im Mund zusammen, ihr Magen verkrampfte sich. Es war so lange her … Kainda untersuchte den Schließmechanismus des Käfigs. Ein einfacher Riegel, sie bräuchte sich nur verwandeln, ihn aufschieben und wäre frei. Allerdings hatte der Raum anscheinend keinen anderen Ausgang, und sie konnte schlecht nackt aus der Tür spazieren, als wäre nichts gewesen. Aber später, wenn alle gegangen waren, konnte sie es versuchen. Ihr Kopf begann zu schmerzen, und sie schloss für einen Moment die Augen. Als sie merkte, wie sie langsam davonzudriften begann, riss sie sie wieder auf. Sie musste wach bleiben, wenn sie eine Chance haben wollte zu fliehen. Oder war alles nur ein Trick? Wollten diese Leute, dass sie sich verwandelte? Bei Bowen, dem entführten Berglöwenjugendlichen, war es so gewesen, und sein Peiniger, ein Wissenschaftler namens Stammheimer, hatte ihn ausgehungert und gefoltert, um ihn dazu zu bringen. Sie hatte den jungen Mann nach seiner Befreiung nur kurz im Lager der Berglöwen gesehen, aber es war deutlich gewesen, wie sehr er unter dieser Tortur gelitten hatte.

Würde es ihr auch so ergehen? Anscheinend hatte sie Verletzungen erlitten, die sie schwächten und den anderen einen Vorteil gaben. Wahrscheinlich war es besser, ein wenig abzuwarten und Kräfte zu sammeln, bevor sie irgendetwas unternahm. Aber würde sie noch einmal so eine Gelegenheit bekommen? Mühsam stemmte Kainda sich hoch und hielt den Atem an, als ein heftiger Stich durch ihre Rippen fuhr. Okay, das tat weh, aber sie würde es überleben. Zuversichtlicher hob sie ihr Hinterteil an, als unerwartet ein furchtbarer Schmerz durch ihr linkes Bein fuhr und es unter ihr einknickte. Mit einem heiseren Fauchen sank sie zu Boden, der Aufprall presste die Luft aus ihrer Lunge und erschütterte die empfindlichen Rippen. Schwärze sank über sie herab und hüllte sie ein. Verzweifelt klammerte sich Kainda an den letzten Rest Bewusstsein.

„Ich glaube, ich habe etwas gehört, ich sehe lieber mal nach." Die Stimme kam mit jedem Wort näher.

Kainda wollte ihrem Körper befehlen, sich zu bewegen, doch es war, als hätte er sich abgeschaltet. Allerdings funktionierte ihr Geruchssinn noch, und sie nahm etwas wahr, das ihr seltsam bekannt vorkam. Ein Duft, den sie schon einmal gerochen hatte, eine Mischung aus Mann, Desinfektionsmittel, Dik-Dik und einem Hauch erdigen Aftershaves. Sie spürte einen Luftzug und hörte das Rascheln von Kleidung, als würde sich der Träger des Geruchs vor sie hocken. Mit einem metallischen Geräusch wurde der Riegel zurückgeschoben und die Käfigtür geöffnet. Etwas berührte ihre Hüfte und löste bei ihr ein unwillkürliches Zittern aus.

„Du bist wach, oder? Keine Angst, ich tue dir nichts, ich will nur kontrollieren, ob die Verbände noch sitzen."

Verbände? Sie hätte nicht gedacht, dass sich die Verbrecher die Mühe machen würden, ihre Wunden zu versorgen. Es sei denn, sie fürchteten, dass sie sterben könnte, wenn sie es nicht taten. Ja, vermutlich war sie einfach zu wertvoll, um ihren Tod zu riskieren. Allerdings passte die sanfte Berührung des Mannes nicht ganz dazu, er schien sich zu bemühen, ihr keine zusätzlichen Schmerzen zuzufügen. Anscheinend wusste er aber, dass sie eine Wandlerin war, denn sonst würde er nicht mit ihr reden, als könnte sie ihn verstehen. Ein leises Gefühl von Enttäuschung durchrieselte sie.

„Alles in Ordnung, anscheinend hat die Naht gehalten." Die Hand fuhr jetzt über ihren Hals, eine seltsam liebevolle Berührung. „Ich glaube, ich muss auch die nächste Nacht noch auf dich aufpassen, damit du dir nicht selber wehtust."

Seine Finger kraulten sie hinter dem Ohr, und sie verhinderte gerade noch, dass ihr ein automatisches Schnurren entschlüpfte. Nein, sie durfte ihn nicht an sich heranlassen, er war ihr Feind! Mit einem letzten Rest Kraft ruckte sie herum und schnappte nach seiner Hand. Anscheinend waren ihre Bewegungen noch zu langsam, denn er schaffte es, sich rechtzeitig in Sicherheit zu bringen, ihre Zähne fuhren durch Luft.

„Das war knapp!" Die Stimme entfernte sich von ihr, die Käfigtür wurde zugeschoben und mit dem Riegel gesichert. Ein leises Lachen ertönte. „Ich sollte langsam wissen, dass man Wildtieren besser nicht zu nahe kommt." Die Stimme wurde sanfter. „Schlaf noch ein wenig, damit du zu Kräften kommst. Wenn du die Nacht überstehst, können wir es morgen mit fester Nahrung versuchen."

„Ryan, kommst du auch irgendwann wieder? Das Kleine benimmt sich wie ein Derwisch, weil es die Nähe der Leopardin spürt." Die Frau schien sich im Nebenraum zu befinden.

„Ich komme." Leise Schritte entfernten sich in Richtung der Tür, die gleich darauf zugezogen wurde.

„Wie geht es ihr?" Gedämpft drang die Stimme der Frau durch die Tür.

„Sie wird schon kräftiger, sie hat eben versucht, nach mir zu schnappen." Ein Lachen schwang in der Antwort des Mannes mit.

„Irgendwann hast du mal ein paar Finger weniger, und wie willst du dann noch deine Arbeit machen? Wir können es uns nicht leisten, noch einen Tierarzt zu verlieren."

„Henry ist in Rente gegangen, nicht gestorben."

„Ist doch fast das Gleiche."

Gelächter folgte der Bemerkung, das Kainda noch mehr verwirrte. Wer waren diese Leute? Der Mann – Ryan – war anscheinend Tierarzt und behandelte gerade ein Dik-Dik. Wie passte das zu ihren Verfolgern? Gab es auch pflanzenfressende Tiere als Wandler? Sie hatte noch nie davon gehört, und es war mehr als unwahrscheinlich, dass sie die kleine Antilope aus Afrika hierher holten, um sie zu untersuchen. Außerdem … klangen die Leute im Nebenzimmer nicht wie Folterer, die versuchen würden, Wandlern mit Gewalt ihr Geheimnis zu entlocken. Aber es wäre nicht das erste Mal, dass sie sich irrte.

Kainda legte ihren Kopf auf die weiche Unterlage zurück. Auch wenn es ihr widerstrebte, das zu tun, was der Mann gesagt hatte, musste sie sich ausruhen und ihre Kräfte sammeln, wenn sie hier herauskommen wollte. Bewusst blendete sie die Geräusche und Gerüche aus dem Nebenraum aus und sank innerhalb weniger Minuten in einen tiefen Schlaf.

4

Gut, sie war eingeschlafen. Ryan zog den Kopf zurück und schloss leise die Tür hinter sich. Den ganzen Tag lang hatte er immer wieder kontrolliert, wie es der Leopardin ging, doch sie schien die Verletzungen und die Operation vergleichsweise gut überstanden zu haben. Heute Morgen noch hätte er keine Wetten darauf abgeschlossen, doch wie es aussah, war sie stark. *Etana.* Ryan richtete sich auf. Das war genau der richtige Name für die Leopardin: die Starke. Es hatte ihn schon ganz nervös gemacht, sie nicht mit einem Namen anreden zu können. Vielleicht war es eine Macke von ihm, aber jedes Tier im Park war ein Individuum und verdiente einen eigenen Namen. Auch wenn Etana nur für kurze Zeit bleiben würde.

„Wie geht es der Leopardin?" Lynn reichte ihm den Patientenbogen der Elefantenkuh, die er am Vormittag behandelt hatte, den er kurz überflog und anschließend unterschrieb.

„Gut, denke ich. Allerdings braucht sie dringend Nahrung, ich möchte nicht, dass sie noch mehr abmagert. Kannst du ihr irgendetwas mixen, das sie leicht hinunterbekommt?"

„Klar. Eine normale Raubkatzenportion?"

„Ja, ich werde sie ihr dann nach und nach einflößen." Ryan zog seinen Kittel aus und warf ihn in den Wäschekorb.

„Sag nicht, du willst heute Nacht schon wieder hierbleiben." Die Augenbrauen zusammengezogen, betrachtete Lynn ihn. „Du siehst jetzt schon fürchterlich aus, denkst du nicht, du solltest mal etwas kürzer treten?"

„Was würde ich nur ohne deine netten Komplimente tun?"

Er winkte ab, als sie zu einer Antwort ansetzte. „Ich mag die Leopardin noch nicht allein lassen, es könnten noch Komplikationen auftreten."

„Das kann doch einer von uns ..."

„Nein." Ryan ließ seine Stimme sanfter klingen. „Danke, aber wenn wirklich etwas passiert, ist es besser, wenn ich nicht erst noch zehn Meilen fahren muss, sondern gleich zur Stelle bin." Er wusste selber, dass er sich irrational benahm, aber er konnte sich nicht dazu durchringen, seine Patientin allein zu lassen. Vermutlich würde es reichen, wenn einer der Pfleger bei ihr blieb und ihn benachrichtigte, wenn etwas passierte, schließlich handhabten sie das schon seit Jahren so. Aber sein Gefühl sagte ihm, dass die Leopardin ihn brauchte, nicht nur medizinisch. Müde strich Ryan durch seine Haare. „Keine Sorge, ich werde es mir wieder auf der Liege gemütlich machen und vermutlich wie ein Stein schlafen."

Bevor seine Kollegin ihm noch weitere Ratschläge oder Verhaltensregeln mit auf den Weg geben konnte, zog Ryan sich hastig zurück. Eine lange heiße Dusche wäre jetzt genau das Richtige, um seine schmerzenden Muskeln zu lockern. Besonders im Hinblick auf eine weitere lange Nacht auf der eher unbequemen Liege und der Tatsache, dass er nach dem Arbeitstag vermutlich nicht sonderlich gut roch. Nicht, dass es irgendjemandem auffallen würde, schließlich hatte er kein Date vor sich. Ein Lächeln hob seine Mundwinkel. Zumindest kein gewöhnliches. Der Leopardin war es vermutlich völlig egal, wie er roch, besonders in ihrem Zustand.

Der Gedanke an ihre Verletzungen verdüsterte seine Stimmung. Er hatte ein wenig recherchiert, aber nirgends eine Meldung gefunden, dass ein Park eine Leopardin vermisste. Also konnte sie eigentlich nur aus einem Privatgehege stammen, und wenn er ihre alten Narben und ihren Allgemeinzustand betrachtete, schien sie schlecht behandelt worden zu sein. Egal wem sie gehörte, er würde sie nicht zurückgeben, wenn nicht sichergestellt war, dass sie artgerecht gehalten wurde.

Was er mit ihr machen würde, wenn sich kein Besitzer fand, war ein weiteres Problem. Zu gern hätte er sie im Wild Animal Park behalten, aber Platz gab es nur im Gepardengehege, und es war fraglich, ob sich die verschiedenen Arten verstehen würden. Bliebe noch der Zoo von Los Angeles, in dem einige Schneeleoparden und Jaguare lebten. Aber auch dort war nicht gesagt, dass sich die Tiere vertragen würden. Wenn es so weit war, konnte er natürlich auch sämtliche Zoos anrufen, die große Gehege mit Leoparden besaßen, doch am liebsten hätte er die Leopardin auch weiterhin in seiner Nähe behalten.

Kopfschüttelnd schlüpfte Ryan aus seiner Kleidung und stieg unter die Dusche. Während das heiße Wasser auf seinen Kopf prasselte, ließ er seine Gedanken zur Ruhe kommen. Lynn hatte schon recht damit, dass er zu sehr für seinen Job lebte, aber bisher war ihm noch nichts begegnet, das damit konkurrieren konnte. Er liebte seine Tiere, ihre Eigenheiten und Besonderheiten, sie machten seine Arbeit zur reinen Freude. Bevor er in den Park gekommen war, hatte er eine Zeit lang in einer Kleintierpraxis gearbeitet, was auch interessant gewesen war, aber auf Dauer zu eintönig. Während eines Auswilderungsprojekts für Kondore am Grand Canyon, an dem er mitgearbeitet hatte, war ihm der Posten im Park angeboten worden, und er hatte die Entscheidung, ihn anzunehmen, bisher keine Sekunde bereut, auch wenn seine Freizeit oft darunter litt. Die neue Tierklinik des Parks war grandios und genau auf die Bedürfnisse der Tiere zugeschnitten, nur hatten sie derzeit einen fatalen Ärztemangel. Glücklicherweise waren das Gebäude und auch die Tiere des Parks mit viel Einsatz des Personals und der Feuerwehr im letzten Jahr vor den großen Buschbränden gerettet worden.

Als Ryan aus der Dusche kam, hatte Lynn nicht nur für Etana das Essen zubereitet, sondern auch für ihn etwas beim Restaurant besorgt und war bereits nach Hause gegangen. Angespannt öffnete Ryan die Tür des Aufwachraums und spähte hinein. Die Patientin lag genauso im Käfig wie vor einigen Stunden, als er das letzte Mal nach ihr gesehen hatte. Für einen Sekundenbruchteil blieb sein Herz bei der Vorstellung stehen, dass sie tot sein könnte. Eilig durchquerte er das Zimmer und hockte sich vor den Käfig. Erleichtert erkannte er, dass sie noch atmete. Seine Hände zitterten, als er die Schüssel auf den Boden stellte. Die Ohren der Leopardin stellten sich auf, sie hatte seine Anwesenheit bemerkt.

„Hallo, meine Schöne. Ich habe etwas zu essen für dich. Wahrscheinlich schmeckt es nicht sonderlich, aber damit bist du bald wieder fit."

Sie drehte ihm langsam ihren Kopf zu. Die Nasenflügel zuckten, die Schnurrhaare zitterten. Eine Pfote bewegte sich, als wollte die Leopardin sich erheben.

„Nein, bleib liegen, du bist noch nicht so weit." Ryan öffnete die Tür des Käfigs und legte seine Hand auf den Rücken der Raubkatze. „Alles okay, ich bin es nur." Er beugte sich weiter vor und rieb ihren Hals. „Erinnerst du dich an mich? Wir haben die letzte Nacht zusammen verbracht." Ein Lachen schwang in seiner Stimme mit.

Unerwartet öffneten sich die Augen der Leopardin, und sie blickte ihn direkt an. Die Pupillen waren geweitet, sodass nur noch ein schmaler goldgrüner Ring der Iris zu sehen war. Wunderschön. Ihr Maul war leicht geöffnet, während sie seinen Geruch prüfte. Ihre Nase kräuselte sich, als würde ihr etwas missfallen. Vermutlich das Duschgel. Vorsichtig zog Ryan seine Hand zurück, bevor seine Patientin auf die Idee kam, seine Finger als Snack zu betrachten. Ein leises Grollen drang aus ihrer Kehle, während sie den Kopf hob. Es war eindeutig Zeit für einen geordneten Rückzug. Langsam und ohne sie aus den Augen zu lassen, bewegte Ryan sich aus dem Käfig heraus. Als sie keine Anstalten machte, ihm zu folgen, sondern ihn nur abschätzend betrachtete, beugte er sich wieder in den Käfig und stellte den Teller in die Nähe ihres Mauls. Obwohl sie das Futter riechen musste, hielt sie einen Moment länger seinen Blick gefangen, so als wollte sie ihn nicht aus den Augen lassen. Ryan verstand, dass sie nicht anfangen würde zu essen, solange er ihr noch so nah war, deshalb schloss er die Käfigtür und setzte sich mit dem Rücken zu ihr auf die Liege.

Nach einer Weile hörte er ein schlürfendes Geräusch, das ihn zum Lächeln brachte. Es war ein gutes Zeichen, dass sie fraß, sie schien sich auf dem Weg der Besserung zu befinden. Er warf einen kurzen Blick über die Schulter, um zu überprüfen, wie weit sie war, und stellte fest, dass sie ihn auch beim Fressen noch beobachtete, als hätte sie Angst, dass er ihr die Schüssel wegnehmen würde. Vielleicht war sie so dünn, weil ihr vorheriger Besitzer sie nie in Ruhe Nahrung hatte aufnehmen lassen. Ärger stieg in ihm auf, wie immer, wenn er an solche unfähigen oder bösartigen Menschen dachte. Wenn sie die Verantwortung für ein Tier übernahmen, mussten sie ihm auch alles bieten, was es zum Leben benötigte, egal ob Goldfisch oder Raubkatze.

Ryan schnitt eine Grimasse. Wenn Lynn noch hier wäre, würde sie sagen, dass er gerade wieder eines seiner Lieblingsärgernisse auslebte. Andererseits, wenn er jeden Tag mit kranken Tieren zu tun hatte, war es nur natürlich, dass er ihre Bedürfnisse besser kannte als die meisten anderen. Oder es lag daran, dass er eigentlich ein halbes Tier war, wie seine Mutter ihm schon als Kind gesagt hatte. Ein Lächeln huschte über sein Gesicht. Auch wenn sie ihn manchmal damit aufzog, hatte sie ihn damals in seinen Interessen unterstützt und nicht über ihn gelacht, als er ihr schon als Vierjähriger verkündete, dass er später einmal Tiere heile machen würde.

Natürlich war der Job letztlich nicht so, wie er ihn sich als Kind vorgestellt hatte – er rettete nicht alle kranken Tiere, einige starben trotz aller Bemühungen, oder er musste sie sogar selbst einschläfern. Ein Konzept, mit dem er lange Zeit Schwierigkeiten gehabt hatte, bis ihm klar geworden war, dass manchmal der Tod eine Erlösung war. Trotzdem versuchte er immer noch alles Menschenmögliche, die ihm anvertrauten Tiere zu retten, auch wenn jeder andere sie schon aufgegeben hatte. Und mehr als einmal hatte sich sein Einsatz ausgezahlt.

Hätte ein anderer Tierarzt Etana wegen der Schwere ihrer Verletzungen eingeschläfert? Möglich. Ryans Herz krampfte sich zusammen. Die Vorstellung, die Leopardin dann nie gesehen zu haben, ließ ihn unruhig werden. Diesmal drehte er sich ganz um und sah ihr dabei zu, wie sie die letzten Reste ihres Futters herunterschlang. Ihre Zunge fuhr noch einige Male durch die leere Schüssel, bevor sie den Kopf hob und ihn anklagend ansah.

„Ja, ich weiß, das war dir nicht genug, aber es ist nicht gut, wenn du so viel auf einmal isst. Ich gebe dir nachher noch etwas." Ryan stand auf, ging in die Küche und füllte eine weitere Schüssel mit Wasser.

Kainda beobachtete regungslos, wie der Mann die leere Schüssel gegen eine mit Wasser austauschte. Ihre Sicht war seltsam verschwommen, sodass sie seine Gesichtszüge nicht genau erkennen konnte. Als er sich in den Käfig beugte, fiel eine schwarze Locke in seine Stirn. Ein dunkler Schatten lag über seiner unteren Gesichtshälfte – ein Bart? Nein, bei seiner Haarfarbe würde sie ihn deutlicher erkennen.

„Es ist alles in Ordnung, Etana, du kannst jetzt trinken."

Kainda hob den Kopf und starrte ihn an. Mit wem sprach er?

Gab es hier noch andere Tiere? Nein, die hätte sie gerochen. Sie zuckte zurück, als er seine Hand hob, und stieß ein warnendes Fauchen aus.

„Okay, ich habe verstanden: nicht anfassen.“ Er zog sich aus dem Käfig zurück und richtete sich auf. „Siehst du, ich lasse dich in Ruhe.“ Mit einem dumpfen Laut schlug die Tür zu. Ein quietschendes Geräusch ertönte, als er den Riegel vorschob. Er entfernte sich vom Käfig und dimmte das Licht. „Ich brauche sowieso ein wenig Schlaf.“ Es raschelte, als er sich auf die Liege legte. „Wenn du etwas brauchst, bin ich da.“

Als er sich auch nach einigen Minuten nicht rührte, trank sie mit gierigen Schlucken aus der Schüssel. Sie war völlig ausgetrocknet. Das pürierte Futter war erträglich gewesen, wenn auch nicht wirklich lecker, aber sie hätte während ihrer Suche auch Käfer gegessen, so hungrig war sie gewesen. Und größere Stücke hätte sie sicher nicht durch ihre schmerzende Kehle bekommen. Selbst die Flüssigkeit schmerzte ein wenig, doch sie trank weiter, bis der größte Durst gestillt war. Gesättigt und ermattet schob Kainda die Schüssel zur Seite und ließ ihren Kopf auf die Schaumstoffunterlage sinken, die den gesamten Boden des Käfigs bedeckte. Nur die Schmerzen in ihrem Bein und ihren Rippen hielten sie noch wach. Wenn sie morgen etwas kräftiger war, musste sie prüfen, wie schwer sie verletzt war und wie lange es dauern würde, bis sie flüchten konnte.

Jamila. Sie musste ihrer Schwester unbedingt eine Nachricht zukommen lassen, damit sie sich keine Sorgen um sie machte. Hoffentlich behandelten die Berglöwenwandler sie gut, sie brauchte jetzt Stabilität und das Gefühl, zu einer Gruppe zu gehören, um die Schrecken der letzten Monate zu überwinden. Diesmal kam der Schmerz von innen heraus, tiefer, eindringlicher als ihre Verletzungen, als würde sie langsam zerrissen. Zitternd presste Kainda sich auf den Boden und versuchte, das

Geschehene auszublenden, in eine dunkle Ecke ihres Bewusstseins zu schieben, wo es sie nicht länger erreichen konnte. Aber es funktionierte nicht: Der Schmerz war ein Teil von ihr geworden und der Gedanke an eine Rückkehr ihr Lebensinhalt. Sie würde nicht zulassen, dass irgendetwas oder irgendjemand sie aufhielt.

Ein seltsamer Laut riss sie aus ihren Gedanken. Ihre Ohren drehten sich in Richtung des Geräuschs, und sie horchte. Tatsächlich, ihr Aufpasser schnarchte leise. Anscheinend hatte er es ernst gemeint, als er sagte, dass er Schlaf nachholen musste. Wie hatte er es noch ausgedrückt? Er habe die Nacht mit ihr verbracht? Wahrscheinlich hatte er so wie jetzt auch geschlafen, anstatt sie zu bewachen. Was ihr nur recht sein konnte, schließlich bot ein unaufmerksamer Wächter eine gute Fluchtmöglichkeit. Wenn sie es richtig verstanden hatte, waren die anderen Personen, mit denen er vorhin gesprochen hatte, weggefahren. Einen einzelnen Mann konnte sie ohne Probleme überwältigen, ein Biss und … Alles in ihr sträubte sich gegen den Gedanken. Kainda presste die Zähne zusammen und zwang sich, rational zu denken. Wenn es die einzige Möglichkeit war zu entkommen, dann würde sie sie nutzen. Egal, was sie dafür tun musste. Auch wenn sein Geruch sie an andere Zeiten denken ließ, in denen sie noch frei und glücklich gewesen war. Doch das alles hatte an jenem furchtbaren Tag geendet, in Blut und Leid.

Warum hatte er sich bloß von Coyle dazu überreden lassen? Schon als Kind hatte Finn gewusst, dass er nie Teil des Rats werden wollte, der die Geschicke der Berglöwenwandler lenkte, und schon gar kein ausführendes Mitglied. Und jetzt war er es, zu einer Zeit, in der die Gruppe in größerer Gefahr schwebte als je zuvor. Nicht, dass er sich davor scheute, hart zu arbeiten und alles zu tun, um seine Familie und Freunde zu schützen, aber er war kein Anführer. Und wollte auch keiner sein. Es reichte ihm, im Hintergrund zu bleiben und diejenigen zu unterstützen, die diese Aufgabe übernahmen. Die Zusammenarbeit mit Coyle war gut gewesen, sie hatten sich perfekt ergänzt, und jeder hatte das getan, was er am besten konnte. Doch nun war sein Freund mit seiner Partnerin Marisa an den Waldrand gezogen, um sich ein neues Leben ohne die Gruppe aufzubauen. Eine durchaus vernünftige Entscheidung, da Marisa keine Wandlerin war, aber zu einer denkbar ungünstigen Zeit. Seit Bowens Entführung und den anschließenden Ereignissen war die ganze Gruppe in Aufruhr, besonders nachdem sich herausgestellt hatte, dass einer der ihren ein Verräter gewesen war. Melvin war danach zwar ausgestoßen worden, doch jetzt herrschte ein Misstrauen zwischen ihnen, das es früher nicht gegeben hatte.

Finn stieß einen stummen Seufzer aus und hob zögernd die Hand, um an die Hüttentür zu klopfen, vor der er stand. Fast noch schwerer als die Arbeit als Ratsmitglied war die Aufgabe, sich um Jamila zu kümmern, die für die Zeit ihres Aufenthalts in der Berglöwensiedlung bei der Heilerin Fay untergekommen war. Sicher, er hätte das nicht tun müssen, aber er wusste, dass sich kaum jemand über ihre Anwesenheit in der Gruppe freute, und konnte den traurigen Ausdruck ihrer Augen nicht ertragen. Er nahm den anderen ihre Ablehnung nicht übel, schließlich konnte auch er nur schwer akzeptieren, dass sie und Kainda den Verbrechern bei Bowens Entführung geholfen und Coyle schwer verletzt hatten. Allerdings wusste er auch, dass die beiden selbst Gefangene gewesen waren und nicht aus freiem Willen gehandelt hatten. Es musste schwer sein, als schwarze Leopardin nicht mehr in ihrer Heimat Afrika, sondern in den Wäldern Kaliforniens unter Fremden leben zu müssen. Besonders nachdem ihre Schwester aufgebrochen war, um einen Weg zu finden, wie sie wieder nach Hause kommen konnten. Er bewunderte zwar Kaindas Willen, bezweifelte aber, dass sie Erfolg haben würde.

„Willst du noch länger wie eine Statue vor meiner Tür stehen?" Die Stimme riss ihn abrupt aus seinen Gedanken. Rasch drehte er sich zu Fay um, die sich hinter ihm angeschlichen hatte. Wie immer fühlte er sich in der Gegenwart der Heilerin unbehaglich, obwohl sie ihm nur bis zum Bauchnabel reichte. Gut, das war übertrieben, aber sie war tatsächlich *winzig*. Wie sie es trotzdem schaffte, alle Männer in ihrer Umgebung erzittern zu lassen, war allen ein Rätsel.

„Ich wollte gerade klopfen." Verdammt, er hörte sich an wie ein kleiner Junge, der etwas Verbotenes gemacht hatte.

„Warum tust du es dann nicht?" Fays Mundwinkel hoben sich, als er unbehaglich von einem Fuß auf den anderen trat. „Wolltest du zu mir?" Die Art, wie sie die Frage stellte, machte klar, dass sie wusste, zu wem er wollte.

„Zu Jamila. Ich habe versucht, ihre Schwester ausfindig zu machen."

Die Belustigung wich aus Fays Gesicht. „Komm herein." Sie trat an ihm vorbei und schob die Tür auf. „Jamila, Finn für dich."

Finn zuckte zusammen. Das hatte Fay sicher extra so gesagt, um ihn in Verlegenheit zu bringen. Wie von selbst glitt sein Blick zur Treppe. Er vergaß zu atmen, als Jamila in enger Stretchhose und einem langen T-Shirt auftauchte. Ihre dunkle Haut schimmerte verführerisch im Schein der Lampen, die krausen Haare hatte sie in einem lockeren Pferdeschwanz gebändigt.

„Ja?" Ihre Schritte wurden langsamer, es wirkte fast so, als wollte sie lieber wieder hinauflaufen.

Seltsamerweise traf ihn ihr Zögern, er hatte ihr nie einen Anlass gegeben, ihn zu fürchten. Gut, vielleicht abgesehen von den ersten Tagen, als die Berglöwenmenschen sie gefangen genommen und eingesperrt hatten. Aber sie hatten nicht zulassen können, dass die beiden Leopardenfrauen Coyles Freundin

Marisa töteten. Wut stieg in ihm auf, wie immer, wenn er daran dachte.

„Finn, wenn du sie weiter so grimmig anstarrst, kannst du gleich wieder gehen." Fays Stimme drang durch den Nebel in seinem Gehirn.

Jamila war auf der Treppe stehen geblieben, ein Ausdruck großen Unbehagens in ihrem Gesicht.

Mit Mühe drängte Finn seine Gefühle zurück und spürte, wie sich seine erstarrten Gesichtsmuskeln lockerten. Vermutlich sollte er jetzt irgendetwas sagen, aber es wollte nichts über seine Lippen kommen.

Fay sah mit hochgezogenen Augenbrauen vom einen zum anderen. „Ich lasse euch dann mal allein. Ruft mich, wenn ihr irgendetwas braucht."

Finn wollte sie zurückhalten, doch sie war bereits verschwunden. Wie machte sie das? Manchmal hatte er das Gefühl, dass die Heilerin mehr war als ein Wandler oder ein Mensch. Etwas anderes, Geheimnisvolles. Aber vielleicht verstand sie es auch nur, alle an der Nase herumzuführen. Kopfschüttelnd wandte er sich wieder zu Jamila um, die jetzt die Treppe heruntergekommen war und vor ihm stand, und räusperte sich. „Ich habe im Internet nach Informationen über deine Schwester gesucht, aber nichts gefunden."

Die Hoffnung in ihrem Gesichtsausdruck verwandelte sich in Enttäuschung. „Vermutlich ist es gut, dass sie niemandem aufgefallen ist, aber ich wünschte trotzdem, ich wüsste, wo sie ist."

Finn unterdrückte den Impuls, seinen Arm um Jamilas schmale Schultern zu legen und sie an sich zu ziehen. Bei jedem anderen Mitglied der Gruppe hätte er das getan – gut, außer vielleicht bei Fay –, aber die Pantherin war für ihn tabu. Zum einen wusste er nicht, wie sie darauf reagieren würde, vielleicht war den Leoparden der Körperkontakt untereinander nicht so wichtig. Und zum anderen war er nicht sicher, ob er sie dann wieder loslassen würde, und das machte ihm höllische Angst. Warum vergaß er in solchen Momenten stets, was sie getan hatte? Oder zumindest rückte es so weit in seinen Hinterkopf, dass die Anziehungskraft zwischen ihnen die Überhand gewann. Und das durfte auf keinen Fall geschehen, es würde nur zu weiteren Problemen führen, für die er in der derzeitigen Situation keine Zeit hatte.

„Ich werde es weiter versuchen und auch Marisa fragen, ob sie mir bei der Suche helfen kann. Als Journalistin hat sie viel mehr Erfahrung in solchen Dingen als ich."

„Meinst du, sie würde das für mich tun? Schließlich …"

„Fragen kostet nichts. Ich hatte nicht den Eindruck, dass sie dir und Kainda die Schuld an den Geschehnissen gibt." Finn fuhr sich mit der Hand durchs Haar. „Genau genommen scheint sie diejenige zu sein, die euch am ehesten akzeptiert. Vielleicht, weil sie keine Wandlerin ist."

Jamilas große grün-braune Augen sogen ihn förmlich ein, er konnte nichts anderes mehr wahrnehmen. „Du traust mir auch nicht." Es war keine Frage, sondern eine Feststellung.

„Nein."

Sie zuckte unter seiner knappen Antwort zusammen, ihre Augen schlossen sich.

„Willst du nicht wissen, warum?"

Ihre Lider hoben sich. „Macht das einen Unterschied? Es ist so, und damit muss ich leben." Schmerz lag wie eine Maske über ihrem Gesicht.

Finn vergaß seine guten Vorsätze und legte seine Hände auf ihre Schultern. Er beugte den Rücken, damit er ihr direkt in die Augen sehen konnte. „Für mich macht es einen Unterschied. Ich möchte dir gerne vertrauen, besonders weil wir alle am gleichen

Strang ziehen müssen, wenn wir überleben wollen. Aber ich kann es nicht."

„Weil ich deine Freunde angegriffen habe, ich verstehe das."

Als Finn ihr Zittern spürte, nahm er die Hände rasch weg und trat einen Schritt zurück. „Nur zum Teil."

Erstaunt sah sie ihn an. Mit der Zunge benetzte sie ihre Lippen. „Woran liegt es dann?"

Finn lehnte sich an die Wand und verschränkte seine Arme über der Brust. „Ich kenne dich nicht. Du bist seit drei Monaten hier, aber ich weiß noch nicht mehr über dich als am ersten Tag. Kainda ist deine Schwester, und ihr wollt nach Afrika zurück. Das ist alles, was du mir von euch erzählt hast." Jamilas Zähne gruben sich in ihre Unterlippe, während sie ihn unsicher ansah. Seltsamerweise machte ihn das wütend. „Du solltest langsam wissen, dass ich dir nichts tue. Es beleidigt mich, wenn du mich ansiehst wie einen Serienkiller."

Sein Ausbruch half nicht wirklich, im Gegenteil, Jamila schien noch kleiner zu werden und wirkte, als würde sie jeden Moment die Treppe hinauflaufen.

Über sie und auch sich selbst verärgert, stürmte Finn zur Tür und riss sie auf. Er drehte sich um, um noch etwas zu sagen, entschied sich dann aber anders und trat ins Freie. So konnte es nicht weitergehen. Entweder würde Jamila einsehen, dass es an der Zeit war, etwas von sich preiszugeben, oder er würde sich in Zukunft von ihr fernhalten. Wahrscheinlich wäre ihr das sogar lieber, so wie sie ihn eben angesehen hatte.

Wenn Coyle hier gewesen wäre, hätte er ihm bestimmt raten können, was er tun sollte, oder ihm wenigstens gehörig den Kopf geradegerückt. So wie Finn es auch mit seinem Freund gemacht hatte, als Coyle wegen Marisa so ratlos gewesen war. An Keira konnte Finn sich auch nicht wenden. Seine Schwester war in letzter Zeit unausstehlich – was vermutlich damit zusammenhing, dass Coyle ihr eine Menschenfrau vorgezogen hatte – und sie zudem überhaupt nicht gut auf die Leoparden zu sprechen war. Bliebe noch Coyles Schwester Amber, doch die hatte sich wie so oft zuvor zum Fotografieren in die Wälder zurückgezogen, nachdem der Umzug des Lagers geschafft war. Wohin sie ging, wusste niemand, aber wenn sie zurückkam, wirkte sie ausgeglichener als vorher, und die Traurigkeit in ihren Augen war etwas gedämpft.

Also musste Finn allein mit der Situation zurechtkommen. Es konnte doch nicht so schwer sein herauszufinden, wie er am besten mit Jamila umging. Schließlich musste er sich um sie kümmern, das gehörte zu seinen Aufgaben als Ratsmitglied. Aber die anderen bereiteten ihm nie solche schlaflosen Nächte wie die Pantherin – und sie besuchten ihn vor allem nicht in seinen Träumen. Nackt. Hungrig. Wunderschön.

5

Es hatte länger als zwei Stunden gedauert, bis ihm die nötigen Informationen geliefert worden waren. Deshalb saß Edwards nun mitten in der Nacht in einem Vorgarten hinter einem Busch und beobachtete ein dunkles Haus. Er sollte in Zukunft wohl lieber einen anderen Informanten einsetzen, der zuverlässiger und vor allem schneller war. Es konnte doch nicht so schwer sein, ein paar Polizeiprotokolle nach einer Meldung über ein verletztes Tier auf diesem speziellen Stück Straße durchzusehen, das Ergebnis zu überprüfen und ihm Bericht zu erstatten. Edwards hatte schließlich keine Zeit zu verschwenden, nicht wenn so viel auf dem Spiel stand. Anscheinend hatte er die Zügel zu lange schleifen lassen, war zu sehr mit anderen Dingen beschäftigt gewesen, um zu bemerken, dass sein Wort allein nicht mehr zu genügen schien, um sich bei seinen ‚Mitarbeitern' den angemessenen Respekt zu verschaffen. Noch etwas, das er erledigen musste, wenn er wieder zurückkam.

Doch jetzt war etwas anderes wichtiger, er musste wissen, was dieser Rivers mit der Leopardin gemacht hatte. Der Vermerk im Polizeiprotokoll war denkbar kurz gewesen: ‚Trucker Cal Rivers meldet Tierunfall auf dem Escondido Freeway'. Es hatte Edwards den Rest des Nachmittags und einen Teil des Abends gekostet, diesen Rivers ausfindig zu machen, denn der Truck war auf den Namen seiner Frau angemeldet. Als Anschrift war dieses Haus genannt gewesen, und die Information schien zu stimmen. Jedenfalls stand der richtige Name am Briefkasten, und als Edwards dort anrief, bestätigte ihm auch der Anrufbeantworter den Namen. Wenn er Pech hatte, war Rivers schon wieder unterwegs, aber er musste es trotzdem versuchen. Sollte niemand zu Hause sein, würde er genauso unauffällig wieder verschwinden, wie er gekommen war. Rivers unterwegs aufzuspüren, würde dagegen viel mehr Umstände machen und zu lange dauern, deshalb hoffte er, hier Glück zu haben.

Langsam richtete Edwards sich auf und schlich um das Haus herum. Bei seiner ersten Erkundung war ihm aufgefallen, dass eines der Kellerfenster einen Spalt offen stand. Wenige Minuten später war er im Haus und stieg die Kellertreppe hinauf. Lautlos schob er die Tür auf und trat in die Diele. Rasch sah er sich im Erdgeschoss um.

Das Haus der Rivers war überschaubar, neben der Treppe ins Obergeschoss befanden sich im Parterre nur noch eine kleine Küche, ein Gäste-WC und ein mittelgroßes Wohnzimmer, das mit den Polstermöbeln überfüllt wirkte. Bis auf das nervtötende Ticken einer Standuhr war alles still, was die Aufgabe, ungehört ins Obergeschoss zu kommen, schwieriger machte. Vorsichtig schlich Edwards Stufe für Stufe nach oben. Als er seinen Fuß auf den oberen Treppenabsatz stellte, spürte er, dass etwas nicht stimmte. Er war zu siegessicher gewesen, zu überzeugt von seinen Fähigkeiten, und hatte deshalb die einfachste Vorsichtsmaßnahme nicht beachtet. Mit einem stummen Fluch auf den Lippen wirbelte er herum.

Ein lauter Schrei riss Ryan aus seinem traumlosen Schlaf. Er setzte sich ruckartig auf und hatte bereits die Beine aus dem Bett geschwungen, als er sich bewusst wurde, wo er sich befand. Mit zitternden Fingern strich er sich über das Gesicht, bevor er aufstand und zum Käfig hinüberging. Ein dumpfes Stöhnen ertönte, gefolgt von schnellen Atemzügen. Im gedämpften Licht konnte er nur die Umrisse der Leopardin erkennen. Hatte sie so geschrien? Er hatte noch nie solch einen Laut von einer Raubkatze gehört, fast wie ein Frauenschrei. Ein Zittern schien durch ihren Körper zu laufen, ihre Beine bewegten sich, als wollte sie fortlaufen. Entschlossen schob Ryan den Riegel zurück. Er musste sie daran hindern, sich zu bewegen und den Bruch zu sehr zu belasten. Wenn sich die Knochen verschoben, müsste er sie noch einmal operieren, um sie neu zu richten. Ohne zu zögern, öffnete er die Käfigtür und bückte sich hinein.

„Ist ja gut, beruhige dich." Er hielt seine Stimme leise, um Etana nicht zu erschrecken. Eine Hand legte er um ihren Nacken, die andere über ihre Beine. „Es ist alles in Ordnung, Etana, es ist nur ein Traum." Auch wenn sie seine Worte nicht verstehen konnte, hoffte er, dass sie den besänftigenden Tonfall wahrnahm und sich beruhigte.

Ihre Bewegungen wurden noch heftiger, als müsste sie sich gegen irgendetwas wehren. Ein wütendes Fauchen erklang. So ging es nicht. Auch wenn er wegen ihres ohnehin schon geschwächten Kreislaufs am liebsten darauf verzichtet hätte, musste Ryan sie wieder sedieren, wenn sie sich nicht von selbst beruhigte.

„Etana, genug!" Sein Ruf war laut genug, um sie aufzuwecken. Ihre Glieder erstarrten, ihre Muskeln spannten sich an. Einen Moment lang lag sie ganz ruhig und fixierte ihn mit ihren faszinierenden grünen Augen. Dann versuchte sie, sich schwerfällig aufzurichten. Er legte ihr die Hände auf den Rücken und versuchte, sie vorsichtig dazu zu bewegen, sich wieder hinzulegen. Das schien Etana nicht zu behagen, denn sie entwand sich ihm.

„Ist ja gut. Niemand will dir etwas tun." Obwohl seine Stimme beruhigend klingen sollte, schien er die Leopardin damit noch mehr aufzuregen. Schließlich stand sie schwankend auf den drei unverletzten Beinen und zitterte am ganzen Körper. Der Name Etana passte wirklich perfekt zu ihrem starken Willen und der Dickköpfigkeit, mit der sie sich gegen ihren Zustand zu wehren schien. Ryan wäre es jedoch entschieden lieber gewesen, wenn sie es nicht ausgerechnet auf diese Weise gezeigt hätte. „Deine Wunden werden wieder aufreißen, wenn du dich zu sehr bewegst, aber ich denke, das weißt du." Er näherte sich ihr wieder, immer darauf bedacht, außer Reichweite ihrer Zähne zu bleiben. In ihren Augen konnte er Schmerz sehen, aber auch den Willen, sich von niemandem etwas sagen zu lassen. Nach kurzem Überlegen trat er zur Seite und zog die Käfigtür auf. „In Ordnung. Probier aus, wie weit du kommst, wenn du mir nicht glaubst." Es war ein gewisses Risiko, aber er wusste, dass Etana viel zu schwach war, um mehr als ein paar Schritte zu laufen. Vielleicht würde sie Ruhe geben, wenn sie merkte, dass es im Moment einfach nicht ging und sie hierbleiben musste, bis sie wieder gesund war.

Wachsam sah die Leopardin ihn an, bevor sie einen kleinen Schritt machte. Sie zuckte vor Schmerz zusammen, doch sie dachte nicht daran aufzugeben. Ungelenk versuchte sie, sich auf drei Beinen fortzubewegen. Es schmerzte Ryan beim Zusehen, er konnte sich nur vorstellen, welche Schmerzen sie haben musste. Nach etwa der Hälfte des Zimmers siegte ihr Körper gegen ihren Willen, und sie brach zusammen. Sofort kniete Ryan sich neben sie und strich beruhigend über ihr Fell. „In ein paar Tagen wirst du schon viel weiter kommen, und wenn der Bruch gut verheilt, kannst du schon bald in ein Gehege."

Ryan zog die Liege zu sich heran und schob seine Decke zur Seite. Alleine würde er Etana nicht in den Käfig zurückbekommen, wenn er ihre Verletzungen nicht verschlimmern wollte, also klappte er die Beine der Liege ein, sodass die Matratze direkt auf dem Boden lag. „Okay, schaffen wir dich hier drauf, dann kannst du dich ausruhen." Auch wenn die Leopardin es als Wildtier gewohnt war, auf dem Boden zu liegen, waren die

Fliesen zu kalt und hart, um sie den Rest der Nacht darauf verbringen zu lassen.

Etana hob den Kopf und sah ihn an, als hätte sie ihn verstanden. Sie versuchte, sich wieder aufzurichten, doch sie schien ihre ganze Kraft aufgebraucht zu haben. Es lag etwas in ihrem Blick, das in sein Herz schnitt. Ryan schüttelte den Kopf. Natürlich machte er sich um alle seine Patienten Sorgen, aber es war schon merkwürdig, wie sehr ihm gerade die Leopardin unter die Haut ging und wie stark sein Bedürfnis war, ihr weiteres Leid zu ersparen. „Wenn du stillhältst, helfe ich dir."

Sie sah aus, als würde sie lieber die Nacht auf dem Boden verbringen, als von ihm berührt zu werden, aber schließlich schloss sie die Augen und stieß einen tiefen Seufzer aus. Ryan nahm das als Zustimmung und schob vorsichtig seine Hände unter ihren Körper. Er spürte, wie sie zusammenzuckte und ihre Muskeln erstarrten, doch sie rührte sich nicht, als er sie sanft anhob und auf die Liege bettete. Nach ein paar flachen Atemzügen entspannte sich ihr Körper. Rasch überprüfte er, ob sich die Nähte wieder geöffnet hatten, und setzte sich dann erleichtert neben Etana. Eigentlich sollte er sie in den Käfig zurückbringen, aber dazu müsste er sie noch einmal hochheben, und das wollte er ihr im Moment nicht antun. Das würde er auf den frühen Morgen verschieben, bevor seine Mitarbeiter eintrafen. Vielleicht fühlte sich Etana dann auch schon gut genug, um allein in den Käfig zurückzukehren. Ryan lehnte sich auf der Liege zurück und begann, ihren Nacken zu kraulen. Ihr zögerndes Schnurren entlockte ihm ein zufriedenes Lächeln. Wie es aussah, würden sie sich doch ganz gut verstehen.

Kainda erwachte mit einem Ruck aus einem tiefen, traumlosen Schlaf. Aus dem Nebenzimmer waren Geräusche zu hören und ein Klirren, als wäre ein Schlüssel heruntergefallen. Mühsam versuchte sie, sich zu orientieren. Ein seltsames Gefühl der Zufriedenheit wich nur langsam von ihr. Woher kam das? Sie hob den Kopf und erstarrte. Direkt neben ihr lag der seltsame Mann, der sie bewachte. Anscheinend hatte er keine Angst, dass sie ihm etwas tun könnte, sonst würde er nicht schutzlos in ihrer Nähe schlafen. Ob sich seine Kumpane das so vorgestellt hatten? Als Wächter war er eine echte Niete, so viel stand fest, aber sie würde sich sicher nicht darüber beschweren. Allerdings war es besser, wenn die anderen seine Unfähigkeit nicht bemerkten, sonst zogen sie ihn vielleicht ab und schickten jemand, der nicht so leicht zu überwältigen war. Kainda stupste ihn mit der Pfote an und stieß ein warnendes Grollen aus. Seine Lider hoben sich, und er starrte sie an. Er hatte die schönsten Augen, die sie je gesehen hatte. Ein tiefes Blau, umgeben von schwarzen Wimpern und Lachfältchen in den Augenwinkeln. Einen Moment lang sahen sie sich nur an, dann drang die Außenwelt in ihre kleine Zeitblase.

Das Lachen einer Frau, dann ein lautes Scheppern. Der Kopf ihres Bewachers ruckte hoch, und er sprang fast von der Liege. „Verdammt!" Kainda wollte sich ebenfalls erheben, doch er legte seine Hand auf ihre Schulter. „Bleib liegen, ich bringe dich zurück in den Käfig." Er hielt seine Stimme leise, anscheinend wollte er nicht, dass die anderen ihn hörten. Vorsichtig zog er die Liege mit ihr über den Fliesenboden, ein lang gezogenes Quietschen ertönte. Kainda zuckte zusammen und wünschte, sie hätte Hände, mit denen sie sich die Ohren zuhalten konnte.

„Ryan, bist du wach?" Die Frau hatte das Geräusch anscheinend auch gehört, ihre Schritte näherten sich der Tür. In wenigen Sekunden würde sie im Raum stehen und bemerken, dass Kainda nicht im Käfig war. Mühsam richtete Kainda sich auf und machte einen Satz in den Käfig, auch wenn ihre Verletzungen dagegen protestierten. Gerade noch rechtzeitig ließ sie sich auf die weiche Unterlage fallen und schloss die Augen bis auf einen kleinen Spalt.

Die Tür wurde aufgestoßen. Eine große Frau in Jeans und Sweatshirt trat ein, die langen blonden Haare trug sie offen. Kainda erfasste eine sofortige Abneigung, die nur zum Teil etwas damit zu tun hatte, dass die Unbekannte zu ihren Entführern gehörte. Ihr Bewacher Ryan schnitt eine Grimasse, bevor er sich zur Tür umdrehte. „Wenn ich nicht schon vorher wach gewesen wäre, dann jetzt auf jeden Fall. Mit deiner Stimme kannst du Tote wecken, Lynn."

„Sehr witzig." Die Amazone sah sich um und schüttelte den Kopf. „Ich habe ein merkwürdiges Quietschen gehört und dachte, du brauchst vielleicht Hilfe. Was zum Teufel hast du hier gemacht?"

„Wonach sieht es denn aus? Ich wollte die Liege zusammenklappen." Seltsamerweise konnte Kainda an seiner Stimme hören, dass er log. Lynn schien das nicht wahrzunehmen.

„Wozu?"

Ryan winkte ab. „Warum bist du denn schon hier? Ist es bereits so spät?"

„Halb sieben. Ich hatte meine Schürze hier liegen gelassen und bin heute dran mit dem großen Gemetzel. Sonya wird dich hier unterstützen."

„Okay. Viel Spaß."

Viel Spaß? Irgendetwas an dem Gespräch schien Kainda zu entgehen. Oder diese Leute hatten einen unheimlich kranken Sinn für Humor und keinerlei Gewissen. Was für ein Gemetzel? Hatten sie noch andere Wandler gefangen? Ihr Magen zog sich zusammen.

Die Amazone verdrehte die Augen. „Sehr witzig."

Ihr Bewacher lachte und legte seine Hand auf ihren Arm. „Fand ich auch. Sehen wir uns nachher noch?"

„Eventuell, je nachdem, wie schnell ich durch bin." Damit verließ die Frau den Raum.

Ryan drehte sich zu ihr um und hockte sich vor den Käfig. Kainda versuchte, nicht zurückzuweichen, als er seine Hand nach ihr ausstreckte. Trotzdem schien er es zu bemerken und stieß einen tiefen Seufzer aus. „Fangen wir jetzt wieder von vorne an? Ich dachte, wir hätten heute Nacht ein wenig Vertrauen aufgebaut."

Ja, aber das war gewesen, bevor diese … Schlächterin auftauchte und von Gemetzel sprach. Wie konnte es sein, dass Ryan darüber lachte? Hatte sie sich in ihm getäuscht? War er gefährlicher, als sie glaubte?

Resignation breitete sich auf seinem Gesicht aus. „Also, noch mal ganz von vorne. Ich versuche nur, dir zu helfen." Seine Stimme klang beschwörend. „Deine Bewegung könnte die Nähte wieder aufgerissen haben, deshalb muss ich das überprüfen."

Kainda knurrte leise. Ryan musste wissen, dass sie eine Wandlerin war, sonst hätte er nicht mit ihr geredet, als würde sie ihn verstehen, und das bedeutete, dass er nicht nur ein Scherge der Verbrecher, sondern in alles eingeweiht war. Sollte das die neue Methode sein? Reden statt foltern? Wenn es so war, dann hatte er eindeutig Talent. Sie war fast bereit gewesen, ihm zu glauben, dass er ihr nichts tun würde. Ein Fehler. Wie konnte sie so dumm sein, nach allem, was sie erlebt und gesehen hatte? Als Ryan ihre Rippen berührte, bleckte sie die Zähne und schnappte nach ihm. Sie verfehlte seine Hand nur um wenige Millimeter. Dafür zerrte die Bewegung an ihren Wunden, und der Schmerz trieb ihr Tränen in die Augen.

Ryan brachte seine Finger in Sicherheit und schloss die Käfigtür. „Ich kann mir nicht leisten auszufallen, solange kein anderer Arzt da ist." Sie konnte Enttäuschung in seinen Augen sehen.

„Das war's dann wohl mit der Sonderbehandlung für dich, du bleibst ab sofort im Käfig."

Kainda sah ihm hinterher, als er aus dem Zimmer ging und die Tür leise hinter sich schloss. Wenn Ryan Tierarzt war, warum gab er sich mit den Verbrechern ab, und was war seine Aufgabe hier? Wie konnte jemand, der eigentlich Lebewesen helfen sollte, sich für so etwas hergeben? Kainda versuchte, den Stich zu ignorieren, den ihr der Gedanke versetzte. Unter anderen Umständen hätte sie Ryan vielleicht sogar gemocht, doch das konnte sie sich jetzt nicht leisten. Sein Vertrauen hatte sie mit der Aktion eben auch verspielt, und dadurch würde es noch schwerer werden zu entkommen. Verdammt, sie war schon immer zu impulsiv gewesen, dachte nicht nach, bevor sie handelte. Eigentlich hatte sie angenommen, diesen Charakterzug nach den Geschehnissen der letzten Monate abgelegt zu haben, aber bei Ryan schaffte sie es einfach nicht, einen kühlen Kopf zu bewahren. Kainda wünschte, sie hätte seine Augen nie gesehen, die Wärme in ihnen, die nicht zu einem Verbrecher zu passen schien. Kein Wunder, dass sie verwirrt war. Ryan sandte eindeutig gegensätzliche Signale aus.

Hoffentlich ließ er sich nicht gegen einen anderen Wächter austauschen, denn auch wenn sie ihm nicht traute, hatte sie doch das Gefühl, bei ihm bessere Chancen zu haben als bei einem anderen. Zum Beispiel bei dieser Schlächter-Lynn. Es war erstaunlich, wie schnell sie eine Abneigung gegen diese Frau gefasst hatte. Irgendetwas an ihr ging ihr gegen den Strich. Vor ihrem geistigen Auge sah sie, wie Ryan die Amazone vertraulich am Arm berührte. Nein, das war ganz und gar unmöglich. Er war ihr Feind, sie konnte überhaupt nicht eifersüchtig sein! Wütend auf sich selbst und auf Ryan stieß sie ein lautes Fauchen aus.

Ryan zuckte zusammen, als er das Fauchen aus dem Nebenzimmer hörte. Seufzend wandte er sich wieder der Aufgabe zu, frischen Kaffee zuzubereiten. Er brauchte dringend Koffein, wenn er den Tag überstehen wollte. Es war schön gewesen, Etana beim Schlafen zuzusehen, und als er schließlich eingenickt war, hatte er besser geschlafen als seit langem. Der Moment des Aufwachens war ein Schock gewesen, Nase an Nase mit einem Raubtier, aber gleichzeitig auch … faszinierend. Der Blick aus Etanas Katzenaugen hatte beinahe menschlich gewirkt, so als würde sie ihre Verbindung auch spüren. Ryan schüttelte den Kopf. So ein Unsinn. Was sie von ihm hielt, hatte er ja gesehen, als er sie im Käfig noch einmal untersuchen wollte. Seltsam, wie sehr ihn das enttäuschte. Dabei hatte er so etwas schon öfter erlebt. Die Leopardin war ein Wildtier, sie hasste es, eingesperrt zu sein, so viel war offensichtlich. Und er konnte nicht erwarten, dass sie verstand, dass er ihr nur helfen wollte. Immerhin hatte sie ihn bisher noch nicht verletzt, dabei hätte sie schon mehrmals die Gelegenheit dazu gehabt. Ihr Zuschnappen war ihm mehr wie eine Warnung vorgekommen. Trotzdem würde er ab sofort vorsichtiger sein müssen.

„Guten Morgen!“ Sonyas fröhliche Begrüßung schallte durch die Klinik und machte Ryan bewusst, dass die Zeit der Ruhe für heute vorbei war.

Er wartete, bis die ältere Tierpflegerin, deren beinahe unerschütterlich gute Laune legendär war, in die Küche trat, bevor er ihr antwortete. „Morgen, Sonya.“

Sie betrachtete ihn genauer und schüttelte den Kopf. „Hat dir schon jemand gesagt, dass du schlimm aussiehst?“

„Ja, Lynn war so freundlich.“

„Gut, dann brauche ich das ja nicht mehr zu tun. Wie geht es unserer Patientin?“

Ryans Gedanken wanderten zu dem Moment ihres Aufwachens zurück. „So weit ganz gut. Sie frisst, und die Wunden verheilen auch zufriedenstellend.“

„Sehr gut. Was meinst du, wann können wir sie transportieren?"

Der Gedanke versetzte Ryan einen Stich. „Das wird noch mindestens eine Woche dauern. Außerdem muss ich erst einen passenden Platz finden."

Sonya runzelte die Stirn. „Meinst du, sie würde sich mit den Geparden nicht verstehen?"

„Vielleicht. Wenn sie so weit fit ist, können wir es ausprobieren, aber falls es nicht klappt, brauche ich eine Ausweichmöglichkeit."

„L. A.?"

Ryan schnitt eine Grimasse. „Ich finde die Käfige dort zu klein, das möchte ich ihr eigentlich nicht zumuten. Aber vielleicht meldet sich ihr Besitzer ja noch, ich habe bei den anderen Tierparks und im Internet eine Anfrage gestellt, wer eine afrikanische Leopardin vermisst."

„Hoffentlich finden wir ihr Zuhause."

Ryan nickte nur. Er war sich nicht so sicher, ob er Etana wirklich dorthin zurückgeben wollte, zumindest nicht, bevor er sich nicht von der Beschaffenheit des Geheges und den Fähigkeiten des dortigen Personals überzeugt hatte. Die Narben und der schlechte Ernährungszustand der Leopardin machten ihm Sorgen. Wenn sie dorthin zurückkam, würde sich ihr Leid nur wiederholen. Zur Not würde er die Tierschutzbehörde informieren, damit sie dafür sorgte, dass Etana ein neues Zuhause bekam.

„Hast du eigentlich schon den Trucker angerufen, der sie angefahren hat?"

„Nein, das habe ich vergessen. Am besten mache ich das sofort, bevor es hier rundgeht. Wo ist die Kontaktnummer von diesem Rivers geblieben?"

„Im Büro, in der Akte über die Leopardin." Sonya lächelte ihn an. „Wie nennst du sie denn?"

Ryan spürte, wie seine Wangen heiß wurden. Die anderen neckten ihn ständig damit, dass er allen Tieren Namen gab und mit ihnen redete. „Etana."

„Passt gut zu ihr." Damit begann sie, das Futter vorzubereiten, und Ryan nutzte die Gelegenheit, aus der engen Küche herauszukommen.

Im Büro zog er die Akte aus dem Hängeregister und fand schließlich einen handschriftlichen Zettel, auf dem ‚Rivers' sowie eine Telefonnummer stand. Nachdem er das Telefon unter einem Berg von Papier herausgezogen hatte, wählte er die Nummer und wartete auf das Freizeichen.

Nach langen Sekunden ging schließlich jemand dran. „Ja?"

„Hier ist Ryan Thorne, Tierarzt im San Diego Wild Animal Park. Spreche ich mit Cal Rivers?"

Ein langes Zögern, dann ein tiefer Atemzug. „Nein, ich bin Detective Harken, LAPD. Darf ich fragen, warum Sie anrufen?"

Polizei? Ein ungutes Gefühl breitete sich in Ryan aus. „Cal Rivers war gestern hier und brachte uns eine verletzte Leopardin, die er angefahren hatte. Er hat uns gebeten, ihn darüber zu informieren, wie es ihr geht."

„Ich fürchte, das ist nicht mehr möglich. Rivers und seine Frau wurden heute Morgen tot aufgefunden."

„O Gott." Ryan ließ sich in den Schreibtischstuhl sinken. „War es ein Unfall?"

Wieder eine Pause. „Die Ermittlungen sind noch nicht abgeschlossen. Aber nein, es sieht nicht so aus." Ein Klicken ertönte. „Wild Animal Park sagten Sie? Kann ich später vorbeikommen, um Ihnen noch einige Fragen zu dem Treffen mit dem Opfer zu stellen?"

„Natürlich. Sie finden mich in der Klinik des Parks. Allerdings glaube ich nicht, dass ich viel zu Ihren Ermittlungen beitragen kann, ich habe Rivers nur etwa fünf Minuten lang gesehen, bevor er nach Hause fuhr."

„Das macht nichts, die Sache mit der Leopardin hört sich für mich interessant genug an." Damit verabschiedete Harken sich und legte auf.

Wie betäubt ließ Ryan den Hörer sinken. Der Trucker war tot? Wie konnte das sein, er hatte so lebendig gewirkt, so kraftvoll und unverwüstlich. Natürlich konnte er sich täuschen, aber es fiel ihm schwer zu glauben, dass Rivers in krumme Geschäfte verwickelt gewesen war. Vor allem hätte er dann Etana nicht hierher gebracht, sondern sie einfach liegen gelassen. Wenn Ryan sich recht erinnerte, hatte er sogar bei der Polizei angerufen und gefragt, was er mit der Leopardin machen sollte. Außerdem war es ziemlich merkwürdig, dass extra ein Detective aus Los Angeles hierherkommen wollte, um ihn zu befragen. Konnten die Morde wirklich mit Etana zusammenhängen? Ryan schüttelte den Kopf und erhob sich langsam. Es brachte nichts zu spekulieren, das war die Aufgabe der Polizisten.

6

Finn setzte sich auf das Geländer von Coyles Veranda und wartete darauf, dass sein Freund ihn bemerkte. Es dauerte nicht lange, bis sich die Tür öffnete und Coyle aus dem Haus trat.

„Warum hast du nicht einfach geklopft?" Sein Freund setzte sich neben ihn auf die Balustrade und zog sich ein T-Shirt über den Kopf.

„Weil ich wusste, dass ihr beschäftigt seid, und ich euch nicht stören wollte."

Coyle hob eine Augenbraue. „Und du dachtest, ich würde mich nicht gestört fühlen, wenn ich dich wittere?"

Finn hob die Schultern. „Daran solltest du nach sechsunddreißig Jahren im Lager eigentlich gewohnt sein." Er betrachtete seinen Freund forschend. „Aber wie es aussieht, hast du dich hier gut eingewöhnt." Coyles goldene Augen strahlten, sein Gesichtsausdruck wirkte entspannt wie schon lange nicht mehr. Es war Finn klar gewesen, dass Coyle unter der selbst auferlegten Aufgabe, die Wandler zu schützen, gelitten hatte – nur nicht, wie sehr.

„Ich möchte nirgendwo anders sein." Coyle zuckte schuldbewusst zusammen. „Nein, so meinte ich das nicht. Es ist nur, hier bin ich endlich frei und kann all das tun, was ich schon immer machen wollte."

„Und du bist mit Marisa zusammen."

Ein Leuchten glitt über Coyles Gesicht. „Ja."

Ungeduldig drängte Finn den Stich Eifersucht zurück. Es gab niemanden, dem er das Glück mehr gönnte als seinem Freund.

Nachdem Coyle schon als kleiner Junge seinen Vater verloren hatte, verbrachte er die folgenden Jahre damit, das, was er als seine Schuld betrachtete, wiedergutzumachen. Er war einer der besten Ratsführer gewesen, den die Gruppe je gehabt hatte. Doch dafür hatte er viel gegeben, er war sogar bereit gewesen, auf Marisa zu verzichten, um nichts zwischen sich und sein Ziel, die Wandler zu schützen, kommen zu lassen. Glücklicherweise war es ihm nicht gelungen, Marisa zu verschrecken, und er hatte am Ende eingesehen, dass er ohne sie nicht mehr leben wollte. Da sie als Mensch und vor allem als Reporterin nicht im Lager der Berglöwenwandler leben konnte, hatte Coyle ein Haus für sie am Rande des Waldes gebaut – zwischen ihren beiden Welten. Und Marisa liebte ihn genug, um ihm seine Sturheit zu verzeihen und mit ihm zusammenzuziehen.

Finn sah zu den hell gestrichenen Hölzern des Verandadachs hinauf. „Schönes Haus."

Coyle lachte laut auf. „Du willst doch nur ein Lob hören, weil du es geplant hast! Also gut, du hast dich selbst übertroffen. Es ist genau das, was ich für Marisa und mich haben wollte."

Lächelnd nickte Finn. „Das ist gut. Ich nehme an, es gefällt ihr auch?"

„Das kannst du sie gleich selber fragen." Coyle wurde ernst. „Und jetzt sag mir, was dich bedrückt."

„Du meinst, außer dass du mich genötigt hast, deinen Job zu übernehmen?"

Coyle sah ihn ruhig an. „Du hattest die Möglichkeit, nein zu sagen. Ich hätte das besser verstanden als jeder andere."

Unbehaglich hob Finn die Schultern. „Ich hatte irgendwie das Gefühl, dass es an der Zeit wäre, meinen Teil zu leisten. Davon abgesehen können wir uns einen schwachen oder nicht handlungsfähigen Rat derzeit nicht leisten. Kearne ist zuverlässig und gut in der Verwaltungsarbeit, aber ihm fehlt die Fähigkeit, schnell zu reagieren." Er rieb über seine Stirn. „Vielleicht mochte ich aber auch nicht zusehen, wie dein Platz von jemand anderem eingenommen wird. Du fehlst uns."

Coyles Augen veränderten sich, wurden katzenartiger. „Ihr mir auch. Wenn die Situation etwas sicherer geworden ist, werde ich wieder öfter vorbeikommen, im Moment möchte ich kein unnötiges Risiko eingehen."

„Ich weiß. Aber ich habe auch noch ein anderes Problem."

„Welches?"

Unruhig stand Finn auf und lief auf der Veranda auf und ab. „Jamila denkt, dass ihre Schwester in Schwierigkeiten steckt."

Coyle richtete sich auf, sein Blick wurde schärfer. „Wie kommt sie darauf? Hat sie etwas von Kainda gehört?"

„Nein, nichts. Sie sagt, sie würde es fühlen." Finn fuhr sich durchs Haar. „Ich habe im Internet recherchiert, aber nichts gefunden. Was auch immer die Leopardin tut, sie scheint noch nicht entdeckt worden zu sein."

„Glücklicherweise. So etwas können wir im Moment nicht gebrauchen." Coyle verzog den Mund. „Eigentlich nie. Aber Jamila macht sich sicher nur schreckliche Sorgen um ihre Schwester und glaubt deshalb, sie könnte es fühlen."

„Normalerweise würde ich das auch sagen, aber irgendwie … habe ich auch ein schlechtes Gefühl bei der Sache. Wir sollten auf jeden Fall versuchen herauszufinden, wo Kainda jetzt ist."

Coyle nickte zustimmend. „Das kann zumindest nicht schaden. Wie läuft es sonst so?"

Obwohl Finn genau wusste, wovon Coyle sprach, stellte er sich dumm. „Womit?"

Coyles Augenbraue zuckte nach oben. „Dachte ich es mir doch. Du magst sie."

Finn gab auf. Wenn sein Freund einmal auf einer Spur war, würde er nicht locker lassen, bis er die Information aus ihm herausgepresst hatte. „Ich kenne Jamila nicht gut genug, um zu entscheiden, ob ich sie mag oder nicht. Sie hält sich stets etwas abseits, und ich weiß die meiste Zeit nicht, was in ihrem Kopf vorgeht. Allerdings hilft sie bereitwillig mit, und Fay scheint sie zu akzeptieren."

„Ich weiß nicht, ob es eine gute Idee war, die beiden zusammenzustecken."

„Was hätte ich denn deiner Meinung nach mit ihr tun sollen? Es war keine Hütte frei, und ich wollte sie auch nicht völlig unbeaufsichtigt lassen."

Coyle sah ihn betont ernst an. „Du hättest sie bei dir wohnen lassen können."

Obwohl er wusste, dass sein Freund ihn nur aufzog, reagierte Finn auf den Vorschlag. „Auf keinen Fall! Mal ganz davon abgesehen, dass das sicher bei den anderen nicht gut angekommen wäre, hätte auch Jamila etwas dagegen gehabt." Er senkte seine Stimme. „Und ich möchte sie auch nicht so nah bei mir haben."

Verwundert starrte Coyle ihn an. „Warum nicht?"

Finn schwieg eine Weile, nicht sicher, ob er seine Gedanken mit seinem Freund teilen wollte. Schließlich entschied er sich für die halbe Wahrheit. „Ich kann nicht vergessen, dass sie einen Mann umgebracht hat, und auch nicht, dass sie dich und Marisa beinahe getötet hätte."

Coyle schnitt eine Grimasse. „Glaub mir, das vergessen wir alle nicht so schnell. Vor allem wegen dem, was Bowen angetan wurde, aber auch weil wir dadurch gezwungen waren, weiter zurückzuweichen, uns noch mehr zu verstecken als bisher."

„Andererseits hätten wir uns nie kennengelernt, wenn die Leopardinnen dich damals nicht gejagt hätten und du verletzt auf meiner Veranda zusammengebrochen wärst." Marisas Stimme ließ die Köpfe der beiden Männer herumrucken.

Finn musste lächeln, als er sie sah. Sie trug ihr langes schwarzes Haar offen über einem dicken Wollpullover, und ein Strahlen überzog ihr Gesicht, das nicht da gewesen war, als er sie vor drei Monaten zum ersten Mal getroffen hatte. „Anscheinend hast du in der Zwischenzeit auch gelernt, wie man sich anschleicht."

„Ich habe es mir bei euch abgeschaut." Marisa umarmte ihn und lehnte sich dann ganz selbstverständlich an Coyle. „Schön, dich wiederzusehen, Finn. Warum kommt ihr nicht herein, wo es warm ist?" Sie drehte sich um und verschwand wieder im Haus.

Finn folgte Coyle zur Tür. „Friert sie etwa immer noch so leicht?"

„Das habe ich gehört!" Marisa blickte ihnen entgegen, als sie eintraten. „Es hat eben nicht jeder ein eingebautes Fell."

Finn hob beschwichtigend die Hände. „Schon gut, war nicht so gemeint. Schieb es darauf, dass ich außer dir keine Menschenfrauen kenne."

Marisas dunkelbraune Augen blitzten. „Was eindeutig ein Verlust ist. Ich bin sicher, dass da draußen irgendwo eine Frau ..."

Coyles Räuspern unterbrach sie. „Ich glaube, das Thema lassen wir und wenden uns lieber dem dringlicheren Problem zu."

„Und das wäre?" Diesmal galt ihr vernichtender Blick Coyle, der allerdings keine Miene verzog. Anscheinend war er es schon gewohnt, sich mit Marisa auseinanderzusetzen.

Coyle wandte sich zu Finn um und wartete, bis er ihm zunickte, bevor er Marisa die Situation schilderte. Nachdenklich kaute sie auf ihrer Unterlippe, während sie ihm zuhörte. Zum ersten Mal war Finn sich sicher, mit seinem Kommen die richtige Entscheidung getroffen zu haben. Wenn ihm jemand einen vernünftigen Rat geben konnte, dann Coyle und Marisa. Da Kainda sich vermutlich in der Nähe von Menschen aufhielt, um einen Weg nach Hause zu finden, würde Marisa ihm eher helfen können als die Wandler.

„Wisst ihr denn, wo sie genau hinwollte?“ Marisa spielte mit einer Haarsträhne, während sie nachdachte. „Ich meine, Afrika ist weit weg, und es gibt unzählige Wege dorthin.“

„Soweit ich weiß, wollte sie nach Süden. Also Los Angeles und Umgebung, und wenn das nicht klappt, nach Mexiko.“

Verwirrt sah Marisa ihn an. „Was will sie denn da?“

Finn hob die Schultern. „Ich weiß es nicht genau, vielleicht denkt sie, dass sie dort eher jemanden findet, der sie nach Afrika bringt, ohne nach Papieren zu fragen.“

Coyle schnitt eine Grimasse. „Die Möglichkeit besteht natürlich, aber es könnte genauso gut sein, dass derjenige sie an den Meistbietenden verkauft. Sie hat doch überhaupt nichts, was sie jemandem anbieten kann, kein Geld, keine Wertgegenstände.“

Finn sah ihn an. „Du denkst nicht, dass sie ihr Wissen anbieten wird, oder? Hätten wir sie doch einsperren sollen?“

Bevor Coyle etwas sagen konnte, schüttelte Marisa bereits den Kopf. „Solange Jamila bei euch ist, wird Kainda niemandem etwas verraten. Ich glaube, sie würde eher sterben, als zuzulassen, dass ihrer Schwester etwas geschieht.“

„Hoffen wir es, denn schließlich können wir sie nicht wieder zurückholen. Zumindest nicht, bis wir ein Lebenszeichen von ihr erhalten.“ Finn verzog den Mund. „Wenn sie das noch geben kann.“

Coyle blickte ihn durchdringend an. „Du glaubst also, dass an Jamilas Befürchtung etwas dran sein könnte?“

„Wie gesagt, ich weiß es nicht, sie wirkte sehr davon überzeugt. Du hättest ihr Gesicht sehen sollen. Die Angst in ihren Augen.“ Noch jetzt tat es ihm weh, daran zu denken. Ungebeten tauchte die Erinnerung auf, wie er sie für einen kurzen Moment gehalten hatte, um sie zu beruhigen. Ihr Körper hatte sich gut angefühlt, klein und zart, aber gleichzeitig auch muskulös und an den richtigen Stellen gerundet. Er konnte sich noch genau an den Moment erinnern, als sie sich zum ersten Mal von der Pantherin zum Menschen verwandelt hatte. Mit ihrer dunkelbraunen Hautfarbe und den schwarzen Locken war sie nicht nur wunderschön, sondern auch das genaue Gegenteil von ihm, sie passten überhaupt nicht zueinander. Mit einem Schnauben tauchte er aus seinen Gedanken auf und bemerkte, dass Marisa ihn interessiert musterte. „Was ist?“ Im selben Moment verfluchte er sich für die Frage. Er hatte keine Lust, mit der Reporterin über seine unpassenden Gefühle zu reden.

„Ich frage mich …“ Sie brach ab und wandte sich wieder an Coyle. „Hat Bowen mit dir darüber geredet, was in Nevada passiert ist?“

„Nein, ich glaube, er schämt sich dafür.“

Marisa stemmte die Hände in die Hüften. „Was gibt es da zu schämen? Er wurde entführt und misshandelt, nichts davon war seine Schuld!“

Coyle lächelte leicht. „Ich weiß das und jeder andere auch, nur Bowen will es nicht einsehen.“ Kummer huschte über seine Miene. „Er macht sich Vorwürfe, dass durch ihn die Jäger überhaupt erst unser Lager gefunden haben. Was natürlich Unsinn ist, denn das war Melvins Schuld.“

Finn verzog den Mund. Er mochte nicht daran denken, dass einer ihrer jungen Männer sie verraten und damit die ganzen Ereignisse erst ausgelöst hatte. „Bowen ist still und in sich gekehrt, aber er hat sich wieder gut in das Gruppenleben eingewöhnt. Vielleicht wird er irgendwann darüber reden, sobald er sich erholt hat.“

„Hoffentlich.“ Marisa zog an einer Haarsträhne. „Was ich aber eigentlich wissen wollte, war, ob Bowen über Isabel geredet hat.“

Finns Augenbrauen zogen sich zusammen. „Stammheimers Tochter – das Mädchen, das ihm geholfen hat? Nein, er hat sie nicht erwähnt. Warum?“

„Während wir auf die Polizei gewartet haben …“ Marisa presste die Lippen zusammen, als wäre das keine besonders erfreuliche Erinnerung. „… hat sie mir ein wenig erzählt, was geschehen ist. Wenn ich das richtig verstanden habe, hat sie Bowens Nähe gespürt und konnte teilweise sogar seine Gedanken erahnen.“

Finn tauschte einen Blick mit Coyle. Solche Verbindungen waren seit etlichen Jahrzehnten nicht mehr bei den Berglöwenwandlern vorgekommen. Anscheinend sollte er dringend mit dem Jungen reden. „Und was hat das mit Jamila zu tun?“

„Vielleicht kann sie ihre Schwester auch spüren, sogar über weite Entfernungen. Wenn Isabel und Bowen es innerhalb kürzester Zeit können, warum sollte es bei Jamila und Kainda nicht funktionieren, wenn sie ihr gesamtes Leben gemeinsam verbracht haben. Außerdem kennt sich niemand von uns mit Leoparden aus, oder?“

Finn spürte Hitze in seinen Nacken kriechen und beschloss, den beiden lieber nicht zu gestehen, dass er sich nach Jamilas Ankunft sehr wohl über ihre Art informiert hatte. Seine Recherchen waren allerdings nicht sehr ergiebig gewesen, und es zuzugeben hätte Coyle und Marisa nur auf Ideen gebracht, über die er selbst nicht nachdenken wollte.

„Glaubst du im Ernst, Jamila kann fühlen, wie es ihrer Schwester geht? Und wenn es so ist, was können wir tun?“

„Das weiß ich nicht. Aber ich könnte ein wenig im Internet recherchieren, ob ich etwas über Kainda herausfinde. Als Reporterin habe ich Zugriff auf einige Informationsquellen, die du nicht anzapfen kannst.“

Erleichtert nahm Finn das Angebot an. „Das hatte ich gehofft.“

Marisa runzelte die Stirn. „Hat Jamila irgendeinen Anhaltspunkt, wo Kainda sein könnte?“

„Nein, gar keinen. Nur das Gefühl, dass etwas nicht stimmt.“

„Das macht die Sache komplizierter. Aber ich werde mein Bestes geben."

Coyle umfing sie mit den Armen und zog sie an sich, sodass ihr Rücken seine Brust berührte. Er knabberte in einer besitzergreifenden Geste an ihrem Nacken. „Wie immer. Und wie immer werde ich zur Seite geschoben und erst wieder herausgeholt, wenn du fertig bist."

Marisa begann zu lachen. „Wer's glaubt. Als würdest du dich ignorieren lassen." Spielerisch schlug sie ihm auf den Arm. „Und behalt deine Zähne bei dir, wir haben einen Gast."

„Und?" Coyle klang nicht so, als würde ihn das im Mindesten stören.

In Finn rangen Belustigung und Eifersucht miteinander. Er gönnte den beiden ihr Glück von Herzen, aber die Tatsache, dass er selbst niemanden hatte, dem er sich so nahe fühlte, versetzte ihm einen schmerzhaften Stich. Die Leere in seinem Innern wurde ihm wieder einmal deutlich bewusst. Als er sich langsam aufrichtete, traf Coyles Blick seinen und Verständnis schimmerte in den goldenen Augen seines Freundes. Coyle kannte ihn und hatte schon immer gewusst, was ihn gerade beschäftigte.

„Entschuldige, ich bin keine gute Gastgeberin." Marisa löste sich offensichtlich widerstrebend von Coyle. „Kann ich dir etwas zu trinken anbieten?"

„Etwas Wasser wäre nett, bevor ich mich auf den Rückweg mache."

Coyle wartete, bis Marisa aus dem Zimmer war, bevor er Finn seine Hand auf die Schulter legte. „Du wirst sie finden."

„Wen?"

„Diejenige, die zu dir gehört."

Finn zuckte unwillig mit den Schultern. Er wollte darüber nicht reden. „Im Moment ist etwas anderes wichtiger, und darauf muss ich mich konzentrieren."

„Ich weiß. Ich will damit auch nur sagen: Mach nicht den gleichen Fehler wie ich. Die Verantwortung für die Gruppe zu tragen ist nicht leicht, aber lass davon nicht dein ganzes Leben einnehmen."

Finn nickte nur. Das war leicht gesagt. Denn selbst wenn er nicht den Ratssitz angenommen hätte, wäre er sehr beschäftigt gewesen. Mit dem Umzug war es nötig geworden, alle Unterkünfte neu anzulegen, keine leichte Aufgabe unter diesen Bedingungen, und als einziger Tischler im Lager hatte er alle Hände voll zu tun gehabt. Auch diesmal hatten sie die etwa zwanzig Hütten so versteckt zwischen und auf den Bäumen um eine Lichtung herum angeordnet, dass sie nur zu erkennen waren, wenn man wusste, wonach man suchte. Wenigstens hatten sie die meisten Möbel und Materialien mitnehmen können, sodass er die nicht auch noch neu herstellen musste. Aufmerksam sah er sich im Haus um. Coyle hatte es mit seinen Möbeln ausgestattet, allerdings waren noch einige Stellen leer. „Wollt ihr euch nicht endlich mal komplett einrichten?"

Coyle hob beide Augenbrauen. „Warum sollte ich Geld für minderwertige Möbel ausgeben, wenn ich von dir viel bessere bekommen kann? Da warten wir lieber, bis du wieder Zeit hast, uns etwas Schönes zu bauen."

Finn lächelte ihn an. „Das kann dauern, wir sind noch dabei, die letzten Hütten zu bauen, damit jeder genug Platz hat."

„Auch für Jamila?"

Manchmal war sein Freund wie ein Bluthund. Apropos … „Wo ist eigentlich Angus?" Marisas Bloodhound hatte damals einen großen Teil zu ihrer Rettung beigetragen.

Coyle schüttelte den Kopf. „Was war das denn jetzt für ein Gedankensprung? Aber ich verstehe schon, du willst nicht über die Leopardin reden."

„Was gibt es da zu sagen? Sie wohnt bei Fay. Solange nicht geklärt ist, wie lange sie bleibt, lohnt es sich nicht, ein Haus für sie zu bauen." Finn merkte, dass er klang, als müsste er sich verteidigen, aber er konnte es nicht ändern. „Also, was ist mit Angus?"

„Wir haben ihn oben eingesperrt, als ich dich gewittert habe. Er kennt dich zwar schon, aber wir wollten nicht, dass er sich unnötig aufregt. Schließlich ist er nicht mehr der Jüngste." Coyle wirkte schuldbewusst. Auch wenn er es nie zugeben würde, er mochte den alten Knochen.

„Man sollte annehmen, dass er sich langsam an Berglöwen gewöhnt hat, seit du ständig in der Nähe bist."

Marisa reichte Finn ein Wasserglas. „Aber das hat er doch. Er liebt es, an Coyle zu knabbern."

Finn, der gerade trinken wollte, prustete los. „Entschuldige, hast du gerade gesagt, er *knabbert* an ihm?"

Grinsend wich Marisa Coyle aus, der sie sich greifen wollte. „Genau. Es ist seine Art, Zuneigung zu zeigen."

„Und Coyle beißt dann zurück?" Die Vorstellung trieb Lachtränen in seine Augen.

Coyle verschränkte die Arme vor der Brust und setzte seine finsterste Miene auf. „Nein, der Hund schmeckt nicht. Seid ihr jetzt fertig, euch über mich lustig zu machen?"

„Hey, seit du weg bist, habe ich im Lager überhaupt nichts mehr zu lachen. Nun gönn mir doch mal was."

Schlagartig wurde Coyle ernst. „Es tut mir leid, ich …"

Finn verdrehte die Augen. „Fang nicht schon wieder an, dich dafür zu entschuldigen. Du hast meiner Meinung nach genau das Richtige gemacht. Ich würde dich gar nicht zurückhaben wollen, so griesgrämig wie du warst, nachdem du Marisa nach Hause geschickt hattest."

„Danke, mein Freund, wie nett, sie daran zu erinnern. Jetzt wird sie mir nachher wieder vorhalten, wie idiotisch ich war." Als er sah, dass Marisa zustimmend nickte, stöhnte Coyle auf.

„Womit sie völlig recht hat." Finn trank sein Glas aus und stellte es auf den Tisch. „So, ich gehe dann mal, um euch nicht weiter von dem abzuhalten, was ihr vorhin getrieben habt." Zufrieden darüber, dass sich Marisas Wangen rot färbten und Coyle sie mit einem heißen Blick ansah, ging er zur Tür. „Bis bald."

Coyle folgte ihm. „Verlauf dich nicht."

Damit schloss er Finn die Tür vor der Nase. Wenige Sekunden später hörte er Marisa auflachen und ein heiseres Fauchen, das zu weiterem Gelächter führte. Mit einem Lächeln stieg Finn die Verandatreppe hinab und verschwand im Wald.

So viel verschwendete Zeit, nur um zu erfahren, dass die Leopardin nur wenige Meilen von der Stelle entfernt, wo er ihre Spur verloren hatte, in einen Tierpark gebracht worden war. Hätten seine Männer sich etwas mehr Mühe gegeben, wäre er nicht gezwungen gewesen, die Nacht in Los Angeles zu verbringen. Edwards verzog das Gesicht bei der Erinnerung an den Moment im Treppenhaus, als Rivers ihm beinahe den Schädel eingeschlagen hatte. So viel zu seinen Fähigkeiten, unbemerkt in ein Haus einzubrechen. Glücklicherweise hatte er sich noch schnell genug ducken können, um den Schlag abzuwehren. Es war dagegen unglücklich gewesen, dass er danach reflexartig zugestochen und Rivers direkt im Herzen erwischt hatte. So konnte er ihn nicht mehr danach fragen, wo er die Leopardin hingebracht hatte, und musste auf Plan B zurückgreifen. Er tötete ungern Frauen, und wenn, dann erledigte er das schnell, doch diesmal hatte er keine Wahl gehabt, sie war die Einzige, die ihm noch sagen konnte, wo das verdammte Vieh abgeblieben war.

Edwards schüttelte den Kopf. Nun, das war jetzt erledigt, und er konnte sich ganz darauf konzentrieren, die Leopardin in die Hände zu bekommen. Je schneller er das schaffte, desto eher hatte er seinen Auftraggeber nicht mehr im Nacken und konnte sich anderen Unternehmungen widmen, die wesentlich angenehmer waren. Er parkte vor dem Parkeingang, stieg aus und sah sich aufmerksam um.

Kainda schreckte aus ihrem Dämmerschlaf hoch, als sie zwei männliche Stimmen vor ihrer Tür hörte. Eine gehörte eindeutig zu ihrem Bewacher, die andere war ihr fremd. Würde sich jetzt jemand anders um sie kümmern? Das Summen der Klimaanlage klang laut in ihrem empfindlichen Gehör, aber sie konnte trotzdem jedes Wort verstehen.

„… übel zugerichtet. Es scheint, als hätten sie den Einbrecher erwischt, als er nach Wertsachen suchte." Die Stimme des Fremden hatte einen harten Klang. Kalt und geschäftsmäßig, als würde er sich ständig mit solchen Themen befassen. „Rivers lag im Obergeschoss im Flur, es sieht aus, als wäre er relativ schnell gestorben. Seine Frau …" Ein Stocken und Räuspern, bevor er in ebenso leidenschaftslosem Ton fortfuhr. „… scheint länger gelitten zu haben."

Kainda setzte sich auf und ignorierte den Schmerz, der durch ihr Bein fuhr. Wovon redeten sie da? Mord? Der Name Rivers brachte irgendetwas in ihr zum Klingen, aber sie konnte ihn beim besten Willen nicht einordnen. Sie kannte in Amerika nur die Berglöwen, und da war ihr niemand mit diesem Namen begegnet.

Ryans warme Stimme riss sie aus den Gedanken zurück. „Ich wüsste wirklich nicht, wie ich Ihnen in diesem Fall helfen könnte, Detective Harken. Wie ich am Telefon schon sagte, war Rivers nur etwa fünf Minuten hier. Er hat gewartet, bis wir die Leopardin auf dem Tisch hatten, aber dann wollte er möglichst schnell zu seiner Frau nach Hause." Einen Moment schwieg er. „Nicht jeder hätte das getan, was er gemacht hat. Die Leopardin tat ihm leid, und er wollte sie retten."

Kainda hielt die Luft an. Konnte es sein, dass dieser Rivers umgebracht worden war, weil er versucht hatte, sie zu befreien?

„Haben Sie schon herausgefunden, woher das Tier stammt?"

„Nein, leider hat sich noch niemand gemeldet. Ihr Allgemeinzustand war auch vorher schon schlecht, es könnte sein, dass sie schon einige Zeit ohne regelmäßige Nahrungsaufnahme auskommen musste."

Ihr Bewacher schien mehr zu merken, als sie erwartet hatte. Hoffentlich konnte er daraus keine Rückschlüsse ziehen, wo sie hergekommen war. Andererseits waren die Berglöwenwandler und ihre Schwester nach dem Umzug in Sicherheit, denn da sie die Lage des neuen Lagers nicht kannte, konnte sie auch nichts darüber verraten.

„Wird sie sich erholen?"

„Ich denke, schon. Wenn ihr gebrochenes Bein gut heilt, sollte sie in einigen Wochen wieder fit sein."

Wochen? Kainda erschrak. So viel Zeit hatte sie nicht! Irgendwie musste es ihr gelingen, früher auszubrechen, damit die Verbrecher sie gar nicht erst dazu zwingen konnten, etwas über die Wandler preiszugeben.

„Und wo wollen Sie die Leopardin lassen, wenn sich der Besitzer nicht meldet?"

Ryan schien zu zögern, bevor er antwortete. „Solange sie noch medizinische Hilfe braucht, wird sie hierbleiben, danach werde ich versuchen, einen guten Platz für sie zu finden."

Was meinte er damit? Wollten diese Leute sie irgendwo für immer einsperren?

„Haben Sie denn hier im Park nichts für sie?"

„Leider nicht. Wir haben nur Geparden, Tiger und Löwen, keine Leoparden."

Verwirrt presste sich Kainda dichter an die Gitterstäbe, auch wenn ihre Rippen heftig pochten. Mittlerweile verstand sie überhaupt nichts mehr. Von welchem Park sprachen die Männer? Und sie hielten auch andere Raubkatzen gefangen? War ihre Gruppe vielleicht nicht die einzige gewesen, die in Afrika angegriffen wurde? Waren es nicht nur wenige Verbrecher, sondern vielleicht eine ganze Organisation, die gezielt vorging? Dann war die Gefahr für alle Wandler noch viel größer, als sie gedacht hatte. Wie sollten sie sich schützen, wenn sie sich noch nicht einmal an die Polizei wenden konnten? Wenn niemand wissen durfte, dass sie überhaupt existierten? Vielleicht hätte sie auf Jamila hören und den Unterschlupf annehmen sollen, den die Berglöwenwandler boten. Aber sie hatte es nicht über sich gebracht, die Rückkehr nach Afrika aufzugeben. Ihre Familie aufzugeben. Wieder tobte Schmerz in ihrem Innern, tausendmal stärker, als es gebrochene Knochen jemals könnten. Keuchend versuchte sie zu atmen, doch ihr Hals war wie zugeschnürt. Tränen schossen ihr in die Augen, ihre Umgebung wurde unscharf.

Sie war so in ihrem eigenen Leid gefangen, dass sie nicht merkte, wie die Tür geöffnet wurde. Erst als Ryans Stimme plötzlich viel näher klang, wurde ihr bewusst, dass sie nicht mehr allein war. Verspätet sprang sie vom Gitter zurück und drückte sich an die Wand im hinteren Bereich des Käfigs. Ein Zittern lief durch ihren Körper.

„Es ist alles in Ordnung, Etana, keine Angst.“ Ryan kam langsam näher und hockte sich vor den Käfig. Der andere Mann blieb hinter ihm stehen und starrte sie prüfend an.

Kaindas Bein gab unter ihr nach, und sie ließ sich wieder auf den Boden sinken. Sie sah Ryan an und verlor sich für einen Moment in seinen Augen. Es schien ihm wirklich etwas auszumachen, sie so zu sehen. Seine Hand näherte sich dem Gitter, anscheinend hatte er nichts gelernt.

„Kein Wunder, dass Rivers sie mitgenommen hat, das ist doch etwas anderes als ein Hase.“ Kaindas Blick ruckte zu dem anderen Mann, der in sicherer Entfernung stehen geblieben war. Sie versuchte, seinen Geruch zu prüfen, doch sie konnte nur Ryans unvergleichlichen Duft riechen. „Ich habe mir den Truck angesehen, er hat eine dicke Beule am Kühler. Es ist ein Wunder, dass die Leopardin das überlebt hat."

Was für ein Truck?

„Ja, sie war beinahe tot, als sie hier angeliefert wurde. Sie hat Glück gehabt, dass ihre Rippen nur angebrochen sind und sich nicht in ihre Lunge oder andere lebenswichtige Organe gebohrt haben." Ryans Blick glitt über ihre Verbände. „Glücklicherweise konnten wir sie wieder aufpäppeln. Wenn ihr Beinknochen richtig zusammenwächst, wird sie keine bleibenden Schäden behalten."

Ryan öffnete die Käfigtür und beugte sich hinein, um den Napf herauszunehmen.

„Sind Sie sicher, dass das eine gute Idee ist?" Die Stimme des Mannes klang deutlich nervös.

Ernst blickte Ryan Kainda an. „Wir haben eine Übereinkunft getroffen. Sie tut mir nichts, wenn ich ihr nichts tue. Richtig, Etana?" Ryans Augen weiteten sich, als sie mit einem kaum wahrnehmbaren Nicken antwortete. Langsam breitete sich ein Lächeln auf seinem Gesicht aus, das ihr schlicht den Atem verschlug. Ohne dass sie es wollte, hob sich ihr Mundwinkel.

„Alles in Ordnung?" Der andere Mann trat näher.

Ryan räusperte sich und riss seinen Blick von ihr los. „Natürlich, Detective." Er nahm die Schüssel heraus und schloss die Käfigtür wieder.

Misstrauisch starrte Kainda den anderen Mann an. War der Polizist tatsächlich nur wegen des Mordes an diesem Rivers hier, oder hatte er gemerkt, dass irgendetwas mit ihr nicht stimmte? An seinem Gesicht war nichts abzulesen, er gab nicht zu erkennen, was er dachte. Was bei seinem Beruf vermutlich normal war, aber es half ihr nicht weiter. Er schien etwas älter zu sein als Ryan, aber sein Körper wirkte wie der eines Marathonläufers, schlank und durchtrainiert. Linien umgaben seine Augen und Mundwinkel, aber sie konnte sich nicht vorstellen, dass sie vom Lachen kamen.

„Haben Sie ihr den Namen gegeben, oder trug sie irgendwelche Identifizierungsmerkmale?“

Ryan verzog den Mund. „Nein, keinerlei Identifikation. Ich habe ihr den Namen gegeben, weil ich sie nicht ständig mit ‚Leopardin‘ anreden wollte.“

Der Detective nahm das zur Kenntnis, ohne die Miene zu verziehen. Anscheinend war er einiges gewohnt. „Okay, dann werde ich das in meinem Bericht vermerken.“ Er schrieb etwas auf einen Block und steckte ihn dann wieder weg. „Durch Rivers' Notruf wissen wir genau, wo er sie angefahren hat, allerdings waren dort keine weiteren Spuren zu finden. Offenbar kam sie aus dem Wald gelaufen und wurde von dem Truck erfasst.“

„Sie scheint an Straßen nicht gewöhnt zu sein, sonst wäre sie um die Uhrzeit nicht vor das einzige Fahrzeug weit und breit gelaufen.“

Kainda starrte die beiden Männer verwirrt an. Ihre Verletzungen stammten von einem Zusammenstoß mit einem Wagen? So sehr sie sich auch bemühte, sie konnte sich nicht daran erinnern, was passiert war. Nur an das Gefühl, dass sie weg musste, und wie sie versucht hatte, ihren Verfolgern zu entkommen. Sie war durch den Wald geflüchtet und dann … nichts. Als hätte jemand das Geschehene aus ihrem Gedächtnis ausradiert. Unruhig verlagerte sie ihr Gewicht. Schon unter normalen Umständen war eine Gedächtnislücke beunruhigend, aber in ihrem Fall war es gefährlich, nicht nur für sie, sondern auch für Jamila und die anderen Wandler. Sie musste unbedingt wissen, ob ihre Verfolger sie tatsächlich erwischt hatten oder ob sie durch Zufall von jemandem gerettet worden war. Wenn sie es richtig verstand, dann war sie von diesem Rivers angefahren worden, und er hatte sie hierher gebracht in diesen Park oder was auch immer es war, wo sie jetzt von Ryan versorgt wurde. Konnte es sein, dass er überhaupt nichts mit ihren Verfolgern zu tun hatte? Dass er tatsächlich dachte, sie wäre nur ein Tier? Aber warum redete er dann mit ihr, als könnte sie ihn verstehen?

Andererseits ergab diese Erklärung genauso viel Sinn wie die, dass er ihr Bewacher war. Es passte alles zusammen. Wie sollte sie nur herausfinden, welche Variante stimmte?

„Gibt es denn schon irgendwelche Verdächtigen in dem Mordfall?“ Ryans Frage riss sie aus ihren Gedanken.

Der Detective verzog das Gesicht. „Ich darf nicht darüber sprechen. Aber sagen wir es so: Die Leopardin ist bisher das einzig Außergewöhnliche, das ich im Leben der Opfer finden konnte.“

Ryan schüttelte den Kopf. „Ich kann mir nicht vorstellen, dass beides miteinander zu tun hat.“

„Ich mir auch nicht, aber ich muss jeder Spur nachgehen.“ Der Detective streckte seine Hand aus. „Danke, dass Sie mir für die Befragung zur Verfügung gestanden haben, Dr. Thorne.“ Sein Blick glitt zu Kainda. „Ich hoffe, dass Sie einen guten Platz für Ihre Patientin finden.“

Bildete Kainda sich das nur ein, oder lag etwas wie Erkennen in seinen Augen? Der Gedanke verschwand, als er sich umdrehte und aus dem Raum ging, während Ryan ihm folgte.

Sie legte ihren plötzlich zu schweren Kopf zurück auf die weiche Unterlage und schloss die Augen. Jetzt war sie fast sicher, dass sie großes Glück gehabt hatte und ihren Verfolgern entkommen war. Und wenn sie sich tatsächlich bei völlig ahnungslosen Menschen aufhielt, dann konnte sie sich auch vorstellen, warum jemand diesen Rivers umgebracht hatte. Die Frage war nur, ob die Täter schon wussten, wohin der Trucker sie gebracht hatte. Wenn ja, dann war nicht nur sie in Lebensgefahr, sondern auch Ryan und alle anderen, die sich in ihrer Nähe aufhielten. Sie musste hier unbedingt weg, bevor sie gefunden wurde.

7

Unruhig streifte Jamila durch den Wald, zu aufgewühlt, um in der Hütte zu sitzen oder auch nur im Lager auf einen der Berglöwen zu treffen. Sie hatte noch ein paarmal das Gefühl gehabt, Kaindas Furcht und Schmerzen zu spüren, aber jetzt fühlte sie nichts mehr. Es machte ihr Angst, nicht zu wissen, was mit ihrer Schwester passiert war oder ob sie überhaupt noch lebte. Sie musste ihr irgendwie helfen. Doch selbst wenn sie herausfand, wo Kainda war, wie sollte sie dort in absehbarer Zeit hinkommen? Obwohl sie sich in den letzten Monaten körperlich erholt und beinahe zu ihrer alten Stärke zurückgefunden hatte, konnte sie unmöglich innerhalb von ein oder zwei Tagen die gleiche Strecke überwinden wie Kainda in drei Monaten. Normalerweise war das Band zwischen ihnen viel stärker, denn ihre Schwester war wie ihre andere Hälfte. Alles, was einer von ihnen zustieß, war für die andere sofort spürbar gewesen, doch jetzt waren sie weiter voneinander entfernt als jemals zuvor.

Jamila schloss die Augen, als sie wieder den Schmerz jenes verhängnisvollen Tages in Afrika spürte. Das Gefühl, plötzlich völlig allein dazustehen und alles verloren zu haben, das ihnen jemals etwas bedeutet hatte. Auch ihr eigener Verlust war groß gewesen, doch Kaindas Verzweiflung überlagerte alles. Ihr Schmerz war so tief, dass er niemals wirklich vergehen würde.

Tränen traten in Jamilas Augen, und ihre Kehle zog sich zusammen. Sie wusste nicht, wie Kainda damit leben konnte, wie sie es schaffte, trotzdem noch zu funktionieren und sich um ihre Schwester zu kümmern. Mit einem Seufzer gestand Jamila sich ein, dass sie nie so stark gewesen war wie Kainda. Schon vom ersten Tag an hatte ihre Schwester den Ton angegeben, und sie hatte sich gefügt. Es war ihr nicht schwergefallen, weil Kainda meist vernünftige Vorschläge machte, die auch ihren Interessen entsprachen. Aber jetzt war sie auf sich selbst gestellt und musste lernen, sich durchzusetzen und Hilfe für Kainda zu organisieren. Finn würde ihr helfen, wenn sie ihn darum bat, dessen war sie sich sicher. Wäre es so schlimm, ihm als Gegenleistung etwas über sich zu erzählen?

Jamila blieb abrupt stehen, als ihr klar wurde, warum sie bisher geschwiegen hatte. Sie wäre nie auf die Idee gekommen, dass es für jemanden interessant sein könnte, ihre Geschichte zu erfahren. Sie fand ihr Leben und ihre Gedanken nicht so spannend und erzählenswert. Und über die dunkle Zeit wollte sie nicht reden, nein, sie konnte es nicht. Das alles war zu tief in ihr eingeschlossen. Wenn sie etwas davon herausließ, würde es sie zerreißen. Ein Zittern lief durch ihren Körper, als die Erinnerungen in ihr hervorbrachen. Nein. *Nein!* Jamila begann zu laufen, schneller, immer schneller, bis ihre Gedanken sie nicht mehr einholen konnten.

Völlig ausgepumpt wurde sie nach einiger Zeit langsamer und blieb schließlich stehen. Schwer atmend sah sie sich um und stellte fest, dass sie nicht wusste, wo sie war. So weit hatte sie sich noch nie vom Lager entfernt, und schon gar nicht so kopflos, dass sie nicht einmal auf die Richtung geachtet hatte.

Ihre Beine gaben nach, und sie sank erschöpft zu Boden. Auch wenn sie inzwischen ihr früheres Gewicht wiedererlangt hatte, fehlte ihr noch die Ausdauer, einen längeren Sprint durchzuhalten. Hätten die Berglöwen sie nicht mit Nahrung versorgt, wäre sie inzwischen verhungert. Besonders weil es hier kein freies Feld zum Jagen gab wie in Afrika. Der Bodenbewuchs und die vielen Bäume verhinderten, dass sie die nötige Geschwindigkeit erreichen konnte, und sie würde erst lernen müssen, damit umzugehen.

Jamilas Kopf ruckte hoch, als sie ein Rascheln hörte. Bevor sie irgendetwas anderes tun konnte, stand ein Berglöwe vor ihr. Ein Grollen drang aus seiner Kehle. Mühsam rappelte sie sich auf und betrachtete ihn. Er war eindeutig ein Wandler, sie konnte es wittern, aber war er einer von denen, die dagegen waren, dass sie sich im Lager aufhielt? Die Wahrscheinlichkeit war hoch, denn so gut wie jeder schien dieser Meinung zu sein. Finn hatte sie gewarnt, sich nicht zu weit vom Lager zu entfernen, weil er dann ihre Sicherheit nicht gewährleisten konnte, aber sie war so mit ihren Erinnerungen beschäftigt gewesen, dass sie überhaupt nicht daran gedacht hatte. Ein Fehler, wie sie jetzt erkannte, denn der Berglöwe war viel kräftiger als sie, Muskeln bewegten sich deutlich sichtbar unter dem Fell, während er sie beobachtete.

Schließlich verwandelte sie sich und blieb ruhig sitzen, um ihn nicht unnötig zu reizen. „Was willst du?" Natürlich war es nicht risikofrei, denn als Mensch hatte sie gar keine Chance gegen ihn. Doch es war die einzige Möglichkeit zu erfahren, was er vorhatte.

Als sie schon dachte, er würde nicht darauf reagieren, verwandelte er sich ebenfalls. Es war Torik, einer derjenigen, die für den Schutz des Lagers zuständig waren. Seine Miene war finster wie immer, als er ihr antwortete. „Du hast dich aus unserem Gebiet entfernt und dabei die Sensoren aktiviert."

„Oh." Jamila sah sich unbehaglich um. „Das habe ich nicht bemerkt, ich bin nur ein wenig gelaufen und …" Sie brach ab. „Es tut mir leid, ich wollte dir keine zusätzliche Arbeit machen."

Torik sah sie lange schweigend an. Schließlich nickte er knapp. „Folge mir, ich bringe dich zum Lager zurück." Unausgesprochen klang darin mit, dass er Jamila so schnell wie möglich an

Finn oder an das andere Ratsmitglied Kearne übergeben wollte, damit die sich um sie kümmerten und entschieden, ob dies ein Fluchtversuch von ihr gewesen war oder ob sie sonst irgendein Verbrechen begangen hatte.

Zum ersten Mal regte sich so etwas wie Widerspruch in ihr, aber sie würde ihn im Zaum halten, bis sie Finn sah. An Torik wäre er nur verschwendet gewesen. Es war unmöglich zu erkennen, was er dachte oder fühlte, denn sein kantiges Gesicht war eine Maske, hinter der er seine Gedanken verbarg. Immerhin hatte er nie etwas direkt gegen sie Gerichtetes getan. Vielleicht fühlte er sich auch nicht ganz zugehörig, weil er nur ein halber Wandler war. Zumindest hatte sie von Fay gehört, dass sein Vater ein Mensch war, der aber inzwischen wieder im Indianer-Reservat lebte. Torik selbst würde sich wahrscheinlich eher die Zunge abbeißen, als jemals irgendetwas über sich zu erzählen.

Jamila schnitt eine Grimasse, als ihr klar wurde, dass sie sich genauso verhielt und Finn mit seiner Aussage völlig recht gehabt hatte. Sie konnte das Vertrauen der Berglöwenwandler nicht erringen, wenn sie sich nicht öffnete. Die Frage war, ob sie es überhaupt wollte.

Der Gedanke beschäftigte sie, als sie sich verwandelte und Torik ins Lager folgte. Erst jetzt wurde ihr bewusst, wie schwierig es gewesen wäre, allein wieder zurückzufinden. Sie konnte nur hoffen, dass Finn ihre Erklärung glauben und ihr nicht verbieten würde, sich allein außerhalb des Lagers aufzuhalten. Ohne diese Freiheit würde sie es hier keine weitere Woche aushalten, geschweige denn eine noch längere Zeitspanne, bis Kainda wieder zurückkam und sie nach Hause brachte. Nach Hause … als hätten sie noch eines, nach allem, was passiert war. Wenn sie nach Afrika zurückkehrten, würden sie ganz von vorne anfangen und lernen müssen, zu zweit zu überleben. Und sie würde Finn nie wiedersehen.

Jamila geriet ins Stolpern, als dieser Gedanke ohne Vorwarnung durch ihren Kopf schoss. Grimmig biss sie die Zähne zusammen. Warum sollte ihr das etwas ausmachen? Oft genug hatte sie erlebt, wie sich sein Gesicht verdüsterte, sobald er sie sah, es war offensichtlich, dass er sie lieber heute als morgen loswerden wollte. Sie ignorierte den schmerzhaften Stich und lief schneller, um Torik im Wald nicht zu verlieren.

Im Lager angekommen, führte er sie direkt zu Finns Hütte, verwandelte sich zurück und klopfte an. In jeder anderen Situation hätte Jamila ihn dafür bewundert, dass er die Wandlung innerhalb von drei Sekunden schaffte, aber jetzt war sie einfach nur verärgert darüber, dass er ihr nicht einmal ermöglicht hatte, sich zuerst bei Fay etwas anzuziehen. Notgedrungen verwandelte sie sich zurück und stand auf. Die Nacktheit machte ihr normalerweise nichts aus, doch sie wusste inzwischen, dass ihr Körper auf Finn reagierte, und sie versuchte deshalb, ihm so weit möglich aus dem Weg zu gehen, wenn sie nicht angezogen war. Jetzt jedoch stand sie hier wie ein unartiges Kind, das zum Schuldirektor zitiert wurde, und es gab keine Möglichkeit, Finns durchdringendem Blick auszuweichen.

Es dauerte einige Zeit, bis die Tür schließlich aufgerissen wurde und Finn in der Tür stand. „Was ist passiert?“ Sein Blick wanderte von Torik zu ihr und wieder zurück.

Jamila hätte nichts sagen können, selbst wenn sie es gewollt hätte. Stattdessen folgten ihre Augen den Wassertropfen, die an Finns nacktem Körper hinunterglitten. Anscheinend war er gerade erst aus der Dusche gekommen, seine Haare waren nass, und ein Handtuch lag um seinen Nacken. Viel interessanter war allerdings die Tatsache, dass sich sein Penis rührte, während sie ihn anstarrte. Sie konnte nicht anders, ihr Blick glitt immer wieder dorthin.

„Jamila?“

Schuldbewusst riss sie den Kopf hoch. Hitze schoss in ihre Wangen. „Ja?"

„Was sagst du dazu?" Finns Stimme klang seltsam rau, aber trotzdem nicht weniger ungeduldig.

Jamila biss sich auf die Lippe, um nicht zu fragen, was er meinte, denn sie hatte nicht ein Wort mitbekommen. „Ich wollte ein wenig allein sein und bin einfach losgelaufen. Mir ist gar nicht aufgefallen, dass ich mich so weit vom Lager entfernt habe. Es tut mir leid."

Ein Blick in sein Gesicht zeigte ihr, dass ihre Antwort Finn nicht besänftigte, doch er nickte. „Du kannst gehen, Torik, ich übernehme die Sache."

Offensichtlich erleichtert verwandelte sich Torik und lief wieder in den Wald zurück. Jamila wollte ihm folgen, doch Finns Hand legte sich schwer auf ihre Schulter. „Du bleibst noch hier."

„Aber ich dachte …"

In seinen Augen blitzte Wut auf. „Anscheinend hast du überhaupt nicht gedacht! Und jetzt geh in die verdammte Hütte."

Überrascht trat Jamila einen Schritt zurück. Sie hatte es noch nie erlebt, dass Finn die Stimme erhob oder sich nicht völlig unter Kontrolle hatte. „Ich glaube nicht …"

Wieder unterbrach er sie. „In die Hütte, sofort. Es sei denn, du möchtest die Sache vor der ganzen Gruppe klären. Die anderen sind allerdings sicher nicht so geduldig wie ich."

Jamilas Nackenhaare stellten sich auf. Ihr Instinkt riet ihr, so schnell davonzulaufen, wie es nur ging, doch sie hatte keine Wahl. Finn war der Ratsführer, und sein Wort zählte. Wenn er sie des Lagers verwies, wäre sie auf sich allein gestellt und würde keine Hilfe bei der Suche nach Kainda erhalten. Mit gesenktem Kopf betrat sie schließlich die Hütte und blieb dicht bei der Tür stehen.

„Setz dich." Es war keine Bitte, sondern ein Befehl.

Jamila ließ ihren Blick durch die Hütte wandern und atmete überrascht ein. Sie war vollgestellt mit den schönsten Möbeln, die sie je gesehen hatte. Am liebsten wäre sie mit den Fingern über das glänzende Holz gefahren, doch sie unterdrückte den Impuls und setzte sich stattdessen vorsichtig auf die Kante eines Sessels. Die Beine zusammengepresst und die Arme über ihrer Mitte verschränkt, wartete sie darauf, was Finn tun würde. Die Tür fiel ins Schloss und ließ sie zusammenzucken. Sie hielt den Blick gesenkt, bis seine Beine in ihr Sichtfeld kamen. Unbewusst glitten ihre Augen nach oben. Ihr Mund wurde trocken, als sie seine Erektion sah. Es schien, als wäre alles an Finn von gewaltigen Ausmaßen. Jamila befeuchtete ihre Lippen. Ein Räuspern ließ ihren Kopf hochfahren.

Finn sah auf sie herab, seine Augen purer Berglöwe. „Was hast du dir dabei gedacht, so kopflos durch den Wald zu rennen? Mal ganz davon abgesehen, dass du damit den Standort unseres Lagers hättest verraten können, wenn dich jemand gesehen hätte – dachtest du, dir könnte nichts geschehen? Stell dir vor, es wäre nicht Torik gewesen, der dich gefunden hätte, sondern jemand anders. Was glaubst du, was sie mit dir gemacht hätten?" Seine Stimme war mit jedem Wort leiser geworden, den letzten Satz flüsterte er fast.

„Ich …" Jamilas Kehle war wie zugeschnürt, sie brachte keinen Ton mehr heraus.

„Ich glaube nicht, dass du uns verraten wolltest, aber auch wenn du nur versucht hast, Kainda zu finden, kann ich das nicht zulassen." Müde strich er durch seine Haare. „Ich hatte versprochen, dass ich dir dabei helfe. Warum hast du mir nicht vertraut?"

„Das habe ich." Beschwörend sah sie ihn an. „Ich habe das Lager verlassen, um in Ruhe nachzudenken. Mir war nicht bewusst, wie weit ich mich entfernt hatte, bis Torik auftauchte.

Ich bin ihm wirklich dankbar, dass er mich zurückgebracht hat, so schnell hätte ich den Rückweg allein sicher nicht gefunden."

Schweigend sah Finn sie an, und sie konnte in seinen Augen deutliche Zweifel erkennen. „Du wolltest uns nicht verlassen?"

„Nein, auf keinen Fall. Ich wüsste gar nicht, wohin ich gehen sollte – und Kainda kontaktiert mich hier, wenn sie einen Weg nach Afrika gefunden hat." Rasch redete sie weiter, weil Finn noch skeptisch wirkte. „Ihr habt mir großzügigerweise erlaubt, hierzubleiben, trotz allem, was wir getan haben. Das würde ich nie aufs Spiel setzen. Vor allem aber würde ich die Gruppe nie wissentlich in Gefahr bringen." Flehentlich sah sie ihn an. Wenn Finn ihr nicht glaubte und sie aus der Gruppe ausschloss, würde sie nicht lange überleben, das war sicher. Sie hielt den Atem an, während Finn zu überlegen schien, was mit ihr geschehen sollte. Seine Muskeln zuckten, als würde es ihm schwerfallen, still stehen zu bleiben.

Er hockte sich so schnell vor sie hin, dass sie vor ihm zurückwich. Seine großen Hände schlossen sich um ihre Oberarme. „Kannst du dir vorstellen, dass ich mir Sorgen um dich gemacht habe, als du plötzlich verschwunden warst?"

Mit offenem Mund starrte Jamila ihn an. Seine normalerweise grünen Augen waren beinahe golden, die Iris hatte sich ausgebreitet, und das Weiße war fast verschwunden. Nein, sie konnte sich nicht vorstellen, dass sich irgendjemand der Berglöwen *um sie* Sorgen machte, auch Finn nicht. Stumm schüttelte sie den Kopf.

Das war offensichtlich die falsche Antwort, denn Finns Augen verengten sich, und als er den Mund öffnete, waren seine Reißzähne zu sehen. Er lehnte sich vor, bis sie nur noch seine Augen sehen konnte und sein nackter Körper ihren beinahe berührte. Sie konnte seine Wärme spüren, etwas schien zwischen ihnen zu vibrieren, während sie sich anstarrten. Für einen langen Moment verharrten sie so, dann blinzelte Finn und zog sich so rasch wieder zurück, wie er sie überfallen hatte. Er trat einige Schritte zurück und drehte ihr den Rücken zu.

Wie in Trance betrachtete Jamila seine Kehrseite, bewunderte die kräftigen Muskeln, die seinen Rücken überzogen. Ihre Hände ballten sich zu Fäusten, um nicht in Versuchung zu geraten, zu ihm zu gehen und darüber zu streichen oder den knackigen Hintern zu berühren. Sie hatte Angst vor ihm, und vor allem war er kein Leopard – wie konnte es sein, dass er trotzdem solche Gefühle in ihr auslöste? Vermutlich lag es daran, dass sie so allein war und dringend jemanden zum Anlehnen brauchte. Alles in ihr schmerzte vor Verlangen, endlich wieder Haut an ihrer zu spüren, die Nähe eines anderen Lebewesens. Jamila versuchte, die verräterische Reaktion ihres Körpers zu verhindern, doch es gelang ihr nicht.

Finn erstarrte, als ihm der Geruch in die Nase stieg. Anscheinend war er nicht besonders furchteinflößend, wenn er es nur schaffte, Jamila zu erregen. Gut, es konnte natürlich daran liegen, dass er selbst alles andere als unbeteiligt war und ihr mit dem Beweis dafür vor der Nase herumgewedelt hatte. Stellte sich nur die Frage, wie er jetzt reagieren sollte. Der Berglöwe in ihm drängte darauf, über die Pantherin herzufallen und das zu tun, was sie offensichtlich beide wollten. Aber er musste auch daran denken, wie es danach weitergehen sollte. Jamila war in der Gemeinschaft bestenfalls geduldet, von vielen wurde sie als Feindin betrachtet, als jemand, der am besten so schnell wie möglich wieder aus dem Lager verschwinden sollte. Man würde es sicherlich nicht gut aufnehmen, wenn er als Ratsmitglied eine sexuelle Beziehung mit ihr einging. Oder vielleicht war das auch nur eine Ausrede, damit er sich nicht mit seinen Gefühlen beschäftigen musste.

Langsam drehte er sich um und verhinderte gerade noch ein Aufstöhnen, als er ihre aufgestellten Brustspitzen sah, die geradezu darum flehten, in den Mund genommen zu werden. Jamila hatte ihren Blick gesenkt, ihre Beine waren fest zusammengepresst, als könnte sie so verhindern, dass er ihre Erregung bemerkte. Ihre dunkle Haut glänzte verführerisch, exotisch, und es kostete ihn seine ganze Kraft, sich nicht einfach vor sie zu knien und jeden Zentimeter davon zu kosten.

„Jamila …" Er brach ab, als ihm die Worte fehlten. „Sieh mich an."

Zögernd hob sie den Kopf, und ihre Leopardenaugen glitten über seinen Körper, bis sie bei seinem Kopf ankamen. Ihre Haut spannte sich über den Wangenknochen, eine Erinnerung daran, dass sie vor nicht allzu langer Zeit beinahe vor Hunger gestorben wäre.

„Es wäre keine gute Idee." *Auch wenn es mich noch so sehr drängt, deine Lippen auf meinen zu fühlen, deinen Körper an meinem zu spüren.*

„Nein, das wäre es nicht." Ihre Nasenflügel blähten sich, als könnte sie seine Erregung genauso wittern wie er ihre.

Dass sie ihm zustimmte, gefiel dem Berglöwen in ihm nicht, er drängte darauf, sie zu berühren. Ohne es zu wollen, machte er einen Schritt nach vorne, dann noch einen. Jamilas Augen weiteten sich, ihr Atem kam stoßweise.

„Du solltest jetzt besser gehen." Die Worte kamen nur zögernd über seine Lippen.

„Ja." Jamila erhob sich rasch und stand damit weniger als einen Meter von ihm entfernt. Nah genug, dass er seinen Arm hätte ausstrecken und sie an sich ziehen können. Dass er mit den Fingerspitzen ihre Brüste hätte berühren können.

Finn ballte die Hände zu Fäusten, sein Körper begann von der Anstrengung, sich nicht zu bewegen, zu zittern. Eine Stimme flüsterte ihm zu, dass eine kleine Berührung nicht schaden würde, ein kurzes Kosten. Doch er wusste, dass er dann nur noch mehr wollen würde, immer mehr, bis er sie schließlich ganz besaß.

Jamila schien seinen inneren Kampf zu erkennen, denn sie bewegte sich endlich von ihm weg, zur Tür hin. Dort blieb sie stehen und blickte zu ihm zurück. „Danke."

„Wofür?" Seine Stimme klang belegt.

„Dass du meine Schwäche nicht ausgenutzt hast." Sie holte tief Luft. „Ich werde versuchen, mich an die Regeln zu halten und dich nicht mehr zu belästigen." Damit öffnete sie die Tür und verschwand, ohne auf eine Antwort von ihm zu warten.

Aber er hätte sowieso nicht gewusst, was er sagen sollte. Dass er sich insgeheim wünschte, öfter von ihr ‚belästigt' zu werden? Dass sein Zorn tatsächlich nur der Angst um sie entsprungen war? Jedes Mal wenn sie das Lager verließ, fürchtete er, dass sie nicht wiederkommen könnte. Eigentlich hätte er dann eine Sorge weniger gehabt, doch so einfach war es nicht. Er wollte nicht, dass ihr etwas passierte, um ihretwillen und um das Lager und seine Bewohner zu schützen. Irgendwie musste es ihm gelingen, ihr das klar zu machen – und zwar am besten, ohne ihr dabei seine Erektion vors Gesicht zu halten. *Verdammt.*

Finn stürmte ins Bad zurück, wo er die zweite Dusche des Tages nahm, diesmal eine kalte. Er konnte nur hoffen, dass das nicht zur Gewohnheit wurde.

Ryan öffnete leise die Tür und sah durch den Spalt. Etana schlief nicht, wie er es erwartet hatte, sondern sah ihm aufmerksam entgegen. Nach dem Besuch des Detectives war sie wieder eingeschlafen, doch es schien, als würde sie inzwischen nicht mehr so viel Schlaf benötigen wie am Anfang. Ein gutes Zeichen. Allerdings musste er ihre Verbände erneuern und hätte es vorgezogen, das zu tun, während sie schlief. Vermutlich musste er ihr wieder ein leichtes Betäubungsmittel spritzen, damit sie ihn nicht angriff, während er sie versorgte.

„Hallo, meine Schöne, du bist ja wach. Dir ist vermutlich auch langweilig, weil du die ganze Zeit liegen musst, oder? Ich kann das verstehen." Er zog die Tür hinter sich zu und trat näher. „Wenn die Verletzungen gut verheilen, kannst du schon bald aufstehen." Vor dem Käfig hockte er sich hin. „Dazu muss ich mir die Nähte ansehen. Bist du diesmal so guter Stimmung, dass ich das gefahrlos machen kann?"

Etana hatte den Kopf gehoben, ihre Ohren waren zu ihm gedreht. Wieder hatte er den Eindruck, dass sie genau verstehen konnte, was er zu ihr sagte. Kopfschüttelnd verwarf er den Gedanken. Natürlich würde ein Tier ihn ansehen, wenn er Geräusche von sich gab, erst recht eine Raubkatze.

„Ich mache jetzt die Tür auf und vertraue darauf, dass du dich nicht gleich auf mich stürzt, okay?" Langsam schob Ryan den Riegel zurück und öffnete die Käfigtür. Etana rührte sich nicht, sondern sah ihm weiter entgegen. Er stellte das Tablett mit den Verbänden, Salbe und anderen Utensilien in den Käfig und kroch hinterher. „Gut, sehen wir mal, wie die Wunde aussieht. Wenn wir Glück haben, hat sich nichts entzündet." Das war zumindest schon mal eine Sorge weniger. Dann kam es nur noch darauf an, dass der Knochen gerade zusammenwuchs. Die Vorstellung, dass Etana vielleicht nie wieder richtig laufen konnte, ließ Ryan die Zähne zusammenbeißen. Nein, das würde er nicht zulassen. Er wollte sie irgendwann über eine afrikanische Steppe jagen sehen, wollte ihren eleganten Körper bewundern, die kraftvollen ausdauernden Bewegungen.

Überrascht starrte er die Leopardin an. Wie war er jetzt darauf gekommen? Vermutlich würde sie schon bald in ihren Park zurückkommen, und wenn sie Glück hatte, war es ein guter, mit einem großen Gehege, in dem sie genug Freilauf bekam. Aber Afrika würde sie wahrscheinlich nie sehen. Ryan streckte die Hand aus und strich über Etanas Kopf, um sie zu beruhigen, genauso wie sich selbst. Ihre Augen weiteten sich, doch dann ließ sie sich in die Berührung sinken und begann leise zu schnurren. Seltsamerweise spürte Ryan einen Druck auf seiner Brust, der durch ihre zutrauliche Geste noch stärker wurde.

Er räusperte sich und griff mit der anderen Hand nach der Schere. „Ich werde jetzt den Verband aufschneiden. Halt still, damit ich dich nicht verletze."

Etana beäugte ihn skeptisch und legte dann den Kopf auf die Unterlage zurück. Ryan beschloss, das als Zeichen der Akzeptanz zu werten. Vorsichtig trennte er die Lagen des Verbands auf und löste ihn von der Wunde. Er schob die Stoffstreifen zur Seite und atmete überrascht ein. Die Abschürfungen über den Rippen waren kaum noch zu sehen. Er hatte noch nie gesehen, dass die wundheilende Salbe so schnell wirkte. Vorsichtig tastete er die Wunde ab und fühlte, wie Etana zusammenzuckte. Anscheinend heilte ihre Haut schneller als die Knochen, aber er würde sich nicht darüber beschweren, denn eine Infektion war das Letzte, was die Leopardin jetzt gebrauchen konnte.

„Das sieht gut aus, ich wickele noch einmal einen neuen Verband zur Stabilisierung der Rippen darum, aber in ein paar Tagen sollte das nicht mehr nötig sein." Jetzt musste er es nur noch irgendwie schaffen, sie gleichzeitig hochzuhalten und zu wickeln … Automatisch sah er zur Tür. Er sollte Sonya um Hilfe bitten, aber eigentlich wollte er lieber mit Etana allein sein.

Ryan spürte eine Bewegung unter seiner Hand und sah wieder hinunter. Die Leopardin begann, sich hochzustemmen, ein Zittern lief durch ihren Körper. „Nein, bleib liegen, ich …" Genauso gut hätte er versuchen können, mit der Wand zu reden, deshalb half er ihr lieber dabei, sich aufzurichten. Stützend schob er seine Arme unter ihren Bauch, bis sie sicher auf drei Beinen stand. „Und jetzt?“

Sie wandte ihren Kopf zu ihm um und warf ihm einen Blick zu, der so menschlich war, dass Ryan zu lachen begann. „Okay, ich habe verstanden. Kein Grund, mich so anzusehen, als wäre ich dumm.“ Ryan hielt den Atem an, als sich ihre Mundwinkel hoben, als würde sie sich amüsieren. Auch wenn es eigentlich nicht möglich sein konnte, schien sie genau zu verstehen, was er sagte. Sanft strich er über Etanas Hals, bevor er die Verbandrolle nahm und damit begann, die Rippen neu zu verbinden. Schließlich steckte er das Ende fest und beugte sich über sie. „Fertig. Dann legen wir dich jetzt mal wieder hin, damit ich mir dein Bein ansehen kann.“

Da es sicher wesentlich schwieriger war, sich mit drei Beinen und angeknacksten Rippen wieder hinzulegen, umfasste Ryan vorsichtig ihren Körper und trug ihr Gewicht, während sie nur ihre Beine einknickte. Als sie wieder auf der Schaumstoffunterlage lag, atmete Ryan tief durch. Ein ausgewachsener Leopard war nicht leicht, besonders wenn man versuchte, ihn möglichst sanft aufkommen zu lassen. Auch die Leopardin atmete schwer, als hätten sie schon die paar Minuten im Stehen geschwächt. Ryan kniete sich wieder neben sie und löste den Verband um das geschiente Bein.

„Ganz still liegen, Etana, damit sich nichts verschiebt.“

Wieder warf sie ihm einen Blick zu, der wirkte, als hätte sie ihn genau verstanden. Kopfschüttelnd beugte er sich über das Bein und betrachtete die Wunde. Sie war nicht ganz so gut verheilt wie die über den Rippen, aber das war zu erwarten gewesen, denn der Knochen hatte die Haut durchstoßen, und es würde länger dauern, bis die genähten Muskeln und Sehnen wieder zusammenwuchsen. Aber dafür, dass erst sechsunddreißig Stunden vergangen waren, verlief die Heilung geradezu fantastisch schnell.

Sanft massierte Ryan die Salbe auf die Naht und spürte erneut, wie Etana zuckte. Beruhigend legte er seine Hand auf ihre Schulter. „Ich bin gleich fertig." Vorsichtig wickelte er den neuen Verband um die Schienen und befestigte sie damit am Bein. „So, das wäre geschafft." Er packte seine Utensilien zusammen und stellte sie auf den Boden außerhalb des Käfigs.

Etana hob den Kopf und sah ihn an. Ryan beugte sich vor und kraulte sie hinter dem Ohr. „Es sieht alles sehr gut aus, du bist bald wieder fit." Ein leises Schnurren antwortete ihm. „Und, hast du Hunger?"

Bevor er reagieren konnte, schnappte Etana nach seiner Hand und schloss ihre Zähne darum. Nach dem ersten Schreck erkannte er, dass sie ihn nicht verletzen wollte, sondern nur mit ihm spielte. Ihre Zunge kitzelte an seiner Handfläche, ihre Reißzähne schabten über seine Haut, als wollte sie an ihm knabbern. Wärme stieg in ihm auf, als er erkannte, dass Etana sich anscheinend an ihn gewöhnt hatte und ihn nicht mehr als Feind ansah. Mit einem Lachen zog er seine Hand zurück, während er ihr gleichzeitig über den Kopf strich. Ihre Augen schlossen sich bis auf schmale Schlitze, ihre raue Zunge glitt über sein Handgelenk.

„Ja, ja, schon gut, ich habe verstanden. Dein Futter kommt sofort." Ryan wandte sich zur Käfigtür um.

Ein Laut drang aus Etanas Kehle, der beinahe protestierend klang. Er drehte sich noch einmal zu ihr um, doch sie hatte die Augen geschlossen und sah nicht so aus, als wollte sie ihm irgendetwas mitteilen. Wenn er noch seine Abendrunde drehen wollte, musste er sich beeilen. Rasch schloss er die Käfigtür und schob den Riegel davor, bevor er einen letzten Blick auf Etana warf und widerstrebend den Raum verließ. Es wurde Zeit, mal wieder zu Hause nach dem Rechten zu sehen und auszuprobieren, ob sein Bett noch an seinem Platz stand. Nach einer ruhigen, ungestörten Nacht würde er vielleicht einiges klarer sehen und verstehen, warum er so seltsam auf die Leopardin reagierte. Und zu überlegen, wie es sein konnte, dass Etana ihn verstand, wenn er etwas zu ihr sagte.

8

„Das ging ja schnell.“ Sonya empfing Ryan bereits in der Tür, als er von seiner Runde zurückkam.

„Weil es den Patienten zum Glück erstaunlich gut ging.“ Die Elefantenkuh belastete den Fuß wieder, den er heute Morgen behandelt hatte, und auch mit dem Dik-Dik schien so weit alles in Ordnung. Deshalb war Ryan nicht mehr gezwungen gewesen, in die Gehege zu gehen. Stattdessen hatte er einige Minuten die Ruhe und die für November erstaunlich warme Luft genossen. „Hast du Etana schon gefüttert?“ Sonya hatte ihm angeboten, das Futter vorzubereiten, während er seine Abendrunde machte, aber insgeheim hoffte er, es Etana noch selbst geben zu können.

Sonya schüttelte den Kopf. „Ich wollte ihr den Napf reinstellen, aber sie hat mich angesehen, als wollte sie stattdessen mich auffressen, deshalb überlasse ich das lieber dir.“

„Wie nett.“ Ryan schnitt eine Grimasse. Etana schien sich wieder von ihrer besten Seite präsentiert zu haben. Manchmal hatte er den Eindruck, dass sie das bei den Tierpflegern absichtlich machte, um nur von ihm versorgt zu werden. Vermutlich reine Einbildung, weil er so von der Raubkatze fasziniert war und das Gefühl nicht loswurde, dass sie etwas Besonderes war. „Ich kümmere mich darum.“

„Warte, ich hole den Napf.“ Sonya verschwand in der Küche und kam gleich darauf wieder mit der Schüssel heraus. „Wenn du mich nicht mehr brauchst, gehe ich jetzt.“

„Mach das, ich komme zurecht. Wer hat Nachtdienst?“

„Peter. Er müsste gleich hier auftauchen.“

Ryan strich durch seine Haare. „Könntest du ihm sagen, dass er bitte ab und zu bei Etana reinschaut und kontrolliert, ob es ihr gut geht?"

„Natürlich." Sonya schlang den Riemen ihrer Handtasche über die Schulter. „Bis morgen dann."

„Schönen Feierabend."

Sonya winkte noch einmal und verließ das Gebäude. Bevor die Tür hinter ihr ins Schloss fiel, war Ryan schon auf dem Weg zum Aufwachraum. Es war beinahe peinlich, wie aufgeregt er bei der Vorstellung war, Etana wiederzusehen.

Kopfschüttelnd schob Ryan die Tür auf und betrat den Raum. Etana bewegte sich unruhig im Käfig, und ihr Blick durchbohrte ihn. „Ich habe gehört, du warst nicht nett zu Sonya? Hast du etwa keinen Hunger?" Ein mürrisches Fauchen war die Antwort. Ryan musste grinsen. „Es scheint, als würdest du langsam Starallüren entwickeln. Nur Chefarztbehandlung für dich, was?"

Etana zeigte ihm ihre Zähne.

Lachend hockte Ryan sich vor den Käfig, schob den Riegel zurück und öffnete die Tür. „Nun sei nicht so, du bekommst ja dein Essen." Er stellte den Napf in den Käfig und setzte sich vor die offene Tür.

Etana warf einen Blick in die Schüssel und sah ihn dann mit einem Gesichtsausdruck an, der ihn erneut zum Lachen reizte. „Heute gibt es noch Geschnetzeltes, in den nächsten Tagen stellen wir dann auf normale Nahrung um, wenn du sie verträgst." Ryan lehnte sich an die Gitterstäbe, zog ein Knie an und stützte den Arm darauf. „Heute Nacht wirst du übrigens allein schlafen, ich werde nach Hause fahren."

Etanas Kopf schnellte wieder zu ihm herum, sie wirkte überrascht und verwirrt. Aber vielleicht bildete er sich das auch nur ein. Auf jeden Fall schien sie irgendetwas zu irritieren.

„Stört es dich, wenn ich dir beim Essen Gesellschaft leiste?

Dann gehe ich wohl …" Bevor er reagieren konnte, war Etana am Gitter und biss in seinen Ärmel. „Hey, das T-Shirt ist fast neu!" Zumindest hatte es deutlich weniger Löcher als viele seiner übrigen Shirts. Ihre Augen waren nur wenige Zentimeter entfernt, hellgrüne Seen, in deren Tiefe er Verstehen zu erkennen glaubte. Und Einsamkeit. „Möchtest du, dass ich noch etwas bleibe?"

Zögernd ließ Etana den Ärmel los und sah ihn abwartend an.

„Ich deute das als ein Ja. Ich wollte sowieso noch etwas bleiben, aber als du mich dann so angesehen hast, dachte ich, du willst, dass ich gehe." Ihm kam ein Gedanke. „Oder ging es darum, dass ich heute Nacht nicht da bin?"

Nach einer Weile neigte Etana den Kopf, als wollte sie ihm zustimmen. Gott, er hatte sich nicht getäuscht, sie verstand ihn! Bemüht, seine Aufregung nicht zu zeigen, schlug er einen leichten Ton an. „Weißt du, irgendwann muss ich auch mal wieder richtig essen und in einem vernünftigen Bett schlafen. Es ist nicht üblich, dass ich bei jedem Patienten schlafe, das war nur eine Ausnahme für dich, weil ich überwachen wollte, wie es dir geht." Ryan steckte seinen Arm durch die Tür und kraulte Etana unter dem Kinn. „Und ich wollte bei dir sein, du hast irgendetwas in mir geweckt …" Er verstummte und schüttelte den Kopf. „Himmel, ich bin ein Fall für die Klapsmühle. Ich rede nicht nur mit Tieren, sondern denke auch noch, dass sie mich verstehen können."

Als er den Arm zurückzog, kam Etana hinterher und leckte über seine Hand. Ryan wusste, dass er die Käfigtür schließen sollte, da die Leopardin inzwischen stark genug war, um ihn ernsthaft zu verletzen oder auszubrechen, doch er tat es nicht. Im Gegenteil, es freute ihn sogar, dass sie sich besser auf ihren drei gesunden Beinen zurechtfand als vorher. Wenn sie ihn hätte angreifen wollen, hätte sie das sicher schon eher getan. Gut, sie *hatte* gestern nach ihm geschnappt, aber er glaubte nicht, dass sie es noch einmal tun würde. Zumindest nicht, ohne provoziert worden zu sein. Vorsichtig näherte sich Etana, bis sie dicht vor ihm stand. Ihre Gesichter waren auf einer Höhe, ihre Augen blickten direkt in seine. Seltsam, in diesem Licht wirkten sie fast menschlich, die Farbe der Iris ein dunkleres Grün als zuvor.

Langsam hob Ryan seine Hand und legte sie auf das weiche Fell der Leopardin. Als sie sich nicht zurückzog und ihn auch nicht angriff, begann er sie sanft zu streicheln. Das Fell kitzelte unter seiner Handfläche, er konnte die Muskeln spüren, die unter seiner Berührung zuckten. Nachdem Etana festgestellt hatte, dass er ihr nichts tat, kam sie noch näher und legte ihren Kopf auf seine Schulter. Ihre Schnurrhaare kitzelten seine Wange, während ihr tiefes Schnurren ihn zum Lächeln brachte. Mit beiden Händen kraulte er hinter ihren Ohren und freute sich, als ihr gesamter Körper zu vibrieren begann. Er konnte sich keinen Ort vorstellen, an dem er gerade lieber wäre. Genau so hatte er sich den Job eines Tierarztes als Kind vorgestellt. Erst später hatte er erkannt, dass er für so etwas kaum jemals Zeit hatte, mal ganz davon abgesehen, dass die wenigsten Tiere ihren Tierarzt freiwillig an sich heranließen.

Er zuckte zusammen, als Etanas raue Zunge über seinen Hals strich. Ein atemloses Lachen entschlüpfte ihm, als sie ihn noch einmal leckte. Schließlich lehnte er sich zurück und sah der Leopardin in die Augen. „Du knabberst aber nicht gleich an mir, oder?“ Etana entblößte ihre Reißzähne, es sah beinahe aus wie ein Grinsen. Oder als könnte sie sich durchaus vorstellen, ihn zu probieren. „Aber wahrscheinlich schmecke ich dir gar nicht, so ein altes Stück Menschenfleisch.“

Wie um ihm zu widersprechen, ließ sie erneut die Zunge herausschnellen und erwischte ihn mitten im Gesicht. Überrascht kippte Ryan nach hinten um, als er sich rasch zurücklehnte. Während er noch dabei war, sein Gesicht mit seinem T-Shirt zu trocknen, baute Etana sich über ihm auf. Ryans Mund wurde trocken, als er plötzlich unter der Raubkatze lag und sie auf ihn heruntersah. Sie müsste nur einmal mit ihrem gewaltigen Gebiss zubeißen, und es wäre aus mit ihm. Vielleicht war die Entscheidung, sie herauszulassen, doch nicht so klug gewesen. Wer wusste schon, ob sie nicht vielleicht Menschen generell hasste, nach dem, was man ihr vermutlich angetan hatte. Nur weil er glaubte, dass sie ihn verstand und es zwischen ihnen eine Verbindung gab, musste sie das nicht genauso sehen.

Etanas Nasenflügel blähten sich, während sie auf ihn herabsah. Ihre Augen weiteten sich, und sie zog sich ebenso schnell zurück, wie sie sich über ihn geschoben hatte. Als Ryan sich aufrichtete, sah er, wie sie in ihren Käfig zurückkehrte und zu fressen begann, als wäre nichts vorgefallen. Verwirrt strich er über seine Haare, während er Etana beobachtete. Was war eben passiert? Es war wohl wirklich besser, wenn er nach Hause fuhr und sich ein paar ordentliche Stunden Schlaf gönnte. Vielleicht fiel es ihm auch leichter, über die Leopardin nachzudenken, wenn er nicht in ihrer Nähe war.

Langsam stand er auf und beugte sich zur Käfigtür hinunter. „Ich fahre jetzt. Wir sehen uns morgen früh wieder." Etana hob ihren Kopf und sah ihn an. Ryan schloss die Käfigtür und schob den Riegel vor. „Schlaf schön." Als die Leopardin sich nur wieder ihrem Fressen zuwandte, zuckte Ryan mit den Schultern und ging zur Tür. Was hatte er erwartet – dass sie ihm antwortete? Wohl kaum. Gerade als er seine Hand auf die Klinke legte, glaubte er ein Geräusch zu hören. Er drehte sich noch einmal zum Käfig um. Etana war zum Gitter gekommen und sah ihn durch die Stäbe hindurch an. Mit einem tiefen Seufzer kehrte er noch einmal zurück. „Du machst es mir wirklich nicht leicht, was?" Er steckte die Finger durch die Stäbe und rieb unter ihrem Kinn.

„Es tut mir leid, dich hier allein zu lassen, aber ich muss fit sein, wenn ich weiterhin die kranken Tiere gut versorgen möchte. Und die Liege ist auf Dauer kein Ersatz für ein richtiges Bett." Vor allem wenn man nicht mehr sechzehn war. Ryan richtete sich wieder auf. „Wahrscheinlich bist du auch froh, wenn du mal Ruhe vor mir hast. Morgen nerve ich dich dann wieder wie gehabt."

Bevor er es sich doch noch anders überlegen konnte, verließ er rasch den Raum und zog die Tür hinter sich zu. Es gab immer wieder Patienten, die seine besondere Aufmerksamkeit erforderten oder die er ins Herz schloss, aber er hatte noch nie einen solchen Drang gespürt, ohne jeden medizinischen Grund bei einem Tier zu bleiben – und zwar drei Nächte hintereinander. Besonders nachdem er bereits wegen des vorherigen Notfalls einige Nächte in der Klinik verbracht hatte. Sonya und Lynn hatten ausnahmsweise recht, eine Auszeit war dringend nötig. Entschlossen holte Ryan seinen Rucksack und seine Jacke aus dem Spind und verließ die Klinik.

Angespannt rutschte Finn auf dem Holzstuhl herum, während er im neuen Ratsgebäude auf Kearne und die anderen wartete. Ein hochtrabender Begriff, eigentlich war es nur eine weitere – bisher noch sehr spärlich ausgestattete – Hütte, die versteckt zwischen fast undurchdringlicher Vegetation am Rand des Lagers stand. Es würde keine offizielle Ratssitzung sein, denn dafür hätten die älteren Mitglieder aus der Stadt zum Lager kommen müssen, sondern eine kurzfristig von Kearne einberufene, die auch diejenigen Wandler einschloss, die für den Schutz des Lagers verantwortlich waren. Finn runzelte die Stirn. Was konnte geschehen sein, dass eine solche Sitzung für notwendig erachtet wurde? Vor allem hätte Kearne ihn vorher informieren müssen, wenn irgendetwas nicht stimmte, schließlich war er ausführendes

Ratsmitglied und musste daher stets auf dem neuesten Stand der Entwicklungen sein.

Abrupt stand er auf und ging zum Fenster, das bei Sitzungen von einem Vorhang verdeckt war. Finn schob ihn beiseite und sah in die beginnende Dunkelheit hinaus. Zugegebenermaßen war das nicht der einzige Grund für ihn, unruhig zu sein, obwohl unendlich lange Ratssitzungen ihm überhaupt nicht lagen. Nein, er fühlte sich schon so, seit Jamila in seiner Hütte gewesen war. Selbst die kalte Dusche hatte nicht geholfen, wieder Ordnung in seinen Kopf zu bringen. Oder seinem Körper klarzumachen, dass die Leopardin nicht für ihn gedacht war. Ihr Geruch ging ihm nicht aus dem Sinn, genauso wenig wie ihr Blick, unsicher und gleichzeitig erregt. Gott, er wurde schon wieder steif. Wie kam es, dass Jamila eine solche Wirkung auf ihn hatte? Irgendetwas an ihr rührte ihn an und ließ ihn nicht zur Ruhe kommen, seit sie ihm den ersten Blick zugeworfen hatte.

Finn drehte sich um, als die Tür auf der anderen Seite des Raumes aufging. Leise trat Torik ein, dicht gefolgt von Kell. Optisch völlig gegensätzlich waren sie ausgezeichnete Wächter und verstanden sich meist auch ohne Worte. Bevor Finn zum Ratsmitglied aufgestiegen war, hatte er gerne mit ihnen Dienst gehabt, doch jetzt kam er nur noch selten dazu, das Gebiet um das Lager zu durchstreifen.

Er nickte den beiden zu. „Kommt Keira auch?"

Kell schüttelte den Kopf. „Sie hat Dienst."

Irgendwie schaffte seine Schwester es jedes Mal, während Sitzungen Dienst zu haben. Er hatte sich schon oft gefragt, wie es ihr gelang. Vermutlich tauschte sie mit einem der anderen Wächter, wenn sie davon Wind bekam. Finn seufzte innerlich auf. Vielleicht würde es Keira guttun, sich mit die Gruppe betreffenden Themen auseinandersetzen zu müssen oder auch mehr Verantwortung zu übernehmen. Bisher hatte sie sich eher durchs Leben treiben lassen und offensichtlich keinen richtigen Halt gefunden, nichts, das sie außerhalb ihrer Aufgabe als Wächterin wirklich interessierte. Außer Coyle, dessen Beziehung zu Marisa Keiras Laune in den letzten Monaten extrem beeinträchtigt hatte. „Wer von euch hat mit ihr getauscht?"

Torik und Kell sahen sich an und hoben nur die Schultern.

„Ihr wisst, dass ihr meiner Schwester damit nicht helft."

Toriks Miene blieb regungslos. „Wer sagt, dass wir das versuchen? Vielleicht finden wir Sitzungen so interessant, dass wir unbedingt dabei sein wollen."

Finn verzog den Mund. „Ja, sicher. Genauso wie ich."

Kell betrachtete ihn ernst. „Du hättest den Ratssitz nicht übernehmen müssen, es hat dich niemand gezwungen."

Doch, das hatte er tun müssen, Coyle hatte ihn darum gebeten. Und bei der Vorstellung, dass jemand anders dort sitzen und die Gruppe in den Untergang führen könnte, war ihm klar geworden, dass er nur etwas bewirken konnte, wenn er die Verantwortung selbst übernahm. Kearne war gut, wenn es um Verwaltungsaufgaben ging, aber von Sicherheitsthemen hatte er keine Ahnung und sich diesbezüglich auf Coyle verlassen. Oder auf Finn, wenn Coyle unterwegs war. „In unserer derzeitigen Situation hielt ich es für wichtig, den Übergang möglichst reibungslos zu gestalten. Wenn geklärt ist, ob wir in Sicherheit sind, werde ich den Sitz an jemand anderen weitergeben, dem eine solche Aufgabe mehr liegt als mir."

„Und wer soll das sein? Coyle ist weg, und die anderen sind entweder nicht daran interessiert oder zu schwach."

Finn zwang sich zu einem Grinsen. „Was ist mit euch beiden?"

„Auf keinen Fall."

„Absolut nicht."

Die spontanen Antworten entlockten ihm ein echtes Lachen. „Dachte ich es mir doch." Er wurde wieder ernst. „Aber das bedeutet auch, dass wir bald ein ernstes Problem haben werden. Bei den jüngeren Männern sehe ich auch noch keinen möglichen Kandidaten, und wir werden immer weniger. Irgendwann werden wir nicht mehr in der Lage sein, einen funktionierenden Rat zu stellen.“ Er hob den Kopf und lauschte. „Das wird Kearne sein.“

Die drei Männer schwiegen, bis das zweite im Lager lebende Ratsmitglied die Hütte betrat. Wenigstens hatte Kearne diesmal nicht den Anzug angezogen, den er bei richtigen Sitzungen trug. Mit seinen fünfundvierzig Jahren war er einer der Ältesten im Lager, wahrscheinlich musste er in spätestens zehn Jahren auch in die Stadt gehen, wenn sich der Berglöwe in ihm zurückzog. Finn kam ganz gut mit ihm zurecht, aber es war völlig klar, dass sie keinerlei Gemeinsamkeiten hatten. Als normaler Mensch wäre Kearne vermutlich Buchhalter geworden oder Steuerberater, während Finn auf jeden Fall etwas mit seinen Händen gemacht hätte. Vielleicht wäre er Tischler geworden, so wie er es hier auch war. Oder er hätte Architektur studiert. Wobei ihm die Vorstellung, fünf Jahre lang erzählt zu bekommen, wie es *theoretisch* gemacht wurde, nicht besonders erstrebenswert vorkam.

„Danke, dass ihr gekommen seid.“ Kearne stellte seine Aktentasche ab und sah sich in der Hütte um. „Es wird Zeit, dass wir das Ratsgebäude einrichten, das ist ja kein Zustand.“

Finn verschränkte die Arme vor der Brust. „Du weißt, dass es wichtiger war, zuerst die Hütten zum Leben zu bauen und auszustatten.“

Kearne blickte ihn ernst an. „Deshalb habe ich bisher auch noch nichts dazu gesagt.“

Finn nickte zustimmend. „Ich werde mich in den nächsten Tagen darum kümmern.“ Als Kearne nichts darauf erwiderte, verlor Finn die Geduld. „Warum hast du uns heute hierher gebeten, doch nicht wegen der Möbel?“

Kearnes Miene verdüsterte sich. „Es ist etwas vorgefallen, das ich sehr bedenklich finde."

Die Unruhe wurde stärker. „Was?"

„Ich habe gehört, dass die Pantherin heute nicht nur das Lager, sondern auch unser Gebiet verlassen hat."

„Ach das." Finn bemühte sich, seine Erleichterung nicht zu zeigen. „Ich habe das schon geregelt, es war ein Versehen und wird nicht wieder vorkommen."

Kearnes Gesichtsausdruck änderte sich nicht. „Mir macht weniger die Tatsache Sorgen, dass sie verschwunden war, sondern vielmehr deine Reaktion darauf."

Finn richtete sich gerade auf, sodass er Kearne um Kopflänge überragte. „Wie bitte?"

„Ich habe gehört, du warst … sehr von der Leopardin angetan gewesen, um es milde auszudrücken."

„Ich war was?" Finn konnte nicht glauben, was er hörte. Wer verbreitete solch einen Unsinn?

„Da du darauf bestehst: Du hattest eine Erektion, die wohl nicht zu übersehen war. Und der Geruch, der aus deiner Hütte strömte, nachdem du sie mit hineingenommen hast – allein, wohlgemerkt –, soll sehr eindeutig gewesen sein."

„Wer hat das gesagt?" Finn warf Torik einen Blick zu, doch der schüttelte unmerklich den Kopf. Außer Torik war niemand in der Nähe gewesen, und überhaupt, warum sollte das jemand anderen interessieren?

„Das tut nichts zur Sache. Willst du sagen, dass es nicht so war?"

„Ich sage, dass es niemanden etwas angeht, selbst wenn es so gewesen wäre."

Kearnes Augenbrauen zogen sich zusammen. „Und genau da irrst du dich. Als führendes Ratsmitglied musst du nicht nur mit gutem Beispiel vorangehen, sondern auch zuallererst an die

Gruppe denken, egal worum es geht. Eine Beziehung mit einer Leopardenwandlerin, noch dazu einer, die dazu beigetragen hat, dass wir überfallen wurden, ist völlig indiskutabel. Das würde hier niemand verstehen."

Wut breitete sich in Finn aus, doch er bemühte sich, sie nicht zu zeigen. „Mal ganz davon abgesehen, dass ich das weder vorhatte noch vorhabe – finde ich diese Haltung ziemlich borniert und vor allem falsch. Ja, Jamila hat zusammen mit ihrer Schwester Coyle und Marisa angegriffen und auch bei Bowens Entführung mitgewirkt, aber seit sie hier ist, hat sie nichts getan, das uns geschadet hätte. Im Gegenteil, sie hilft Fay bei ihrer Arbeit als Heilerin, und auch beim Aufbau des Lagers hat sie mit angepackt, soweit ihr geschwächter Zustand es zuließ." Er bemühte sich zwar, seine Stimme ruhig zu halten, doch er konnte an Kearnes Gesichtsausdruck erkennen, dass die Schärfe durchklang.

„Sie hat heute das Lager verlassen!"

Kell mischte sich ein. „Wenn ich drei Monate auf das Lager beschränkt wäre, würde ich auch irgendwann durchdrehen."

Torik nickte. „Ich habe sie beobachtet, sie ist losgelaufen, als wären alle Höllenhunde hinter ihr her. Leoparden sind verdammt schnell, ich bin kaum hinterhergekommen. Als sie sich ausgepumpt hatte, ist sie stehen geblieben. Es war ihr deutlich anzusehen, dass sie sich erst dort bewusst wurde, wie weit sie gelaufen ist, und nicht mehr wusste, wie sie zurückkommen sollte."

„Vielleicht war es aber auch nur ein Versuch, uns zu täuschen, und beim nächsten Mal finden wir sie nicht wieder." Kearne war anscheinend nicht bereit, die Sache auf sich beruhen zu lassen.

Finn zeigte seine Ungeduld. „Sie wird nichts tun, was ihren Aufenthalt hier gefährdet, solange sie auf ihre Schwester wartet. Ich habe mit ihr gesprochen, sie wird nicht wieder so weit hinauslaufen."

„Wie hat sie dich davon überzeugt, mit ihrem Körper?"

Einen Moment lang herrschte tiefes Schweigen, Finn glaubte, ein elektrisches Knistern wahrzunehmen, aber vermutlich waren es nur seine durchbrennenden Sicherungen. „Wenn ich nicht wüsste, dass du das nur gesagt hast, weil du dich um das Überleben der Gruppe sorgst, würde ich dich dafür aus der Hütte prügeln." Ein roter Schleier lag vor seinen Augen, während er Kearne anstarrte.

Der Ältere zog den Kopf zwischen die Schultern, als er sich Finns Wut gegenübersah. Müde strich er über seine Haare. „Es tut mir leid, das hätte ich nicht sagen sollen. Aber ich mache mir wirklich Sorgen, wie wir die Gruppe zusammenhalten können. Melvins Verrat, Coyles Weggang aus dem Lager und das Auftauchen der Leoparden haben uns empfindlich geschwächt und vor allem für große Verunsicherung gesorgt. Wenn wir der nicht entschieden entgegentreten, könnte es sein, dass die Gruppe auseinanderbricht. Und das können wir uns nicht leisten, wenn wir überleben wollen."

„Das weiß ich, Kearne, und ich werde alles tun, um das zu verhindern."

Kearne wollte noch etwas sagen, überlegte es sich dann aber offensichtlich anders. „Gut." Damit nickte er den anderen Männern zu, nahm seine Aktentasche und verließ die Hütte.

Kell, Torik und Finn starrten sich einen Moment lang an, dann brach es aus Kell heraus. „Was war *das* denn?"

„Ich habe jedenfalls keinen Ton gesagt, das kannst du mir glauben."

Finn nickte Torik zu. „Die Frage ist nur, wer war es? Es kann ja nicht sein, dass neuerdings der Ratsführer bespitzelt wird."

„Wir werden herausfinden, wer die Lügen über dich verbreitet hat." Kell sah ihn an. „Es war doch gelogen?"

„Ich habe nicht vor, etwas mit Jamila anzufangen." Allerdings würde er seinen Körper noch darauf hinweisen müssen, damit er in ihrer Nähe nicht mehr reagierte.

Kell nickte, als würde ihm die Aussage reichen. „Dann gehe ich zurück auf meinen Posten, wenn sonst nichts mehr ist."

„Danke für deine Unterstützung. Wenn du etwas erfährst, sag mir Bescheid."

„Alles klar, kein Problem."

Finn sah ihm nach, wie er die Hütte verließ und die Tür leise hinter sich zuzog. „Verdammt noch mal!"

Torik betrachtete ihn nachdenklich. „Interessant. Es scheint so, als wärest du jemandem auf die Zehen getreten, wenn sich derjenige sogar die Mühe macht, dich auszuspionieren."

„Ich habe nicht …"

Torik unterbrach ihn. „Ich weiß, dass du nichts mit ihr hast und es auch nicht willst. Aber das heißt nicht, dass eure automatischen Reaktionen aufeinander einem aufmerksamen Beobachter nicht auffallen können. Mir sind sie jedenfalls nicht entgangen."

Finn seufzte. „Mist. Kearne hat recht, es brächte nur Probleme, wenn ich mich mit Jamila einlasse. Und ich will es auch nicht, aber es scheint, als würde das ein gewisser Teil von mir nicht kapieren."

Zu seiner Überraschung nickte Torik. „Manchmal kann man es sich nicht aussuchen. Was willst du jetzt tun?"

„Das Gleiche wie vorher: meine Arbeit erledigen und alles andere ignorieren, so gut es geht." Finn seufzte. „Es würde mir schon helfen, wenn ich wüsste, wer es auf mich abgesehen hat, damit so etwas nicht noch einmal passiert."

Toriks Mundwinkel zuckte. „Oder damit du dir nächstes Mal einen weniger öffentlichen Ort suchst."

Finns Augenbrauen hoben sich. „Ich finde meine Hütte privat genug, besonders wenn man bedenkt, dass rein gar nichts passiert ist." Abgesehen davon, dass er beinahe über Jamila hergefallen wäre, als er ihre Erregung gerochen hatte. Auf jeden Fall zeigte sich, dass seine Entscheidung, sie wegzuschicken, richtig gewesen war, sonst hätte der unbekannte Voyeur noch viel mehr zu berichten gehabt. „Ich habe gewusst, dass Coyles Aufgabe nicht leicht war und er viel von sich zurückhalten musste, um die Gruppe zu schützen. Aber erst jetzt wird mir klar, wie schwierig es wirklich ist."

Torik nickte. „Coyle hat sich richtig entschieden, mit Marisa wegzugehen, sonst wäre er irgendwann von seinen selbst auferlegten Pflichten erdrückt worden."

„Ich war heute Morgen bei ihm, er wirkte glücklicher, als ich ihn je gesehen habe, seit sein Vater getötet wurde." Finn erinnerte sich auch noch gut an den eifersüchtigen Stich, den er verspürt hatte. Wenn die Sache mit Kearne und dem Rat so weiterging, konnte er sehr gut nachfühlen, warum Coyle den Posten als ausführendes Ratsmitglied gegen das Zusammenleben mit Marisa getauscht hatte. Das nächste Jahr würde verdammt lang werden, so viel war sicher.

9

Kainda schreckte aus einem leichten Schlummer auf, als sie ein leises Geräusch im Nebenzimmer hörte. Schwerfällig richtete sie sich auf und lauschte. Eigentlich sollte niemand mehr in der Klinik sein, nachdem Ryan gegangen war. Kamen jetzt ihre Verfolger und holten sie zurück? Ein Schauder lief über ihren Rücken. Warum hatte sie sich nicht verwandelt und die Klinik verlassen, als sie es noch konnte? Jetzt war sie demjenigen, der hier hereinkam, hilflos ausgeliefert. Als sie ihr verletztes Bein belastete, zuckte sie zusammen. Nein, selbst wenn sie gekonnt hätte, sie wäre mit ihren Verletzungen nicht weit gekommen. Aber der Hauptgrund, warum sie nicht geflohen war, lag woanders. In seinem schönen weichen Bett, um genau zu sein. Auch wenn es wahrscheinlich ein Fehler war, sie mochte Ryan. Sie hatte tatsächlich versucht, ihn hier zu halten, damit sie nicht allein sein musste. Was aber noch schlimmer war: Sie fand ihn attraktiv und hätte sich beinahe zurückverwandelt, als sie über ihm gestanden hatte. Doch das durfte auf keinen Fall geschehen. Es wäre zu riskant, einem Menschen, den sie kaum kannte, zu zeigen, dass so etwas wie Gestaltwandler existierten.

Von draußen ertönte ein dumpfer Schlag, dann ein leiser Fluch. Ein vertrauter Geruch strömte in ihre Nase. Ryan? Kainda drängte sich an das Gitter und starrte die Tür an, als könnte sie sie mit Blicken durchdringen. Es konnte gar nicht sein, dass Ryan hier war, er wollte sich doch zu Hause ausruhen. Und vor allem, was waren das für Geräusche? War er in einen Kampf verwickelt? Kainda war kurz davor, sich zu verwandeln, um den

Riegel zu öffnen, als unvermittelt die Tür aufgestoßen wurde. Der von draußen hereinströmende Lichtschein blendete ihre Augen, sodass sie den Kopf zur Seite drehen musste. Etwas polterte über die Schwelle und kam dann mit einem Quietschen vor ihr zum Stehen.

„Tut mir leid, jetzt habe ich dich geweckt, oder?" Ryans Stimme klang wie immer, stellte Kainda erleichtert fest. Er hockte sich vor den Käfig und hielt ihr seine Hand entgegen. Kainda folgte seiner Aufforderung und rieb mit der Wange darüber. „Du fragst dich jetzt sicher, warum ich hier bin. Ehrlich gesagt, tue ich das auch. Ich habe in meinem Bett gelegen und war trotz der Müdigkeit nicht in der Lage einzuschlafen. Irgendwie hat etwas gefehlt." Seine Finger glitten über ihr Fell. „Du hast mir gefehlt, und ich habe mir überlegt, wie du dich fühlen musst, ganz allein in der fremden Umgebung."

Kainda drängte sich an das Gitter und stieß ein tiefes Schnurren aus. Hoffentlich konnte sie ihm so klarmachen, wie froh sie darüber war, dass er zurückgekommen war. Sie schob eine Tatze durch die Stäbe und legte sie auf Ryans Oberschenkel.

Er lachte erfreut auf. „Es scheint so, als wäre dir meine Anwesenheit recht. Sehr schön, ich hatte schon fast befürchtet, mich dir aufzudrängen, wenn du eigentlich nur deine Ruhe haben willst." Rasch schob er den Riegel zurück und öffnete die Käfigtür. „Ich dachte mir, du hättest vielleicht Lust auf einen kleinen Ausflug in unserem umzäunten Auslauf. Was hältst du davon?"

Raus aus dem Käfig? Endlich wieder frische Luft schnuppern? Was für eine Frage, natürlich wollte sie das. So schnell es ihre Verletzungen zuließen, verließ sie den Käfig und sah erwartungsvoll zu Ryan auf.

„Ich habe einen kleinen Wagen mitgebracht, damit du nicht den ganzen Weg laufen musst." Er zog den Wagen zu sich heran, der im Prinzip nur aus einem halbhohen Kasten auf vier Rädern bestand. „Warte, ich hebe dich hinein, damit du nicht die Nähte aufreißt."

Ungeduldig ließ Kainda die Prozedur über sich ergehen. Sie konnte die Freiheit schon fast riechen.

Ryan setzte sie sanft in den Kasten und richtete sich wieder auf. „Los geht's. Versuch, möglichst nicht herauszuspringen."

Erstaunlich, dass er einem Wildtier so vertraute. Es musste ihm doch klar sein, dass sie ihn jederzeit anfallen und töten könnte. Trotzdem drehte er ihr den Rücken zu, nahm die Zugstange auf und setzte den Wagen in Bewegung. Ein hohes Quietschen fuhr durch ihren Schädel. Jetzt wusste sie zumindest, was vorher die seltsamen Geräusche verursacht hatte. Während Ryan sie durch die erstaunlich große Klinik zog, versuchte Kainda, sich alles einzuprägen, damit sie möglichst schnell den Ausgang fand, wenn sie so weit war. Die Vorstellung, einfach zu verschwinden, ohne Ryan für seine Hilfe zu danken und sich zu verabschieden, löste ein seltsames Gefühl des Bedauerns in ihr aus.

Kainda schüttelte den Kopf, um den Gedanken zu vertreiben. Wichtig war nur, dass sie sich bald wieder auf die Suche nach einem Heimweg machen und Jamila zu sich holen konnte. Sie vermisste ihre Schwester mehr, als sie sich eingestehen mochte. Jamila war die Ruhige gewesen, die Vernünftige, sie konnte nur hoffen, dass sie sich bei den Berglöwen eingewöhnt hatte und ihr Leben dort halbwegs annehmbar war.

„So, da sind wir." Ryan öffnete eine Terrassentür und zog den Wagen hindurch, bevor er das Licht in der Klinik löschte und die Tür hinter ihnen schloss.

Kainda legte den Kopf in den Nacken und blickte zum Sternenhimmel hinauf, während sie die angenehm warme Luft genoss, die ihr Fell streichelte. Auch wenn das Grundstück nicht riesig und von einem hohen Zaun umgeben war, fühlte sie sich beinahe frei. Sie zuckte zusammen, als Ryan sie berührte.

„Ganz ruhig, ich setze dich nur auf den Boden."

Beruhigt gönnte Kainda es sich, Ryans Nähe zu genießen. Die Wärme seines Körpers an ihrem, sein Atem, der ihren Nacken streifte. Viel zu schnell trafen ihre Pfoten auf den Boden, und der Schmerz in ihrem Bein setzte wieder ein. Rasch zog sie es an und lief ein paar Schritte auf den anderen drei Beinen, um sich daran zu gewöhnen.

Es war wunderschön, endlich wieder Gras und Sand unter ihren Tatzen zu spüren, die frische Nachtluft zu riechen und sich wieder selbst bewegen zu können, wenn auch nur langsam. Erst nach etlichen Metern erinnerte sie sich wieder an Ryan. Erschrocken drehte sie sich zu ihm um.

Er stand noch an der Terrassentür, ein Lächeln im Gesicht. „Geh nur, ich warte hier auf dich."

Dass er so genau wusste, was sie gerade brauchte, verursachte eine Wärme in ihr, die sie sich nicht leisten konnte. Sie sollte sich so weit von ihm entfernt halten, wie es nur irgend ging. Er war ein Mensch und hielt sie für eine Leopardin. So einfach war das. Ganz davon abgesehen, dass sie nicht für eine Beziehung bereit war, vielleicht auch nie wieder. O Gott, worüber dachte sie hier eigentlich nach? Es wurde eindeutig Zeit, sich zurückzuziehen. So schnell wie möglich humpelte sie in Richtung der Büsche am anderen Ende des Grundstücks. Während sie dem Nötigen nachging, suchte sie in dem Zaun eine Lücke, durch die sie schlüpfen konnte, wenn ihr Bein weit genug abgeheilt war, dass sie eine Flucht wagen konnte. Sie fand keine. Natürlich, die Pfleger achteten sicher darauf, dass die Tiere nicht aus der Klinik verschwinden konnten. Also würde sie in Menschenform darüber steigen müssen, falls die Fronttür abgeschlossen war. Oder aus einem der Fenster. Es dürfte nicht allzu schwer sein, wer erwartete schon, dass ein Mensch aus der Klinik *aus*brechen wollte und nicht *ein*.

„Etana?“ Ryans Stimme drang über das Grundstück. „Geht es dir gut?“

Sie verspürte den merkwürdigen Drang zu lächeln. Also war er doch nicht so geduldig, wie er ihr hatte weismachen wollen. Um ihn nicht noch nervöser zu machen, steckte sie ihren Kopf aus dem Gebüsch und stieß ein leises Fauchen aus.

Sein Lachen wehte ihr entgegen. „Okay, ich habe schon verstanden. Mach, was du da tun musst, und ich halte den Mund.“

Kainda zog sich wieder zurück, obwohl sie eigentlich schon fertig war, aber es konnte nicht schaden, Ryan ein wenig zu ärgern. Außerdem, wer wusste, wann sie wieder die Gelegenheit haben würde, draußen herumzulaufen, vor allem ohne ständig über die Schulter blicken zu müssen, ob jemand sie verfolgte. Vielleicht sollte sie ein wenig ihre Anschleichtechnik üben, auch wenn das mit drei Beinen schwierig war. Kainda duckte sich tiefer in das Gebüsch und suchte sich vorsichtig einen Weg am Zaun entlang zu dem Punkt, der nur wenige Meter von Ryan entfernt war. Als sie einige Blätter streifte, erstarrte sie, doch es kam keinerlei Reaktion von dem Tierarzt. Sie konnte sich gar nicht vorstellen, wie es sein musste, nicht gut sehen, hören oder riechen zu können. Wie Menschen es trotzdem geschafft hatten, so weit zu kommen, war ihr ein Rätsel. Tief atmete Kainda ein und schloss die Augen, als Ryans Duft ihr in die Nase stieg. Zu Hause hatte er anscheinend ein anderes Duschgel als hier, angenehmer, erdiger und vor allem so leicht, dass sie seinen eigenen Geruch darunter wahrnehmen konnte.

Rasch riss sie die Augen wieder auf, als sie erkannte, dass sie schon wieder vergaß, wer Ryan war. Oder was er nicht war. Sie duckte sich tiefer und bereitete sich darauf vor, sich das letzte Stück über den Rasen anzunähern, ohne dass er sie sah. Vorsichtig schob sie ihren Kopf aus den Büschen, gefolgt von einer Vorderpfote. Ryan hatte sich abgewandt und betrachtete die andere Seite des Grundstücks, als würde er sie dort vermuten. Sehr gut, umso größer die Überraschung, wenn sie plötzlich hinter ihm stand. Sie war bereits halb auf dem Rasenstück, als sie ein Geräusch vernahm, das nicht hierher gehörte. Als würde Holz splittern, leise, aber durchgängig. Ihr Blick flog zu Ryan, doch er schien nichts davon zu bemerken.

Ein Windstoß brachte einen Geruch zu ihr, der sie erstarren ließ. Kalter Zigarettenrauch vermischt mit viel zu intensivem Aftershave, wie ihr Verfolger im Wald. Ihr Körper begann zu zittern, der Fluchtinstinkt war überwältigend. Aber sie konnte Ryan nicht völlig wehr- und vor allem ahnungslos dort stehen lassen, er wäre eine leichte Beute für die Verbrecher. O Gott, wie hatten sie sie gefunden? Konnten sie wirklich den Trucker überfallen und ermordet haben, weil sie wissen wollten, wo er sie hingebracht hatte? Möglich war es, und das bedeutete, dass jeder in Gefahr war, der ihr geholfen hatte. Auch Ryan. Ein Grollen stieg aus ihrer Kehle, dass ihr beinahe selbst Angst machte. Sie würde nicht zulassen, dass ihm etwas geschah! Kurz entschlossen stieß sie ein leises Fauchen aus, das Ryans Kopf zu ihr herumschnappen ließ.

„Da bist du ja, hast du jetzt …?“ Seine Stimme verklang, als sie wieder im Gebüsch verschwand. „Spielen wir Verstecken?“

Wie sollte sie ihm klarmachen, dass er ruhig sein musste und ihr folgen sollte? Sie steckte noch einmal ihren Kopf heraus, immerhin war er näher gekommen, allerdings nicht schnell genug. Erneut fauchte sie und zog sich zurück.

„Ist ja gut, ich komme.“ Er senkte seine Stimme. „Frauen.“

Kainda hätte es lustig gefunden, wenn nicht in diesem Moment ein lauteres Krachen aus der Klinik gekommen wäre. Es schien so, als hätten sie die Vordertür eingetreten. Stimmen drangen an ihr Ohr. Anscheinend hatte diesmal auch Ryan etwas bemerkt, denn er blieb stehen und sah zur Klinik zurück.

„Was zum Teufel …?“

Sie wartete nicht ab, bis die Einbrecher sie im Auslauf entdeckten, sondern sprang aus den Büschen und schnappte nach Ryans Ärmel.

„Hey, was soll das? Mein Arm …“

Es war ihr völlig egal, ob sie vielleicht auch etwas Fleisch erwischt hatte, wichtig war nur, dass Ryan ihr in die Büsche folgte. Mit ihrem ganzen Körpergewicht zog sie ihn zu den Büschen, bis er ihr wohl oder übel folgen musste. Ihre Rippen schmerzten, und sie hatte das Gefühl, dass ihr Bein in Flammen stand, doch das war jetzt nebensächlich. Sie konnte hören, wie die Geräusche im Haus näher kamen, ihre Zeit lief ab. Sie wartete, bis Ryan in die Büsche eintauchte, bevor sie sich auf ihn stürzte und ihn damit zu Boden warf. Sie landete auf ihm und drückte ihn mit ihrem Körpergewicht hinunter.

„Verd…“ Weiter kam er nicht, denn sie legte ihm ihr Vorderbein über den Mund. Als er anfing zu husten, nahm sie es wieder herunter und schob ihr Gesicht dicht an seines heran. Mit weit aufgerissenen Augen sah er sie an, sie konnte seine Furcht riechen. Kainda stieß ein unwilliges Knurren aus, achtete aber darauf, es leise zu halten. Schließlich hob sie den Kopf und sah zum Haus zurück. Durch die Blätter konnte sie einen Lichtschein sehen, der aus dem Haus über den Rasen wanderte. Taschenlampen. Ryan stellte seine Bewegungen ein, aber sie konnte noch seine schweren Atemzüge hören.

„Okay, du kannst von mir runter, ich habe verstanden.“ Es war nur ein Flüstern, gerade laut genug, dass sie ihn hören konnte.

Kainda sah in seine Augen und erkannte, dass er die drei Einbrecher auch bemerkt hatte. Erleichtert erhob sie sich und versuchte, die Schmerzen in ihrem Bein und den Rippen zu ignorieren.

„Gehen wir weiter nach hinten, damit ich telefonieren kann.“

Nur zu gerne folgte sie ihm zur hinteren Grundstücksgrenze, die Ohren weiterhin zum Haus gerichtet. Die Stimmen waren jetzt deutlicher zu verstehen, als hätten sie die Terrassentür geöffnet. Bitte, sie durften sie nicht finden! Wenn sie wieder Betäubungspfeile verwendeten, wäre sie hier in dem Auslauf gefangen, weil sie nicht nah genug herankommen würde, um die Männer auszuschalten.

„… hast gesagt, die Leopardin wäre hier. Und, wo ist sie?" Ungeduld schwang in der rauen Stimme mit.

„Sie muss hier sein, weil sie nicht weggebracht wurde. Ich habe den Park die ganze Zeit beobachtet." Der zweite Mann schien unsicher zu werden. „Was ist, wenn Rivers' Frau nicht die Wahrheit gesagt hat?"

Ein hartes Lachen ertönte. „Das hat sie, glaub mir. Niemand hätte in der Situation gelogen."

Die Worte des Detectives klangen in Kainda nach. War die Frau tatsächlich gefoltert worden, nur um ihren Aufenthaltsort zu ermitteln? *O Gott!* Sie sah zu Ryan auf, der immer noch mit dem Telefon in der Hand dastand. Wie es schien, hatte er ebenfalls einen Teil des Gesprächs gehört. Sein Blick traf ihren. Sie konnte darin Furcht, aber auch Wut erkennen. Schließlich wählte Ryan den Notruf und meldete den Einbruch. Der Diensthabende versicherte ihm, dass sofort Streifenwagen zur Klinik fahren würden. Als Ryan das Handy wegsteckte, wirkte er unzufrieden. Lautlos trat Kainda um ihn herum und stellte sich ihm in den Weg, damit er gar nicht auf die Idee kam, zum Haus zurückzukehren. Ein lautes Krachen ertönte aus dem Haus, anscheinend hatten die Männer damit begonnen, Schränke aufzubrechen oder die Einrichtung zu zerstören. Ryans Gesicht konnte sie ansehen, dass er dem am liebsten ein Ende bereitet hätte, doch er war schlau genug, die Büsche nicht zu verlassen. Gut, eine Sorge weniger.

Aber was sollte sie machen, wenn die Männer anfingen, das Grundstück abzusuchen. Ryan konnte über den Zaun klettern und sich in Sicherheit bringen, aber Kainda war fast sicher, dass er sie nicht allein lassen und in noch größere Gefahr geraten würde. Sollte sie sich verwandeln, um ihnen beiden die Flucht zu ermöglichen? Auch wenn sie begonnen hatte, Ryan zu vertrauen, wusste sie nicht, wie er darauf reagieren würde, wenn er sah, dass sie eine Wandlerin war. Vermutlich würde er schreiend davonlaufen – oder sie der Polizei übergeben. Und das konnte sie nicht zulassen. Aber sie durfte auch auf keinen Fall in die Gefangenschaft ihrer Verfolger geraten. Es ging nicht nur darum, sich selbst zu schützen, sondern vor allem Jamila.

Kaindas Kopf fuhr zum Haus herum, als die Stimmen wieder lauter wurden.

„Die Decke im Käfig war noch warm, sie muss hier irgendwo sein. Und der Arzt, der sie zusammengeflickt hat, auch, sein Wagen steht vor der Klinik, die Motorhaube ist ebenfalls warm."

„Aber sie konnten nicht wissen, dass wir kommen, und bei den Verletzungen müsste sie im Käfig sein." Der zweite Mann besah sich den kleinen Wagen genauer, der noch auf der Terrasse stand. Schließlich ließ er seinen Blick über das Grundstück gleiten. „Oder sie wurde hierher gebracht und versteckt sich jetzt in den Büschen."

Kainda presste sich an Ryans Beine und drängte ihn noch weiter nach hinten. Ihr Herz klopfte schmerzhaft gegen ihre Rippen, als sie sah, dass die Männer auf den Rasen traten und die Taschenlampen auf die Büsche richteten.

„Wir wissen, dass Sie hier sind, wenn Sie rauskommen, geschieht Ihnen nichts." Der Ruf des Anführers hallte über das Grundstück.

Ja, genau, als würde sie das jemals glauben. Ryan wirkte auch nicht überzeugt, seine Hände hatten sich zu Fäusten geballt.

Als spürte er ihren Blick, beugte er sich zu ihr hinunter. „Keine Angst, ich werde nicht zulassen, dass sie dir etwas tun."

Seine geflüsterten Worte lösten Wärme in Kainda aus, auch wenn sie wusste, dass er keine Chance gegen die Männer hatte. Für einen kurzen Moment schmiegte sie ihren Kopf an sein Gesicht und schloss die Augen. Es war lange her, seit sie sich bei einem Mann so geborgen gefühlt hatte. Sowie ihr der Gedanke bewusst wurde, riss sie die Lider auf und taumelte rückwärts. O Gott, wie konnte sie so etwas denken? Es war wie ein Verrat an ihrer Vergangenheit, an allem, woran sie je geglaubt hatte. Der Schmerz drohte ihre Brust zu sprengen, ihre Kehle wurde eng. Der Drang zu schreien wurde übermächtig, kaum zu bändigen. Hände glitten durch ihr Fell, und Ryan murmelte Worte, die sie nicht verstand. Der stumme Schrei gellte in ihren Ohren, machte sie taub für alles andere. Sie wollte laufen, nur noch laufen, bis ihr Kopf völlig leer war und sie vor Erschöpfung umfiel.

Was war mit Etana los? Gerade noch hatte sie so stark und unerschütterlich gewirkt. Doch jetzt zitterte sie am ganzen Körper, und ihre Atmung war viel zu schnell. Wenn er sie nicht festgehalten hätte, wäre sie zusammengebrochen. Ryan blickte zum Haus, wo die Einbrecher noch auf dem Rasen standen und das Grundstück ableuchteten. Hoffentlich kam die Polizei bald und verhaftete diese Kerle! Wer kam auf die Idee, in eine Tierklinik einzubrechen? Eigentlich konnte es sich nur um Junkies handeln, die Medikamente stehlen wollten, aber irgendwie hatte er den Eindruck, dass diese Typen etwas ganz anderes suchten. Etana, wenn er das Gespräch richtig gedeutet hatte. Aber warum? Wer wusste, dass sie hier war? Ryan schnitt eine Grimasse. Vermutlich jeder, der seinen Aufruf im Internet gelesen hatte.

„Kommen Sie heraus, und wir lassen Sie gehen." Die Stimme hallte über das Grundstück und ließ Ryan zusammenzucken.

Etana versteifte sich unter seinen Händen, ihr Atem setzte einen Moment aus. Sie durfte jetzt nicht schlappmachen, falls die Männer das Gelände absuchten, musste sie in der Lage sein, sich zu bewegen.

Ryan kniete sich neben sie, legte seine Hände um ihren Kopf und blickte direkt in ihre Augen. „Ich werde dich nicht im Stich lassen, Etana, hab keine Angst." Erleichtert sah er, wie die Panik in ihrem Blick zurückwich und sie ruhiger wurde. „Die Polizei wird gleich hier sein, dann haben wir nichts mehr zu befürchten." Er bemühte sich, zuversichtlicher zu klingen, als er sich fühlte. Bisher hatte er noch nie etwas mit Einbrechern zu tun gehabt und fühlte sich ein wenig außerhalb seines Elements. Aber sollte irgendjemand versuchen, Etana etwas anzutun, dann würden sie ihn kennenlernen. Wenn ihn etwas innerhalb kürzester Zeit auf hundertachtzig brachte, dann waren es Menschen, die schlecht mit Tieren umgingen.

Noch besser wäre es natürlich, wenn die Einbrecher schnellstmöglich aus der Klinik entfernt wurden, aber noch konnte er keine Sirenen oder sich nähernde Autos hören. Ryan entschied, den Wachtposten am Eingang des Parks anzurufen. Das hatte er bisher vermieden, weil er wusste, dass nachts nur ein Mann Dienst hatte, der noch dazu über siebzig Jahre alt war. Jackson würde gegen die Einbrecher zwar nichts ausrichten können, aber es würde sicher nicht schaden, wenn er Bescheid wusste und die Polizisten zur Klinik dirigieren konnte, falls sie die Abzweigung verpassten. Ryan drückte auf die Kurzwahltaste für die Pforte. Während das Freizeichen ertönte, legte er seine Hand auf Etanas Kopf.

Anscheinend hatten die Männer es aufgegeben, ihn herauslocken zu wollen, denn sie bewegten sich jetzt über die Rasenfläche auf die Büsche zu. Ryans Herz begann zu hämmern, als er sah, dass einer der Männer sogar ein Gewehr in den Händen hielt. Verdammt, was waren das für Kerle? Ryan sah das Handy an, als könnte er den Wachmann damit zwingen, den Hörer abzunehmen. Wo war Jackson nur? Vermutlich machte er mal wieder eine kleine Toiletten- oder Raucherpause, aber gerade jetzt war ein sehr ungünstiger Zeitpunkt!

Okay, ruhig bleiben. Die Polizei würde gleich hier sein und ihnen helfen, ganz bestimmt. Sie mussten nur noch ein paar Minuten durchhalten und sich nicht erwischen lassen. Ryan stand auf. „Wir müssen ihnen aus dem Weg gehen. Komm mit."

Gebückt versuchte Ryan so leise durch das Unterholz zu schleichen, wie es ging, doch im Dunkeln konnte er kaum sehen, wohin er trat. Die Leopardin dagegen bewegte sich völlig lautlos, ein dunkler Schatten vor ihm, den er beinahe aus den Augen verlor. Ohne ihn würde sie vermutlich viel schneller vorankommen, immer wieder drehte sie sich zu ihm um und wurde langsamer. Wenn Etana nicht verletzt wäre, würde er sie über den Zaun werfen und hinterherklettern, aber er konnte nicht riskieren, dass ihr Bein noch einmal brach oder ihre Rippen noch mehr Schaden nahmen. Und der Zaun war zu hoch, um sie einfach darüberzuheben. Ryan schnitt eine Grimasse, als er sich daran erinnerte, dass er selber eine besonders hohe Barriere gefordert hatte, damit auch größere oder sprunggewaltigere Tiere wie die Gazellen oder Raubkatzen nicht den Bereich verlassen konnten. Das war nun die Quittung dafür.

Ein leises Rascheln ertönte hinter ihm, und Ryan wirbelte herum. Er konnte nichts sehen, aber er spürte, dass einer der Einbrecher viel zu nah war. „Lauf!" Obwohl er nur flüsterte, schien Etana ihn gehört zu haben, sie drehte ihren Kopf zu ihm und sah ihn fragend an. „Na los, versteck dich, ich halte sie auf."

Die Leopardin wirkte erst, als wollte sie bei ihm bleiben, doch dann verschwand sie innerhalb von Sekunden zwischen den Büschen. Ryan atmete auf. Immerhin eine Sorge weniger, doch was sollte er jetzt machen? Er hatte weder eine Waffe, noch war er eine Koryphäe im waffenlosen Kampf. Vorsichtig schlich er weiter und zuckte bei jedem verräterischen Knacken unter seinen Füßen zusammen. Etwas raschelte direkt neben ihm im Gebüsch, doch so sehr er sich auch anstrengte, er konnte niemanden sehen.

Plötzlich fuhr ein schmerzhafter Stich in seine Schulter. Aus Reflex presste er seine Hand auf die Stelle. Seine Fingerspitzen stießen an etwas Hartes, das zu Boden fiel. War er an einem Zweig oder Dornen hängen geblieben? Oder war er sogar angeschossen worden? Ryan lief weiter und versuchte, die Tatsache zu ignorieren, dass sein Arm zu kribbeln begann. Er durfte nicht stehen bleiben und nachsehen, was los war, denn dann würde ihn sein Verfolger auf jeden Fall einholen.

Ryan stolperte und fiel auf die Knie. Schmerz zuckte durch seinen Körper, gefolgt von Schwindel. Mühsam kam er wieder auf die Füße und sah sich nervös um. In welche Richtung war er unterwegs gewesen? Hoffentlich lief er den Einbrechern nicht genau in die Arme. Er wusste nur eines: Er musste hier so schnell wie möglich weg. Da er keine andere Wahl hatte, lief er weiter in die Richtung, in der er das Ende des Grundstücks vermutete. Hauptsache, Zeit gewinnen, dann konnte die Polizei übernehmen. Ryan wollte mit der Hand einen Zweig zur Seite schieben, doch er konnte den Arm nicht mehr heben. Sein Herz begann zu rasen, Schweiß brach ihm aus, während er sich weiter durch die Büsche kämpfte. Jede Bewegung wurde zur Qual, bis er schließlich schwer atmend stehen blieb. Seine Gedanken verhedderten sich, sein ganzer Körper schien eine kribbelnde Masse zu sein. Zumindest dort, wo er überhaupt noch etwas spürte.

Ohne Vorwarnung gaben seine Beine nach, und er sank zu Boden. Er versuchte, den Fall mit den Armen abzubremsen, aber er konnte sie nicht mehr bewegen. Hilflos lag er auf der Erde und starrte ins Dunkle. Ganz in der Nähe raschelte es, gleich würden die Männer kommen und ihn hier finden. Was sie auch vorhatten, er konnte nichts dagegen tun. Kalter Zigarettenrauch drang in seine Nase. Gleich war es vorbei, er spürte es. Es wurde immer schwerer, die Augen offen zu halten, bis sie schließlich zufielen. Schwärze umhüllte ihn, nur noch ein Wort zuckte durch sein Gehirn: *Etana*.

Edwards' Kopf ruckte hoch, als er Motorengeräusche hörte, die sich rasch näherten. Anscheinend war es dem Arzt gelungen, einen Notruf abzusetzen. Was ihn zu der Frage führte: Hatte er mitbekommen, warum in die Klinik eingebrochen wurde, oder hielt er es für einen Zufall? Auf jeden Fall war es Zeit, von hier zu verschwinden, wenn er nicht verhaftet werden wollte. Er duckte sich, als das erste Polizeiauto die scharfe Kurve zur Klinik beinahe auf zwei Rädern nahm. Ja, er sollte eindeutig abhauen, solange er es noch konnte. Sein Blick glitt zu dem Tierarzt, der regungslos auf dem Boden lag. Es sah so aus, als hätte er noch einmal Glück gehabt, genauso wie die Leopardin. Beim ersten Anzeichen von Gefahr hatte sie sich im Gebüsch verkrochen, ihre Instinkte schienen zumindest noch in Ordnung zu sein, auch wenn ihr Körper ziemlich lädiert war. Je mehr sie sich erholte, desto schwieriger würde es sein, sie einzufangen.

„Halt, Polizei! Das Gebäude ist umstellt, kommen Sie mit erhobenen Händen heraus." Die Stimme schallte durch ein Megaphon.

Die vorhandene Vegetation als Deckung nutzend, entfernte Edwards sich von der Klinik. Er würde einen weiten Bogen schlagen und dann zu seinem Wagen außerhalb des Parks zurückkehren. Die Polizei würde genug mit den anderen beiden zu tun haben und ihn überhaupt nicht bemerken. Es ärgerte ihn, auf diese Weise zwei seiner zuverlässigsten Männer zu verlieren, aber besser sie als er. Außerdem konnte er nichts tun, um sie jetzt noch dort herauszuholen, er würde nur selbst verhaftet werden. Klar war jedenfalls, dass er die Sache anders angehen musste, wenn so etwas nicht noch einmal geschehen sollte.

10

„Dr. Thorne?“ Die Stimme eines Polizisten schallte über das Grundstück. „Sie können jetzt herauskommen, wir haben die Einbrecher gefasst.“

Vorsichtig schlich Kainda näher an den Rand der Büsche, um die Lage zu sondieren. Mit gezogenen Waffen liefen die Polizisten über die Rasenfläche, zwei andere bewachten die am Boden liegenden Verbrecher. Mit einem flauen Gefühl im Magen erkannte Kainda, dass es nur zwei waren, einer der Männer schien entkommen zu sein. Oder er versteckte sich hier noch irgendwo und wartete darauf, dass sie aus ihrem Versteck kam. Ein Schauder lief durch ihren Körper.

„Dr. Thorne!“

Warum antwortete Ryan nicht? Hatten sie ihm etwas getan? *Nein, bitte nicht!* Wenn Ryan etwas zugestoßen war, während sie sich wie ein verängstigtes Kind in der hintersten Ecke versteckt hatte … Entschieden begann Kainda, zu der Stelle zurückzulaufen, wo sie sich von Ryan getrennt hatte. Sie hätte nicht auf ihn hören sollen, sondern an seiner Seite bleiben müssen. Nach allem, was er für sie getan hatte, war es nicht richtig gewesen, ihn im Stich zu lassen, während bewaffnete Verbrecher nach ihr suchten. Auch wenn die Furcht, wieder eingefangen zu werden, sie beherrscht hatte, war sie eine schlechte Freundin gewesen. Abrupt blieb sie stehen. *Freundin?* Unwillig schüttelte sie den Kopf. So ein Verhältnis hatten sie nicht, er war ihr Arzt und … irgendwie sah sie ihn auch als Freund. Verdammt!

Aber das war jetzt unwichtig, zuerst musste sie ihn finden.

Wenn er es gekonnt hätte, wäre er schon längst zu den Polizisten gegangen. Vorsichtig schlich sie durch das Gebüsch, während sie gleichzeitig vor dem fehlenden Einbrecher auf der Hut war, der sich durchaus noch hier herumtreiben konnte, sie witterte noch seine Spur. Hoffentlich hatte er Ryan nichts getan! Allein der Gedanke ließ sie vor Angst beinahe erstarren. Der Tierarzt bedeutete ihr etwas, auch wenn sie es nicht wollte. Sollte ihm etwas passiert sein, würde sie den Täter jagen und zur Strecke bringen. Kainda atmete tief durch, bis der rote Schleier vor ihren Augen langsam wieder verschwand. Sie durfte nicht die Nerven verlieren, noch war sie nicht so weit, ohne Ryans Hilfe zurechtzukommen. Sein Geruch lag schwer in der Luft, überlagert von einer Mischung aus Zigarettenrauch und Aftershave. *Gott, nein!* Die letzten Meter rannte sie, egal ob ihr Bein und ihre Rippen dabei pochten. Hauptsache, sie kam so schnell wie möglich zu Ryan.

Sie brach durch das Gebüsch und wäre beinahe über etwas gestolpert, das auf dem Boden lag. *Ryan!* Zögernd senkte Kainda den Kopf und strich mit ihrer Schnauze über seine Wange. Erleichtert erkannte sie, dass er noch atmete, es wirkte fast, als würde er schlafen. Sie stieß ihn leicht an, doch er rührte sich nicht, selbst als sie mit der Zunge über sein Gesicht fuhr. Ein besorgtes Grollen entschlüpfte ihr, das sie rasch herunterschluckte. Da sie in ihrer Form als Leopardin nichts tun konnte, entschloss sie sich, die Polizisten zu ihm zu führen, damit Ryan Hilfe bekam.

Mit einem tiefen Atemzug trat Kainda aus den Büschen hervor und stellte sich mitten auf den Rasen. Trotzdem dauerte es etliche Sekunden, bis sie entdeckt wurde.

„Vorsicht, eine Raubkatze!“ Der Ruf schallte durch die Nacht. Es folgte ein Gewirr von Stimmen und Bewegungen, als sich die Polizisten duckten und ein halbes Dutzend Pistolen auf sie richteten.

Da sie den Polizisten nicht sagen konnte, dass sie ihr folgen sollten, stieß sie nur ein Fauchen aus und verschwand wieder im Gebüsch.

„Lasst sie nicht entkommen, aber Vorsicht, kommt dem Vieh nicht zu nahe." Der Befehl entlockte Kainda ein Augenrollen. Hoffentlich kam keiner dieser Helden auf die Idee, sie einfach zu erschießen, aber vermutlich würden sie sich in einem Tierpark mit solchen Aktionen zurückhalten.

Durch die Blätter beobachtete sie, wie die Polizisten die Stelle, an der sie verschwunden war, langsam einkreisten. Noch einmal ließ sie ein Fauchen ertönen, dann kehrte sie zu Ryan zurück, der sich noch keinen Zentimeter bewegt hatte. *Nun komm schon, mach die Augen auf!* Doch er zuckte nicht einmal mit den Lidern. Vorsichtig legte sie sich neben ihn und bettete ihren Kopf auf seine Schulter. Vielleicht spürte er ja, dass sie bei ihm war, auch wenn er es nicht zeigen konnte. Zweige knackten an verschiedenen Stellen im Gebüsch, als sich die Männer langsam näherten.

„Da liegt einer! Ob das der Doc ist?" Die Stimme überschlug sich fast vor Aufregung.

„Vermutlich. Wie kriegen wir die Katze da weg?"

Da keiner eine Idee zu haben schien, beschloss Kainda, es ihnen so einfach wie möglich zu machen. Langsam stand sie auf und trottete einige Meter zur Seite, bevor sie sich wieder hinlegte. Sie wollte Ryan nicht aus den Augen lassen, solange sie nicht wusste, wie es ihm ging. Die Blicke der Männer ruhten auf ihr, doch sie ignorierte sie.

„Sieht so aus, als hätte sie dich verstanden, Carlos. Okay, Hank, du passt auf, dass die Katze keine falsche Bewegung macht, und wir kümmern uns um den Doc." Noch während er das sagte, hockte der Polizist sich neben Ryan und begann damit, ihn zu untersuchen. Er schien zu wissen, was er tat, seine Berührungen wirkten sicher und ohne Hast. „Atmung ist okay, Herzschlag und Puls auch." Mit einer Taschenlampe leuchtete er in Ryans Augen. „Pupillen scheinen etwas geweitet, reagieren aber auf Licht." Er sprach in das Funkgerät, das er an der Schulter trug. „Phil, bringt uns die Trage, wir haben hier einen Verletzten."

„Koffer auch?"

„Das ist nicht nötig, ich sehe keine Verletzungen, und er scheint auch keine Beatmung oder Infusion zu benötigen. Ihr könnt ihn mit ins Krankenhaus nehmen."

Kainda hob ruckartig den Kopf. Krankenhaus? Sie konnten ihn nicht mitnehmen, er musste hierbleiben, bei ihr!

„Äh, Grant, ich glaube, das passt der Katze nicht." Hanks Stimme zitterte bedenklich, aus geweiteten Augen starrte er sie an.

Der Angesprochene drehte sich auf den Hacken zu ihr um und musterte sie nachdenklich. „Pech für sie, die Gesundheit des Mannes geht vor. Ich weiß nicht, was er hat, das sollen sich die Ärzte anschauen."

Kainda verengte die Augen, blieb aber, wo sie war. Das Problem war, Grant hatte recht. Ryans Gesundheit war wichtiger als ihre Furcht, allein zu bleiben. Sie legte ihren Kopf zurück auf ihre Pfoten.

„Versucht, einen Pfleger zu finden, der weiß, was mit der Raubkatze zu tun ist. Und wenn der Direktor des Parks endlich mal auftaucht, soll er zu mir kommen."

„Alles klar."

Hank gab die Anweisung per Funk an jemand anderen weiter, während er Kainda nicht aus den Augen ließ. Frustriert starrte sie ihn an. Warum suchten sie nicht nach dem geflohenen Einbrecher? Dann ging ihr auf, dass die Polizisten gar nichts davon wussten. Ryan war bewusstlos, und sie konnte es ihnen nicht sagen. Und das bedeutete, dass der Kerl entkommen würde. Was sollte ihn daran hindern, es in einigen Tagen wieder zu probieren? Vermutlich würde Ryan nicht noch einmal nachts in der Klinik bleiben, und damit hätte der Verbrecher freie Bahn. Wenn sie nicht von ihm eingefangen werden wollte, musste sie so bald wie möglich fliehen. Er würde es wohl nicht sofort versuchen, aber bestimmt sobald die Wachsamkeit des Parkpersonals wieder nachließ.

Besorgt sah sie zu, wie sich ein Sanitäter neben Ryan hockte und ihn untersuchte. Schließlich zuckte er mit den Schultern. „Auf den ersten Blick ist nichts zu sehen. Wir nehmen ihn mit und lassen ihn durchchecken."

Kainda erhob sich, als sie Ryan auf eine Trage hoben und ihn aus dem Gebüsch trugen.

„O Gott, Ryan! Was ist mit ihm?" Gegen ihren Willen entkam Kainda ein tiefes Grollen, als sie die Stimme der Amazone hörte.

Der Polizist hörte es und umfasste die Pistole fester. „Bleib schön da, wo du bist, Kätzchen. Es ist alles in Ordnung, niemand tut dir was."

Kätzchen? Sie hätte ihm gerne gezeigt, dass sie kein Kätzchen war, aber die Gefahr war zu groß, dass er sie dann erschoss. Deshalb begnügte sie sich damit, ihre Zähne zu blecken, und sah mit Genugtuung, wie er einen Schritt zurückwich. Als ihr das zu langweilig wurde, wandte sie sich zu Grant um, der gerade mit der Pflegerin sprach.

„Dr. Thorne hat uns gerufen, weil er Einbrecher in der Klinik bemerkt hat. Als wir hier ankamen, haben wir zwei Männer verhaftet und den Doc so vorgefunden. Die Raubkatze war bei ihm."

„Hat sie etwa …?"

„Nein, das denken wir nicht. Es sah eher so aus, als wollte sie ihn beschützen. Und jetzt wird er zur Untersuchung ins Krankenhaus gebracht. Schaffen Sie es, die Katze dorthin zu bringen, wo sie hingehört?"

Die Amazone verzog den Mund. „Ich kann es zumindest versuchen. Ich fürchte, sie hört nur auf Ryan." Ihre blauen Augen trafen Kaindas grüne. „Komm mit, Etana, ich bringe dich zurück in den Käfig, wo du dich ausruhen kannst."

Kainda hob eine Augenbraue. Sollte das etwa überzeugend sein? Da sie aber sah, dass Ryan weggebracht wurde, entschied sie sich, der Trage zum Haus zu folgen. Sollte die Frau doch denken, dass sie ihrer Aufforderung folgte. Die beiden Sanitäter beäugten sie wachsam, während sie neben ihnen herlief. Es tat ihr weh, Ryan so leblos zu sehen, eine Hand hing von der Trage, die Finger schlaff. Sanft rieb sie mit ihrer Wange darüber. *Bitte, werd schnell gesund.* Widerwillig blieb sie zurück, als die Trage durch die Terrassentür ins Haus geschafft wurde. Erschrocken zuckte sie zusammen, als sich eine Hand auf ihren Kopf legte.

„Es wird ihm sicher bald wieder besser gehen. Ryan ist ein zäher Bursche."

Ja? Und woher wusste die Pflegerin das so genau? Wie schon zuvor hatte Kainda das Gefühl, dass sich die beiden deutlich näher standen, als es ihr lieb war. Kainda biss die Zähne zusammen, um nicht der Wut in ihr nachzugeben. Stattdessen blieb sie stumm und folgte der Frau in die Klinik. Jetzt, nachdem die Gefahr überstanden war, spürte sie jeden schmerzenden Knochen im Leib. Jede Bewegung sandte einen Feuerstoß durch ihr Bein und ihre Rippen.

Mit einem tiefen Seufzer sank sie auf die Schaumstoffunterlage in ihrem Käfig und ignorierte das Geräusch des Riegels. Wenn sie wollte, konnte sie die Käfigtür jederzeit öffnen, doch im Moment war es besser, wenn sie sich ausruhte und ihre Verletzungen auskurierte. Diese Nacht würde sie noch hierbleiben. Sie hob nicht einmal den Kopf, als die Pflegerin ihr eine Schüssel mit Wasser in den Käfig stellte. Obwohl sie Durst hatte, fühlte sie sich zu ausgelaugt, um sich auch nur einen Millimeter zu bewegen. Während sie noch den Gesprächen der Polizisten lauschte, fielen ihr die Augen zu und sie schlief ein.

Zuerst hörte Ryan die Geräusche, ein merkwürdiges Quietschen, leise Stimmen, das Summen von Geräten. Er runzelte die Stirn, als er zu verstehen versuchte, wo er sich befand – und warum er sich nicht bewegen konnte. Sein Herz begann schneller zu schlagen, als er sich daran erinnerte, wie seine Beine nachgegeben hatten und er in den Büschen hinter der Klinik zusammengebrochen war. Was war danach passiert? In seinem Gedächtnis fand sich … nichts. Seine Lider flogen auf, helles Licht fuhr direkt in seinen Schädel und ließ ihn aufstöhnen.

Etana! Ruckartig setzte Ryan sich auf und blickte sich wild um. Er schien sich in einem Krankenhauszimmer zu befinden, und die Leopardin war nirgends zu sehen. Logisch, wenn er sich wirklich in einem Krankenhaus befand. Doch was war mit ihr geschehen, nachdem er das Bewusstsein verloren hatte? Unruhig sah er sich nach einem Knopf um, den er drücken konnte, um das Personal zu verständigen. Hoffentlich war Etana in Sicherheit!

„Ah, Sie sind wach. Willkommen zurück." Eine Krankenschwester lächelte ihn an, als sie in den Raum trat.

„Wo …" Ryan räusperte sich, als seine Stimme dünn und rau herauskam. „Wo bin ich?"

„Sie sind im Palomar Medical Center. Vor einer Stunde wurden Sie bewusstlos eingeliefert. Sie haben dem Arzt einige Sorgen bereitet, weil er nicht feststellen konnte, was Ihnen überhaupt fehlte." Als Ryan die Beine aus dem Bett schwingen wollte, eilte sie zu ihm und schob ihn sanft zurück. „Bleiben Sie liegen, ich hole den Arzt, damit er Sie noch einmal untersucht."

Dankbar legte sich Ryan wieder hin, denn die aufrechte Position hatte einen Schwindel in ihm ausgelöst, der ihm Übelkeit verursachte. Warum wusste er nicht mehr, was passiert war?

Er schauderte, als er sich daran erinnerte, wie hilflos er sich so bewegungsunfähig gefühlt hatte. Und dann war da noch der Geruch nach kaltem Rauch, der über ihm geschwebt hatte, bevor er bewusstlos geworden war. Wenn einer der Einbrecher bei ihm gewesen war, warum hatte er ihn nicht erledigt, als sich ihm die Gelegenheit dazu bot? Oder war er nur ein Hindernis, und die Männer waren tatsächlich hinter Etana her gewesen? Sein Herz zog sich zusammen, als er sich an ihre Angst erinnerte, so als wüsste sie, was die Männer wollten.

Erneut setzte er sich auf und kämpfte die Übelkeit nieder. Vielleicht kannte Etana die Männer und war deshalb sofort in die Büsche geflüchtet, als sie sie in der Klinik gehört hatte. Konnte es sich um ihre früheren Besitzer handeln, die sie um jeden Preis zurückholen wollten? Wenn es so war, hatten sie sicher nicht damit gerechnet, dass sich noch jemand in der Klinik aufhielt und dass die Leopardin nicht in ihrem Käfig war. Die Vorstellung, was passiert wäre, wenn er nicht mitten in der Nacht auf die Idee gekommen wäre, Etana doch Gesellschaft zu leisten, ließ ihn frösteln. Allerdings hatte seine Anwesenheit anscheinend auch nicht geholfen, denn während seiner Bewusstlosigkeit war Etana schutzlos gewesen.

„Ich bin Dr. Gormick." Der Arzt, der in diesem Moment das Zimmer betrat, hielt einen Zettel in der Hand. „Wie geht es Ihnen?"

Ryan verzog den Mund. „Wenn ich mich aufrichte, wird mir schwindelig und übel. Ansonsten fühle ich mich schwach und ein wenig ausgedörrt."

Gormick nickte, als hätte er nichts anderes erwartet. „Ich habe Ihr Blut testen lassen, um festzustellen, was Ihnen fehlt. Gerade habe ich das Ergebnis bekommen." Er wedelte mit dem Blatt. „Sie sind völlig gesund, allerdings befindet sich in Ihrem Blut eine gehörige Portion Betäubungsmittel."

„Ich wurde betäubt?"

Der Arzt nickte. „Wissen Sie, wie das geschehen ist?"

„Nein, ich habe keine A…" Ryan stockte und rieb seine Schulter. „Es hat mit einem Stich und einem Prickeln im Arm angefangen." Er schob den Ärmel des Krankenhaushemdes hoch.

Gormick trat neben ihn und beugte sich über die Schulter. „Hier ist ein relativ großer Einstich zu sehen."

„Aber mir war niemand so nah, dass …" Ryan stockte. „Ein Betäubungspfeil. Ich habe etwas berührt, aber es ist heruntergefallen. Das könnte ein Pfeil gewesen sein."

Nachdenklich sah der Arzt ihn an. „Das wäre möglich. Aber warum sollte jemand so etwas tun?"

Ryan konnte nur noch an Etana denken. „Ich muss zum Park zurück."

„Das geht nicht. Ich kann Sie erst entlassen, wenn die Wirkung der Betäubung völlig abgeklungen ist. Außerdem sind sie leicht dehydriert, der Tropf muss noch mindestens eine Stunde dranbleiben."

Erst jetzt bemerkte Ryan die Kanüle in seinem Handrücken. Gleichzeitig kehrte die Übelkeit zurück, Schweiß bildete sich auf seiner Stirn, und er ließ sich in die Kissen zurücksinken. „Dann brauche ich mein Handy, es müsste in meiner Jackentasche sein." Er sah die Schwester flehentlich an, die am Fußende des Bettes stand. „Bitte, es ist wirklich wichtig." Erleichtert atmete er auf, als sie nach einem Nicken des Arztes zu dem schmalen Schrank ging und kurz darauf mit dem Telefon zurückkam. „Vielen Dank."

Gormicks Augenbrauen senkten sich. „Grant Walker hat gesagt, er will sofort informiert werden, wenn Sie aufwachen. Ich schätze, er wird in wenigen Minuten hier eintreffen."

„Wer?"

„Der leitende Detective in dem Fall. Er hat die beiden Einbrecher festgenommen und Sie im Gebüsch gefunden."

Zwei? Waren es nicht drei Männer gewesen? Ryan rieb über seine Stirn, hinter der sich Kopfschmerzen bildeten. Aber zuerst musste er herausfinden, wo Etana abgeblieben war. „In Ordnung, ich beeile mich."

Der Arzt verabschiedete sich mit einem Nicken und verließ das Zimmer.

„Ich habe Ihnen etwas zu trinken auf den Nachttisch gestellt." Mit einem letzten Lächeln trat die Schwester auf den Flur und ließ ihn allein zurück.

Ryans Finger zitterten, als er die Nummer der Klinik wählte. Es musste Etana einfach gut gehen! Ungeduldig wartete er darauf, dass jemand den Hörer abnahm. Hoffentlich waren noch nicht alle nach Hause gefahren.

„Ryan, bist du das?" Lynns atemlose Stimme drang durch den Hörer. „Wie geht es dir?" Deutlich konnte er die Besorgnis hören, die in ihrer Frage mitschwang.

„Gut, mir ist nur noch ein wenig schwindelig. Es war anscheinend ein Betäubungspfeil." Bevor Lynn antworten konnte, sprach er schnell weiter. „Ich habe nicht viel Zeit. Ist Etana in Sicherheit?"

„Ja, natürlich. Die Polizisten sagen, du hast dort bewusstlos gelegen und die Leopardin hat über dich gewacht. Sie hatten schon Angst, dass sie angreifen würde, aber als sie erkannte, dass sie dir nur helfen wollten, hat sie sich zurückgezogen." Sie holte tief Luft. „Ich hätte es nicht geglaubt, wenn ich nicht gesehen hätte, wie sie der Trage gefolgt ist. Es wirkte, als wäre sie am liebsten mitgefahren, aber dann ist sie doch zurück in den Käfig gegangen. Sie ist sofort eingeschlafen, wahrscheinlich war es zu viel Aufregung für sie, so kurz nach ihren Verletzungen."

Erleichtert atmete Ryan aus. Es ging ihr gut! „Bestimmt. Eigentlich sollte es nur ein kurzer Ausflug werden, doch dann tauchten die Einbrecher auf. Haben sie etwas mitgenommen?"

„Die Polizisten sagten, sie hätten nichts bei ihnen gefunden." Wut färbte ihre Stimme. „Die Kerle hatten Waffen dabei! Stell dir vor, sie hätten euch erschossen!"

Das wollte Ryan sich lieber nicht vorstellen, ihm war so schon schlecht genug. „Ist sonst noch jemand verletzt worden?"

„Unser alter Wachmann. Das könnte mich noch mehr aufregen! Einer hat ihn abgelenkt, und der andere hat ihn von hinten niedergeschlagen. Der arme Jackson musste auch ins Krankenhaus gebracht werden, aber er hat wohl nur eine leichte Gehirnerschütterung. Gott sei Dank!" Lynns Stimme vibrierte vor Ärger. „Wenn die Polizisten die Kerle nicht mitgenommen hätten, dann hätte ich sie mir ordentlich vorgenommen!"

Ryan lachte überrascht auf. „Das kann ich mir vorstellen." Er wurde wieder ernst. „Ich bin nur froh, dass ich Peter nach Hause geschickt habe, als ich gekommen bin." Müde rieb er über seine Schläfe. „Kannst du dich um Etana kümmern, bis ich wieder da bin?"

„Natürlich. Wie lange wollen sie dich dort behalten?"

„Keine Ahnung. Ich gehe, sobald ich mit dem Detective gesprochen habe und mir der Arzt grünes Licht gibt." Und er würde dafür sorgen, dass Gormick ihn noch heute Nacht gehen ließ. Er wollte in der Klinik sein, wenn Etana aufwachte.

„Viel Glück." Lynn legte auf, bevor er antworten konnte.

Ryan schloss für einen Moment die Augen, während er versuchte, seinen hämmernden Herzschlag zu beruhigen. Die Anspannung fiel von ihm ab, nachdem er gehört hatte, dass es Etana gut ging. Unangenehm wurde ihm bewusst, dass er sich deutlich weniger Sorgen um Jackson gemacht hatte, dabei kannte er ihn schon seit Jahren und mochte ihn. Tiere bedeuteten ihm zwar mehr als anderen Leuten, aber wenn es um das Leben von Menschen oder Tieren ging, hatte er automatisch das von Menschen als wichtiger angesehen. Bis heute. Vielleicht sollte er doch für eine Weile etwas kürzer treten, es schien, als hätte der Stress ihm mehr zugesetzt als erwartet. Er konnte es natürlich auch mit Schlaf probieren. Eine volle Nacht zur Abwechslung, das würde sicher Wunder wirken.

Ungeduldig bezahlte Ryan zwei Stunden später den Taxifahrer und strebte mit langen Schritten dem Klinikgebäude zu. Glücklicherweise war das Schwindelgefühl beinahe verschwunden, nur der Kopfschmerz hielt sich hartnäckig. Der Arzt hatte ihm gesagt, dass das normal sei und er viel trinken sollte, um die Nachwirkungen des Betäubungsmittels zu minimieren. Genau das würde er tun, sobald er sich vergewissert hatte, dass es Etana gut ging. Es ließ ihm einfach keine Ruhe.

Ryan schnitt eine Grimasse, als er die aufgebrochene Tür sah. Anscheinend hatten es die Einbrecher eilig gehabt und sie eingetreten. Es war ihnen wohl egal gewesen, ob sie jemand hörte. Sein Wagen auf dem kleinen Parkplatz neben dem Gebäude war auf keinen Fall zu übersehen gewesen, sie mussten also zumindest vermutet haben, jemanden in der Klinik anzutreffen. Offenbar war er mit der Betäubung noch gut davongekommen, es hätte auch viel schlimmer ausgehen können. Ryan nickte dem Polizisten zu, der das Gebäude bewachte, und zeigte ihm seinen Ausweis, damit er passieren konnte.

Zu ungeduldig, um sich genauer in der Klinik umzusehen, strebte Ryan sofort auf Etanas Raum zu. Vorsichtig drückte er die Klinke herunter und schob die Tür langsam auf. Im schummerigen Nachtlicht konnte er nur Etanas bewegungslosen Umriss auf ihrem Kissen erkennen. Sein Herz zog sich schmerzhaft zusammen. Sie sah in dem Käfig so verloren aus, so allein. Ryan machte gerade einen Schritt auf sie zu, als er plötzlich hinter sich ein Geräusch hörte. Rasch wirbelte er herum und sackte erleichtert in sich zusammen, als er Lynn erkannte. Nachdem er kurz mit ihr geredet hatte, verabschiedete sich die Pflegerin und verließ die Klinik.

Ryan sah ihr nach, bis sie um die Ecke gefahren war, und zog dann die Kliniktür so weit hinter sich zu, wie es das aufgebrochene Schloss zuließ. Mit einem intakten Schließmechanismus hätte er sich deutlich wohler gefühlt, aber es war nicht zu ändern. Auf keinen Fall würde er Etana ungeschützt hier allein lassen. Langsam ging er zur Küche und goss sich Kaffee in einen Becher. Mit geschlossenen Augen genoss er die ersten Schlucke und spürte, wie sich seine Energiereserven wieder auffüllten. Wenig später beschloss er, dass er genug Zeit verschwendet hatte, stellte den Becher in die Spüle und verließ die Küche.

Leise trat er in Etanas Raum und zog die Tür hinter sich zu. Unbewusst folgte er einem Impuls und drehte den Schlüssel herum. Das würde zwar keinen Einbrecher stoppen, aber vielleicht lange genug aufhalten, dass er Hilfe rufen oder sich bewaffnen konnte.

11

Sein Geruch drang zuerst in ihren unruhigen Schlaf, er legte sich um sie und hüllte sie in ein wohliges Gefühl. Kainda sank tiefer in die Dunkelheit, ihr Körper entspannte sich etwas. Kurz darauf hörte sie Stimmen, Ryan unterhielt sich mit der Amazone, doch Kainda war zu müde, dem Gespräch zu folgen. Stattdessen begnügte sie sich mit dem Wissen, dass er hier war und es ihm gut ging. Schließlich endete die Unterhaltung und es ertönte ein leises Geräusch, als die Tür zu ihrem Raum geschlossen und der Schlüssel umgedreht wurde. Kaindas Augen flogen auf. Hatte Ryan sie eingesperrt? Schlagartig war jegliche Müdigkeit vergangen, ihr Herz klopfte schmerzhaft gegen ihre Rippen. Dann nahm sie die Bewegung wahr und atmete erleichtert auf.

„Entschuldige, ich wollte dich nicht wecken. Schlaf weiter."

Als wenn sie das jetzt noch könnte, nachdem Ryan in einem Raum mit ihr war. Schwerfällig setzte sie sich auf und betrachtete ihn. Es schien ihm tatsächlich gut zu gehen, auch wenn sein Gesicht noch etwas blass war. Seine Augen waren tiefblaue Seen, und Kainda fühlte sich wie hypnotisiert. Sie konnte sich nicht rühren, selbst wenn sie es gewollt hätte. Seine schwarzen Haare wirkten, als hätten sie schon seit einiger Zeit keine Bürste mehr gesehen – oder als wäre er direkt aus dem Krankenhaus hierhergekommen, anstatt nach Hause zu fahren. Während sich Wärme in ihr ausbreitete, wünschte sie sich, sie könnte ihm sagen, wie viel ihr das bedeutete. Aber vielleicht konnte sie es ihm zeigen, wenn er sie ließ.

Ryan hockte sich vor den Käfig und lächelte sie an. „Du tust nie das, was man dir sagt, oder?"

Kainda legte den Kopf schräg und sah ihn nur an.

„Okay, du bist also wach und ich auch. Möchtest du etwas essen?" Ihr Magen gurgelte leise als Erwiderung und brachte ihn zum Lachen. „Kommt sofort."

Kainda sah ihm nach, als er zur Tür ging, sie aufschloss und das Zimmer verließ. Er hatte sich tatsächlich mit ihr zusammen im Raum eingeschlossen. Warum sollte er das tun, wenn nicht … ihr Kopf ruckte hoch. Ryan wusste, dass nicht alle Einbrecher verhaftet worden waren und jederzeit wieder jemand hierherkommen könnte, um sie mitzunehmen. Trotzdem war er zurückgekehrt, um sie zu beschützen. Tränen traten in ihre Augen, ihre Kehle schmerzte. Verdammt, sie konnte es sich nicht leisten, jemanden zu mögen, keinen Menschen und erst recht keinen Mann. Sie sollte sich so weit von ihm zurückziehen, wie es nur ging. Am sichersten wäre es, so schnell wie möglich aufzubrechen und alles hinter sich zu lassen, allerdings hatte sie vorhin gemerkt, dass ihr Körper noch lange nicht fit genug dafür war.

Aber wäre es nicht auch besser für Ryan? Wenn sie verschwand, hatten die Verbrecher keinen Grund mehr, ihn anzugreifen. Unruhig bewegte Kainda sich im Käfig auf und ab. Der Einbrecher würde es heute nicht noch einmal versuchen, also konnte sie sich noch einen Tag ausruhen, bevor sie dann in der nächsten Nacht aufbrach. Weit würde sie mit ihren Verletzungen nicht kommen, aber zumindest wusste dann niemand mehr, wo sie sich aufhielt. Nachdem sie den Entschluss gefasst hatte, wurde sie ruhiger.

„So, einmal Menü de luxe für Madame." Ryan trat durch die Tür, einen Napf in der Hand. Wie er es schaffte, nach den Ereignissen noch so fröhlich zu klingen, war ihr ein Rätsel. Aber sie war dankbar für seine Anwesenheit, so geriet sie nicht ins Grübeln.

Er schloss die Tür wieder ab, und als er sich umdrehte, erkannte sie für einen winzigen Moment, dass er die Sache längst nicht so leicht überstanden hatte, wie er ihr weismachen wollte. Unsicherheit stand in seinen Augen, seine Mundwinkel waren angespannt. Es schien so, als bräuchte er ihre Gesellschaft genauso wie sie seine, obwohl es sie verwunderte, dass er nicht nach Hause ging zu seiner Freundin, Frau oder was auch immer – oder sich zumindest mit einem seiner Mitarbeiter oder Freunde zusammensetzte. Stattdessen kam er hierher, um ihr beim Essen zuzusehen. Hatte *er* überhaupt etwas gegessen? Aber sie konnte ihn in ihrer derzeitigen Form schlecht danach fragen. So trat sie nur zurück, als er den Riegel zurückschob und die Käfigtür öffnete, und beobachtete, wie er den Napf vor sie stellte.

Sein Gesicht war ihrem so nah, dass sie die kleinen Fältchen in seinen Augenwinkeln sehen konnte und die helleren Flecken in seiner tiefblauen Iris. Wie gebannt starrte sie ihn an, während sie den Drang bekämpfte, ihre Wange an seiner zu reiben. Die Sehnsucht nach einer Berührung ließ sie am ganzen Körper zittern.

„Was hast du?“ Ryan legte seine Hand an ihren Hals. „Fehlt dir etwas?“

Kainda tat das Einzige, was ihr in dieser Form möglich war. Sie lehnte sich vor und schmiegte sich an ihn, ihre Wange an seiner. Ein Schnurren drang aus ihrer Kehle, ihre Augen schlossen sich. Es fühlte sich so gut an, seine Wärme, seinen Körper an ihrem zu spüren. Im ersten Moment zuckte Ryan überrascht zusammen, doch dann legte er seine Arme um sie und drückte einen Kuss auf ihren Kopf.

„Ich bin auch froh, dass es dir gut geht. Das war knapp, was?“ Erneut lief ein Schauder durch ihren Körper, und Ryan streichelte sanft ihre Flanke. „Jetzt ist alles gut, ich werde nicht zulassen, dass dir etwas geschieht. Ich denke mir etwas aus, wie wir dich schützen können."

Seltsamerweise vertraute sie ihm, obwohl sie genau wusste, dass er vermutlich überhaupt nichts tun konnte, um ihr zu helfen. Oder bei dem Versuch verletzt oder sogar getötet werden konnte. Doch jetzt, in diesem Moment, wollte sie alles um sich herum vergessen und nur seine Nähe genießen. Und das tat sie – mehr als sie sollte.

Viel zu schnell löste er sich von ihr und kroch rückwärts aus dem Käfig heraus. „Ich sollte dich nicht vom Essen abhalten, du brauchst die Energie, um gesund zu werden."

Widerwillig widmete sich Kainda ihrem Napf, während sie aus den Augenwinkeln beobachtete, wie Ryan die Liege wieder vor dem Käfig aufbaute. Freude stieg in ihr auf. Er würde wirklich bei ihr bleiben! Mit gesteigertem Appetit schlang sie die Fleischbrocken hinunter, bis sie das Gefühl hatte, platzen zu müssen. Gesättigt schob sie mit der Pfote den Napf zur Tür und legte sich auf die Seite, weil ihr Magen sonst zu sehr drückte. Träge sah sie zu, wie Ryan ein Kissen auf die Liege warf und die Decke ausbreitete, ihre Augenlider senkten sich, bis sie ihn nur noch durch Schlitze wahrnahm. Nachdem er sein Bett hergerichtet hatte, kam er zu ihr herüber, nahm den leeren Napf aus dem Käfig und stellte ihn zur Seite.

„Ich lasse die Käfigtür offen, damit du dich nicht eingesperrt fühlst." Ryan beugte sich vor und ließ seine Finger durch ihr Fell gleiten. „Schlaf schön und versuch, das Geschehene zumindest für ein paar Stunden zu vergessen."

Ob er das konnte? Sie konnte es sich nicht vorstellen. Ohne den Kopf zu heben, leckte sie über seine Hand und schloss die Augen vollständig.

Ryan lachte leise, während er sie hinter dem Ohr kraulte.

„Schlaf, meine Schöne. Wir sehen uns morgen." Damit erhob er sich und entfernte sich vom Käfig. Sofort spürte sie, dass etwas fehlte, sie fühlte sich seltsam leer und einsam.

Kainda stieß ein leises Schnauben aus. So ein Unsinn, es waren doch nur ein paar Meter, kein ganzer Kontinent. Zumindest jetzt noch nicht. Wenn sie einen Weg zurück nach Afrika fand, würde sich das ändern. Ein hohles Gefühl drückte auf ihre Brust, das sie nicht recht zuordnen konnte. Sie wollte, nein *musste* zurück, das war ihr Antrieb, seit sie in einen Käfig eingesperrt in den USA aufgewacht war. Wenn sie ihr Ziel aufgab, was blieb ihr dann noch? Sie konnte nicht in Amerika bleiben, denn sie durften sich als Leoparden niemandem zeigen, da es ihre Spezies hier nicht in Freiheit gab. Wenn es selbst den Berglöwen nicht gelang, unentdeckt zu bleiben, wie sollten sie das zu zweit bewerkstelligen? Nein, es wäre sicherer, nach Hause zurückzukehren.

Zwinkernd sah sie auf, als plötzlich das Licht verlosch. Nachdem ihre Augen sich an die Dunkelheit gewöhnt hatten, beobachtete sie, wie Ryan von der Tür zurückkam und sich auf die Liege setzte, die unter seinem Gewicht leise quietschte. Gerade als sie dachte, er würde sich nun hinlegen, stand er wieder auf und griff an seinen Hosenbund. Er würde doch nicht ... Kainda schluckte trocken, als Ryan seine Hose herunterschob, sich wieder hinsetzte und sie über seine Füße zog. Gierig ließ sie ihren Blick über seinen Körper wandern. Seine Oberschenkel waren überraschend muskulös, unter der Hose wirkten sie eher schlaksig. *Komm, den Pullover auch noch ...* Enttäuscht atmete sie aus, als Ryan ihr nicht den Gefallen tat, sondern stattdessen unter die Decke schlüpfte. Sein tiefer Seufzer wehte zu ihr hinüber und ließ sie wünschen, sie könnte sich zu ihm unter die Decke kuscheln.

Wann hatte sie zuletzt ein richtiges Bett gesehen? In Fays Hütte im Lager der Berglöwenwandler hatte sie eine Nacht in einem Bett geschlafen, bevor sie aufgebrochen war. Die Erinnerung an die weiche Matratze und die flauschige Bettdecke machte ihr bewusst, wie weit sie sich von einem normalen Leben entfernt hatte. Kainda schnitt eine Grimasse. Sofern man als Gestaltwandler überhaupt von so etwas wie Normalität sprechen konnte. Für beinahe jeden anderen Menschen war sie etwas Anormales, ein Fehler der Natur. Würde Ryan auch so von ihr denken? Schmerz wühlte in ihrer Brust bei der Vorstellung, dass er sie mit etwas anderem als Zuneigung ansehen könnte.

Kainda ließ den Kopf auf das Kissen sinken und versuchte, wieder einzuschlafen. Bevor Ryan gekommen war, hatte sie geschlafen, doch jetzt schien die Erschöpfung vergangen zu sein. Statt es weiter zu versuchen, begnügte sie sich damit, Ryans Atemzügen zu lauschen. Ein Lächeln glitt über ihr Gesicht. Anscheinend war er in einen tiefen Schlummer gesunken, sowie sein Kopf das Kissen berührte. Was gäbe sie darum, neben ihm zu liegen und seine Wärme zu spüren, wenigstens für einen kurzen Moment. Aber das war nicht möglich, Ryan fand es sicher nicht lustig, wenn sie sich einfach zu ihm legte. Andererseits hatte er die Käfigtür offen gelassen. Wenn er nicht gewollt hätte, dass sie herauskam, wäre sie geschlossen.

Auch wenn das nicht wirklich logisch war, beschloss Kainda, die Gelegenheit zu nutzen. Seit Tagen sah sie die meiste Zeit Gitterstäbe, es war ein gutes Gefühl, dem wenigstens für kurze Zeit zu entkommen. Lautlos erhob sie sich und setzte einen Fuß nach draußen, ihren Blick auf Ryan gerichtet. Als er sich nicht rührte, wagte sie sich weiter vor, bis sie bei der Liege ankam. Mühsam widerstand sie der Versuchung, seine Hand zu lecken, die über den Rand hing. Ryan lag auf dem Rücken, seine Schultern waren so breit, dass sie beinahe über die Matratze hinausragten. Selbst wenn sie wollte, es war kein Platz für sie auf der Liege. Seltsam enttäuscht lief sie einmal um ihn herum, doch es war nichts zu machen. Wenn sie nicht auf dem Boden schlafen wollte, musste sie in den Käfig zurückkehren.

Ein Rascheln hinter ihr ließ sie herumfahren.

„Hör auf, um mich herumzuschleichen, und komm endlich hoch." Ryans Stimme klang rau, und er sah sie direkt an, obwohl es dunkel war.

Verlegen wollte Kainda sich zurückziehen, aber ihre Sehnsucht nach Nähe war stärker. Ryan lag auf der Seite, sein Kopf auf eine Hand gestützt, während er mit der anderen auf die Decke klopfte. Wie sollte sie so einer Einladung widerstehen? Mühsam kletterte sie auf die Liege und ignorierte das schmerzhafte Pochen in ihrem Bein. Sie legte sich auf ihre unverletzte Seite, mit dem Rücken zu Ryan und schloss die Augen, als Ryan seinen Arm über sie legte und sie in seine Wärme und seinen Duft eingehüllt wurde. Ein zufriedenes Schnurren entrang sich ihr, das sie rasch unterdrückte.

Ryans leises Lachen drang an ihr Ohr. „Schnurr ruhig, ich finde das beruhigend." Seine Hand glitt durch ihr Fell und löste einen wohligen Schauder aus. Sofort legte sich sein Arm fester um sie. „Jetzt schlaf, du bist in Sicherheit." Damit legte er seinen Kopf zurück auf das Kissen, hielt sie aber weiterhin umfangen.

Noch während Kainda überlegte, woher sein Vertrauen in sie kam, stellte sie fest, dass es ihr egal war, solange er seine Meinung nicht änderte. Mehr als alles andere brauchte sie jetzt einen Verbündeten, jemanden, bei dem sie sich sicher fühlen konnte, bevor sie wieder aufbrach. Es war nicht fair, Ryan so auszunutzen, aber sie konnte nichts anderes machen. Auf keinen Fall durfte er die Wahrheit erfahren, wer oder vielmehr was sie wirklich war, denn auch wenn sie ahnte, dass er sie nicht verraten würde, durfte sie es nicht darauf ankommen lassen. Außerdem würde ihn das Wissen nur unnötig belasten. Heute Nacht würde sie seine Nähe genießen, ab morgen musste sie unbedingt wieder etwas mehr Abstand zwischen sie bringen, damit sie nicht in Versuchung geriet, etwas Dummes zu tun. Kainda schloss die Augen und schmiegte sich enger in Ryans Arme. Es tat gut, wieder von einem Mann gehalten zu werden, so gut …

Unruhig lief Jamila in Fays Hütte auf und ab, unsicher, was sie tun sollte. Sie hatte sich vorgenommen, mit Finn zu sprechen, damit er ihr Verhalten zumindest ein wenig nachvollziehen konnte und verstand, warum sie solche Dinge hatte tun können. Ob das reichen würde, ihn davon zu überzeugen, sie hierbleiben zu lassen? Vielleicht nicht, aber sie musste es zumindest versuchen. Hitze stieg in ihre Wangen, als sie sich daran erinnerte, wie Finn ausgesehen hatte, als Torik sie zu seiner Hütte brachte. Wassertropfen waren an seinem kraftvollen Körper hinabgeglitten, und ihr Blick war ihnen automatisch gefolgt. Seine Erektion hatte sie überrascht, und als sie dann in seinem Sessel saß und sein Schaft direkt auf ihrer Augenhöhe gewesen war, hatte sie gespürt, wie seine Erregung sich steigerte – genauso wie ihre eigene, bis schließlich sämtliche Nerven in ihrem Körper schrien, dass er sie nehmen sollte. Sie wollte ihre Haut an seiner reiben, seinem Penis Einlass gewähren … *O Gott!*

Jamila schlug die Hände vor die Augen, doch das stoppte die Bilder in ihrem Kopf nicht. Im Gegenteil, sie konnte ihn jetzt nicht nur sehen, sondern auch hören und riechen. Sein rascher Atem, der scharfe Duft seiner Erregung, der sich mit ihrem mischte. Sie *fühlte* sogar, wie er sich in ihr bewegte, wie seine Brusthaare über ihre empfindlichen Brustwarzen rieben und ihre Lust ins Unendliche steigerten. Nein, das durfte nicht sein! Sie war hier nur geduldeter Gast, und Finn verachtete sie für das, was sie getan hatte. Ja, aber trotzdem begehrte er sie auch, so viel war offensichtlich gewesen.

„Jamila?“

Zuerst dachte sie, die Stimme käme aus ihrer Vorstellung, doch dann riss sie die Augen auf. Finn! Wieso hatte sie ihn überhaupt nicht hereinkommen hören? Vermutlich, weil sie mit anderen Dingen beschäftigt gewesen war, stellte sie zerknirscht fest.

„Ich muss mit dir reden." Sein Gesicht war völlig ernst, auch wenn sie seine unterschwellige Erregung spüren konnte. Doch es war klar, dass er nicht deswegen gekommen war.

„Natürlich." Jamila versuchte, die Hitze in ihrem Körper zurückzudrängen, doch es war zwecklos. Gut, dann würde sie dieses Gefühl eben ignorieren. „Worum geht es?"

„Um gestern."

„Es tut mir wirklich leid, ich werde mich nicht noch einmal so weit entfernen, ohne jemandem Bescheid zu sagen, ich verspreche es."

Finn neigte den Kopf. „Das ist gut, aber darum geht es nicht."

Fragend blickte sie ihn an. „Worum dann?"

Er atmete tief durch, seine Augen veränderten sich. „Um das, was zwischen uns geschehen ist."

„Es ist nichts geschehen." Der Widerspruch kam automatisch.

Finn presste die Lippen zusammen. „Doch, wir hatten unsere Gefühle nicht unter Kontrolle. Das muss aufhören."

Jamila starrte ihn an. „Und wie soll das gehen? Es ist ja nicht so, als hätte einer von uns Einfluss darauf, wie unsere Körper reagieren. Sie tun es einfach. So wie jetzt." Sie schloss die Augen und atmete durch die Nase ein. Ja, er war eindeutig erregt.

„Hör auf damit!" Finns Stimme klang rau, als wäre der Berglöwe sehr dicht unter der Oberfläche. Mit einem großen Schritt stand er plötzlich so dicht vor ihr, dass sie seine Hitze spüren konnte. Seine großen Hände legten sich um ihre Oberarme, und er hob sie an, bis nur noch ihre Zehenspitzen den Boden berührten.

Normalerweise mochte sie Neandertalermethoden nicht, aber in diesem Moment wirkte der Beweis seiner Stärke eindeutig erotisch auf sie. Feuchtigkeit sammelte sich in ihrer Körpermitte, während sie krampfhaft die Beine zusammenpresste. Aber ein Blick in seine Augen zeigte ihr, dass er ihre Erregung bemerkt hatte. Seine Nasenflügel blähten sich, und sie konnte sehen, wie sich seine Zähne veränderten. Der Anblick tat nichts, um ihre Gefühle zu dämpfen, ganz im Gegenteil. Ein Druck in ihrem Kiefer deutete darauf hin, dass auch sie sich veränderte, ihre Reißzähne glitten heraus. Sie sollte das nicht tun, aber sie konnte sich nicht davon abhalten. Mit einem leisen Knurren beugte sie den Kopf vor und kratzte mit ihren Zähnen über Finns Hals.

Seine Reaktion kam so schnell, dass sie nicht einmal Zeit für einen Atemzug hatte. Er wirbelte mit ihr herum, schob sie gegen die Wand und presste seinen Unterleib gegen ihren. Das Gefühl seiner Erektion an ihrem pochenden Eingang, seines kräftigen Körpers an ihrem, waren beinahe schon genug, um sie in den Strudel eines Orgasmus zu ziehen. Mit zusammengebissenen Zähnen kämpfte sie dagegen an. Ein Stöhnen, das mehr wie ein Wimmern klang, schlüpfte ungewollt aus ihrer Kehle.

Finn erstarrte. Langsam löste er sich von ihr und stellte sie auf den Boden zurück. Verwirrung stand ihm ins Gesicht geschrieben, seine Wangen waren gerötet, seine Augen glitzerten. Seine Hände fielen herab und ballten sich zu Fäusten. „Ich wollte dir nicht wehtun."

Jamila musste ein paar Mal schlucken, bevor sie ihre Sprache wiederfand. „Das hast du nicht."

Skeptisch betrachtete er ihre Arme, deren dunkle Hautfarbe glücklicherweise die Druckflecken verdeckte, die er sicherlich darauf hinterlassen hatte. „Ich hätte dich nicht so grob anfassen dürfen, für einen Moment hatte ich vergessen, wie klein und zierlich du bist."

Genervt schob sie ihr Kinn vor. „Und genau das hat mir gefallen. Ich bin nicht aus Glas, ich will nicht ständig so behandelt werden, als würde ich jeden Moment zerbrechen. Hast du eigentlich eine Vorstellung davon, wie hart das Leben in der Savanne sein kann?"

Stumm schüttelte Finn den Kopf, während er sich an die Wand zurücklehnte und die Arme vor der Brust verschränkte. „Nein, aber du kannst mir ja davon erzählen."

„Das hatte ich vor – demnächst."

„Das ist gut, im Moment bin ich nämlich nicht sehr aufnahmefähig, fürchte ich." Ein selbstironisches Lächeln spielte um seine Mundwinkel.

Jamilas Herz machte einen Sprung, als sie es sah.

„Woran hast du gedacht, als ich hereingekommen bin?" Seine Stimme hatte den warmen, samtigen Ton angenommen, dem sie nicht widerstehen konnte.

„Daran, wie du gestern ausgesehen hast, als Torik mich zu deiner Hütte gebracht hat."

Seine Augen verdunkelten sich, und er machte einen Schritt auf sie zu. „Jamila …"

Sie ließ ihn nicht ausreden. „Und wie es sich anfühlen würde, wenn wir uns lieben." Warum sagte sie ihm die Wahrheit? Das machte die Situation nur noch schwieriger.

Finn stieß seinen Atem zischend aus. „Du hättest auch lügen können."

„Warum sollte ich? Es ist ja nicht so, als könntest du nicht wittern, was ich empfinde." Und sie konnte seine Reaktion riechen.

Sein innerer Kampf war ihm anzumerken, als er lange Zeit schwieg. Schließlich hob er den Kopf und blickte sie direkt an. „Genau darum geht es. Ich bin gekommen, um dir zu sagen, dass das aufhören muss."

„Und wie sollen wir das deiner Meinung nach anstellen? Uns

nie wieder sehen?“ Finns Reaktion auf ihre nicht ernst gemeinte Feststellung ließ sie innerlich erstarren.

„Wenn es sein muss, ja.“ Er hob die Hand, als sie etwas erwidern wollte. „Lass mich ausreden. Es geht nicht um das, was ich will oder du, sondern darum, die Ruhe im Lager nicht zu gefährden.“

Unsicher sah Jamila ihn an. „Wie meinst du das?“

Wut loderte in Finns Augen auf, ein Muskel zuckte in seiner Wange. „Irgendjemand hat Kearne von unserem Treffen gestern erzählt und auch, dass wir … nun ja, erregt waren. Er hat nun Angst, dass die Unruhe im Lager sich dadurch noch verstärken könnte.“

Jamila starrte ihn mit offenem Mund an. „Du willst also sagen, dass du dich nicht mit einer wie mir einlassen kannst, damit deine Freunde und Verwandten zufrieden sind?“

Seine Augen verengten sich. „Du bist hier seit eurem Angriff auf Coyle nicht gerade die beliebteste Person, das weißt du. Wenn ich als ausführendes Ratsmitglied jetzt alles andere ignoriere und mich mit dir einlasse, wird das Auswirkungen auf die ganze Gruppe haben, die ich noch nicht absehen kann. Das kann ich nicht zulassen, wenn ich nicht will, dass das Zusammenleben noch schwieriger wird, als es schon ist.“

Jamila hatte das gewusst, aber warum tat es dann trotzdem so weh, es aus seinem Mund zu hören? Es war eine Illusion gewesen, dass sie vielleicht mit der Zeit ein Teil dieser Gemeinschaft werden konnte – zumindest bis Kainda zurückkam. Sie schlang die Arme um ihren Körper, um den Schmerz im Innern zu halten.

„Sag etwas.“ Finns Blick bohrte sich forschend in ihren.

„Ich verstehe. Ich werde mich von jetzt ab von dir fernhalten. Du brauchst keine Angst zu haben, dass ich dich noch einmal belästige.“

Finn trat einen Schritt näher. „Jamila …"

„Geh einfach. Nicht, dass dich jemand allein mit mir in der Hütte erwischt und denkt, wir würden hier unanständige Sachen treiben." Die Erinnerung daran, dass sie das beinahe getan hätten, verstärkte den Schmerz. „Bitte geh jetzt."

Zuerst dachte sie, Finn würde noch etwas sagen, doch er nickte ihr nur zu und verließ, so leise wie er gekommen war, die Hütte. Sowie er die Tür hinter sich geschlossen hatte, sackte Jamila zusammen und sank zu Boden. Sie hatte nicht geglaubt, noch einmal einen solchen Kummer spüren zu können, nach dem, was sie erlebt hatte. Aber warum fühlte sie sich dann, als hätte sie gerade ihren einzigen Freund verloren? Es war dumm gewesen, mehr zu erwarten, und sie würde diesen Fehler nicht noch einmal begehen.

Ryan wachte mit einem seltsam zufriedenen Gefühl auf, das er sich nicht erklären konnte. Während er noch darüber nachgrübelte, spürte er eine Bewegung neben sich. Hastig riss er die Augen auf und versuchte sich zu orientieren. Helles Sonnenlicht strömte in den Raum und warf Muster auf sein Kopfkissen. Er lag immer noch auf der Liege im Aufwachraum, doch er war nicht allein. Verwundert starrte er Etanas Kopf an, der neben seinem auf dem Kopfkissen lag. Die Leopardin schien fest zu schlafen, die Augen bewegten sich hinter den Lidern, die Schnurrhaare zuckten. Ein Lächeln spielte um seine Mundwinkel. Eigentlich hatte er es für einen Traum gehalten, dass sie zu ihm auf die Liege geschlüpft war, aber anscheinend war es die Wirklichkeit.

Sein Arm war um sie geschlungen, und er konnte sich nicht überwinden, sie aufzuwecken. Deshalb blieb er still liegen und betrachtete ihr Fell, das von der Sonne zum Leuchten gebracht wurde. Wie schön würde es erst aussehen, wenn es von der afrikanischen Sonne angestrahlt wurde? Sein Herz zog sich zusammen, als er sich vorstellte, dass Etana nie ihre Heimat kennenlernen und nie durch die Savanne laufen würde, wie es die Natur eigentlich vorgesehen hatte. Stattdessen war sie zu einem Leben in viel zu kleinen Gehegen verdammt, wurde von Menschen angestarrt und mit anderen Leoparden eingepfercht, die nicht zu ihrer Familie gehörten. Wie von selbst begannen seine Finger, ihren Hals zu kraulen, das Fell dicht und weich unter seinen Fingerspitzen. Etana erwachte sofort, ihre Muskeln erstarrten.

„Es ist alles in Ordnung, ich bin bei dir." Er hielt seine Stimme leise und ruhig, um sie nicht noch mehr zu erschrecken.

Etana drehte ihren Kopf auf dem Kopfkissen und sah zu ihm hoch, die Geste wirkte seltsam menschlich. Auch ihre grünen Augen schienen weniger raubkatzenartig zu sein, während sie ihn beobachtete, als wäre sie nicht sicher, was sie jetzt tun sollte. Ryan hob seinen Arm etwas an, damit sie sich nicht von ihm eingeengt fühlte. Es wäre sicherlich nicht sonderlich gesund, sie in Panik zu versetzen – besonders wenn man bedachte, dass seine Beine nackt waren und sie scharfe Krallen hatte. Ganz zu schweigen von den langen Reißzähnen, die momentan verdeckt waren, mit denen sie aber jederzeit nach ihm schnappen konnte. Doch das tat sie nicht, sondern stupste ihn nur sanft mit dem Kopf an und begann zu schnurren. Lächelnd kam er ihrer Aufforderung nach, sie weiterzukraulen.

Ryan konnte sich nicht an ein so schönes Erlebnis mit einem seiner anderen Patienten erinnern. Sicher, Geburten waren immer etwas Besonderes, und manche Tiere wuchsen ihm auch sehr ans Herz, aber wirklich Körper an Körper mit einer großen Raubkatze zu liegen und sie streicheln zu dürfen, war einmalig. Ihr ganzer Körper vibrierte von ihrem Schnurren. Ryan verzog den Mund, als ihm klar wurde, dass er sich nicht daran erinnern konnte, sich mit einer Frau so wohl gefühlt zu haben. Nicht, dass er keinen Spaß gehabt hätte oder nie verliebt gewesen wäre, aber die tiefe Zufriedenheit hatte gefehlt, weshalb er vermutlich auch noch allein lebte. Außerdem, welche Frau hätte es schon lustig gefunden, wenn er nächtelang bei einem Patienten blieb?

Ein Klopfen an der Tür riss ihn aus seinen Gedanken. „Ryan, bist du wach?“ Sonyas Stimme drang durch das Holz.

Etana war bereits von der Liege gesprungen und auf halbem Weg zum Käfig, bevor er sich überhaupt aufsetzen konnte. „Ja, ich komme.“

Mit einer Grimasse erhob er sich vom Bett und streckte sich. Seine Muskeln waren völlig steif. Ob das noch von der Betäubung herrührte oder von der Nacht auf der harten Liege, konnte er nicht sagen. Als er sich zum Käfig umdrehte, sah er, dass Etana ihn durch die offene Tür beobachtete. Rasch hockte er sich vor sie und strich über ihren Kopf. „Es tut mir leid, die Arbeit ruft. Ich kann die Tür leider nicht offen lassen, solange die anderen Mitarbeiter oder Patienten im Gebäude sind, aber ich überlege mir etwas, okay?“

Etana sah ihn einen Moment lang an und senkte dann kurz den Kopf. Wieder hatte er das Gefühl, dass sie ihn genau verstand und auf ihre Art antwortete. Wenn er irgendwann eine ruhige Minute hatte, musste er unbedingt darüber nachdenken, ob sich die Tierforscher nicht geirrt hatten, was die Verständnisfähigkeit von Raubkatzen anging. Vielleicht lag es auch daran, dass er ihr so vertraute und sie sogar in seinem Bett schlafen ließ, was er mit einem normalen Wildtier nie tun würde, egal wie zahm es wirkte. Doch Etana war von Anfang an anders gewesen, er hatte etwas in ihr gespürt, dass sie von allen anderen Tieren unterschied. Zu gerne würde er bleiben und das Gefühl näher erkunden, doch das musste warten, bis er seine anderen Patienten behandelt hatte.

Mit Bedauern schob er den Riegel wieder vor, erhob sich und blickte sich suchend um. Wo hatte er seine Jeans gelassen?

Nachdem er sie gefunden hatte, schlüpfte er hinein und ging zur Tür. Die Hand auf der Türklinke drehte er sich noch einmal zu Etana um. „Ich komme so schnell wieder, wie es geht. Es wird aber stets jemand hier sein, wenn du etwas brauchst."

Rasch drehte er den Schlüssel herum und öffnete die Tür. Nach einem letzten Blick auf die Leopardin, die ihm nachsah, trat er aus dem Zimmer und schloss die Tür hinter sich. Es war seltsam, die Station schon so geschäftig zu sehen, normalerweise war er einer der Ersten, der eintraf. Ein Mitarbeiter vom Schlüsseldienst ersetzte bereits das Schloss an der Eingangstür.

Wenn diese Männer, wie er glaubte, tatsächlich hinter Etana her waren, was hatten sie dann mit ihr vor, wenn es ihnen gelang, sie in ihre Gewalt zu bringen? Es gab zwar einige Parks, die nicht gerade zimperlich waren, wenn es darum ging, sich neue Tiere zu besorgen, aber da ging es dann eher um Bestechungen in ärmeren Ländern, damit sie die Tiere ausführen durften. Vor allem war Etana schwer verletzt. Wenn, dann würden sie ein gesundes Tier nehmen. Es war möglich, dass Etana ihr Bein nie wieder richtig benutzen konnte. Kein Tierparkbesitzer, der zu solchen Mitteln griff, würde den Aufwand für ein – in dessen Augen – minderwertiges Tier in Kauf nehmen.

Aber es war dennoch ziemlich eindeutig gewesen, dass die Kerle es auf die Leopardin abgesehen hatten. Denn schließlich hatten sie neben ihren Waffen auch ein Betäubungsgewehr dabei. Normale Diebe hätten sich mit Medikamenten eingedeckt und wären dann geflohen – und sie hätten auch nicht darauf geachtet, ob jemand im Gebäude war. Nein, es musste etwas anderes hinter diesem Einbruch stecken.

Vielleicht sollte er Detective Harken anrufen, obwohl er sich nicht vorstellen konnte, dass der Mord an Cal Rivers und seiner Frau mit dem Überfall in Zusammenhang stand. Aber wenn sich Harken extra die Mühe gemacht hatte, von Los Angeles hierher zu kommen, um sich die Leopardin anzusehen, wusste er vielleicht etwas, das der hiesigen Polizei entging.

Ryan rieb über seine Stirn. Er war eindeutig zu erschöpft, um jetzt darüber nachzudenken. Wenn heute keine Notfälle anstanden, sollte er vielleicht alle Routineuntersuchungen auf die nächsten Tage verschieben und früh Feierabend machen. Aber dann musste er Etana allein lassen, und das wollte er auch nicht. Es musste eine andere Lösung geben.

Als er in den Medikamentenraum trat, in dem Sonya und Peter gerade die Bestände durchgingen, um festzustellen, ob etwas fehlte, kam ihm eine Idee. Abrupt blieb er stehen, während er überprüfte, ob etwas gegen diese Lösung sprach. Schließlich breitete sich ein Lächeln auf seinem Gesicht aus. Ja, es würde funktionieren, und alle seine Sorgen waren damit auf einen Schlag gelöst.

12

Ob Ryan wusste, wie unglaublich sexy er in seinen eng anliegenden Boxershorts aussah? Es hatte sich schon gut angefühlt, mit dem Fell über seine nackten Beine zu streichen, doch sie bei Tageslicht anzusehen, war etwas ganz anderes. Ryans Körper war nicht so muskulös wie die der Wandlermänner, er war eher schlank gebaut, mit gerade genug Muskeln, um zu beweisen, dass er nicht den ganzen Tag nur vor dem Computer hockte, sondern sich körperlich betätigte. Für die Berglöwenfrauen wäre er sicher zu dünn, doch Leopardenfrauen legten mehr Wert auf Ausdauer als auf rohe Kraft. Auch beim Sex. Kainda schloss die Augen und stöhnte lautlos auf. Darüber durfte sie nicht nachdenken, es war völlig unmöglich, dass sie und Ryan jemals zusammenfinden könnten. Er hielt sie für ein Tier! Selbst wenn er sie nicht so behandelte, musste sie sich das immer wieder in Erinnerung rufen. Wahrscheinlich würde er schreiend davonlaufen, wenn er wüsste, wie sie über ihn dachte.

Trotzdem hoffte sie, dass er bald zurückkam. Auf Dauer war es extrem langweilig, den ganzen Tag ohne irgendeine Ablenkung im Käfig verbringen zu müssen. Sie konnte weder lesen noch schnitzen, was sie in Afrika gerne getan hatte. Für Dakarai hatte sie einen ganzen Zoo wilder Tiere geschnitzt, den er über alles geliebt hatte. Der Gedanke löste einen so scharfen Schmerz in ihr aus, dass sie keine Luft mehr bekam. Ihre Beine knickten unter ihr ein, und sie stürzte hart zu Boden. Tränen schossen ihr in die Augen. Warum hatte sie immer noch nicht gelernt, nicht an das zu denken, was sie verloren hatte? Es half ihr nicht weiter, außer dass es ihren Willen verstärkte, nach Hause zurückzukommen. Und wenn auch nur, um sich neben ihre Familie zu legen und selber zu sterben.

Sie war so mit sich selbst beschäftigt, dass sie Ryan erst bemerkte, als er sie ansprach. „Ich bringe dich jetzt von hier weg, was sagst du dazu?" Seine Stimme klang so fröhlich, dass ihr das Herz noch schwerer wurde.

Mit letzter Kraft drehte sie ihren Kopf zur Wand, damit er ihre Tränen nicht sah. Unauffällig wischte sie mit ihrem Vorderlauf über ihre Augen. Ihr ganzer Körper spannte sich an, als sie hörte, wie er den Riegel zurückschob und die Käfigtür öffnete. Sie zuckte zusammen, als seine Hand über ihren Rücken strich, reagierte aber sonst nicht auf seine Berührung.

„Etana? Was ist mit dir los? Tut dir etwas weh?" Seine sanfte Stimme war so nah, so mitfühlend, dass sie sich ihm am liebsten in die Arme geworfen und ihm erzählt hätte, was sie so sehr schmerzte.

Da das nicht ging, beschränkte sie sich darauf zu versuchen, wieder auf die Beine zu kommen, was mit nur drei funktionierenden Gliedmaßen nicht leicht war. Es schien, als hätte der Gefühlsausbruch sie viel Kraft gekostet, deren Verlust sie sich eigentlich nicht leisten konnte, wenn sie bald weiterziehen musste. Ihr Kopf ruckte herum, als ihr klar wurde, was er gesagt hatte: Er würde sie von hier wegbringen. Wohin? Hatte sich jemand als ihr ‚Besitzer' gemeldet, und Ryan war darauf hereingefallen? Oder schob er sie in einen anderen Park ab, weil ihretwegen in der Klinik eingebrochen und er verletzt worden war?

Seine Hände glitten um ihr Gesicht, und er sah tief in ihre Augen. „Keine Angst, ich werde mich gut um dich kümmern. Zuerst werde ich sicherstellen, dass du keinen Rückfall hattest, und dann nehme ich dich mit. Es wird dir gefallen, ich verspreche es."

Einen langen Moment versank sie in seinen tiefblauen Augen und nahm die Mischung aus Mitgefühl, Geduld und Kraft in sich auf, die sie ausstrahlten. Eine Sache war ihr jetzt völlig klar: Sie vertraute diesem Mann, auch wenn sie nicht genau wusste, warum. Wenn er ihr also versprach, dass es ihr gefallen würde, glaubte sie ihm. Und zur Not könnte sie immer noch in der Nacht verschwinden. Ryan schien auf eine Reaktion von ihr zu warten, also neigte sie langsam den Kopf und wurde mit einem warmen Lächeln belohnt. Ob er wusste, wie gefährlich er für Frauen war? Man versuchte automatisch, ihm alles recht zu machen, damit man noch einmal in den Genuss dieser ehrlichen Freude und Zuneigung kam.

Geduldig und systematisch untersuchte er ihre Verletzungen und setzte sich schließlich auf die Hacken zurück. „Scheint alles sehr gut zu verheilen. Ich habe trotzdem die Salbe und einige Verbände eingepackt, damit ich dich in ein paar Tagen noch mal neu verbinden kann, wenn es nötig sein sollte."

In ein paar Tagen? Dann plante er also doch nicht, sie abzuschieben, sondern würde in ihrer Nähe bleiben. Mit einem Schlag kehrte ihre Energie zurück, und sie sprang beinahe auf ihre Füße und drängte sich an ihm vorbei aus dem Käfig.

Ryan stieß ein überraschtes Lachen aus. „Na, da hat es aber jemand eilig." Er stand auf und folgte ihr. „Aber ich kann dich nicht einfach so durch die Klinik laufen lassen, wenn die anderen hier sind. Warte einen Moment, ich hole den Transportwagen."

Die Frage, wie der offene Wagen sie davon abhalten sollte, jemanden anzugreifen oder zu fliehen, wurde beantwortet, als Ryan damit zurückkam und sie den Käfigaufsatz sah, den er bei ihrem nächtlichen Ausflug weggelassen hatte. Das Vertrauen, das er ihr entgegengebracht hatte, wärmte sie, auch wenn es sie nervte, sich nun in einem Käfig herumfahren lassen zu müssen.

Ryan hob sie hinein und schloss die vergitterte Tür hinter ihr. „Entschuldige, es geht nicht anders."

Wenn er mit allen Tieren so umging, musste er der beliebteste Tierarzt weit und breit sein. Er schien seine Patienten wirklich ernst zu nehmen und mit ihnen mitzufühlen, anstatt einfach selbstherrlich über sie zu bestimmen und alles nur als seinen Job anzusehen. Welcher andere Arzt hätte mehrere Nächte auf einer Liege neben ihrem Käfig verbracht, obwohl es medizinisch nicht mehr notwendig gewesen war? Ganz zu schweigen davon, dass er trotz Überfall und Betäubung schon wenige Stunden später zur Klinik zurückgekommen war, damit sie nicht allein sein musste. Nein, die anderen Tiere des Parks hatten wirklich Glück, hier zu sein, wenn sie schon nicht in Freiheit leben konnten.

Grelles Licht schmerzte in Kaindas Augen, als Ryan sie durch die Tür ins Freie zog. Instinktiv machte sie sich so klein wie möglich, damit sie von möglichst wenigen Menschen gesehen wurde.

„Es ist alles in Ordnung, du kommst gleich hier raus." Der Transportwagen blieb vor einem großen Jeep stehen, von dem sie fast nur die Reifen sehen konnte. Ryan beugte sich zu ihr herunter und öffnete die Käfigtür. „Okay, jetzt kommt der kniffflige Moment." Er blickte zur Seite. „Mach bitte die hintere Klappe auf, Peter."

Erst jetzt bemerkte Kainda, dass ihnen einer der Männer aus der Klinik gefolgt war. Von seiner Kleidung her tippte sie auf einen der Pfleger. Er schob die hintere Scheibe hoch und klappte den metallenen Teil des Hecks herunter, sodass eine kleine Ladefläche entstand. Im Innern des Wagens konnte Kainda weitere Gitterstäbe erkennen, die den Kofferraum von den Sitzen trennten. Es schien, als wäre der Jeep extra für Tiertransporte ausgebaut worden. Automatisch drückte sie sich in die hinterste Ecke, unsicher, was es für sie bedeuten würde, wenn sie damit weggebracht wurde.

Ryan hockte sich vor den Käfig und blockierte damit ihr Sichtfeld. „Ich weiß, dass du jetzt Angst hast, aber das brauchst du wirklich nicht. Ich bin bei dir, und ich werde nicht zulassen, dass dir etwas passiert."

„Vielleicht hätten wir sie doch betäuben sollen. Connelly wird uns die Hölle heiß machen, wenn er erfährt, dass wir eine Raubkatze unbetäubt umsetzen wollen."

Ryan sah ihr weiter fest in die Augen. „Er wird es nicht erfahren. Sinn der Sache ist ja gerade, dass möglichst wenige Personen wissen, wo wir Etana hinbringen."

„Ja, schon, aber …" Peter blickte sich unruhig um.

„Vertrau mir, ich weiß, was ich tue."

Kainda war sich nicht sicher, ob er mit ihr sprach oder mit dem Pfleger. Sie vermutete Ersteres. Schließlich neigte sie leicht den Kopf zum Zeichen, dass sie kooperieren würde.

„Hat sie gerade genickt?" Peters viel zu laute Frage ließ sie zusammenzucken.

Ryan wandte seinen Blick nicht von ihr ab. „Hast du schon mal eine Raubkatze nicken sehen?"

„Nein, aber es sah wirklich so aus, als wenn …"

„Wir sollten uns jetzt beeilen, ich möchte nicht noch mehr Zuschauer anlocken." Ryans Stimme duldete keinen Widerspruch. „Ist der Wagen fertig?"

„Ja."

Ryans blaue Augen bohrten sich in ihre. „Komm, meine Schöne."

Kaindas Mundwinkel hob sich. Dachte er wirklich, sie würde auf Schmeicheleien reagieren? Er zwinkerte ihr zu, und sie verstand, dass ihm gelungen war, was er vorgehabt hatte: ihre Unsicherheit zu vertreiben. Sie sollte in Zukunft daran denken, nie seine Intelligenz zu unterschätzen. Langsam erhob sie sich und ließ sich widerstandslos von ihm aus dem Käfig und in den

Jeep heben. Seine Hände waren sanft, und er versuchte, ihre Verletzungen möglichst zu schonen. Im Käfig lag eine weiche Decke, die er um sie herum zurechtzupfte.

„Danke." Seine Stimme war ein Hauch, nur für ihre Ohren bestimmt. Mit den Fingern strich er sanft über ihre Stirn, bevor er sich zurückzog.

Während Ryan die Klappe vorsichtig schloss und die Glasscheibe wieder herunterklappte, konnte sie Peters Stimme hören. „Das war unglaublich. Ich weiß, dass du ein echtes Händchen dafür hast, aber es ist nicht normal, dass ein Tier einfach so in einen Käfig geht, noch dazu eine Raubkatze. Langsam wirst du mir wirklich unheimlich."

Ryan lachte nur und ging um den Wagen herum zur Fahrerseite. „Ich muss ja schließlich was für meinen Ruf tun. Ich nehme den Rest des Tages frei, wenn ihr mich braucht, weißt du, wie du mich erreichen kannst."

„Alles klar. Gute Fahrt, und versuch, dir nichts abbeißen zu lassen, wenn deine Magie versagen sollte."

„Keine Angst." Der Jeep schaukelte, als Ryan sich hineinschwang und die Tür zuzog. Sein Blick traf ihren im Rückspiegel. „Das mit dem Ruf habe ich nur gesagt, damit Peter Ruhe gibt, das weißt du, oder?"

Kainda bleckte ihre Zähne und stieß ein leises Fauchen aus, das ihn zum Lachen brachte.

„Ich sehe, wir verstehen uns. Leg dich besser wieder hin, es kann etwas holperig werden." Damit ließ er den Motor an, und der Wagen begann, rückwärts zu rollen.

Kainda merkte schnell, dass er recht hatte, mit ihrem verletzten Bein konnte sie auf keinen Fall das Gleichgewicht halten. Rasch legte sie sich hin und bemühte sich, bei dem Geschaukel ihren Mageninhalt nicht zu verlieren. Ihre Augen hielt sie weit offen, denn sie wusste, dass es noch schlimmer werden würde, wenn sie sie schloss. Die Zähne zusammengebissen, fixierte sie die Rückbank und hoffte, dass die Fahrt nicht allzu lange dauern würde.

„Lebst du noch?"

Ryans unvermittelte Frage riss sie aus ihren Gedanken. Das Fauchen kam automatisch und drückte ihr Unwohlsein genauso aus wie ihre Unsicherheit in Bezug auf ihn.

Das leise Lachen fachte ihre Wut nur noch weiter an, doch sie gab ihm nicht die Genugtuung einer weiteren Reaktion.

„Es sind nur noch fünf Minuten, danach kannst du dich ausruhen."

Okay, das konnte sie aushalten. Eventuell.

Als der Jeep endlose Minuten später endlich anhielt und der Motor verstummte, fühlte sie sich zu elend, um mehr zu tun, als die Augen zu öffnen. Ihre Ohren dröhnten, und ihr Mund war staubtrocken. Anklagend blickte sie zu Ryan auf, als er die Klappe des Kofferraums öffnete. Seine Miene war entschuldigend, als er sich zu ihr herunterbeugte.

„Ein Unfall auf dem Highway, ich musste außen herum fahren. Warte noch einen Moment hier, ich komme gleich wieder." Er verschwand aus ihrem Blickfeld.

Selbst wenn sie hätte aufstehen können, die Käfigtür war immer noch geschlossen. Aber wenigstens drang jetzt frische Luft in den Wagen, der in der Sonne unangenehm warm und stickig geworden war. Was Ryan auch vorhatte, er sollte es schnell tun. Anscheinend hatte er ihre Gedanken gelesen, denn er tauchte sofort wieder auf und öffnete die Käfigtür.

Er beugte sich in den Käfig und schob seine Hände unter ihren Körper. Kainda zuckte zusammen. Was zum Teufel hatte er vor?

„Ganz ruhig, ich habe dich." Damit bugsierte er sie vorsichtig aus dem Wagen und hob sie auf seine Arme.

Kainda blickte ihn verwundert an. Sie war zwar schlank, aber nicht gerade leicht. Trotzdem trug er sie, als würde ihm ihr Gewicht überhaupt nichts ausmachen. Ein Lächeln lag in seinen blauen Augen, als er ihren Blick erwiderte.

„Damit du dich hinterher nicht über den Service beschweren kannst."

Ihre Mundwinkel hoben sich wie von selbst. Ryan machte es ihr wirklich schwer, ihn nicht zu mögen oder sauer auf ihn zu sein. Damit er ihre Gefühle nicht in ihren Augen sah, wandte sie das Gesicht ab. Verwundert starrte sie das mit Lehmziegeln im Adobe-Stil gebaute Haus an, zu dessen weit geöffneter Tür Ryan sie trug. Wo waren sie hier? Das sah nicht aus wie ein Tierpark oder eine andere Krankenstation. Vielmehr wie ein … Zuhause. Ohne zu zögern, trug Ryan sie über die Schwelle.

„Willkommen in meinem Haus." Ryan lachte. „Sieht so aus, als hätte ich eine Raubkatze als Braut. Wenn ich das meiner Mutter erzähle, wird sie nie wieder ein Wort mit mir reden."

Kainda versteifte sich in seinen Armen. Es sollte ihr nichts ausmachen, sie kannte seine Eltern ja nicht einmal, aber irgendwie tat es trotzdem weh.

Ryan sah sie an, immer noch ein Lächeln im Gesicht. „Sie besteht seltsamerweise darauf, zu meiner Hochzeit eingeladen zu werden."

Langsam verstand sie gar nichts mehr. Aber das war egal, es fühlte sich einfach gut an, von Ryans starken Armen umfangen zu werden, seinen Herzschlag zu spüren und seinen unverwechselbaren Duft einatmen zu können. Sie lehnte ihren Kopf an seine Schulter und rieb mit ihrer Nasenspitze über seinen Hals. Ein überraschtes Lachen rumpelte durch seinen Körper und brachte etwas in ihr zum Vibrieren. Ohne Vorwarnung knickte sein Oberkörper ein, und Kainda befürchtete schon, sie würde fallen, doch dann spürte sie das weiche Polster eines Sofas unter sich.

„Ruh dich einen Moment aus, ich muss noch überprüfen, ob der Grundstückszaun lückenlos ist. Es ist schon etwas her, seit ich einen meiner Patienten hierher gebracht habe."

Seine Worte wirkten wie eine kalte Dusche. Warum hatte sie geglaubt, dass sie etwas Besonderes für ihn wäre und nicht nur eine normale Patientin? Es war dumm, Gefühle für ihn zu entwickeln, die er niemals erwidern konnte. Sie sollte aufhören, sich etwas vorzumachen. Manchmal vergaß sie einfach, in welchem Körper sie gerade steckte, weil sie dasselbe dachte und fühlte, egal ob sie in Leoparden- oder Menschenform war. Aber sie konnte nicht erwarten, dass jemand, der nicht einmal wusste, dass es so etwas wie Wandler überhaupt gab, merkte, dass eine Frau in dem Leopardenkörper steckte.

Kainda wartete, bis er nicht mehr zu sehen war, bevor sie sich erhob und vorsichtig vom Sofa sprang. Auch wenn ihr Magen noch bedenklich auf die Bewegung reagierte, musste sie anfangen, sich mit der neuen Umgebung vertraut zu machen. Langsam humpelte sie durch das Wohnzimmer und betrachtete die spärliche, aber gemütlich wirkende Möblierung. Ryan hatte alles in Erdfarben gehalten, was sehr gut zu dem Steinfußboden und den verputzten Wänden passte. Die Couch mit dem dazu passenden Sessel und der direkt gegenüber stehende große Flachbildfernseher dominierten den Raum. In einem Regal befanden sich bunt gemischt Fachbücher und Romane, Zeitschriften und Fotos von Tieren und Menschen. Es reizte sie, die Bilder genauer anzusehen, doch Kainda beschloss, das zu einem späteren Zeitpunkt nachzuholen. Zuerst musste sie herausfinden, wo die besten Fluchtwege lagen und wie sie ungesehen entkommen konnte.

Sie ignorierte den Stich, den ihr dieser Gedanke versetzte, und lief durch den angrenzenden kleinen Flur in das nächste Zimmer. Die Augen auf das riesige Bett gerichtet, blieb sie abrupt stehen. Es sah so herrlich bequem aus, und vor allem wusste sie, dass es nach Ryan riechen würde, wenn sie darin lag. Und dann sein nackter Körper, der … Kainda schüttelte den Kopf, um den Gedankengang sofort zu unterbinden, bevor sich Bilder davon in ihrem Kopf festsetzten. Rückwärts trat sie wieder aus dem Zimmer und wandte sich einer weiteren Tür zu. Mit der Pfote drückte sie die Türklinke herunter und sah, dass es sich um ein kleines Duschbad handelte. Nichts Interessantes zu entdecken, also überprüfte sie rasch die anderen Zimmer. Eines schien ein kleines Büro zu sein, mit einem Schreibtisch samt Computer, weiteren Regalen und einem bequem wirkenden Sessel. Weiter den Gang hinunter lag die Küche mit hellen Schränken auf einem terrakottafarbenen Fußboden und einem kleinen Esstisch. Anscheinend bekam Ryan nicht oft Gäste.

Nach ihrem kurzen Rundgang wollte sie ins Wohnzimmer zurückkehren, damit Ryan nicht bemerkte, was sie getan hatte, doch das Schlafzimmer lockte sie viel mehr. Sie unterdrückte gerade noch den Drang, eine der Schiebetüren des großen Schranks zu öffnen und nachzusehen, ob auch Frauenkleidung darin hing, und schleppte sich stattdessen zum Bett. Ihre Energie war restlos aufgebraucht, sie konnte kaum noch die Augen offen halten. Vermutlich sollte sie sich wieder auf die Couch legen, doch das Bett wirkte so viel bequemer, dass sie einfach nicht widerstehen konnte. Mit letzter Kraft sprang sie auf die weiche Matratze und schmiegte sich in die Bettdecke. Ihre Augen schlossen sich wie von selbst, während sie tief einatmete. Sie hatte recht gehabt: Das Bett roch nach Ryan.

„Coyle kommt!“

Der Ruf ließ Finn von seiner Arbeit an einem Stück Holz, das zu einem neuen Schrank gehörte, aufblicken. Ein Lächeln breitete sich auf seinem Gesicht aus, als er den Hauch eines

Geruchs wahrnahm, den er nicht erwartet hatte. Wie es aussah, begleitete Marisa seinen Freund. Es war besser, wenn er sich darum kümmerte, bevor einer der Holzköpfe, die Marisa immer noch verübelten, dass sie ihnen ihren Anführer weggenommen hatte, auf dumme Ideen kam. Obwohl das unnötig war, denn Coyle würde sie, ohne zu zögern, mit seinem Leben beschützen. Finn stand auf, wischte sich die Sägespäne von der Hose und ging seinem Freund entgegen, nachdem er noch einmal mit den Fingern über das Holz gefahren war.

Es dauerte nicht lange, bis Coyle das innere Lager betrat, umgeben von einer stetig größer werdenden Gruppe von Wandlern. Demonstrativ lag seine Hand um Marisas Taille, ein Anblick, an den sich die anderen anscheinend langsam gewöhnten. Bevor Finn nah genug herankommen konnte, schob sich jemand anders durch die Menge auf die beiden zu. Erleichtert erkannte er, dass es Bowen war, der ganz sicher keinerlei Gefahr für Coyle und Marisa darstellte, nachdem sie ihn aus der Gefangenschaft in Stammheimers Labor befreit hatten. Seit er wieder hier war, lebte Bowen sehr zurückgezogen im Haus seiner Mutter, aber jetzt lag ein breites Grinsen auf seinen Lippen, während er sich seinen Rettern näherte.

Die anderen Wandler traten zurück, als sie ihn bemerkten. Seit seiner Rückkehr war eine Wand zwischen ihnen, die weder Bowen noch seine Freunde überwinden konnten. Größtenteils ging sie von Bowen selbst aus, der noch nicht über die Ereignisse sprechen wollte oder konnte, was Finn gut verstand. Stammheimer hatte ihn schwer gefoltert, um ihn dazu zu bringen, sich in einen Berglöwen zu verwandeln. Doch es war Bowen gelungen, dem Druck mehrere Tage lang zu widerstehen, bis er schließlich unerwartet Hilfe von Isabel, der Tochter des Wissenschaftlers, erhalten hatte. Nach diesem Erlebnis würde es vermutlich noch einige Zeit dauern, bis er sich jemandem wirklich öffnete.

Bowen blieb vor Marisa stehen, beugte sich hinunter und umarmte sie nach kurzem Zögern. Sie erwiderte seine Umarmung und schloss die Augen, während ein schmerzlicher Ausdruck für einen kurzen Moment über ihr Gesicht zog. Finns Kehle wurde eng. Marisa trat zurück und wischte unauffällig über ihre Augenwinkel, während Coyle Bowen in die Arme zog.

„Wie geht es dir?" Coyles Stimme war etwas rauer als gewöhnlich. Er betrachtete Bowen von Kopf bis Fuß.

„Gut." Es war klar, dass der Jugendliche vor all den Leuten nicht mehr sagen würde.

Coyle nickte und legte ihm beiläufig eine Hand auf den Arm. „Ich würde mich gerne nachher noch mit dir unterhalten, wenn du Zeit hast."

„Natürlich." Bowen bemerkte, dass er im Mittelpunkt der Aufmerksamkeit stand, und zog sich sofort zurück.

Finn sah ihm einen Moment nach, bevor er sich an Coyle wandte. „Schön, dass ihr da seid." Er umarmte Marisa und spürte, wie ihr Körper ein wenig die Anspannung verlor. „Kommt mit, ich habe etwas für euch."

Murren folgte seinen Worten, das er mit einem strengen Blick beendete. „Ihr könnt ihn danach haben." Er führte sie zu seiner Hütte. „Geht es euch gut?"

„Ja, alles in Ordnung." Coyle blickte sich um. Er senkte die Stimme. „Es geht um Kainda."

Sofort stand Jamilas besorgtes Gesicht vor Finns Augen. Hoffentlich lebte ihre Schwester noch, sonst würde es sie vernichten. Schweigend öffnete er die Tür und ließ Coyle und Marisa eintreten. Ohne extra nachzufragen, nahm er etwas zu trinken aus dem Kühlschrank und reichte es seinen Besuchern. „Möchtet ihr etwas essen?"

Coyle sah Marisa an, die ihren Kopf schüttelte. „Nein, danke."

„Was habt ihr über Kainda herausgefunden?" Er konnte die

Ungewissheit nicht länger ertragen, deshalb kam er gleich zur Sache. Wenn es ein Problem gab, wollte er das sofort wissen und nicht erst nach dem Smalltalk.

Coyle stellte sich hinter Marisa und umfing sie mit seinen Armen. „Marisa hat Kainda vermutlich entdeckt."

„Wo?"

Marisa zog ein Blatt Papier aus ihrer Jackentasche und faltete es auseinander. „Ich habe im Internet recherchiert und bin dabei hierüber gestolpert." Sie reichte ihm den Zettel.

Finn las den kurzen Text durch, bevor er wieder aufsah. „Meint ihr, sie ist bis San Diego gekommen?"

Coyle hob die Schultern. „Warum nicht? Sie hatte drei Monate Zeit dafür. Außerdem erschien mir Kainda äußerst zäh."

Marisa deutete auf den Zettel. „Glaubst du, es gibt noch einen anderen Leoparden, der hier frei herumläuft? Anscheinend wurde sie angefahren und ist dann zur Behandlung in den Wild Animal Park in Escondido gebracht worden." Sie lehnte sich wieder an Coyle. „Es ist zumindest einen Versuch wert, hinzufahren und festzustellen, ob sie es ist."

Finn runzelte die Stirn. „Ja, vermutlich. Aber mir gefällt das nicht. Vielleicht laufen wir den Leuten, die für Bowens Entführung verantwortlich waren, direkt in die Arme. Wenn wir den Aufruf im Internet finden, dann können sie das auch. Die Leute, die Bowen damals entführt und die beiden Leopardinnen gefangen gehalten haben, sind zwar nicht mehr am Leben. Aber wir wissen immer noch nicht, ob Stammheimer und Gowan die Drahtzieher waren oder ob nicht jemand anderes hinter der Sache steckt. Haben sie allein gearbeitet, sind wir in Sicherheit. Wenn nicht …" Er brauchte den Satz nicht zu Ende führen, sie alle wussten, was das bedeutete. „Irgendjemand hat Stammheimers Büro durchsucht und den Computer mitgenommen, wir müssen also davon ausgehen, dass noch jemand Bescheid weiß."

Marisa richtete sich auf und schob ihr Kinn vor. „Selbst wenn, werde ich Kainda – wenn sie es denn ist – nicht im Stich lassen. Ich fahre nach San Diego und werde herausfinden, ob es sich um die Wandlerin oder um einen normalen Leoparden handelt."

Finn warf Coyle einen vorsichtigen Blick zu, doch der schien bereits zu wissen, was seine Geliebte vorhatte, es war ihm keine Überraschung anzusehen. „Es könnte gefährlich sein, wenn sich dort jemand herumtreibt, der dich vielleicht schon gesehen hat."

„Du meinst, wir sollen sie einfach dort lassen und so tun, als wüssten wir von nichts?" Marisa stemmte streitlustig die Hände in die Hüften.

Ein leichtes Lächeln erschien auf Finns Gesicht. „Nein, ich habe nur auf die möglichen Gefahren hingewiesen, wenn du dorthin fährst."

Marisa ließ sich nicht beirren. „Ich weiß, was ich tue, Finn. Ich werde mich in meiner Eigenschaft als Reporterin dort melden und sehen, was ich herausbekommen kann. Vielleicht hat sich ja auch inzwischen schon der Besitzer gefunden, und es handelt sich gar nicht um Kainda."

Oder es hatte sich jemand als Besitzer ausgegeben und sie mitgenommen, obwohl sie keine normale Leopardin war. Finn blickte noch einmal auf den Zettel. „Da steht nichts darüber, wie schwer sie verletzt ist. Wenn sie nun nicht transportfähig ist?"

Besorgt sah Marisa ihn an. „Ich weiß es nicht. Aber selbst wenn, mir würde sicherlich niemand einfach so eine Leopardin aushändigen, wenn ich nicht beweisen kann, dass sie mir gehört. Es geht erst mal nur darum festzustellen, ob es überhaupt Kainda ist. Wenn sie es ist, müssen wir uns irgendetwas ausdenken, wie wir sie dort herausbekommen." Marisa biss sich auf die Lippe. „Ich habe die Internetseiten des Parks angesehen, er macht einen ganz guten Eindruck, die Gehege sind recht groß.

Allerdings gibt es dort keine Leoparden, und ich weiß nicht, wie sich Raubkatzen untereinander verstehen."

„Nicht gut."

„Überhaupt nicht."

Marisa musste lachen, als Finn und Coyle gleichzeitig und mit absoluter Gewissheit antworteten. „Okay, ich hab's verstanden." Sie wurde ernst. „Also wird die Leopardin vermutlich woanders hingeschickt, sobald ihre Verletzungen verheilt sind. Vielleicht wurde sie das auch schon. Aber das werde ich nie herausfinden, wenn ich nicht hinfahre."

Finn rieb über seine Stirn. „Ich weiß."

Als er nichts weiter sagte, verzog Marisa ungeduldig den Mund. „Ist das alles? Es wäre nett, wenn du mir sagen würdest, ob ich die Sache in Angriff nehmen soll oder nicht. Ich hätte es auch ohne deine ‚Erlaubnis' gemacht, aber Coyle meinte, wir sollen dich zuerst fragen."

„Genau genommen habe ich gesagt, dass wir mit Finn darüber reden sollten, weil es auch die Gruppe betreffen könnte."

„Haarspalterei."

Finn spürte ein Lachen in sich aufsprudeln. Verdammt, er hatte sie wirklich vermisst. „So ungern ich euch auch unterbreche, wenn du eine Möglichkeit siehst, wie du herausfinden kannst, ob es sich um Kainda handelt, ohne dich selbst oder uns in Gefahr zu bringen, dann bin ich dafür."

Marisa nickte knapp. „Dann wäre das ja erledigt. Ich werde dem Park sagen, dass ich einen Bericht darüber schreiben und an verschiedene Zeitungen verkaufen will. Wenn sie den Besitzer noch suchen, werden sie auf jeden Fall zustimmen, denn das wäre kostenlose Hilfe für sie."

Finn nickte. „Hoffen wir, dass sie es ist und wir ihr irgendwie helfen können."

13

Bevor Marisa etwas erwidern konnte, klopfte es leise an der Tür. Finn runzelte die Stirn. Es würde niemand wagen, ihn während einer Konferenz mit Coyle zu stören, wenn es nicht etwas Wichtiges war. Mit drei langen Schritten war er an der Tür und riss sie auf. Er wusste nicht, was er erwartet hatte, jedenfalls nicht Jamila, die erschrocken zurückzuckte, als er so unvermittelt vor ihr auftauchte. Ihre Augen zuckten an ihm vorbei, bevor sie zögernd wieder zurückglitten.

„Ja?“ Seine Stimme klang barsch, doch er konnte nichts dagegen tun. Es kostete ihn zu viel Kraft, seine automatische Reaktion auf Jamila zu unterdrücken.

„Entschuldige die Störung. Fay sagte mir, dass Coyle und Marisa da sind, und da du gesagt hattest, du würdest Marisa bitten, bei der Suche nach Kainda zu helfen …“ Jamilas sanfte Stimme verklang, während sie mit einer Mischung aus Hoffnung und Angst zu ihm aufblickte.

Widerwillig trat Finn zur Seite und schob die Tür weiter auf, damit Jamila hindurchtreten konnte, ohne ihn zu berühren. „Komm rein.“

Während Marisa Jamila freundlich begrüßte, zog Coyle hinter ihrem Rücken bedeutsam die Augenbrauen in die Höhe. Es war Finn klar, dass sein Freund aus seinem Verhalten gegenüber der Leopardenfrau zu viel über seine Gefühle herauslesen konnte, doch es war nicht zu ändern. Irgendetwas an ihr strich gegen seine Fellrichtung und hinderte ihn daran, sie einfach zu ignorieren. Aber er würde sein Bestes geben, und wenn es das Letzte war, was er tat. Nur musste er sie dazu erst wieder aus seiner Hütte hinausbefördern, denn schon jetzt breitete sich ihr Duft im Innern aus und beeinträchtigte sein Denkvermögen.

Ihre grünbraunen Augen wirkten riesig in ihrem schmalen Gesicht, als sie Marisa flehentlich anblickte. „Hast du etwas über Kainda herausgefunden?"

„Es wurde eine Leopardin in den San Diego Wild Animal Park gebracht. Im Internet wird ihr Besitzer gesucht, und ich will jetzt dort hinfahren und herausfinden, ob es sich um Kainda handelt."

Jamila blickte sie stumm an, so als wüsste sie, dass Marisa ihr nicht die ganze Wahrheit erzählt hatte.

Mit einem tiefen Seufzer hielt die Menschenfrau ihr den Zettel hin, den sie aus dem Internet ausgedruckt hatte. Während Jamila las, setzte ein leichtes Zittern ein, so als würde ihr Körper jeden Moment auseinanderbrechen. Instinktiv trat Finn näher, um sie im Notfall auffangen zu können. Als er bemerkte, was er da tat, wollte er sich zurückziehen, doch er konnte es nicht. Es ging ihm einfach zu nah, wie weh es ihr tat, nicht zu wissen, was mit ihrer Schwester passiert war.

„Das muss Kainda sein, ich habe ihre Schmerzen und ihre Furcht gespürt."

Finn erinnerte sich noch gut daran, wie Jamila plötzlich zusammengezuckt war, deshalb tat er ihre Bemerkung nicht ab. „Wir werden es hoffentlich bald herausfinden, wenn Marisa nach San Diego fährt und mit den Leuten vom Tierpark redet."

Jamila neigte den Kopf. „Ich danke dir, dass du das auf dich nimmst, obwohl du uns eigentlich hassen müsstest, nach dem, was wir dir und Coyle angetan haben."

Marisa blickte ernst drein. „Ein Spaß war es jedenfalls nicht, aber ich habe beschlossen, die positive Seite zu sehen."

Finn zog die Augenbrauen hoch. „Und die wäre?"

Ein Lächeln spielte um ihre Mundwinkel. „Ohne die beiden hätte ich Coyle nie kennengelernt."

Coyle legte seinen Arm um Marisas Schultern und zog sie an sich. Er wandte sich an Jamila. „Es liegt nicht in unserer Natur, jemandem die nötige Hilfe zu verweigern. Aber ganz davon abgesehen: Wenn herauskommt, was Kainda ist, wird das auch auf unsere Gruppe Auswirkungen haben. Schon deshalb haben wir ein Interesse daran, sie so schnell wie möglich dort herauszuholen, wenn sie es wirklich ist."

„Natürlich, ich verstehe das." Ein tiefer Schatten legte sich über ihr Gesicht. „Wir hätten das damals in unserer Gruppe auch so entschieden."

Das war mehr, als Jamila bisher jemals freiwillig über ihr früheres Leben preisgegeben hatte. Aber ihr Gesichtsausdruck hielt Finn davon ab, weiter in sie zu dringen. Einen derart tiefen Kummer hatte er schon lange nicht mehr gesehen, und er löste in ihm den Wunsch aus, Jamila fest zu umarmen und sie alles andere wenigstens für kurze Zeit vergessen zu lassen. Als er merkte, dass sich seine Arme wie von selbst hoben, trat er rasch einen Schritt zurück und zwang sich, seinen Instinkt zu unterdrücken.

Coyles aufmerksamer Blick machte Finn deutlich, dass er sich eindeutig nicht mehr unter Kontrolle hatte. Mit zusammengebissenen Zähnen schob er seine Hände in die Hosentaschen und überließ den anderen das Reden.

Marisa sprang schließlich ein. „Sowie ich etwas erfahre, werde ich Finn benachrichtigen, damit er dir Bescheid sagt, okay?"

„Danke. Aber wie willst du erkennen, ob es wirklich Kainda ist? Wäre es nicht besser, wenn ich mitfahre und …"

„Nein!"

„Auf keinen Fall."

„Das geht leider nicht."

Für einen Moment herrschte gespannte Stille, nachdem sie alle auf einmal gesprochen hatten.

Schließlich räusperte Marisa sich. „Ich denke, das war eindeutig. Glaub mir, ich würde dich mitnehmen, wenn es irgendwie ginge, aber es wäre zu gefährlich. Bleib hier, wo du in Sicherheit bist, während ich versuche, Kainda zu finden."

Jamila blickte zu Boden. „Ich verstehe ja, dass ich nicht mit kann, aber es ist so schwer, nur hier zu sitzen und abwarten zu müssen, während Kainda vielleicht meine Hilfe benötigt. Was ist, wenn wir zu spät kommen und …" Sie brach ab, Tränen glitzerten in ihren Augen.

Mitfühlend legte Marisa einen Arm auf ihre Schulter. „Ich weiß, was es heißt zu warten." Ihr Blick bohrte sich in Coyles. Anscheinend hatte sie ihm noch nicht verziehen, dass er sie drei Monate warten ließ, bis er sie endlich zu sich holte. Coyles antwortendes Lächeln mit einem kurzen Aufblitzen der Reißzähne zeigte, dass er wusste, wie er sie milde stimmen konnte. Marisa schüttelte den Kopf und wandte sich wieder Jamila zu. „Ich fahre gleich los, wenn wir hier fertig sind, und melde mich dann so schnell ich kann."

Jamila nickte. „Vielen Dank für deine Hilfe."

„Gern geschehen." Marisa hakte sich bei ihr unter. „Warum kommst du nicht kurz mit zu Fay, damit die beiden Jungs in Ruhe reden können?" Damit zog sie die Leopardenfrau mit sich zur Tür.

Finn und Coyle sahen sich einen Moment schweigend an, nachdem die Frauen die Hütte verlassen hatten. Schließlich fand Finn seine Stimme wieder. „Jungs?"

Coyle grinste. „Sie liebt es, mich zu ärgern, du solltest dich geehrt fühlen, dass sie sich bei dir sicher genug fühlt, um dich einzubeziehen."

„Äh, ja." Finn fuhr mit den Fingern durch seine Haare und

kam zum Thema zurück. „Glaubst du, es ist eine gute Idee, Marisa allein dorthin fahren zu lassen?“

„Nein, aber ich werde sie nicht davon abhalten können. Außerdem hat sie recht: Sie hat die besten Chancen, etwas über die Leopardin zu erfahren, wenn sie die Journalistenkarte ausspielt.“

Finn betrachtete Coyle genauer. „Du planst etwas, ich kann es dir ansehen.“

Coyle blickte ihn ernst an. „Ich habe Marisa schon mehrfach beinahe verloren, ich werde nicht noch einmal zulassen, dass sie in Gefahr gerät.“

Finn nickte. „Das kann ich verstehen. Aber lass dich nicht erwischen, denn dann schwebt nicht nur Marisa in Gefahr, sondern wir alle.“

Coyles Augen verengten sich. „Glaubst du, ich weiß das nicht? Und überhaupt, du klingst fast schon so wie ich. Lass dich bloß nicht so vereinnahmen, wie ich das getan habe, sonst frisst dich die Aufgabe auf.“

„Keine Angst, ich habe einen Ausgleich.“

„Jamila?“

Finn spürte Hitze in seinen Kopf schießen. „Ich rede von meiner Arbeit als Tischler.“

Coyle grinste ihn an. „Erwischt.“ Sein Lächeln erlosch. „Aber im Ernst, es wäre keine gute Idee, dich zu sehr an Jamila zu binden.“

„Ich weiß. Sie hat dich und Marisa verletzt und einen Menschen getötet, und die anderen ertragen kaum ihre Anwesenheit.“

Sein Freund sah ihn seltsam an. „Eigentlich ging es mir mehr darum, dass sie das Lager wieder verlassen wird, sobald Kainda einen Weg gefunden hat, nach Afrika zurückzukehren. Ich weiß, wie es sich anfühlt, wenn man von der Frau getrennt wird, die man liebt.“

Finn verschluckte sich beinahe an seiner eigenen Spucke. „Wer redet denn von Liebe?"

„Ich. Glaub mir, wenn man nicht aufpasst, geht so was schneller, als man denkt. Und entlieben ist deutlich schwieriger, wenn nicht sogar unmöglich."

Unbehaglich hob Finn die Schultern. „Das Problem habe ich glücklicherweise nicht." Seine Stimme klang barscher als beabsichtigt. Aber das Thema nervte ihn! Erst Kearne und jetzt auch noch Coyle, wann würden sie ihn endlich damit in Ruhe lassen? Wie sollte er die Anziehung vergessen, die er jedes Mal verspürte, sobald Jamila in der Nähe war, wenn ihn ständig jemand daran erinnerte? Eindeutig Zeit für einen Themenwechsel. „Würdest du mir einen Gefallen tun?"

„Natürlich. Welchen?"

„Wenn du gleich mit Bowen redest, könntest du dann versuchen herauszufinden, was ich tun kann, um ihn wieder besser in die Gruppe zu integrieren? Er hat sich von allen zurückgezogen, und es traut sich auch niemand, ihn anzusprechen. Ich glaube, er muss mit jemandem reden, der weiß, was er durchgemacht hat. Jemand, dem er hundertprozentig vertraut."

Coyle nickte sofort. „Ich denke, er hat immer noch das Gefühl, dass alles seine Schuld war und deshalb alle etwas gegen ihn haben müssen. Ich werde versuchen, ihm das auszureden, aber wahrscheinlich braucht er noch einige Zeit, um darüber hinwegzukommen." Nachdenklich rieb er sich übers Kinn. „Schade, dass Isabel nicht hier ist, sie schien ihm gut zu tun."

„Soweit ich weiß, hat er sich nicht wieder bei ihr gemeldet, seit sie sich in Nevada getrennt haben." Finn erinnerte das stark an Coyles Verhalten Marisa gegenüber, bevor er eingesehen hatte, dass er ohne sie nicht leben konnte. Aber Coyle war erwachsen, und Bowen gerade erst siebzehn geworden.

„Ich könnte mir vorstellen, dass er das absichtlich tut, weil er das Gefühl hat, ihr Leben zerstört zu haben. Ihr Vater wurde getötet, und sie hat Dinge gesehen, die sie schockiert haben müssen. Wahrscheinlich ist es besser für sie, wenn sie die Zeit bekommt, ihr Leben neu zu ordnen und die schrecklichen Geschehnisse hinter sich zu lassen, so gut es geht." Coyles Stimme drückte trotz seiner Worte Zweifel aus.

„Wenn das, was Marisa gestern gesagt hat, stimmt und Isabel Bowen wirklich in ihrem Geist spüren konnte, dann ist ihre Beziehung etwas Besonderes, und keiner von beiden wird den anderen so schnell vergessen können. Aber das wird vermutlich erst die Zeit zeigen." Finn richtete sich gerader auf. „Wie gesagt, wenn du irgendetwas für Bowen tun kannst, wäre ich dir sehr dankbar. Ich habe das Gefühl, dass die Gruppe langsam auseinanderdriftet, und ich weiß nicht, wie ich es aufhalten soll. Es reicht völlig, wenn die Probleme von außen kommen, die kann ich wenigstens bekämpfen."

Die gleiche Ratlosigkeit stand in Coyles Gesicht geschrieben. „Ich fürchte, das ist ein Prozess, den wir kaum aufhalten können. Mit Fernsehen und Internet ist die Welt draußen ein Stück näher gerückt, und es wird immer schwerer, die jungen Leute hier zu halten. Sie möchten die Welt kennenlernen, sich aussuchen, wo sie leben und was sie tun." Coyle verzog den Mund. „Wenn wir nicht bald eine Möglichkeit finden, beide Welten miteinander zu verbinden, werden sich die Gruppen auflösen, Finn. Und das wird zur Vernichtung unserer Spezies führen."

„Allerdings kann das auch durch eine Öffnung zur Menschenwelt geschehen."

„Ja."

Finn fuhr mit den Fingern durch seine Haare. „Also gibt es keine Lösung, wie wir unsere Situation verbessern können."

„Ich sehe zumindest im Moment keine. Wir können nur hoffen, dass uns bald etwas einfällt."

Nachdem er sämtliche Zäune überprüft hatte, kehrte Ryan ins Haus zurück. Das Betäubungsmittel schien ihm noch zuzusetzen, beinahe wäre er im Stehen eingeschlafen. Auch die ungewöhnliche Hitze machte ihm zu schaffen, nachdem er eine halbe Stunde in der prallen Sonne herumgelaufen und durchs Gebüsch gekrabbelt war. Immerhin konnte er jetzt sicher sein, dass Etana frei durch seinen Garten laufen konnte, ohne dass er befürchten musste, dass sie einfach verschwand. Seine Nachbarn waren einiges von ihm gewohnt, aber wenn eine Raubkatze durch die Straßen lief, würden sie kein Verständnis mehr für ihn aufbringen. Seine Mundwinkel hoben sich. Obwohl es sicher ein lustiger Anblick wäre. Der Anflug von Humor verschwand sofort wieder. Was sollte er mit der Leopardin tun, wenn sich ihr Besitzer nicht fand? Er konnte sie kaum auf unbestimmte Zeit in seinem Garten beherbergen, dort hatte sie einfach nicht genug Auslauf und auch keine Artgenossen.

Vermutlich sollte er so schnell wie möglich damit anfangen, einen guten Platz für sie zu suchen, am besten ein Auswilderungsprogramm in Afrika. Der Gedanke, sie bald nicht mehr in seiner Nähe zu haben, machte ihm seltsamerweise zu schaffen. Er würde sich auf jeden Fall freuen, wenn sie ein gutes Zuhause fand, gar keine Frage, doch ein kleiner selbstsüchtiger Teil in ihm wollte sie in seiner Nähe behalten. Unsinn, das dachte er nur, weil er von ihr fasziniert war. In ein paar Wochen würde er ganz anders darüber denken. *Wirklich?*

Ryan ignorierte die beharrliche Stimme in seinem Hinterkopf und ging stattdessen in die Küche, wo er sich Wasser eingoss. Mit dem Glas auf halbem Weg zu den Lippen erstarrte er. Hatte er tatsächlich Etana auf seinem Sofa liegen lassen, in einem ihr fremden Haus und ohne ihr wenigstens eine Schüssel mit Wasser und etwas zu essen hinzustellen? Vermutlich war sie schon völlig ausgetrocknet und fragte sich, wo er blieb.

Rasch holte er eine Schüssel und füllte sie mit Wasser, bevor er ins Wohnzimmer ging. „Entschuldige, Etana …“ Er brach ab, als er erkannte, dass sie nicht mehr auf dem Sofa lag. Unruhig sah er sich um. Wo konnte sie sein? Seltsamerweise hatte er mehr Angst davor, dass sie sich verletzen oder aufregen, als davor, dass sie ihm etwas tun könnte. Wenn sie letzte Nacht neben ihm geschlafen hatte, ohne ihm ein Haar zu krümmen, dann würde sie es jetzt auch nicht tun.

„Etana?“ Keine Antwort.

Ryan stellte die Schüssel auf den Boden und machte sich auf die Suche nach der Leopardin. Ein Lächeln breitete sich in seinem Gesicht aus, als er Etana schließlich im Schlafzimmer auf seinem Bett entdeckte. Sie hatte es geschafft, sich so in die Decke zu wickeln, dass nur noch ihr Schwanz und die Ohren herausschauten. Das erinnerte ihn an die Katze in seiner Kindheit, die gerne in den Bettbezug gekrochen war. Er hatte immer aufpassen müssen, dass er sich nicht aufs Bett fallen ließ, ohne vorher nachzuprüfen, ob sie darin steckte. Glücklicherweise war Etana zu groß für solche Spielchen.

Lautlos trat er näher und blickte auf sie hinunter. Sie schien tief und fest zu schlafen, trotzdem blähten sich ihre Nasenflügel, als könnte sie ihn wittern. Irgendwie wirkte es so … gemütlich, wie sie da lag, dass ihm beinahe selbst die Augen zufielen. Andererseits, was hinderte ihn daran, auch ein wenig zu schlafen? Er hatte den Rest des Tages frei und noch einigen Schlaf von den letzten Nächten nachzuholen. Bevor er es sich anders überlegen konnte, ging er zur anderen Seite des Bettes und schlüpfte vorsichtig hinein, um Etana nicht zu wecken. Ein leiser Seufzer entrang sich ihm, als sein Rücken die weiche Matratze berührte. Himmlisch! Ryan zog einen Teil der Bettdecke über sich und schloss die Augen. Wie von selbst glitt seine Hand über die Decke, bis seine Fingerspitzen auf Fell trafen. Wohlige

Wärme breitete sich in ihm aus, und er schlief innerhalb von Sekunden ein.

Wie nett von dem Tierarzt, ihm seine Aufgabe zu erleichtern, indem er die Leopardin mit nach Hause nahm. Es wäre wegen der erhöhten Sicherheit schwierig gewesen, noch einmal in die Klinik einzubrechen. Soweit Edwards gesehen hatte, waren hier bis auf einen etwas höheren Zaun keinerlei Sicherheitsmaßnahmen getroffen worden. Es würde ein Leichtes sein, ihn zu überwinden und in das Haus einzudringen. Er freute sich schon darauf, dem elenden Kerl zu zeigen, was er davon hielt, dass er seine Pläne durchkreuzt hatte.

Es gab seiner Meinung nach keinen einzigen Grund, den Doc am Leben zu lassen, wenn er sich die Leopardin schnappte. Ganz im Gegenteil, ein Zeuge war das Letzte, was er brauchte. Außerdem nahm Edwards ihm extrem übel, dass er durch ihn zwei seiner Leute verloren hatte. Wahrscheinlich würde er sogar dafür sorgen müssen, dass sie nicht redeten, schließlich wussten sie, wie er aussah, wenn sie auch nicht seinen wahren Namen kannten. Aber zuerst musste er sich um Thorne und die Leopardin kümmern.

Edwards zog das Handy heraus und wählte die Nummer seines Auftraggebers.

„Ja?“ Wie immer machte ihn schon allein der Klang der Stimme nervös. Irgendwie leblos, wie tot.

„Der Tierarzt hat die Leopardin mit nach Hause genommen, ich werde sie heute Nacht holen.“

„Glaubst du wirklich, du bekommst es diesmal hin? Wenn nicht, dann sag es gleich und ich schicke jemand anderen.“

Ja, um ihn dann beseitigen zu lassen. „Nicht nötig, ich habe alles im Griff.“

„So wie in der Klinik letzte Nacht?“ Diesmal lag Eis in der

Stimme. „Ich verliere allmählich die Geduld. Wenn du es diesmal wieder nicht schaffst, weißt du, was passiert."

Edwards schluckte trocken. „Ja."

„Gut. Enttäusch mich nicht wieder, Edwards."

14

Schon früher hatte Jamila es genossen zu baden, wenn der Trockenfluss in ihrem Gebiet genug Wasser führte, und auch hier hatte sie schnell einen kleinen See gefunden, der ideal für sie war. Obwohl es jetzt, im November, schon zu kalt zum Schwimmen war, verbrachte sie viel Zeit an ihrem See. Immer wenn sie in Ruhe nachdenken wollte oder wenn ihr die Situation im Lager zu viel wurde, so wie heute.

Jamila schlang die Arme um ihre Knie und versuchte, sich ein wenig zu wärmen, doch in ihr herrschte nur Kälte. Es war ihr unangenehm, von niemandem gemocht zu werden, doch wirklich verletzen konnte sie nur einer: Finn. Sie wusste nicht, was mehr wehtat: wenn er sie höflich, aber unpersönlich behandelte, oder wenn er sie wütend anstarrte. Eindeutig Ersteres, denn Wut war wenigstens ein Gefühl, auch wenn es nicht das war, was sie sich wünschte. Seine Kälte ließ sie dagegen innerlich erstarren, und sie wünschte sich weit, weit fort. Nur konnte sie nicht weggehen, denn Kainda würde sie nur wiederfinden, wenn sie hierblieb.

Ein angstvoller Schauer lief durch ihren Körper. Konnte es wirklich sein, dass ihre Schwester verletzt worden war und in einem Tierpark behandelt wurde? Bestimmt war sie in einem Käfig eingesperrt, und jede ihrer Bewegungen wurde beobachtet. Kainda würde durchdrehen, wenn sie darin länger als ein paar Stunden ausharren musste, so viel war sicher. Und nun war sie schon beinahe drei Tage dort! Wenn Jamila ehrlich war, hatte sie nicht nur Angst davor, dass Kainda etwas passieren konnte, sondern auch, was aus ihr selbst werden würde, wenn ihre Schwester nicht zurückkam. Ohne Kainda war sie ganz allein auf der Welt, unter fremden Wandlern, in einem fremden Land, ohne den geringsten Rückhalt. Das Zittern verstärkte sich.

„Darf ich mich zu dir setzen?" Finns Stimme erklang so plötzlich hinter ihr, dass Jamila vor Schreck beinahe das Gleichgewicht verloren hätte und in den See gestürzt wäre.

Eine Hand auf ihr wild klopfendes Herz gepresst, drehte sie sich zu ihm um. „Was tust du denn hier? Außer mich zu erschrecken?"

Finn schnitt eine Grimasse. „Entschuldige, das war nicht meine Absicht. Ich dachte, du würdest mich hören."

Jamila sah ihn einen Moment schweigend an. „Ich war in Gedanken." Zögernd deutete sie auf den Felsen neben sich, damit er nicht weiterhin wie ein Turm über ihr aufragte.

„Hast du an Kainda gedacht?" Seine Stimme war sanft, eine willkommene Abwechslung zu ihrem letzten Treffen. Stumm nickte sie, ihre Kehle war wie zugeschnürt. „Heute Abend wissen wir hoffentlich mehr. Marisa wird herausfinden, ob die Leopardin in dem Park deine Schwester ist oder nicht."

„Ich vertraue ihr. Es ist nur …" Wieder verstummte sie, nicht sicher, wie sie ihre Gefühle in Worte fassen sollte. „Wenn es Kainda ist, wie soll ich sie dort herausbekommen? Sie wird sicher bewacht und …"

Finn unterbrach sie. „Ich dachte, das hätten wir schon geklärt: Wenn es Kainda ist, werden wir entscheiden, was wir unternehmen, um sie zu retten."

Hoffnungsvoll blickte Jamila zu ihm auf. „Wirklich?"

„Es darf nicht herauskommen, dass es Wandler gibt, deshalb ziehen wir in dieser Angelegenheit alle an einem Strang. Du kannst also sicher sein, dass wir alles tun werden, damit Kainda niemandem in die Hände fällt."

Jamila neigte den Kopf. „Danke." Natürlich hätte sie lieber gehört, dass die Berglöwenwandler es aus purer Herzensgüte taten, aber das wäre utopisch gewesen. Finn hatte recht, sobald ein Wandler, egal welcher Gestalt, in Gefangenschaft geriet, würde es für alle anderen noch schwieriger werden, unentdeckt zu leben. Also mussten sie alles dafür tun, dass Kainda schnellstmöglich aus dem Park herauskam.

Ob sie einen Weg nach Hause gefunden hatte, bevor sie eingefangen wurde? Für einen Moment konnte Jamila beinahe einen Hauch afrikanischer Luft spüren, dann war er wieder verschwunden. Denn im Grunde war sie sich gar nicht sicher, ob sie überhaupt dorthin zurückwollte – zu viele schlechte Erinnerungen hingen daran, zu viel Kummer und Schmerz. Doch was konnten sie sonst tun? Hier bleiben kam nicht in Frage, das hatten die Berglöwen klargemacht. Also konnten sie und Kainda nur zu zweit durch die Wälder streifen und hoffen, dass niemand sie entdeckte, denn frei lebende Leoparden würden in den USA zweifellos auffallen. Vielleicht konnten sie weiter in den Süden gehen und sich dort in einem unwegsamen Gebiet verstecken. Aber wäre das auch ein lebenswertes Dasein? Ohne Artgenossen? Ohne Freunde? Ohne Mann? Und vor allem ohne Kinder. Sie wären zu einem Leben in Einsamkeit verdammt, für immer.

Etwas Weiches legte sich um ihre Schultern. Überrascht sah sie auf und entdeckte, dass Finn seinen Pullover ausgezogen und ihr umgehängt hatte.

Auf ihren Blick hin hob er die in einem schwarzen T-Shirt steckenden Schultern. „Du sahst aus, als wäre dir kalt. Es muss hart für dich sein, in unserem Klima zu leben, wo du ein viel wärmeres gewöhnt bist."

„Es ist eine Umstellung. Ich habe noch nie so eine dichte Vegetation gesehen, und überall gibt es Wasser im Überfluss." Ihr

Blick glitt über die glatte Fläche des Sees, der sich kaum von der düsteren Umgebung abhob. Wolken hatten sich vor die Sonne geschoben, und es roch irgendwie seltsam. „Wonach riecht es?"

„Winter. Ich schätze, es wird heute Nacht schneien."

Instinktiv wickelte Jamila sich enger in den Pullover. „Wenn alles weiß ist, werde ich noch mehr auffallen."

Finn sah sie forschend an. „Hier wird dich außer uns niemand sehen."

„Das reicht schon. Ich wollte euch nie zur Last fallen und die Ruhe im Lager stören. Es tut mir leid."

Zu ihrer Überraschung wirkte Finn wütend. „Du bist niemandem zur Last gefallen, im Gegenteil, du hast getan, was du konntest, um beim Auf- und Ausbau des Lagers zu helfen." Seine Nasenflügel blähten sich. „Wenn jemand die Ruhe stört, dann sind das diejenigen, die alles dafür tun, dich zum Außenseiter zu machen."

Mit offenem Mund sah Jamila ihn an. „Aber du hast doch selbst gesagt, dass ich …"

„Ich weiß, was ich gesagt habe." Ein Muskel zuckte in seiner Wange. „Aber das war nur eine Schutzbehauptung, weil ich mich nicht damit befassen wollte, dass es mir schwerfällt, dich auf Abstand zu halten." Selbst im Dämmerlicht konnte sie sehen, wie Röte in seine Wangen stieg.

„Oh." Wenn das nicht eine wirklich eloquente Äußerung war. Aber sein Geständnis machte sie einfach sprachlos. Natürlich hatte sie bemerkt, wie sein Körper in ihrer Nähe reagierte, doch sie war davon überzeugt gewesen, dass er sie verachten, wenn nicht sogar hassen musste. Anscheinend hatte sie sich geirrt. Ein wohliger Schauer lief durch ihren Körper.

Als sie nichts weiter sagte, stand Finn abrupt auf. „Das wollte ich nur gesagt haben, weil ich vorhin so unfreundlich zu dir war. Es war nicht fair, meinen Ärger an dir auszulassen."

Jamila erhob sich ebenfalls, obwohl ihre weichen Knie sie beinahe nicht trugen. „Danke, das bedeutet mir sehr viel."

Finn neigte den Kopf und wollte sich umdrehen, als sie seinen Arm ergriff. Unsicher sah er sie an und schien darauf zu warten, dass sie noch etwas sagte, doch ihr fiel nichts Schlaues ein. Außer dass sie nicht wollte, dass er schon ging. Stattdessen stellte sie sich rasch auf die Zehenspitzen und streifte seinen Mund mit ihren Lippen. Finn zuckte zurück, als hätte sie ihm einen Schlag versetzt, und starrte sie mit einem undeutbaren Gesichtsausdruck an. Was hatte sie getan? Er bot ihr Freundschaft an, und ihr fiel nichts Besseres ein, als ihn bei der erstbesten Gelegenheit zu küssen. Verlegene Röte kroch in ihre Wangen, und sie schlug die Augen nieder, damit er die Scham in ihnen nicht sah. Ja, die Leopardin in ihr befand sich gerade in Paarungsbereitschaft und hatte Finn als würdigen Partner auserkoren. Aber noch hatte sie das Sagen über ihren Körper, nicht irgendwelche Triebe oder Instinkte. Trotzdem sollte sie sich wohl besser von dem Berglöwen fernhalten, wenn sie nicht wollte, dass sie die Überhand gewannen.

Mit einer gemurmelten Entschuldigung drängte sie sich an ihm vorbei, doch seine Hand um ihr Handgelenk stoppte sie. Unsicher sah sie zu ihm auf. Seine Augen hatten sich verdunkelt, ein Muskel zuckte in seiner Wange.

„Es tut mir leid, ich hätte das nicht tun sollen."

Seine Augenbrauen schoben sich zusammen. „Warum nicht?"

„Weil ich dankbar bin, dass du mir hilfst, und ich dein Leben nicht noch schwerer machen will, indem ich dich berühre, obwohl du es nicht möchtest."

Finn zog sie an ihrem Arm näher zu sich heran, sie konnte die Hitze seines Körpers spüren. „Du glaubst gar nicht, wie sehr ich es möchte." Sein raues Flüstern ließ einen Schauder über ihren Rücken laufen.

Jamila hielt sich so steif wie möglich, obwohl sie sich am liebsten an ihn geschmiegt hätte. „Warst du es nicht, der gesagt hat, wir dürften der Anziehung nicht nachgeben?"

Seine Arme legten sich um ihren Rücken, sein Körper schmiegte sich an ihren. „Ja, aber vielleicht habe ich mich geirrt. Ich habe das Gefühl, dass sich nur immer mehr aufbaut, je mehr wir versuchen, uns voneinander fernzuhalten."

Das stimmte allerdings. Sie bezweifelte jedoch, dass die Leidenschaft verschwinden würde, wenn sie ihr nachgaben. Aber dann hatten sie wenigstens etwas Spaß und nicht nur Frust wie jetzt. Jamilas Blick wanderte zu Finns Lippen, die sich so weich und gleichzeitig fest unter ihren angefühlt hatten.

Er gab einen Laut von sich, der in ihrem Innern nachhallte. Ihre Brustwarzen zogen sich zusammen, und sie presste sich enger an ihn, um den Schmerz in ihnen zu stillen.

Mit einem Finger hob er ihr Gesicht an und senkte gleichzeitig seinen Kopf. Doch er küsste sie nicht auf den Mund, wie sie erwartet hatte, sondern ließ seine Lippen über ihre Wange gleiten, ihre Stirn, ihr Kinn. Er lächelte, als sie einen ungeduldigen Laut von sich gab. Schließlich berührte seine Zungenspitze ihren Mundwinkel, und allein diese winzige Berührung reichte aus, um das Fieber in ihr zu entfachen. Sie konnte sich nicht vorstellen, wie sie es überleben sollte, wenn sie sich jemals liebten.

Finn war auch nicht unbeteiligt, sein Schaft drückte spürbar in ihren Bauch. Jamila konnte seinen schnellen Herzschlag spüren, und seine Hand hatte sich unter ihren Pullover geschoben und lag nun auf ihrer nackten Haut. Es war unglaublich, was so eine leichte Liebkosung in ihr auslöste.

Schließlich, nach viel zu kurzer Zeit, schob Finn sie sanft von sich. Ein Lächeln spielte um seine Lippen, das direkt in ihr Herz fuhr. „Das war schön."

Jamila brachte keinen Ton heraus und nickte nur.

Finns Lächeln verbreiterte sich. „Na, hat die Katze deine Zunge verschluckt?"

„Leider nicht." Damit drehte Jamila sich um und ging in Richtung Lager zurück. Den Weg kannte sie auswendig, da sie ihn fast jeden Tag ging, doch jetzt wirkte er fast fremd. Oder vielleicht war sie nur unruhig, weil sie Finn noch hinter sich spüren konnte. Sein Blick bohrte sich in ihren Rücken, sein Geruch umwehte sie, als wollte er sie ärgern. Jamila ballte die Hände zu Fäusten, während sie um jeden neuen Schritt kämpfen musste. Alles in ihr drängte sie danach, sich umzudrehen, in Finns Arme zu laufen und ihn mit all den Gefühlen zu küssen, die sich in den vergangenen Monaten in ihr aufgestaut hatten. Doch sie tat es nicht, denn das würde bedeuten, ihre sehr zerbrechliche Beziehung mit etwas zu belasten, das sie noch nicht aushalten würde. Nein, so schwer es ihr auch fiel, sie würde in Fays Hütte zurückkehren. Und heute Abend würde sie vielleicht schon wissen, wo Kainda sich aufhielt und wie sie gerettet werden konnte. Wenn ihre Schwester erst wieder hier war, würden sie bald aufbrechen, und sie würde Finn und die Berglöwenwandler ein für alle Mal hinter sich lassen. Das sollte sie freuen, doch stattdessen breitete sich in ihrer Brust ein dumpfer Schmerz aus.

Das Klingeln des Telefons riss Ryan aus einem kurzen, aber traumlosen Schlaf. Mit geschlossenen Augen tastete er über seinen Nachttisch, bis er den Hörer gefunden hatte. Durch einen schmalen Spalt blinzelnd fand er die richtige Taste und hielt den Hörer an sein Ohr, während er sich zurück aufs Kissen sinken ließ. „Ja?" Sein Blick glitt über das Bett zu Etana, die den Kopf gehoben hatte und ihn verwirrt anblinzelte.

„Sag nicht, du hast geschlafen."

Ryan unterdrückte gerade noch ein Stöhnen, als er Lynns fröhliche Stimme hörte. „Was willst du?"

„Es ist kein Notfall oder so, aber es wäre gut, wenn du dir Bruno ansehen könntest, er hatte wohl einen kleinen Kampf mit einem Rivalen und blutet jetzt am Kopf."

Ryan schloss frustriert die Augen. Das Warzenschwein Bruno hatte ständig irgendeinen Kampf und inzwischen mehr Narben als Fell. „In Ordnung, ich komme. Fangt ihn schon mal ein und bringt ihn in die Klinik. Ich bin in einer halben Stunde da."

„Gut, bis dann."

Ryan legte das Telefon zur Seite und widmete der Leopardin seine volle Aufmerksamkeit, die vom Klingeln des Telefons ebenfalls aufgewacht war. Ohne darüber nachzudenken, hatte er während des Telefonats mit ihrer Schwanzspitze gespielt. Jetzt zuckte sie in seiner Hand, während Etana ein tiefes Schnurren ausstieß. Ihre grünen Augen glitzerten und wirkten einmal mehr beinahe menschlich. Ein Lächeln spielte um seine Mundwinkel, während er die Rosetten auf ihrem Schwanz nachzeichnete. Seinen Kopf auf eine Hand gestützt, genoss er diesen Moment der Ruhe und die Freude, die er deutlich in Etanas Verhalten erkennen konnte.

Ohne Vorwarnung zuckte ihr Schwanz aus Ryans Fingern, und sie zog sich so weit von ihm zurück, dass sie beinahe vom Bett fiel.

Überrascht sah Ryan sie an. „Entschuldige, ich dachte, du magst das."

Es lag ein solcher Schmerz in Etanas Augen, dass sein Herz einen Moment aussetzte. Hatte er die Zeichen falsch gedeutet und ihr wehgetan? Nein, das konnte nicht sein, sie hatte seine Berührung genossen, dessen war er sich sicher. Vorsichtig streckte er die Hand aus und strich über ihren Kopf. „Es tut mir leid, ich wollte dir nicht wehtun."

Etana sah ihn einen Moment nur an, dann leckte sie über seine Finger.

Ryan lachte erleichtert auf und kraulte sie hinter dem Ohr, bis sie wieder zu schnurren begann.

„So ungern ich das hier auch beenden möchte, ich muss gleich zur Arbeit." Er legte seine Hand unter Etanas Kinn. „Ich kann mir nichts Schöneres vorstellen, als bei dir zu sein, und genieße es, wenn du mich an dich heranlässt und mir vertraust." Den Kopf schräg gelegt, schien sie jedes Wort zu verstehen, das er sagte. „Aber trotzdem wartet ein Warzenschwein darauf, dass ich es wieder zusammenflicke."

Etana sah ihn direkt an und leckte über ihr Maul.

Ryan sah sie mit offenem Mund an, bevor das Lachen aus ihm heraussprudelte. „Schäm dich, Bruno ist zwar ein wenig dumm, aber trotzdem ein wertvolles Mitglied der Parkgemeinschaft."

Ihr Gesichtsausdruck war dermaßen offensichtlich überheblich, dass Ryan keinen Zweifel mehr daran hatte, dass Etana genau verstand, was er sagte. Auch wenn er nicht wusste, wie das möglich sein sollte, konnte er es nicht mehr ignorieren. „Du verstehst mich, oder?"

Die Leopardin erstarrte, und er konnte deutlich sehen, wie sie überlegte, ob sie seine Frage einfach ignorieren und sich dumm stellen sollte. Schließlich schien sie zu einem Entschluss zu kommen. Langsam und sehr deutlich neigte sie den Kopf in einer Art Nicken. Ryans Herz begann zu hämmern. Wie sollte er damit umgehen? Es gab etliche Tiere, die auf Zuruf zu ihm kamen oder bestimmte, andressierte Bewegungen auf Kommando ausführen konnten, aber noch nie hatte er ein Tier gesehen oder von einem gehört, das Sprache wirklich verstand. Wissenschaftler würden dafür morden, sie in ihre Finger zu kriegen und alle möglichen Tests an ihr durchzuführen. Vielleicht war sie sogar in irgendeiner Einrichtung gewesen und daraus entkommen, bevor sie angefahren und in den Park gebracht wurde. Das würde auch erklären, warum bisher noch niemand versucht hatte, sie offiziell zurückzubekommen.

Als er sich an den Einbruch in der Klinik erinnerte, erbleichte er. Wenn die Polizei nicht rechtzeitig gekommen wäre, hätten diese Verbrecher Etana mitgenommen. Und sie hatte das gewusst, sie hatte ihn dazu gebracht, sich in den Büschen zu verstecken. Vielleicht kannte sie die Männer sogar.

„Du hast die Kerle, die in die Klinik eingebrochen sind, erkannt, oder?"

Etanas Augen zogen sich zusammen, sie stieß ein drohendes Fauchen aus.

„Das deute ich als ‚Ja'. Hast du sie schon einmal irgendwo gesehen?"

Eine Kopfbewegung, die er als Verneinung auslegte. Ihre Nasenflügel blähten sich.

„Du hast sie schon einmal gerochen?"

Ein knappes Nicken. Etana wirkte, als wollte sie am liebsten fliehen, ein Zittern lief durch ihren Körper, ihre Ohren waren nach hinten gelegt. Sein Herz zog sich zusammen, als er die Angst in ihrem Blick sah. Ryan rückte näher und strich beruhigend über ihr weiches Fell. „Ich werde nicht zulassen, dass dir jemand etwas tut, das verspreche ich dir. Du bist hier sicher."

Ihre Augen glitzerten feucht, als sie ihn sanft mit ihrem Kopf anstieß. Impulsiv drückte Ryan einen Kuss auf ihre Stirn. „Es wird alles gut." So gern Ryan noch bleiben und die aufregende Tatsache, dass Etana ihn tatsächlich verstand und mit ihm kommunizieren konnte, weiter untersuchen wollte, musste er jetzt in die Klinik und sich um Bruno kümmern. Nachdem er die Leopardin noch einmal gestreichelt hatte, richtete er sich schließlich widerwillig auf. „So leid es mir tut, ich muss jetzt los. Wir unterhalten uns später weiter, ja?"

Auf Etanas Nicken hin stand er auf und zögerte. Was war,

wenn er sich das alles nur eingebildet hatte und sie eine ganz normale Leopardin war, wenn er zurückkam? „Du bist echt, oder?"

Etana fletschte als Antwort ihre Zähne. Lachend verließ Ryan das Schlafzimmer, um sich für die Arbeit fertig zu machen.

Sowie sie sicher war, dass Ryan tatsächlich gefahren war, verwandelte Kainda sich. Nach so vielen Monaten fast ausschließlich in Leopardengestalt fiel es ihr schwer, ihre menschliche Gestalt anzunehmen. Nach ihrem Unfall hatte sie sich so darauf konzentriert, nur die Leopardin zu sein, dass sich diese Form in ihrem Unterbewusstsein stärker verankert hatte als normal. Schwer atmend blieb sie liegen, als sie endlich wieder eine Frau war. Es fühlte sich seltsam nackt an ohne ihr Fell, der Boden kalt an ihrer Haut. Langsam setzte sie sich auf und strich sich das halblange, lockige Haar aus den Augen. Früher hatte sie es stets sehr kurz getragen, doch in den vergangenen Monaten war sie nicht dazu gekommen, es zu schneiden. Sie hatte auch keinen Bedarf gesehen, schließlich war sie kaum jemals in Menschenform.

Mühsam stand Kainda auf und humpelte ins Bad. Auf das Waschbecken gestützt starrte sie in den Spiegel und erschrak über das, was sie dort sah. Ihre braune Haut spannte sich über ihren Wangenknochen, ihre Augen lagen in tiefen Höhlen, mit dunklen Schatten darunter. Am schlimmsten war aber der Ausdruck in ihren Augen, sie brauchte nur an Ryan zu denken, und schon begann das Grün zu strahlen. Was sah Ryan wohl, wenn er in die Augen der Leopardin schaute? Konnte er dort ihre Gefühle genauso erkennen? Sie befürchtete es, so wie er sie behandelte. Andererseits konnte sie genauso in seinen Augen und seinem Gesichtsausdruck ablesen, dass er sich zu ihr hingezogen fühlte. Warum hatte sie nie gewusst, was für eine erogene Zone die Schwanzspitze war? Beinahe hätte sie sich auf den Rücken geworfen, alle Viere von sich gestreckt und sich der Erregung hingegeben. Am schlimmsten war es, Ryans Gesichtsausdruck dabei zu sehen, er schien völlig von dem fasziniert gewesen zu sein, was er tat.

Kainda ließ den Kopf hängen. Was tat sie ihm damit an? Aber sie konnte ihre körperlichen Reaktionen einfach nicht verhindern. Es wäre nur fair, ihm endlich zu sagen, dass sie eine Frau war, doch das konnte sie nicht. Es war schlimm genug, dass sie nicht hatte widerstehen können, ihm zu zeigen, dass sie jedes Wort verstehen konnte. Sie wollte, dass er wusste, dass sie etwas Besonderes war, weil sie es einfach nicht mehr ertrug, dass er dachte, sie wäre ein normales Tier. Wie dumm und arrogant! Damit hätte sie sich noch mehr in Gefahr bringen können, wenn Ryan diese Entdeckung weitergetragen hätte. Glücklicherweise hatte er ihr versichert, dass sie bei ihm in Sicherheit war – und seltsamerweise glaubte sie ihm.

Wäre es wirklich so schlimm, ihm ihre menschliche Seite zu zeigen? Sie glaubte nicht, dass er sie verraten würde, aber es könnte durchaus sein, dass er danach nichts mehr mit ihr zu tun haben wollte. Und sie musste sich eingestehen, dass sie das weit mehr verletzen würde als alles, was ihr bisher hier in den USA geschehen war. Nein, es war besser, ihn in dem Glauben zu lassen, sie wäre eine – wenn auch besonders intelligente – Leopardin. Damit war ihr Geheimnis sicher und vor allem auch ihr Herz. Noch einmal würde sie einen solchen Schmerz nicht überleben.

Mit einem Seufzer richtete sie sich auf und begann damit, den Verband über ihren Rippen und die Schienen an ihrem Oberschenkel zu entfernen, die in ihrer Menschenform viel zu eng saßen. Die Wunden waren bis auf eine Verfärbung der Haut kaum noch zu sehen, aber sie konnte sie noch spüren. Verletzungen heilten bei Wandlern meist deutlich schneller als bei normalen Menschen, aber komplizierte Brüche brauchten dafür doch länger als ein paar Tage. Kainda humpelte auf ihrem unverletzten Bein in die Dusche und drehte den Hahn auf. Mit geschlossenen Augen ließ sie das heiße Wasser auf ihren Kopf trommeln und genoss ihre erste richtige Dusche, seit sie vor drei Monaten aus dem Lager der Berglöwenwandler aufgebrochen war. Sie benutzte Ryans Shampoo und Duschgel und drehte erst mit Bedauern den Wasserhahn zu, als sie das Gefühl hatte, dass das Wasser kälter wurde. Da ein zweites Handtuch nur Verdacht erregt hätte, wickelte sie sich Ryans um den Körper und ging damit ins Schlafzimmer.

Dort trocknete sie sich ab und wickelte den Verband wieder um ihren Oberkörper. Schmerz schoss bei der Bewegung durch ihre Rippen, doch sie konnte die Bandagen nicht einfach weglassen, sonst würde Ryan sich fragen, wie sie sie losgeworden war. Vielleicht würde er zu dem Schluss kommen, dass er sie nicht allein lassen konnte und sie deshalb in die Klinik zurückmusste. Und das wollte sie auf keinen Fall. Die Schienen an ihrem Oberschenkel ließen sich leichter befestigen, und vor allem brauchte sie sie auch, um ihren Knochen zu schützen und das Bein belasten zu können, während sie sich auf zwei Beinen bewegte. Als das erledigt war, rubbelte sie noch ihre Haare trocken und hängte das Handtuch im Badezimmer an die gleiche Stelle, wo sie es weggenommen hatte.

Nach einem Blick in Ryans Schrank suchte sie sich eines seiner T-Shirts heraus und zog es über. Der weiche Stoff schmiegte sich an ihre nackte Haut und roch nach dem Waschmittel, das Ryan benutzte. Kainda schloss die Augen, schlang die Arme um sich und sog tief den Duft ein. Fast konnte sie sich so vorstellen, er wäre bei ihr und … Hastig riss sie die Augen wieder auf. Wieso verschwendete sie ihre knappe Zeit mit Tagträumen? Sie musste Jamila unbedingt eine Nachricht schreiben, dass es ihr gut ging.

Da sie in Leopardenform keinen Erfolg gehabt hatte, würde sie ihr Glück jetzt in Menschengestalt probieren müssen. Dafür brauchte sie Kleidung, Geld und Nahrung. Es widerstrebte ihr, Ryan zu bestehlen, aber es gab keine andere Möglichkeit.

Kainda biss die Zähne zusammen und unterdrückte den Schmerz über die bevorstehende Trennung. Von der ersten Minute an hatte sie gewusst, dass es so kommen würde, kommen musste – und trotzdem hatte sie sich in Ryan verliebt. Wie konnte sie so dumm sein? Andererseits war es nicht möglich gewesen, ihm so nahe zu kommen, ohne ihn zu lieben. Immerhin wusste sie jetzt, dass es ihr überhaupt noch möglich war, so etwas für einen Mann zu empfinden, trotz allem, was passiert war. Kainda schnitt eine Grimasse, weil das den Schmerz dummerweise nicht linderte, und machte sich daran, das Badezimmer wieder in Ordnung zu bringen. Wenn Ryan wiederkam, durfte er keine Tropfen in der Duschkabine oder auf dem Boden finden und erst recht keine feuchten Fußabdrücke von ihr.

Im Schrank fand sie eine noch verpackte Zahnbürste, die sie nach kurzer innerer Debatte benutzte. Wenn sie sie mitnahm, würde Ryan sich höchstens fragen, ob er wirklich noch eine gehabt hatte, und sich dann eine neue kaufen. Es war das Risiko wert, wenn sie dafür endlich wieder ihre Zähne putzen konnte. In der Küche fand sie eine Leinentasche, in der sie die Dinge verstauen konnte, die sie auf ihrer Flucht benötigte. Sie würde sie irgendwo draußen verstecken, damit sie in der Nacht aufbrechen konnte. Viel konnte sie nicht mitnehmen, denn das würde ihm auffallen, also beschränkte sie sich auf das Nötigste wie Nahrung, Wasser und die Zahnbürste. Schließlich fehlte nur noch etwas zum Anziehen. Erneut kehrte sie in das Schlafzimmer zurück und bemühte sich, nicht auf das Bett zu schauen, denn dann würde sie nur hineinkriechen wollen.

Ihr verletztes Bein tat noch weh, doch davon durfte sie sich nicht aufhalten lassen. Es musste alles erledigt sein, bevor Ryan zurückkam, und sie wusste nicht, wie lange sein Warzenschwein dauern oder ob er danach noch in der Klinik bleiben würde. Wenn er dort der einzige Arzt war, konnte er es sich eigentlich gar nicht leisten, so viel Zeit mit ihr zu verbringen. Aber da sie nicht sicher war, ob das stimmte, würde sie so lange mit dem Bein herumlaufen, bis sie fertig war. Mit angehaltenem Atem öffnete sie erneut die Schranktüren. Ryan besaß nicht besonders viel Kleidung, sie schien größtenteils aus Jeans, Trekkinghosen und T-Shirts zu bestehen. Einerseits freute es sie, keine Frauenkleidung im Schrank zu finden, denn das hieß, dass es zurzeit tatsächlich keine ernsthafte Freundin in seinem Leben gab. Andererseits war ihr sein Zeug mindestens fünf Nummern zu groß. Frustriert schlug sie die Schranktüren wieder zu. Jetzt konnte sie nur noch hoffen, dass eine seiner Nachbarinnen – wenn es welche gab – ihre Wäsche im Garten trocknete und sie etwas davon stehlen konnte. Was nicht nur einen großen Umstand bedeutete, sondern ihr auch gegen den Strich ging.

In ihrem früheren Leben wäre sie nie auf die Idee gekommen, etwas zu stehlen oder jemandem etwas anzutun, doch seit ihrer Verschleppung aus Afrika blieb ihr keine Wahl, wenn sie überleben wollte. Sie konnte schlecht zur Polizei gehen und verlangen, in ihr Land zurückgebracht zu werden. Ohne Papiere oder einen Nachweis in ihrem Heimatland, dass sie überhaupt existierte, würde sie wahrscheinlich irgendwo eingesperrt werden, weil sie eine illegale Einwanderin war und nicht abgeschoben werden konnte. Und das auch nur im besten Fall.

Kainda humpelte langsam ins Arbeitszimmer und setzte sich an den Computer. Wenigstens das konnte sie erledigen, und Jamila musste sich nicht länger fragen, was aus ihrer Schwester geworden war. Sie schaltete den PC an und sah sich um, während er hochfuhr. Es war deutlich zu sehen, dass Ryan den Raum nur zur Arbeit benutzte und sich keine Mühe gegeben hatte, ihn ansprechend zu dekorieren. Eine kurze Melodie kündigte an, dass der PC betriebsbereit war. Als Hintergrundbild hatte er eine Landschaft gewählt, die sie schmerzlich an ihre Heimat erinnerte. Zögernd legte Kainda ihre Hand auf die Maus und klickte den Browser an. Sie rief die Adresse ihres Webmail-Servers auf und loggte sich mit ihrer E-Mail-Adresse und dem Passwort ein. Das Risiko, dass Ryan merkte, dass jemand anderes als er den Computer benutzt hatte, war zwar nicht von der Hand zu weisen; aber dazu hätte er einen konkreten Verdacht haben müssen, und das war unwahrscheinlich, schließlich hielt er sie für eine Leopardin und vermutete sie ganz sicher nicht an seinem Computer. Für einen Moment starrte sie an die weiße Wand, bis ihr die E-Mail-Adresse der Berglöwenwandler wieder einfiel.

Von: *Kainda*
An: *erielhonan@yahoo.com*
Betreff: *Nachricht an Jamila*

Jamila,
ich hatte einen kleinen Unfall, bin aber bald wieder fit und werde meine Suche in den nächsten Tagen fortsetzen. Mach dir keine Sorgen, ich melde mich bei nächster Gelegenheit wieder.
Ich hoffe, es geht dir gut und du konntest schon Freunde gewinnen. Falls du mir antwortest und nicht sofort eine Antwort von mir bekommst, liegt es nur daran, dass ich unterwegs bin und keinen Computer zur Verfügung habe. Halt durch.

Deine Kainda

Am liebsten hätte sie noch viel mehr geschrieben und vor allem auch erfahren, wie es ihrer Schwester ging, aber da sie wusste, dass die Berglöwenwandler die Mail mit Sicherheit lesen würden, bevor sie sie an Jamila weiterleiteten, hielt Kainda sie knapp und beinahe unpersönlich. Ihre Schwester würde zwischen den Zeilen lesen können und wissen, wie sehr sie sich wünschte, bei ihr zu sein. Tränen stiegen Kainda in die Augen, die sie hastig wegblinzelte. Dafür hatte sie jetzt keine Zeit, sie musste noch so viel erledigen. Sie loggte sich aus dem Webmailer aus und schloss die Seite, wodurch sie wieder auf der Startseite landete, die Ryan eingestellt hatte. Es war die Homepage des San Diego Wild Animal Park. Die Neugier, wo sie die letzten Tage verbracht hatte, trieb sie dazu, den Text durchzulesen und sich die Fotos anzusehen. Es schien, als würde dort wirklich versucht, den Tieren ein ihrer Heimat nachempfundenes Zuhause zu bieten.

Ihr Herz stockte, als sie den Aufruf fand, dass sich der Besitzer einer Leopardin, die verletzt eingeliefert worden war, bei der Tierparkverwaltung oder der Klinik melden sollte. Kein Wunder, dass ihre Verfolger sie so schnell gefunden hatten! Es war wie ein dickes rotes Signalschild: *Leopardenwandlerin bitte hier abholen.*

Kainda biss sich auf die Unterlippe, als sie versuchte, sich darüber klar zu werden, was das nun für sie bedeutete. Einer der Einbrecher hatte sie im Wald verfolgt. Und er wusste jetzt offenbar, wo er sie finden konnte. Vermutlich würde er diese Nacht erneut in die Klinik einbrechen. Nur dass sie nicht mehr dort war. Es würde ihm jedoch kaum Probleme bereiten herauszufinden, wo sie sich jetzt aufhielt. Das hieß, sie musste auf jeden Fall heute Nacht aufbrechen, selbst wenn ihr Bein noch nicht genug genesen war, dass sie weitere Strecken zurücklegen konnte. Ein Band legte sich um ihre Brust, das ihr fast den Atem nahm, als ihr klar wurde, dass die Trennung von Ryan damit unmittelbar bevorstand. Aber wenigstens wusste sie, dass er nicht ihretwegen noch einmal in Gefahr geraten würde, wenn sie ihn verließ. Er konnte sein Leben weiterführen wie bisher und würde sie bald vergessen haben.

Sie war so in ihre elenden Gedanken vertieft, dass sie beinahe das Auto überhörte, das gerade in die Einfahrt einbog. Kainda sprang auf und sank mit einem Stöhnen zurück, als ein scharfer Schmerz durch ihr Bein fuhr. Langsamer humpelte sie zum Fenster und sah hinaus. Ryan! Was machte er jetzt schon wieder hier? Er durfte nicht entdecken, dass sie am Computer gewesen war. Schnell kehrte sie zum Schreibtisch zurück, schloss den Browser und fuhr den PC herunter. Unruhig sah sie sich um. Hatte sie noch irgendetwas verändert? Sie konnte den Schlüssel im Schloss der Haustür hören, als ihr auffiel, dass sie noch das T-Shirt trug. Verdammt! Mit hektischen Bewegungen zog sie es über ihren Kopf und ließ es auf den Boden fallen. Schritte ertönten im Flur.

„Etana? Wo steckst du?"

Kainda schloss die Augen und verwandelte sich in die Leopardin zurück. Es fiel ihr deutlich schwerer als erwartet, wahrscheinlich weil Ryan so nah war und sie ihm zu gern die Frau in sich zeigen würde. Damit sie nicht so auffällig in der Nähe des Computers stand, humpelte sie auf drei Beinen zu dem alten Sessel und sprang schwerfällig darauf. Sie rollte sich zusammen und schloss die Augen bis auf einen winzigen Spalt, durch den sie beobachtete, wie Ryan den Kopf durch die Tür steckte und sich schon wieder zurückziehen wollte, als er sie entdeckte. Ein Lächeln huschte über sein Gesicht, das sie bis in ihr Innerstes wärmte.

„Hier bist du also. Hast du meinen alten Lieblingssessel für dich entdeckt?"

Kainda gab ein zustimmendes Brummen von sich.

Ryan trat in das Zimmer und wollte sich gerade zu ihr herunterbeugen, als er das T-Shirt auf dem Boden neben dem Schreibtisch entdeckte. „Wo kommt das denn her? Ich kann mich nicht erinnern, es in letzter Zeit getragen zu haben.“ Er hob es auf, bevor er sich wieder zu ihr umwandte. Einen Moment lang betrachtete er sie, dann kehrte sein Lächeln zurück. „Du hast es dir geholt, oder?“ Ryan kniete sich neben den Sessel und hielt es ihr hin. „Es gehört dir.“

Kainda versank für einen langen Moment in seinen tiefblauen Augen, bevor sie den Bann abschüttelte. Mit den Zähnen schnappte sie sich das T-Shirt und schob es unter ihren Kopf. Ryans Lachen vibrierte in ihrem Körper, und sie wünschte sich, sie könnte … Die Türklingel erklang so unerwartet, dass sie vor Schreck beinahe vom Sessel fiel.

Ryan richtete sich mit einem tiefen Seufzer auf. „Deshalb bin ich so früh wieder da. Eine Journalistin ist in der Klinik aufgetaucht, die einen Bericht über dich schreiben will, der dann in mehreren überregionalen Zeitungen erscheint. Damit sollten wir dein Zuhause bald finden.“ Er schien ihren panischen Blick falsch zu deuten, denn er strich beruhigend über ihren Kopf. „Keine Angst, sie scheint sehr nett zu sein und vor allem keine von diesen Sensationsreporterinnen.“ Kainda stieß ein tiefes Grollen aus, das Ryan dazu veranlasste, ihr Gesicht mit beiden Händen einzurahmen und ihr tief in die Augen zu sehen. „Ich werde dich niemandem überlassen, der nicht ein erstklassiges Gehege für dich vorweisen kann, ich verspreche es.“

Da sie nichts anderes tun konnte, nickte Kainda, auch wenn es nie dazu kommen würde. Wenn sie nicht schon vorher entschieden hätte, heute noch zu fliehen, besiegelte der Besuch der Journalistin ihr Vorhaben endgültig.

15

Ungeduldig versuchte Marisa, etwas durch das kleine Fenster in der Haustür zu erkennen. Wo blieb der Doktor nur so lange? Okay, wenn es wirklich eine wilde Leopardin war, konnte sie verstehen, dass er sie erst irgendwo einsperren musste, bevor er Besuch empfing. Aber wenn es sich um Kainda handelte … Marisa strich eine schwarze Haarsträhne hinters Ohr zurück, die ihr der Wind in die Augen wehte.

Es hatte einige Stunden gedauert, zum Park zu gelangen, und dort hatte sie dann warten müssen, bis sie in der Klinik als Besucher zugelassen wurde. Zum Glück war Ryan Thorne dort gewesen, wenn auch gerade im Nahkampf mit einem Warzenschwein, das mit seinem am Rücken hochstehenden Fell merkwürdig aussah. Während das Tier betäubt wurde, durfte Marisa dem Arzt erzählen, weshalb sie gekommen war. Er hatte sich ihr Anliegen schweigend angehört, und seine Miene war für sie nicht zu deuten gewesen. Sollte er sich nicht eigentlich freuen, wenn er ganz umsonst Werbung für den Park und vor allem Hilfe bei der Suche nach dem Besitzer der Leopardin bekam? Anscheinend sah er das nicht so, denn er ließ sich zuerst ihre Identität bestätigen, bevor er überhaupt etwas zu dem Thema sagte. Interessant.

Es passte aber eindeutig zu der zögernden Art, mit der er ihr erklärt hatte, dass die Leopardin nicht mehr in der Klinik war, was sie beinahe einen Herzinfarkt erleiden ließ. Anscheinend war ihm ihr panischer Blick aufgefallen, denn seine Brauen hatten sich über faszinierende dunkelblaue Augen gesenkt, und er hatte sie angesehen, als wüsste er genau, weshalb sie hier war. Marisa konnte sich nicht vorstellen, dass Kainda ihn eingeweiht hatte, schließlich hing auch das Leben ihrer Schwester davon ab, dass niemand von der Existenz der Wandler erfuhr. Andererseits, wenn Thorne ihr geholfen hatte, so wie sie selbst damals Coyle, dann hatte Kainda sich ihm vielleicht anvertraut.

Die Haustür wurde ohne Vorwarnung aufgerissen, und Marisa sprang erschrocken zurück. Ryan Thorne stand in der Türöffnung, eindeutig unsicher, ob er sie hereinbitten sollte. Seine Miene war ernst, als er ihr tief in die Augen blickte. „Bringen Sie mich nicht dazu, es zu bereuen."

Marisa begann zu lächeln. Es gefiel ihr, wie sich der Tierarzt schützend vor seine Patientin stellte. „Ich habe nicht vor, irgendetwas zu tun, das der Leopardin schaden könnte. Ganz im Gegenteil."

Nach einem weiteren langen Blick nickte er schließlich knapp und ließ sie eintreten. „Kommen Sie herein. Haben Sie keine Angst, ich habe die Tür zum Arbeitszimmer geschlossen, Etana kann nicht heraus."

Marisas Augenbrauen schossen in die Höhe. „Sie läuft sonst hier durchs Haus?"

Thorne hatte sich umgedreht und ging ihr voraus, deshalb konnte sie sehen, wie Röte in seinen Nacken kroch. Interessant. „Sie kann auch in den Garten, aber wegen der Verletzungen ist es besser, wenn sie im Haus bleibt, solange sie unbeaufsichtigt ist."

„Haben Sie keine Angst, dass sie Ihnen etwas tut?"

„Nein." Das war alles, keine Erklärung, kein Versuch einer Rechtfertigung. Ihr Journalisteninstinkt sagte ihr, dass hier irgendetwas vorging, doch sie konnte nicht genau sagen, was. Wenn er nicht wusste, dass Kainda eine Wandlerin war, warum vertraute er ihr dann so, dass er sie frei in seinem Haus herumlaufen ließ? Ein Wildtier war unberechenbar, und das musste Thorne als Arzt des Wild Animal Parks wissen.

Thorne führte sie ins Wohnzimmer und deutete auf das Sofa. „Möchten Sie sich setzen?" Er formulierte es als eine Frage, aber es war klar, dass es sich um eine Anweisung handelte.

„Danke, aber ich würde lieber die Leopardin sehen."

Die Augenbrauen ihres Gastgebers zogen sich zusammen. „Ich weiß nicht, ob das so gut ist, es könnte sie aufregen."

Irgendwie musste es ihr gelingen, Thorne davon zu überzeugen. „Wenn ich einen Artikel über Etana schreiben soll, dann muss ich sie wenigstens einmal kurz gesehen haben, damit ich auch weiß, worüber ich schreibe. Sie haben vielleicht ständig mit solchen Tieren zu tun, ich dagegen nicht."

Nach kurzem Zögern nickte er. „Warten Sie hier einen Moment." Als ihr Gastgeber das Zimmer verlassen hatte, sah sie sich neugierig um. Es wirkte alles sauber und halbwegs ordentlich, aber auch irgendwie so, als würde er nicht besonders viel Zeit hier verbringen. Wahrscheinlich hielt er sich größtenteils im Park auf. Aufgeregt beugte Marisa sich vor, als sie ein leises Murmeln hörte, so als würde Thorne mit jemandem reden. Mit Kainda? Versuchte er sie zu beruhigen, oder erklärte er ihr, warum Marisa gekommen war? Es war überhaupt richtig niedlich, dass er der Leopardin einen Namen gegeben hatte. Sie konnte sich die Reaktion der unabhängigen und stolzen Kainda darauf bildlich vorstellen

Der Reiz zu lachen verging schlagartig, als Thorne zurück ins Zimmer kam. „Kommen Sie mit."

Aufregung kribbelte durch ihren Körper, als sie ihm zum Arbeitszimmer folgte. Er öffnete die Tür einen Spalt und spähte hindurch. Schließlich schob er sie weiter auf und winkte Marisa, neben ihn zu treten. „Etana, das ist Marisa Pérèz."

Er trat zur Seite, sodass Marisa ihren ersten richtigen Blick auf die Leopardin werfen konnte, die auf einem Sessel in der Ecke des Zimmers lag. Sie erschrak, und ihr Herz begann hart zu klopfen. Egal ob es Kainda war oder ein Tier, es war nicht zu übersehen, dass sie furchtbar gelitten hatte. Verbände waren um den Körper geschlungen, und Schienen waren an einem Hinterlauf befestigt. Abschürfungen zogen tiefe Furchen durch ihr Fell, das an einigen Stellen abrasiert worden war. Marisas Blick tauchte in den der Leopardin, und sie konnte die Intelligenz darin sehen.

„Hallo, Etana." Ihre Stimme war in der eingetretenen Stille fast störend.

Die Leopardin neigte den Kopf, so wie Coyle und die Berglöwenwandler es oft taten. Sie war sich fast sicher, dass es Kainda war, aber letzte Gewissheit konnte sie nur bekommen, wenn Thorne wenigstens für kurze Zeit das Zimmer verließ. Doch es schien nicht so, als wollte er die Leopardin und seinen Gast auch nur für eine Sekunde aus den Augen lassen. Mit gerunzelter Stirn sah er von einem zum anderen, als versuchte er zu erkennen, was zwischen ihnen vorging.

Um ihn davon abzulenken, richtete Marisa sich auf. „Ein sehr schönes Tier. Ich hoffe, sie wird wieder gesund?" Aus den Augenwinkeln sah Marisa, wie die Leopardin ihr ein Zeichen mit der Pfote gab. Marisa verschluckte sich und begann zu husten.

Unbehaglich trat Thorne auf sie zu. „Geht es?"

„J… ja, danke. Könnte ich vielleicht ein Glas Wasser haben?"

Diesmal stieg die Röte bis in seine Wangen. „Entschuldigung, wo habe ich meine Manieren gelassen? Kann ich Ihnen sonst noch etwas anbieten? Kaffee, Tee?"

„Ein Kaffee wäre nett, vielen Dank." Eigentlich wollte sie gar keinen, aber es würde sicher ein paar Minuten dauern, ihn aufzubrühen, und sie brauchte die Zeit mit Kainda.

„Warten Sie bitte im Wohnzimmer, ich möchte nicht, dass Sie

allein mit Etana sind." Damit schloss Thorne die Tür leise hinter ihnen und führte sie ins Wohnzimmer zurück. Kurz darauf hörte sie es in der Küche klappern, ein gluggerndes Geräusch ertönte.

Marisa wartete ungeduldig, bis der Tierarzt mit einem Glas Wasser wiederkam und es ihr reichte. „Danke."

Thorne nickte. „Ich mache jetzt den Kaffee, wenn etwas sein sollte, rufen Sie mich."

„Natürlich." Marisa nahm einen großen Schluck und beobachtete über den Rand des Glases hinweg, wie Thorne in die Küche zurückging. Sie wartete, bis sie Geräusche aus der Küche hörte, bevor sie zurück auf den Flur schlich. Das Klingeln eines Telefons bescherte ihr beinahe einen Herzinfarkt. So schnell wie möglich schlüpfte sie in das Arbeitszimmer und zog die Tür hinter sich zu. Die Leopardin sah ihr aufmerksam entgegen.

„Kainda?" Ein hartes, eindeutig menschliches Nicken war die Antwort. Erleichtert blies Marisa den angehaltenen Atem aus. „Geht es dir gut? Hat dir jemand etwas getan?"

Kainda sah zur Tür, bevor sie vom Sessel sprang. Marisa hockte sich hin, damit sie auf einer Augenhöhe waren. Auch wenn sie es schon so oft gesehen hatte, war es für sie immer noch ein faszinierender Anblick, wenn ein Wandler die Gestalt wechselte. Langsam, zuerst fast unmerklich veränderten sich die Gesichtszüge, wurde das Fell zu Haut, die Tatzen zu Händen und Füßen. Schließlich lag Kainda still da. Die weißen Verbände stachen grell auf ihrer dunklen Haut hervor.

Marisa warf einen Blick zur Tür, bevor sie sich wieder Kainda zuwandte, die sich inzwischen aufgerichtet hatte. Die Knochen zeichneten sich deutlich unter ihrer Haut ab, anscheinend waren ihr die drei Monate ihrer Suche nicht gut bekommen. Es tat Marisa weh, sie so zu sehen.

„Ein Truck hat mich angefahren." Kaindas leise Stimme klang rau, so als hätte sie lange nicht mehr mit jemandem geredet. Ihr

Gesicht verzerrte sich. „Männer sind hinter mir her, sie haben mich fast erwischt. Beim ersten Mal ist ihnen der Truck zuvorgekommen, und beim zweiten Mal hatte ich Glück, dass die Polizei rechtzeitig zur Klinik kam." Wut leuchtete aus ihren hellgrünen Augen. „Sie haben Ryan betäubt. Das war letzte Nacht. Sie können jederzeit wiederkommen. Und es ist möglich, dass sie den Trucker, der mich angefahren hat, getötet haben, genauso wie seine Frau. Ein Detective Harken aus Los Angeles ermittelt in dem Fall." Kainda redete so schnell und leise, dass Marisa sie kaum verstand.

„Es wurde jemand ermordet?"

Kainda blickte vorsichtig um Marisa herum. „Keine Zeit für weitere Erklärungen." Ihr Blick bohrte sich in Marisas. „Warum bist du hier?"

„Um dich zu suchen, natürlich. Jamila macht sich Sorgen. Sie hatte das Gefühl, dass dir etwas passiert ist."

Kainda nickte langsam. „Und ich habe ihre Sorge gespürt. Sag ihr bitte ..." Sie sprach nicht weiter.

„Ich werde es ihr ausrichten."

Dankbar sah Kainda sie an. „Sag den Berglöwen, dass ich niemandem etwas verraten habe. Sie sind sicher."

„Das werden sie gerne hören. Warum kommst du nicht mit zurück und ..."

Kainda unterbrach sie. „Nein, danke, aber das geht nicht. Ich muss nach Hause. Außerdem würde ich dadurch nur die Berglöwen in weitere Gefahr bringen, das möchte ich nicht. Erst recht nicht, wenn Jamila bei ihnen lebt."

Marisa unterdrückte ein Seufzen und den Wunsch, Kainda Vernunft einzubläuen. „Okay." Sie wühlte in ihrem Rucksack. „Fay hat mir etwas für dich mitgegeben. Das hier soll bei der Heilung helfen." Marisa hielt ihr einen Tiegel mit Salbe hin, den Kainda entgegennahm. „Und Jamila meinte, dass du das vielleicht gebrauchen könntest.“ Es war ein kleiner Beutel mit Kleidung. Nach kurzem Zögern griff Marisa noch einmal in ihren inzwischen fast leeren Rucksack. „Und das hier.“ Sie reichte Kainda ein Bündel Geldscheine.

Erstaunt blickte Kainda sie an. „Wo hat sie das her?“ Marisa schwieg, während sie ihren Rucksack wieder schloss. Als sie wieder aufblickte, hielt Kainda ihren Blick fest. „Das ist nicht von Jamila, oder?“

Marisa hob die Schultern. „Sieh es als kleines Darlehen.“

Zu ihrem Erstaunen bildeten sich Tränen in Kaindas Augen. „Vielen Dank. Du weißt nicht, was mir das bedeutet.“

Lächelnd ergriff Marisa Kaindas Hand. „Ich kann es mir vorstellen. Viel Glück.“

Erschrecken stand in Kaindas Gesicht, einen Sekundenbruchteil bevor sie sich zurückverwandelte. Hastig schob sie die Gegenstände hinter den Sessel und legte sich darauf.

„Was machen Sie hier?“ Ihr Gastgeber stand im Türrahmen und funkelte sie wütend an.

Marisa wirbelte herum und legte eine Hand auf ihr wild pochendes Herz. „Haben Sie mich erschreckt! Ich wollte mir nur noch einmal kurz die Leopardin ansehen.“

„Sie wissen, dass sie ein Wildtier ist und Sie jederzeit angreifen könnte?“

Marisa schob ihr Kinn vor. „Natürlich, aber ich hatte den Eindruck, dass Etana gerne ein wenig Gesellschaft hätte. Und ich hatte recht.“ Sie deutete auf Kainda, die den Kopf auf ihre Pfoten gelegt hatte und zu ihnen hochblickte.

Thorne sah erstaunt auf die Leopardin herunter. „Tatsächlich. Bisher hatte ich den Eindruck, dass sie Frauen nicht sonderlich mag. Anscheinend vertraut sie Ihnen.“

„Ich fühle mich geehrt.“

Thorne musterte sie scharf, schien dann aber zu dem Schluss

zu kommen, dass sie es ernst meinte, denn er nickte. „Das können Sie auch, Etana ist sehr wählerisch.“

„Anscheinend mag sie Sie sehr gern.“ Es war riskant, persönlich zu werden, doch Marisa wollte unbedingt seine Reaktion sehen.

Sie wurde nicht enttäuscht, die tiefblauen Augen wurden wärmer, ein Lächeln spielte um seinen Mund. „Das beruht auf Gegenseitigkeit.“

Marisa glaubte, ein leises Geräusch vom Sessel zu hören, drehte sich aber nicht um. „Was werden Sie tun, wenn jemand kommt und behauptet, die Leopardin gehöre ihm?“

Sofort verhärtete sich die Miene des Tierarztes. „Ich würde es zuerst überprüfen, und wenn es sich als wahr herausstellen sollte, würde ich mir die Haltungsbedingungen ansehen. Und falls mir die nicht gefallen sollten – wovon ich fast überzeugt bin, nach dem körperlichen Zustand bei ihrer Einlieferung zu urteilen –, werde ich Himmel und Hölle in Bewegung setzen, damit Etana nicht dorthin zurückmuss.“ Es war deutlich, dass er jedes Wort genauso meinte, wie er es sagte.

„Ihre Einstellung gefällt mir. Aber ich werde das im Artikel natürlich nicht erwähnen, um den Besitzer nicht zu verschrecken.“

Das brachte ihn zum Lachen, ein angenehmer Laut, der Kainda vom Sessel lockte. Sie rieb ihren Kopf an Thornes Oberschenkel und schaute mit einem Blick zu ihm auf, der Marisa eine Gänsehaut verursachte. Bisher hatte sie Kainda als eher kühl eingeschätzt, aber es war offensichtlich, dass sie für diesen Mann etwas empfand.

Marisa stellte Ryan Thorne noch einige Fragen und verabschiedete sich dann. Nachdem sie um die Ecke gefahren war, hielt sie an und löste ihre Hände vom Lenkrad. Es wurde Zeit, Jamila die gute Nachricht zu überbringen, dass es tatsächlich

Kainda war und es ihr den Umständen entsprechend gut ging, und Finn die schlechte, dass die Gefahr anscheinend noch nicht überstanden war. Ihr Nacken prickelte, als könnte sie die Nähe der Verbrecher bereits spüren. Marisa sah sich nach allen Seiten um, konnte aber nichts Verdächtiges entdecken. Vermutlich nur Einbildung, aber sie musste trotzdem vorsichtig sein.

Rasch zog sie ihr Handy aus dem Rucksack und wählte Coyles Nummer. Nachdem sie zusammengezogen waren, hatte sie ihm ein eigenes Mobiltelefon besorgt, damit sie ihn jederzeit erreichen konnte, wenn sie wieder einmal ein ungutes Gefühl überkam. Und das geschah ständig. Nur gut, dass Coyle kein Problem mit ihrer überängstlichen Art hatte, sondern sie stattdessen darin bestärkte, sich jederzeit bei ihm zu melden, wenn ihr danach war.

Ihre Finger trommelten auf das Lenkrad, als es weiterklingelte, ohne dass Coyle abhob. Verdammt, wo steckte er? Es war doch ausgemacht, dass sie sich sofort bei ihm melden würde, sobald sie Kainda gesehen hatte. Gerade wollte sie die Nummer des Berglöwenlagers wählen, als sie aus den Augenwinkeln einen Schatten wahrnahm. Ihr Herz begann zu rasen, während sie langsam ihren Kopf zur Beifahrerseite drehte. Mit geweiteten Augen saß sie wie erstarrt da, als sich die Tür öffnete und jemand in den Wagen stieg.

„Fahr los."

Hätte sie ihn nicht schon am Geruch erkannt oder daran, dass ihr Herz einen Schlag aussetzte, dann spätestens an der Stimme, denn die gehörte eindeutig zu Coyle. Als sie ihn weiterhin anstarrte, schob er die Kappe seiner Baseballmütze nach oben und schenkte ihr sein typisches Halblächeln. „Ich finde es auch schön, dich zu sehen, aber ich denke, wir sollten jetzt lieber hier verschwinden, bevor wir jemandem auffallen."

Automatisch setzte Marisa den Wagen wieder in Gang und fuhr langsam vom Straßenrand auf die Fahrbahn. Sie wartete, bis sie auf dem Freeway war, bevor sie Coyle wieder anblickte. „Was machst du hier? Das ist viel zu gefährlich …"

Er unterbrach sie. „Ganz genau, deshalb konnte ich dich nicht allein hierher fahren lassen."

Wut flackerte in ihr auf. „Ich bin nicht diejenige, die nicht gesehen werden darf! Stell dir mal vor, du hättest einen Unfall gehabt oder wärst durch irgendetwas aufgefallen …"

Coyle zog die Augenbrauen hoch. „Ich kenne meine Situation, vielen Dank. Aber ich lebe auch schon seit sechsunddreißig Jahren damit und weiß, wie ich am unauffälligsten irgendwo hinkomme."

Dagegen konnte sie nichts sagen. „Warum bist du dann nicht einfach mitgekommen?"

„Weil ich überprüfen wollte, ob jemand die Leopardin beobachtet."

„Und?"

Er zuckte die Schultern. „Ich habe niemanden gesehen. Trotzdem habe ich kein gutes Gefühl."

„Zu Recht."

Scharf blickte er sie an. „Was meinst du damit?"

„Es ist Kainda, ich habe kurz mit ihr gesprochen. Sie wurde von einem Truck angefahren, als sie auf der Flucht vor irgendwelchen Verfolgern war. Anscheinend sind sie aber auch hier bei der Klinik wieder aufgetaucht und hätten sie fast erwischt." Marisa umklammerte das Lenkrad fester. „Kainda glaubt, dass diese Männer auch den Trucker umgebracht haben, der sie angefahren und dann zur Klinik gebracht hat."

Coyles Gesichtsausdruck war düsterer geworden. „Mord? Das erinnert mich stark an Bowens Entführung und die anschließende Ermordung des Entführers."

Marisa kaute auf ihrer Lippe. „Aber diesmal hat es anscheinend einen Unbeteiligten erwischt, der nur das Pech hatte,

Kainda anzufahren und so anständig zu sein, sie zu einem Tierarzt zu bringen. Ein Detective Harken in Los Angeles bearbeitet den Fall."

Coyle nickte zustimmend. „Was hat Kainda jetzt vor?"

„Sobald ihre Verletzungen es zulassen, wird sie weiter nach einem Weg in ihre Heimat suchen."

„Warum ist sie nur so furchtbar dickköpfig? Sie lädt die Verbrecher geradezu dazu ein, sie gefangen zu nehmen."

Nachdenklich blickte Marisa auf das graue Asphaltband vor sich. „Vielleicht kann sie nicht anders. Ich hatte den Eindruck, dass sie nicht eher Ruhe findet, bevor sie dort etwas erledigt hat."

„Und was?"

„Ich weiß es nicht, aber vielleicht sollte Finn noch einmal mit Jamila reden. Sie wird es wissen."

„Ich werde es ihm sagen." Coyle schwieg einen Moment. „Wie geht es Kainda?"

Ein Lächeln breitete sich auf Marisas Gesicht aus. „Abgesehen von ihren Verletzungen sehr gut."

Überrascht blickte Coyle sie an. „Wie meinst du das?"

„Hast du den Tierarzt gesehen?"

„Ja, und?" Verwirrung klang laut und deutlich aus seiner Frage.

Marisa musste lachen. „Man merkt, dass du ein Mann bist." Bevor er etwas erwidern konnte, hob sie die Hand. „Ryan Thorne sieht toll aus und ist dazu noch furchtbar nett."

Coyles Brauen zogen sich zusammen. „Was willst du damit sagen?"

Marisa verdrehte in Gedanken die Augen. „Dass Kainda eine Schwäche für den lieben Doc hat. Was andersherum übrigens auch der Fall ist. Du hättest die beiden zusammen sehen sollen, es war richtig süß."

„Hat sie ihm etwa gesagt, dass sie eine Wandlerin ist?"

„Nein, er denkt, sie wäre eine Leopardin, aber er redet mit

ihr, als könnte sie ihn verstehen." Marisa strich eine Haarsträhne hinters Ohr. „Was sie natürlich auch tut, aber sie hat sich in seiner Gegenwart wie ein normales Tier verhalten. Okay, etwas zahmer vielleicht, als es eine normale Leopardin wäre." Das Lächeln brach erneut durch. „Er lässt sie frei durchs Haus laufen."

„Ist er etwa lebensmüde?"

Marisa schüttelte schon den Kopf, bevor er ausgesprochen hatte. „Nein, er vertraut ihr. Ihre Augen haben angefangen zu leuchten, als sie von ihm geredet hat, und sie sind sehr vertraut miteinander umgegangen. Ich fürchte, wenn sie aufbricht, wird sie hier mehr zurücklassen, als sie denkt."

Coyle legte seine Hand über ihre. „Sie kann nicht hierbleiben, es wäre zu gefährlich. Mal davon abgesehen, dass sie auch nicht für den Rest ihres Lebens in einen Käfig gesperrt sein will."

Marisa seufzte. „Ich weiß. Aber irgendwie wünsche ich ihr, dass sie einen Weg findet, mit Thorne zusammen zu sein."

Fältchen bildeten sich in Coyles Augenwinkeln, als er sie warm anlächelte. „Genau deshalb liebe ich dich."

Wärme floss durch Marisas Körper, ihr Herz zog sich beinahe schmerzhaft zusammen. Sie räusperte sich, um den Kloß in ihrer Kehle loszuwerden. „Danke." Mit Mühe konzentrierte sie sich wieder auf die Fahrbahn. Sie konnte immer noch nicht fassen, was für ein Glück sie hatte, einen Mann wie Coyle gefunden zu haben.

„Fahr hier ab." Seine Stimme drang in ihre Gedanken und ließ sie erschrocken auf die Schilder blicken.

„Warum?"

„Wir suchen uns jetzt erst mal ein ruhiges Plätzchen, damit wir die anderen informieren können. Sie sollten so schnell wie möglich erfahren, dass wir Kainda gefunden haben."

„Wir müssen etwas unternehmen."

Kearnes Stimme und seine wiederholt vorgetragene Forderung verstärkten Finns Kopfschmerzen. „Ja, so weit waren wir schon. Fragt sich nur, was. Und solange wir darauf keine vernünftige Antwort gefunden haben, können wir gar nichts machen."

Sowie er von Marisa die Nachricht bekommen hatte, dass es Kainda den Umständen entsprechend gut ging, war er zu Jamila gegangen, um sie darüber zu informieren. Sie war erleichtert gewesen, aber auch besorgt wegen der Verletzungen und Kaindas Weigerung, zum Berglöwenlager zurückzukommen. Seltsam war allerdings Jamilas Reaktion auf Kaindas scheinbar enge Beziehung zu dem Tierarzt gewesen. Ihre Augen hatten sich geweitet, doch dann hatte sie den Kopf geschüttelt und es als unmöglich abgetan. Finn hätte gerne erfahren, warum sie sich da so sicher war, doch er musste die Ratssitzung vorbereiten und war deshalb in Eile. Das schob er auch als Grund vor, warum er ihr nichts von dem Überfall und dem toten Trucker erzählte, doch eigentlich versuchte er nur, sie zu schützen.

„Ich bin dafür, dass wir die Leopardin ihrem Schicksal überlassen und ihre Schwester auffordern, das Lager zu verlassen. Wir können es uns nicht leisten, ihretwegen noch einmal zur Zielscheibe zu werden."

Finn spürte seinen Blutdruck in die Höhe schießen, doch er kam nicht dazu, Kearnes kurzsichtige Forderung abzuschmettern, denn Harlan, eines der alten Ratsmitglieder, schüttelte bereits den Kopf. „Das würde uns nur kurzfristig ein wenig Zeit verschaffen. Wenn tatsächlich irgendwelche Verfolger so nah an Kainda dran sind und sogar schon Menschen ermordet haben, nur um an Informationen zu kommen, dann können wir nicht zulassen, dass ihnen ein Wandler in die Hände fällt. Egal ob Leopard oder Berglöwe." Er fuhr mit einer Hand durch sein weißes Haar. „Es scheint, als wären wir an einem Punkt angekommen, an dem wir uns entscheiden müssen, wie es weitergehen soll. Wir können den Kopf in den Sand stecken wie bisher, oder wir können aktiv versuchen, unseren Untergang zu verhindern."

Nachdenkliches Schweigen folgte seinen Worten. Kearne bewegte sich unruhig, doch es war Rondar, mit achtzig Jahren ältestes Mitglied des Fünferrats, der die entscheidende Frage stellte. „Was könnten wir tun? Wir haben keinerlei Einfluss und sind zu wenige, um wirklich etwas ausrichten zu können." Seine gefurchte Stirn runzelte sich noch mehr. „Dazu kommt, dass wir aussterben. In ein oder zwei Generationen wird es keine Berglöwenwandler mehr geben."

Finn konnte ihm nur zustimmen. „Es liegt daran, dass wir keine Partner finden. Wenn wir in den passenden Altersstufen nur noch zwischen zwei oder drei möglichen Partnern auswählen können, funktioniert das System nicht mehr. Ich zum Beispiel wüsste nicht, welche Frau ich wählen sollte. Keira ist meine Schwester, und mit Amber bin ich aufgewachsen, sie ist auch beinahe eine Schwester für mich. Wer bleibt also noch übrig?" Jamilas Gesicht tauchte vor seinem inneren Auge auf, doch er drängte es rasch zurück. Es ging um die Zukunft der Berglöwenwandler, er durfte sich jetzt nicht von anderen Dingen ablenken lassen.

„Wie wäre es mit Felicia?"

Finn bemühte sich, bei Kearnes Vorschlag nicht zusammenzuzucken oder eine Grimasse zu schneiden. Die Cousine von Kearnes Frau war zwar hübsch, aber leider auch völlig uninteressant für ihn. Wie er schon vor Jahren gemerkt hatte, gab es zwischen ihnen kaum Gemeinsamkeiten, im Gegenteil. Wenn sie länger als fünf Minuten miteinander verbrachten, gingen sie sich furchtbar auf die Nerven. Ausdruckslos sah Finn Kearne an. „Wir passen nicht wirklich zusammen, und ich bleibe lieber allein, als mich mit jemandem zufriedenzugeben, den ich nicht liebe."

„Früher …“ Das war die Standardansprache des fünften und letzten Ratsmitglieds Dogan, der zwar zehn Jahre jünger als Rondar war, aber stets so tat, als hätte er seit Jahrhunderten gelebt. „… ging es nicht um so etwas wie Liebe oder gar Zuneigung, sondern wir haben die Frau genommen, die zur Verfügung stand und von unseren Eltern für uns ausgesucht wurde.“

Rondar schüttelte den Kopf. „Und wir wissen, was dabei herausgekommen ist.“ Er hob die Hand, als Dogan etwas erwidern wollte. „Es ist egal, denn wir können und wollen die Zeit nicht zurückdrehen. Was Finn zu bedenken gibt, ist völlig richtig: Es gibt nicht genügend Auswahl in der Partnersuche für unsere jungen Leute. Was dazu führt, dass sie entweder partnerlos bleiben oder wir das Problem von fehlender genetischer Vielfalt bedenken müssen.“

Kearne erbleichte. Wahrscheinlich dachte er gerade an seine Tochter, die bald erwachsen sein würde. Nachdem Melvin ausgeschlossen worden war, kamen nur noch wenige junge Männer für sie in Frage, und zwei davon waren ihre Cousins. „Was können wir tun?“

Coyles Worte kamen Finn wieder in den Sinn. „Wir sollten versuchen, andere Wandlergruppen zu finden.“

„Was?“

„Das ist in höchstem Maße …!“

Harlan hob die Hand, bis wieder Ruhe einkehrte. „Lasst Finn ausreden. Wie sollen wir andere Gruppen finden – wenn es sie überhaupt gibt?“

„Es muss sie geben und anscheinend nicht nur hier, sondern auch in anderen Ländern. Wir wissen von Leoparden in Afrika, und hier in der Nähe gibt es eine Adlergruppe. Es soll auch Wolfswandler in der Nähe des Yellowstone geben. Vielleicht kennen sie wieder andere Gruppen, und so könnten wir uns nach und nach vernetzen.“

„Wer sagt, dass andere Gruppen daran Interesse haben?“ Kearnes zusammengekniffener Mund sagte mehr als seine Worte. „Außerdem habe ich nie von Adlerwandlern gehört, wo sollen die plötzlich hergekommen sein?“

Finn verlor langsam, aber sicher die Geduld. „Sie waren schon immer da, sie wollten nur keinen Kontakt zu uns.“

„Und das weißt du woher?“

Schweigend ließ Finn die Herausforderung an sich abprallen.

„Aha, womit wir wieder beim ersten Punkt wären, nämlich dass sie gar nichts mit uns zu tun haben wollen. So wenig wie wir mit ihnen.“ Kearne blickte ihn triumphierend an.

„Dann wird es uns bald nicht mehr geben. Ich dachte, wir wären uns einig gewesen, dass wir irgendetwas tun müssen. Mehr fällt mir im Moment dazu nicht ein, aber wenn jemand von euch bessere Ideen hat, nur her damit.“ Finns Hände ballten sich hinter seinem Rücken zu Fäusten, während er versuchte, ruhig zu bleiben. „Aber wir können natürlich auch aufgeben und der Natur ihren Lauf lassen. Vielleicht denkt ihr ja, es wäre besser, wenn es keine Wandler mehr gäbe.“ Wieder einmal zeigte sich deutlich, dass Finn für die Arbeit im Rat nicht geschaffen war. Er war jemand, der handelte, nicht jemand, der endlos Möglichkeiten ausdiskutierte, um dann hinterher alles beim Alten zu belassen.

Harlan bildete wie so oft die Stimme der Vernunft. „Natürlich wollen wir unseren Nachkommen nicht die Zukunft verbauen. Aber es wäre auch kontraproduktiv, wenn wir uns zu sehr öffnen und damit angreifbar machen. Finn, weißt du, wo wir diese Adler finden?“

„Im Moment nicht, aber ich könnte es herausfinden.“

Harlan nickte Finn zu, bevor er die Männer der Reihe nach ansah. „Kommen wir also zu einer Entscheidung, wie wir weiter vorgehen. Wer ist dafür, dass wir nichts unternehmen und unser

Leben so weiterführen wie bisher, mit der Gewissheit, dass wir vielleicht in der nächsten Generation schon aussterben werden?"

Niemand hob die Hand. Aber Finn konnte deutlich die Zerrissenheit in den Gesichtern erkennen. Er selbst war auch nicht sicher, welche Vorgehensweise richtig war. Aber wenn sie nichts taten, würden sie ihre Situation nicht verbessern, ganz im Gegenteil.

Harlan blickte in die Runde. „Wer ist dafür, dass wir versuchen, mit anderen Wandlern Kontakt aufzunehmen?"

Finn und Harlan meldeten sich, und schließlich hob auch Rondar seine Hand. Kearne und Dogan sahen einander an, doch sie konnten sich nicht entschließen, dafür zu stimmen.

„Drei Ja-Stimmen, zwei Enthaltungen. Gibt es noch einen weiteren Vorschlag, über den wir abstimmen könnten?" Als niemand etwas sagte, nickte Harlan. „Damit ist Finns Vorschlag angenommen. Der Rat erwartet einen Bericht, wenn du eine Möglichkeit siehst, mit den Adlern oder einer anderen Wandlergruppe Kontakt aufzunehmen."

„Natürlich."

Froh, die Sitzung hinter sich gebracht zu haben, wollte Finn schon aufstehen, doch Dogan räusperte sich vielsagend. „Nachdem diese Sache geklärt ist, möchte ich noch einmal auf das andere Problem zurückkommen. Was unternehmen wir hinsichtlich der Leopardinnen?"

Finn ließ sich wieder auf den Stuhl sinken. „Wir können Kainda nicht zwingen, wieder hierherzukommen, wenn sie das nicht möchte. Es wäre aber vielleicht sinnvoll, jemanden hinzuschicken, der einerseits auf sie aufpasst und andererseits versucht herauszufinden, ob der Mord an dem Trucker etwas mit ihr zu tun hatte und inwieweit das eine Bedrohung für uns darstellt."

Kearne zog die Augenbrauen zusammen. „Und wer sollte das sein? Jeder von uns, der dort hingeht, gerät selbst in Gefahr, entdeckt zu werden. Mal davon abgesehen, dass wir hier dadurch entscheidend geschwächt werden."

„Ja." Was konnte Finn schon anderes dazu sagen? Es war die Wahrheit. „Ich würde Torik vorschlagen, er hat Erfahrung mit Überwachungen, und die Wahrscheinlichkeit, dass er sich im falschen Moment verwandelt, ist geringer als bei den meisten von uns, weil er zur Hälfte Mensch ist. Um zu erfahren, was die Polizei herausgefunden hat, würde ich Marisa vorschlagen, sie hat Papiere, ist Journalistin und hat Erfahrung mit Polizeiermittlungen."

„Sie ist keine von uns." Tiefes Schweigen folgte Kearnes Kommentar.

Diesmal war Kearne zu weit gegangen. Finn drehte sich mit nur mühsam unterdrückter Wut zu ihm um. „Marisa ist die Lebensgefährtin unseres langjährigen ausführenden Ratsmitglieds, sie hat sowohl Coyle als auch uns alle unter Einsatz ihres Lebens gerettet, und sie war sofort bereit, nach Escondido zu fahren, um zu überprüfen, ob es sich tatsächlich um Kainda handelt. Wenn es jemand verdient hat, eine von uns zu werden, auch wenn sie keine Wandlerin ist, dann doch wohl Marisa. Und ich möchte noch hinzufügen, dass sie eine gute Freundin geworden ist. Es ist also nicht sehr klug, in meiner Gegenwart schlecht über sie zu reden." Seine Stimme war mit jedem Satz lauter geworden, er konnte fühlen, wie seine Reißzähne im Mund länger wurden.

Kearnes Gesicht war rot angelaufen. „Ich habe nur eine Tatsache festgestellt, kein Grund, gleich über mich herzufallen."

Finn öffnete den Mund und sah zufrieden, wie Kearne erbleichte. „Wenn ich über dich herfalle, Kearne, würdest du es merken."

Harlan mischte sich ein. „Das hilft uns nicht weiter, ganz im Gegenteil."

Finn nickte verlegen. „Entschuldigung."

„Um zum Thema zurückzukommen, ich denke auch, es könnte von Vorteil sein, dass Marisa keine Wandlerin ist. Und sie hat tatsächlich ihre Loyalität mehr als einmal bewiesen. Solange ich nichts Gegenteiliges erfahre, bin ich geneigt, ihr zu vertrauen. Was Torik angeht, hast du mit deiner Einschätzung sicher recht, nur halte ich es für sehr gewagt, ihn hier vom Wachdienst abzuziehen."

Finn neigte den Kopf. „Ich kann ihn hier vertreten. Allerdings denke ich auch, dass es Zeit wird, den Jüngeren mehr zuzutrauen. Keira ist derzeit mit dreißig Jahren die jüngste Wächterin der Stammbesetzung, vielleicht sollten wir unsere Ränge auffüllen. Harmon wartet schon länger darauf, genauso wie Falk."

Dogan sah ihn nachdenklich an. „Ich wusste gar nicht, dass du so ein Erneuerer bist, Finn."

„Ich auch nicht." Es überraschte ihn selbst. Jahrzehnte lang war er immer – nun ja, meistens – den Regeln gefolgt und hatte seine gesamte Kreativität in die Holzarbeiten gesteckt. Wie es schien, konnte er Stillstand jedoch nicht länger ertragen, dieses Gefühl, dem Schicksal ausgeliefert zu sein, ohne etwas dagegen zu unternehmen.

Rondar erhob die Stimme. „Dann sollten wir wohl abstimmen. Wer ist dafür, Torik und Marisa zu bitten, in Escondido zu ermitteln und die Leopardin zu bewachen?"

Diesmal war die Entscheidung einstimmig.

Das Auftauchen der Journalistin war eindeutig eine Überraschung. Nach dem Mord an Stammheimer hatte Edwards über seine Kontakte bei der Polizei die Ermittlungen verfolgt, und dabei tauchte auch der Name Marisa Pérèz auf. Angeblich war sie eine Bekannte der Tochter des Wissenschaftlers, aber das war eindeutig eine Lüge. Also hatte er sich zur Aufgabe gemacht, alles über sie herauszufinden, was er für wichtig hielt. Es konnte kein Zufall sein, dass sie nun hier auftauchte. Edwards war sich noch unsicher, was das für seine weitere Planung bedeutete. Warum hatte sie die Leopardin nicht mitgenommen? Oder wartete sie nur darauf, dass der Doc wieder zur Klinik fuhr, bevor sie zuschlug? In Anbetracht der Uhrzeit war das eher unwahrscheinlich. Es konnte natürlich sein, dass die Leopardin allein fliehen wollte.

Nachdenklich ließ Edwards sich wieder in den Sitz sinken. Irgendetwas hatte die Journalistin ihr oder dem Arzt gegeben, der Rucksack war nach dem Besuch deutlich leerer gewesen als zuvor. Eine Waffe? Möglich. Vermutlich sollte er auf einigen Widerstand gefasst sein, aber davon hatte er sich bisher noch nie abhalten lassen. Vor allem hatte er gar keine Wahl; sein Auftraggeber hatte ihm ein Ultimatum gestellt, und er durfte nicht wieder versagen. Davon abgesehen hatte er mit dem Doc und der Leopardin noch eine Rechnung offen, und selbst ohne den ausdrücklichen Befehl würde er heute Nacht dafür sorgen, dass sie bereuten, ihm in der Klinik entwischt zu sein.

16

Nachdem er die Journalistin hinausgeleitet hatte, schloss Ryan tief in Gedanken die Tür. Irgendetwas stimmte nicht. Ihr Journalistenausweis war echt, soweit er das beurteilen konnte, und auch ihre Fragen waren die richtigen gewesen. Trotzdem hatte er das Gefühl, dass Marisa Pérèz nicht gekommen war, um einen Artikel über Etana zu schreiben. Er konnte es nicht begründen, es war einfach so. Und auch die Leopardin schien verändert, irgendwie in sich gekehrt, was ihn mehr belastete, als er sich eingestehen mochte. Oder vielleicht hatte er auch einfach nur Angst vor der Lücke, die sie in seinem Leben hinterlassen würde, wenn sie zu ihrem Besitzer zurückkehrte. Durch die überregionalen Artikel wurde diese Möglichkeit viel wahrscheinlicher. Sein erster Impuls war gewesen, nicht mit der Journalistin zu reden, doch zum Glück hatte er noch rechtzeitig erkannt, dass er nicht so selbstsüchtig sein durfte. Sollte Etana etwa in seinem Garten leben? Das war auf Dauer nicht möglich.

Was konnte er also tun? Oder viel mehr, was *sollte* er tun? Letztendlich ging es nur um das Wohl der Leopardin und nicht darum, wie er sich dabei fühlte. Wenn er einen guten Platz für sie fand, würde er sie gehen lassen müssen. Schon allein die Vorstellung drückte auf seinen Brustkorb, sodass er kaum Luft bekam. Es war seine eigene Schuld, er hätte sie nicht so nah an sich heranlassen dürfen. Aber jetzt war es geschehen, und er konnte und wollte nichts mehr dagegen unternehmen. Stattdessen sollte er die verbleibende Zeit nutzen, anstatt Gedanken zu wälzen, die sowieso zu nichts führen würden.

Rasch bereitete er eine Mahlzeit vor und trug seinen Teller und ihren Napf ins Wohnzimmer. Vorsichtig setzte er sich zu Etana auf das Sofa und legte seine Hand auf ihren Kopf. „Und, hast du Hunger?"

Etana neigte den Kopf.

Ryan kraulte sie hinter den Ohren. „Ich hoffe, du konntest dich ein wenig ausruhen. Es tut mir leid, dass die Journalistin dich gestört hat."

Etwas lag in ihren Augen, das er nicht deuten konnte. Trauer? Mühsam sprang sie vom Sofa und blickte in ihren Napf. Vielleicht konnte er sie irgendwie ablenken. „Was hältst du davon, wenn wir uns einen Film ansehen?"

Sie hob sichtlich überrascht den Kopf. Da sie sich nicht äußerte, ging Ryan zu dem kleinen Schrank, auf dem der Fernseher stand. Er sah nicht viel fern und kaufte sich erst recht keine Filme, aber er hatte eine Sammlung von DVDs über die verschiedenen Lebensräume der Tiere, die im Park lebten. Mit dem Finger fuhr er an den Hüllen entlang und zog schließlich einen Naturfilm über das südliche Afrika heraus.

„Okay, ich glaube, ich habe das Richtige gefunden." Er schob die DVD in den Player und schaltete den Fernseher an. Mit der Fernbedienung in der Hand kehrte er zum Sofa zurück. „Wenn es dir nicht gefällt, sag einfach Bescheid." Damit drückte er auf den Startknopf und lehnte sich zurück, als der Film begann.

Die Bilder der Landschaft waren sagenhaft, er konnte sich jedes Mal wieder darin verlieren. Vielleicht sollte er doch endlich einmal dort Urlaub machen. Allerdings ging das erst, wenn die Klinik wieder ausreichend mit Ärzten besetzt war – und vor allem musste er vorher ein Zuhause für Etana gefunden haben. Er sah sich nach ihr um und stockte. Die Leopardin hatte sich aufgerichtet und den Napf zu ihren Füßen scheinbar völlig vergessen. Ihr Blick war wie gebannt auf den Fernseher gerichtet, als würde sie dort etwas sehen, das sie kannte. Nachdenklich beobachtete Ryan ihre Reaktionen. Konnte es sein, dass Etana doch in Afrika geboren worden war? Normalerweise wurden frei lebende Raubkatzen nicht für Parks eingefangen, aber es war nicht unmöglich, dass skrupellose Händler sie an einen Privatpark oder eine Privatperson verkauft hatten. Wenn es wirklich so war, musste er sie unbedingt wieder dorthin zurückbringen. Ein in Freiheit geborenes Wildtier konnte in einem Park niemals glücklich werden, egal wie viel Mühe man sich gab.

Unruhig bewegte sich Etanas Körper, fast als würde sie selbst durch die Steppe laufen, den Sand unter ihren Pfoten und die Sonne auf ihrem Rücken spüren. Sie wirkte furchtbar allein und einsam in seinem Wohnzimmer.

„Etana."

Ihr Kopf ruckte zu ihm herum, die Augen riesengroß in ihrem Gesicht. Ryans Herz zog sich schmerzhaft zusammen. Wortlos klopfte er neben sich auf das Polster, nicht sicher, was er sagen konnte, um den verlorenen Ausdruck aus ihren Augen zu vertreiben. Etana sah noch einmal zum Fernseher zurück, dann erhob sie sich und trottete langsam zu ihm. Mit einem Satz war sie auf dem Sofa und legte sich neben ihn, den Kopf zum Bildschirm gewandt. Ein Zittern lief durch ihren Körper, das ihm wehtat. Rasch nahm er die Decke von der Lehne und legte sie über Etana. Überrascht sah sie zu ihm auf, dann rückte sie ein Stück näher, bis sie ihren Kopf auf seinen Oberschenkel legen konnte.

Erleichtert über diesen Vertrauensbeweis legte Ryan seine Hand auf ihren Rücken und genoss die Wärme, die ihre Anwesenheit in ihm auslöste. Sorgfältig steckte er die Decke um sie herum fest, damit sie nicht auskühlte. Zufrieden wandte er sich schließlich wieder dem Fernseher zu, um den Film weiterzuverfolgen. Etanas Muskeln zuckten unter seiner Hand, als Gazellen im Bild auftauchten, was ihn zum Lächeln brachte. Ihre Instinkte schienen jedenfalls intakt zu sein, ein wichtiger Punkt für eine Auswilderung. Langsam kroch Etana näher, bis sie schließlich fast ganz auf seinem Schoß lag. Ihre Pranken umfassten sein Bein, ihr Rücken drückte sich in seinen Bauch, während ihr Kinn beinahe auf seinem Knie lag. Es fühlte sich richtig an, so selbstverständlich, als hätten sie schon immer zusammengelebt. Sein Herz begann zu hämmern, als ihm klar wurde, was er da dachte. Etana war eine Leopardin, verdammt noch mal! Weder eine Hauskatze noch eine Frau, warum vergaß er das ständig?

Ryan wurde aus seinen Gedanken gerissen, als Etana plötzlich erstarrte. Ihr Kopf ruckte hoch und die Krallen bohrten sich schmerzhaft in seine Beine. Es war klar, dass sie überhaupt nicht merkte, was sie da tat, sie war völlig auf den Fernseher konzentriert. Während er versuchte, die Schmerzen im Bein zu ignorieren, erkannte er im Film eine Region in Namibia, die sowohl wegen der schönen Landschaft als auch dem Reichtum an Tieren bekannt war. Es wurde seit einiger Zeit darüber nachgedacht, ein weiteres Schutzgebiet daraus zu machen, doch bisher sperrten sich die dort ansässigen Farmer dagegen. Es wirkte fast, als würde Etana die Gegend erkennen, doch konnte das wirklich sein? Normalerweise konnten Tiere nicht anhand zweidimensionaler Bilder, ohne Gerüche und ohne die Geographie zu kennen, ihr Zuhause wiedererkennen. Nur ein weiterer Beweis, dass Etana etwas ganz Besonderes war.

„Etana?“

Erst schien es, als würde sie ihn gar nicht hören, doch dann drehte sie den Kopf zu ihm um. Es stand ein solcher Schmerz in ihren Augen, dass es ihm den Atem verschlug. Ihr Leid war so stark, dass er es in seinem Körper spüren konnte, jeder einzelne Knochen tat weh. Er wusste nicht, was er machen konnte, um ihr zu helfen, außer sie zu halten und ihr zu versichern, dass alles wieder gut werden würde. Und genau das tat er. Ryan schloss seine Arme um sie und zog sie an seine Brust. Sanft murmelte er beruhigende Worte in ihr Ohr. Es dauerte lange, bis Etanas Körper sich entspannte und gegen ihn sank. Ihre Augen schlossen sich mit einem erschöpften Seufzer, und sie schlief ein.

Ryan wünschte sich, er könnte auch schlafen, aber seine Gedanken hielten ihn wach. Was auch immer Etana erlebt hatte, musste furchtbar gewesen sein. Irgendjemand musste sie in Afrika eingefangen und hierher gebracht haben. Wie lange hatte sie in Gefangenschaft gelebt? Ein paar Monate oder etliche Jahre? Aber das war zweitrangig. Irgendwie musste es ihm gelingen, sie wieder dorthin zu bringen, damit sie glücklich sein konnte. Auch wenn er sie vermissen würde, es wäre nicht richtig, sie hierzubehalten. Warum war dann sein Herz so schwer, dass er kaum atmen konnte? Blind starrte er auf den Fernseher, der Film hatte seinen Reiz verloren. Als er geendet hatte, saß Ryan immer noch da, ohne sich zu bewegen, damit Etana weiterschlafen konnte. Seine Arme schlangen sich fester um sie, als er sich zurücklehnte und ihre weiche Wärme an seiner Brust genoss.

Sanft beugte sich Ryan über Etana, die bei seiner Bewegung die Augen aufschlug und ihn fragend ansah. „Entschuldige, dass ich dich wecke, ich wollte duschen gehen."

Überrascht riss er die Augen auf, als eine raue Zunge feucht über seinen Mund fuhr. Etanas Augen wirkten fast menschlich, während sie ihn anblickte. Ihre Nase strich über seine, ein Schnurren vibrierte in ihrer Kehle. Zögernd rahmte Ryan mit seinen Händen ihr Gesicht ein. „Ich dich auch."

Ein schmerzhafter Stich fuhr durch seine Brust, als er sich daran erinnerte, dass er sich bald von Etana trennen musste. Er konnte sich gar nicht vorstellen, sie nie wieder zu sehen, nie wieder in ihre intelligenten Augen zu blicken und mit ihr zu reden. Aber es musste sein, wenn er wollte, dass Etana wieder frei leben konnte. Er würde alles dafür tun, dass sie in ein Auswilderungsprogramm kam, nachdem er gesehen hatte, wie sie auf die Landschaft im Film reagierte.

Noch einmal strich er über ihren Kopf, bevor er aufstand. „Schlaf ruhig weiter, ich komme gleich wieder."

Zufrieden mit seiner Entscheidung trat Ryan ins Badezimmer und zog die Tür hinter sich zu. Ein flüchtiger Blick in den Spiegel ergab, dass seine Haare wie üblich in sämtliche Richtungen abstanden. Die Blässe und Augenringe durch die unfreiwillige Betäubung waren verschwunden, und ein Lächeln spielte um seinen Mund. Ryan runzelte die Stirn. Wo kam das her? Nicht, dass er ständig griesgrämig herumlief, aber das war doch seltsam. Mit Erschrecken stellte er fest, dass er sich deutlich besser fühlte, sobald Etana in seiner Nähe war. Als würde sie etwas in ihm zum Klingen bringen, das in den letzten Jahren verstummt war. Ryan schüttelte den Kopf. Unsinn, er freute sich nur über die Gesellschaft, das war alles. Und wer konnte schon von sich sagen, mit einer echten Leopardin im Haus zu leben?

Rasch zog er sich aus, trat unter die Dusche und zog die durchsichtige Duschabtrennung zu. Mit einem erleichterten Seufzer stellte er sich unter den heißen Wasserstrahl und ließ ihn einige Minuten lang nur auf Kopf und Rücken prasseln. Erst nachdem der Schmerz in seinem Innern vollständig abgeklungen war, öffnete Ryan die Augen und nahm sich die Shampooflasche. Als er seine Haare gewaschen hatte und nach dem Duschgel greifen wollte, glaubte er, eine Bewegung im Raum zu sehen. Er kniff die Augen zusammen, um in dem Dampf etwas erkennen zu können, doch da war nichts. Einbildung wahrscheinlich. Plötzlich seltsam unruhig, beeilte er sich damit, seinen Körper einzuseifen und abzuspülen, und drehte den Wasserhahn zu. Es herrschte Stille bis auf ein leises Tröpfeln vom Duschkopf. Ryan schob die

Abtrennung zur Seite und wollte gerade nach einem Handtuch greifen, als er sie bemerkte.

Etana stand mitten im Raum, ihre grün schimmernden Augen unverwandt auf ihn gerichtet. Ihr Blick wanderte einmal an seinem Körper auf und ab, als könnte sie ihn wirklich sehen. Als Mann, nicht als Menschen. Sein erster Impuls war, schnell das Handtuch um seine Hüfte zu schlingen, doch was sollte das bringen? Etana war eine Leopardin, sie hatte keinerlei Verwendung für seine Geschlechtsteile und sicher auch kein gesteigertes Interesse daran, sie sich anzuschauen. Doch warum stand sie dann noch da und starrte ihn an? Ryan schüttelte den Kopf. Sicher war Etana nur durch die Geräusche aufmerksam geworden und jetzt von dem dichten Wassernebel im Bad so fasziniert, dass sie wie angewurzelt dastand.

Ryan beugte sich vor und griff nach dem Handtuch. Die Bewegung schien die Leopardin zu erschrecken, denn ihre Augen weiteten sich und sie flüchtete rasch aus dem Raum. Nachdem er das Handtuch um seine Taille gewickelt hatte, trat er aus dem Bad und sah sich um, doch Etana war nirgends zu entdecken. Wahrscheinlich hatte sie sich nach diesem schockierenden Anblick irgendwo verkrochen und versuchte, ihn aus ihrem Gedächtnis zu bannen. Ryan musste über diese unsinnige Vorstellung lachen. Viel eher überlegte sie wahrscheinlich gerade, was sie als Nächstes anstellen konnte, um ihn zur Verzweiflung zu bringen. Seltsamerweise freute er sich schon darauf. Sein Lächeln verging. Er musste sie gehen lassen und wusste jetzt schon, wie sehr er sie vermissen würde.

Kainda hielt sich mit den Pfoten die Augen zu, doch es half nicht. Noch immer konnte sie Ryans Körper vor sich sehen, nackt, Wassertropfen, die über seine Brust und seinen flachen Bauch rannen und ihren Blick zu seinem Schaft führten. Woran hatte er wohl gedacht, dass er so erregt war? *Nicht an dich, Dummkopf! Du bist in seinen Augen ein Tier, begreif das doch endlich.* Doch es schien so, als wollte weder ihr Kopf noch ihr Körper darauf hören. Wie eine liebeshungrige Närrin hatte sie ihn angestarrt und sich dabei fast verraten. Welche echte Leopardin würde einen nackten Menschen überhaupt ansehen? Gut, außer um zu prüfen, ob er essbar war. War es ihr gelungen, ihre verräterische Reaktion zu vertuschen? Oder würde Ryan ihr jetzt mit Misstrauen begegnen und sich von ihr fernhalten? Nur das nicht! Sie brauchte seine Nähe und Wärme, wenigstens noch eine Nacht.

Vorsichtig lugte sie um die Ecke, als Ryan aus dem Bad kam – diesmal mit einem Handtuch um die Hüften – und im Schlafzimmer verschwand. Nur mühsam konnte sie sich zurückhalten, nicht aufs Bett zu springen und von dort aus in Ruhe zu beobachten, wie er sich anzog. Seltsam, Nacktheit war für sie normalerweise nichts Besonderes, sie war es gewohnt, Männer nackt zu sehen und dabei nichts außer vielleicht einer flüchtigen Bewunderung für einen gut gebauten Körper zu fühlen. Warum war es bei Ryan anders? Vermutlich, weil er ein Mensch war, und sie ihn bisher nur angezogen zu Gesicht bekommen hatte. Selbst als er in der Klinik seine Hose ausgezogen hatte, war sie beinahe die Decke hochgegangen. Wegen normaler Beine! Sie hatte noch nicht mal einen Blick auf seinen knackigen Hintern werfen können, weil sein T-Shirt ihn verdeckte. Aber eben war sie ins Bad gegangen und hatte dort in Ruhe zugeschaut, wie er sich einseifte und abspülte, was durch die durchsichtige Abtrennung trotz des Dampfes wunderbar zu sehen gewesen war.

Mit einem stummen Aufschrei vergrub Kainda ihren Kopf unter dem Sofakissen und versuchte, wieder zur Vernunft zu kommen. Wenn sie nur mit jemandem darüber reden könnte, was sie jetzt machen sollte. In diesem Moment vermisste sie Jamila mehr als je zuvor.

Vorsichtig schob Kainda die Tür auf und überprüfte, ob Ryan inzwischen eingeschlafen war. Nachdem er aus dem Schlafzimmer gekommen war, hatte er ihr mit einer Decke und einem Kissen ein bequemes Lager auf der Couch eingerichtet, bevor er sich zurückzog. Seine Finger hatten kurz ihren Kopf gestreift, und er hatte ihr eine gute Nacht gewünscht, doch sie konnte den Unterschied zu seinem vorherigen Verhalten deutlich spüren. Ob es ihm wirklich etwas ausmachte, dass sie ihn in der Dusche beobachtet hatte?

Er würde ihr keine Antwort auf diese Frage geben, und sie musste langsam an ihre Flucht denken. Doch der Gedanke, Ryan verlassen zu müssen, lähmte sie beinahe. Sie konnte nur an ihn denken und daran, wie sehr sie ihn vermissen würde.

Sie schlich zum Bett, um ihn wenigstens noch eine Weile beim Schlafen zu beobachten. Er lag auf dem Rücken, einen Arm unter dem Kopf, die andere Hand lag auf seinem Bauch. Die Decke war bereits wieder bis zur Hüfte hinuntergeglitten, kein Wunder, schließlich lag Ryan keine zehn Minuten still. Aber sie würde sich nicht beschweren, denn deshalb konnte sie nun seine nackte Brust bewundern. Sie war gebräunt, als würde er sich oft ohne T-Shirt im Freien aufhalten, dunkle Locken bildeten ein schmales V, das in einem dünnen Strich unter dem Bund seiner Boxershorts verschwand.

Zu gerne würde sie ihn berühren, seine warme Haut kosten und endlich all die Leidenschaft herauslassen, die seit Tagen in ihr brodelte. Doch das war zu gefährlich. Aber vielleicht konnte sie wenigstens für einen kurzen Moment als Mensch mit ihm zusammen im Bett liegen. Um ihn nur ein einziges Mal nicht aus ihrer Leopardenperspektive wahrzunehmen, sondern auf gleicher Augenhöhe. Sehnsucht breitete sich in ihr aus, bis sie sich entschied, es zu wagen. Es war dunkel im Raum, und sollte Ryan aufwachen, hatte sie immer noch genug Zeit, sich zurückzuverwandeln.

Ihre Pfoten verursachten kein Geräusch, als sie um das Bett herumlief, damit sie außerhalb von Ryans Sichtweite war, und sich dort auf den Boden legte. Nach einem letzten ängstlichen Blick und der Feststellung, dass sich sein Atemrhythmus nicht geändert hatte, schloss sie die Augen und verwandelte sich. Diesmal ging es etwas leichter, vielleicht, weil sie Ryan so nah war und die Versuchung, ihn zu berühren, so stark. Lautlos löste sie ihre Verbände. Wenn sie nachher das Haus verließ, würde sie damit sowieso zu sehr auffallen. Kainda zog sich am Bettrahmen hoch und ließ sich vorsichtig auf die Matratze sinken. Zentimeter für Zentimeter schob sie sich höher, bis sie schließlich neben Ryan lag. Ihre Hand glitt wie von selbst über das Bettlaken auf seinen muskulösen Arm zu. Der Kontrast ihrer braunen Haut zu seiner helleren war erregend, Kainda ballte ihre Hand zur Faust, um ihn nicht zu berühren.

Er roch so gut nach Duschgel und Mann – einfach nach Ryan. War es wirklich erst zwei Tage her, seit sie in der Klinik aufgewacht war und ihn zum ersten Mal gehört und gesehen und gewittert hatte? Es kam ihr viel länger vor, und dann auch wieder viel zu kurz. Wenn sie jetzt weiterzog, würde ein wichtiger Teil von ihr hierbleiben. Wie hatte das geschehen können? Normalerweise dauerte es Monate, wenn nicht Jahre, bis sie jemanden an sich heranließ, und nun hatte Ryan das innerhalb von zwei Tagen geschafft. Ohne je wirklich ein Wort mit ihr als Mensch gesprochen zu haben. Es war unmöglich. Und doch spürte sie ein Ziehen in der Brust, das vorher nicht da gewesen war. Ein Kribbeln in ihrem Magen und den Wunsch nach Nähe und Berührung.

Kainda rückte noch näher heran, bis die Haare auf seinen Armen sie kitzelten und eine Erregung in ihr auslösten, die sie kaum zu bändigen vermochte. Mühsam unterdrückte sie ein Stöhnen. Sie musste die Sache hier augenblicklich stoppen, sonst würde sie sich vergessen. Trotzdem rührte sie sich nicht, sondern genoss die Wärme, die von seinem Körper ausging. Ihr war gar nicht bewusst gewesen, wie kalt sie sich innerlich fühlte. Vorsichtig, ganz vorsichtig streckte sie ihren Zeigefinger aus und berührte Ryans Arm. Etwas wie ein Stromschlag traf sie und nahm ihr für einen Moment den Atem. O Gott, das würde noch schlimmer ausgehen, als sie befürchtet hatte. Sachte legte sie die anderen Finger auf Ryans Haut und genoss das Gefühl, ihn zum ersten Mal als Mensch zu berühren. Als Frau. Würde er sie mögen, wenn er sie kennenlernen könnte? Sie wusste es nicht, und das machte sie unsicher.

Sie bildete sich ein, dass er die Leopardin mochte, doch sah er sie überhaupt als Individuum oder nur als irgendeine Raubkatze, um die er sich kümmerte, bis sie wieder gesund war? Nein, er behandelte sie weit besser, als er müsste, anscheinend sah er etwas Besonderes in ihr. Oder sie machte sich nur etwas vor, weil sie es nicht ertrug, ihm gleichgültig zu sein. Was sie aber am meisten schmerzte, war die Tatsache, dass sie es vermutlich nie erfahren würde, weil Ryan nicht wissen durfte, was sie war.

Kainda gab einen erstickten Laut von sich. Manchmal hasste sie ihr Leben! Wäre sie eine normale Frau, hätte sie Ryan kennenlernen können, und er hätte sie vielleicht auch gemocht. Dann hätte sie jetzt ganz offiziell neben ihm liegen, ihn berühren und ihn lieben können, so wie sie es gerne tun würde. Stattdessen musste sie hier herumschleichen und ihn anschmachten, während er schlief, damit er bloß nichts davon mitbekam.

Mühsam unterdrückte sie die Wut über diese Ungerechtigkeit. Es brachte ihr nichts, mit ihrem Schicksal zu hadern, es war nun einmal so, und sie musste mit dem leben, was ihr gegeben worden war. Schließlich war nicht alles schlecht. Wer konnte schon von sich sagen, dass er wusste, wie es sich anfühlte, so schnell zu laufen wie der Wind? Die Stärke und Macht zu spüren, wenn sich die Muskeln zusammenzogen und die Sinnesorgane so viel mehr wahrnahmen als die eines Menschen. Wären all diese schlimmen Dinge nicht geschehen, würde sie jetzt noch ihr Leben in Afrika genießen. Sicher, es war nicht immer einfach gewesen, und manchmal hatte sie sich gewünscht, ausbrechen zu können, nicht das tun zu müssen, was von ihr erwartet wurde. Aber dann hätte sie so viel verpasst, auch … Kainda scheute vor dem Gedanken zurück, der sie roh und beschädigt zurücklassen würde. Nein, heute nicht.

Zuerst wollte sie noch ein paar Minuten Ryans Nähe genießen, bevor sie sich ins Wohnzimmer zurückzog. Was war so schlimm daran, wenn sie sich einen kurzen Moment etwas gönnte, bevor sie Ryan verlassen musste? Er würde es nicht mitbekommen, und sie hatte eine schöne Erinnerung, etwas, das sie in schlechten Zeiten wärmen würde. Langsam schob sie ihr Gesicht dichter an ihn heran, bis ihre Lippen seinen Oberarm berührten. Wieder fühlte sie das Kribbeln, ihr Herz hämmerte wild in ihrer Brust. Mit der Zungenspitze leckte sie über seine Haut. Ihre Augenlider schlossen sich, während sie seinen Geschmack genoss. Mann und Salz – daran hätte sie sich gewöhnen können.

Als Ryan sich nicht rührte, wurde sie mutiger. Kainda rieb mit ihrer Wange über seine Schulter und unterdrückte gerade noch ein Schnurren. Da konnte sie endlich für ein paar Minuten ein Mensch sein und fiel gleich wieder in die Verhaltensweisen der Leopardin zurück! Aber warum auch nicht, wenn sie das Bedürfnis hatte, sich von Kopf bis Fuß an ihm zu reiben, sich an ihn zu pressen und ihn überall zu kosten. Da das nicht ging, beschränkte sie sich darauf, leichte Küsse auf seine Schulter und seinen Hals zu pressen und dabei seinen unvergleichlichen Duft tief einzuatmen.

Unvermittelt bewegte Ryan sich, drehte sich mit einem Seufzer in ihre Richtung, und sein Arm glitt um ihre Taille. Kainda erstarrte. Er hatte sie effektiv eingefangen und würde garantiert aufwachen, wenn sie versuchte, sich herauszuwinden. Furcht schoss durch ihren Körper, während sie gleichzeitig genoss, in seinen Armen zu liegen. Als Mensch. Ihre nackten Brüste an seinen ebenso unbekleideten Oberkörper gepresst. Ihr Kopf war auf seine Schulter gebettet, ihr Mund berührte seinen Hals. Es war himmlisch, seinen Atem in ihrem Haar zu fühlen, das stete Pochen seines Herzens an ihrem. Ohne Vorwarnung traten ihr Tränen in die Augen, die sie hastig wegblinzelte. Sie würde sich diesen Moment nicht durch Bedauern zerstören, dafür war er zu kostbar.

Sachte glitten ihre Lippen über seine Haut, was bei Ryan eine Gänsehaut auslöste. Lächelnd hauchte sie weiter Küsse auf seinen Hals, während ihre Finger an seinem Bizeps hinaufglitten. Wie leicht er sie getragen hatte, als würde sie nichts wiegen. Zufrieden spürte sie, dass sein Herz schneller zu schlagen begann, er schien ihre Liebkosungen auch im Schlaf zu spüren. Und sie gefielen ihm offenbar, wenn sie seine harten Brustwarzen als Indiz nahm, die sich in ihre Brüste pressten, oder die Länge seines Schafts, der in ihre Hüfte drückte. Seine rauen Finger fuhren über ihren Rücken, bevor er sie noch enger an sich zog.

17

Sanfte Hände fuhren über seine Haut, dicht gefolgt von einem heißen Mund und einer seltsam rauen Zunge. Sie glitten über seine Brust, etwas zupfte an seinen Nippeln. Erregung schoss durch Ryans Körper, die sich noch steigerte, als er eine Berührung an seinem Bauch spürte. Weich und nachgiebig schmiegten sich Brüste an ihn, harte Brustspitzen zogen eine brennende Spur nach unten. Als sich Finger unter den Bund seiner Boxershorts schoben, flogen Ryans Augenlider auf. Es war stockdunkel, aber er konnte jemanden über sich atmen hören. Wie von Geisterhand glitten seine Shorts in Richtung seiner Füße, seine schmerzende Erektion kam frei. Warmer Atem wehte darüber, dann schloss sich eine Hand darum. Gott, was passierte mit ihm? Mühsam löste er seine zu Fäusten geballten Hände aus dem Laken und ließ sie abwärtsgleiten, bis er auf warme Haut traf. Sie war weich, und die zierliche Schulter gehörte eindeutig zu einer Frau. Wer war sie? Und vor allem, wie kam sie in sein Bett? Ryan wollte sich aufsetzen, doch er wurde sanft, aber bestimmt zurückgedrückt.

Es war ein Traum, das war die einzig logische Erklärung. Versuchsweise ließ Ryan seine Hand abwärtsgleiten, bis er ihre Brust fand. Sie war klein und fest, genau so, wie er es mochte. Die Brustwarze presste sich heiß in seine Handfläche, zu gerne hätte er sie in seinen Mund genommen und daran gesaugt. Die Frau gab ein Geräusch von sich, das ihm seltsam vertraut vorkam, doch er konnte es nicht einordnen. Ryan zuckte mit den Schultern und genoss stattdessen die Tatsache, dass sie genauso erregt war wie er selbst.

Scharfe Zähne strichen über seinen Schaft, dicht gefolgt von einer Zunge. Ryan stöhnte auf, reflexartig hob er die Hüfte an. Fingernägel bohrten sich in seine Brust, was ihn noch mehr erregte. Es dauerte einen Moment, bis ihm bewusst wurde, dass er ihre Brust viel zu fest umspannte. Mühsam lockerte er seinen Griff und ließ seine Fingerspitze stattdessen um die Brustwarze wandern. Behutsam nahm er sie zwischen Daumen und Zeigefinger und zupfte an ihr. Was dazu führte, dass die Frau seinen Penis fester umfasste. Hitze überrollte ihn, und er brauchte all seine Beherrschung, um nicht auf der Stelle zu kommen. Auch wenn es nur ein Traum war, wollte er seine Partnerin nicht unerfüllt lassen – aber vor allem wollte er nicht, dass der Traum schon endete.

Ihre Zungenspitze glitt über die Spitze seines Schafts, was ihn beinahe explodieren ließ. Schweiß bildete sich auf seiner Stirn. Nein, noch nicht, er war noch lange nicht fertig mit ihr. Mit Schwung wälzte er sich herum, sodass er sich über ihr aufstützte. Ein überraschter Laut entfuhr ihr, doch sie schaffte es, ihre Finger weiterhin um seinen Penis zu halten. Was ihn nicht störte, solange ihr Mund nicht in der Nähe war, konnte er die Berührung eine Zeitlang aushalten. Eventuell. Seine Augen hatten sich inzwischen an die Dunkelheit gewöhnt, sodass er die Frau betrachten konnte, die ihn in seinem Traum besuchte. Ihr Körper hob sich deutlich von dem weißen Laken ab, also musste sie sehr braun sein, entweder von der Sonne oder von Natur aus. Ihre Augen leuchteten weiß, und ihre Iris war ungewöhnlich hell für ihre dunkle Hautfarbe. Die Farbe konnte er nicht erkennen, vielleicht blau oder grün. Sanft hob er mit den Fingern einige Strähnen ihrer halblangen dunklen Haare an und stellte fest, dass sie lockig waren.

Sie gab einen verlangenden Laut von sich, der Ryan aus seiner Betrachtung riss. Es war ein Traum, eigentlich sollte es ihm egal sein, wie die Frau aussah. Doch das war es nicht, er konnte nur weitermachen, wenn er neben der körperlichen auch eine emotionale Verbindung herstellen konnte. Ihre Finger schlossen sich fester um seinen Schaft, sie hob ihre Hüfte an und glitt mit ihrer Öffnung an seiner Spitze entlang. Ryan unterdrückte ein Keuchen, während er sich rasch außer Reichweite brachte. Seine Hände legten sich um ihr Gesicht, damit sie ihm in die Augen sehen musste.

„Wer bist du?" Seine eigene Stimme klang fremd in seinen Ohren.

Sie starrte ihn einen langen Moment an. „Nur ein Traum." Es kam rau und verführerisch heraus, Ryan glaubte den Anflug eines Akzents zu hören. Eine Hand glitt an seinem Körper hinauf, bis sie über seinem Herzen lag.

Ryan versuchte, etwas in ihrem Gesicht wiederzuerkennen, doch dafür war es zu dunkel. Ihr Fingernagel kratzte über seinen Nippel und sandte einen Hitzestoß durch seinen Körper. Seine Arme begannen zu zittern. Ryan beugte sich hinunter, bis seine Lippen nur noch Zentimeter von ihrem Mund entfernt waren. „Sag mir deinen Namen."

Sie sah ihn mit diesen seltsam hellen Augen an. „Kainda."

Der Name sagte ihm nichts, aber irgendetwas an ihr kam ihm so vertraut vor, dass er sich beinahe sicher war, sie zu kennen. Ryan entschloss sich, nicht noch mehr Zeit zu verschwenden, darüber konnte er nachgrübeln, wenn er wieder aufwachte. Sofern er sich dann noch an den Traum erinnerte. Sein Herz zog sich bei dem Gedanken schmerzhaft zusammen. Wie um sich zu vergewissern, dass sie noch da war, senkte Ryan den Kopf und berührte ihre weichen Lippen. Unter seiner Berührung öffneten sie sich, und ihre Zunge traf seine. Mit einem Stöhnen ließ Ryan sich in den Kuss sinken, die Hände in ihren Haaren vergraben. Ihre Finger lösten sich von seinem Penis, und sie umarmte ihn mit einer Kraft, die ihn überraschte. Eine Welle von Zärtlichkeit ergriff ihn, obwohl er gerade dabei war, eine völlig fremde Frau zu lieben. Ryan ließ seine Hände über ihren Hals gleiten und rutschte weiter hinunter, während er eine Spur von Küssen von ihrem Mund über ihren Hals und ihre Kehle bis zu ihren Brüsten legte.

Fingernägel bohrten sich in seinen Rücken, als er über eine Brustspitze leckte, doch es war ihm egal. Kainda schmeckte … exotisch, ihre Haut duftete nach etwas, das ihm bekannt vorkam, doch wieder konnte er es nicht zuordnen. Mit einem tiefen Brummen in der Kehle schloss er seinen Mund um ihre Brustwarze und nippte mit seinen Zähnen daran, bis sich Kainda rastlos unter ihm bewegte. Zufrieden, sie genauso zu quälen, wie sie ihn gefoltert hatte, widmete er sich ausführlich ihrer anderen Brust. Seine Beine waren zwischen ihren, und er rieb mit seinem Schaft über ihren Eingang. Sie erschauerte heftig und gab ein Geräusch fast wie ein Schnurren von sich. Ein Lächeln glitt über Ryans Lippen. Mit den Knien schob er ihre Beine weiter auseinander, bis sie offen vor ihm lag. Ryan küsste eine Spur abwärts und legte seine Hände unter ihren Po. Mit den Daumen schob er ihre Falten beiseite und wünschte, es wäre heller im Zimmer, damit er Kainda in all ihrer Pracht sehen könnte.

Der Geruch ihrer Erregung stieg in seine Nase, fremd, aber gleichzeitig auch wieder vertraut. Vermutlich eine Folge des Traums, er setzte wohl verschiedene Erinnerungen zusammen. Als er mit der Zungenspitze über ihre Klitoris strich, zuckte Kainda heftig zusammen, und er vergaß sofort jeden anderen Gedanken. Genüsslich leckte und knabberte er an ihr, bis Kainda sich unter ihm wand und ihn wortlos anflehte, ihrer Qual ein Ende zu bereiten. Sein Penis schmerzte, er konnte schon die ersten Tropfen an der Spitze austreten fühlen, doch er war nicht bereit, dieses Erlebnis schon zu beenden. Was jedoch nicht bedeutete, dass er Kainda nicht ein wenig Freude bereiten konnte. Hart saugte er an ihrer Klitoris und schob gleichzeitig einen Finger in sie. Mit einem lauten Schrei fand Kainda ihre Erlösung, Schauder um Schauder rollten durch ihren Körper, bis sie atemlos auf das Kissen zurücksank.

Bedauernd zog Ryan sich zurück und legte sich neben sie, den Kopf auf einen Arm gestützt, damit er die Frau besser betrachten konnte. Ihre Augen waren geschlossen, ein Ausdruck fast wie Schmerz lag auf ihrem Gesicht. Ryan berührte vorsichtig ihre Wange, er hatte Angst, sie könnte sonst zerbrechen. Wie er darauf kam, war ihm ein Rätsel, sie hatte bereits bewiesen, dass sie kräftiger war, als sie aussah. Trotzdem hatte er das Gefühl, sie beschützen zu müssen.

Schließlich hielt er es nicht mehr aus. „Kainda?"

Ihre Lider hoben sich, und sie sah ihn direkt an. Tränen schimmerten in ihren Augen und flossen langsam über ihre Wangen. Sein Herz zog sich schmerzhaft zusammen. Hatte er irgendetwas falsch gemacht? Und was war das überhaupt für ein merkwürdiger Traum, in dem er über so etwas nachdachte?

Zum ersten Mal in ihrem Leben spürte Kainda solch eine intensive Befriedigung, eine Mischung aus Glück und Liebe und gleichzeitig Trauer, sodass sie nicht wusste, ob sie lachen oder weinen sollte. Sie spürte die Feuchtigkeit auf ihren Wangen, konnte sich aber nicht dazu bringen, sich zu bewegen. Als sie Ryans Stimme hörte, öffnete sie die Augen und erkannte, dass sie schnell etwas tun musste, wenn sie ihn nicht verlieren wollte. Es war riskant gewesen, ihn glauben zu lassen, dass es nur ein Traum war, er konnte jederzeit erkennen, dass er keineswegs schlief und sie wirklich existierte. Aber es war das Risiko wert gewesen. Nur einmal in seinen Armen liegen, ihn an sich und in sich zu spüren und ihm die Frau in ihr zu zeigen.

Doch jetzt musste sie schnell handeln, damit Ryan nicht merkte, dass es kein Traum war. Kainda ergriff die harte Länge seines Schafts und drückte ihn sanft. Ohne Vorwarnung rollte sich Ryan auf den Rücken und zog sie mit sich. Unvermittelt fand sie sich auf ihm wieder, ihre Wange an seiner Brust, sein Penis zwischen ihren Beinen. Sie unterdrückte ein Stöhnen und richtete sich langsam auf. Glücklicherweise war ihre Nachtsicht hervorragend, so konnte sie das erregte Funkeln in seinen blauen Augen sehen und das leichte Lächeln, das um seine Mundwinkel spielte. Wie sollte sie diesen Mann jemals vergessen können? Bevor die Trauer sie wieder herunterziehen konnte, begann sie, Ryan überall zu küssen und zu liebkosen, wo sie ihn erreichen konnte. Seine Arme lagen neben seinem Körper, sein Zeichen, dass er ihr gewährte, mit ihm zu machen, was sie wollte. O Gott, sie würde niemals genug Zeit haben, all das zu tun, was sie sich wünschte, also musste sie dafür sorgen, dass es für den Rest ihres Lebens genügte.

Ryans Körper bewegte sich unruhig unter ihr, aber er machte keine Anstalten, sie zur Eile zu drängen. Also dauerte es eine Weile, bis sie bei seinem Penis ankam, der inzwischen steinhart war. Sie schmeckte die Feuchtigkeit an der Spitze und wusste, dass es nicht lange dauern würde, ihn zum Orgasmus zu bringen. Doch ihr Ziel war es, ihm einen so einmaligen Sex zu bereiten, dass er sie nie vergessen würde. Das war selbstsüchtig von ihr, doch es war alles, was sie ihm geben konnte, als Dank für seine Zuneigung und Hilfe. Und sie hätte dann selbst etwas, woran sie sich erinnern konnte, wenn sie wieder allein war. So zog sie sich wieder zurück, wenn er kurz davor stand zu kommen, und fing wieder von vorne an. Seine Bewegungen wurden immer unruhiger, inzwischen krallten sich seine Hände in ihre Haare, und seine Hüfte kam ihr entgegen. Als sie es schließlich nicht mehr aushielt, löste sie sich von ihm und rutschte hoch. Langsam, stetig ließ sie sich auf seinen Schaft sinken, bis er sie völlig ausfüllte.

Ryan gab einen rauen Laut von sich, während Kainda die Augen schloss und das Gefühl genoss, ihn endlich tief in sich zu spüren. Es war unglaublich, sie passten perfekt zueinander, jede ihrer Bewegungen löste ein Zucken in ihrem Innern aus, das sich in Ryans Schaft fortsetzte. Als sie eine Berührung an ihren Brüsten spürte, riss Kainda die Augen wieder auf. Ryans Augen lagen im schwachen Mondlicht glitzernd auf ihr, ein Lächeln hob seine Mundwinkel.

Sein Finger strich über ihre Brustwarze. „Du bist wunderschön."

Kainda beugte sich vor, die Bewegung seines Schafts in ihr war fast unerträglich, und küsste seine Brust. „Du auch." Als sie sich wieder aufrichtete, hob Ryan seine Hüfte und stieß tief in sie. Der Atem verließ ihre Lunge, sie sah Sterne. Es war wundervoll. „Mehr."

Verlangen zeichnete Ryans Gesicht, als sie ihn wieder ansah. „Nimm es dir."

Das ließ sie sich nicht zweimal sagen. Um ihren verletzten Oberschenkel zu entlasten, stützte sie sich mit ihren Händen auf Ryans Brust, als sie erst langsam, dann immer schneller ihre Hüfte hob und senkte. Ihr Herz hämmerte, während die Bewegung sie höher und höher hinauftrug. Ryans raue Atemzüge zeigten, dass er es ebenso genoss. Seine Finger gruben sich in ihre Hüfte, als er sie zu einem schnelleren Tempo antrieb. Hitze rieselte durch ihren Körper und sammelte sich in ihrem Unterleib. Sie war nah, so nah … Erschrocken schrie sie auf, als Ryan sie unerwartet herumdrehte, sodass sie auf dem Bett kauerte, die Hände auf der Matratze, und er, noch mit ihr verbunden, hinter ihr kniete. Hart stieß er in sie, was ihr erneut einen Schrei entlockte.

„Alles in … Ordnung?“ Seine Stimme klang gepresst, als müsste er sich sehr zurückhalten.

Kainda rieb wortlos ihren Po an ihm und stieß ein heiseres Schnurren aus. Ryan erstarrte hinter ihr, doch dann ließ er mit einem rauen Fluch seiner Erregung freien Lauf. Immer wieder pumpte er in sie, während er mit einer Hand an ihrer Brustspitze zupfte und mit der anderen ihre Klitoris stimulierte. Seine Lippen wanderten über ihren Nacken, und sie musste sich auf die Zunge beißen, um zu verhindern, dass sie sich verwandelte. Woher wusste er, dass sie diese Stellung besonders mochte? Dann verließ jeder andere Gedanke ihren Kopf, und sie strebte nur noch nach Erlösung. Die Erregung steigerte sich, bis sie dachte, sie würde sterben, wenn sie den Höhepunkt nicht endlich erreichte. Sie bot Ryan ihren Nacken an, in der Hoffnung, dass er ihre stumme Bitte verstehen würde. Und das tat er. Er stieß hart in sie, während er gleichzeitig mit den Fingernägeln über ihre Brustwarze strich und in ihren Nacken biss.

Der Orgasmus tobte so heftig durch ihren Körper, dass sie nur noch Schwärze sah und sich ihr gesamtes Inneres zusammenzog. Ein Schrei entrang sich ihr und die Arme knickten unter ihr ein. Ryan bewegte sich noch in ihr, seine Finger gruben sich in ihre Hüfte, während sein heftiger Atem lauter wurde. Jedes Mal wenn er in sie glitt, löste er weitere kleine Explosionen aus, die sich weiter steigerten, bis sie noch einmal kam. Diesmal war Ryan bei ihr, mit einem letzten gewaltigen Stoß vergrub er sich in ihr und erschauerte. Sie konnte spüren, wie er sich heiß in sie ergoss und mit einem kehligen Stöhnen über ihr zusammenbrach. Er zog sie mit sich, bis sie dicht aneinandergeschmiegt und immer noch miteinander verbunden Rücken an Brust auf der Matratze lagen. Eine Weile waren nur ihrer beider keuchende Atemzüge zu hören. Ryans Penis zuckte in ihr, und sie stöhnte auf.

Sein Arm schlang sich um sie, und er zog sie noch dichter an sich. Er küsste ihr Ohr und stieß einen zufriedenen Seufzer aus. „Danke, Kainda."

Tränen stiegen in Kaindas Augen, als sie seinen liebevollen Tonfall hörte. Wie es wohl wäre, wenn sie nicht gehen müsste, sondern alle Zeit der Welt hätte, Ryan zu lieben und jede Nacht in seinen Armen einzuschlafen? In diesem Moment hätte sie alles dafür gegeben, eine ganz normale Frau zu sein. Aber da das nicht so war, beschränkte sie sich darauf, seine Hand zu küssen.

Es dauerte nicht lange, bis seine Atemzüge tiefer wurden und sie wusste, dass er eingeschlafen war. Sie sollte jetzt aufstehen und gehen, doch sie konnte es nicht. Nur noch ein paar Minuten, damit sie sich wieder daran erinnerte, wie es war, einen Mann an ihrer Seite zu haben, jemanden, der sie im Schlaf umarmte und sich wohl bei ihr fühlte. Kainda schloss die Augen vor dem Schmerz, den der Verlust mit sich brachte.

Irgendwann erwachte sie mit einem Ruck und blieb stocksteif liegen, bis sie sicher war, dass Ryans Atemzüge noch gleichmäßig waren. Wie hatte sie so unvorsichtig sein können einzuschlafen? Wenn Ryan vor ihr aufgewacht wäre, hätte sie ein großes Problem gehabt. Sanft löste sie sich von ihm und glitt bedauernd vom Bett. Egal wie sehr sie es sich auch wünschte, sie konnte ihn nicht haben. Es war besser, wenn sie verschwand, solange es noch ging. Sie würde ihre Sachen holen, die sie im Garten versteckt hatte, und diesen Ort verlassen. Ryan verlassen. Der Schmerz war so scharf, dass es ihr den Atem verschlug. Wie hatte sie nur so dumm sein können? Trotzdem schaffte sie es nicht, das Schlafzimmer zu verlassen, ohne sich über ihn zu beugen und ihn sanft auf die Lippen zu küssen.

„Ich liebe dich. Leb wohl." Kainda drehte sich rasch um, sammelte die Bandagen vom Boden auf und verließ das Zimmer, ohne noch einmal zurückzusehen, während Tränen über ihre Wangen liefen.

Ryan erwachte aus einem tiefen Schlaf und fühlte sich so gut wie lange nicht mehr. Als er sich bewegte, zuckte er zusammen. Einige Muskeln protestierten, die er schon lange nicht mehr benutzt hatte. Ein Blick auf den Wecker zeigte, dass es noch mitten in der Nacht war. Erst jetzt wurde er sich der tiefen Stille im dunklen Zimmer bewusst. Irgendetwas war anders … Sein Kopf ruckte herum. Kainda! Doch sein Bett war leer, wie vermutlich die ganze Zeit. Ryan rieb mit den Händen übers Gesicht, als ihm bewusst wurde, dass tatsächlich alles nur ein Traum gewesen war. Ihre Berührungen, ihre Küsse, ihre heiße Enge … Enttäuscht ließ er sich zurückfallen. Es war ihm so wirklich vorgekommen, so als hätte sie tatsächlich in seinem Bett gelegen. Ryan runzelte die Stirn, als ihm auffiel, dass ihm seine Boxershorts irgendwie abhandengekommen waren. Wie im Traum. Ein Schauer der Erregung durchlief ihn, als er sich daran erinnerte, wie die Frau – Kainda – ihm die Hose ausgezogen hatte, wie sich ihre Hände und dann ihr Mund an seinem Penis angefühlt hatten.

Ryan sah an sich herunter und erkannte, dass er schon wieder vollständig erigiert war. Wie konnte ein Traum so real sein? Ryan umfasste sich selbst und schloss die Augen, doch es war einfach nicht dasselbe. Frustriert drehte er sich um, wobei ihm eine Welle vertrauten Geruchs entgegenströmte. Kainda! Ryan riss die Augen auf, doch er war allein. Ungeduldig knipste er die Nachttischlampe an und sah sich im Zimmer um. Nichts deutete darauf hin, dass hier eine Frau gewesen war. Nur ihr Duft. Ryan hob das Kissen an sein Gesicht und atmete tief ein. Ja, da war sie. Gott, er wurde allmählich verrückt.

Ruckartig schob er die Beine aus dem Bett und setzte sich auf. Etwas Wasser würde sicher helfen, diese merkwürdigen Gedanken zu vertreiben. Und er konnte nach Etana sehen, vielleicht würde sie sich über Gesellschaft freuen. Seltsamerweise hatte er ein schlechtes Gewissen, weil er von heißem Sex mit einer Frau geträumt hatte, während die Leopardin im Haus war. Irgendwie kam es ihm fast so vor, als hätte er sie hintergangen, was lächerlich war.

Rasch suchte er seine Boxershorts, die er schließlich am Fußende des Bettes fand und überzog. Nach einem letzten Blick auf sein zerwühltes Bett zwang er sich, das Zimmer zu verlassen. Vielleicht würde er einen klaren Kopf bekommen, wenn er nicht mehr ihrem Duft ausgesetzt war. Der Gedanke war so absurd, dass Ryan ernsthaft darüber nachdachte, sich von einem Neurologen untersuchen zu lassen. Wie konnte er etwas riechen, das nie da gewesen war? Etana wäre sofort zu ihm gekommen, wenn sie eine andere Frau in seinem Haus gerochen hätte, dessen war er sicher. Also war alles nur ein Traum gewesen. Warum sollte eine ihm völlig fremde Frau auch einfach so in sein Bett kriechen und mit ihm den unglaublichsten Sex haben, den er je erlebt hatte? Mühsam unterdrückte er die Enttäuschung über diese ernüchternde Feststellung.

Im Bad angekommen stützte er sich mit beiden Armen auf das Waschbecken und beugte sich vor. Er sah aus, als wäre er ausgiebig geliebt worden. Seine Lippen waren gerötet und leicht geschwollen, seine Augen glänzten unnatürlich. Eine schwache Röte zog sich über seine Brust bis zu seinen Ohren hoch. Ryan runzelte die Stirn, als er die Kratzspuren auf seiner Brust sah. Wie hatte er das angestellt? Der Traum musste so intensiv gewesen sein, dass er sich selbst verletzt hatte, im Glauben, es wären Kaindas Fingernägel, die sich in seine Haut bohrten. Ryan schloss die Augen und erlebte noch einmal die Ekstase, als Kainda auf ihm gesessen und ihn mit jedem Heben und Senken ihrer Hüfte verrückt gemacht hatte. Wie konnte es sein, dass er sich an jede Einzelheit erinnerte, wenn es nur ein Traum gewesen war? Langsam hob er die Lider und starrte sich an. Er verlor offensichtlich den Verstand.

Mit ruckartigen Bewegungen drehte er den Wasserhahn auf und spritzte sich eiskaltes Wasser auf Gesicht und Brust. Der Schock dämpfte seine Erregung etwas, doch seine Verwirrung schwand nicht. Ryan trocknete sich ab und hängte das Handtuch an den Haken neben ihm. Als er dabei in den Spiegel sah, weiteten sich seine Augen. Was zum Teufel …? Er drehte den Rücken weiter zum Spiegel und sah über die Schulter. Das waren eindeutig Spuren von Fingernägeln auf seiner Haut, und es gab keinen Weg, wie er sich die Kratzer selbst beigebracht haben konnte. Wie erstarrt stand er da, die Hände auf das Waschbecken gestützt, während das Blut aus seinem Kopf wich. Er hatte doch nicht wirklich mit einer wildfremden Frau geschlafen, oder? Wenn es sie gab, musste er sie unbedingt finden, damit sie ihm erklärte, warum sie das getan hatte. Und um sie in seine Arme zu schließen und dort weiterzumachen, wo sie aufgehört hatten.

Abrupt richtete Ryan sich auf, als ihm eine Idee kam, wie er die Wahrheit herausfinden konnte: Er würde Etana fragen. Sie konnte vielleicht nicht reden, aber wenn er sie fragte, ob eine Frau hier gewesen war, würde sie ihm auf ihre Art antworten. Zufrieden, eine Möglichkeit gefunden zu haben, der Wahrheit näher zu kommen, verließ er das Bad und begab sich auf die Suche nach Etana. Seine nackten Füße verursachten kein Geräusch, als er ins Wohnzimmer ging. Doch Etana lag nicht auf dem Sofa, wie er es erwartet hatte, und war auch sonst nirgends zu entdecken.

„Etana?"

Keine Antwort. Es war mitten in der Nacht, und sie sollte eigentlich irgendwo liegen und schlafen. Zunehmend unruhiger schaute er auch in das Arbeitszimmer und wollte gerade in die Küche gehen, als er ein leises Geräusch von dort hörte. Ein Lächeln huschte über sein Gesicht. Also würde die Leopardin sich doch noch zeigen. „Komm schon, Etana, ich habe dich gehört, du kannst mit dem Versteckspiel aufhören."

Totenstille.

„Etana?“

Ryan erhielt keine Antwort. Ein Prickeln in seinem Nacken warnte ihn, dass irgendetwas nicht stimmte. War sie vielleicht verletzt und hatte nur diesen einen kleinen Laut von sich geben können, in der Hoffnung, dass er sie hörte? Entschlossen stieß er die Tür zur Küche auf und erwartete fast, die Leopardin dort am Boden liegen zu sehen. Zögernd trat er ein, die Hand auf dem Lichtschalter, als unerwartet etwas schmerzhaft in seinen Rücken stieß. Ryan stolperte vorwärts in den dunklen Raum und konnte sich gerade noch am Tisch abfangen. Sofort wirbelte er herum, doch er sah nur noch einen großen dunklen Schatten, der in seine Richtung flog und ihn zu Boden riss. Der Geruch von kaltem Zigarettenrauch und billigem Aftershave löste bei ihm die Erinnerung an den Überfall in der Klinik aus. Aus Reflex trat Ryan zu, was bei seinem Angreifer ein schmerzerfülltes Grunzen auslöste, doch mit seinen nackten Füßen konnte er nicht genug Schaden anrichten.

Konnte es der Einbrecher aus der Klinik sein? O Gott, wenn er vielleicht auch für den Mord an Rivers und seiner Frau verantwortlich war, würde er sich diesmal nicht aufhalten lassen. Aber Ryan gab nicht auf, obwohl ihn Stiefeltritte in die Rippen und den Bauch trafen, es ging nicht nur um sein Leben, sondern auch um das von Etana. Hoffentlich hatte sie entkommen können!

Ryan schaffte es, einen Schlag gegen das Kinn seines Angreifers zu landen, doch das war nur ein Glückstreffer und hielt den Verbrecher nicht lange auf. Es machte ihn nur noch wütender. Mit einem wilden Fluch schlug der Mann auf ihn ein, doch Ryan wehrte die meisten Hiebe mit seinen Armen ab. Schließlich gelang es ihm, das Handgelenk des Angreifers zu packen, und er erstarrte, als er das Messer in dessen Hand sah. Es war offensichtlich, dass sein Gegner ihn schwer verletzen oder vielleicht sogar töten wollte. Angezogen, mit Schuhen und einer Waffe waren seine Chancen deutlich besser als Ryans. Doch Ryan kämpfte nicht für sich, sondern für Etana. Wenn er nicht mehr da war, wäre sie dem Verbrecher hilflos ausgeliefert. Sein Griff um das Handgelenk wurde noch fester, bis der Angreifer einen Schmerzenslaut von sich gab. Das Messer entfernte sich von seinem Körper. Gerade als Ryan dachte, er könnte ihn vielleicht doch besiegen, traf ein harter Gegenstand seine Schläfe. Ein letzter Gedanke durchzuckte ihn. *Etana.*

18

Kainda wollte sich gerade über den Zaun schwingen, als sie glaubte, ein Geräusch zu hören. Ihr Kopf fuhr zum Haus herum, doch es lag weiterhin im Dunkeln, nichts rührte sich. Trotzdem spürte sie, dass sich etwas verändert hatte. War Ryan aufgewacht und suchte sie? Der Gedanke versetzte ihr einen scharfen Stich. Wie gerne wäre sie hier bei Ryan geblieben, doch es ging nicht. Sie musste weiter, auch wenn ihr Bein noch nicht völlig verheilt war, sie konnte ihn nicht länger durch ihre Anwesenheit in Gefahr bringen. Wahrscheinlich hätte sie ihn nie küssen, ihn nie berühren dürfen, doch sie konnte sich nicht dazu durchringen zu bedauern, dass sie ihn geliebt hatte. Sie würde die Erinnerung an diese eine Nacht mitnehmen, wohin es sie auch verschlug.

„Geh, bevor du es nicht mehr kannst." Nur sie selbst konnte ihr Flüstern hören, und es reichte, um sie wieder in Bewegung zu setzen.

Kainda überprüfte ein letztes Mal, ob der Beutel mit ihren wenigen Habseligkeiten noch sicher über ihrer Schulter hing, bevor sie ihren Fuß in eine Masche des Drahtzauns setzte. Sie stemmte sich hoch und spürte, wie ihre Rippen und ihr Oberschenkel dumpf zu pochen begannen. Kainda biss die Zähne zusammen und kletterte höher. Vermutlich musste sie sich tatsächlich erst einmal irgendwo verkriechen und ihre Verletzungen weiter auskurieren, bevor sie sich wieder auf die Suche machte. Sollten die Verfolger jemals wieder ihre Spur finden, musste sie stark genug sein, um ihnen entweder zu entkommen oder sie auszuschalten. Entschlossen hob sie ihr verletztes Bein über den Zaun und ignorierte den Schmerz.

Ein letztes Mal sah sie zum Haus zurück, in dem sie sich so wohl gefühlt hatte, obwohl sie nur kurze Zeit dort gewesen war. Kainda runzelte die Stirn, als sie wieder das Gefühl hatte, dass irgendetwas nicht stimmte. Aber das konnte nicht sein, alles war ruhig und …

„Etana."

Ihr Name klang so nah, dass sie sich umdrehte, um sicherzustellen, dass Ryan nicht hinter ihr stand. Doch er war nicht da, sie konnte ihn gar nicht gehört haben. Trotzdem war da dieses drängende Gefühl, dass sie zurückmusste, sofort. Ihr Instinkt sagte ihr, dass Ryan sie dringend brauchte. Bevor sie es sich anders überlegen konnte, kletterte Kainda zurück und ließ ihre Tasche auf den Boden fallen. Etwas brachte sie dazu, sich hastig die Kleidung vom Leib zu reißen und sich innerhalb von Sekunden zu verwandeln. Sie rannte zum Haus zurück, und je näher sie Ryan kam, desto sicherer wusste sie, dass gerade etwas Furchtbares passierte. *O Gott, Ryan, bitte nicht!* Vergessen waren ihre Verletzungen, sie spürte nichts mehr außer dem rasenden Klopfen ihres Herzens und der lähmenden Angst, zu spät zu kommen.

Trotz des drängenden Verlangens, ins Haus zu stürmen, zwang sie sich, die Terrassentür leise aufzustoßen und sich Schritt für Schritt ins Innere vorzuwagen. Dumpfe Laute drangen aus der Küche, und sie nahm einen Geruch wahr, der sie erstarren ließ: Zigarettenrauch, gemischt mit billigem Aftershave. O Gott, sie war zu spät geflohen, ihre Verfolger hatten sie bereits aufgespürt! Wo war Ryan? Die Antwort fand sich, als ihr weitere Gerüche entgegenströmten: Ryan und … Blut. *Nein!* Laut gellte der Schrei durch ihren Kopf und mit ihm die sichere Gewissheit, zu spät zu kommen. Die Leopardin in ihr gewann die Übermacht, ohne Rücksicht auf ihre eigene Sicherheit rannte sie los und warf sich gegen die Küchentür. Sie schwang auf und traf den Mann, der sich über Ryan beugte, im Kreuz. Mit einem Fluch ging er zu Boden, was Kainda sofort ausnutzte.

Mit einem lauten Fauchen stürzte sie sich auf ihn, ihre Krallen gruben sich tief in seine Brust. Ein Schmerzenslaut kam über seine Lippen, doch Kainda hörte ihn kaum. Vor ihren Augen standen nur Ryans blutverschmierter, lebloser Körper und die Tatsache, dass dieser Kerl dafür verantwortlich war. Sie spürte die Gegenwehr kaum, weder die Schläge und Tritte noch die scharfe Klinge, die in ihre Seite drang. Alles, was für sie zählte, war, dafür zu sorgen, dass dieser Mistkerl Ryan nichts mehr tun konnte. In ihrer Leopardenform war sie dem Verbrecher trotz ihrer kaum verheilten Verletzungen deutlich überlegen, und es dauerte nicht lange, bis er sich nicht mehr bewegte. Zuerst befürchtete sie, dass sie ihn in ihrer Wut getötet hatte, doch dann spürte sie den Puls an seinem Hals. Gut so, er sollte sich vor Gericht für seine Tat verantworten. Vielmehr Taten, denn er hatte ja auch in die Klinik eingebrochen und Ryan dabei betäubt.

Ryan! Kainda warf sich so schnell herum, dass sie auf den glatten Fliesen ausrutschte und beinahe auf Ryan landete. Entsetzt betrachtete sie seinen zerschundenen Körper, die Prellungen und das viele Blut. Nein, er durfte nicht tot sein. Vorsichtig stupste sie Ryan mit der Schnauze an. Er rührte sich nicht, doch sie konnte einen schwachen Atemzug spüren. Gott sei Dank, er lebte. Allerdings schien er schwer verletzt zu sein, sonst wäre er aufgewacht. Kainda verzog schmerzerfüllt das Gesicht, als sie die dick geschwollene Prellung an seiner Schläfe sah.

Vermutlich war das der Grund für seine Bewusstlosigkeit. Was sollte sie tun? Sie verstand von Medizin so gut wie nichts, und wenn er innere Blutungen hatte, konnte er sterben. Das durfte sie nicht zulassen. Mit Mühe verwandelte sich Kainda in einen

Menschen zurück, die Leopardin in ihr blieb aber dicht unter der Oberfläche. Sie musste einen Krankenwagen rufen, damit Ryan schnellstmöglich geholfen wurde. Schwankend stand sie auf und wollte nach dem Telefonhörer greifen, der auf dem Küchentisch lag, als sie merkte, dass ihre Hände und Arme blutbedeckt waren. Unruhig sah sie an sich hinunter und erkannte, dass ihr ganzer Körper voller Blut war. Rasch nahm sie sich ein Geschirrhandtuch und wischte ihre Hände und nach kurzem Zögern auch ihr Gesicht daran ab. Es durfte kein Blut an das Telefon kommen, wenn sie vermeiden wollte, dass jemand merkte, wer sie war.

Glücklicherweise hatte Ryan eine Kurzwahltaste für den Notruf programmiert, sie hätte die Nummer nicht gewusst. Verdammt, sie kannte nicht einmal die Adresse des Hauses! Wieder hatte sie Glück, es lag ein ungeöffneter Brief auf der Arbeitsplatte, von dem sie die Anschrift ablesen konnte, als sich jemand meldete. Sie wich allen Fragen aus und drängte nur darauf, dass jemand herkommen sollte, weil ein Mann schwer verletzt war, dann beendete sie das Gespräch. Sie musste sich um Ryan kümmern. Unsicher kniete sie sich neben ihn und fuhr sanft mit den Händen über seinen Körper. Übelkeit stieg in ihr auf, als sie sah, wie schlimm er zugerichtet war. Sie brauchte irgendetwas, mit dem sie ihn verbinden konnte, sonst würde er noch mehr Blut verlieren. Kurz entschlossen verwandelte sie sich zurück, um keine menschlichen Fußabdrücke im Haus zu hinterlassen, und lief ins Badezimmer, wo sie die Handtücher von den Haken riss und in die Küche trug. Sie konnte keine Verbände anlegen, wenn sie weiterhin als Leopardin durchgehen wollte.

Natürlich würde es auch merkwürdig wirken, wenn sie Ryan in Handtücher wickelte, doch sie konnte ihn nicht einfach so liegen lassen. Aber sie konnte die Heilung ein wenig beschleunigen. Vorsichtig leckte sie über die schlimmsten Wunden und hoffte, dass es bei ihm genauso wirken würde wie bei Wandlern. Gegen mögliche innere Verletzungen konnte sie leider nichts tun. Wieder als Mensch tupfte sie vorsichtig das Blut von seinem Gesicht und lauschte besorgt seinem schweren Atem. Wenn er doch nur aufwachen und sie ansehen würde, damit sie wusste, dass er es überstehen würde! „Ryan, hörst du mich?“ Sanft fuhr sie mit den Fingerspitzen über seine Stirn. „Du musst durchhalten.“

Doch so sehr sie es sich auch wünschte, er reagierte weder auf ihre Berührung noch auf ihre Worte. Sie presste die Handtücher gegen die Wunden und hoffte, dass bald ein Arzt kam und ihn richtig behandelte. Schließlich hob sie seinen Kopf vorsichtig an und bettete ihn auf ihren Schoß. Automatisch begann sie eine Melodie zu summen, um ihn und vor allem sich selbst zu beruhigen, so wie sie es früher bei ihrem Sohn getan hatte. Sie stockte, als sie merkte, was sie da tat, doch dann ließ sie den Schmerz heraus, der sich seit den Geschehnissen in Afrika in ihr aufgestaut hatte. Die Augen geschlossen wiegte sie sich langsam vor und zurück.

„Kainda?“ Die Stimme war nur ein Hauch.

Erschrocken riss sie die Augen auf. Als sie bemerkte, dass Ryan zu ihr aufsah, versuchte sie ein Lächeln. „Ja, ich bin hier. Es wird alles gut, der Krankenwagen kommt gleich.“

„Hattest …“ Ein Hustenanfall schüttelte ihn. „… du nicht gesagt, es wäre ein Traum? Du bist noch hier.“

„Ich bin nur ein Traum. Konzentrier dich darauf, gesund zu werden.“

Etwas wie Enttäuschung breitete sich in seinem Gesicht aus. „Der … erste … Traum gefiel mir deutlich besser.“

Tränen verschleierten ihren Blick. „Mir auch. Es tut mir leid, ich wollte nicht, dass dir etwas geschieht.“

Für eine Weile sah er sie nur an, und sie hatte keine Ahnung, was er gerade dachte. „Geht es Etana gut?“

„Ja, sie ist unverletzt, mach dir keine Sorgen.“ Gut, bis auf einen kleinen Schnitt an der Hüfte, aber sie sah keinen Grund, Ryan deshalb aufzuregen.

Mit einem erleichterten Seufzer schloss Ryan die Augen, nur um sie gleich darauf wieder aufzureißen. „Bleibst du noch bei mir?"

Kainda beugte sich vor und küsste ihn sanft auf die Lippen. „Natürlich. Ich bleibe, bis der Krankenwagen eintrifft."

„Danke." Diesmal schlossen sich seine Lider, und sie spürte, wie er von ihr wegdriftete. Umso überraschter war sie, als er noch einmal sprach. „Versprich mir, dass wir uns wiedersehen."

Ein Kloß saß in ihrer Kehle und hinderte sie am Sprechen. Mühsam drängte sie die aufsteigenden Tränen zurück. „Such mich in deinen Träumen, ich werde da sein."

Seine Lippen bewegten sich, als versuchte er zu lächeln. „Gut."

Anscheinend hatte er diese Versicherung gebraucht, damit er loslassen konnte, denn kurz darauf verlor er das Bewusstsein und wachte nicht wieder auf. Kainda versuchte, ihn so gut es ging zu versorgen und zu wärmen, doch sie atmete erleichtert auf, als sie endlich in der Ferne Sirenen hörte. Die Zeit des Abschieds war gekommen. Vorsichtig schlüpfte Kainda unter ihm heraus und bettete Ryans Kopf auf eines der Handtücher. Ein letztes Mal verschränkte sie ihre Finger mit seinen, bevor sie sorgfältig die blutigen Fuß- und Fingerabdrücke vom Boden wischte und nur die Pfotenspuren der Leopardin übrig ließ. Sie hätte die Möglichkeit gehabt zu fliehen, bevor jemand kam, doch sie brachte es nicht über sich, Ryan allein zu lassen. Außerdem würde dann überall nach ihr gesucht werden, denn niemand wollte, dass eine Leopardin frei herumlief. Nein, sie konnte nur hierbleiben und abwarten, was mit ihr geschah. Wenn sie Glück hatte, brachte man sie zurück in die Parkklinik, doch es war wahrscheinlicher, dass sie in einen Käfig gesperrt und ausgeschifft wurde.

Kainda verwandelte sich zurück und legte sich neben Ryan

auf den Boden. Ihre Pfote legte sie auf seine Brust, sodass sie weiterhin seinen Herzschlag kontrollieren konnte, bis der Arzt da war. Ihre Augen richteten sich auf die Tür, als sie das Geräusch von Schritten hörte, die rasch auf die Küche zukamen. Die Tür flog auf, und ein Polizist erschien mit gezogener Waffe in der Öffnung. Mit einer Hand tastete er nach dem Schalter, und das Licht flammte auf. Für einen Moment war sie geblendet, doch sie hörte deutlich das erschrockene Einatmen.

„O Gott, was ist denn hier passiert?" Dann erblickte er Kainda und richtete die Pistole auf sie. Sie konnte deutlich sehen, wie seine Hand zitterte, während er auf sie zielte.

Es tut mir leid, Jamila. Werd bei den Berglöwen glücklich.

Ihr Herz hämmerte gegen ihre Rippen, als Jamila durch das Lager lief, Angst lag wie ein eisernes Band um ihren Brustkorb. Es war mitten in der Nacht, und niemand sonst schien wach zu sein, doch das störte sie nicht. Im Gegenteil, sie war froh, dass niemand sah, wie sie leise an Finns Tür klopfte

Die Tür wurde aufgerissen, und Finn trat heraus. „Was ist passiert?" Sein besorgter Blick wärmte sie, wenn auch nur für einen Moment, bis ihr wieder einfiel, weswegen sie gekommen war.

„Ich weiß es nicht." Jamila befeuchtete ihre trockenen Lippen. „Ich fühle, dass irgendwas mit Kainda geschehen ist, etwas Furchtbares."

Finn sah sie einen Moment lang schweigend an, dann nickte er. „Komm herein."

Unschlüssig blieb Jamila auf der Schwelle stehen. „Ich möchte dich nicht in Schwierigkeiten bringen."

Mit einem ungeduldigen Laut ergriff Finn ihre Hand, zog sie in die Hütte und schloss die Tür hinter ihr. „Es ist mir im Moment völlig egal, was die anderen sagen oder denken. Wenn ein Mitglied meiner Gruppe ein Problem hat, kann es jederzeit zu mir kommen, und ich werde sicher niemanden ausschließen, nur weil irgendjemand das gerne möchte."

Ein scharfer Schmerz entstand hinter ihrem Brustbein, ihre Kehle wurde eng. „Danke." Finn führte sie zu seinem Sessel und schob sie darauf, bevor er sich davorhockte. „Also, was genau spürst du? Marisa sagte, dass es Kainda gut ging, als sie in Escondido aufgebrochen ist. Warum sollte sich das in der kurzen Zeit geändert haben?"

Hilflos schüttelte Jamila den Kopf. „Ich weiß es nicht. Es ist nur … zuerst war da Leid, unendliches Leid." Tränen traten in ihre Augen, als es wieder in ihr hochstieg. „Dann schlug es plötzlich in rasende Wut um. Hass, gepaart mit Furcht und Schmerz. Schließlich nur noch Schmerz, und seitdem habe ich sie nicht mehr gespürt."

Finn fuhr sich durch seine blonden Haare, die sowieso schon nach allen Seiten abstanden. „Bist du sicher?"

Jamila warf ihm einen ernsten Blick zu. „Wäre ich sonst hier?"

Nein, sie hätte keinen Fuß in Finns Hütte gesetzt, schon gar nicht nachts und während er völlig nackt war. Trotz ihrer Anspannung war es ihr nicht gelungen, diese Tatsache auszublenden, vor allem nicht, nachdem sie vorher Kaindas Leidenschaft so deutlich gespürt hatte, dass sie davon aufgewacht war. Sie gönnte ihrer Schwester von Herzen, einen interessanten Mann gefunden zu haben und zumindest für einige Zeit ihr Unglück vergessen zu können, doch in ihrer eigenen Situation war es eine Tortur gewesen. Als sich Finns Hand auf ihr Bein legte, blickte sie erschrocken auf und direkt in seine intensiven grünen Augen.

„Wir werden herausfinden, was passiert ist, Torik ist schon auf dem Weg dorthin."

Überrascht sah Jamila ihn an. „Was? Warum …?"

„Der Rat hat beschlossen, dass Torik sich um Kaindas Schutz kümmern soll, solange sie noch dort ist."

„Oh." Wärme überflutete sie. „Danke, das bedeutet mir sehr viel."

Finn neigte den Kopf und erhob sich.

Rasch tat Jamila es ihm gleich. „Kannst du mir bitte Bescheid sagen, wenn Torik sich meldet? Vielleicht war es ja nur ein Albtraum, und es geht Kainda gut." Aber sie wusste, dass es nicht so war, denn das fühlte sich anders an. Trotzdem musste sie weiter daran glauben, denn die Vorstellung, dass ihr einziges noch lebendes Familienmitglied tot sein könnte, erfüllte sie mit Eiseskälte.

„Natürlich." Finn geleitete sie zur Tür und legte seine Hand auf die Klinke. Doch er drückte sie nicht herunter, sondern drehte sich stattdessen wieder zu ihr um. „Komm her."

Jamila sah ihn mit großen Augen an, während ihr Herz heftiger klopfte. Sie musste sich verhört haben. „Wie bitte?"

Finn trat näher, bis sein Körper beinahe ihren berührte. Glücklicherweise hatte sie sich etwas angezogen, bevor sie hierhergekommen war, sonst hätte sie seine Haut spüren können.

„Ich sagte ‚komm her'." Damit schlang er seine Arme um sie und zog sie fest an sich.

Seine Hitze brannte sich durch ihre Kleidung und wärmte ihren ausgekühlten Körper. Mit einem lautlosen Seufzer ließ sie sich in die Umarmung sinken, lehnte ihre Wange an seine nackte Brust und schloss die Augen. Es fühlte sich so gut an, von ihm gehalten zu werden, dass ihr die Tränen kamen. Sie presste sich enger an ihn und wäre in ihn hineingekrochen, wenn sie gekonnt hätte.

Viel zu schnell löste er sich wieder von ihr, und Jamila konnte gerade noch den Protestlaut unterdrücken. Die Lippen fest zusammengepresst, blickte sie auf seine Brust, denn sie konnte ihm im Moment nicht in die Augen sehen. „Danke für deine Hilfe. Ich gehe jetzt besser zurück zu Fays Hütte." Ihre Stimme klang belegt.

„Jamila, sieh mich an."

Als sie es nicht tat, legte er seine Finger unter ihr Kinn und hob ihr Gesicht an. Zögernd blickte sie in seine Augen, die Mitgefühl und Wärme ausstrahlten. Ein Zittern lief durch ihren Körper.

„Du bist nicht allein, hörst du?"

Die Tränen flossen erneut, doch sie schaffte es, Finns Blick standzuhalten. „Ich weiß, aber Kainda ist so weit weg …"

Sie brach ab, als Finns Lippen ihre trafen. Warm und sanft ließen sie die Erregung wieder in ihr auflodern, doch diesmal war es mehr, er rührte an ihr Herz. Verzweifelt versuchte sie, sich gegen die unwillkommenen Gefühle zu schützen, doch es war zu spät. Es half auch nicht wirklich, dass sie seine harte Erektion an ihrem Bauch spürte und seine Finger über ihre Ohrmuschel strichen, eine federleichte Berührung, die sie fast in den Wahnsinn trieb. Als sie gerade bereit war, ihre Arme um ihn zu schlingen und alles andere zu vergessen, löste er sich von ihr und legte seine Hände auf ihre Schultern.

„Ich rede von mir, nicht von deiner Schwester." Er sprach jedes einzelne Wort deutlich aus, sodass sie keinen Zweifel daran hatte, was er meinte.

Hilflos starrte sie ihn an. Was sollte sie tun? Sie öffnete den Mund, doch es kam kein Ton heraus.

Finns Mundwinkel hoben sich. „Eigentlich sollte dich das beruhigen und nicht sprachlos machen."

„Ich …" Jamila räusperte sich und versuchte es noch einmal. „Es kommt nur überraschend, nach allem, was geschehen ist …"

Finn legte einen Finger auf ihre Lippen. „Die Vergangenheit ist vergangen, es zählt nur, was du jetzt tust."

„Das ist mehr, als ich je erwartet hätte. Versprich mir nur, dass du dich nicht meinetwegen gegen die anderen stellst. Der Zusammenhalt eurer Gruppe hat Vorrang, das verstehe ich."

Mit den Daumen strich Finn über ihre feuchten Wangen. „Bis du dich anders entscheidest, gehörst du zu uns. Die anderen werden das akzeptieren."

Sie konnte deutlich das „müssen" hören, das Finn weggelassen hatte. Wenn der Berglöwenmann einmal eine Entscheidung getroffen hatte, würde er sich nicht zu etwas anderem bewegen lassen. Und die schien zu sein, dass er bereit war, über das hinwegzusehen, was sie getan hatte, und wieder Zeit mit ihr zu verbringen. Um ehrlich zu sein, war sie froh darüber, denn die angespannte Stimmung zwischen ihr und Finn hatte ihr mehr zugesetzt, als sie für möglich gehalten hatte.

So schenkte sie ihm nur ein schwaches Lächeln. „Ich hoffe es."

Finn öffnete die Tür für sie. „Versuch, noch etwas zu schlafen. Ich werde dir sofort Bescheid geben, wenn ich etwas über Kainda höre."

Jamila wusste, dass sie sich auf sein Wort verlassen konnte, deshalb nickte sie dankbar und kehrte etwas ruhiger zu Fays Hütte zurück.

Ein Muskel zuckte in seiner Wange, während er das Treiben rund um das Haus des Tierarztes beobachtete. Wäre er nicht dem Berglöwenmann und der Journalistin gefolgt, um zu sehen, ob sie ihn zu den anderen führten, wäre er hier gewesen, um den Überfall zu verhindern. Aber er hatte einfach nicht erwartet, dass der Verbrecher so schnell wieder zuschlagen würde. Das hätte leicht zur Katastrophe führen können – und konnte es noch, wenn er jetzt nicht schnell handelte. Der Beschützer der Leopardin war im Krankenhaus außer Gefecht, und damit hatte derjenige, der den Einbrecher geschickt hatte, freie Bahn. Die

Leopardin war glücklicherweise nicht sofort getötet, sondern betäubt und weggebracht worden, wenn er den Gesprächen der Polizisten glauben konnte, die er belauscht hatte. Das bedeutete, ihm blieb nicht mehr viel Zeit.

Vermutlich hätte er den Verbrecher schon töten sollen, als er und seine Leute die Leopardin damals durch den Wald gejagt hatten, doch er hatte keine Aufmerksamkeit auf sich lenken wollen. Stattdessen hatte er den Kerl nur ein wenig zur Seite geschubst, damit der Betäubungspfeil nicht traf und die Leopardin flüchten konnte. Ja, und dafür war sie dann von einem Lastwagen angefahren und schwer verletzt worden. Was dazu geführt hatte, dass der Trucker und seine Frau nun auch tot waren. So viel zu seiner Entscheidung, sich nicht zu sehr einzumischen. Jetzt konnte er nur noch dafür sorgen, dass die Leopardin nicht in die falschen Hände geriet.

Gerade als er zu seinem Auto zurückgehen wollte, nahm er eine Bewegung auf dem Nachbargrundstück wahr. Rasch duckte er sich hinter ein Gebüsch und verfolgte von dort aus, wie jemand einem Schatten gleich auf das Haus des Doktors zuhielt. Er konnte nicht erkennen, um wen es sich handelte, aber eines war klar: Es war kein normaler Mensch. Die Polizei hatte das gesamte Grundstück abgesperrt, doch das schien den Neuankömmling nicht zu beeindrucken. Systematisch suchte er nach einer Lücke in der Überwachung und nutzte sie, ohne eine Sekunde zu zögern, als er sie fand. Beeindruckend, aber er hatte es auch nicht anders erwartet.

Tief atmete er ein und nickte dann. Es wunderte ihn nicht, dass die Berglöwen jemanden ausgesandt hatten, um die Sache zu überprüfen, allerdings waren sie deutlich früher da als erwartet. Seine Stirn runzelte sich. Konnte es sein, dass die ganze Zeit jemand in der Nähe gewesen war? Nein, dann wäre das Haus heute Nacht nicht überfallen worden.

Aber egal, was die Berglöwen vorhatten, er konnte nicht erlauben, dass die Leopardin weiter frei hier herum lief, es war zu gefährlich. Für alle Wandler.

19

„Sie hat ihn so schwer verletzt, dass er beinahe gestorben wäre."

Die Stimme drang durch ihre Betäubung, laut und klar, als würde der Sprecher direkt neben ihr stehen. Kainda bemühte sich, ihre Augen zu öffnen, doch die Lider waren zu schwer. Übelkeit stieg in ihr auf, als sie sich daran erinnerte, was passiert war.

„Wieso lief da überhaupt eine wilde Raubkatze frei herum? Das war grob fahrlässig von dem Tierarzt. Es war klar, dass das früher oder später schiefgeht." Diesmal sprach ein anderer Mann.

Kaindas Herz begann hart gegen ihren Brustkorb zu klopfen. Wie konnten sie so etwas über Ryan sagen? Vor allem, warum sagten sie „war"? Die Ärzte hatten Ryan doch mit ins Krankenhaus genommen, es musste ihm gut gehen. Furcht rann eisig durch ihren Körper. Sie wollte etwas sagen, sich rechtfertigen und vor allem fragen, was mit Ryan passiert war, doch das konnte sie nicht. Stattdessen lauschte sie weiter.

„Die Polizei vermutet, dass es ein Einbrecher war, den dieser Thorne überrascht hat, und dafür hat der ihn fast tot geprügelt."

„Woher weißt du das? Ist das schon offiziell?"

Der erste Sprecher lachte. „Ein Freund arbeitet bei der Polizei. Als ich ihm erzählte, dass die Leopardin hier im Veterinäramt ist, hat er sich ein wenig umgehört."

„Fast tot" hieß doch, dass Ryan noch lebte, oder nicht? *Oh, bitte* … Aber immerhin war der Polizei inzwischen bewusst, dass sie nur für die Verletzungen des Einbrechers verantwortlich war und nicht auch noch für Ryans. Es musste doch auch etwas zählen, dass sie aus Notwehr gehandelt und Ryan so vermutlich gerettet hatte, oder? Sie war sich ziemlich sicher, dass er in ihrem Sinne mit der Polizei sprechen und sie verschont werden würde. Allerdings ging das nur, wenn Ryan schon in der Lage war zu sprechen. Die Prellung an seiner Schläfe hatte gefährlich ausgesehen.

Sie hörte, wie einer der Männer auf sie zukam und dicht vor ihr stehen blieb. „Zu schade, so ein schönes und seltenes Tier sieht man hier selten."

„Bist du sicher, dass sie getötet werden soll?"

Was? Kaindas Herz begann zu hämmern, das Blut rauschte in ihren Ohren, sodass sie kaum verstand, was weiter gesagt wurde.

„... Entscheidung des Veterinäramtes. Die Leopardin ist eine Gefahr für die Gesellschaft. Wenn sie einmal einen Menschen angefallen hat, kann sie das wieder tun."

Kainda wollte dagegen protestieren, doch sie konnte es nicht. Wenn sie sich jetzt verwandelte, würde sie vielleicht nicht getötet werden, aber dafür würde sie den Rest ihres Lebens nicht mehr frei sein. Das wäre schlimmer als der Tod. Außerdem musste sie an Jamila denken und auch an die anderen Wandler. Wenn sie der Welt zeigte, dass Wesen wie sie existierten, würden sie gejagt werden, bis sie nicht mehr weiterkonnten. Nein, auch wenn sie dafür sterben musste, sie musste ihr Geheimnis bewahren.

Der Schmerz, ihre Schwester nie wieder zu sehen, nahm ihr den Atem. Sie konnte sich noch genau daran erinnern, wie Jamila zur Welt gekommen war, dabei war sie selbst damals auch erst zwei Jahre alt gewesen. Ihre Eltern waren so glücklich gewesen, ihre Familie endlich komplett. Seit sie laufen konnte, war Jamila ihr dann nie wieder von der Seite gewichen, und auch im Geiste waren sie enger verbunden, als Kainda es je von anderen Wandlern gehört hatte. Warum das so war, hatten sie nie herausgefunden, es war ein Geschenk.

Aber vielleicht hatte sie ja noch Gelegenheit zu fliehen, wenn die beiden Männer weg waren. Wenn niemand wusste, dass sie in der Lage war, Riegel aufzuschieben und Türen zu öffnen, würde sie nicht so streng bewacht werden. Kainda versuchte erneut, die Augen zu öffnen, und diesmal klappte es. Ihr Blick war seltsam verschwommen, aber immerhin konnte sie schon Umrisse wahrnehmen. Wenn sie jetzt noch den Rest ihres Körpers dazu brachte zu kooperieren, konnte sie …

„Tom, sie wacht auf!"

Jemand trat in ihr Sichtfeld und beugte sich herunter. „Tatsächlich. Gib ihr noch 'ne Dosis."

Während Kainda noch zu verstehen versuchte, was das bedeuten sollte, spürte sie einen Stich an ihrem Hinterteil. Sekunden später begann es zu kribbeln. Nein! Sie wollte wenigstens wach sein, wenn es geschah, selbst wenn sie keinen Ausweg mehr fand. Sie wollte Ryan noch einmal sehen, seine warme Stimme hören und seine Finger in ihrem Fell spüren. Doch sie wusste, dass sie keine Gelegenheit dazu haben würde. Sie würde nicht noch einmal aufwachen, bevor sie starb. Für einen winzigen Moment überlegte sie, ob die Menschen wohl recht hatten, wenn sie daran glaubten, im Tode wieder mit ihren Lieben vereint zu sein. Es wäre schön, ihre Familie wiederzusehen, aber wenn das bedeutete, Jamila und auch Ryan verlassen zu müssen, würde sie damit lieber noch etwas warten. Doch die Schwärze rückte immer näher.

Leb wohl, Jamila. Ich liebe dich, kleine Schwester.

„Ich habe keine guten Nachrichten." Toriks Stimme klang emotionslos, doch Finn konnte seine Anspannung hören, auch wenn er mehrere Hundert Meilen entfernt war.

„Was ist passiert?“ Nervös umklammerte Finn den Hörer fester. Er wollte Jamila keine schlechten Nachrichten überbringen.

„Das Haus des Doktors ist von der Polizei abgesperrt. Ich habe mich trotzdem drinnen umgesehen.“ Torik schwieg einen Moment. „In der Küche war überall Blut, es sah aus wie nach einem Massaker.“

„Verdammt!“ Finn holte tief Luft, um sich zu beruhigen. „Kainda?“

„Keine Spur von ihr. Oder von dem Doc.“

Es gab nur zwei Möglichkeiten: Entweder hatte Kainda den Tierarzt verletzt, oder jemand hatte sie dort gefunden und Thorne verletzt und sie entführt.

„Wir müssen herausfinden, was mit Kainda geschehen ist.“ Finn rieb über sein Gesicht. „Siehst du irgendeine Möglichkeit dazu?“

„Ich kann es versuchen, aber ich will mich nicht verdächtig machen.“ Toriks Stimme wurde leiser. „Vorhin hatte ich das Gefühl, dass ich beobachtet werde. Aber da war niemand, keinerlei Geruch.“

„Sei vorsichtig, Torik, wir wollen dich nicht auch noch verlieren. Ich werde Marisa bitten, noch einmal zurückzufahren, als Journalistin hat sie vielleicht eher Zugriff auf Informationen.“

„Glaubst du, das lässt Coyle zu?“

„Welche Wahl haben wir?“ Finn stieß ein trockenes Lachen aus. „Außerdem lässt Marisa sich von niemandem aufhalten, wenn sie etwas will, das weißt du doch. Sie sind gestern nach Los Angeles gefahren und noch dort, es dürfte also nicht allzu lange dauern, bis sie bei dir eintrifft.“

„Sag mir Bescheid, wenn sie zustimmt, damit ich sie beschützen kann, wenn sie hier ankommt. Oder kümmert sich Coyle darum?“

„Ich hoffe, Coyle ist vernünftig genug zu erkennen, dass er

besser nach Hause zurückkehrt. Pass auf dich auf." Langsam ließ Finn das Satellitentelefon sinken, während er blicklos an die Wand starrte. Was konnte er noch tun? Irgendwie hatte er das Gefühl, dass ihm alles entglitt. Als würde er seine Familie und Freunde im Stich lassen. Schlimmer war allerdings, dass die anderen auch keine besseren Ideen hatten, wie die Entdeckung der Wandler verhindert werden konnte.

Ein Klopfen an der Tür riss ihn aus seinen Gedanken. Wie erstarrt blieb er stehen. Das war sicher Jamila, die wissen wollte, ob ihre Schwester in Sicherheit war.

„Finn, bist du da?"

Amber! Erleichtert lief Finn zur Tür und riss sie auf.

Coyles Schwester blickte ihn erstaunt an, als er sie heftig umarmte. „Geht es dir gut? Ich habe deine Nachricht erhalten."

Verlegen ließ er sie los. „Danke, dass du gekommen bist. Komm herein." Er betrachtete sie genauer. Amber sah gut aus, so als hätte sie vieles von dem, was sie sonst mit sich herumtrug, wenigstens für kurze Zeit abgestreift. „Wo warst du?"

„Zuletzt in den Canyons." Sie strich eine Strähne ihrer rotblonden Locken hinter ein Ohr. „Was wolltest du von mir?"

„Möchtest du dich setzen? Kann ich dir etwas zu trinken bringen?"

„Nein. Was ist los?" Abwartend sah Amber ihn an.

Ein schiefes Lächeln huschte über sein Gesicht. Anscheinend lernte sie allmählich, etwas fordernder zu sein. „Also gut. Es geht um die Geschehnisse der letzten Zeit, Bowens Entführung und Misshandlung, die Jagd auf Coyle und Marisa, den Überfall auf unser Lager."

Amber war blasser geworden, die Unruhe kehrte in ihre Augen zurück. Es tat ihm weh, ihr das antun zu müssen, doch es war nötig. „Was hat das mit mir zu tun?"

„Nichts, ich möchte dir nur erklären, worum es geht. Du

hast vermutlich nicht mitbekommen, was in den letzten Tagen passiert ist, oder?"

Stumm schüttelte Amber den Kopf.

„Wir wissen jetzt, wo Kainda ist. Sie wurde von einem Truck angefahren, in der Nähe von San Diego."

„Oh." Der Zwiespalt war Amber deutlich anzusehen. Sie hatte nie einen Hehl daraus gemacht, dass sie den Leopardinnen ihre Jagd auf Coyle immer noch übel nahm.

„Sie lebt noch, wurde aber schwer verletzt. Sie wurde von dem Truckfahrer in den San Diego Wild Animal Park gebracht, wo der Tierarzt sie wieder aufgepäppelt hat." Finn lehnte sich gegen den Küchentisch. „Marisa hat gestern mit ihr gesprochen, anscheinend wurde sie von mehreren Männern verfolgt, die sie beinahe erwischt hätten. In der Klinik haben sie es dann noch einmal versucht, der Tierarzt wurde dabei betäubt. Glücklicherweise kam die Polizei, bevor Schlimmeres passieren konnte."

„Das ist gut." Amber ließ sich auf einen Stuhl sinken. Die Haut ihrer Finger färbte sich weiß, so fest hatte sie sie ineinander geschlungen. „Oder?"

„Ja, nur ist letzte Nacht etwas in dem Haus von Ryan Thorne – das ist der Doc – geschehen, und nun ist Kainda verschwunden. Torik sagt, überall wäre Blut gewesen."

„Oh mein Gott!" Amber schlug eine Hand vor den Mund. „Hat sie etwa wieder …?"

„Möglich wäre es, aber ich kann es mir nicht vorstellen. Marisa sagte, den Arzt und Kainda hätte etwas Besonderes verbunden, sie wären sich sehr nahe gewesen." Er raufte seine Haare. „Das Problem ist, wenn herauskommt, dass Kainda eine Wandlerin ist, kann das unabsehbare Folgen für alle anderen unserer Art haben." Finn holte tief Luft. „Deshalb hat der Rat beschlossen zu versuchen, mit anderen Wandlergruppen Kontakt aufzunehmen."

„Was?" Amber sprang so schnell auf, dass der Stuhl mit einem lauten Krachen umstürzte. Rasch hob sie ihn wieder auf, ihre Wangen waren gerötet. „Entschuldige."

Finn sah sie scharf an. „Findest du die Entscheidung falsch?"

„Nein, es war nur so unerwartet und … neu." Sie lächelte matt. „Es scheint, als würdest du frischen Wind in den Rat bringen."

Diesmal wand Finn sich unbehaglich. „Das war nicht allein meine Idee, ich habe mit Coyle darüber gesprochen."

„Warum wundert mich das nicht?" Sie hob die Hand, als er antworten wollte. „Ich finde es gut, dass ihr etwas Neues versucht. Es hat sich ja gezeigt, dass die alte Art schon seit einigen Jahren nicht mehr richtig funktioniert."

„Das war es auch, was die anderen Ratsmitglieder überzeugt hat. Ich habe versucht, ihnen klarzumachen, dass wir aussterben, weil wir keine passenden Partner mehr finden." Er sah, wie sich Ambers Augen verdunkelten, und verfluchte sich, dass er es überhaupt erwähnt hatte. Soweit er das beurteilen konnte, schien Amber auf jemanden zu warten, der nicht Mitglied ihrer Gruppe war. Vielleicht nicht einmal ihrer Spezies angehörte.

Ihre Stimme war leise, als sie schließlich sprach. „Das stimmt." Sie hob den Kopf und streckte die Schultern. „Aber was hat das alles mit mir zu tun?"

Jetzt kam der schwierige Teil. „Du bist viel unterwegs, während du deine Fotos machst. Vielleicht hast du irgendwann mal andere Wandler oder ihre Spuren gesehen?"

Lange sah Amber ihn nur an, bis sie schließlich zögernd nickte. „Es wäre möglich."

Finns Augenbrauen hoben sich. „Marisa hat Coyle erzählt, dass ein Adlerwandler ihr geholfen hat, uns zu finden, als wir gefangen waren. Es gibt anscheinend eine ganze Gruppe von ihnen, und sie müssen irgendwo in der Nähe unseres alten Lagers leben."

Ambers Gesichtsausdruck sagte alles. „Wissen … wissen die anderen Ratsmitglieder das auch?"

„Ich habe ihnen nicht gesagt, woher ich weiß, dass es die Adler gibt." Finn ließ seine Stimme sanfter klingen. „Könntest du ihnen eine Nachricht von uns überbringen?"

Sämtliche Farbe verließ ihr Gesicht. „Das … geht nicht. Ich kann nicht …"

„Warum nicht?" Finn hockte sich vor sie und legte seine Hände auf ihre Arme. „Bitte Amber, ich würde dich das nicht fragen, wenn es eine andere Lösung gäbe. Niemand außer dir weiß, wo sie sich aufhalten. Es geht um unsere Zukunft."

Zögernd stimmte sie schließlich zu. „Ich werde es versuchen, aber ich kann nichts versprechen."

Finn nickte. „Das ist alles, worum ich dich bitte. Wenn es nicht geht, werden wir eine andere Möglichkeit finden. Es würde nur deutlich länger dauern, und ich weiß nicht, wie viel Zeit wir noch haben."

„Ich verstehe." Ein solcher Schmerz lag in Ambers bernsteinfarbenen Augen, dass es Finn die Kehle zuschnürte.

„Es tut mir leid, dich darum bitten zu müssen, ich weiß, dass es dir nicht leichtfällt."

Amber hob den Kopf und straffte die Schultern, Entschlossenheit funkelte in ihren Augen. „Ich habe noch nie etwas für die Gruppe getan, sondern das Coyle und dir überlassen und mir eingeredet, dass es ausreichend wäre, wenn einer in der Familie sich um die Belange der Wandler kümmert. Das war nicht richtig von mir, ich hätte Coyle zumindest unterstützen sollen. Ich habe schon seit Jahren gesehen, wie schwer er an der Verantwortung trug, wie viel er dafür opferte." Sie holte zitternd Atem. „Seit ich klein war, habe ich mich auf dem ausgeruht, was geschehen ist, und ihr habt mich alle gelassen, weil ich euch so leidtat."

Finn erinnerte sich noch deutlich an jenen Tag, als Jäger versuchten, Amber einzufangen, die sich im Wald verirrt hatte, und wie die Männer dann ihren Vater töteten, der sie retten wollte. Es war ein Schock für die ganze Gruppe gewesen, besonders aber für Coyle, Amber und ihre Mutter Aliyah. Während Amber sich ganz in sich zurückzog, war Coyle vor lauter Schuldgefühlen beinahe eingegangen, denn eigentlich sollte er an dem Tag auf seine kleine Schwester aufpassen. Sein Freund hatte sich immer noch nicht vollständig davon erholt, doch Marisas Liebe brachte ihn zu der Erkenntnis, dass er nicht sein ganzes Leben der Gruppe widmen konnte, sondern auch ein eigenes haben musste.

„Natürlich hast du uns leidgetan, du warst noch so klein und hast so viel Schlimmes erlebt. Wir hatten das Gefühl, dass du Zeit brauchst, um die Sache zu verarbeiten, und dass du von selbst auf uns zukommen würdest, wenn es so weit ist. Vielleicht hätten wir dich mehr fordern sollen, aber das hat niemand über sich gebracht."

Ambers Mund verzog sich zu dem Hauch eines Lächelns. „Wegzulaufen war stets einfacher für mich."

Finn zog sie in seine Arme und presste seine Lippen auf ihre Stirn. Als sie ihn nach kurzem Zögern auch umarmte, schloss er die Augen. So weit hatte Amber sich seit jenem Tag nicht mehr geöffnet, hatte niemanden so dicht an sich herangelassen. Vielleicht hatte die ganze Unruhe ja auch etwas Gutes, wenn sowohl Coyle als auch Amber aus ihren selbst gewählten Rollen ausbrachen und darüber nachdachten, was in ihrem Leben fehlte. Bei Coyle war es eine Frau gewesen, die ihn ständig forderte und eine eigene Meinung hatte. Was Amber helfen würde, musste sie selber herausfinden, doch er hatte das Gefühl, dass sie auf dem richtigen Weg war. Seine Augen öffneten sich, als ihm die Frage in den Sinn kam, was ihm selbst denn fehlte, und er sah geradewegs in Jamilas Augen, die durch das Fenster hereinblickte. Für einen Moment erstarrte er, dann löste er die Umarmung und trat einen Schritt zurück. Im gleichen Augenblick drehte Jamila sich um und ging rasch davon.

„Verdammt."

Verwundert sah ihn Amber an. „Was hast du?"

„Entschuldige, ich muss schnell etwas erledigen."

Amber atmete tief ein und lächelte dann. „Ich verstehe. Viel Glück."

Finn schnitt eine Grimasse. Wie kam es, dass sie ihn so schnell durchschaute, obwohl sie die letzten Wochen überhaupt nicht im Lager gewesen war? „Können wir später weiterreden?"

„Natürlich, ich bin ein paar Tage hier."

„Danke." Finn zupfte spielerisch an einer ihrer Haarsträhnen, so wie er es früher gemacht hatte. „Ich freue mich, dass du wieder da bist." Damit rannte er beinahe aus seiner Hütte.

Jamila versuchte, das Bild aus ihrem Kopf zu verdrängen, wie Amber in Finns Armen gelegen hatte, doch es gelang ihr nicht. Warum hatte sie nicht vorher daran gedacht? Amber war eine Berglöwenfrau und im richtigen Alter für Finn. Außerdem war sie wunderschön mit ihrer hellen Hautfarbe, den rotblonden Haaren und bernsteinfarbenen Augen. Wie hatte sie nur denken können, dass Finn sich von ihr, Jamila, angezogen fühlte? Gut, sie hatte seine Erregung gesehen, doch letztendlich wäre sie vermutlich nur eine kurze Affäre für ihn, denn für eine richtige Beziehung war sie nicht die geeignete Frau. Doch es erschreckte sie, wie weh ihr der Gedanke tat. Es war von vornherein klar gewesen, dass sie hier nur kurze Zeit bleiben würde, bis sie mit Kainda nach Afrika zurückkehrte. Trotzdem hatte sie diese Gefühle für Finn zugelassen, und das rächte sich jetzt.

Immer schneller lief sie durch den Wald, als könnte sie dem Schmerz so entkommen. Sie wollte am liebsten weglaufen, aber sie hatte versprochen, im Lager zu bleiben, und sie würde ihr Wort nicht brechen. Deshalb ging sie nur bis zur äußeren Grenze des Lagers, bevor sie stehen blieb. Ihr Blick war nach innen gerichtet, sie nahm nichts von der Natur um sie herum wahr. Sie zuckte erschrocken zurück, als Finn plötzlich vor ihr stand.

„Jamila, warte." Wortlos trat sie um ihn herum und wollte weitergehen, doch er griff nach ihrem Arm. „Wo willst du hin?"

„Ich will einfach nur meine Ruhe haben. Darf ich jetzt weiter?" Hoffentlich merkte Finn nicht, wie nah sie den Tränen war.

„Nein, erst möchte ich dir das erklären, was du gesehen hast." Seine grünen Augen hatten goldene Flecken, ein Zeichen, wie nah sein Berglöwe unter der Oberfläche war.

„Das brauchst du nicht, es geht mich nichts an." Klang ihre Stimme so gleichgültig, wie sie sich das wünschte?

Finn beugte sich vor, bis er direkt in ihr Ohr flüstern konnte. „Wenn es dich nichts angeht, warum bist du dann weggelaufen? Und warum bin ich dir gefolgt?"

Ein Zittern lief durch ihren Körper. „Woher soll ich wissen, warum du mir folgst? Geh zurück zu deiner Hütte, Amber wartet sicher schon auf dich." Jamila biss auf ihre Zunge, als sie merkte, wie eifersüchtig sie klang. Also bemühte sie sich um einen neutralen Gesichtsausdruck und eine ruhige Stimme, als sie fortfuhr. „Ich meine das ernst, Amber ist sicher eine gute Frau für dich, sie ist Berglöwin und in einem passenden Alter."

„Ja, und sie ist für mich wie eine Schwester." Ein Lächeln spielte um seine Mundwinkel. „Wir sind zusammen aufgewachsen, und ich kann mich noch gut daran erinnern, wie sie Coyle und mir in Windeln hinterhergelaufen ist."

„Du hast sie geküsst." Und umarmt – und in seinem Gesichtsausdruck hatte Liebe gelegen.

„Auf die Stirn."

Es war klar, dass er nicht mehr dazu sagen würde, deshalb

zuckte Jamila nur die Schultern. „Okay. Lässt du mich jetzt bitte los, damit ich weitergehen kann?"

Sie dachte schon, er würde gehorchen, doch dann zog er sie abrupt an sich und schlang seine Arme um sie. Der Versuch, sich steif zu machen und keinerlei Reaktion auf seine Nähe zu zeigen, wurde dadurch erschwert, dass sich sein Körper so gut an ihrem anfühlte. Jede Faser in ihr sehnte sich danach, sich an ihn zu schmiegen und alles andere zu vergessen.

„Ich hätte nicht gedacht, dass du so dickköpfig sein kannst." Bevor sie etwas erwidern konnte, hatte er seinen Kopf gesenkt und küsste sie ausgiebig. Auf den Mund. O Gott, wie sollte sie diesem Ansturm widerstehen? Jamila bemühte sich, nicht zu reagieren, doch innerhalb weniger Sekunden erwiderte sie den Kuss und klammerte sich an ihn, als hinge ihr Leben davon ab.

Nach langer Zeit hob Finn den Kopf, seine Augen brannten sich in ihre. „Das war ein richtiger Kuss. Erkennst du jetzt den Unterschied?" Sein Atem strich über ihre feuchten Lippen und ließ sie wünschen, er hätte nicht aufgehört.

Ihre Beine gaben nach, und sie wäre zu Boden gesunken, wenn Finn sie nicht festgehalten hätte. „Machst du das mit jedem, den du von etwas überzeugen willst?"

„Nein, nur mit denen, die mich schon seit drei Monaten verrückt machen."

Es war seltsam, wie sehr Jamila der Gedanke daran freute, dass sie solch eine Wirkung auf Finn hatte. „Du hast damit angefangen, als du nackt vor uns herumspaziert bist."

Finns Mundwinkel hoben sich. „Und ich fand deine Reaktion schon damals sehr interessant."

Zur Strafe ließ sie ihre Krallen leicht über seinen nackten Rücken fahren. Wann hatten sich ihre Hände eigentlich unter seinen Pullover geschoben?

Sie fühlte Finn zusammenzucken, ein leises Grollen stieg aus seiner Kehle. „Du spielst mit dem Feuer."

Seine Reißzähne blitzten auf, als er den Kopf senkte und leicht über die Stelle kratzte, wo ihr Puls raste, was sie endgültig jeden Halt verlieren ließ. Sie klammerte sich an ihn und rieb sich hemmungslos an seiner Erektion. Erregung schoss so scharf durch ihren Körper, dass sie beinahe laut aufschrie. Ein Schauder schüttelte sie.

„Ich liebe es, wenn du für mich brennst." Finns heisere Worte raubten ihr fast den Verstand. Eine Hand glitt in ihre Hose und schloss sich um ihren Eingang. Mit einem Stöhnen schob Finn einen Finger tief in sie, was einen heiseren Laut aus ihrer Kehle löste. Ihre Muskeln zogen sich um ihn zusammen. Finn legte seine Stirn an ihre. „Was würde ich jetzt dafür geben, mich in dir verlieren zu können."

„Was … hindert dich daran?"

Ein tief rumpelndes Lachen brach aus ihm hervor. „Ist dir aufgefallen, dass wir uns in aller Öffentlichkeit befinden und jederzeit jemand vorbeikommen könnte? Auch wenn man hier nicht viel verheimlichen kann, würde ich es doch vorziehen, dich irgendwo in Ruhe und ohne Störung zu lieben." Trotz seiner Worte bewegte sich sein Finger weiterhin in ihr, und sein Bein schob sich zwischen ihre, was sie noch weiter für ihn öffnete. Sein Daumen glitt über ihre Klitoris und löste ein Feuerwerk an Gefühlen aus.

So brauchte Jamila einige Sekunden, bevor sie den Sinn seiner Worte verstand. Abrupt richtete sie sich auf. „Oh mein Gott, wie konnte ich das vergessen? Es tut mir leid, ich weiß, dass uns niemand zusammen sehen darf." Sie versuchte, sich von ihm zu lösen, doch er hielt sie weiter fest.

Seine Augenbrauen waren zusammengezogen, während er sie anstarrte. „Es ist mir im Moment völlig egal, was die anderen über mich denken oder ob sie eine Beziehung zwischen uns gutheißen würden oder nicht. Ich kann mein Leben nicht von anderen bestimmen lassen, ich habe lange genug zugesehen, wie es Coyle ergangen ist. Mir ist klar geworden, dass es nicht richtig ist, dir für etwas die Verantwortung zu geben, das nicht deine Schuld war. Du hast sicher nicht darum gebeten, aus Afrika entführt und hier gefangen gehalten zu werden. Also werde ich nur danach gehen, was ich für richtig halte, nicht die anderen." Er wartete, bis er sah, dass seine Worte bei ihr ankamen. „Ich habe aber nicht vor, dich mit irgendjemandem zu teilen. Wenn ich dich liebe, will nur ich dich sehen und deine Laute hören, wenn du kommst. Ich will der Einzige sein, der deine Erregung riecht und das Zittern in dir spürt." Sein Finger schob sich noch einmal tief in sie und löste erste Vibrationen ihres Höhepunktes aus. „Stimmst du mir da zu?"

Jamila versuchte, zu Atem zu kommen. „J… ja. Aber wenn du das m… möchtest, soll…test du deinen F… Finger still halten, sonst f… funktioniert das nicht."

Finn erstarrte. „Du reagierst immer so leidenschaftlich, sobald ich dich berühre, ich hätte daran denken sollen, dass wir nicht viel Zeit haben." Langsam zog er seinen Finger aus ihr heraus und umfasste sanft ihren Hügel. Seine Lippen berührten ihre Stirn. „Versprichst du mir, dass wir das später fortsetzen und du dich nicht wieder zurückziehst?"

Jamila nickte stumm. Sie stand noch immer kurz davor zu explodieren, es fehlte nur noch eine leichte Berührung, um sie alles andere vergessen zu lassen. Zum einen lag es sicher daran, dass sie dringend die Berührung eines Mannes brauchte, aber nur Finn konnte diese völlig kopflose Leidenschaft in ihr auslösen. Es hatte auch nicht geholfen, nachts von Kaindas Erregung aufzuwachen und selber niemanden zu haben, dem sie sich zuwenden konnte. O Gott, wie hatte sie Kainda vergessen können? Wie konnte sie so selbstsüchtig sein und nur an ihr eigenes Vergnügen denken, wenn sie nicht wusste, was mit ihrer Schwester geschehen war?

„Was hast du?" Finn löste sich von ihr und blickte sie besorgt an.

„Ich musste gerade an Kainda denken. Hat sich Torik schon gemeldet?" Ängstlich wartete sie auf seine Antwort, denn sie konnte schon an seinem Gesichtsausdruck erkennen, dass er keine guten Nachrichten hatte.

„Ja. Es gab eine Polizeiabsperrung um das Haus, aber er hat sich trotzdem drinnen umgeschaut. Kainda war nicht mehr da, aber in der Küche waren Blutflecken."

Jamilas Herz begann zu hämmern. „Nein, sie würde so etwas nicht tun, sie hat es mir versprochen."

„Es gibt verschiedene Szenarien, die ich mir vorstellen kann, aber was immer dort los war, die Tatsache ist, dass wir nicht mehr wissen, wo Kainda sich gerade aufhält. Torik sucht sie im Moment, und auch Marisa ist wieder auf dem Weg dorthin. Vielleicht erfährt sie als Reporterin mehr."

Jamila grub ihre Zähne in ihre Unterlippe. Was auch immer geschehen war, Kainda hätte dem Tierarzt sicher nichts getan. Nicht, nachdem sie ihn kurz zuvor noch geliebt hatte. „Was mache ich, wenn sie entführt wurde?"

Finn rahmte ihr Gesicht mit seinen Händen ein. „*Wir* werden uns etwas überlegen, wenn wir mehr wissen."

Jamila nickte dankbar. „Okay."

20

Der Schmerz brachte ihn zurück an die Oberfläche. Anhaltend hämmerte er in seinem Schädel und verstärkte sich noch, als Ryan die Augen öffnete und helles Sonnenlicht ihn blendete. Sofort kniff er sie wieder zu und stöhnte laut auf, als die Bewegung in seiner Schläfe schmerzte.

„Er kommt zu sich. Sagen Sie dem Doc Bescheid."

Ryan hörte die Stimme, verstand aber den Sinn der Worte nicht. Wer war wo, und warum redeten sie über ihn, als wäre er nicht hier? Und er war sich ziemlich sicher, dass er die Frau, die da sprach, nicht kannte.

Ryan wollte seinen Arm heben, um seine Augen gegen die Sonne abzuschirmen, doch er gehorchte ihm nicht. Erste Furcht durchdrang seine Verwirrung. Was war geschehen? Gerade hatte er noch im Bett gelegen und den besten Traum seines Lebens gehabt und dann … dann …

Er runzelte die Stirn und zuckte zusammen, als erneut ein scharfer Stich durch seinen Kopf fuhr. Bilder spulten sich vor seinen Augen ab. Kainda, nackt in seinem Bett, wie sie über ihm hockte und ihn mit zurückgeworfenem Kopf ritt, bis er Sterne sah. Und dann der Laut, fast wie ein Schnurren, als er sie von hinten nahm, der ihn wild gemacht hatte. Trauer übermannte ihn, dass sie nur ein Traum gewesen war. Sein Gehirn wanderte weiter zu dem Moment, als er aufgewacht war und Etana gesucht hatte. Sein Herz machte einen Sprung.

Ein Keuchen kam über seine Lippen, als er den Angriff noch einmal erlebte. Was hatte der Kerl nur von ihm gewollt? Hatte

Ryan ihn überrascht, oder war es von Anfang an sein Plan gewesen, ihn zu töten? Was war danach geschehen? In seinem Gedächtnis waren nur noch Fetzen, die nicht zusammenzupassen schienen. War Etana auch dort in der Küche gewesen? Sein Herz begann zu hämmern, als er sich an grauenvolle Geräusche erinnerte – wie von einem verwundeten Tier. Hatte der Einbrecher sie etwa verletzt? Nein, der Kerl war fort gewesen, und Kainda hatte sich mit besorgtem Blick über ihn gebeugt und gesagt, dass er träumte und alles in Ordnung wäre. Aber wenn das so war, was machte er dann hier – wo immer das war? Und warum tat ihm alles weh?

„Dr. Thorne, können Sie mich hören?" Die männliche Stimme ertönte direkt neben ihm, etwas strich über seinen Handrücken.

Mühsam öffnete Ryan seine Augen zu winzigen Schlitzen. Sein Mund war staubtrocken, er konnte die Zunge kaum bewegen. „Zu hell."

„Amelie, schließen Sie bitte die Vorhänge." Ein lautes Ratschen ertönte. „Besser so?"

Vorsichtig hob Ryan die Lider und erkannte erleichtert, dass die Sonne sich nun nicht mehr wie ein heißer Nagel in seinen Schädel bohrte. „Ja." Er räusperte sich. „Wasser?"

„Wir haben Eischips für Sie vorbereitet." Diesmal war es wieder eine Frau.

Ryan versuchte, sie genauer zu erkennen, aber sein Blick blieb verschwommen.

„Öffnen Sie einfach den Mund." Als er ihr gehorchte, schob sie einige Chips in seinen Mund. „Vorsichtig lutschen."

Das Eis fühlte sich wunderbar in seiner rauen Kehle an, seine Zunge löste sich von seinem Gaumen.

„Wissen Sie, wo Sie sind?" Wieder die Stimme des Mannes.

Ryan wollte den Kopf schütteln, überlegte es sich aber im letzten Moment anders. „Nein. Was … ist … passiert?" Er meinte zu erahnen, wie der Mann die Stirn runzelte und etwas auf einem Blatt notierte.

„Sie sind hier im Palomar Medical Center, ich bin Dr. Carlson."

Das ergab Sinn. Die Geräusche, die Gerüche. Die helle Kleidung der Menschen. Er hätte nicht gedacht, dass er so schnell wieder hier landen würde. „Bin ich ... schwer verletzt?"

„Einige schwere Prellungen und leichtere Schnitte, die erstaunlicherweise bereits verheilen, geprellte Rippen und eine gequetschte Niere. Wir haben ein CT gemacht und konnten keine inneren Blutungen feststellen. Aber das werden wir später noch einmal überprüfen. Am meisten Sorgen hat uns die Prellung an Ihrer Schläfe bereitet, aber auch die scheint unter Kontrolle zu sein."

„Warum kann ich dann meinen Arm nicht bewegen?" Er spürte eine Berührung an seinem Handgelenk und sah hin.

„Wir mussten Sie ruhig stellen, damit sie sich nicht selbst verletzen, aber jetzt, da Sie wach sind, ist es nicht mehr nötig."

Erleichtert atmete Ryan ein, als die Angst, gelähmt zu sein, sich verflüchtigte. Aber er hatte eine Frage, die fast noch dringlicher war. „Wo ist Etana?"

„Wer?" Irritation schwang in der Stimme des Arztes mit.

„Die Leopardin, die bei mir im Haus war."

„Oh, die." Es klang deutlich heraus, dass Dr. Carlson Tiere im Vergleich zu Menschen unwichtig fand. „Ich habe keine Ahnung. Ich schätze mal, dass sie vom Veterinäramt abgeholt wurde, nachdem, was sie angerichtet hat."

Wut stieg in Ryan auf. „Was soll sie getan haben?"

„Ich habe gehört, dass sie einen Mann ganz furchtbar zugerichtet haben soll. Er musste sogar operiert werden."

Wieder sah Ryan das verzerrte Gesicht seines Angreifers vor sich, als dieser ihm die Faust in den Magen rammte. „Der Mann ist nachts in mein Haus eingedrungen und hat mich grundlos so zugerichtet. Etana wollte mich wahrscheinlich nur beschützen."

Der Arzt hob gleichgültig die Schultern. „Wie auch immer. Ich muss jetzt meine Visite fortsetzen, ich komme später für einige Tests wieder." Damit verließ er das Zimmer.

Ryan versuchte, sich zu beruhigen, merkte aber schnell, dass er es nicht schaffte. Solange er nicht wusste, was mit Etana geschehen war, würde er keine Ruhe finden.

„Benötigen Sie noch etwas?"

Er war so in Gedanken vertieft gewesen, dass er die Schwester gar nicht bemerkt hatte, die noch im Raum war. „Ja. Könnten Sie mir ein Telefon bringen?"

Unschlüssig sah sie ihn an. „Ich weiß nicht, ob …"

„Bitte, es ist wirklich dringend."

„Also gut, ich komme gleich wieder und bringe Ihnen auch noch etwas zu trinken mit."

Ryan versuchte ein Lächeln, war sich aber sicher, dass es ziemlich kläglich ausfiel. „Danke."

Die Schwester nickte ihm zu und verließ mit einem leisen Quietschen ihrer Gummisohlen das Zimmer. Als sie kurz darauf wiederkam, folgte ihr Lynn dicht auf den Fersen.

Ryan sah sie erstaunt an. „Woher wusstest du, dass ich dich gerade anrufen wollte?"

Lächelnd trat Lynn näher. „Gedankenübertragung." Sobald sie allein waren, setzte sie sich auf die Bettkante und nahm seine Hand. „Du siehst furchtbar aus. Was machst du nur für Sachen?"

Ryan verzog den Mund. „Eigentlich habe ich gar nichts gemacht, außer nachts in meine Küche zu gehen."

„Ich weiß." Unerwartet ernst blickte Lynn ihn an. „Das hätte wirklich schiefgehen können, Ryan. Ich – wir alle – machen uns furchtbare Sorgen um dich."

„Es geht mir gut, denke ich. Wenn Etana nicht gewesen

wäre, könnte es allerdings sein, dass ich jetzt nicht mit dir reden würde."

„Sie hat einen Mann schwer verletzt, Ryan."

„Das weiß ich. Aber sie hat es getan, um mich zu schützen. Das ist alles, was für mich zählt. Weißt du, wo sie hingebracht wurde?"

„Ich habe keine Ahnung, aber ich kann es herausfinden."

Ryan nickte ihr zu. „Tu das bitte. Und wenn irgendjemand vorhat, ihr etwas anzutun, setz Himmel und Hölle in Bewegung, um das zu verhindern. Es war nicht ihre Schuld."

Lynn drückte vorsichtig seine Hand. „Ich werde es versuchen."

„Danke." Ryan zögerte. „Sie ist etwas ganz Besonderes."

Neugierig sah Lynn ihn an und lächelte. „Es gibt bestimmt etliche Frauen, die alles dafür tun würden, einmal diesen Ausdruck auf deinem Gesicht zu sehen. Und du denkst dabei an eine Leopardin."

Hitze stieg in seine Wangen. Er öffnete den Mund, um es abzustreiten, schloss ihn jedoch wieder. Es stimmte, in Etanas Nähe fühlte er sich lebendiger als seit langer Zeit, und er war lieber mit ihr zusammen als mit irgendeiner Frau. Gut, vielleicht mit Ausnahme von Kainda, aber er wusste ja nicht einmal, ob sie überhaupt außerhalb seiner Träume existierte. Er wollte lieber nicht wissen, was das über ihn aussagte.

Als er nicht antwortete, erhob Lynn sich. „So, ich muss wieder los. Ich soll dir schöne Grüße vom Team ausrichten, sie hoffen, dich bald wiederzusehen."

„Das hoffe ich auch, wer soll sich sonst um die Tiere kümmern?"

„Wir haben alle nicht lebensnotwendigen Behandlungen verschoben, und im Notfall kommt ein Arzt aus dem San Diego Zoo."

„Das ist gut. Ich bemühe mich, schnell wieder fit zu sein."

Lynn nickte. „Lass dir so viel Zeit, wie du brauchst. Deine Gesundheit geht vor.“ Mit einem letzten Winken verließ sie den Raum.

Da Ryan das Telefon nun nicht mehr brauchte, legte er es beiseite und griff stattdessen nach dem Glas Wasser. Nach einigen gierigen Schlucken lehnte er sich erschöpft wieder in das Kissen zurück. Sein Instinkt drängte ihn, sofort aufzuspringen und das Krankenhaus zu verlassen, um Etana selbst zu suchen, doch sowie er den Kopf hob, setzte der Schwindel ein. So würde er nicht mal bis zur Tür kommen. Auch wenn es ihm schwerfiel, musste er hierbleiben und warten, bis sein Körper ihm erlaubte aufzustehen. Er konnte nur hoffen, dass Lynn Etana schnell fand und den Behörden klarmachte, dass die Leopardin den Mann nicht unprovoziert angegriffen hatte. Wäre er dazugekommen, wenn jemand ihr etwas angetan hätte, dann hätte er ganz genauso gehandelt. Zumindest im Rahmen seiner Möglichkeiten.

Es war ihm klar, dass er Etana nicht wieder mit nach Hause nehmen konnte. Wahrscheinlich würde sie entweder an einen Park vermittelt werden oder in ein Auswilderungsprogramm übernommen. Er hoffte auf Letzteres, aber es konnte genauso gut sein, dass man sich entschied, sie einzuschläfern. Allein die Vorstellung löste einen so scharfen Schmerz in ihm aus, dass er Mühe hatte, Atem zu holen. Gott, was war mit ihm los? Schon immer war er ein Tierfreund gewesen, aber das hier ging weit darüber hinaus. Es war fast, als könnte er etwas in ihr spüren, das … nein, das war nicht möglich. Vielleicht war Kainda in seinen Träumen seine Vorstellung, wie Etana als Frau wäre. Gott, das war krank, vielleicht war sein Kopf doch schwerer verletzt, als der Arzt dachte.

Ryan ließ sich zurücksinken und schloss die Augen. Sofort konnte er wieder Kaindas Stimme hören, ihre sanften Berührungen spüren. Wie konnte das sein, wenn es nur ein Traum war?

Und in der Küche war er eindeutig wach gewesen, er hatte Kaindas Schenkel unter seinem Kopf gespürt, und ihr einzigartiger Duft war ihm in die Nase gestiegen. Trotzdem konnte es nur eine Halluzination gewesen sein, etwas anderes war nicht möglich. Aber wo war Etana währenddessen gewesen? Ryan runzelte die Stirn. Seine Erinnerung war verschwommen.

Hatte Etana die Handtücher auf seine Wunden gepresst, oder war es Kainda gewesen? Aber ein Traumgebilde würde ihn wohl kaum verarzten können. Also musste es Etana gewesen sein. Allerdings war eine Leopardin, die sich als Krankenschwester betätigte, auch nicht realistischer. Hatte es vielleicht gar keine Handtücher gegeben? Und wer hatte den Krankenwagen gerufen? Er selbst sicher nicht.

Die Sache wurde immer mysteriöser, und vor allem verursachte es ihm Kopfschmerzen, darüber nachzugrübeln. Also beschloss er zu warten, bis ihm irgendjemand seine Fragen beantworten konnte. Während er langsam wegdämmerte, glaubte er Kainda zu sehen, die ihm aus weiter Ferne zuwinkte. Fast als wollte sie sich verabschieden …

Marisa öffnete mit einem tiefen Seufzer die Tür der Tierklinik im Wild Animal Park. Wenn sie gewusst hätte, dass sie heute schon wieder hierherkommen würde, wäre sie gestern nicht bis nach Los Angeles gefahren. Andererseits war das wesentlich besser, als wenn sie die vierhundert Kilometer bis zum Yosemite National Park gefahren wäre, in dessen Nähe sie lebten. Außerdem war es schön gewesen, Isabel wiederzusehen. Coyle war auf die Idee gekommen, sie zu besuchen, und zu ihrer beider Erstaunen war aus dem Mädchen, das vor drei Monaten ihren Vater in Nevada verloren hatte, eine junge Frau geworden, stark und unabhängig. Sie schien Bowen auch immer noch sehr zu mögen und ihm nicht, wie von Bowen befürchtet, die Schuld dafür zu geben, dass ihr Vater tot war. Hoffentlich gab es eine Möglichkeit, wie die beiden wieder zusammenkommen konnten, Marisa kam es so vor, als könnten sie sich gegenseitig helfen, mit den Geschehnissen fertig zu werden.

Marisa lachte leise, als sie sich daran erinnerte, wie Coyle ihr vorgeworfen hatte, ständig bei allen Amor spielen zu wollen. Das konnte durchaus sein, denn seit sie selber mit ihm so glücklich war, wollte sie am liebsten, dass alle anderen es auch waren. Coyle hatte sich auf ihr Drängen hin entschieden, wieder nach Hause zurückzukehren, um sich dort um Angus zu kümmern und vor allem in Sicherheit zu sein, doch er war nicht glücklich darüber gewesen, auch wenn er wusste, dass Torik auf sie aufpassen würde. Sie auch nicht, aber wichtiger war jetzt, dass sie herausfand, was im Haus des Tierarztes geschehen war.

Ihr Magen zog sich zusammen, als sie sich daran erinnerte, wie vertraut Ryan Thorne mit Kainda umgegangen war, wie liebevoll er sie berührt hatte. Und nun berichtete Torik von einem abgesperrten Haus und großen Blutlachen. Sie hatte Kainda wirklich das Glück gegönnt, einen so netten Mann wie Thorne gefunden zu haben, der sich um sie kümmerte. Wollte Kainda fliehen, und irgendetwas war schiefgegangen? Es war ruhig in der Klinik, als sie jemanden suchte, der ihr helfen konnte. „Hallo?"

„Ja?" Eine weibliche Stimme erklang überraschend hinter ihr.

Rasch drehte Marisa sich um und bemühte sich um ein Lächeln für die blonde Pflegerin. „Mein Name ist Pérèz, ich war gestern schon einmal hier wegen eines Artikels über die Leopardin."

Der Blick der Frau war verschlossen, beinahe feindselig. „Und?"

„Ich wollte Dr. Thorne noch ein paar Fragen stellen, wenn es geht."

„Das tut es nicht. Gehen Sie bitte, Unbefugte haben hier

keinen Zutritt." Die Pflegerin wollte sie zur Tür begleiten, doch Marisa blieb einfach stehen. Ohne eine Antwort würde sie die Klinik nicht verlassen.

„Hören Sie, ich weiß, dass irgendetwas nicht stimmt, ich bin zuerst zum Haus von Dr. Thorne gefahren, doch dort war alles abgesperrt. Ich hoffe, es geht ihm und der Leopardin gut."

Ein Ausdruck legte sich über das Gesicht der jungen Frau, der Marisas schlechtes Gefühl verstärkte. „Sind Sie als Reporterin hier?"

Marisa antwortete wahrheitsgemäß. „Nein."

„Warum dann?"

„Ich möchte helfen. Raubkatzen faszinieren mich, und wenn ich meine Journalistenkontakte nutzen kann, um einer Leopardin ein neues Zuhause zu geben, dann tue ich das gerne." Gut, zumindest das mit den Raubkatzen stimmte, seitdem sie festgestellt hatte, dass es Wandler gab. Obwohl es schon drei Monate her war, gab es noch Momente, in denen sie sich fragte, ob sie träumte. Doch sie lebte tatsächlich mit einem Mann zusammen, der sich in einen Berglöwen verwandeln konnte.

„Ich denke nicht, dass wir noch irgendeinen Einfluss darauf haben, wohin die Leopardin kommt."

Die Stimme der Pflegerin schreckte Marisa aus ihren Gedanken auf. Ihre Augen weiteten sich alarmiert. „Warum nicht?"

„Weil es letzte Nacht einen Zwischenfall gegeben hat. Etana hat einen Mann schwer verletzt, deshalb haben die Behörden sie eingesperrt. Wer weiß, was sie mit ihr vorhaben."

„O Gott, sie hat doch dem Doktor nichts getan?" Allein die Vorstellung ließ das Blut in ihren Adern gefrieren.

„Nein, natürlich nicht. Es war wohl ein Einbrecher, den Ryan – Dr. Thorne – mitten in der Nacht in seiner Küche erwischt hat. Der Kerl hat ihn schwer verletzt."

„Aber er lebt noch?"

Erleichterung erschien auf dem Gesicht der Frau. „Ja, Ryan ist inzwischen auch schon wieder ansprechbar. Aber er hat etliche schwere Prellungen und Schnittwunden. Er muss noch im Krankenhaus bleiben, bis sichergestellt ist, dass keine inneren Organe verletzt sind." Sie atmete tief durch. „Jedenfalls ist wohl Etana dazugekommen und hat den Verbrecher aufgehalten."

Marisa presste die Lippen zusammen. „Und sie ist danach nicht einfach verschwunden?"

„Nein, sie hat es nicht mal versucht, das ist ja das Merkwürdige. Stattdessen ist sie ins Bad gelaufen und hat Handtücher geholt, mit denen sie Ryans Wunden bedeckt hat. Jedenfalls haben die Polizisten das erzählt, die vor Ort waren. Ihre blutigen Tatzenspuren liefen von der Küche zum Bad und wieder zurück. Und als die Sanitäter und die Polizei eintrafen, lag sie halb auf Ryan, die Vorderbeine auf den Handtüchern, um die Blutung zu stoppen." Nachdenklich starrte sie vor sich hin. „Wahrscheinlich hatte Ryan recht, dass Etana etwas ganz Besonderes ist."

Marisa nickte nur. Ihre Kehle war wie zugeschnürt. Schließlich räusperte sie sich. „Woher wissen Sie das alles?"

Leichte Röte kroch in die Wangen der Pflegerin. „Ich habe mich an einen der Polizisten rangemacht."

„Und wo ist Etana jetzt?"

„Beim Veterinäramt."

„Kann man irgendetwas tun, um zu erfahren, wie es ihr geht und was mit ihr geschehen soll?"

Die Frau hob die Schultern. „Darum hat Ryan mich auch schon gebeten. Ich habe einen Freund angerufen, der dort arbeitet, er wollte versuchen, es herauszufinden, und mir dann Bescheid geben."

„Wäre es möglich, mich anzurufen, wenn Sie etwas hören? Ich bin gerne bereit, einen Artikel in die Zeitungen zu setzen, wenn das hilft, der Leopardin einen guten Platz zu verschaffen." Marisa hielt ihr eine Visitenkarte hin.

Zögernd nahm sie sie. „Okay. Obwohl ich befürchte, dass die Entscheidung politisch ausfallen wird."

„Wie meinen Sie das?"

„Wenn genug aufgebrachte Bürger sich darüber beschweren, dass ein Raubtier einen Menschen angefallen hat, werden Sie die Leopardin vermutlich einschläfern lassen. Für einen Park wäre sie viel zu gefährlich."

„Aber das können sie doch nicht machen, sie …" Marisa biss sich auf die Lippe, um nicht etwas zu sagen, das die Pflegerin nicht wissen durfte.

„Sie was?"

„Sie hat schon so viel durchgemacht. Zählt es denn gar nicht, dass sie auch einen Menschen gerettet hat?"

„Nur wenn die Politiker denken, dass die Mehrheit der Wähler das auch so sieht." Die Pflegerin verzog den Mund. „Was ich nicht glaube."

„Aber sie gehört doch einer geschützten Tierart an!"

„Das ist egal, wenn sie einen Menschen verletzt hat."

Marisa wollte protestieren, doch es war klar, dass die Frau recht hatte. Sie musste irgendetwas tun, um Kainda zu retten, doch was? Vielleicht hatte Torik eine Idee. Die Frage war nur, sollte wirklich entschieden werden, die Leopardin zu töten, würde Kainda sich dann in einen Menschen verwandeln, um ihr Leben zu retten? Nein, ganz sicher nicht. Sie würde niemals ihre Schwester in Gefahr bringen. Verdammt.

„Danke für Ihre Auskünfte." Marisa schüttelte die Hand der Pflegerin. „Ich hoffe, Dr. Thorne wird schnell wieder gesund."

„Ich werde es ihm ausrichten." Sie senkte die Stimme. „Die Frage ist, wie er es verkraften wird, wenn Etana eingeschläfert werden sollte. Ich habe noch nie erlebt, dass er so an einem Patienten hängt."

Da sie mehr zu sich selbst zu sprechen schien, nickte Marisa ihr nur zu und verließ die Klinik. Trotz der strahlenden Sonne war ihr kalt. Einen Moment lang stand sie nur da und saugte die Wärme der Strahlen in sich auf, bis sie sich schließlich einen Ruck gab und zu ihrem Wagen zurückging. Was konnte sie jetzt tun? Wahrscheinlich nur herausfinden, wo genau sie Kainda untergebracht hatten, und dann dorthin fahren und die Leute dazu zwingen, sich genau zu überlegen, was sie mit der Leopardin machen wollten.

Marisa stieg in ihren Wagen und erstarrte.

„Guter Instinkt."

Aufgebracht wandte sie sich zu Torik um, der auf dem Rücksitz lag. „Warum macht ihr das immer? Ihr wisst doch, dass ich euch nicht schon meilenweit vorher riechen kann."

„Eben, deshalb." Sein schwaches Lächeln verschwand. „Hast du etwas herausgefunden?"

Nachdem sie ihm alles berichtet hatte, was sie wusste, saß er eine Weile stumm da, die Augenbrauen zusammengezogen. Auch wenn er in Jeans und T-Shirt beinahe wie ein normaler Mensch aussah, wusste Marisa, dass die ungezähmte Wildheit in ihm dicht unter der Oberfläche lag.

„Okay, fahren wir zu diesem Amt. Wenn du es nicht schaffst, werde ich sie auf andere Art dort herausbekommen."

„Aber …" Sein Blick sagte ihr deutlich, dass sie sagen konnte, was sie wollte. Er würde sowieso machen, was er für richtig hielt. „Schön. Aber ich befreie dich nicht, wenn du auch noch eingesperrt wirst."

„Das ist auch nicht nötig. Ich weiß, was ich tue." Damit lehnte er sich zurück und beobachtete die Umgebung.

Als sie wenig später an ihrem Ziel ankamen, war er schon aus dem Auto, bevor sie den Motor ausgestellt hatte. „Geh schon rein, ich sehe mich hier erst einmal um.“ Er wartete nicht auf ihre Antwort, sondern verschwand im Gebüsch.

Seufzend stieg Marisa aus. Manchmal wünschte sie sich, wieder mit ganz normalen Menschen zu tun zu haben. Wandler – besonders die Männer – konnten ziemlich anstrengend sein, der heißblütige Berglöwe lauerte dicht unter der Oberfläche, und sie machten die seltsamsten Dinge. Allerdings würde sie sich mit einem normalen Mann vermutlich innerhalb weniger Minuten zu Tode langweilen. Coyle forderte sie ständig, und das war nur einer der Gründe, warum sie ihn liebte. Aber jetzt sollte sie sich wirklich beeilen, jede Minute konnte entscheidend sein, wenn es darum ging, Kainda zu retten. Hätte sie sich doch bloß gestern überzeugen lassen mitzukommen, dann wäre das alles nicht passiert.

Mit einem mulmigen Gefühl betrat Marisa das Gebäude.

21

Ryan wachte auf, als es an der Tür seines Krankenzimmers klopfte. Schlaftrunken wollte er sich aufsetzen, doch die Schmerzen erinnerten ihn sofort wieder daran, wo er war, und vor allem, *warum* er hier war. „Ja?“ Seine Stimme war kaum mehr als ein Krächzen.

Die Schwester steckte ihren Kopf durch die Tür. „Tut mir leid, dass ich Sie wecken muss, aber die Polizei ist hier und möchte unbedingt mit Ihnen sprechen.“

„Lassen Sie sie herein. Danke.“

Die Schwester nickte ihm zu und öffnete die Tür weiter. Zwei Polizisten in Zivilkleidung betraten das Zimmer und schlossen die Tür hinter sich. Nervosität überkam Ryan, dabei hatte er sich überhaupt nichts zuschulden kommen lassen. Der eine Mann blieb am Fußende des Bettes stehen, der andere setzte sich auf den Besucherstuhl neben dem Bett.

„Mein Name ist Detective Burgess, das hier ist Detective Greene. Können Sie uns sagen, was passiert ist?“

Wenn er das nur wüsste! „Ich bin nachts aufgewacht, wollte mir ein Glas Wasser in der Küche holen und wurde von diesem Kerl überfallen.“

„Kannten Sie ihn?“

„Es war dunkel in der Küche, ich habe ihn nicht gesehen.“

„Haben Sie irgendwelche Wertsachen, auf die er es abgesehen haben könnte?“

Ryan schnitt eine Grimasse. „Nein, nichts außer einem Fernseher und einem PC, die beide schon ein paar Jahre alt sind.

Aber es kam mir auch eher so vor, als hätte er dort auf mich gewartet."

„Wie kommen Sie darauf?" Detective Burgess schien es ganz genau wissen zu wollen.

Ryan hob die Schultern und zuckte vor Schmerz zusammen. „Nur ein Gefühl. Er hätte sich ja verstecken können oder wieder verschwinden, aber er hat mich sofort angegriffen und weiter geschlagen und getreten, obwohl ich schon am Boden lag. Und er hatte ein Messer." Allein es auszusprechen, löste einen bitteren Geschmack in seinem Mund aus.

Greene nickte. „Was geschah dann?"

„Ich weiß nicht, wie lange es dauerte, irgendwann bekam ich einen Schlag gegen die Schläfe. Danach war ich wohl bewusstlos." Ryan berührte zaghaft den Verband an seiner Schläfe.

„Und in der Zeit hat die Leopardin den Einbrecher beinahe getötet."

Greenes Bemerkung ging Ryan gegen den Strich. „Ich bin mir völlig sicher, ich wäre jetzt tot, wenn mir Etana nicht zu Hilfe gekommen wäre."

Burgess nahm das Gespräch wieder an sich. „Was hat sie überhaupt in Ihrem Haus gemacht? Hätte sie nicht im Gehege sein müssen?"

Ryan spürte, wie sein Gesicht rot anlief. „Etana war schwer verletzt, deshalb habe ich die Hintertür offen gelassen, damit sie drinnen schlafen kann, wenn sie möchte." Kein Grund, zu erwähnen, dass sie sogar schon in seinem Bett geschlafen hatte.

Die Polizisten sahen sich an und hoben die Augenbrauen. „Ihnen ist schon klar, dass sie eine Leopardin war, ein Wildtier?"

„Sie hat mir nie ein Haar gekrümmt." Dann wurde ihm bewusst, was Greene gesagt hatte. Ryan erstarrte. „Was meinen Sie mit ‚war'?"

Burgess hob die Schultern. „Sie wurde eingeschläfert, so

wie alle Tiere, die einen Menschen verletzt oder getötet haben."

„*Was?*" Ryan setzte sich abrupt auf, die Schmerzen waren momentan vergessen. „Das können Sie nicht ernst meinen."

„Sehe ich aus, als würde ich Witze machen?" Burgess blickte ihn unter gesenkten Augenbrauen an.

Das Blut wich aus Ryans Kopf, sein Herz raste. Nein, das konnte gar nicht sein, Etana lebte! Er würde es sicher fühlen, wenn sie nicht mehr da wäre. Ein Band schnürte sich um seine Brust, sodass er kaum noch Luft bekam. Tränen stiegen in seine Augen.

„Beruhigen Sie sich, Doc, es ist doch nur ein Tier."

Ryan schoss aus dem Bett und wollte auf Greene losgehen, allerdings ließ ihn sein Körper im Stich. Stattdessen landete er hart auf dem Boden. Burgess trat neben ihn und half ihm zurück ins Bett. Schwer atmend saß Ryan schließlich auf der Matratze, sein Schädel drohte zu zerspringen.

„Mist, sind Sie verrückt geworden? Was ist denn in Sie gefahren?"

Ryan bedachte Greene mit einem Blick, bei dem er tot hätte umfallen müssen. „Sie meinen also, wir haben das Recht, ein Lebewesen zu töten, weil es ‚nur' ein Tier ist?"

„Sie hat einen Menschen verletzt."

Mit Mühe hielt Ryan seine Stimme ruhig. „Dieser Mensch hat davor versucht, mich zu töten, es war ein Verbrecher." Allein die Vorstellung, wie Etana sich gefühlt haben musste, eingesperrt und dann … Ryan schluckte schwer. Sie hatte sicher genau gewusst, was passierte. Ob sie sich gefragt hatte, wo er war und warum er nicht bei ihr war? *Gott!*

„Vielleicht haben Sie recht, aber wir haben das nicht entschieden. Beschweren Sie sich also beim Bürgermeister oder sonst wem."

„Das werde ich auf jeden Fall." Er schob seine Beine wieder aus dem Bett, um aufzustehen.

„Was machen Sie denn jetzt schon wieder? Bleiben Sie endlich liegen."

Ryan ignorierte Burgess. „Ich will sie sehen."

„Wen?"

Diesmal ließ er seine Wut deutlich durchschimmern. „Etana, wen sonst?"

Die beiden Detectives blickten sich ratlos an. „Sie ist tot."

Ryan biss die Zähne gegen den Schmerz zusammen. „Ja, und ich möchte mich von ihr verabschieden."

„Sie können das Krankenhaus noch nicht verlassen, der Doktor will Sie mindestens bis morgen hierbehalten."

„Das ist mir egal."

Burgess packte ihn am Arm und versuchte, ihn ins Bett zurückzudrücken. „Seien Sie vernünftig, Sie würden in diesem Zustand keine zehn Meter weit kommen. Außerdem sind wir mit unserer Befragung noch nicht fertig."

Ryans Kraft reichte nicht, den stämmigen Detective zu bekämpfen. Widerwillig ließ er sich zurücksinken. „Was wollen Sie denn noch? Ich habe alles gesagt, was ich weiß."

„Es sind noch einige Fragen offen, von denen wir hoffen, dass Sie sie uns beantworten können." Burgess blickte in sein Notizbuch.

„Und die wären?"

„Zum Beispiel, wer den Krankenwagen gerufen hat."

Verwirrt sah Ryan ihn an. „Das wissen Sie nicht?"

„Würden wir Sie sonst fragen? War letzte Nacht eine Frau bei Ihnen?" Greenes Blick lag starr auf Ryans Gesicht.

Völlig überrascht spürte Ryan, wie ihm erst das Blut aus dem Gesicht wich, um kurz danach in seine Wangen zu schießen. Es war klar, dass die Polizisten jede Einzelheit seiner Reaktion sofort registriert hatten, trotzdem versuchte er es. „Nein. Nur Etana.“ Er würde ihnen ganz sicher nichts von seinem erotischen Traum erzählen.

Burgess starrte ihn an, ließ die Antwort aber so stehen. „Ich frage deshalb, weil eine Frau das Verbrechen gemeldet hat. Sie hat keinen Namen genannt, aber Ihre Adresse und dass Sie schwer verwundet wurden und sofort einen Notarzt benötigen.“

„Vielleicht eine Nachbarin?“ Allerdings konnte unmöglich jemand über diese Entfernung etwas mitbekommen haben. Es hatte auch keine Schreie oder irgendwelchen Lärm gegeben, der Einbrecher war mit absoluter Stille vorgegangen. Ein Profi. Ein Schauder lief über Ryans Rücken bei dem Gedanken, wie kurz er davorgestanden hatte, sein Leben zu verlieren.

„Wir haben die Nachbarn befragt, niemand hat etwas mitbekommen, bis der Notarztwagen und die Polizei kamen.“

„Eine Spaziergängerin?“

Greenes Augenbrauen schossen in die Höhe. „Mitten in der Nacht? In einer Gegend, wo jeder normale Mensch mit dem Auto fährt?“ Er machte eine wegwerfende Handbewegung. „Sehr unwahrscheinlich. Außerdem liegt Ihre Küche nach hinten raus, von der Straße hätte niemand etwas bemerken können.“

„Dann kann ich Ihnen nicht weiterhelfen.“

Burgess sah ihn nur an und holte einen Gegenstand aus der Innentasche seines Jacketts. Ohne Vorwarnung ertönte eine aufgeregte Frauenstimme.

„Sie müssen Ryan helfen, er ist schwer verletzt!“

„Bleiben Sie ganz ruhig, Ma'am. Wo sind Sie?“ Die Stimme des Notrufleiters klang dagegen ganz ruhig.

„Seine Adresse ist …“ Eine Pause entstand, dann sprach sie weiter. „3192 Willow Tree Lane, Escondido. Bitte, kommen Sie schnell!“

„Ich schicke gleich …" Das Gespräch endete mit einem deutlichen Klicken.

Burgess steckte den Recorder wieder ein. „Sie sind also sicher, dass Sie die Frau nicht kennen?" Er sah ihn durchdringend an. „Sie sagte ‚Ryan', als würde sie Sie kennen."

Ryan versuchte, Worte zu formulieren, doch es gelang ihm nicht. Sein Gehirn schien wie schockgefroren zu sein. Es war Kaindas Stimme, ihre Art, Worte auszusprechen, mit dem Akzent, den er so erregend gefunden hatte. Aber das konnte nicht sein, sie war nur ein Traum gewesen. Ryan versuchte, sich zu erinnern, doch alles nach dem Schlag an die Schläfe blieb verschwommen. Kainda war da gewesen und hatte sich um ihn gekümmert, doch das konnte nur Einbildung gewesen sein. Eine völlig fremde Frau würde nicht in sein Haus kommen, mit ihm reden, als würde sie ihn kennen, und ihn hemmungslos lieben, um dann wieder zu verschwinden. Und wo war Etana gewesen? Hätte sie Kainda nicht auch angreifen müssen, wenn sie real gewesen war?

Zufrieden mit dieser Erklärung gelang Ryan endlich eine Antwort. „Ich kenne sie nicht." Was der Wahrheit entsprach. Denn selbst wenn Kainda existieren sollte, wusste er nichts über sie, nur welche Laute sie von sich gab, wenn sie ihren Höhepunkt erreichte. Was zu den Ermittlungen nicht wirklich etwas beitrug.

„Wir haben auch einen Beutel mit Nahrung und Geld sowie Frauenkleidung hinter einigen Sträuchern in Ihrem Garten gefunden. Wissen Sie etwas darüber?" Burgess sah von seinem Notizblock auf.

„Nein. Vielleicht hat ihn jemand über den Zaun geworfen? Eine Landstreicherin oder so?" Ryan bemühte sich, ruhig zu antworten, obwohl er am liebsten allein sein wollte, um seine Gedanken in Ruhe zu ordnen.

„Es war ein Beutel vom Wild Animal Park, ich kann mir

nicht vorstellen, dass jemand so etwas ausgerechnet über Ihren Zaun wirft, vor allem, weil hinter dem Grundstück keine Straße entlangführt."

Langsam nervte Ryan die Fragerei des Detectives. „Ich habe keine Ahnung, wie der Beutel dort hingekommen ist, okay? Falls Sie es noch nicht bemerkt haben, ich bin hier das Opfer, nicht der Täter."

Betont gelassen sah Burgess ihn an. „Genau deshalb stellen wir Ihnen Fragen zum Tathergang."

„Aber der Täter ist doch gefasst, warum befragen Sie ihn nicht?

„Das tun wir, sobald er ansprechbar ist, keine Angst. Wir versuchen nur herauszubekommen, ob er vielleicht eine Komplizin hatte. Denn es war eindeutig eine Frau dort, neben dem Beutel waren Fußabdrücke in der Erde. Größe 37. Zusammen mit dem Anruf und der Kleidung ergibt das für uns die Frage, ob zum Zeitpunkt des Überfalls eine Frau dort war."

Ryan rieb über seine schmerzende Stirn. „Ich habe jedenfalls keine gesehen oder gehört."

Burgess nickte. Wahrscheinlich erkannte er, dass Ryan nicht mehr dazu sagen würde. „Es war auch ein Tiegel mit irgendeiner Salbe in dem Beutel, er wird gerade auf Fingerabdrücke untersucht." Als keine Reaktion kam, wechselte er das Thema. „Sie sind vorletzte Nacht schon einmal in der Klinik überfallen worden. Könnten die beiden Fälle zusammenhängen?"

Ryan verglich beide Taten miteinander und nickte schließlich leicht. „Ich denke schon. Einer der Einbrecher ist entkommen, und soweit ich weiß, wurde er bisher noch nicht gefasst. Wenn ich mich recht erinnere, roch es beide Male stark nach kaltem Rauch. Aber ob es der gleiche Täter war …" Er holte tief Luft. „In der Klinik haben diese Kerle mich auch ohne Grund angegriffen. Wären sie hinter den Medikamenten oder Wertsachen her gewesen, hätten sie damit einfach verschwinden können. Stattdessen haben sie uns aktiv gesucht."

„Uns?"

„Etana und mich. Ich glaube, sie war der eigentliche Grund für den ersten Überfall. Es kann gut sein, dass auch der Kerl gestern es eigentlich auf sie abgesehen hat und mich nur aus dem Weg räumen wollte." Ryan sah Burgess an. „Hat schon einer der beiden verhafteten Einbrecher etwas zu den Gründen gesagt?"

„Das bearbeitet ein Kollege, aber soweit ich weiß, beharren sie darauf, dass sie aus Spaß eingebrochen sind."

„So kam es mir aber nicht vor. Mich würde ja mal interessieren, woher sie das Betäubungsgewehr hatten."

„Die Waffe wurde nicht bei ihnen gefunden, wahrscheinlich hat der dritte Mann sie mitgenommen. Was mich zu der Frage führt, warum er sie nicht noch einmal benutzt haben sollte, wenn es sich um den gleichen Täter handelt. Die Art, wie er Sie verprügelt hat, kommt mir sehr persönlich vor." Burgess griff noch einmal in seine Tasche und holte ein Foto hervor, das er Ryan hinhielt. „Haben Sie diesen Mann schon mal gesehen?"

Es war eine Großaufnahme des Kopfes und der Schultern. Die Augen waren geschlossen, über das gesamte Gesicht zogen sich tiefe Kratzer und Prellungen. An der Schulter war eine tiefe Bisswunde zu sehen. Nachdem Ryan einige Male geschluckt hatte, räusperte er sich. „Nein, ich kann mich nicht erinnern, den Mann jemals gesehen zu haben, aber es war bei beiden Überfällen stockdunkel, es könnte also der gleiche Täter sein. Wer ist er?"

„Das haben wir noch nicht herausgefunden, aber wir haben genetische Proben und Fingerabdrücke von ihm genommen und werden sie mit anderen Verbrechen abgleichen." Greene mischte sich wieder ein. „Es ist sehr ungewöhnlich, dass ein Einbrecher so auf einen völlig Fremden losgeht. Die meisten würden Sie niederschlagen oder im schlimmsten Fall erschießen und dann abhauen, wenn sie bei ihrer Tat überrascht werden."

Ryan schnitt eine Grimasse. „Eigentlich bin ich ganz froh, dass er mich nicht erschossen hat."

Burgess nickte knapp. „Eine Frage noch, dann können Sie sich ausruhen." Er blickte in seinen Notizblock, aber es war klar, dass das reine Gewohnheit war und er genau wusste, was er fragen wollte. „Ihre Wunden waren mit Handtüchern bedeckt, wie haben Sie das hinbekommen?"

Ein trauriges Lächeln umspielte Ryans Mundwinkel. „Das war Etana, sie hat sie aus dem Badezimmer geholt und über meine Wunden gelegt."

Die Augenbrauen des Detectives hoben sich. „Ist es nicht ungewöhnlich, dass ein Tier so etwas macht? Haben Sie ihr das gesagt?"

„Ich war bewusstlos, darauf ist Etana von ganz allein gekommen. Und ja, das ist für ein Wildtier äußerst ungewöhnlich." Nicht ungewöhnlicher allerdings, als dass sie ihn verstehen und mit ihm kommunizieren konnte. „Etana ist etwas ganz Besonderes."

Greene sah aus, als wollte er ihn verbessern, doch Burgess gab ihm ein Zeichen, es sein zu lassen. „Es sieht so aus. Dann wollen wir Sie nicht länger stören. Falls Ihnen noch etwas einfällt, rufen Sie mich an." Burgess reichte ihm eine Visitenkarte. „Es wäre nett, wenn Sie in den nächsten Tagen in die Polizeistation kommen würden, um Ihre Aussage zu unterschreiben."

„Okay." Ryan bekam kaum mit, wie sich die Detectives von ihm verabschiedeten und den Raum verließen, zu sehr war er in seinen furchtbaren Gedanken gefangen. War Etana wirklich tot? Lynn hatte versprochen, sich nach ihr zu erkundigen, und vielleicht hatte sie inzwischen schon etwas erfahren. Wenn es stimmte, würde Lynn es irgendwie schaffen müssen, dass Etanas sterbliche Überreste aufbewahrt wurden, bis er die Klinik verlassen konnte, um sich von ihr zu verabschieden. Seine Finger zitterten, als er sich das Telefon nahm und die Nummer der Klinik wählte.

„Hören Sie, ich will keinen Artikel darüber schreiben – auch wenn ich der Meinung bin, dass die Öffentlichkeit ein Recht darauf hat, darüber informiert zu werden, was in der Stadt passiert." Marisa beugte sich vor und starrte den Amtsleiter an. Immerhin war sie inzwischen zu ihm vorgedrungen, nachdem man erst versucht hatte, sie an der Pforte abzuwimmeln. „Es geht mir nur darum zu erfahren, was mit der Leopardin geschehen ist. Doktor Thorne hatte mich gebeten, einen Artikel für überregionale Zeitungen zu schreiben, um so den rechtmäßigen Besitzer des Tieres zu finden. Deshalb wäre es schon sinnvoll, wenn ich wüsste, wo sie jetzt ist und was mit ihr passieren soll." Gut, das war nicht ganz die Wahrheit, aber das musste der Amtsknilch ja nicht erfahren. Schon an seiner Krawatte konnte sie erkennen, dass er alles sehr genau nahm und es schwer werden würde, ihn zu überzeugen.

Die manikürten Finger trommelten auf die Schreibtischplatte, während er sie unentschlossen anblickte. Schließlich lehnte er sich zurück, was seinen ledernen Chefsessel zum Quietschen brachte. „Sie muss nicht mehr vermittelt werden."

Marisas Herz begann zu hämmern. „Nein? Kommt sie in einen anderen Park oder in ein Auswilderungsprogramm?"

Der Amtsleiter sah sie merkwürdig an, anscheinend konnte er sich nicht vorstellen, dass etwas einen anderen so in Aufregung versetzte, das ihn offensichtlich völlig kalt ließ. „Es wurde entschieden, dass die Leopardin eingeschläfert wird."

Marisa bemühte sich, sich ihren Schock nicht anmerken zu lassen. „Und wann soll das passieren?" O Gott, das konnte einfach nicht geschehen! Nicht nur um Kaindas willen, sondern auch wegen Jamila.

„Der Befehl wurde sofort umgesetzt."

Der Satz drang durch ihre Überlegungen, und es dauerte einen Moment, bis sie ihn verstand. Diesmal schaffte sie es nicht, ihren Schock zu verbergen. Das Blut wich aus ihrem Gesicht, ihre Hände umklammerten die Schreibtischkante, während sie sich vorbeugte. „Wie meinen Sie das?"

„Die Leopardin wurde heute Morgen eingeschläfert." Als er ihre Reaktion sah, beeilte er sich zuzufügen: „Sie ist friedlich eingeschlafen."

Marisa hatte das Gefühl, keine Luft mehr zu bekommen, Tränen stiegen ihr in die Augen. Im Geiste sah sie Kainda vor sich, wie sie darüber gesprochen hatte, nach Afrika zurückzukehren. Jetzt würde sie nie mehr nach Hause kommen. Und Jamila würde ganz allein zurückbleiben. Hoffentlich ließen die Berglöwenwandler sie bei sich leben, bis sie sich entschied, was sie nun tun wollte. Und Thorne würde ihr Tod ganz besonders treffen, obwohl er nicht einmal wusste, dass Kainda eine Wandlerin war.

„Kann ich Sie sehen?" Das war das Letzte, was sie noch für Kainda tun konnte.

„Was hätten Sie davon? Tote Tiere sind kein schöner Anblick."

Marisa durchbohrte ihn förmlich mit ihrem Blick. „Das ist mir bewusst, ich mache es auch nicht, weil ich es so lustig finde." Sie holte tief Atem. „Ich habe K… Etana kennengelernt und sie als sehr zutrauliches Tier erlebt."

Der Amtsleiter zuckte mit den Schultern. „Wenn Sie unbedingt wollen, werde ich Sie nicht aufhalten."

„Danke für Ihr Entgegenkommen." Die letzten Worte würgte sie heraus, obwohl sie ihm viel lieber gesagt hätte, was sie davon hielt, wenn ein seltenes Wildtier einfach so getötet wurde. Rasch stand sie auf, damit er es sich nicht noch einmal anders überlegen konnte.

Wenig später wurde sie von einem Mitarbeiter im Fahrstuhl in den Keller gefahren und einen langen Gang entlanggeführt. Sie gingen an etlichen Stahltüren vorbei, und Marisa fragte sich, was dahinter wohl vor sich gehen mochte. Quarantäne? Experimente? Oder die Lagerung von konfiszierten Tieren? Aber sie hatte nicht das Herz, ihren Begleiter danach zu fragen. Die Vorstellung, gleich Kaindas Leiche zu sehen, schlug ihr auf den Magen. Sie widerstand dem Drang, umzukehren und ans Licht zurückzukehren. Was gäbe sie jetzt dafür, Coyle bei sich zu haben. Vermutlich würde er ihr sagen, dass sie mal wieder starrköpfig war und sie Kainda nicht identifizieren musste. Vielleicht nicht, aber Marisa fühlte sich zumindest zum Teil dafür verantwortlich, weil sie die Wandlerin gestern nicht überredet hatte, mit ihr zu kommen. Dann wäre sie in Sicherheit gewesen.

Schließlich blieb der Mitarbeiter vor einer Tür stehen und holte einen dicken Schlüsselbund heraus. „Da sind wir." Er schloss die Tür auf und geleitete Marisa in den stark gekühlten Raum. An den Wänden standen Regale, auf deren Brettern tote Tiere lagen. Ein unangenehmer Geruch stieg ihr in die Nase. Auf Marisas erschrockenes Luftholen hin hob er entschuldigend die Schultern. „Tut mir leid, man gewöhnt sich dran, wenn man hier arbeitet."

Marisa fröstelte in der Kälte des Raumes. „Was ist das hier?"

„Das Übergangslager, bis entschieden wird, was mit den Tieren geschehen soll. Die meisten werden von der Tierbeseitigung abgeholt, doch manche werden weiter getestet oder in seltenen Fällen auch ausgestopft und in einem Museum ausgestellt."

Die Übelkeit wurde stärker, Marisa schaffte es nur mit aller Mühe, sich Kainda nicht ausgestopft vorzustellen. *Gott.* „Was ist für die Leopardin geplant?"

„Weiß ich nicht. Ich denke mal, dass sie entweder Forschungszwecken zur Verfügung gestellt oder nach weiteren Tests beseitigt wird." Er hob wieder die Schultern. „Ausgestellt wird sie sicher nicht, dafür ist das Fell nicht gut genug, vor allem die abrasierten Stellen, wo sie operiert wurde, stören."

Marisa schluckte hart. Es war wirklich Kainda! Sie hatte immer noch gehofft, es wäre ein Fehler begangen worden.

Der Mann schien ihr Zögern überhaupt nicht zu bemerken, er führte sie zu einem Rolltisch, der in eine Ecke des Raumes geschoben war. „Sie war zu groß für das Regal, deshalb haben wir sie auf dem Tisch gelassen."

„Danke, dass Sie mich hergebracht haben. Könnte ich vielleicht einen kleinen Moment …?"

„Wie Sie wollen. Aber nehmen Sie nichts mit." Über seinen eigenen Witz kichernd, verließ er den Raum.

Marisa dachte kurz darüber nach, ihm etwas an den Kopf zu werfen, doch dann drehte sie sich zögernd zu Kainda um. Ein Zittern erfasste ihren Körper, als sie die Leopardin so reglos dort liegen sah. Sie wirkte kleiner und zerbrechlicher im Tod, wahrscheinlich hatte ihr starker Wille sie größer erscheinen lassen. Zögernd streckte Marisa die Hand aus, brachte es aber nicht über sich, das Fell zu berühren. Erinnerungen an den Moment, als sie ihren toten Informanten in seiner Wohnung in New York entdeckt hatte, stiegen in ihr auf. Und auch an Isabels toten Vater, den sie zusammen mit Coyle in seinem Haus vorgefunden hatte. Aber Henry Stammheimer hatte sie wenigstens nicht gekannt, und außerdem war er ein Verbrecher gewesen.

Als sie im Nacken einen Luftzug verspürte, wirbelte sie herum. Torik stand in der Tür, einen grimmigen Ausdruck auf dem Gesicht. Erleichtert presste Marisa eine Hand auf ihr wild pochendes Herz. „Gott, hast du mich erschreckt." Sie spürte, wie erste Tränen über ihre Wangen liefen. „Ich bin so froh, dass du da bist. Wo kommst du her?"

„Ich habe die Hintertür genommen. Ist alles in Ordnung?"

Ehe sie darüber nachdenken konnte, was sie tat, lief sie zu ihm und schlang die Arme um ihn. Ihr Gesicht vergrub sie an seiner Brust. Sie spürte, wie er sich versteifte, und wollte sich wieder von ihm lösen, doch dann umarmte er sie und zog sie fest an sich. Er gab ein leises Brummen von sich, was seltsamerweise beruhigend auf sie wirkte. Genauso wie seine Hände, die sanft über ihren Rücken strichen. Nach einigen tiefen Atemzügen fühlte sie sich etwas besser.

Mit einem verlegenen Lächeln löste sie sich von ihm. „Es tut mir leid, ich habe dich überfallen."

Torik neigte seinen Kopf. „Kein Problem. Wollen wir jetzt gehen?"

Marisa wandte sich wieder zu Kainda um. „Eigentlich wollte ich … ich habe das Gefühl, ich sollte irgendetwas tun, aber ich weiß nicht, was."

„Wir können der Leopardin sowieso nicht mehr helfen."

Irritiert starrte Marisa ihn an. „Das weiß ich – und sie hieß Kainda."

Torik sah noch einmal zu ihr hinüber. „Nein, so hieß sie nicht." Er nahm ihren Arm und zog sie zur Tür. „Und wir sollten jetzt wirklich gehen, ich habe ein schlechtes Gefühl."

Verwirrt folgte sie ihm durch den langen Gang. „Was meinst du damit?"

„Nicht hier." Ohne sie anzublicken, führte er sie durch ein Gewirr von Gängen, bis sie bei einer Tür ankamen, die über eine steile Treppe nach draußen führte.

Ungeduldig biss Marisa auf ihre Lippe, um die Fragen zurückzudrängen, die ihr auf der Zunge lagen. Es war offensichtlich, dass Torik im Beschützermodus war, seine Augen waren konstant in Bewegung, während er die Umgebung nach Gefahren absuchte.

Schließlich hielt sie es nicht mehr aus. „Was hast du?"

„Irgendjemand beobachtet uns. Er ist gut versteckt, aber ich spüre es ganz deutlich."

„Kannst du ihn nicht riechen?"

„Nein, das ist ja das Merkwürdige. Ich weiß, dass er da ist, aber meine Sinne können ihn nicht erfassen."

Marisa spürte, wie ihr ein Schauder über den Rücken lief. „Aber geht das denn? Jeder Mensch hat einen Eigengeruch."

Diesmal sah Torik sie mit seinen Berglöwenaugen an. „Wer sagt, dass es ein Mensch ist?"

22

„Ich halte es immer noch für keine gute Idee." Lynn blickte Ryan besorgt an. „Du solltest im Krankenhaus liegen, wo du hingehörst, und nicht durch die Weltgeschichte gondeln." Sie hatte ihn mit dem Jeep am Hintereingang abgeholt, nachdem er sich aus seinem Krankenzimmer geschlichen hatte, aber sie ließ keinen Zweifel daran, was sie von seiner Aktion hielt.

„Ich weiß, aber ich kann nicht einfach nur daliegen, wenn mir gerade erzählt wurde, dass man Etana eingeschläfert hat." Seine Stimme brach, aber es schmerzte noch zu sehr, als dass es ihm peinlich gewesen wäre. „Kannst du dir das vorstellen? Diese intelligente, liebevolle und wunderschöne Leopardin – einfach umgebracht, als wäre sie nichts wert."

„Es tut mir leid, sie haben so schnell reagiert, dass ich sie nicht mehr aufhalten konnte. Ich frage mich, warum sie es so furchtbar eilig hatten." Ihre Stirn war in Falten gezogen. „Ich meine, *nichts* geht hier in der Verwaltung jemals schnell, normalerweise hätten sie mindestens einige Wochen für eine Entscheidung gebraucht."

Das stimmte allerdings, und Ryan hatte sich auch schon gefragt, wie das sein konnte. Deshalb hatte er die geringe Hoffnung, dass die Tötung vielleicht noch nicht durchgeführt worden war und er gerade noch rechtzeitig kam, um Etana zu retten. Es musste einfach so sein! „Ich werde auf jeden Fall dagegen Protest einlegen und Aufklärung darüber fordern. Etana ist für niemanden eine Gefahr, wenn sie eingesperrt ist, die Eile ist völlig überzogen und verhindert eine unvoreingenommene Diskussion darüber.“ Seine Hände ballten sich zu Fäusten. „Gerade bei einem unter Artenschutz stehenden Tier sollte man doch wohl zuerst alle Fakten sichern, bevor die Spritze gesetzt wird.“ Schmerz hämmerte in seiner Schläfe, und für einen Moment befürchtete er, bewusstlos zu werden.

„Trotzdem gehörst du in ein Bett. Du bist kalkweiß, jedenfalls da, wo du nicht blauschwarz schillerst. Hast du eigentlich mal in einen Spiegel geschaut?“

Hatte er, aber er hatte sich schnell wieder abgewandt, weil der Anblick zu gruselig war. „Etana ist wichtiger als mein Wohlbefinden.“

Lynn seufzte. „Wirklich, Ryan, wenn ich es nicht besser wüsste, würde ich denken, dass du dich in die Leopardin verliebt hast.“

Ryan lachte, doch es klang unecht in seinen Ohren. So unmöglich es auch schien, hatte Lynn doch nicht ganz unrecht. Irgendwann in den wenigen Tagen mit ihr hatte er Etana lieb gewonnen, und sie war zu einem wichtigen Teil seines Lebens geworden. Wie hatte das geschehen können? Sie war für ihn mehr als ein Tier, wie er jetzt an dem Schmerz in seiner Brust feststellen konnte. Die Art, wie sie mit ihm kommuniziert hatte, war außergewöhnlich gewesen, und manchmal, wenn er in ihre Augen gesehen hatte, waren sie ihm beinahe menschlich vorgekommen. Tatsache war, dass er derzeit lieber mit Etana zusammenleben würde als mit irgendeiner Frau, selbst wenn das bedeutete, dass es keinen Sex geben würde. Oder nur mit seiner Traumfrau. Ryan schloss die Augen. Herrje, was dachte er denn da?

Er musste eingenickt sein, denn als er das nächste Mal die Augen aufschlug, bog Lynn schon auf den Parkplatz des Amts ein. Sofort zogen sich seine Eingeweide wieder zusammen, sein Herz begann zu hämmern. Mit schweißnassen Fingern löste er den Gurt und schob die Tür auf. „Danke fürs Bringen, es …“

„Du glaubst doch wohl nicht, dass ich dich allein dort reingehen lasse?“ Lynn warf ihm einen wütenden Blick zu und ging um den Wagen herum. Die Hand schob sie unter seine Achsel und zog ihn behutsam aus dem Jeep. „Außerdem würdest du ohne mich keine drei Schritte weit kommen.“

Womit sie völlig recht hatte. Selbst mit ihrer Hilfe dauerte es quälend lange, bis er endlich im Gebäude war. Seine Kleidung war durchgeschwitzt, und er zitterte am ganzen Körper.

„Ich hätte mich weigern sollen, dich zu fahren! Wenn dir jetzt irgendetwas passiert …“

„Ist es allein meine Schuld. Außerdem weißt du, dass ich einen Weg gefunden hätte hierherzukommen, wenn du es nicht gemacht hättest.“

„Das ist auch der einzige Grund, warum ich hier bin.“

Ryan blieb stehen und sah sie ernst an. „Und das bedeutet mir viel. Wenn du jemals etwas brauchen solltest …“

„Ich weiß, ich weiß. Bringen wir die Sache hinter uns, damit du in dein Bett zurückkommst.“ Lynn führte ihn weiter zu einer Treppe.

„Wo gehen wir hin?“

„Zu einem Freund von mir, der uns ohne großes Aufsehen zu Etana bringen wird. Er arbeitet im ersten Stock.“ Stirnrunzelnd sah sie ihn an. „Nein, wir machen es anders. Du wartest hier, und ich hole ihn, du kommst so ja nie die Treppe hoch.“

„Eine wunderbare … Idee.“ Ryan ließ sich auf die unterste Stufe sinken und lehnte seinen Kopf an das Geländer.

Nach einem weiteren besorgten Blick nickte Lynn. „Ich beeile mich.“ Immer zwei Stufen auf einmal nehmend lief sie die Treppe hoch.

Ryan sah ihr hinterher, alles drehte sich in seinem Kopf, Übelkeit stieg in ihm auf. Im Moment konnte er sich nicht vorstellen, jemals wieder aufzustehen. Vermutlich war es keine gute Idee gewesen, in diesem Zustand hierherzukommen, aber er musste wissen, was mit Etana passiert war und – wenn es denn so sein sollte – sich von ihr verabschieden. Wenn das Amt plötzlich mit allem so schnell war, würde es sicher nicht lange dauern, bis sie den Leichnam zu einer Tierkörperbeseitigungsanlage brachten. Allein der Gedanke machte ihn verrückt, dabei hatte er es als Tierarzt oft genug selbst erlebt. Ryan schloss die Augen, um den Gedanken aus seinem Kopf zu verbannen, doch es gelang ihm nicht. Der Schmerz in der Schläfe wurde immer schlimmer.

„Wenn du das unauffällig nennst, musst du noch mal dran arbeiten." Lynns Stimme drang unerwartet durch den Nebel, und er versuchte, sich aufzusetzen. „Komm, ich helfe dir."

Hände schoben sich unter seine Achseln und zogen ihn hoch. Seine Rippen protestierten gegen die Bewegung, doch Ryan biss nur die Zähne aufeinander, öffnete die Augen und stemmte sich hoch.

„Bist du sicher, dass das eine gute Idee ist, Lynn?" Die Stimme gehörte zu dem jungen Mann, den Lynn mitgebracht hatte, doch Ryan konnte ihn nicht deutlich sehen, weil ihm vor Schmerz die Tränen in die Augen schossen.

„Ich muss sie sehen." Ryan presste es durch seine Zähne.

Der Freund zögerte noch. „Es ist aber kein schöner …"

„Ich bin Tierarzt, ich habe schon alles gesehen." Fast alles, zumindest.

„Okay, aber wenn wir erwischt werden, solltet ihr eine gute Ausrede parat haben, was ihr hier tut."

„Oh, nun hör auf zu reden und bring uns endlich hin, du siehst doch, dass Ryan kaum noch stehen kann." Anscheinend hatte Lynn auch genug von den Zweifeln ihres Freundes. „Sie werden uns schon nicht verhaften, nur weil wir die Leopardin, die in unserem Park war, noch einmal sehen wollen. Wir hätten es auch über die offiziellen Kanäle gemacht, aber die Zeit drängt, und Ryan sollte eigentlich im Bett liegen und sich ausruhen."

Das schien den jungen Mann wirksam in Bewegung zu setzen, denn er führte sie auf schnellstem Wege in den Keller hinunter. Vor einiger Zeit war Ryan schon einmal im Gebäude gewesen, aber hier unten kannte er sich nicht aus. Er konnte spüren, wie er mit jedem Schritt schwächer wurde, aber der Gedanke an Etana ließ ihn durchhalten. *Bitte, Gott, lass sie am Leben sein!* Auch wenn er wusste, dass die Wahrscheinlichkeit dafür sehr gering war, klammerte er sich beinahe verzweifelt an diese Hoffnung. Was würde er dafür geben, noch einmal in ihre wunderschönen Augen sehen zu dürfen, ihr Schnurren zu hören, ihr weiches Fell unter seinen Fingerspitzen zu spüren.

Schließlich blieben sie vor einer Tür stehen, und Ryan musste sich beinahe zwingen, in den Raum hineinzugehen. Er streifte die anderen Tierkörper nur mit einem Blick, während er zielstrebig auf die Ecke des Raumes zuhielt. Sein Herz pochte schmerzhaft gegen seine Rippen, während er sich der Leopardin näherte. Sie war eindeutig bereits seit Stunden tot. Sein Inneres zog sich zusammen, als er die Hand ausstreckte und über ihr Fell strich. *Es tut mir so leid, Etana.* Ungeduldig blinzelte er die Tränen zurück, die seinen Blick verschleierten. Ihr Fell wirkte stumpf, die Rosetten weniger ausgeprägt als zu ihren Lebzeiten. Selbst ihre Augen sahen heller aus, hatten nicht dieses geheimnisvolle Grün, das so einzigartig gewesen war. Ryans Blick glitt über ihre Verbände. Jetzt würden ihre Verletzungen nie mehr heilen, würde sie nie mehr frei laufen und jagen können. Verdammt, hätte er sie bloß nicht mit nach Hause genommen, dann wäre das nicht passiert! Andererseits, wenn es der Einbrecher wirklich auf Etana abgesehen hatte, wer sagte, dass er dann nicht noch einmal in der Klinik eingebrochen hätte und genau das Gleiche passiert wäre?

Es gab keine Gewissheit, und die Frage, ob er etwas hätte anders machen müssen, machen können, würde ihm noch lange zusetzen. Er konnte es sowieso nicht mehr ändern und musste mit seinen Entscheidungen leben.

Ein Räuspern ertönte hinter ihm. Ryan drehte sich nicht um. „Könnte ich einen Moment allein mit ihr sein?“

„Wir warten im Gang.“ Lynns leise Stimme, danach wurde die Tür ins Schloss gezogen.

Ryan zögerte einen Moment, bevor er sich tiefer über Etana beugte. Nicht einmal ihr besonderer Duft war geblieben, nichts erinnerte an die wunderschöne Leopardin, die ihn so fasziniert hatte. Langsam richtete er sich wieder auf und runzelte die Stirn. Irgendetwas stimmte nicht. Er konnte es nicht erklären, aber er fühlte ... nichts. Schon mehrere Tiere waren gestorben, die er sehr gern gehabt hatte, und es hatte ihn Trauer erfüllt, wenn er sich von ihnen verabschiedet hatte. Natürlich war es schade um das Tier, aber der tiefe Schmerz war Verwirrung gewichen. Es musste Etana sein, die Verbände ... Ryan berührte das Ende des Verbands, das zwischen die Gazebahnen gesteckt war. Das war nicht seine Art, eine Bandage zu befestigen. Langsam begann er, den Verband zu lösen, bis er einen Blick auf die Wunde werfen konnte. Im ersten Moment sah alles richtig aus, doch dann bemerkte er, dass es gar keine richtigen Operationsnarben waren, sondern einfache Schnitte. Kein Blut war zu sehen, was darauf hindeutete, dass sie erst nach dem Tod gemacht wurden.

Ryan stieß seinen angehaltenen Atem aus. Erleichterung überkam ihn. Es war nicht Etana! Deshalb auch die andere Augen- und Fellfarbe und der falsche Geruch. Sein Instinkt hatte es sofort bemerkt, doch er war so in dem gefangen gewesen, was ihm sein Verstand vorgaukelte, dass er nicht darauf geachtet hatte. Aber wenn es nicht Etana war, wo kam dieses Tier her und wer hatte es so zurechtgemacht, damit es ihr ähnelte? Und vor allem – wo war Etana jetzt?

Sein erster Impuls war es, hinauszustürmen und Erklärungen zu verlangen, doch er erkannte, dass das nicht sehr klug wäre. Irgendjemand hatte offenbar genug Einfluss, um dieses Täuschungsmanöver zu starten – wer sagte, dass er nicht beobachtete, was weiterhin geschah? Also würde Ryan versuchen müssen, auf andere Weise herauszufinden, was hier los war. Und vor allem musste er Etana finden, er konnte nicht zulassen, dass irgendwelche skrupellosen Menschen ihr etwas antaten.

Noch einmal strich er sanft über das Fell der toten Leopardin. „Ich hoffe, du hattest ein schönes Leben."

Ryan atmete tief durch und ging langsam zur Tür. Lynn starrte ihn prüfend an, als er auf den Flur trat, aber sie sagte nichts, sondern nahm nur seine Hand und führte ihn aus dem Gebäude. Er war ihr dankbar dafür, denn er fühlte sich jetzt nicht in der Lage zu reden, und vor allem sagte sein Körper ihm sehr deutlich, was er von dem Ausflug hielt. Es wurde ständig schwerer, überhaupt einen Fuß vor den anderen zu setzen, geschweige denn sich aufrecht zu halten.

„Warum habe ich mich nur breitschlagen lassen, dich hierher zu bringen? Ich wusste von Anfang an, dass es keine gute Idee ist, in deinem Zustand herumzulaufen." Er spürte, wie Lynn ihn von der Seite anblickte. „Hat es sich wenigstens gelohnt?"

„Ja." Seine Stimme hörte sich an, als käme sie von sehr weit weg, schwarze Punkte flimmerten vor seinen Augen. „Ich glaube, ich muss mich … hinsetzen."

„Shit." Lynn führte ihn zu einer Bank, auf die er sich dankbar sinken ließ. „Bleib hier sitzen, ich hole den Wagen. Und ich sage dir, lass mich nicht bereuen, dass ich dir geholfen habe!" Nach einem letzten wütenden und gleichzeitig besorgten Blick rannte sie los.

Ryan lehnte seinen Kopf an die Wand hinter der Lehne und schloss die Augen. Sicher, dass Lynn sich um ihn kümmern würde, gestattete er sich eine kurze Pause. Er würde alle Kraft brauchen, um herauszufinden, was mit Etana geschehen war, doch solange er selber so schwach war, würde er nicht weit kommen.

Marisa ließ sich von Toriks Unruhe anstecken. Selbst als sie schon im Wagen saßen, blickte sie sich angespannt um. „Was meinst du damit? Was sollte er oder sie sonst sein, wenn kein Mensch?"

Torik zog eine Augenbraue hoch. „Hast du vergessen, dass es auch Wandler gibt?"

„Natürlich nicht, schließlich lebe ich mit einem zusammen. Aber ich weiß ganz genau, dass ich euch riechen kann."

„Ja, doch wenn es uns gibt, wer sagt, dass es nicht auch noch ganz andere Wesen gibt, die dann eben vielleicht keinen Geruch haben?"

Marisa spürte, dass ihr das Blut aus dem Gesicht wich. „Mach keine Witze, es fällt mir schon schwer genug, eure Existenz zu verdauen. Die Vorstellung, dass da draußen noch etwas ganz anderes sein könnte, macht mich nervös."

Torik hob die Schultern. „Ich sage ja nur, es wäre möglich." Er schwieg einen Moment. „Und was glaubst du, wie nervös es mich erst macht, schließlich ist mein Geruchssinn als Berglöwe sehr ausgeprägt, und ich kann selbst kleinste Nuancen wahrnehmen."

Marisa zog ihr Handy heraus. „Ich sollte wohl Finn Bescheid sagen, dass Kainda tot ist, damit er es Jamila beibringen kann."

Torik legte seine Hand über das Telefon. „Damit solltest du noch warten, bis wir herausgefunden haben, was tatsächlich mit ihr geschehen ist."

Verwirrt sah Marisa ihn an. „Was meinst du damit? Sie liegt

tot da drinnen im Keller." Mit dem Daumen deutete sie auf das Gebäude hinter sich.

„Nein, dort liegt eine tote Leopardin, nicht Kainda."

„Wie ... wie meinst du das?" Wie kam es, dass sie sich allmählich fühlte wie Alice im Wunderland? Oder wie die Einzige, die rein gar nichts mehr verstand? Wut kam in ihr auf, wie immer, wenn sie das Gefühl hatte, angelogen zu werden. „Ich habe es satt, ständig im Dunkeln zu tappen und euch Berglöwenmännern alles einzeln aus der Nase ziehen zu müssen. Könnt ihr nicht ein Mal eine klare Aussage machen?"

Toriks Mundwinkel hob sich. „Ich mag es, wenn du sauer wirst." Er hob abwehrend beide Hände, als sie auf ihn losgehen wollte. „Beruhig dich, ich habe dir alles gesagt, was ich weiß: Das dort drin ist nicht Kainda."

Misstrauisch sah sie ihn an. „Woher willst du das wissen? Sie sah aus wie Kainda, samt Verband."

Torik neigte den Kopf. „Mag sein, dass sie ihr ähnlich sah, aber sie roch anders. Nicht wie ein Wandler."

Einen Moment schwieg Marisa. „Vielleicht verschwindet der Geruch im Tod?"

Toriks Augen verdunkelten sich, sein Mund spannte sich an. „Nein."

Aufgeregt beugte Marisa sich vor. „Das heißt also, dass Kainda noch lebt? Dann müssen wir ..."

„Es heißt nur, dass sie nicht dort unten in dem Keller liegt. Sie kann trotzdem getötet worden sein. Oder man hat noch Schlimmeres mit ihr gemacht."

Ihre Freude legte sich. „Was könnte schlimmer sein?"

„In die Hände von Menschen zu geraten, die nicht davor zurückschrecken, alles zu tun, um Reichtum oder Ruhm zu erlangen."

Marisa verzog den Mund. „Wie Stammheimer." Der Wissenschaftler war nicht einmal davor zurückgeschreckt, einen Jugendlichen zu entführen und zu foltern, damit er sich vor laufender Kamera verwandelte.

Torik nickte schweigend.

Gott, konnte es wirklich sein, dass Kainda nun doch in die Hände von Verbrechern gelangt war und vielleicht schon in diesem Augenblick schreckliche Qualen erleiden musste? Marisa erinnerte sich noch gut daran, wie Bowen ausgesehen hatte, als sie ihn endlich in Nevada gefunden hatten. Sein Körper war zerschunden gewesen, aber noch schlimmer hatte sie der Blick in seinen Augen getroffen. Irgendetwas in ihm war während der Folter zerbrochen. Sie bezweifelte, dass er jemals wieder so frei und ungezwungen sein würde wie vor der Entführung.

„Was machen wir jetzt?"

„Ich werde Finn anrufen, und du möchtest vielleicht mit Kaindas Doc reden, der gerade aus dem Gebäude gekommen ist."

„Was? Wo?" Marisa blickte sich suchend um und zuckte mitfühlend zusammen, als sie ihn auf die Tierpflegerin gestützt den Weg entlanghumpeln sah. „Der arme Kerl sieht schlimm aus. Warum ist er nicht mehr im Krankenhaus?"

„Das solltest du ihn fragen, nicht mich."

„Okay. Wartest du hier?" Sie reichte ihm das Telefon und öffnete die Wagentür, als er nickte. Schnell stieg sie aus, um den Tierarzt nicht zu verpassen, doch schon nach wenigen Schritten merkte sie, dass sie sich darüber keine Sorgen zu machen brauchte. Die Pflegerin führte ihn zu einer Bank, auf der er regelrecht zusammensackte. Marisa zögerte. Vielleicht war jetzt doch keine gute Zeit, mit ihm zu sprechen. Andererseits würde ihn sicher auch interessieren, dass die tote Leopardin nicht Kainda – nein, Etana nannte er sie – war. Als die blonde Frau weiter in Richtung Parkplatz eilte und Thorne seinen Kopf an die Mauer sinken ließ, ging Marisa weiter und setzte sich neben ihn auf die Bank.

„Doktor Thorne?“

Seine Lider hoben sich zögernd, seine Augen weiteten sich, als er sie erkannte. „Was machen Sie denn hier?“ Er versuchte, sich aufzusetzen, sank aber mit einem Schmerzlaut wieder zurück.

„Das sollte ich vermutlich Sie fragen, in Ihrem Zustand ist es ein Wunder, dass Sie überhaupt aufrecht stehen können.“

Seine Augen glänzten fiebrig. „Ich musste Etana sehen, nachdem ich gehört hatte, dass sie eingeschläfert wurde.“

„Das ging mir genauso.“ Marisa sah sich um und beugte sich dann vor. „Haben Sie sie gesehen?“ Sie hielt ihre Stimme so leise, damit selbst scharfe Wandlerohren sie nicht hören konnten, sollte sich tatsächlich jemand in der Nähe aufhalten.

„Ja.“ Es lag ein seltsamer Unterton in seiner Antwort.

Marisa sah ihn genauer an, und ihr wurde klar, dass er es wusste. „Sie haben es auch bemerkt.“

Diesmal richtete Thorne sich auf, sein Gesicht schmerzverzerrt. „Woher wissen Sie es?“

Marisa hob die Schultern. „Instinkt. Wissen Sie, was passiert ist? Wo sie jetzt ist?“

„Nein, aber ich werde es herausfinden.“ Das klang so entschlossen, dass sie ihm sofort glaubte.

„Wenn Sie Hilfe brauchen, sagen Sie mir Bescheid, meine Karte haben Sie ja noch.“

„Danke.“ Thorne sah sie durchdringend an. „Warum tun Sie das?“

„Ich denke, jedes Lebewesen hat ein Recht darauf, anständig behandelt zu werden. Und was mit Kain… Etana passiert ist, war nicht richtig.“

Die plötzliche Stille machte ihr bewusst, dass sie sich beinahe verplappert hätte. In Thornes Augen stand etwas Beunruhigendes, eine Intensität, als könnte er in ihr Gehirn sehen.

„Wie wollten Sie sie eben nennen?“

Marisa stand auf. „Ich muss jetzt los."

Blitzschnell schlossen sich seine Finger um ihr Handgelenk, eine Bewegung, die ihm furchtbar wehtun musste. „Warten Sie. Sie wissen mehr über die ganze Sache, als Sie sagen, oder?" Als Marisa nicht antwortete, beugte er sich vor. „Ich muss wissen, was mit Etana passiert ist, können Sie das nicht verstehen? Wenn Sie irgendetwas wissen ..." Es stand eine solche Verzweiflung in seinen Augen, dass Marisa den Schmerz beinahe spüren konnte.

„Ich weiß wirklich nicht, wo sie jetzt ist, sonst würde ich es Ihnen sagen. Aber ich werde sie weiter suchen."

„Warum?"

„Weil ich möchte, dass sie nach Hause zurückkann."

Thorne ließ ihre Hand los. „Wo ist ihr Zuhause? Kommt sie aus einem Park?"

„Afrika. Bis vor einigen Monaten lebte sie dort noch in Freiheit."

„Woher wissen Sie das alles?" Misstrauen schwang in seiner Stimme mit.

„Mehr kann ich Ihnen wirklich nicht sagen."

Enttäuscht lehnte Thorne sich zurück, die Traurigkeit in seinen blauen Augen war offensichtlich.

„Wenn Sie sie finden, lassen Sie sich nicht von ihr abweisen. Kainda ist etwas ganz Besonderes." Damit drehte Marisa sich um und lief zum Wagen zurück.

23

Finn ließ das Telefon sinken und starrte für einen Moment blicklos ins Leere. Die Geschehnisse der letzten Zeit machten ihn nervös, und vor allem fühlte er sich machtlos, sie zu stoppen. Zwar war der Mann nun außer Gefecht, der es anscheinend auf Kainda abgesehen hatte, doch dafür war Kainda erst eingesperrt und dann für tot erklärt worden. Und nun erzählte Torik ihm, dass es eine andere Leopardin war.

Wäre Kainda freiwillig gegangen, hätte sie sich inzwischen vermutlich schon bei Jamila gemeldet, um sie wissen zu lassen, dass es ihr gut ging. Doch das war nicht geschehen, deshalb mussten sie befürchten, dass irgendjemand Kainda weggeschafft hatte. Waren mehr Männer an der versuchten Entführung beteiligt gewesen, und Kainda war nun den anderen in die Hände gefallen? Torik hatte ihm versprochen, gemeinsam mit Marisa weiterzuermitteln, doch die Frage war, ob sie schnell genug etwas herausfinden würden, um Kainda noch irgendwie zu befreien.

Außerdem war die Sache nicht ungefährlich, denn Torik durfte nicht auffallen, und Coyle würde Finn skalpieren, wenn Marisa irgendetwas passierte. Und was würde Jamila tun, wenn sie Kainda nicht wiederfanden? Würde sie das Lager verlassen und ihre Schwester allein suchen, was sie unweigerlich in Gefahr bringen würde? Als Ratsführer musste Finn zuallererst an die Mitglieder der Berglöwengruppe denken, doch der Gedanke, Kainda und damit auch Jamila im Stich zu lassen, behagte ihm überhaupt nicht.

Mit einem tiefen Seufzer verließ Finn seine Hütte und machte sich auf die Suche nach Jamila. Seltsamerweise wusste er, wo er sie finden würde, ohne darüber nachdenken zu müssen. Sein Instinkt führte ihn zu dem kleinen See, wo sie ihn zum ersten Mal geküsst hatte. Gut, es war eher ein Hauch gewesen, aber ihm hatte er deutlich gemacht, dass er seine Gefühle für sie nicht würde ignorieren können. Was der richtige Kuss heute Morgen ohne Zweifel bestätigt hatte. Jamila bedeutete ihm zu viel, um sie einfach zur Seite zu schieben, weil es dem Rat oder den anderen Gruppenmitgliedern so passte. An Coyles Beispiel hatte er gelernt, dass es nicht funktionierte, seine Gefühle zu unterdrücken und zu hoffen, dass sie einfach verschwanden.

Tief atmete er Jamilas Duft ein, der ihn zu ihr führte wie eine unsichtbare Verbindung zwischen ihnen. Wie immer begann Erregung durch seinen Körper zu fließen, doch Finn kämpfte dagegen an. Er wollte Jamila nicht erzählen, was er über ihre Schwester erfahren hatte, während eine Erektion gegen den Reißverschluss seiner Jeans drückte. Ganz davon abgesehen, dass Jamila sicher im Moment nicht in der Stimmung für ein sexuelles Abenteuer war. Also biss er die Zähne zusammen und dachte über die Probleme der Gruppe nach, um sich abzulenken. Es funktionierte tatsächlich, sodass er wenig später nur noch ein leises Kribbeln im Körper verspürte, als er sich Jamila von hinten näherte. Sie musste ihn gehört haben, drehte sich aber nicht zu ihm um. Anstatt sie anzusprechen, schlang er seine Arme um sie und zog sie an seine Brust. Zuerst versteifte sie sich, doch dann schmolz sie gegen ihn, ein lautloser Seufzer entwich ihr. Sie legte ihren Kopf in den Nacken und sah ihn an.

Finns Herz zog sich zusammen, als er die Tränenspuren auf ihren Wangen und ihre geröteten Augen sah.

„Sie ist tot."

Finn zuckte bei der Gewissheit und Trauer in Jamilas Stimme zusammen. „Ich weiß es nicht. Torik und Marisa haben herausgefunden, dass sie eingeschläfert werden sollte." Ein Schaudern lief durch Jamilas Körper, neue Tränen begannen zu fließen. Also zog Finn sie enger an sich und redete schnell weiter. „Deshalb sind sie zu dem zuständigen Amt gefahren, um das zu verhindern. Dort wurde Marisa gesagt, Kainda sei schon tot. Doch dann stellte sich heraus, dass eine andere Leopardin getötet wurde."

Jamila hob ruckartig den Kopf. „Eine andere? Bist du sicher?"

„Torik ist sicher, es war keine Wandlerin."

„Aber wo ist Kainda dann? Haben sie etwas darüber herausgefunden?" Zweifel und Hoffnung schwangen in Jamilas Stimme mit. Ihre Augen waren tiefgrün, die braunen Flecken darin kaum noch zu sehen.

„Noch nicht, sie arbeiten daran." Finn schob seine Hand in ihren Nacken und begann, sie beruhigend zu streicheln. „Warum dachtest du, dass sie tot wäre?"

„Ich habe es gespürt. Kurz nachdem ich deine Hütte verlassen hatte, habe ich ihre Verwirrung und ihr Leid gespürt, und dann hatte ich das Gefühl, dass sie sich von mir verabschiedet hat. Danach … nichts mehr." Tränen schimmerten in Jamilas Augen, ihre Lippen zitterten.

„Es tut mir leid, ich wünschte wirklich, ich könnte dir etwas anderes sagen, aber ich weiß ganz einfach nicht, was passiert ist. Vielleicht wurde sie betäubt, und du spürst deshalb zurzeit nichts von ihr. Oder sie schläft einfach nur."

Jamila nickte zögernd. „Es wäre möglich. Obwohl ich normalerweise zumindest ihre Existenz fühlen kann. Jetzt ist da … nichts."

„Vielleicht ist sie zu weit weg?"

Jamila hob die Schultern. „Es könnte sein, ich war noch nie so lange von ihr getrennt oder so weit von ihr entfernt. Ich kann nur hoffen, dass es so ist." Sie blickte zu ihm auf. „Ich möchte nicht ganz allein sein, Kainda war immer da." Sie flüsterte nur noch.

„Ich weiß. Wir werden alles tun, um herauszufinden, was geschehen ist.“ Finn lehnte seine Stirn an ihre. „Und du bist nicht allein. Ich dachte, das hätten wir schon geklärt.“

Ernst sah sie ihn an. „Ich freue mich wirklich darüber, Finn, aber Kainda war meine einzige Familie. Und ich bin weit von meiner Heimat entfernt, es gibt auf dem gesamten nordamerikanischen Kontinent vermutlich keinen einzigen anderen Leopardenwandler. Also bin ich hier allein.“

„Das verstehe ich.“ Und so sehr es ihn auch schmerzte, er konnte ihre Einsamkeit nachvollziehen. Es würde ihm vermutlich nicht anders gehen. „Was würdest du tun, wenn Kainda nicht wiederkommt?“

Einen Moment schwieg Jamila. „Ich weiß es nicht. Vermutlich würde ich auch losziehen, um einen Weg nach Hause zu finden.“

„Obwohl dort niemand mehr ist, den du kennst?“ Seine Worte klangen hart, aber die Vorstellung, dass Jamila weggehen könnte, traf ihn.

„Ja. Ich bin jetzt fünfundzwanzig, ich möchte nicht den Rest meines Lebens allein verbringen. Vielleicht kann ich eine andere Leopardenwandlergruppe finden, die mich aufnimmt.“

Langsam ließ Finn sie los und trat einen Schritt zurück. Der Schmerz bei der Vorstellung, dass sie sich einen anderen Mann suchen könnte und mit ihm Kinder haben würde, überraschte ihn. Aber warum eigentlich? Auch Berglöwenwandler kamen nur mit anderen Berglöwen oder höchstens Menschen zusammen, und Leopardenwandler blieben vermutlich auch lieber unter sich. Doch das war ihm völlig egal, wenn es bedeutete, dass Jamila nicht ihn wählen würde. Warum hatte er das auch gedacht? Nur weil sie in seiner Gegenwart erregt reagierte, bedeutete das nicht, dass sie auch ihr Leben mit ihm verbringen wollte. Selbst wenn sie ihn mochte, der Drang, zu ihrer eigenen Art zurückzukehren, war offensichtlich stärker. Jetzt konnte er sich nur noch zurückziehen und hoffen, dass er nicht so dumm gewesen war, sich in Jamila zu verlieben. Denn dann würde es zu sehr schmerzen, von ihr verlassen zu werden.

„Ich wünsche dir viel Glück." Finn schaffte es, ihr zuzunicken, bevor er sich umdrehte und zum Lager zurückging.

Nach einigen Metern hörte er ihre Schritte hinter sich, ihre Hand legte sich um seinen Arm. Er blieb nicht stehen, denn dann hätte er ihr in die Augen sehen müssen, und er war sich nicht sicher, was sein Gesichtsausdruck ihr verraten würde.

„Finn, bleib bitte stehen." Etwas zog am Bund seiner Jeans.

Als könnte so ein Fliegengewicht wie Jamila ihn zwingen, stehen zu bleiben, wenn er das nicht wollte. „Ich habe alles gesagt, weshalb ich gekommen bin, ich muss zurück."

„Auf mich wirkt es eher, als würdest du davonlaufen."

Beinahe hätte er genau so reagiert, wie sie es sich anscheinend erhoffte, aber schließlich ging er doch weiter. Als sie ihn losließ und stehen blieb, war er einerseits erleichtert, aber auch enttäuscht, dass sie so schnell aufgab. Er hätte erwartet, dass sie mehr Biss hatte. Im Geiste zuckte er die Schultern. Immerhin wusste er jetzt, woran er war.

Unvermittelt brach etwas aus den Büschen hervor und sprang auf ihn zu. Bevor Finn reagieren konnte, traf ihn die schwarze Pantherin mitten in der Brust und warf ihn zu Boden. Unsanft kam er auf, die Luft wurde aus seinen Lungen gepresst, während Jamila die Gelegenheit nutzte, sich auf ihm aufzurichten, die Hinterbeine in seinen Bauch gestützt, die Vorderpfoten auf seiner Brust. Sie schob ihren Kopf dicht an sein Gesicht heran, die Reißzähne blitzten tödlich. Ihre Katzenaugen sprühten Feuer, es war klar, dass sie extrem verärgert war. Finn blieb still liegen, während sich ihre Krallen unangenehm in sein Fleisch bohrten. Ein tiefes Grollen drang aus ihrer Kehle, und sie schien noch zu überlegen, was sie nun mit ihm tun sollte, nachdem sie ihn unter sich auf dem Rücken liegen hatte.

Vielleicht hätte er sich fürchten sollen, doch seltsamerweise fand er ihren Angriff eher erregend. Sein Körper ließ jedenfalls keinen Zweifel daran, was er wollte, selbst wenn nun klar war, dass Jamila ihn nie als Partner ansehen würde.

„Du hast gewonnen. Was jetzt?" Seine Stimme klang selbst in seinen Ohren rau.

Sie sah ihn einen Moment nur an, dann senkte sie den Kopf. Ihre Zähne schabten an seinem Hals entlang, dicht gefolgt von ihrer rauen Zunge.

Finn schloss die Augen, um die Beherrschung nicht zu verlieren, als die Erregung mit Macht durch seinen Körper schoss. Seine Hände ballten sich zu Fäusten, damit er nicht nach Jamila griff. Sie hatte damit angefangen, sollte sie nun auch sehen, wie sie es beendete. Solange sie ihn dabei nicht umbrachte, was durchaus eine Möglichkeit war. Seine Muskeln erstarrten, als ihr Fell über seine Kehle strich. Wenn sie jetzt jemand sehen würde, hätte Jamila ein echtes Problem, denn niemand würde glauben, dass sie ihm nur eine Lektion erteilen und ihm nicht schaden wollte. Doch er konnte ihre Erregung riechen und spürte, dass sie sich bemühte, ihn nicht zu verletzen. Sie hob den Kopf, und er konnte fast ihren Blick auf sich spüren. Schließlich verlagerte sie ihr Gewicht, und Finn hatte Mühe, seine Neugier zu bezwingen nachzusehen, was sie gerade tat.

Seine Augen flogen auf, als er ein reißendes Geräusch hörte. Jamila hatte ihre Krallen in den Ausschnitt seines T-Shirts gehakt und riss es nun in der Mitte durch. Sein Schaft spannte sich schmerzhaft an, seine Brustwarzen zogen sich zusammen. Mit hämmerndem Herzen zwang er sich zu beobachten, was Jamila weiter tat. Nachdem sie mit einiger Mühe die Reste seines T-Shirts zur Seite geschoben hatte, legte sie ihre Pfoten wieder auf seine Brust. Nur die Spitzen ihrer Krallen waren noch zu sehen, das leichte Pricken war eher erotisch als schmerzhaft. Jamila betrachtete ihn eingehend, während ihr Schwanz sich unruhig bewegte. Ob sie absichtlich immer wieder damit über die Beule in seiner Hose strich? Finn schluckte hart, als sie ihren Kopf wieder senkte und sanft an seiner Schulter zu knabbern begann. Sie in ihrer Panthergestalt über ihn gebeugt zu sehen, war erregender, als alles, was er je erlebt hatte. Mit jedem Kratzen ihrer Zähne über seine Haut rutschte sie tiefer, bis sie seine Brust erreichte. Finn hielt den Atem an und hoffte, dass er nicht bei der ersten Berührung die Beherrschung verlieren würde. Als ihre Schnurrhaare über seine Brustwarze strichen, zuckte er zusammen. Gott, sie würde ihn noch umbringen!

Ihre pelzige Wange glitt über seine Brust, während sie ihm in die Augen blickte. Sie schien mit dem zufrieden zu sein, was sie sah, denn sie wandte sich wieder ihrer Aufgabe zu, ihn um den Verstand zu bringen. Mit ihrer rauen Zunge leckte sie über den Nippel, bis er sich rastlos unter ihr wand. Finn hörte ein Schnurren, aber er konnte nicht sagen, ob es aus seiner oder ihrer Kehle kam. Es war ihm auch egal, denn er würde die Tortur keine Sekunde länger ertragen können. Ohne Vorwarnung schlang er die Arme um Jamila und wälzte sich mit ihr herum. Ihre Krallen bohrten sich stärker in seine Haut, doch das merkte er kaum. Während er sie mit seinem Körper unten hielt, öffnete er den Verschluss seiner Hose und schob sie herunter. Jamilas Augen weiteten sich, grüne Seen der Leidenschaft. Mit einem stummen Fluch verwandelte Finn sich und schlüpfte aus der nun zu weiten Hose. Er strich mit seinem Kopf über Jamilas Hals, eine zärtliche Geste, die Jamila zum Zittern brachte. Da er noch über ihr stand, duckte er sich tiefer, bis sein Körper an ihrem lag.

Finn war dicht davor, sie einfach so zu nehmen, doch das reichte ihm nicht. Wenn er Jamila liebte, wollte er, dass sie genau wusste, was sie tat und mit wem. Also begnügte er sich damit, seinen Schaft über ihren Eingang zu reiben und über ihr Gesicht zu lecken. Jamila stieß ein tiefes Schnurren aus und berührte seine Zunge mit ihrer. Ein Schlag durchzuckte Finn, und er erkannte, dass es ihm nicht mehr gelingen würde, sich zurückzuhalten, wenn er nicht sofort aufhörte. Also löste er sich abrupt von Jamila und verwandelte sich zurück. Der Duft ihrer Erregung umhüllte ihn, brachte ihn um den Verstand. Nachdem sie merkte, dass Finn nicht vorhatte zurückzukommen, rollte sie sich auf die Füße und blieb zwei Schritte vor ihm stehen. Fragend sah sie ihn an.

„Ich möchte dich sehen, Jamila." Seine leise Stimme klang rau in der Stille.

Für einen Moment blickte sie ihn nur an, und er dachte schon, dass sie stur bleiben würde, doch dann verwandelte sie sich.

„Danke."

Jamila strich eine lockige Haarsträhne hinter ihr Ohr. „Warum wolltest du nicht?"

Finn blickte auf seine Körpermitte. „Sieht das so aus, als wollte ich dich nicht?"

Nach einem Blick auf seinen erigierten Penis leckte Jamila über ihre Lippen. „Aber warum hast du dann aufgehört?"

„Obwohl schneller Sex in Tierform durchaus verlockend ist, möchte ich mit dir mehr. Ich will, dass du weißt, mit wem du schläfst und warum."

„Das wusste ich die ganze Zeit. Da du mich als Mensch stehen gelassen hattest, habe ich keine andere Möglichkeit gesehen, dich zu stoppen." Ihr Blick wanderte an seinem nackten Körper entlang. „Und es hat funktioniert. Doch als ich dann über dir stand …" Sie brach ab und hob die Schultern. „… konnte ich nur noch daran denken, dich zu schmecken und zu spüren."

Die fahle Novembersonne brach durch die Baumstämme und

ließ ihre dunkle Haut leuchten. Finn stellte fest, dass ihm im Moment alles andere egal war und er nur noch daran denken konnte, sich in Jamila zu vergraben und jeden Zentimeter ihres Körpers zu erkunden. Vielleicht war das alles, was er je von ihr bekommen würde, doch die Vorstellung, sie gehen zu lassen, ohne sie je gespürt zu haben, war noch schlimmer. Ohne ein weiteres Wort streckte er seine Hand aus und schnurrte zufrieden in seiner Kehle, als Jamila, ohne zu zögern, zu ihm kam.

Finn umfasste ihren Nacken und strich mit dem Daumen über ihr Kinn. „Du weißt, was du mir antust, oder?"

„Ja." Jamila senkte den Kopf und biss sachte in seinen Daumen. „Das ist ziemlich offensichtlich."

Mit einem Knurren zog Finn sie über sich und stöhnte auf, als sich ihr Eingang an seinem Schaft rieb. „Ich glaube, das war doch keine gute Idee."

Jamila bewegte ihre Hüfte. „Warum nicht?"

Finn biss die Zähne zusammen, seine Finger gruben sich in ihre Arme. „Weil ich so keine zwanzig Sekunden durchhalten werde."

„Oh." Jamila kniete sich über ihn und schob sich weiter nach oben. „Besser so?"

„Ich weiß nicht, ob ich ja oder nein sagen soll." Immerhin war er sich jetzt fast sicher, etwas länger durchzuhalten, nachdem sie nicht mehr auf ihm saß. „Komm näher."

Gehorsam rückte Jamila noch höher, bis ihr Gesicht über seinem war. Mit einem Knurren nahm er ihren Mund in Besitz und küsste sie, bis sie beide außer Atem waren. Seine Hände glitten gierig über ihren Rücken, tiefer, immer tiefer, bis er ihre Pobacken umfassen konnte. Ihre Haut fühlte sich so gut an, glatt und samtig, er könnte jeden Zentimeter an ihr ablecken. Also tat er genau das, er begann bei ihrem Mund und wanderte dann tiefer, über ihren Hals, ihre Schulterblätter, bis zu ihren Brüsten, deren Spitzen fest zusammengezogen waren. Finn sog sie in seinen Mund und knabberte sanft daran. Jamila stieß ein tiefes Stöhnen aus, ihre Beine pressten sich in seine Seiten, während sie weiterhin über ihm kauerte. Ihre Finger gruben sich in sein Haar, und sie drängte ihn wortlos, härter zu saugen. Nur zu gerne kam er ihrer Bitte nach und biss etwas stärker zu, bevor er den Schmerz durch Lecken überdeckte.

Unruhig bewegte sich Jamila über ihm und rieb mit ihrem Eingang über seinen Bauch. Er konnte ihre Feuchtigkeit spüren und ihr Erschauern, als sie sich selbst damit noch mehr erregte. Seine Hände um ihren Po spannten sich an, während sein Mund weiterhin mit ihren Brustwarzen spielte. Schließlich drückte er ihre Hüfte wieder höher und schob eine Hand zwischen ihre Beine. Ein Keuchen entschlüpfte Jamila, und sie presste sich gegen seine Finger. Sie begann zu zittern, als er über ihre Klitoris strich, bevor er mit einem Finger tief in sie glitt. Ihre Feuchtigkeit umfing ihn, und er hatte Mühe, sich zu beherrschen, sie nicht sofort zu nehmen. Nein, wenn sie vielleicht nur dieses eine Mal hatten, wollte er, dass Jamila sich gründlich geliebt fühlte. Stattdessen schob er sie weiter nach oben und ersetzte seine Finger durch seinen Mund. Er ließ seinen Berglöwen durchschimmern und leckte mit seiner Zunge über ihre Klitoris, was ihr einen heiseren Schrei entlockte. Zufrieden schnurrte er tief in der Kehle, als sie ihre Beine weiter öffnete, um ihm den Zugang zu erleichtern. Ihre Hände gruben sich in sein Haar.

Unglaubliche Gefühle rieselten durch Jamilas Körper, als Finn seine raue Zunge tief in sie schob. Sie bemerkte kaum die kalte Luft, die über ihre nackte Haut strich, sie brannte. Wellen der Erregung liefen durch sie hindurch, und sie hatte Mühe, ihre menschliche Gestalt beizubehalten. Nur Finns Bitte, dass er sie als Mensch lieben wollte, hinderte sie daran, ihrem Instinkt zu folgen. Der Kampf gegen die Verwandlung machte seine

Berührungen sogar noch erregender. Jamila schloss die Augen, als Finger die Zunge ersetzten und tief in sie glitten, während spitze Zähne vorsichtig über ihre empfindlichste Stelle kratzten. *O Gott.* Bei jedem Eintauchen kam sie näher an den Höhepunkt, und sie begann, sich über ihm zu bewegen. Sofort stellte Finn alle Bewegungen ein und löste seinen Mund von ihr.

„Halt ganz still, ich möchte, dass du für mich brennst."

Jamila entkam ein verlangender Laut. „Was glaubst du … was ich hier tue?"

Finns zufriedenes Lachen vibrierte durch ihren Körper. „Gut. Sieh mich an."

Zögernd sah sie an sich herunter und kam beinahe von dem Anblick, den sie zusammen abgaben. Sein wundervoller Mund dicht an ihrem Eingang, seine grünen Augen blickten sie direkt an. Eine Hand wanderte an ihrem Körper hinauf und umfasste ihre Brust. Ihre Spitzen waren zu festen Punkten zusammengezogen und standen schmerzhaft hoch.

„Berühr dich."

Seine Worte lösten beinahe etwas wie einen elektrischen Schlag in ihr aus. Ihr Herz begann zu hämmern, als sie zögernd gehorchte. Leicht glitt ihre Hand über ihren Bauch, höher, bis sie ihre Brust erreichte. Finn ließ seinen Daumen über ihren Nippel gleiten, und sie folgte seiner Berührung. Sie erschauerte heftig.

„Wunderschön."

Jamila riss ihre Augen wieder auf und sah Finn an, der sie gierig beobachtete. Hitze schoss in ihre Wangen, doch sie ließ ihre Hand, wo sie war. Finns Augen wurden katzenartiger, es war klar, dass er auch zu kämpfen hatte, in seiner menschlichen Gestalt zu bleiben. Als er den Mund öffnete, blitzten seine Reißzähne auf. Seine Zungenspitze glitt hervor und presste sich gegen ihre Klitoris. Jamila begann unkontrolliert zu zucken. Finn rollte ihre Brustwarze zwischen Daumen und Zeigefinger, bevor er seine Hand wieder nach unten gleiten ließ. Da sie es nicht aushielt, umfasste Jamila auch ihre andere Brust und stimulierte ihre schmerzenden Nippel. Finn schien das zu gefallen, denn er widmete sich wieder ganz seiner Aufgabe, sie um den Verstand zu bringen. Seine Hände glitten über die Innenseiten ihrer Oberschenkel und legten sich um ihren Po.

Fast verzweifelt zupfte Jamila an ihren Brustwarzen, der Höhepunkt war fast greifbar. Der Druck in ihrem Innern steigerte sich, bis sie in einem gewaltigen Ausbruch explodierte. Ihr Schrei war kaum verhallt, als Finn bereits über ihr war und mit einem Stoß in sie eindrang. Jamila spürte nicht den Waldboden unter sich, sondern nur die Bewegungen von Finns Schaft in ihr, seine Hände auf ihren Brüsten. Finn hob ihre Beine an und legte sie über seine Schultern, sodass er noch tiefer in sie eindringen konnte. Sein Gesicht war verzerrt, sein Blick weiterhin mit ihrem verhakt. Dann beugte er sich vor und leckte über ihre Brustspitze. Jamilas Oberkörper hob sich vom Waldboden, um ihm noch näher zu kommen. Finn nutzte die Gelegenheit und saugte hart an ihrer Brust.

Jamila legte ihre Hände auf seinen Hintern und ließ ihn ihre Krallen spüren. Finn erstarrte einen Moment, bevor er ein tiefes Fauchen ausstieß und noch schneller in sie hämmerte. Erneut fand sein Finger ihre Klitoris. Sein Mund verließ ihre Brust, und er leckte eine Spur bis zu ihrem Hals. Der scharfe Schmerz seines Bisses löste einen weiteren Orgasmus bei ihr aus. Ihr Innerstes zog sich zusammen, und sie schrie laut auf. Finn stieß noch einmal tief in sie, sein ganzer Körper spannte sich an und er kam mit einem lauten Knurren, das in Jamila weitere Erschütterungen auslöste. Sie schlang ihre Beine um seine Hüfte und genoss das Gefühl, ihm so nah zu sein. Am liebsten hätte sie ewig so mit ihm verschlungen auf dem Waldboden gelegen, die schwankenden Äste der Bäume und die über den Himmel jagenden Fetzen grauer Wolken über sich. Sie zuckte zusammen, als etwas kalt und feucht in ihrem Gesicht landete.

Finn hob seinen Kopf. „Bin ich dir zu schwer?" Seine Stimme war rau und löste einen wohligen Schauder bei ihr aus.

„Nein, du bist genau richtig." Jamila sah wieder in den Himmel und kniff die Augen zusammen. „Irgendwas kommt von oben runter."

Einen Moment lang sah Finn sie an, dann begann er zu grinsen. „Es schneit."

„Was?"

„Du weißt schon, Schnee, dieses weiße Zeugs, das hier im Winter auf die Erde fällt."

Jamila schnitt eine Grimasse. „Ich weiß, was Schnee ist, ich hätte nur nicht erwartet, ihn jemals selbst zu sehen." Sie strich über ihre Wange. „Ihn auf meiner Haut zu spüren."

Ein zärtliches Lächeln glitt über Finns Gesicht, er bedeckte ihre Finger mit seiner Hand. „Er steht dir richtig gut, du solltest ihn öfter tragen. Was meinst du?"

Ihre Augen wurden feucht, als ihr klar wurde, dass er sie damit bitten wollte, im Lager zu bleiben, selbst wenn Kainda einen Weg fand, nach Afrika zurückzukehren. „Du weißt …"

Seine Finger legten sich über ihre Lippen. „Nicht jetzt. Dieser Moment gehört nur uns, alles andere muss warten."

Jamila hob den Kopf und küsste ihn sanft. „Okay."

Finns Augen verdunkelten sich, und er erwiderte ihren Kuss mit so viel Leidenschaft, dass Jamila befürchtete, Feuer zu fangen. Zumindest bis der Himmel seine Schleusen öffnete und sich die vereinzelten Schneeflocken zu einem wahren Gestöber verdichteten.

Widerwillig brach Finn den Kuss ab. „Vermutlich sollten wir besser unsere Kleidung suchen und zusehen, dass wir zum Lager zurückkommen, bevor uns hier wichtige Teile abfrieren." Langsam zog er sich aus ihr zurück, was ihr ein enttäuschtes Stöhnen entlockte. Ernst sah Finn sie an. „Du kannst jederzeit mehr davon haben, das weißt du." Bevor sie antworten konnte, stand er auf und hielt ihr seine Hand hin.

Jamila ergriff sie dankbar und ließ sich hochhelfen. Verwundert schaute sie sich um. Bäume und Gräser waren mit einer dünnen weißen Schicht bedeckt, ein Anblick, der ihr deutlich machte, wie fremd sie hier eigentlich war. Sie wollte Finn ihre Hand entziehen, doch er hielt sie fest.

„Laufen wir." Damit rannte er los, und sie konnte nichts anderes tun, als ihm zu folgen.

24

Ryan schwieg die gesamte Fahrt über, was ihm immer wieder besorgte Seitenblicke von Lynn einbrachte. Aber er konnte jetzt nicht mit ihr reden und so tun, als wäre nicht gerade seine ganze Welt auf den Kopf gestellt worden. Die Reporterin hatte eindeutig „Kainda" gesagt, das hatte er sich nicht nur eingebildet. Was bedeutete, dass die Frau aus seinen Träumen wirklich existierte. Doch wo war sie hergekommen, und was hatte sie mit Marisa Pérèz zu tun? Und warum hatte die Reporterin Etana Kainda genannt? Konnten beide eins sein? Nein, auf keinen Fall, das war nicht möglich.

Doch Etana war eindeutig keine normale Leopardin gewesen, sie konnte ihn verstehen und sogar auf ihre Art antworten. Hin und wieder war sie ihm sogar beinahe menschlich vorgekommen. Oder war das reines Wunschdenken gewesen? Ryans Herz begann zu hämmern. Vielleicht gehörte Kainda der Beutel, den die Polizei gefunden hatte.

Ganz in Gedanken berührte er seine Schläfe und zuckte vor Schmerz zusammen. Wie sollte er in dieser Verfassung klar denken? Irgendwie floss alles ineinander, und er konnte beim besten Willen nicht mehr herausfiltern, was Realität und was Einbildung war. Also musste er sich an die erwiesenen Tatsachen halten: Die tote Leopardin war nicht Etana, wie ihm auch Marisa bestätigt hatte, und das bedeutete, irgendjemand musste sie zwischen dem Moment, als die Polizei letzte Nacht in sein Haus gekommen war, und heute Vormittag gegen eine andere Leopardin ausgetauscht haben. Aber wer und warum?

Eine Frau hatte den Notruf gewählt und den Überfall auf ihn gemeldet, und die Stimme hatte er auf dem Tonband als Kaindas erkannt. Also existierte sie und war tatsächlich in der Nacht bei ihm gewesen. Indirekt hatte das auch die Reporterin bestätigt, indem sie den Namen genannt hatte. Ryan schloss die Augen und ließ das Gespräch noch einmal innerlich Revue passieren. Ja, sie hatte Kainda gesagt, und das mit voller Absicht. Zumindest beim zweiten Mal.

Kainda sollte laut Marisa aus Afrika stammen, das würde ihren Akzent erklären, ebenso wie ihre dunkle Hautfarbe. Anscheinend wollte sie dorthin zurückkehren, oder hatte sich das auf Etana bezogen? Seine Kopfschmerzen verstärkten sich. Eigentlich war es auch ganz egal, er wusste nur eines: Er musste Etana wiederfinden, und zwar so schnell wie möglich.

„Dreh um."

Lynn starrte ihn an, als er sie unvermittelt ansprach. „Wie bitte?"

„Du sollst umdrehen." Selbst er konnte den Unterton der Verzweiflung in seiner Stimme hören.

„Nein, das werde ich nicht. Du gehörst ins Bett, und das weißt du genau. Außerdem, was soll das bringen? Etana ist tot, du kannst ihr nicht mehr helfen."

„Eben nicht."

„Ryan …"

Er unterbrach sie. „Die Leopardin in dem Raum war nicht Etana."

Lynn verzog erschrocken das Lenkrad und kämpfte einen Moment darum, auf der Fahrbahn zu bleiben. „Wie meinst du das? Sie wurde von deinem Haus aus dorthin gebracht und eingeschläfert. Wie könnte sie es nicht sein? Und vor allem, woher willst du das wissen?"

„Fell- und Augenfarbe stimmten nicht."

„Ryan, als Tierarzt weißt du, dass auch Tiere manchmal anders aussehen, wenn sie tot sind. Du kannst nicht erwarten …"

Ryan ließ sie wieder nicht ausreden. „Und meine Operationswunden ändern sich vermutlich auch einfach?"

Sie runzelte die Stirn. „Was?"

„Irgendjemand hat versucht, es so aussehen zu lassen, als wäre es Etana, samt Verband und den darunter liegenden Verletzungen, aber es waren einfach nur Schnitte, die der Leopardin nach ihrem Tod beigebracht wurden. Es gab keine Operationsnarben und keine Fäden. Offenbar haben sie nicht erwartet, dass sich jemand die Leiche genauer ansehen würde."

„Aber wenn das nicht Etana war, wo ist sie dann?" Es schien, als hätte Lynn seine Version akzeptiert.

„Genau das will ich herausfinden, deshalb muss ich zurück zum Amt. Irgendjemand dort muss wissen, wo sie geblieben ist."

Nachdenklich klopfte Lynn mit den Fingern auf das Lenkrad. „Denkst du nicht, dass derjenige, der dafür verantwortlich ist, es nicht so gerne sieht, wenn du seinen Betrug aufdeckst?"

„Deshalb wollte ich heimlich ermitteln."

Lynn sah ihn skeptisch an. „Das wird sicher nicht funktionieren, solange du dich nicht mal auf den Beinen halten kannst und mit dem Verband um deinen Kopf wie ein Maharadscha aussiehst."

„Danke für das Kompliment."

„Bitte. Okay, ich weiß, was wir machen. Ich bringe dich jetzt zum Krankenhaus zurück, und dann werde ich mit Patricks Hilfe herausfinden, wer die Leopardin vertauscht hat."

Einen Moment lang blickte Ryan sie nur an. „Ich kann doch nicht …"

Lynn ließ ihn nicht ausreden. „Oh doch, du kannst, und du wirst. Andernfalls lasse ich dich ans Bett fesseln, also überleg dir gut, was du tust."

Ryan versuchte, die Kraft aufzubringen, sich gegen sie aufzulehnen, doch schließlich gab er auf. „Danke für deine Hilfe."

Lächelnd bog Lynn auf den Parkplatz des Krankenhauses ein. „Das mache ich gerne. So, und wie kriegen wir dich jetzt wieder nach oben, ohne dass uns jemand sieht?"

Langsam, unendlich langsam tauchte sie wieder auf, zuerst ihr Geruchssinn, dann ihr Gehör. Kainda öffnete die Augen, doch sie sah weiterhin nur Schwärze. Furcht breitete sich in ihr aus. Ein lautes Dröhnen drang an ihre Ohren, der Boden vibrierte. Wo war sie? Und wie war sie hierhergekommen? Sie konnte sich an nichts mehr erinnern, nur … Ein Käfig und zwei Männer, die darüber redeten, dass sie eingeschläfert werden sollte. Ihr Herz begann hart gegen ihre Rippen zu schlagen. Mühsam erhob sie sich und stand schließlich zitternd auf drei Beinen, weil ihr verletztes wehtat. War sie tot? Nein, denn dann hätte sie vermutlich die Schmerzen nicht mehr gespürt – weder die äußerlichen noch die inneren. Aber wie konnte es sein, dass sie sogar mit ihren Katzenaugen nichts sah? War sie blind? Kainda humpelte ein Stück vorwärts, bis sie an Gitterstäbe stieß. Sie war immer noch in einem Käfig!

Kainda setzte sich und schob ihre Vorderpfote durch die Stäbe. Nach nur wenigen Zentimetern stieß sie an eine Wand, die sie von unten nach oben abtastete, um eine Öffnung zu finden. Doch es gab keine. Als ihr bewusst wurde, dass der Käfig in einer hölzernen Kiste steckte, schien er um sie herum enger zu werden, die Luft dünner. Keuchend fiel sie auf die Seite und versuchte, ihre Atmung wieder unter Kontrolle zu bringen. Wenn sie jetzt in Panik verfiel, würde sie nicht mehr klar denken können. Und das musste sie, wenn sie einen Weg finden wollte, hier herauszukommen. *Okay, denk, Kainda!* Die Kiste und die Geräusche bedeuteten vermutlich, dass sie weggebracht wurde.

Es gab keine Möglichkeit herauszufinden, wohin oder wer den Transport in Auftrag gegeben hatte. Das würde sie erst merken, wenn sie ankam.

Sie hasste es zu warten, aber ihr blieb keine andere Wahl. Mühsam rappelte sie sich wieder auf und untersuchte methodisch ihre Zelle. Der Boden war aus Holz, die Gitter waren aus Metall und mit einem Vorhängeschloss gesichert. Wenn doch nur Marisa mit dem Bolzenschneider hier wäre! Irgendwie konnte sie immer noch nicht fassen, dass die Journalistin sie und Jamila damals aus dem Käfig befreit hatte, in den der Jäger Gowan sie gesperrt hatte. Und auch nicht, dass Marisa sogar nach Escondido gekommen war, um nach ihr zu sehen und zu fragen, ob sie Hilfe brauchte. Kainda wusste nicht, ob sie ihrerseits den Großmut aufgebracht hätte, zu verzeihen und so etwas zu tun. Schon gar nicht, wenn es auch um einen Menschen gegangen wäre, den sie geliebt hätte. Aber Kainda hätte alles für ihre Familie getan und für ihre Gruppe. Alles. Ein Kloß bildete sich in ihrer Kehle, wie jedes Mal, wenn sie über ihr Versagen nachdachte. Nichts, was sie tat, würde die anderen wieder lebendig machen.

Aber sie konnte nicht einfach aufgeben und abwarten, bis sie an der Reihe war. Und schon gar nicht, wenn es auch um Jamila ging. Ruckartig setzte sie sich auf. Sie konnte ihre Schwester nicht mehr spüren, so als hätte jemand die lebenslange Verbindung durchtrennt. Mühsam drängte sie die Panik zurück, die sie zu überfallen drohte. Es ging Jamila gut, die Berglöwenwandler würden auf sie aufpassen, wie sie es versprochen hatten. Die geistige Verbindung war schwächer geworden, je weiter Kainda sich vom Lager entfernt hatte, anscheinend funktionierte der ‚Empfang' nur über eine gewisse Strecke und bei weiter Entfernung nur bei sehr starken Emotionen. Deshalb trennte sie jetzt offenbar eine größere Distanz von ihrer Schwester als jemals zuvor in ihrem Leben, und das machte ihr Angst. Nicht nur, weil sie zum ersten Mal wirklich und völlig allein war, sondern vor allem, weil sie nun nicht mehr wusste, wie es Jamila ging.

Es tut mir leid, kleine Schwester. Ich hätte dich nie im Stich lassen dürfen.

Wäre alles anders gekommen, wenn sie sich entschieden hätte, bei den Berglöwenwandlern zu bleiben oder für Jamila und sich ein kleines Revier zu suchen und in Kalifornien heimisch zu werden, anstatt zu versuchen, nach Afrika zurückzukehren? Vielleicht. Aber dann hätte sie auch nie Ryan kennengelernt und wenigstens für ein paar Stunden erfahren, was es bedeutete, in seinen Armen zu liegen und von ihm geliebt zu werden. Tränen traten in Kaindas Augen. Nein, sie würde es wieder genauso machen, obwohl es selbstsüchtig war. Sie musste nach Afrika zurück, zumindest ein letztes Mal, damit sie ihre Vergangenheit begraben konnte.

Doch würde sie überhaupt noch die Möglichkeit dazu haben? Wer auch immer sie auch in diesen Käfig gesteckt hatte, musste einen Grund dafür haben, und es war unwahrscheinlich, dass der für sie positiv wäre. Hatten es ihre Verfolger geschafft, sie den Behörden unter der Nase wegzuschnappen? Es könnte durchaus sein, und vor allem würde niemand sie suchen, wenn sie eigentlich tot sein sollte. Vermutlich waren sie froh, sie los zu sein. Ob Ryan wusste, was mit ihr geschehen war? Hoffentlich brachte er sich nicht selbst in Schwierigkeiten, wenn er erfuhr, dass sie fort war. Sie mochte sich nicht vorstellen, dass er schwer verletzt und vielleicht noch gar nicht aufgewacht war.

Unruhig ging sie zu dem Wassernapf, den sie bei ihrer Erkundung entdeckt hatte, und begann gierig zu trinken. Vorsichtig ließ sie sich auf dem harten Boden nieder. Es brachte nichts, wenn sie immer wieder die gleichen Gedanken durchging, sie würde sich damit nur aufreiben. Sie sollte lieber ihre Kräfte sparen, damit sie auf das vorbereitet war, was sie am Ende ihrer Reise erwartete. Kainda legte den Kopf auf ihre Pfoten und schloss die Augen. Es gelang ihr, ein Bild von Ryan mitzunehmen, als sie erneut in einen tiefen Schlaf sank.

„Wir können nichts mehr tun, Finn." Kearne reckte sich zu voller Größe. „Kainda ist weg, und wir geraten nur weiter in Gefahr, wenn wir Torik dort herumlaufen lassen."

Finn unterdrückte den Impuls, einfach wegzugehen. Kaum war er mit Jamila aus dem Wald gekommen – in Tierform, weil sein zerrissenes T-Shirt zu offensichtlich gewesen wäre –, hatte Kearne sich auch schon zwischen sie gedrängt und Finn aufgefordert, mit ihm zu kommen, weil er unter vier Augen im Ratsgebäude mit ihm reden wollte. Normalerweise hätte Finn nie auf einen solchen Befehl gehört, doch es hätte sein können, dass er während seiner kurzen Auszeit etwas Wichtiges verpasst hatte. Wie sich herausstellte, war nur das eingetreten, was er befürchtet hatte: Kearne wollte die Suche einstellen und Kainda ihrem Schicksal überlassen.

„Sie ist gerade mal ein paar Stunden fort." Finn bemühte sich, seine Stimme ruhig zu halten. „Und immerhin konnten Marisa und Torik herausfinden, dass sie nicht getötet wurde."

„Vielleicht wäre das besser gewesen."

Obwohl Kearne es nur vor sich hin murmelte, hörte es Finn. Mit einem langen Schritt war er bei ihm und packte seinen Pullover in einem harten Griff. „Wir sind nicht immer einer Meinung, Kearne, aber wenn ich noch einmal höre, dass du so etwas von dir gibst, werde ich dafür sorgen, dass du nicht mehr Teil des Rats bist." Finn gab ihm noch einen Stoß und ließ ihn dann angewidert los. „Es geht hier um das Leben eines Wandlers, und da ist es mir völlig egal, ob es sich um einen Berglöwen, einen Leoparden oder einen Wolf handelt. Wenn einer der unseren in

Gefahr schwebt, ist es unsere Pflicht zu helfen. Erst recht, wenn die Schwester dieser Wandlerin bei uns lebt."

Kearne war rot angelaufen und strich über seinen Pullover, um ihn zu glätten. „Darum geht es dir also. Nur weil du scharf auf sie bist …"

Weiter kam er nicht, denn Finn trat so dicht an ihn heran, dass Kearne seinen Kopf in den Nacken legen musste, um ihm in die Augen zu sehen. „Du solltest besser nicht weiterreden, wenn dir dein Leben lieb ist." Seine Stimme war leise und tödlich. „Ich lasse nicht zu, dass du so über mich oder Jamila sprichst. Vor allem aber geht es dich überhaupt nichts an."

Kearne wirkte schon deutlich weniger selbstgefällig. „Der Rat …"

„Der Rat ist mir völlig egal, denn was ich in meiner Freizeit mache und mit wem, ist meine Privatsache. Ich mische mich auch nicht ein und erzähle dir, wie du deine Frau behandeln sollst, obwohl jeder Blinde sehen kann, dass sie leidet."

Kearnes Gesichtsfarbe wechselte von Rot zu Weiß. „Das ist unerhört. Ich werde den anderen Ratsmitgliedern erzählen, was du treibst."

Müde strich Finn über seine Haare, die noch feucht vom Schnee waren. „Tu das. Und wenn du dir dann von den anderen eine Abfuhr geholt hast, hoffe ich, dass wir wieder zu den wichtigen Themen zurückkommen können. Du kannst natürlich auch versuchen, mich aus dem Rat werfen zu lassen." Finn senkte die Stimme. „Aber vielleicht solltest du vorher noch einmal kurz darüber nachdenken, ob du so einfach einen Ersatz finden wirst. Wenn ich mich recht erinnere, hat sich beim letzten Mal niemand freiwillig gemeldet, Coyles Platz einzunehmen."

Kearne schwieg dazu, was Finn als Zustimmung deutete.

„Glaubst du nicht, wir haben im Moment genug andere Probleme? Müssen wir uns wegen so etwas streiten? Ich persönlich würde meine Energie jedenfalls lieber für wichtigere Dinge einsetzen und nicht bei jedem Schritt gegen dich ankämpfen müssen. Wenn du gute Ideen hast, bring sie vor den Rat. Aber blockiere unsere Arbeit nicht ständig, indem du krampfhaft an Altem festhältst oder irgendwelche unsinnigen Forderungen stellst."

Kearne richtete sich steif auf. „Wenn du das denkst, sollte ich meinen Sitz im Rat wohl besser zur Verfügung stellen."

Finn unterdrückte einen tiefen Seufzer. „Es steht dir selbstverständlich frei, das zu tun. Aber ich würde mich freuen, wenn du es nicht tätest. Wir wissen beide, dass es niemanden gibt, der besser mit Zahlen und Logistik umgehen kann als du. Du wirst hier gebraucht, genauso wie ein starker Anführer wichtig ist."

Kearne sah ihn einen langen Moment an und nickte dann knapp. „Ich sehe dich bei der nächsten Ratssitzung." Ohne einen Abschiedsgruß verließ er das Ratsgebäude.

Finn schnitt eine Grimasse. Das lief ja super, vielleicht sollte er seine diplomatischen Fähigkeiten etwas aufpolieren. Aber verdammt noch mal, Kearnes Engstirnigkeit nervte ihn extrem. Wie sollten sie sich der veränderten Situation anpassen und ihr Überleben sichern, wenn sie sich selbst im Rat nicht einig waren? Natürlich konnte jeder eine eigene Meinung haben, schließlich waren sie Individuen, aber es durfte nicht dazu führen, dass sie sich selber lahmlegten. Davon abgesehen waren professionelle Differenzen in Ordnung, aber er würde nicht zulassen, dass Kearne Jamila so behandelte. Glücklicherweise hatte sie nicht gehört, was er über sie gesagt hatte, sonst würde sie sich sicher noch weiter zurückziehen. Finn stockte, als ihm ein Gedanke kam: Waren sie wieder von dem Unbekannten beobachtet worden, der dann gleich zu Kearne gerannt war, um sie zu verraten? Er musste unbedingt herausfinden, wer es war, denn er wollte nicht, dass jemand das wunderschöne Erlebnis zu etwas Falschem, Schlechtem verdrehte.

Ungebeten drangen Erinnerungen an ihr Liebesspiel in seine Gedanken, an die Leidenschaft und Hingabe, die Jamila gezeigt hatte. Der Geruch ihrer Erregung lag noch immer in seiner Nase, hing an seinem Körper und benebelte seine Sinne. Er konnte jetzt noch spüren, wie ihre Krallen sich in seinen Hintern bohrten, wie sie ihn stumm aufforderte, sie härter zu nehmen. Und ihr Geschmack – Finn glaubte nicht, dass er jemals genug von ihr bekommen würde. Mit geschlossenen Augen ließ er die Bilder wieder in seinem Kopf erstehen, wie Jamila ausgesehen hatte, als er sie mit dem Mund erregt hatte, ihre muskulösen Schenkel, die sich bewegten, ihr flacher Bauch, die zwar kleinen, aber wunderschönen Brüste mit den harten Spitzen, die darum bettelten, von ihm berührt zu werden. Am erotischsten war jedoch gewesen, als sie sich selbst berührt hatte, erst zögernd, dann immer sicherer, von ihrer Leidenschaft mitgerissen.

Allein die Vorstellung, auf welche Arten er sie noch lieben, wie sie sich gegenseitig erregen konnten, ließ ihn innerlich aufstöhnen. Hastig riss er die Augen auf und stellte fest, dass seine Hände um seinen Penis lagen, und er kurz davor war zu kommen. Allein durch die Erinnerung an Jamila. Gott, er war ein Wrack. Entnervt ließ er seine Hände sinken, seine schmerzende Erektion jedoch hielt sich hartnäckig. In diesem Zustand konnte er auf keinen Fall durch das Lager marschieren. Auch wenn unweigerlich jeder schon durch den Geruch mitbekam, was er mit wem getrieben hatte, wollte er diese Erfahrung nicht mit den anderen teilen. Sie gehörte ihm und Jamila, niemandem sonst. Da seine Kleidung irgendwo im Wald lag, verwandelte Finn sich, bevor er die Ratshütte verließ und zu seiner eigenen lief.

Was hatte sie getan? Jamila vergrub ihr Gesicht in den Händen und versuchte zu vergessen, was sie mit Finn geteilt hatte. Und was er ihr angeboten hatte: ein Zuhause, Freundschaft, vielleicht sogar Liebe. Vor allem der letzte Teil machte ihr Angst. Sie war noch nie von einem Mann geliebt worden – abgesehen von ihrem Vater und ihrem Bruder –, sie wusste überhaupt nicht, wie sie darauf reagieren sollte. Es hatte nie zur Debatte gestanden, für immer hierzubleiben. Die ganze Zeit war klar gewesen, dass sie mit Kainda nach Afrika zurückkehren würde, sobald ihre Schwester einen Weg gefunden hatte. Doch jetzt, da Kainda verschwunden war, würde Jamila ihre Heimat vielleicht nie wiedersehen. Einerseits machte sie das traurig, doch auf der anderen Seite spürte sie beinahe so etwas wie Freude und Aufregung bei dem Gedanken, bei Finn bleiben zu können.

Und das verursachte ihr solche Gewissensbisse, dass ihr davon übel wurde. Wie konnte sie ihre Schwester so schnell abschreiben? Ihren Traum, nach Hause zurückzukehren? Nein, sie würde irgendwie herausfinden, was mit Kainda geschehen war und sie zurückholen, wenn es möglich war. Und was den Traum anging, das war Kaindas gewesen, nicht ihr eigener. Natürlich sehnte sich etwas in ihr nach ihrer Heimat, aber zurückzukehren bedeutete auch, die Schrecken erneut zu erleben, stets daran erinnert zu werden, was geschehen war – und was sie verloren hatten. Und sie würde nicht nur ihren eigenen Schmerz fühlen, sondern auch Kaindas – und das würde sie nicht ertragen können. Nicht noch einmal.

Andererseits bedeutete hierzubleiben auch, sich mit dem auseinanderzusetzen, was sie getan hatte. Auch wenn Bowens Entführung weder ihre Idee noch ihre Schuld gewesen war, hatte sie doch daran mitgewirkt, Spuren zu vertuschen, indem sie einen Mann tötete und Coyle so schwer verletzte, dass er ihnen nicht folgen konnte. Es war nicht richtig gewesen. Selbst wenn es bedeutet hätte, sich selbst zu opfern, hätten sie diesen Weg gehen müssen, anstatt andere Wandler anzugreifen und zuzulassen, dass ein Jugendlicher gequält und misshandelt wurde. Wie sollte, wie konnte sie sich hier mit diesem Hintergrund ein neues Leben aufbauen?

Mit einer Grimasse erinnerte Jamila sich an Kearnes Gesichtsausdruck, als er Finn aufgefordert hatte, mit ihm zu kommen. Es war überdeutlich gewesen, dass das Ratsmitglied genau wusste, was sie getrieben hatten und wie er dazu stand. Vermutlich war er jetzt gerade dabei, Finn klarzumachen, dass sein Verhältnis mit ihr nicht geduldet werden würde. Vielleicht würde Finn sogar seinen Sitz im Rat verlieren oder, noch schlimmer, aus der Gruppe ausgeschlossen werden. Das konnte sie auf keinen Fall zulassen, Finn sollte nicht auch noch seine Heimat verlieren. Am besten hielt sie sich ab jetzt von ihm fern, zumindest soweit es ging, während sie auf Nachricht von oder über Kainda wartete. Sollte Kainda wirklich nicht zurückkehren, würde sie trotzdem das Lager verlassen. Der Gedanke, Finn nicht mehr wiederzusehen, ihn nicht mehr berühren zu können, schmerzte bereits jetzt.

Es wurde Zeit, die Sache zu beenden. Er konnte nicht zulassen, dass die Journalistin und der Tierarzt weiterhin Fragen stellten, um herauszufinden, was mit der Leopardin geschehen war. Anscheinend war es ihm nicht gelungen, sie in die Irre zu führen und glauben zu machen, die Raubkatze sei tot. Irgendwann würde jemand dahinterkommen, was ihre Fragen zu bedeuten hatten. Er hätte sie verschwinden lassen können, aber das hätte nur weitere Wellen geschlagen und wahrscheinlich genau das bewirkt, was er eigentlich verhindern wollte. Ganz davon abgesehen, dass es ihm widerstrebte, Menschen zu töten, die Wandlern geholfen hatten.

Eine andere Möglichkeit war, ihnen zu sagen, was mit der Leopardin geschehen war. Aber würden sie dann Ruhe geben? Die Journalistin vielleicht schon, aber auch Thorne? Wenn er sich in seinem Zustand sogar aus dem Krankenhaus quälte, vermutlich nicht. Vor allem nicht, wenn man die Verzweiflung berücksichtigte, die in Wellen von ihm ausgegangen war. Nein, Ryan Thorne würde nicht aufgeben, bis er die Leopardin gefunden hatte.

Geschmeidig löste er sich vom Gebäude und sah sich um. Es hatte ihn nervös gemacht, dass der Berglöwenwandler ihn schon zum zweiten Mal bemerkt zu haben schien, obwohl das eigentlich gar nicht möglich war. Sehr interessant, das würde er unbedingt erforschen müssen, wenn das Chaos hier beseitigt war. Aber zuerst würde er den Tierarzt aufsuchen.

25

Eine beharrliche Stimme riss Ryan aus dem Schlaf. Der Arzt und die Schwestern waren nicht erfreut gewesen, als er wieder auftauchte, und hatten ihn gleich mit einem leichten Schlafmittel ins Bett gebracht. Nun kämpfte er dagegen an und versuchte, seine Augen zu öffnen. Die Lider fühlten sich an wie festgetackert, er schaffte es kaum, sie zu heben. Eine Hand schlang sich um seine, jemand beugte sich über ihn.

„Ryan, ich bin es. Wach auf." Lynn.

Sein Blick war unscharf, als er zu ihr aufblickte. „Bin … wach." Allein die beiden Wörter waren beinahe schon zu viel, seine Kehle war ausgetrocknet.

„Gut, Patrick hat etwas erfahren, das du wissen musst."

„Wer … ist Patrick?" Ryan schloss die Augen wieder, weil es einfach zu anstrengend war, sie die ganze Zeit offen zu halten.

„Mein Freund von vorhin, du erinnerst dich?" Lynns Stimme klang ungeduldig.

„Ja." Ryan versuchte, sich etwas aufzurichten, doch es gelang ihm nicht richtig. Hören konnte er immerhin, auch wenn es hinter seiner Schläfe bereits wieder anfing zu hämmern. „Weiß er, wo Etana ist?"

„Nein, das nicht."

Enttäuscht sackte Ryan zusammen. „Verdammt."

„Lass mich doch erst mal ausreden. Ich möchte wirklich mal wissen, warum du mit Tieren so geduldig bist, aber bei Menschen nicht."

Verlegen öffnete Ryan die Augen und sah Lynns Lächeln. „Entschuldige, red weiter."

„Also …" Sie beugte sich vor. „Patrick hat sich die Besucherliste angesehen. Sagt dir der Name Detective Harken etwas?"

Ruckartig setzte Ryan sich auf und zuckte vor Schmerz zusammen. „Au. Harken aus Los Angeles, der im Mordfall der Rivers ermittelt hat und deshalb bei uns in der Klinik war?"

„Genau der. Gut, er könnte wegen etwas anderem da gewesen sein, aber mir kommt das schon sehr merkwürdig vor. Zumindest wäre es etwas, das wir überprüfen sollten."

„Da bin ich absolut deiner Meinung. Hast du dein Handy dabei?"

Lynn zog eine Augenbraue hoch. „Hast du mich schon jemals ohne gesehen?"

Ryan war zu aufgeregt, um auf ihren Scherz einzugehen. Seine Gedanken überschlugen sich, während er überlegte, was das Auftauchen von Harken bedeuten konnte. „Weißt du, wann er dort war?"

„Heute Morgen um halb neun. Zu der Zeit hat Etana noch gelebt. Patrick sagte, sie hätte erst eine Betäubungsspritze bekommen und wurde dann allein gelassen, als sie schlief." Lynn suchte das Handy heraus, während sie redete, und gab es ihm.

„Also wurde Etana vermutlich während dieser Zeit gegen die andere Leopardin ausgetauscht."

Sie hob die Schultern. „Möglich wäre es. Aber glaubst du nicht, es fällt auf, wenn einer mit einer betäubten Raubkatze auf dem Arm aus dem Gebäude spaziert?"

„Nicht, wenn er die Hintertür genommen hat, so wie wir." Ryan wählte die Nummer der Auskunft und wartete ungeduldig, bis sich jemand meldete. „Guten Tag, ich hätte gerne die Nummer des Los Angeles Police Departments."

„Handelt es sich um einen Notfall?“ Die Frauenstimme klang gelangweilt.

„Nein, ich möchte mit einem Detective Harken von der Mordkommission sprechen.“

„Welche Abteilung?“

Ryan biss die Zähne zusammen, um die Frau nicht anzufahren. Sie konnte nichts dafür, dass er das Gefühl hatte, keine Zeit verlieren zu dürfen. „Das weiß ich leider nicht.“

„Gut, dann verbinde ich Sie mit der Zentrale des LAPD.“

„Vielen Dank.“ Es knackte mehrmals in der Leitung, dann ertönte ein Freizeichen. Lynns Hand legte sich über seine Finger, die nervös über die Bettdecke strichen. Ryan bemühte sich um ein Lächeln, doch vermutlich glich es eher einer Grimasse.

„LAPD, Hauptquartier. Wie kann ich Ihnen helfen?“

„Ryan Thorne, Escondido, guten Tag. Vor drei Tagen war ein Detective Harken wegen eines Mordfalls in Los Angeles hier, um mich zu befragen. Ich muss ihn dringend sprechen, habe aber seine Kontaktnummer nicht. Könnten Sie mich mit ihm verbinden?“

„Um welchen Mordfall geht es?“

„Cal Rivers und seine Frau. Soweit ich weiß, wurden sie in ihrem Haus ermordet.“

„Warten Sie einen Moment, ich sehe nach, ob ich Detective Harken finde.“

„Danke.“ Ryan legte seine Hand über den Hörer und sah Lynn an. „Er sucht Detective Harken.“

„Eigentlich müsste es eine Datenbank geben, in der sämtliche Mitarbeiter aufgeführt sind.“ Sie schien beinahe noch ungeduldiger zu sein als er selbst.

„Ja, bestimmt. Vielleicht …“ Er brach ab, als sich der Mann wieder meldete.

„Ich verbinde Sie jetzt mit Detective Harken.“

„Vielen Dank."

„Detective Harken hier. Die Vermittlung sagte, Sie hätten Informationen zum Mordfall Rivers?"

Ryan runzelte die Stirn. Die Stimme klang völlig anders als in seiner Erinnerung. „Hier ist Ryan Thorne. Ich wollte nachfragen, ob Sie meine Hinweise über die Leopardin irgendwie weitergebracht haben."

Eine Weile herrschte Schweigen, dann ertönte ein Klicken im Hörer. „Weder Ihr Name noch eine Leopardin tauchen in meinen Unterlagen auf. Wer sind Sie?"

„Das sagte ich doch schon, Ryan Thorne. Ich bin Tierarzt im Wild Animal Park in Escondido. Wir haben vor zwei Tagen telefoniert."

„Das kann nicht sein, davon weiß ich nichts."

„Sie waren sogar hier!"

„Völlig unmöglich. Hören Sie, wenn Sie sich einen Scherz erlauben wollen, haben Sie den Falschen erwischt. Wir wissen, von wo aus Sie anrufen, und wenn Sie jetzt nicht mit dem Unsinn aufhören, werde ich …"

Ryan unterbrach ihn. „Zum Lachen ist mir wirklich nicht zumute. Aber ich habe inzwischen auch den Eindruck, dass Sie nicht hier waren. Ich an Ihrer Stelle würde mich fragen, wer sich als Sie ausgegeben hat, denn ich habe etliche Zeugen, die bestätigen können, dass ein Detective Harken aus Los Angeles hier war." Ryan holte tief Luft. „Ich gehe davon aus, dass Sie auch heute nicht hier waren, oder?"

„Ich war noch nie in Escondido. Und jetzt sagen Sie mir, was Sie mit dem Fall Rivers zu tun haben."

Ryan spürte Wut in sich aufsteigen. „Gar nichts. Cal Rivers hatte eine Leopardin angefahren, die er in den Wild Animal Park gebracht hat. Am Tag danach wurden er und seine Frau ermordet. Das ist alles, was ich darüber weiß. Und jetzt muss ich auflegen, es tut mir leid, dass ich Ihre Zeit beansprucht habe." Ryan beendete die Verbindung und legte sich schwer atmend zurück.

Lynn sah ihn mit großen Augen an. „Habe ich das richtig verstanden? Harken war nie hier?"

„Anscheinend nicht. Ich glaube auch nicht, dass er gelogen hat. Seine Stimme klang ganz anders als die des Mannes, der im Park war. Viel höher."

Lynns Augenbrauen zogen sich zusammen. „Aber warum hat sich jemand als Detective ausgegeben und dir diese ganzen Fragen gestellt?"

Ryan schüttelte den Kopf. „Ich weiß es nicht. Und ich habe ihm auch noch Etana gezeigt!" Hatte er damit ihr Schicksal besiegelt? Steckte der falsche Harken hinter ihrem Verschwinden? Es schien so, doch das half Ryan auch nicht weiter, inzwischen konnte der Kerl schon über alle Berge sein. Und Etana ebenso. Sein Herz zog sich schmerzhaft zusammen.

„Es ist nicht deine Schuld, Ryan. Woher solltest du wissen, dass er kein echter Detective ist?"

Ryan wurde blass, als ihm ein weiteres Detail aufging. „Er war in Rivers' Haus, als ich dort angerufen habe, es war eindeutig seine Stimme am Telefon. Was, wenn er der Mörder war?"

Lynn sah genauso fassungslos aus. „Dann müssen wir das der Polizei mitteilen. Vielleicht brauchen sie ein Phantombild von ihm oder so." Sie kaute auf ihrer Unterlippe, bevor sich ihre Miene aufhellte. „Vielleicht hat die Überwachungskamera am Tor des Klinikgeländes ihn aufgezeichnet. Ich werde gleich mal Jackson darauf ansetzen."

„Danke." Ryan warf seine Bettdecke zur Seite und schob seine Beine heraus. „Ich werde …"

Lynn drückte ihn ohne Mühe zurück. „Du wirst dich hier schön erholen. Du warst vorhin schon nicht in der Verfassung, draußen herumzulaufen, und jetzt bist du es noch weniger. Du hilfst Etana nicht, wenn du dich selber kaputtmachst, Ryan. Stell dir vor, wir würden eine Spur von ihr finden, aber du könntest ihr nicht folgen, weil du zusammengebrochen bist." Sie zog die Bettdecke wieder über ihn. „Sei einmal vernünftig und ruh dich noch ein wenig aus. Vielleicht kannst du dann morgen schon das Krankenhaus verlassen."

„Aber …"

Lynn verdrehte die Augen. „Ich helfe dir gerne, das solltest du eigentlich wissen. Aber ich werde nicht zusehen, wie du dich selbst kaputtmachst. Versprichst du mir, hierzubleiben, wenn ich jetzt gehe?"

„Wenn du mir noch ein Telefon besorgst, ja."

Marisa klappte das Handy zu und sah Torik an. „Das war Ryan Thorne. Er sagt, ein Detective Harken, der wegen des Mordes an dem Truckfahrer ermittelt, war vor zwei Tagen bei ihm in der Klinik."

Torik nickte. „Der Typ, den auch Kainda erwähnt hat."

„Ganz genau. Interessant an der Sache ist nur, dass dieser Harken wohl heute Morgen auch im Veterinäramt war." Marisas sämtliche journalistische Instinkte sagten ihr, dass das kein Zufall war. „Aber jetzt kommt es: Als Thorne ihn vorhin in Los Angeles anrufen wollte, war ein ganz anderer Detective Harken am Telefon, und der war noch nie in Escondido."

Torik setzte sich auf. „Du meinst, es hat sich jemand als Harken ausgegeben? Sowohl vor einigen Tagen als auch heute?"

„So sieht es aus. Und beide Male war er dort, wo sich Kainda aufhielt. Thorne lässt nun die Überwachungsbänder am Klinikeingang überprüfen."

„Aber selbst wenn wir wissen, wie er aussieht – inzwischen ist er sicher meilenweit entfernt."

„Das kann sein, aber ich wüsste nicht, was wir im Moment anderes tun können. Du etwa?"

Toriks Gesichtsausdruck wurde noch finsterer. „Dummerweise nicht. Ich habe Kaindas Geruchsspur hinter dem Gebäude verloren. Er kann sie sonst wo hingebracht haben. Wir könnten es natürlich am Flughafen von Los Angeles versuchen, der Transport eines Leoparden ist vielleicht aufgefallen. Wenn sie überhaupt ausgeflogen wurde, einfacher wäre es mit einem Auto." Ein seltsames Licht trat in seine Augen. „Ich könnte natürlich unseren Freund, den Einbrecher, im Krankenhaus besuchen und ihn befragen."

Überrascht sah Marisa ihn an. „Er ist schwer verletzt und steht unter Polizeibewachung. Selbst wenn du dort durchkämst, was würde es bringen? Er wird euch nichts mehr tun."

„Das nicht, aber ich möchte wissen, ob er der Kopf der Bande war oder ob wir mit weiteren Versuchen, Wandler gefangen zu nehmen, rechnen müssen. Und ob er mit diesem Harken zusammengearbeitet hat."

„Und du glaubst, er wird dir das sagen?" Als Torik schwieg, sprach sie rasch weiter. „Solltest du nicht besser zum Lager zurückkehren? Du wirst dort sicher gebraucht, und vor allem ist es doch gefährlich, wenn du dich so lange in einer Stadt aufhältst."

Torik hob eine Augenbraue. „Willst du mich loswerden? Ich glaube nicht, dass Coyle es lustig fände, wenn ich dich hier ohne Schutz zurücklassen würde."

Damit hatte er eindeutig recht. Coyle rief sie sowieso schon ständig an und fragte, ob es ihr gut ging und wann sie wieder nach Hause kam. „Aber wenn dich jemand entdeckt und …"

Er ließ sie nicht ausreden. „Im Gegensatz zu einigen unserer Freunde habe ich eine fast perfekte Kontrolle über meine Gestalt. Und ich habe einen Pass."

„Was? Eine Fälschung?" Erstaunt sah Marisa ihn an.

„Nein, das Original. Du vergisst anscheinend, dass mein Vater ein Mensch war. Er hat meine Geburt damals einfach an die Stammesverwaltung gemeldet, und damit war ich in das System aufgenommen."

„Oh." Marisa wusste nicht, was sie dazu sagen sollte. Sie glaubte Torik, dass er meistens die Kontrolle über seinen Körper hatte, aber ihr stand noch deutlich der Moment vor Augen, als er in Berglöwengestalt über ihren Angreifer hergefallen war und ihn ziemlich blutig getötet hatte. Ein Schauder lief ihr über den Rücken, und sie war sich sicher, dass Torik genau wusste, woran sie gerade dachte. „Okay, was machen wir jetzt?"

„Wie wäre es, wenn wir zum Park fahren und uns dort diesen Harken auf Band ansehen, sofern er dumm genug war, sich filmen zu lassen. Wenn wir ein Bild von ihm bekommen, könnten wir wenigstens sämtliche Hotels der Stadt abklappern und müssen nicht länger untätig rumsitzen."

Marisa startete den Motor und fuhr los. Sie war froh, Torik an ihrer Seite zu haben. Gut, er war nicht Coyle, aber zumindest war sie nicht allein, so wie damals, als sie auf sich gestellt versucht hatte, eine ganze Gruppe von Berglöwen aus Käfigen in einem Lager voller bewaffneter Männer zu befreien. Es war ihr sogar gelungen, aber sie brauchte ganz sicher keine Wiederholung.

„Was wird passieren, wenn wir Kainda nicht bald finden?"

„Der Rat wird uns zurückbeordern." Torik schien sofort zu verstehen, worauf sie hinauswollte. „Es ist sowieso nur Finn zu verdanken, dass wir überhaupt hier sind. Aber wenn der Rat zu dem Schluss kommt, dass er es nur wegen Jamila tut, wird Kainda ohne Zögern abgeschrieben."

Marisa sah ihn interessiert an. „Finn und Jamila?"

„Du kannst die Unschuldsmiene lassen, ich weiß, dass du es schon gemerkt hast."

„Ich? Wie kommst du darauf? Ich lebe nicht mal im Lager."

Düster sah Torik sie an. „Du bist eine Frau. Und eine Reporterin."

Marisa grinste ihn an. „Ich nehme das als Kompliment." Sie wurde ernst. „Was glaubst du, wird passieren, wenn das herauskommt? Ich könnte mir vorstellen, dass einige Leute nicht besonders begeistert darüber sind."

„Machst du Witze? Das wird einen noch größeren Aufstand geben als damals, als Coyle dich mitgebracht hat. Jamila wird von den meisten noch als Feindin angesehen, sie wird es schwer haben, wenn sie im Lager bleibt. Und noch schwerer als Geliebte unseres ausführenden Ratsmitglieds."

Marisa schüttelte bedauernd den Kopf. „Seltsam, obwohl sie mich töten wollte, tut sie mir jetzt leid. Wenn wir ihre Schwester nicht finden, hat sie niemanden mehr. Wo sollte sie denn dann hin?"

Torik hob die Schultern. „Das wird Finns Problem sein, nicht meines."

Ein harter Ruck schüttelte Kainda in ihrem Käfig durch. Sie konnte nach wie vor nichts sehen, aber immerhin war jetzt der Lärm etwas geringer. Sie wusste nicht, wie lange sie unterwegs gewesen waren, aber es kam ihr unendlich vor. Immer wieder war sie für kurze Zeit eingenickt, nur um dann mit einem Ruck orientierungslos wieder aufzuwachen. Mehrmals hatte sie geglaubt, Ryan neben sich zu spüren, doch das waren nur ihre Erinnerungen gewesen, die ihr einen Streich spielten. Wo auch immer sie war, Ryan war nun unerreichbar für sie. Und sie für ihn. Ob er sie suchen würde? Oder würde er akzeptieren, dass Etana fort war, und zur Tagesordnung übergehen? Obwohl für ihn Letzteres sicher besser wäre, hoffte sie doch, dass er sie zumindest nicht vergaß.

Nach ein paar Minuten verstummte auch das letzte Dröhnen.

Ominöse Stille herrschte, dann ein Klacken, ein hydraulisches Hissen, weitere metallische Geräusche. Ein Schwall heißer Luft drang in ihr Gefängnis, größtenteils in Form von irgendwelchen Abgasen, die sie husten ließen. Tränen stiegen in ihre Augen, doch dadurch ließ sie sich nicht davon abhalten, ihre Schnauze durch das Gitter zu schieben, um etwas näher an der Freiheit zu sein. Sie konnte jetzt Stimmen hören, kurze Rufe, deren Inhalt sie nicht verstehen konnte. Aber etwas daran kam ihr seltsam vertraut vor. Das Fell auf ihrem Rücken begann zu zucken. Schritte näherten sich ihrem Standort, und sie trat automatisch zurück.

„… diesmal nur eine Ladung. Kam sehr kurzfristig, ich hätte sie beinahe nicht mehr reinbekommen." Eine laute, typisch amerikanische Stimme.

„Laden wir sie ab, sie hat schon genug hinter sich." Die zweite Stimme hatte einen weicheren Klang. Eine Frau. „Und seid vorsichtig."

„Sind wir das nicht immer?" Wieder die erste Stimme. „Ich fliege doch nicht mehrere Tausend Meilen, um dann die Ladung zu verlieren."

Sie war geflogen? Das erklärte die Geräusche und auch den Geruch. Doch wo konnte sie jetzt sein? Unruhig lief Kainda am Gitter entlang, jeder Schritt eine Erinnerung an ihren verletzten Oberschenkel, der ohne die Schienen ungestützt war. Sie zuckte zusammen, als sich ihr Käfig plötzlich bewegte, und duckte sich dicht auf den Boden. Das Schwanken löste Übelkeit in ihr aus, deshalb presste sie die Kiefer fest zusammen, bis sie wieder auf festem Boden stand. Doch jetzt bewegte sich der Käfig vorwärts, es hörte sich an, als befänden sich Räder darunter.

„Okay, jetzt hoch."

So vorgewarnt stellte Kainda sich auf eine weitere Bewegung ein, die auch prompt erfolgte. Einen Moment hatte sie das Gefühl, der Boden käme näher, doch gleich darauf landete der

Käfig mit einem lauten Krachen auf etwas. Kaindas Rippen protestierten gegen diese Behandlung, doch sie gab keinen Laut von sich.

„Verdammt noch mal, passt doch auf! Das ist keine Bananenkiste." Wieder die Frauenstimme, diesmal deutlich verärgert.

„Steht aber drauf."

„Sehr witzig. Lasst mich nachsehen." Das Geräusch von Schritten neben ihr, dann ein leiser Fluch. „Brecheisen."

Eine Weile herrschte Stille, dann splitterte Holz. Kainda zog sich vorsichtshalber in die hinterste Ecke zurück. Es dauerte nicht lange, bis die Schwärze um sie herum etwas geringer wurde. Ein Lichtstrahl glitt über den Boden, bis er sie traf. Sie blinzelte gegen die Helligkeit.

„Gott sei Dank, es geht ihr gut." Die Frau schaltete die Taschenlampe aus. „Keine Angst, ich werde mich um dich kümmern."

Kainda wusste nicht, was sie damit meinte, aber es war ihr im Moment auch egal. Stattdessen atmete sie tief durch. Der Geruch war einzigartig, mit nichts anderem zu vergleichen. Tränen begannen über ihre Wangen zu fließen, als ihr klar wurde, dass sie zu Hause war – in Afrika. Sie sollte überglücklich sein, stattdessen sah sie nur Ryans Gesicht vor sich, den liebevollen Blick aus seinen blauen Augen, das leichte Lächeln um seinen Mund. Was gäbe sie dafür, dass er jetzt bei ihr wäre.

Trotz der schmerzstillenden Mittel spürte Edwards jede einzelne Wunde, die die verdammte Leopardin ihm zugefügt hatte. Schade, dass sie gleich eingeschläfert worden war, zu gerne hätte er sie höchstpersönlich getötet – aber nicht, ohne sie vorher richtig leiden zu lassen. Seine Hände zuckten auf der Bettdecke, als könnten sie ihren Körper unter sich spüren.

Beim Geräusch der gegen das Bettgestell rasselnden Handschellen steigerte sich seine Wut, bis er glaubte, explodieren zu müssen. Warum hatte er überhaupt zugesagt, die Leopardin zu jagen? Es war von vornherein klar gewesen, dass die Aufgabe nicht seinen Fähigkeiten entsprach. Er war kein Jäger, sondern zog es vor, seine Opfer in ihren Häusern zu überfallen. Und das hätte bei dem Tierarzt genauso funktioniert wie bei dem Trucker und seiner Frau, wenn sich die Leopardin nicht eingemischt hätte.

An ihrer Stelle hätte er versucht zu fliehen, anstatt den Arzt zu beschützen. Ein seltsames Verhalten für ein Tier, zumindest seiner Meinung nach. Überhaupt, die Art wie sie ihn angesehen hatte … Ein Schauder lief durch Edwards Körper, der an seinen Wunden zerrte. Er hatte schon etliche Menschen – und auch Tiere – getötet, aber selbst war er dem Tod noch nie so nah gewesen. Es war ihm bewusst geworden, dass er nicht sterben wollte und deshalb besser mit der Polizei zusammenarbeitete. Denn sein Auftraggeber würde ihn nicht lange in einem Gefängnis sitzen lassen. Irgendjemand würde dafür bezahlt werden, ihn, Edwards, umzubringen. Also konnte er nur versuchen, als Zeuge eine neue Identität zu bekommen.

Auch wenn er nicht allzu viel über seinen Auftraggeber wusste, ein paar Dinge hatte er doch über die Jahre erfahren, die die Polizei sicher sehr interessant finden würde. Morgen würde er dem Detective einen Deal vorschlagen, und bis dahin war er durch die Wachtposten vor der Tür gut geschützt. Zufrieden, seinen weiteren Weg geplant zu haben, schloss Edwards die Augen. Er riss sie wieder auf, als er ein leises Zischen hörte. Es war zu dunkel, um viel zu erkennen, aber er spürte eine Präsenz neben sich, die er kannte.

„Was …?“

„Du weißt, dass ich dich nicht reden lassen kann, Edwards.“ Ein Quietschen ertönte.

„Aber …" Seine Stimme versagte, als er erkannte, dass sein Auftraggeber irgendetwas mit seinem Infusionsbeutel machte. „Ich würde nie …"

„Tu uns beiden einen Gefallen und lüg mich nicht an." Der Mann beugte sich über ihn, aber Edwards konnte nur einen dunklen Fleck anstelle eines Gesichtes erkennen. „Du hast die Aufgabe nicht erledigt, die ich dir aufgetragen habe, und das kann ich nicht weiter dulden. Ich erwarte von meinen Leuten, dass sie nicht versagen." Damit drehte er sich weg und verschwand aus Edwards Blickfeld.

„Nein, halt!" Sein Schrei kam nur als heiseres Krächzen heraus. Edwards versuchte, die Stange zu ergreifen, an der die Infusionslösung hing, doch sie war außerhalb seiner Reichweite. Die Handschellen rasselten, während er hilflos mit den Händen fuchtelte. Er musste schreien, die Polizisten vor der Tür alarmieren, aber er brachte keinen Ton heraus.

Ein furchtbarer Schmerz schoss durch seine Hand und wanderte langsam seinen Arm hinauf. Brennend breitete er sich in seinem Körper aus, bis jeder Atemzug eine Qual war. Krämpfe schüttelten ihn erbarmungslos, und als sein Herz wenige Minuten später stehen blieb, schloss Edwards dankbar die Augen.

26

Eine Hand legte sich über Ryans Mund und ließ ihn erschrocken hochfahren. Panik sprudelte in ihm hoch, als er sich an den Überfall des Einbrechers erinnerte. Mit der Kraft der Verzweiflung schlug er um sich, doch egal, was er tat, er schien überhaupt nichts auszurichten, die Hand über seinem Mund bewegte sich nicht.

„Halten Sie still, ich will Sie nicht verletzen."

Ryan erkannte die Stimme und erstarrte. Die Hand verschwand, und er atmete tief durch, während er versuchte, sich zu beruhigen. Sein Herz hämmerte in seiner Brust, der Puls rauschte in seinen Ohren. „Was tun Sie hier, Harken? Ach nein, das ist ja gar nicht Ihr Name."

Einen Moment herrschte Stille, dann ertönte ein leises Lachen. „Das haben Sie also schon herausgefunden. Ich habe Sie offenbar unterschätzt."

Wut stieg in Ryan auf. „Sie werden verstehen, wenn ich nichts an der Situation lustig finde. Haben Sie den Verbrecher in mein Haus geschickt?"

„Nein." Jeglicher Humor war aus der Stimme verschwunden. „Das war jemand anderes."

„Und Cal Rivers wurde dann vermutlich auch von jemand anderem umgebracht, was?"

„Ganz genau. Nicht dass Sie das interessieren muss." Es klang endgültig, doch Ryan ließ sich davon nicht abhalten. Er wollte endlich Antworten.

„Das tut es aber. Rivers war ein anständiger Mensch, und ich verstehe nicht, warum er sterben musste."

„Wegen der Leopardin. Der Einbrecher wollte herausfinden, wo sie ist. So erfuhr er, dass sie zu Ihnen in die Klinik gebracht wurde. Nur hat er sich zu dumm angestellt und wäre beinahe von der Polizei gefasst worden."

Ryan setzte sich ruckartig auf und zuckte vor Schmerz zusammen. „Sie meinen, der Verbrecher, der versucht hat, mich zu töten, hat Rivers umgebracht?"

„Wer sonst?"

Ryan schwirrte der Kopf bei der Vorstellung, dass er nur knapp einem Mörder entkommen sein könnte. Wäre Etana nicht gewesen … „Aber Sie waren doch in Rivers' Haus, als ich dort angerufen habe."

„Als ich eintraf, waren sie schon tot und der Täter über alle Berge."

„Das müssen wir der Polizei melden, sonst …"

Harken unterbrach ihn. „Wenn die Polizei nicht völlig unfähig ist, werden sie Spuren von ihm am Tatort gesichert haben und diese vergleichen."

Ryan war klar, dass Harken in dem Punkt nicht nachgeben würde, deshalb stellte er eine andere Frage, die ihm auf den Nägeln brannte. „Haben Sie sich mir gegenüber als Detective ausgegeben, weil Sie auch an Etana heranwollten?"

Schweigen.

„Also ja. Warum?"

Wieder Schweigen.

„Warum sind Sie hierhergekommen, wenn Sie gar nicht reden wollen? Wollen Sie mich beseitigen?"

„Das würde nur weitere Fragen hervorrufen."

Die Emotionslosigkeit in der Stimme ließ Ryan frösteln. „Wie haben Sie es geschafft, Etana auszutauschen?"

„Das war nicht weiter schwierig, aber ich dachte, es würde Sie freuen, dass nicht sie jetzt tot auf dem Tisch liegt."

„Lebt sie noch?" Ryan hörte, wie seine Stimme zitterte, aber es war ihm völlig egal. *O Gott, bitte.*

„Natürlich, was wäre sonst der Sinn der Aktion gewesen?"

Ryan schloss die Augen, Tränen bildeten sich hinter seinen geschlossenen Lidern. *Danke.* Es dauerte eine Weile, bis er wieder sprechen konnte. „Wo ist sie jetzt?"

„In Sicherheit." Das Rascheln von Kleidung erklang. „Deshalb bin ich hierhergekommen. Ich will, dass Sie aufhören, überall Fragen zu stellen. Lassen Sie die Sache auf sich beruhen."

„Warum?"

„Weil es besser ist, keine Aufmerksamkeit darauf zu lenken." Noch immer klang die Stimme ruhig, fast leblos.

Unerklärlicherweise machte Ryan das wütend. „Für Sie?"

„Ja. Vor allem aber für die Leopardin und ihre Freunde."

Ryan presste seine Finger an die unverletzte Schläfe, bohrender Schmerz pochte in seinem Schädel. „Sie sagten eben, sie wäre in Sicherheit."

„Solange alle denken, dass sie tot ist, und niemand weiß, wo sie ist, ja." Eine Spur von Ungeduld klang in der Stimme mit.

„Aber Sie wissen es." Es war keine Frage.

Schweigen antwortete ihm.

Ryans Verzweiflung wuchs. Irgendwie musste er Harken – oder wie auch immer er hieß – dazu bringen, ihm Etanas Aufenthaltsort zu verraten. Die Ungewissheit würde ihn verrückt machen, er musste sich vergewissern, dass es ihr gut ging. „Ist sie noch in Amerika?"

„Sie geben wohl nie auf, was?"

Ryan biss die Zähne zusammen. „Nicht, wenn mir etwas so wichtig ist. Sie können mir so viel drohen, wie Sie wollen, wenn Sie mir nicht sagen, wo Etana ist, werde ich sie weitersuchen, bis ich sie finde."

„Nicht, wenn Sie tot sind."

Ryan ließ sich davon nicht mehr einschüchtern. „Lieber tot, als nie zu wissen, was aus Etana geworden ist."

„Sie ist zu Hause. Sind Sie jetzt zufrieden?"

Ryan stürzte sich auf die Aussage. „In Afrika? Wo genau?"

Ein tiefer Seufzer war zu hören. „Sie wird in ein Auswilderungsprojekt in Namibia aufgenommen. Den Rest müssen Sie selbst herausfinden. Aber ich warne Sie: Wenn ich merke, dass Sie oder Ihre Freunde weiter so offensichtlich agieren, werde ich etwas dagegen unternehmen." Die Stimme entfernte sich von Ryan. „Sie sollten sich überlegen, ob Sie wirklich in die Sache hineingezogen werden wollen. Die Leopardin ist nicht, was sie zu sein scheint."

„Das ist mir völlig egal." Und das war es tatsächlich. Ryan wusste nicht, warum es so war, doch Etana war ihm in den letzten Tagen wichtiger geworden, als er es sich je hätte erträumen lassen. Vielleicht hätte er sich damit zufriedengegeben zu wissen, dass sie in Sicherheit war und in relativer Freiheit leben würde, genau das hatte er sich schließlich für sie gewünscht. Aber er musste einfach herausfinden, welches Geheimnis diese Leopardin umgab und wie das alles mit Kainda zusammenhing, sonst würde er den Rest seines Lebens darüber nachgrübeln. Und um das trauern, was nie sein konnte.

„Wie kann ...?" Ryan brach ab, als er bemerkte, dass Harken fort war. Abrupt setzte er sich auf und presste seine Hand auf die schmerzende Schläfe. Mit einem Stöhnen schaltete er die Lampe auf dem Nachttisch an und sah sich im Raum um. Er war allein. Wie hatte der Mann verschwinden können, ohne ein Geräusch zu verursachen? Hätte er das Zimmer durch die Tür verlassen, hätte Ryan den Lichtschein vom Flur sehen müssen. Ein Blick zum Fenster zeigte ihm, dass es fest verschlossen war.

Unsicherheit stieg in ihm auf. Hatte er das Gespräch nur geträumt? Nein, er war die ganze Zeit wach gewesen. Wie auch immer Harken es geschafft hatte, den Raum zu verlassen, es wunderte ihn nicht mehr, dass er behauptet hatte, es wäre einfach gewesen, Etana aus dem Amtsgebäude herauszuholen.

Ryan rieb mit den Händen über sein Gesicht. Wie kam es, dass er inzwischen bereit war, selbst die merkwürdigsten Dinge zu glauben? Nach seinem bisherigen Wissen war es nicht möglich, dass eine Raubkatze Menschen verstand oder aus dem Nichts eine Frau auftauchte, die eine leidenschaftliche Nacht mit ihm verbrachte, oder ein Mann in sein Krankenhauszimmer eindrang und einfach so verschwand, ohne die Tür oder das Fenster zu benutzen. Trotzdem war all das geschehen, er konnte es nicht leugnen.

Ryan lehnte sich wieder im Bett zurück und schloss die Augen. Wenn er morgen fit genug sein wollte, um das Krankenhaus zu verlassen, musste er jetzt schlafen. Egal was passierte, morgen würde er einen Tierarzt des San Diego Zoos bitten, ihn in der Klinik zu vertreten, und in ein Flugzeug nach Namibia steigen.

Endlich blieb der Wagen stehen, auf dessen Ladefläche sie die letzten Stunden durchgeschüttelt worden war. Kainda hatte versucht, durch die kleinen Löcher in der Kiste zu sehen, wohin sie fuhren, aber es war nichts zu erkennen gewesen. Zumindest nicht mehr, nachdem sie den Flughafen verlassen und eine der Asphaltstraßen genommen hatten. Vor einiger Zeit war diese in ein typisches Pad, eine mit tiefen Löchern übersäte Schotterstraße, übergegangen, und es war ziemlich ungemütlich im Käfig geworden. Die Schmerzen in Rippen und Oberschenkel waren so schlimm geworden, bis sie kaum noch an etwas anderes denken konnte.

Kainda versuchte, sich aufzurappeln, doch sie war zu schwach. So hob sie nur den Kopf, als jemand begann, die Bretter um ihren Käfig zu entfernen. Ein tiefes Grollen drang aus ihrer Kehle.

Ein Gesicht erschien in der Öffnung. „Es ist alles in Ordnung, du kommst gleich da heraus. Tut mir leid, dass die Fahrt so lang war, aber unser Flugzeug ist gerade kaputt, deshalb mussten wir dich mit dem Jeep in Windhoek abholen."

Während Kainda die Frau weiterhin anstarrte, machte ihr Herz einen Sprung. Sie war tatsächlich zu Hause! Aber warum sollte jemand sie nach Afrika bringen? Steckten die Männer dahinter, die versucht hatten, sie einzufangen? Aber dann wäre es einfacher gewesen, sie in den USA zu behalten. Sie blieb still liegen, als der Käfig vom Wagen heruntergehoben wurde, und beobachtete aufmerksam die Umgebung. Trotz der Dunkelheit konnte sie einzelne Gebäude ausmachen und hohe Zäune, hinter denen freie Grasflächen lockten. Was hätte sie darum gegeben, jetzt dort draußen zu sein und alles hinter sich zu lassen. Der Drang, zu ihrem ehemaligen Gebiet zurückzukehren, war so stark, dass es körperlich wehtat. Geduld. Sie musste sich nur stärken und dann eine geeignete Gelegenheit zur Flucht abwarten.

„Okay, ich bringe dich jetzt in die Auffanghütte."

Der Käfig setzte sich in Bewegung, und es dauerte einen Moment, bis Kainda erkannte, dass er jetzt auf einem kleinen Zugwagen den schmalen Weg zu den Hütten entlanggezogen wurde. Sie duckte sich automatisch tiefer, so als könnte sie damit verhindern, in eines der Häuser gebracht zu werden.

„Keine Angst, du bekommst einen schönen Platz, wo du dich ausruhen kannst und dich niemand stört." Noch immer klang die Stimme der Frau sehr sanft und angenehm, und sie erinnerte Kainda an Ryan. Die Art, wie sie mit ihr sprach, so als wäre es ganz normal, mit einem Tier zu reden, ähnelte seiner. Und dieser Gedanke half nicht wirklich, Kainda zu beruhigen. Sie blinzelte gegen das helle Licht an, als sie in die Hütte gerollt wurde. Von dem Gang gingen mehrere Türen ab, hinter denen es nach Tieren roch. Unruhig blähte sie die Nüstern, ihr Herz begann zu hämmern.

„Hier bekommen unsere Neuankömmlinge einen Platz, bis wir herausgefunden haben, ob sie gesund und kräftig genug sind.“

Wofür? Kainda bezwang den Drang zurückzuweichen, als der Wagen vor einer Tür zum Stehen kam. Die Frau öffnete sie und gab den Blick auf einen kleinen Raum frei, der dicht hinter der Tür von einem raumhohen Gitter geteilt wurde. Auf dem Boden lagen einige Decken und Kissen, in einer anderen Ecke Heu. Daneben standen Näpfe mit Wasser und Nahrung.

„Ich weiß, es ist kein Luxus, aber ich denke, für eine Nacht wird es gehen.“ Sie öffnete eine niedrige Pforte in dem Gitter, und der Käfig wurde mit der Tür voran dagegengeschoben.

Es war klar, dass sie in den Raum wechseln sollte, aber sie wusste wirklich nicht, ob sie es körperlich schaffen konnte. Als sie sich hochstemmte, begannen ihre Muskeln zu zittern, ihre Beine knickten ein. Ein Stöhnen verließ ihren Mund, das beinahe menschlich klang. Mit zusammengepressten Zähnen schleppte sie sich ein Stück vorwärts und brach direkt hinter der Tür zusammen. Selbst wenn sie es gewollt hätte, wäre sie nicht in der Lage gewesen zu reagieren, als die Frau die Tür mit einem leisen metallischen Geräusch hinter ihr schloss. Eine Weile lang konnte Kainda nur ihre eigenen harschen Atemzüge hören.

Schließlich sprach die Fremde mit der sanften Stimme wieder. „Was haben sie dir nur angetan? Ich wusste nicht, in welchem Zustand du bist, sonst hätte ich dich niemals mit dem Wagen hierher transportieren lassen. Es musste nur alles so schnell gehen, und ohne das Flugzeug …“ Sie brach ab und hob die Schultern. „Ich bin übrigens Mia, ich leite die Auswilderungsstation.“

Es schien, als hätten sich Kaindas Hoffnungen erfüllt. Wenn dies eine Auswilderungsstation war, sollte sie ohne Probleme entkommen können. Sie spürte, wie ein wenig neue Kraft sie durchströmte. Wenn sie in Freiheit war, konnte sie Jamila bald eine Nachricht schicken, dass sie lebte und es ihr gut ging, und zusammen würden sie sich dann überlegen, wie ihre Schwester nachkommen konnte. Zu gern hätte sie auch Ryan eine Nachricht geschickt, aber eine E-Mail schreibende Leopardin wäre vermutlich auch für ihn zu seltsam gewesen. Trotzdem drängte alles in ihr danach, diesen letzten Kontakt zu ihm aufrechtzuhalten. Ob Jamila wissen würde, wie es ihm ging? Vielleicht konnte Marisa sich unauffällig nach ihm erkundigen und die Nachricht dann weiterleiten. Kainda erstarrte. Wie konnte es sein, dass sie jetzt, da sie endlich fast an dem Ort war, nach dem sie sich die ganzen Monate gesehnt hatte, ständig über ihre Zeit in den USA nachdachte? Und sich auch noch wünschte, noch einmal dorthin zurückkehren zu können. Wahrscheinlich lag es einfach daran, dass der Abschied zu abrupt gewesen war und sie einiges nicht mehr hatte erledigen können.

Mia erhob sich und trat dicht an das Gitter heran. „Wenn du reden möchtest, weißt du, was du tun musst." Damit wandte sie sich um und verließ leise den Raum.

Fassungslos sah Kainda ihr nach. Mia meinte nicht das, was sie eben gehört hatte, oder? Da es ihr keine Antwort geben würde, die Tür anzustarren, schloss Kainda die Augen und ließ sich in den willkommenen Schlaf fallen.

Ryan hatte gerade einen kurzen Besuch im Bad hinter sich gebracht, als die Tür zu seinem Krankenzimmer aufging und Dr. Carlson hereinkam. Der Arzt wirkte gestresst, sein Kittel war zerknittert und die Haare zerzaust.

„Haben Sie schon die Neuigkeiten gehört?"

Ein ungutes Gefühl breitete sich in Ryan aus. „Nein, es war bisher noch niemand hier drin. Ist etwas passiert?"

„Ihr Angreifer ist letzte Nacht gestorben."

Für einen Moment war Ryan sprachlos. „Waren die Verletzungen doch schlimmer als gedacht?" Ryan weigerte sich, deswegen Mitleid mit dem Kerl zu empfinden. Er hättte ihn, ohne mit der Wimper zu zucken, umgebracht, wenn Etana nicht dazwischengegangen wäre.

„Es wird noch eine Autopsie gemacht. Bisher sieht es aus, als hätte er einen Krampfanfall gehabt. Wodurch der ausgelöst wurde, lässt sich noch nicht sagen." Der Arzt notierte etwas in Ryans Unterlagen und blickte ihn dann durchdringend an. „Ich dachte mir, es würde Sie sicher interessieren zu erfahren, dass er tot ist."

Ryan nickte. „Ja, das tut es, danke. Es ist nicht so, als würde ich mich freuen, dass er gestorben ist, aber ich kann es auch nicht wirklich bedauern."

Ein dünnes Lächeln erschien auf Carlsons Gesicht. „Verständlich. Als Arzt ärgert mich nur, dass wir uns so bemüht haben, ihn wieder zusammenzuflicken, und jetzt ist er trotzdem tot." Er zuckte mit den Schultern. „So ist das Leben." An der Tür drehte er sich noch einmal um. „Ihre Werte sind in Ordnung, und Sie haben keine inneren Blutungen. Wenn Sie wollen, können Sie die Klinik heute verlassen. Ich würde aber dringend für die nächsten Tage Bettruhe empfehlen. Geben Sie Ihrem Körper Zeit, sich von den Verletzungen zu erholen."

„Das werde ich. Danke, Dr. Carlson." Ryan wartete, bis der Arzt das Zimmer verlassen hatte, bevor er sich ein erleichtertes Lächeln erlaubte. Endlich durfte er hier raus und konnte Etana suchen.

Fay öffnete die Tür und sah Finn fragend an. „Gute Nachrichten?"

„Ich weiß es noch nicht genau, eventuell schon."

„Jamila ist oben, ich lasse euch dann mal allein." Fay nahm sich ein Buch, das auf dem Tisch lag, und ging an ihm vorbei.

„Du musst aber nicht …"

Sie unterbrach ihn. „Doch, muss ich. Und klär die Sache bei der Gelegenheit gleich, ihr macht mich verrückt." Damit zog sie die Tür hinter sich zu und ließ ihn im Eingang ihrer Hütte stehen.

Finn fuhr sich mit beiden Händen durch die Haare und fragte sich, ob er die Frauen jemals verstehen würde. Vermutlich nicht. Aber deshalb war er nicht gekommen, er musste mit Jamila sprechen und abklären, was sie nun tun würden. Ihr Duft stieg ihm in die Nase und löste eine Mischung von Gefühlen aus, allen voran Erregung. Doch das war es nicht, warum er an der Treppe zögerte, sondern die Zärtlichkeit, die sie in ihm weckte, dicht gefolgt von der Angst, sie für immer zu verlieren. Beinahe wünschte er sich, eine andere Nachricht für sie zu haben, schämte sich aber gleich dafür. Egal was auch passierte, er würde Jamila nicht anlügen, um sie zu halten, und er würde ihr auch keine Steine in den Weg legen. Und wenn sie Hilfe brauchte, würde er sie ihr geben, sofern er dazu in der Lage war. Auch wenn es ihm das Herz brach.

Er hatte gewusst, dass es so enden würde, trotzdem hatte er es nicht geschafft, sich von ihr fernzuhalten. Was sagte das über seine Willenskraft aus? Finn straffte seine Schultern und begann, langsam die Treppe hinaufzusteigen. Seltsam, er hätte erwartet, dass Jamila ihn inzwischen gerochen oder seine Stimme gehört hätte und ihm entgegenkam, doch es blieb alles still. Vermutlich sollte er rufen, damit sie sich nicht erschreckte, wenn er plötzlich vor ihrer Tür stand, aber er blieb stumm. Nach kurzem Zögern klopfte er an und wappnete sich gegen den Ansturm auf seine Sinne, der mit Sicherheit folgen würde. Ihr Duft war für ihn Ekstase und Qual zugleich, eine Mischung, die beinahe schmerzte in ihrer Intensität. Doch die Tür blieb geschlossen.

Finns Augenbrauen schoben sich zusammen. Jamila musste hier sein, sonst hätte Fay es ihm gesagt und ihn gar nicht erst hereingelassen. Ob sie sich versteckte, damit er wieder wegging? Nein, nicht wenn sie auf Nachrichten über Kainda wartete. Sorge ersetzte den Anflug von Ärger, und er klopfte noch einmal, lauter diesmal.

„Jamila?"

Doch wieder kam keine Antwort, es rührte sich nichts. Furcht breitete sich in ihm aus, die in keiner Weise gerechtfertigt war. Hier mitten im Lager konnte Jamila nichts geschehen, niemand würde bis zu Fays Hütte vordringen können, ohne etliche Alarme auszulösen. Es sei denn, es war jemand von ihnen, der sich an Jamila rächen oder sie einfach nur loswerden wollte. Inzwischen völlig davon überzeugt, dass ihr etwas geschehen war, drückte Finn die Klinke herunter und schob die Tür auf. Sein Puls raste, während er in jeden Winkel des Zimmers blickte. Es war leer. Wo war sie?

Ein erschrockenes Luftschnappen ertönte hinter ihm. Finn wirbelte herum und sah Jamila in der Tür stehen, ein Handtuch lag zu ihren Füßen. Sie war nackt und nass, und er konnte nichts anderes tun, als sie anzustarren. Nachdem sie sich von ihrem Schreck erholt hatte, bückte Jamila sich, um das Handtuch aufzuheben, doch Finn kam ihr zuvor und zog es aus ihrer Reichweite.

„Finn?" Ihre heisere Stimme rieb erotisch über seine Nervenenden.

Ohne etwas zu sagen, richtete er sich auf und stand nur Millimeter von ihr entfernt. Ihr Duft drang in jede Pore seines Körpers und löste ein Verlangen aus, das ihn ängstigte. Er konnte die Wärme ihrer Haut spüren, ihren rasenden Herzschlag und ihre unregelmäßigen Atemzüge hören. Es ging nicht anders, er musste sie berühren, sonst würde er sterben. Langsam, beinahe zögernd legte er seine Hand an ihre Wange und wartete atemlos auf ihre Reaktion. Ihre Augen verdunkelten sich, wurden katzenartiger, während sie ihre Wange an seiner Handfläche rieb. Finns Herz stockte, seine Erektion drückte gegen den Reißverschluss seiner Hose, verlangte nach Jamila, genauso wie der Rest von ihm.

Vorsichtig schloss er sie in seine Arme und senkte seinen Mund auf ihre Lippen. Sowie sie sich berührten, war jede Zurückhaltung verschwunden. Fieberhaft fielen sie übereinander her. Finn ließ eine Hand über ihren Körper gleiten, während er die andere in ihren Haaren vergrub. Ein Schauder lief durch Jamilas Körper, ihre harten Brustwarzen rieben sich an seinem Pullover. Er hatte eindeutig zu viel an. Jamila schien das auch so zu sehen, denn innerhalb weniger Sekunden hatte sie seinen Oberkörper entblößt und strich mit gierigen Fingern darüber. Krallen fuhren über seine Haut, ohne ihn zu verletzen. Mehr, er wollte mehr!

Er schob seine Hand zwischen ihre Körper und öffnete den Knopf seiner Jeans. Bevor er mehr tun konnte, schob Jamila seine Finger beiseite und übernahm die Aufgabe, ihn seiner restlichen Kleidung zu entledigen. Finn schloss die Augen, als sie die Jeans samt Slip langsam nach unten schob und dabei jede neu freigelegte Stelle küsste. Sein Inneres zog sich zusammen, und er hatte Mühe, sich zurückzuhalten. Er wollte sich nur noch tief in ihr vergraben und nie wieder herauskommen. Stattdessen blieb er still stehen und genoß die Qualen, die sie ihm bereitete. Nachdem er aus der Hose herausgetreten war und sie zur Seite geschoben hatte, wanderte Jamila langsam wieder an ihm hoch. Sie leckte über sein Knie, biss in die Innenseite seines Schenkels, höher, immer höher, bis ihr Haar über seinen Penis strich. *Gott!*

Finns ganzer Körper verkrampfte sich vor Verlangen, und er wusste, dass er die Tortur nicht überstehen würde. Ohne ein Wort zu sagen, hob er sie hoch.

„Hey!“ Jamilas Ausruf endete in einem überraschten Schrei, als Finn sie direkt auf seinen Schaft setzte und sofort tief in sie glitt. Die Gefühle waren unglaublich, sie liebte es, so von ihm ausgefüllt zu sein, ihn in sich zu spüren. Sie klammerte sich an ihn und schlang ihre Beine um seine Hüfte, damit er nicht mehr ihr ganzes Gewicht halten musste. Nicht dass Finn so wirkte, als würde ihm das irgendetwas ausmachen. Im Gegenteil, die Leichtigkeit, mit der er sie hochgehoben hatte, war erregend. Sie hob ihre Hüfte ein Stück an und senkte sich wieder auf seinen Schaft. Gleichzeitig stöhnten sie auf.

„Mach das noch mal.“ Der Berglöwe war in Finns Stimme zu hören.

Gehorsam wiederholte sie die Bewegung und rotierte noch ein wenig mit den Hüften, bevor sie wieder nach unten glitt. Finns große Hände schlossen sich um ihren Po und hoben sie erneut an. Auf und ab, auf und ab, schneller, bis Jamila bei jedem Atemzug keuchte und ihre Krallen über Finns Brust gleiten ließ. Hitze baute sich in ihr auf, bis sie glaubte, verbrennen zu müssen, wenn sie nicht endlich erlöst wurde. Finns Finger kneteten ihren Po, die Fingerspitzen streiften ihre Spalte. Jamila erstarrte, ein Schauder schüttelte sie. Als Reaktion darauf stieß Finn noch härter in sie, tiefer, bis sie nicht mehr wusste, wo er anfing und sie endete. Ihr Kopf fiel in den Nacken, und sie bot Finn ihre Kehle dar. Seine raue Zungenspitze glitt über den rasenden Puls in ihrer Halsschlagader.

Jamila begann zu zittern, ihre Beine schlangen sich noch enger um Finns Hüfte, beinahe verzweifelt kam sie seinen Stößen entgegen. Die Augen fest geschlossen, spürte sie Finns Atem an ihrem Hals, dicht gefolgt von seinen Reißzähnen, die sanft, aber spürbar über ihren Puls kratzten. Der Orgasmus kam mit solcher Wucht, dass sie Sterne sah. Für einen Moment erstarrte alles in ihr, dann folgte sie wieder Finns Bewegungen, bis auch er den

Höhepunkt erreichte. Sein Körper war schweißbedeckt, seine Atmung unregelmäßig. Es war wundervoll.

Und sie standen mitten im Raum, die Tür hinter ihnen weit geöffnet. Jamila riss die Augen auf. „Oh mein Gott!"

„Was? Was ist?" Finn sah sich wild um, ließ sie dabei aber nicht los. Sein Penis zuckte in ihr.

„Fay …" Ihre Stimme versagte, als eine Mischung aus Scham und Erregung sie durchströmte.

„Ist nicht mehr da. Sie wollte uns Gelegenheit geben, die Sache zu klären."

Jamila ertappte sich dabei, wie ihre Finger mit seinen Haaren spielten. „Welche Sache?"

Finn ließ seine Hände über ihren Rücken gleiten. „Das hat sie nicht gesagt, aber ich vermute, sie sprach von dem hier." Eine Hand glitt in ihren Nacken und verursachte ihr eine Gänsehaut. „Obwohl ich eigentlich nicht deshalb gekommen bin."

Jamila zog eine Augenbraue hoch. „Du hättest mich täuschen können." Zur Strafe festigte sich sein Griff in ihrem Nacken. Erneut stieg Erregung in ihr auf.

Finn lehnte seine Stirn an ihre. „Was soll ich nur mit dir tun?"

Seine raue Stimme löste etwas in ihr aus, das sie lieber nicht zu genau betrachten wollte. Deshalb versuchte sie einen Scherz. „Es kam mir so vor, als wüsstest du das ganz genau."

Seltsam ernst sah Finn sie an. „Ich rede nicht von unseren Körpern, die scheinen wenigstens zu wissen, was sie wollen."

„Ich …"

Langsam zog Finn sich aus ihr zurück, und Jamila konnte einen enttäuschten Laut nicht verhindern. „Du machst es mir nicht gerade leichter."

Jamila nickte zögernd. „Ich weiß."

Finn ließ sie an seinem Körper hinuntergleiten und hielt sie dann fest, bis sie wieder stehen konnte. „Aber es gibt etwas anderes, über das wir sprechen müssen."

Ängstlich blickte sie ihn an. „Hast du etwas von Kainda gehört?" Wie hatte sie nur an sich denken können, wenn ihre Schwester vielleicht gerade in diesem Moment ihre Hilfe brauchte!

Finn sah sie durchdringend an. „Wage es nicht, zu bedauern, was wir getan haben. Es war wunderschön und keinesfalls etwas, weswegen wir ein schlechtes Gewissen haben müssten."

Hart blies Jamila den Atem aus. „Ich weiß, aber ich verstehe nicht, wie ich sofort alles andere vergessen kann, wenn ich in deiner Nähe bin."

Finns Augen verdunkelten sich. „Ich hätte da eine Theorie, aber auch die muss jetzt warten." Er bückte sich und hielt ihr das Handtuch hin. „Bedeck dich bitte, sonst kann ich nicht denken."

„Und was ist mit dir?" Jamila blickte vielsagend auf seinen immer noch erigierten Schaft. Zu gern würde sie ihn jetzt streicheln, seine Härte unter ihren … Mühsam riss sie ihren Blick los, drehte Finn den Rücken zu und wickelte sich in das Handtuch.

Als sie wieder zu ihm hinsah, hatte er seine Jeans wieder angezogen. Beinahe enttäuscht, gleichzeitig aber auch erleichtert, verschränkte sie ihre Arme über der Brust. „Gibt es Nachrichten über Kainda?"

„Marisa hat heute Morgen einen Anruf von dem Tierarzt bekommen. Er hat wohl herausgefunden, dass Kainda bereits gestern ausgeflogen wurde."

„Ausgeflogen? Wohin?" Aufgewühlt sah sie ihn an. „Und von wem?"

„Er weiß nicht, wer dahintersteckt, aber er meinte, er hätte das Gefühl, dass Kainda nichts geschehen soll. Das Flugzeug ist in Windhoek, Namibia gelandet."

Jamilas Herz setzte einen Moment aus, bevor es schneller

zu schlagen begann. Ihre Finger legten sich über ihren Mund. „Kainda ist zu Hause."

Finn bedachte sie mit einem Blick, den sie nicht deuten konnte. „Ihr habt in Namibia gelebt?"

„Ja." Sie atmete zittrig ein. „Was hast du?"

Zuerst sah es so aus, als wollte er nicht antworten, doch dann hob er die Schultern. „Ich frage mich, ob es Zufall sein kann, dass Kainda genau dorthin geflogen wurde, wo ihr herkommt."

„Aber wie sollte es sonst ..." Sie brach ab.

„Es kommt mir doch sehr geplant vor, so als wüsste derjenige, der dafür verantwortlich ist, sehr genau, was er tut."

„Kainda hat ganz sicher mit niemandem darüber geredet. Es hätte ihr viel zu wehgetan."

Finns Miene wurde weicher. „So wie dir?"

Stumm nickte sie. Ihr Hals war wie zugeschnürt. Die Wärme in seinen Augen war unverkennbar. Zu gerne wäre sie einfach in seine Arme gesunken und hätte alles andere vergessen. Doch das ging nicht, die Geschehnisse waren jetzt ein Teil von ihr, sie konnte nichts davon ungeschehen machen, so sehr sie es sich auch wünschte.

„Was ist geschehen, Jamila?"

Wortlos schüttelte sie den Kopf, nicht fähig, darüber zu sprechen. Es tat zu sehr weh, noch einmal den Anblick ihrer niedergemetzelten Familie und Freunde heraufzubeschwören. Tränen traten in ihre Augen, ein stechender Schmerz wühlte in ihrer Brust.

Finn schien sie trotzdem zu verstehen, denn er schlang seine Arme um sie und hielt sie einfach nur. Dankbar lehnte Jamila ihre Wange an seine nackte Brust und genoss die Geborgenheit, die er ihr schenkte. Es war das erste Mal seit ihrer Entführung aus Afrika, dass sie sich erlaubte, sich an jemanden anzulehnen. Sie erstarrte, als ihr bewusst wurde, wie sehr sie sich in letzter

Zeit verändert hatte. Es gab jetzt etwas, das den Schmerz in ihrem Innern linderte, etwas, das sie hier verankerte und die Leere füllte, die nach dem Verlust ihrer Familie und der Trennung von Kainda in ihr gewesen war. Und sie hatte einen Verdacht, was oder vielmehr wer es war. Jamila presste die Augenlider zusammen, doch sie konnte die Erkenntnis nicht wieder zurücknehmen. Sanft küsste sie Finns Brust oberhalb seines Herzens und löste sich von ihm. Sie hielt den Blick gesenkt, doch das ließ er nicht zu. Sein Finger legte sich unter ihr Kinn und hob ihr Gesicht zu ihm an.

Jamila benetzte ihre trockenen Lippen mit der Zunge. „Du weißt, dass Gowan uns in Afrika gefangen genommen hat und hierher brachte."

Forschend blickte er in ihre Augen. „Ja. Aber wie hat er euch überhaupt gefunden?"

„Ich weiß es nicht. Er war nicht allein dort, sondern mit anderen Jägern." Sie begann zu zittern. „Wir haben ähnlich wie ihr in einem Lager weitab der Städte gelebt. Wir hatten Wächter wie ihr und dachten, dass uns niemand finden könnte."

Finns Arme schlangen sich fester um sie, seine Lippen streiften ihre Schläfe. „Was ist passiert?"

„Ich war mit Kainda unterwegs, und als wir zurückkamen …" Jamila kniff die Augen zusammen, als grauenvolle Bilder des Geschehens vor ihnen entstanden. Ihre Finger gruben sich in Finns Rücken.

Sanft legte er seine Hand um ihren Hinterkopf. Dass er sie nicht bedrängte, sondern ihr Zeit ließ, gab ihr die Kraft weiterzureden. „Sie hatten alle umgebracht. Jeden Einzelnen. Männer, Frauen, Kinder. Einfach abgeschlachtet, so als hätte ihr Leben keinerlei Bedeutung."

Finns Körper erstarrte. Langsam blies er den Atem aus. „Es tut mir so leid, Jamila."

Sein Herzschlag an ihrer Wange beruhigte sie, verankerte sie im Hier und Jetzt. „Danke." Ihre Stimme war rau vor unterdrückten Emotionen. „Gowan war noch da und hat beobachtet, wie wir uns verwandelten. Wir versuchten ihn anzugreifen, doch er hat uns mit Betäubungspfeilen außer Gefecht gesetzt." Noch immer konnte Jamila den Hass spüren, der sie überschwemmt hatte, als sie merkte, dass noch einer derjenigen da war, der ihre Familie getötet hatte. Die hilflose Wut, als der Betäubungspfeil sie traf, bevor sie den Jäger erreichte und ihn für seine schreckliche Tat bezahlen lassen konnte.

„Er hat also vorher nicht gewusst, was ihr seid?"

Jamila schüttelte den Kopf. „Nein. Später hat er uns verhöhnt und gesagt, dass er uns genauso abgeknallt hätte wie die anderen, wenn ihm nicht klar geworden wäre, dass er mehr verdienen konnte, wenn er uns lebend mitnahm."

„Dieses Schwein! Wenn er nicht schon tot wäre …"

Jamila stieß ein humorloses Lachen aus. „Da müsstest du dich hinten anstellen."

Finns Hände verkrampften sich in ihren Haaren. „Wenn ich mir vorstelle, was du durchmachen musstest und dass ich dich beinahe nie kennengelernt hätte …"

„Zuerst dachte ich, es wäre besser gewesen, sie hätten uns auch erwischt und wir wären mit unserer Familie gestorben."

„Sag so etwas nicht!" Hart klopfte Finns Herz gegen seinen Brustkorb.

Jamila hob den Kopf und blickte direkt in seine Augen. „Es ist die Wahrheit. Nicht nur der Verlust unserer Verwandten und Freunde, sondern auch die Gefangenschaft war unerträglich. Gowan hat uns gezwungen, Dinge zu tun, die so furchtbar waren, dass ich sie nie in meinem Leben vergessen werde. Ich werde mich nie wieder … unschuldig fühlen oder sauber."

Finn rahmte ihr Gesicht mit seinen Händen ein. „Es war

nicht eure Schuld, er hat euch dazu gezwungen. Ihr hattet keine Wahl."

Ernst sah Jamila ihn an. „Man hat immer eine Wahl, Finn. Und wir haben uns dafür entschieden weiterzuleben, anstatt uns zu verweigern und dafür zu sterben. Mit dieser Tatsache werden wir leben müssen, es wird nie verschwinden." Tränen liefen über ihre Wangen, doch sie bemerkte sie kaum. Sie hatte erwartet, in Finns Augen Abscheu zu sehen, doch stattdessen lag Wärme darin und Verständnis.

„Wahrscheinlich ist es falsch, so zu denken, aber ich bin froh, dass ihr euch so entschieden habt."

„Aber dann wäre Bowen nicht entführt worden und Coyle …"

Finn legte seine Finger auf ihre Lippen. „Bowen ist ohne eure Hilfe entführt worden. Und was Coyle angeht, ist er inzwischen froh, dass er damals auf Marisas Veranda gelandet ist. Ohne euch wäre er vermutlich gleich von Gowan getötet worden. Natürlich habt ihr schlimme Dinge getan, aber ich verstehe, warum ihr in der Situation nicht anders handeln konntet."

Jamila lächelte durch ihre Tränen. „Du weißt nicht, wie viel mir das bedeutet."

„Ich kann es mir vorstellen." Sanft küsste er ihre zitternden Lippen. „Danke, dass du mir erzählt hast, was passiert ist. Ich weiß, wie schwer das für dich war."

„Du hast ein Recht darauf, die Wahrheit zu erfahren. Schließlich …" Sie stockte.

„Ja?"

Jamila schüttelte den Kopf. „Nichts." Sie holte tief Luft. „Was geschieht jetzt mit Kainda?"

Finns Blick zeigte, dass er genau wusste, warum sie das Thema wechselte, aber er ließ es ihr durchgehen. „Der Tierarzt versucht gerade herauszufinden, wo genau sie hingebracht wurde, dann fliegt er hin."

Überrascht riss Jamila die Augen auf. „Er folgt ihr?"

„Es sieht so aus. Sehr merkwürdig, wenn er denkt, dass sie eine Leopardin ist."

Jamila hätte etwas dazu sagen können, aber sie glaubte nicht, dass es Kainda gefallen würde, wenn sie mit jemandem über ihre Gefühle sprach, deshalb erwiderte sie nichts darauf.

„Andererseits hat Marisa gesagt, dass die beiden ein ungewöhnlich enges Verhältnis hatten." Er hob die Schultern. „Aber für uns ist es ja nur gut, denn so werden wir bald wissen, wo Kainda ist und wie es ihr geht. Thorne hat versprochen, sich bei Marisa zu melden, sobald er sie gefunden hat."

Die Frage war, ob Kainda sich finden lassen wollte, aber auch das äußerte Jamila nicht laut. „Das ist gut. Ich wüsste nicht, wie ich allein jemals hätte herausfinden können, was mit ihr geschehen ist."

„Wir hätten einen Weg gefunden. Und wenn wir Angus dafür eingesetzt hätten."

Jamila brachte ein schwaches Lächeln zustande, als Finn Marisas Bloodhound erwähnte. „Er mag keine Katzen."

Finn grinste schief. „Doch, Coyle. Angus hat ihn zum Fressen gern."

27

Marisa kehrte zum Wagen zurück, der in der Haltezone des Flughafens stand. Es hatte länger gedauert als erwartet, doch sie hatte ihre Bestätigung bekommen. Sie öffnete die Beifahrertür und ließ sich in den Sitz fallen. „Harken scheint die Wahrheit gesagt zu haben."

Torik sah sie von der Fahrerseite aus an, die Augen hinter einer Sonnenbrille verborgen. „Kainda ist also nach Windhoek ausgeflogen worden?"

Marisa nickte gedankenverloren. „Ja, es sieht so aus. Zumindest ist mir das von einem Mitarbeiter inoffiziell bestätigt worden. Der Auftrag kam wohl sehr kurzfristig rein, und sie mussten noch etwas Platz in der Maschine schaffen. Dafür wurden sie aber auch gut unter der Hand bezahlt." Sie strich eine Haarsträhne hinter ihr Ohr. „Allerdings wurde Kainda nicht als Leopardin deklariert, sondern als Löwe."

Toriks Augenbrauen schossen in die Höhe. „Als Löwe? Und das ist durchgegangen?"

„Anscheinend hatte da jemand sehr gute Beziehungen. Mein Gesprächspartner hat jedenfalls eindeutig von einem Leoparden gesprochen, und er muss es wissen, denn er hat die Holzkiste um den Käfig herum geschlossen. Zitat: Etwas mit Punkten und rasierten Stellen am Bein und an den Rippen."

„Kainda."

„Ganz genau. Ich habe versucht, ihn weiter auszufragen, aber mehr wusste er nicht. Wir wissen also, dass die Maschine in Windhoek gelandet ist, aber nicht, wohin Kainda danach gebracht wurde. Ryan Thorne sagte, er wird es herausfinden, und ich bin fast geneigt, ihm zu glauben. Er kam mir vor wie ein Mann auf einer Mission. Die Bänder der Überwachungskamera am Klinikeingang haben auch nichts gebracht, da Harken nicht darauf war, obwohl er es eigentlich hätte sein müssen, wenn er durch das Tor gekommen ist. Und der Kerl, der Ryan überfallen hat und Kainda entführen wollte, ist tot. Er wird uns also auch nichts mehr über seine Beweggründe erzählen können." Frustriert stieß sie den Atem aus. „Was können wir jetzt noch tun?"

„Der Rat möchte, dass wir nach Hause kommen." Torik sagte es ohne jede Gefühlsregung.

Marisa spürte schon wieder Ärger in sich hochkochen. „Mir ist völlig egal, was der Rat will, ich bin kein Wandler, und damit bestimme ich selber, was ich tue."

„Ich habe ja auch nicht gesagt, dass wir es tun müssen, nur was der Rat vorgeschlagen hat." Torik legte seinen Arm auf das Lenkrad. „Und ich bin der Letzte, der blind auf irgendwelche Anweisungen hört." Er ignorierte ihre skeptische Miene. „Aber hier können wir doch auch nichts Sinnvolles mehr tun. Kainda ist erwiesenermaßen nicht mehr hier, und die Wahrscheinlichkeit, noch etwas herauszufinden, tendiert gegen null. Der Tierarzt hat dir versprochen, sich zu melden, sobald er Kainda gefunden hat, und ich denke, er hat die größten Chancen, weil er am meisten zu verlieren hat, wenn er sie nicht findet."

Langsam breitete sich ein Lächeln auf ihrem Gesicht aus. „Weißt du, manchmal könnte man fast denken, du wärst ein netter Kerl."

„Tu das lieber nicht, denn ich bin es nicht." Torik zog ein finsteres Gesicht. „Ich bin nur Realist."

„Und Romantiker."

Seine Miene wurde ausdruckslos. „Fahren wir jetzt nach Hause, oder was?"

Marisas Herz zog sich zusammen, als sie erkannte, dass Torik von irgendjemandem tief verletzt worden war – vermutlich von einer Frau. „Okay, willst du fahren, oder soll ich?“

„Weißt du denn, wo mein Wagen steht?“ Ohne ihre Antwort abzuwarten, ließ er den Motor an.

„Hast du einen echten Führerschein?“

„Marisa.“

„Ja?“

„Du fragst zu viel.“

Marisa hob die Schultern. „Ich bin eben Journalistin.“

Torik warf ihr einen Seitenblick zu. „Das ist eine Ausrede. Du bist eine Frau, das reicht schon völlig.“

Berglöwenmänner konnten manchmal unglaublich stur und nervenaufreibend sein. Trotzdem freute Marisa sich schon darauf, bald wieder bei Coyle zu sein. Sie beschloss, den Mund zu halten, bis sie bei ihrem Auto angekommen waren. Sie hielt eine halbe Minute durch.

Kainda erwachte von den Schmerzen. Heiß und lodernd schossen sie durch ihren Oberschenkel und breiteten sich in ihrem gesamten Körper aus. Ein Keuchen entrang sich ihr, ihre Augenlider flogen auf. Als sie die Frau über sich gebeugt sah, ihre Hand in der Nähe ihres Beines, kam rasende Wut in ihr auf. Sie fauchte und ließ ihren Kopf nach vorne schnellen. Doch bevor sie zubeißen konnte, hielt die Frau ihre Hand hoch.

„Schönes Gebiss. Aber jetzt halt still, sonst kann ich dich nicht versorgen.“

Vor Überraschung blieb Kainda der Laut in der Kehle stecken. Mia musste ein unglaubliches Vertrauen darauf haben, dass sie ihr nichts tun würde.

„Schon besser. Ich weiß, dass ich dir gerade wehtue, aber es ist nötig. Die Salbe brennt zwar wie Feuer, aber sie beschleunigt die Heilung. Wenn du sie regelmäßig aufträgst, bist du in ein paar Tagen wieder so gut wie neu."

Wieder hörte es sich so an, als wüsste Mia ganz genau, was sie war. Kainda holte tief Atem und nahm den Geruch der Frau auf. Da war etwas, gut versteckt, aber mit ihrem Geruchssinn eindeutig zu erkennen. Warum hatte sie das nicht schon gestern bemerkt?

„Na, ist es dir endlich aufgefallen?" Mia lachte. „Ich hätte nicht gedacht, dass es bei einer Leopardin so lange dauert."

Während Kainda sie anstarrte, veränderten sich Mias Augen, wurden schräger, während sich gleichzeitig ihre Nase verbreiterte und Reißzähne aus ihrem geöffneten Maul hervorragten. Helles Fell bedeckte ihre Haut. Anstelle ihrer Hände lagen nun breite Pfoten auf Kaindas Bein. Mia war eine Löwin! So schnell, wie die Veränderung begonnen hatte, war sie auch wieder verschwunden.

Mias hellbraune Augen zwinkerten vergnügt. „Jetzt zufrieden?" Sie wurde ernst. „Du bist hier absolut sicher und kannst bleiben, so lange du möchtest."

Kainda blickte sich um, und als sie merkte, dass niemand in ihren Raum hineinsehen konnte, verwandelte sie sich. „Danke, aber ich muss weiter."

Mia nickte. „Das ist bei den meisten Wandlern so, die hier ankommen."

Aufgeregt lehnte Kainda sich vor. „Es sind noch andere hier?"

„Im Moment gerade nicht. Wie gesagt, die meisten kehren schnell zu ihren Gruppen zurück. Hast du das auch vor?"

Schmerz pochte in Kaindas Brust. „Ja." Mia musste nicht wissen, dass keiner aus ihrer Gruppe mehr lebte.

„Wie heißt du?"

„Kainda."

„Ich frage mich ehrlich gesagt, wie eine afrikanische Leopardenwandlerin in die USA kommt."

Kainda wollte nicht darüber sprechen, aber vielleicht war es gut, andere Wandler zu warnen und damit weitere Entführungen zu verhindern. Trotzdem dauerte es einen Moment, bis sie einen Ton herausbrachte. „Ein Jäger hat meine Schwester und mich vor Monaten gefangen genommen und nach Amerika verschifft."

Mias Augen verdunkelten sich. „Das ist ja unglaublich! Dachte er, ihr wäret normale Leoparden?"

Kaindas Mund verzog sich. „Nein, er wusste, was wir sind."

„Wo ist er jetzt? Wir müssen …" Mia machte Anstalten aufzustehen.

Kainda legte ihre Hand auf Mias Arm. „Er ist tot."

Die andere Frau sank zurück. „Ah, gut." Sie schnitt eine Grimasse. „Normalerweise bin ich nicht so … blutrünstig, aber wenn jemand Wandler bedroht, werde ich echt sauer."

„Was ist das hier?"

„Eine Auswilderungsstation."

„Für Wandler?"

Mia lachte. „Nein, normalerweise für richtige Tiere, aber es hat sich inzwischen unter den Wandlern herumgesprochen, dass wir auch … andere aufnehmen."

„Ich bin jedenfalls dankbar, dass ihr mich geholt habt, sie hatten vor, mich einzuschläfern, weil ich einen Mann schwer verletzt habe." Mühsam unterdrückte Kainda die Erinnerung an den Einbrecher und was sie mit ihm getan hatte. Stattdessen dachte sie lieber an Ryan, auch wenn es ihr genauso wehtat.

„Hatte er es verdient?"

„Ja. Er wollte einen Freund umbringen."

Mia nickte. „Okay. Aber ich wusste gar nicht, dass du kommst, bis ich die Nachricht erhielt, zum Flughafen zu fahren. Irgendjemand muss dich von dort aus hierhergeschickt haben."

Nachdenklich kaute Kainda auf ihrer Lippe. Die Berglöwen? Nein, wenn es eine solche Möglichkeit gegeben hätte, dann hätten sie ihr bestimmt früher davon erzählt. Also musste jemand anderes dahinterstecken. Aber sie würde diese Möglichkeit nicht dadurch verschenken, dass sie darüber nachgrübelte. Wenn sie erst einmal hier weg war, würde niemand mehr wissen, wohin sie ging, sie wäre frei. Aufregung überkam sie bei dem Gedanken. Sie konnte es kaum erwarten, endlich wieder selbst bestimmen zu können, was sie tat und wohin sie ging.

„Wäre es möglich, meine Schwester auch holen zu lassen?"

„Sie ist noch in den USA? Müsste sie befreit werden?" Es war Mia anzusehen, dass sie bereits Pläne schmiedete.

„Ja, sie ist auch in Kalifornien, aber sie ist frei und lebt bei einer Gruppe von Berglöwenwandlern."

Mias Augen glitzerten aufgeregt. „Oh, Berglöwen, solche habe ich noch nie gesehen. Wie sind sie so?"

Kainda unterdrückte eine Grimasse, als sie sich an ihre Zeit im Lager erinnerte. „Kräftig, loyal und mutig. Und sie können ihren Feinden das Leben zur Hölle machen."

„Klingt, als wäre sie dort gut untergebracht."

Genau deshalb hatte Kainda sie damals auch gebeten, dort zu bleiben, bis sie sie holen konnte. Die Frage war nur, ob Jamila sich dort eingelebt hatte oder ob sie noch als Feindin angesehen wurde. „Gibt es irgendeine Möglichkeit, hier zu telefonieren oder zu mailen?"

„Die gibt es, aber wir legen sehr viel Wert darauf, dass wir nur als eine Auswilderungsstation für afrikanische Wildtiere gesehen werden."

„Ich verstehe." Irgendwie würde sie unterwegs eine Möglichkeit finden müssen, Jamila zu kontaktieren. Ihre Schwester war bestimmt schon ganz verrückt vor Sorge. Und Ryan … nein, darüber wollte sie nicht nachdenken.

Mia sah sie aufmerksam an. „Wie lange hast du deine Schwester nicht gesehen?"

Unerwartet stiegen Tränen in ihre Augen, die sie hastig fortblinzelte. „Über drei Monate."

„Das ist eine lange Zeit. Habt ihr das Band?"

Kainda vergaß für einen Moment ihren Kummer. Erstaunt sah sie Mia an. „Du weißt davon?"

Mia hob eine Schulter. „Es ist selten, aber ich habe davon gehört. Manchmal besteht es zwischen Eltern und Kind oder zwei Geschwistern oder in noch selteneren Fällen auch zwischen zwei Partnern."

„Ich spüre sie nicht mehr, seit ich betäubt und dann ausgeflogen wurde. Davor waren wir lange Zeit weit voneinander entfernt, und ich habe Jamila nur noch selten gespürt, nur wenn sie besonders aufgeregt war."

Oder erregt. Ob ihre kleine Schwester immer noch den blonden Hünen so interessant fand? Mit einem schmerzhaften Stich erkannte Kainda, dass sie über der aufreibenden Suche nach einem Rückweg ganz vergessen hatte, sich für das zu interessieren, was in Jamilas Leben vor sich ging. Der Wunsch, nach Afrika zurückzukehren, war so übermächtig in Kainda gewesen, dass sie dafür die enge Beziehung zu ihrer Schwester aufs Spiel gesetzt hatte. Und wie sie Jamila kannte, würde sie lauter Ausreden für das Verhalten ihrer älteren Schwester finden und ihr absolutes Verständnis entgegenbringen. Verdammt, sie vermisste Jamila.

Mias Stimme brach in ihre Gedanken. „Ich habe einen Laptop, von dem aus du eine E-Mail schicken kannst, ohne dass sie hierher zurückverfolgt werden kann."

Dankbar sah Kainda sie an. „Das würde mir sehr viel bedeuten, vielen Dank."

Mia neigte den Kopf. „Ich werde ihn bei meinem nächsten Besuch mitbringen. Jetzt solltest du dich wieder zurückverwandeln. Die meisten Mitarbeiter hier wissen nicht, dass Wandler überhaupt existieren, und sie würden sich wundern, wenn plötzlich eine Frau im Käfig sitzt."

„Okay."

An der Tür drehte Mia sich noch einmal um. „Und Kainda …"

„Ja?"

„Vielleicht solltest du auch dem Mann eine E-Mail schicken, der dein Herz erobert hat."

Kainda starrte die Löwenwandlerin mit offenem Mund an. „Woher …?"

Mia lächelte sie an. „Ich kann ihn noch an dir riechen. Wenn du ihm so nahe warst, wird es schwer sein, ihn zu vergessen." Der letzte Satz hörte sich an, als hätte Mia diese Erfahrung schon gemacht.

„Ich denke darüber nach. Er ist … ein Mensch."

„Und? Ich habe schon einige nette Exemplare der Sorte kennengelernt." Mit einem Lachen verließ Mia den Raum.

Kainda verwandelte sich zurück und legte den Kopf auf die Decke, nachdem sie wieder allein war. Ihr Bein schmerzte immer noch höllisch, aber sie konnte beinahe spüren, wie die Knochen, Sehnen und Muskeln heilten. Die Salbe schien jedenfalls zu wirken. Es war erstaunlich, wie offen Mia mit ihrem Wandlerdasein umging. Sie lebte und arbeitete unter Menschen und hatte anscheinend keine Angst, irgendwann einmal entdeckt zu werden. Gut, wenn sie hier jemand in Tierform sah, würde sie höchstens in einen Käfig gesteckt und nicht gleich erschossen werden. Trotzdem fragte Kainda sich allmählich, ob die Angst, mit der die meisten Wandler ihr ganzes Leben verbrachten, nicht übertrieben war. In den meisten Situationen hatte ein Wandler totale Kontrolle über seinen Körper, nur bei äußerster Erregung, Wut oder wenn er verletzt wurde, konnte es passieren, dass er sich ungewollt verwandelte.

Keine Frage, es war sicherer, in reinen Wandlergruppen irgendwo in der Wildnis zu leben, als zu riskieren, in einer Stadt aufzufallen und damit vielleicht nicht nur sich selbst, sondern alle Wandler zu gefährden. Die Frage war nur, ob das auf Dauer eine Lösung war. Wie bei allen anderen Menschen auch änderten sich die Bedürfnisse der Wandler mit der Zeit. Seit es Fernsehen und vor allem Internet gab, zog es die jüngeren Leute dorthin, wo sie all diese tollen Dinge ausprobieren konnten, die sich ihnen boten. Und das konnte für sie gefährlicher sein als für Wandler, die es gewohnt waren, unter Menschen zu leben. Sie selbst zog es allerdings nicht unbedingt in die Stadt, sie mochte die Natur und ihre Einsamkeit. Zumindest meistens.

Kinderlachen erklang in ihrem Kopf, fröhlich und unschuldig. Glücklich. Der Schmerz traf Kainda so tief, dass sie sich aufkeuchend zu einem Ball zusammenrollte. Sie hatte geahnt, dass es schwer werden würde, zurückzukehren und all die Gefühle wieder zuzulassen, die sie in Amerika tief in sich verschlossen hatte. Sie versuchte, sich auf die positiven zu konzentrieren, und davon gab es jede Menge. Abende im Kreis ihrer Gruppe, mit ihren Eltern und Geschwistern, der Tag, als ihr Jugendfreund Lando sie gebeten hatte, seine Partnerin zu werden. Es gab niemanden, den sie mehr geliebt hatte als ihn, auch wenn es sexuell nicht unbedingt extrem zwischen ihnen gekribbelt hatte. Sie war gerne seine Frau geworden, und die Schwangerschaft hatte ihr Glück perfekt gemacht. Es folgten wunderschöne Zeiten, fast wie ein Traum. Kainda hätte nie geglaubt, für ein anderes Wesen jemals eine so bedingungslose Liebe empfinden zu können wie für ihren Sohn, doch es war so. Als sie von ihrem Ausflug mit Jamila zurückgekommen war und sie gefunden hatte … Seit diesem Tag war sie innerlich wie tot gewesen.

Doch dann hatte sie Ryan kennengelernt, und sie fühlte wieder etwas. Sie hatte festgestellt, dass sie einen anderen Mann lieben konnte – wenn auch auf eine ganz andere Weise.

Aber damit war auch der Schmerz über ihren Verlust in ihr Leben zurückgekehrt, und es gelang ihr nicht mehr, ihn zu verbannen. Er steckte in ihrer Brust und machte jeden Atemzug zu einer Qual. Es kribbelte in ihren Fingerspitzen, über weiches Babyfell zu streicheln oder das Zwicken zu spüren, wenn sie wieder einmal spielerisch in den Schwanz gebissen wurde. Doch das war vergangen und würde nie wiederkommen. Mit einem schmerzerfüllten Laut rollte sie sich noch enger zusammen und versuchte vergeblich, die Mauern um ihr Herz wieder aufzubauen.

Finn sah von seinem Gespräch mit Torik auf, als er Ambers vertrauten Geruch wahrnahm. „Entschuldige mich kurz, ich bin gleich zurück."

Torik prüfte die Luft und nickte dann. „Wenn es jemand anders wäre, hätte ich eine Runde um das Lager gedreht."

Finn schnitt eine Grimasse. „Fang du nicht auch noch damit an. Es reicht mir schon, dass Kearne meint, er könnte mir vorschreiben, was ich mit wem zu tun habe."

„Ich will dir gar nichts vorschreiben. Aber ich habe auch keine Lust, in der Nähe zu sein, während eure Hormone verrückt spielen. Es reicht schon, dass ich sie an dir riechen kann."

Hitze kroch Finns Nacken hinauf. „Tut mir leid, wir …"

Torik hob mit einem gequälten Gesichtsausdruck die Hand. „Bitte, ich möchte es *wirklich* nicht wissen." Seine dunklen Augen blickten Finn flehend an. „Es hat mir schon gereicht, die letzten Tage mit Marisa zusammen zu sein. Jedes Mal wenn sie über Coyle gesprochen oder auch nur an ihn gedacht hat, sah sie aus, als hätte sie im Lotto den Jackpot gewonnen."

Finn musste lachen. „Stimmt. Und Coyle guckt nicht anders. Und wenn er erst mal in ihrer Nähe ist …"

„Widerlich." Toriks Mundwinkel zuckte.

„Ganz genau."

„Wie gut, dass du nicht weißt, dass du genauso aussiehst, wenn du an Jamila denkst. Es gibt nur einen Unterschied."

Finn konnte nicht anders, als zu fragen. „Welchen?"

„Dir fehlt noch die Zufriedenheit, die Sicherheit, die Marisa und Coyle ausstrahlen." Toriks leise Stimme klang ernst.

Da seine Kehle wie zugeschnürt war, nickte Finn Torik nur zu und machte sich auf die Suche nach Amber, die dem Geruch nach zu urteilen ins Lager zurückgekommen war.

Er fand sie schließlich in ihrer Hütte. Es dauerte eine Weile, bis sie auf sein Klopfen reagierte. Sie wirkte blass, ihre Haare waren feucht. Ein Rollkragenpullover verdeckte ihren Körper bis zum Kinn, er hatte gar nicht gewusst, dass Amber überhaupt so ein Kleidungsstück besaß. Sie öffnete die Tür nur einen Spalt breit, ein deutliches Zeichen, dass sie ihn nicht hereinbitten wollte.

„Geht es dir gut?" Finn konnte selbst das Zögern in seiner Stimme hören. Seitdem Amber beinahe von den Mördern ihres Vaters getötet worden wäre, waren sie alle mehr oder weniger auf Zehenspitzen um sie herumgeschlichen und hatten versucht, ihr das Leben zu erleichtern, so gut es ging. Was dazu geführt hatte, dass sie sich im Laufe der Jahre immer weiter zurückzog und kaum jemand mehr wusste, was in ihrem Kopf vor sich ging. Es war schwer, aus dieser Gewohnheit auszubrechen, aber jetzt, da ein Anfang gemacht war, wollte er sich nicht wieder zurückziehen.

„Ja, ich bin nur müde." Ihre Stimme sagte etwas anderes, genauso wie die steife Haltung ihres Körpers.

„Konntest du mit den Adlern sprechen?"

Ambers Gesicht verzog sich zu einer Grimasse, bevor sie sich wieder unter Kontrolle hatte. „Nein, sie wollen keinen Kontakt zu anderen Wandlern."

Enttäuschung breitete sich in Finn aus. „Mist. Es wäre gut gewesen, Verbündete in der Nähe zu haben."

Ambers Augen wurden dunkler. „Vielleicht habe ich mich nicht so schlau angestellt, und du könntest es noch mal mit jemand anderem als Botschafter probieren."

Finn hob eine Hand, um ihr über die Wange zu streichen, doch Amber zuckte zurück. Hilflos ließ er den Arm wieder sinken. „Nein, ich bin sicher, dass du alles richtig gemacht hast. Wir können sie nicht dazu zwingen, mit uns Kontakt aufzunehmen." Er fuhr sich mit der Hand durchs Haar. „Ich hatte es nur gehofft, weil einer der Adler Marisa geholfen hat ..." Finn brach ab, als er Ambers Unterlippe zittern sah. Sofort brachte sie sich wieder unter Kontrolle, doch er wusste, dass es nur eine Maske war. „Wir werden uns etwas anderes überlegen. Ruh dich erst mal von der Reise aus und komm dann einfach zu mir, wenn du so weit bist. Okay?"

Amber nickte stumm und schloss die Tür vor seiner Nase. Er stand noch eine Weile unschlüssig davor, dann schüttelte er den Kopf und ging zurück zu seiner eigenen Hütte, wo Torik auf ihn wartete.

Nach einem Blick in sein Gesicht lehnte Torik sich vor, jeder Muskel in seinem Körper angespannt. „Was ist?"

Finn ließ sich auf seinen Stuhl sinken. „Ich weiß es nicht. Vielleicht hätte ich Amber doch nicht darum bitten sollen, zu den Adlern zu gehen. Es hat sie anscheinend sehr mitgenommen."

Torik blickte nachdenklich zu Boden. „Es wurde Zeit, dass Amber sich ein wenig mehr in die Gruppe integriert. Meiner Meinung nach haben wir sie viel zu lange in Ruhe gelassen und sie nie gefordert, kein Wunder, dass sie sich so abgekapselt hat."

„Ja, aber wenn du sie eben gesehen hättest ... sie wirkte so verloren."

„Könnte Keira mit ihr reden?"

Finn schnitt eine Grimasse. „Meine Schwester ist nicht gerade das zartfühlendste Wesen im Lager. Mal ganz davon abgesehen, dass sie in letzter Zeit etwas … schwierig ist, wie du ja weißt. Marisa könnte vielleicht eher zu ihr durchdringen, aber sie ist gleich zu Coyle gefahren."

Toriks Mund verzog sich. „Junge Liebe und so. Aber wenn du sie bittest, kommt sie sicher sofort."

„Ja, vermutlich." Finn lehnte sich entschieden vor. „Ich werde nachher noch mal mit Amber sprechen und dann entscheiden, ob sie Hilfe braucht. Vielleicht ist sie auch einfach nur enttäuscht, weil die Adler keinen Kontakt wollen. Es könnte sein, dass sie sich selbst die Schuld dafür gibt."

„Möglich."

Finn schüttelte das Unbehagen ab. Es gab auch noch andere Dinge, um die er sich kümmern musste. „Glaubst du, dieser Harken, oder wie auch immer er in Wirklichkeit heißt, will den Wandlern schaden?"

„Da ich ihn nie selbst gesehen habe, kann ich das nicht sagen. Nach Ryans Erzählung klang es aber nicht unbedingt so, denn wenn es so wäre, hätte er keinen Grund gehabt, Kainda nach Afrika zu schicken." Torik rieb abwesend über die lange Narbe an seinem Unterarm. „Er scheint also in diesem Fall auf unserer Seite gewesen zu sein, aber es kann genauso gut sein, dass er unser Gegner wird, wenn wir ihm irgendwie in die Quere kommen."

Finn neigte den Kopf. „Hoffen wir also, dass das unsere letzte Begegnung mit ihm war. Hast du herausgefunden, wer euch beobachtet hat?"

Toriks Miene verfinsterte sich. „Nein. Da ich keinem Geruch folgen konnte und niemanden gesehen habe, war das nicht möglich. Aber ich bin mir sicher, dass da jemand war."

„Freund oder Feind?"

„Kann ich nicht sagen, auch in diesem Fall würde ich gerne auf weitere Begegnungen verzichten."

Finn nickte zustimmend. „Hat Marisa dir schon erzählt, was bei der Untersuchung der DNA von Ryans Angreifer herausgekommen ist?"

Aufmerksam sah Torik ihn an. „Nein, wie ist sie an die Information gelangt?"

„Das wollte sie mir nicht sagen. Aber halt dich fest: Die DNA gehört zu einem Verbrecher namens Fred Edwards und wurde an mehreren Schauplätzen von Verbrechen gefunden, einer davon im Haus eines ermordeten Wissenschaftlers in Nevada."

Toriks Augen weiteten sich. „Du meinst Stammheimer?"

„Ganz genau. Die Frage ist jetzt: Hat Edwards allein gearbeitet, oder gibt es noch jemanden, der weiter versuchen wird, uns zu finden? Ich finde es sehr auffällig, dass Edwards so plötzlich gestorben ist, obwohl seine Verletzungen nicht lebensbedrohlich waren. Und irgendwie ist es seltsam, dass alle zur gleichen Zeit in Escondido waren wie Kainda. Wie haben die Verbrecher sie überhaupt gefunden?"

„Zumindest nicht mit Hilfe der Sender, die der Jäger ihnen eingepflanzt hatte. Die hat Coyle damals vernichtet."

Finn wurde blasser. „Meinst du, sie könnten noch mehr Sender an sich haben?"

Torik blickte grimmig drein. „Möglich, aber dann wären sie schon längst Jamilas Signal gefolgt und hier aufgetaucht."

„Wie können wir uns dagegen schützen? Es kommt mir plötzlich vor, als wäre die ganze Welt hinter uns her, als wären wir nirgends mehr sicher."

Torik erwiderte nichts, aber seinem Gesichtsausdruck konnte Finn ansehen, dass er ähnlich dachte.

28

Es kam Ryan vor, als hätte die Schotterstraße mehr Löcher als Fahrbahn, besonders nachdem er seit Stunden unterwegs war. Trotz seiner Unruhe war es ihm gelungen, auf dem langen Flug zu schlafen, sodass er gleich nach seiner Ankunft am Flughafen Windhoek mit einem Mietwagen losfahren konnte. Glücklicherweise hatte er einen Jeep mit Allradantrieb genommen und war bisher aus jeder Kuhle wieder herausgekommen. Es gab etliche Auswilderungsprojekte in Namibia, doch die meisten hatte er wieder von seiner Liste streichen können, weil dort – laut telefonischer Auskunft – kein Leopard angeliefert worden war. Das einzige andere in Frage kommende Projekt in der Nähe von Windhoek hatte er bereits besucht und festgestellt, dass Etana dort nicht war. Das wäre vermutlich auch zu einfach gewesen.

Also war er nun zu der am weitesten entfernt liegenden Auswilderungsstation unterwegs, bei der man ihm telefonisch keine Auskunft über den derzeitigen Tierbestand geben wollte. Was ihn hatte hellhörig werden lassen. Wieso machten die so ein Geheimnis daraus? Er hoffte jedenfalls, dass er die Leiterin in einem persönlichen Gespräch davon überzeugen konnte, wie wichtig es ihm war, Etana zu finden. Immerhin war ihm am Flughafen Windhoek eine Tierlieferung aus Los Angeles bestätigt worden.

Während der Wind warm über seine Haut strich und die exotische Landschaft Namibias an ihm vorbeiflog, richteten sich Ryans Gedanken nach innen. Die Vorstellung, was Etana in den letzten Tagen durchgemacht haben musste, ließ ihn nicht zur Ruhe kommen. Ob sie sich freute, jetzt wieder in ihrer Heimat zu sein? Ryan konnte nur hoffen, dass sie in guten Händen war und für sie gesorgt wurde, bis sie das wieder selbst konnte. Entschlossen biss er seine Zähne zusammen. Was er auch dafür tun musste, Etana sollte wieder in Freiheit leben. Auch wenn er sie danach nie wiedersehen würde.

Er hatte auf dem Flug viel Zeit gehabt, darüber nachzudenken, warum es ihm nicht gelang, Etana als Tier zu sehen, und wie es sein konnte, dass er etwas für sie fühlte, das eigentlich gar nicht sein durfte. Dummerweise war er immer noch zu keinem abschließenden Ergebnis gekommen. Vielleicht sollte er es einfach akzeptieren und sein Leben weiterführen wie gehabt.

Bevor er weiter grübeln konnte, kam Ryan zu einer Abzweigung, an der ein kleines Schild angebracht war. *Shapes of Life Project.* Das war es. Aufregung breitete sich in ihm aus, als er abbog. Der Weg war schmaler und vor allem noch holperiger, sodass er weiter abbremsen musste. Es fiel ihm schwer, seine Ungeduld zu zügeln, während er auf die Gebäude zukroch, die in weiter Ferne am Horizont auftauchten. Vermutlich war es sinnvoll, wenn eine Auswilderungsstation in der Wildnis lag, aber für Besucher war es ziemlich mühsam.

Ryans Herz begann bei der Vorstellung, Etana vielleicht schon in wenigen Minuten wiederzusehen, heftig zu klopfen. Er wischte die feuchten Hände an seiner Jeans ab, bevor er sie wieder um das Lenkrad legte. Gott, er war nervöser als bei sämtlichen Verabredungen mit Frauen in der Vergangenheit. Was daran liegen könnte, dass er diese zwar gemocht hatte, sie ihm aber nie so wichtig gewesen waren wie Etana schon nach wenigen Tagen. Und das, obwohl sie ein Tier war. Oder wie Kainda, was auch immer sie war, Wirklichkeit oder Traum.

Als er merkte, dass sich seine Gedanken schon wieder im Kreis drehten, biss Ryan die Zähne zusammen, parkte den Wagen vor einem Gebäude und stieg aus. Heiß brannte die Sonne auf seinen Nacken, doch er merkte es kaum. Sein Blick war auf einen Mann gerichtet, der gerade aus dem Gebäude kam und auf ihn zuging. Der Schwarze nickte ihm höflich zu, sagte aber nichts.

Ryan stellte sich ihm in den Weg, als er vorbeigehen wollte. „Hallo, ich suche die Leiterin dieser Einrichtung. Können Sie mir sagen, wo ich sie finde?"

Diesmal betrachtete der Mann ihn genauer, seine dunklen Augen blickten durchdringend. „Was wollen Sie von ihr?"

„Mit ihr reden." Ryan bezwang mühsam seine Ungeduld. „Entschuldigung, ich wollte nicht unhöflich sein." Er hielt seine Hand hin. „Ryan Thorne, ich bin Tierarzt im San Diego Wild Animal Park in den USA."

Beinahe widerwillig ergriff der Mann die Hand und drückte einmal fest zu, bevor er wieder losließ. „Joe. Ich fürchte, Sie haben den Weg umsonst auf sich genommen, wir verkaufen hier keine Tiere für Parks, wir wildern sie aus." Die Art, wie er das Wort *Parks* aussprach, machte klar, was er davon hielt.

Ryan behielt seine freundliche Miene bei, was ihm zunehmend schwerfiel. „Das weiß ich, denn eines unserer Tiere wurde hierhergebracht, um ausgewildert zu werden. Eine Leopardin, vielleicht haben Sie sie gesehen."

Etwas blitzte in Joes Augen auf, aber er hatte sich schnell wieder unter Kontrolle. „Darüber reden Sie wirklich besser mit Mia."

„Genau das hatte ich vor, deshalb habe ich gefragt, wo ich sie finden kann." Die Ungeduld war Ryans Stimme anzuhören, aber nach den langen Stunden im Flugzeug und dann im Auto war seine Beherrschung langsam aufgebraucht.

Joe schien das auch zu bemerken, denn nach einem letzten durchdringenden Blick gab er nach. „Gehen Sie diesen Pfad entlang um die Häuser herum, es ist das letzte auf der linken Seite, das ein wenig abseits steht."

Ryan nickte ihm zu. „Danke für Ihre Hilfe." Damit ließ er Joe stehen und ging eilig weiter. Bis zur nächsten Ecke konnte er den Blick noch auf seinem Rücken fühlen, doch er drehte sich nicht um.

Er hatte sich eine ältere Frau mit einem strengen Knoten im Haar vorgestellt, deshalb blieb er erstaunt in der Tür stehen, nachdem ihn eine warme Stimme auf sein Klopfen hin hereingebeten hatte. Mia Leore stand vor der Terrassentür, die Sonne ließ ihre honigblonde Haarmähne von hinten aufleuchten, im Arm hielt sie ein Schimpansenbaby, dem sie gerade die Flasche gab. Ihr schlanker Körper steckte in sandfarbenen Shorts und passendem Hemd, die ihre gebräunte Haut zur Geltung brachten. Es dauerte einen Moment, bis er sich wieder unter Kontrolle hatte. Rasch ging er auf sie zu.

„Es tut mir leid, dass ich einfach so hereinplatze. Mein Name ist Ryan Thorne und ..."

Mia legte den Kopf schräg. „Ich weiß, wer Sie sind. Sie haben heute Morgen angerufen. Wie ich Ihnen schon am Telefon sagte, kann ich Ihnen nicht helfen."

Ryan richtete sich gerader auf. Noch einmal würde er sich nicht abweisen lassen, zu viel hing davon ab. „Das haben Sie gesagt. Aber Sie haben nicht gesagt, dass bei Ihnen keine Leopardin angeliefert wurde."

Der Anflug eines Lächelns hob Mias Mundwinkel. „Gut erkannt. Ich rede generell nicht über unsere Neuankömmlinge, schon gar nicht am Telefon. Sie glauben nicht, was für Leute hier manchmal anrufen."

Ryan griff in seine Tasche. „Ich kann Ihnen meinen Pass ..."

Mia winkte ab. „Das ist nicht nötig, ich habe mich über Sie informiert."

„Aber wie … Sie wussten doch gar nicht, dass ich komme." Verwirrt sah Ryan sie an.

„Ich hatte so eine Ahnung. Wollen Sie sich setzen?" Sie deutete auf einen Stuhl, der vor dem Schreibtisch stand. Als er zögerte, machte sie eine ungeduldige Handbewegung. „Sie sehen aus, als würden Sie gleich umfallen." Ihre Augen wanderten über seine diversen Verletzungen. „Was haben Sie gemacht, sich von einem Truck überfahren lassen?"

Ryan schnitt eine Grimasse. „Nein, Überfall in meinem Haus. Woher wissen Sie das mit dem Truck?"

Nun war es an Mia, verwirrt dreinzublicken. „Welcher Truck? Sie sagten doch eben …"

„Die Leopardin, die ich suche, wurde von einem Truck angefahren. Ich habe sie bei uns im Wild Animal Park behandelt." Er beugte sich vor. „Wissen Sie etwas darüber?"

Mia blickte ihn direkt an. „Es war nur ein Spruch. Die Frage ist, was tun Sie hier, wenn Sie eindeutig in ein Krankenhaus oder zumindest zu Hause in Ihr Bett gehören?" Sie setzte die Flasche ab und legte das Affenbaby an ihre Schulter.

„Etana, so habe ich die Leopardin genannt, wurde nach dem Überfall von der Stadtverwaltung eingesperrt und sollte eingeschläfert werden. Durch irgendwelche Umstände wurde sie stattdessen nach Windhoek ausgeflogen. Und es wurde mir gesagt, dass sie in ein Auswilderungsprogramm käme." Sein Magen zog sich schmerzhaft zusammen.

„Wäre das nicht gut für das Tier?"

Ryan zuckte zusammen, als Mia Etana ein Tier nannte. „Doch, es war das, was ich mir für sie gewünscht habe, als sie noch bei uns in der Klinik war."

„Und warum sind Sie dann hier und suchen sie?"

Ryan spürte Wärme in seine Ohren steigen. „Ich muss sie noch einmal sehen, muss wissen, dass es ihr gut geht. Und …"

Mia neigte den Kopf auf eine Weise, die ihn irgendwie an Etana erinnerte. „Und?"

„Ich möchte mich wenigstens von ihr verabschieden." Es musste seltsam für eine Fremde klingen, doch er wusste nicht, wie er sonst beschreiben sollte, wie er sich fühlte. Als wäre ein Teil seines Herzens herausgerissen worden, seit Etana fort war.

Schweigend sah Mia ihn lange an, bevor sie nickte. „Das kann ich verstehen."

Hoffnung keimte in Ryan auf. „Dann kann ich sie sehen?"

Mia schüttelte den Kopf. „Es tut mir leid, Ihre Etana ist nicht hier."

Für einen Moment bekam Ryan keine Luft, so heftig zog sich sein Brustkorb zusammen. Es dauerte einige Zeit, bis er wieder sprechen konnte. „Dann danke ich für Ihre Zeit. Ich glaube, dass Etana es hier gut gehabt hätte." Rasch stand er auf und schwankte einen Moment, bis das Schwindelgefühl nachließ.

Eine Hand schob sich unter seinen Arm. „Setzen Sie sich wieder hin, in dem Zustand sollten Sie nicht Auto fahren." Sanft drückte sie ihn zurück. „Ich hole Ihnen ein Glas Wasser. Nehmen Sie so lange Linus."

Bevor Ryan fragen konnte, wer oder was das war, drückte sie ihm den Affen in die Hand, der sich sofort mit Armen und Beinen an ihn klammerte. Mit großen Augen sah er zu ihm auf. Ein widerwilliges Lächeln hob Ryans Mundwinkel. „Hallo, Linus."

Zufrieden, dass ihr Schützling in guten Händen war, trat Mia zum Kühlschrank und holte das Wasser heraus. Kurze Zeit später stellte sie ein Glas vor Ryan.

„Danke." Er hatte gar nicht gemerkt, wie durstig er war. Geistesabwesend strich er mit den Fingern durch das seidige Fell des Affenbabys, während er einen großen Schluck trank. Das eiskalte Wasser fühlte sich wunderbar in seiner ausgedörrten Kehle an.

„Haben Sie schon mal daran gedacht, sich ein Hotelzimmer zu nehmen und erst einmal ordentlich auszuschlafen?“

„Nein. Ich will nicht noch mehr Zeit verlieren. Wer weiß, wie lange es dauert, bis ich die richtige Auswilderungsstation finde. Bis dahin könnte Etana bereits freigelassen worden sein, und ich hätte noch mehr Probleme, sie wiederzufinden.“ Er hielt das Glas außer Reichweite des neugierigen Affen. Ein tiefer Seufzer ließ ihn erstaunt aufblicken.

Mia sah ihn mit einem Gesichtsausdruck an, der ihn irgendwie an seine Mutter erinnerte. „Sie geben nie auf, oder?“

Ryan runzelte die Stirn. Hatte Harken ihn nicht genau das Gleiche gefragt? „Nicht, wenn mir etwas wichtig ist. Und sonst nur, wenn ich keinerlei Möglichkeit mehr sehe, etwas zu schaffen.“

„Das dachte ich mir.“ Mia trat zum Fenster und sah in die Landschaft hinaus. „Die Leopardin ist hier angekommen, aber sie ist nicht mehr da.“

Ryan stand so schnell auf, dass sich der Affe mit einem ängstlichen Quieken an sein Hemd klammerte. Beruhigend legte Ryan seine Hände um den kleinen Körper, doch seine Augen waren auf Mia gerichtet. „Was meinen Sie damit? Ist sie woanders hingebracht worden?“

Langsam schüttelte Mia den Kopf. „Sie ist frei.“

Entsetzt starrte Ryan sie an. „Sie haben sie trotz ihrer Verletzungen freigelassen? Sie kann sich doch nicht mal selbständig ernähren!“

Eine Spur von Ärger drang in Mias Stimme. „Wir sind hier kein Zoo oder Tierpark, der Tiere gegen ihren Willen festhält.“ Sie atmete tief durch. „Sie müssten Etana gut genug kennen, um zu wissen, dass sie genauso dickköpfig ist wie Sie selbst.“

Das war eine seltsame Beschreibung für ein Tier, aber irgendwie auch … zutreffend. Mühsam beruhigte er sich. „Sie haben recht. Wissen Sie, wo ich sie finden kann?“

Mia deutete hinter sich. „Irgendwo da draußen."

Ryan verzog den Mund. „Das wird mir helfen."

Sanft nahm Mia ihm das Affenbaby ab und lächelte ihn an. „Sie hat mir keine Landkarte mit den Koordinaten hinterlassen. Aber Sie sollten vielleicht überlegen, wo Sie hingehen würden, wenn Sie endlich wieder in Freiheit wären."

Das war nicht schwierig. „Nach Hause."

„Ganz genau."

Das war immerhin ein Anhaltspunkt – wenn er jetzt noch wüsste, wo Etana herkam. Namibia, da war er sich ziemlich sicher, nachdem sie so auf den Film reagiert hatte. Aber wo genau? Abrupt richtete er sich auf. Marisa Pérèz schien etwas über Etana gewusst zu haben, vielleicht konnte sie ihm weiterhelfen. Er wandte sich Mia zu. „Ich muss gehen. Danke für Ihre Hilfe."

Mia lächelte warm. „Kein Problem. Ich hoffe, Sie finden sie. Ich glaube, sie könnte jetzt einen Freund gebrauchen." Ryan nickte ihr zu und öffnete die Tür. „Und Ryan?"

Er drehte sich wieder zu ihr um. „Ja?"

„Falls Sie irgendwann einmal genug von Tierparks haben – wir könnten hier einen Tierarzt gebrauchen."

Ein Lächeln glitt über seine Lippen. „Gut zu wissen."

Ihre Schritte wurden langsamer, je näher Kainda ihrem früheren Gebiet kam. Es war alles so schmerzlich vertraut, sie kannte jeden Baum und jeden Strauch, und ihre Erinnerungen wurden immer drängender. Wie sie mit ihren Geschwistern herumgetollt war, trotz der ständigen Ermahnungen ihrer Mutter, in der Nähe des Lagers zu bleiben. Lando, der sie auf den Ästen des Baumes zum ersten Mal geküsst hatte. Ausflüge mit ihrer Mutter, die ihr gezeigt hatte, welche Pflanzen nützlich waren. Ihr Vater, der ihr beigebracht hatte, sich nicht nur mit Zähnen und Klauen zu verteidigen, sondern auch mit Menschenwaffen. Während sie durch die stille Landschaft ging, konnte sie sich daran erinnern wie das Gelächter der Kinder von den roten Felsen widerhallte, die einen natürlichen Schutz um das Lager darstellten.

Je näher sie dem Lager kam, desto mehr überlagerten Bilder der letzten Stunden der Leopardenwandler die Gegenwart und auch die glückliche Vergangenheit. Kaindas Kehle schnürte sich zu, Schweiß lief ihren nackten Körper hinab. Ihr Herz hämmerte in ihrer Brust, und ihre Beine fühlten sich an, als würden sie jeden Moment unter ihr nachgeben. Kainda biss die Zähne zusammen und setzte einen Fuß vor den anderen. Ihre Hände hatte sie so fest zu Fäusten geballt, dass sich ihre Fingernägel in die Handflächen bohrten, bis sie bluteten. Oder vielleicht waren es auch Krallen, es war ihr schlicht egal, Hauptsache der Schmerz ihrer Hände lenkte sie von dem in ihrem Innern ab. Aber es half nicht, ihre Gedanken wanderten zu jenem Tag zurück, der alles verändert hatte.

Nichts deutete darauf hin, dass sie ihren Sohn zum letzten Mal in die Arme nehmen würde, als sie sich morgens mit einem Kuss von ihm verabschiedete. Jamila verwuschelte die Haare ihres Neffen, ein Lächeln auf dem Gesicht. Durch ihre Verbindung spürte Kainda, dass ihre Schwester ungeduldig war, deshalb hielt sie die Verabschiedung von ihrem Partner kurz. Sie hatte mit Lando darüber gesprochen, was sie vorhatten, und obwohl er nicht ganz davon überzeugt war, dass es der richtige Weg war, unterstützte er ihren Plan. Auch wenn Jamila versuchte, es zu überdecken, wusste Kainda, dass es ihr wehtat, die Vertrautheit zwischen ihnen zu sehen und selbst keinen Mann an ihrer Seite zu haben. Genau deshalb würden sie sich heute auf die Suche nach einem Partner für Jamila machen. In ihrer Gruppe war kein passender Kandidat, also hatten sie entschieden, eine andere Leopardenwandlergruppe aufzusuchen, die einige Stunden entfernt lebte.

Ernüchtert mussten sie nach ihrem Besuch feststellen, dass es zwar einige Männer in ihrem Alter gab, aber trotz ihrer Bemühungen keiner von ihnen wirklich Jamilas Interesse weckte. Nach einigem Zureden erklärte Jamila sich bereit, in ein paar Wochen noch einen Versuch zu wagen, dann machten sie sich enttäuscht auf den Rückweg.

Kurz vor dem Lager blieb Kainda abrupt stehen, als sie einen seltsamen Geruch wahrnahm. Auch Jamila hob witternd die Nase, ihre Hand legte sich um Kaindas Arm.

„Was ist das?“ Unsicherheit schwang in ihrer Stimme mit.

„Ich weiß es nicht. Beeilen wir uns.“ Damit verwandelte Kainda sich und lief los, Jamila dicht auf ihren Fersen.

Sie folgten der Duftspur, die immer deutlicher wurde, bis kein Zweifel mehr daran bestand, dass es sich um Blut und Tod handelte. Und sie kam direkt aus der Richtung ihres Lagers.

Dicht nebeneinander jagten sie los, jede konnte die Furcht der anderen spüren. Es musste eine ganz einfache Lösung für den Geruch geben, doch ihr Herz sagte Kainda etwas anderes. Nein, nein! *Das Wort hallte bei jedem Schritt in ihr wider, immer lauter und lauter, bis sie nichts anderes mehr wahrnahm. Ihre Nase führte sie zu einem kleinen Dickicht. Verborgen hinter dornigem Gestrüpp lag ein Leopard. Es war Kardel, einer der Wächter, die das Lager vor Eindringlingen beschützten. Obwohl sie es schon wusste, verwandelte Kainda sich und presste ihre Finger an seine Halsschlagader. Er war tot, seine gelbgrünen Augen waren halb geöffnet und stumpf. Tiefe Wunden zogen sich über seinen Körper, Blut war im Boden versickert und getrocknet.*

Die Trauer und Wut, vor allem aber die Furcht, waren zu tief für Worte. Schweigend verwandelten sie sich wieder und liefen weiter. Sie fanden eine weitere Leiche und noch eine und noch eine, zuerst die Wächter und dann im inneren Kreis des Lagers die Mütter und Kinder, die Väter, die jungen Männer und Frauen.

Alle waren tot. Auch ihre Eltern und ihr Bruder. Als sie Lando fand, der halb über ihrem Sohn lag, als hätte er versucht, ihn mit seinem Körper zu schützen, brach Kainda zusammen. Kainda berührte sie, als könnte sie Lando und Dakarai damit wieder zum Leben erwecken, doch sie bewegten sich nicht, sprangen nicht auf und sagten ihr, dass alles nur ein Scherz gewesen war. Ihre Familie war tot, alle bis auf Jamila. Kainda spürte die Tränen nicht, die über ihre Wangen liefen, hörte nicht die Schreie, die sie ausstieß. Der Schmerz in ihr wurde so groß, dass es sie fast zerriss.

Wie aus weiter Ferne nahm sie wahr, dass Jamila ihre Arme um sie schlang und sie sanft hin und her wiegte. Doch sie spürte es nicht, so als wäre alles in ihr abgestorben. Nach einer Weile hob sie den Kopf und sah sich um. Ihre Sinne wurden schärfer, und sie bemerkte, was ihr vorher entgangen war: Sie waren nicht allein. Für einen Sekundenbruchteil keimte eine vage Hoffnung in ihr auf, doch dann merkte sie, dass der Geruch fremd war. Jamila löste ihre Umarmung und sah sie an. In ihren Augen konnte Kainda lesen, dass sie es auch bemerkt hatte. Kainda nickte ihr unmerklich zu, dann verwandelten sie sich. Schweigend rannten sie auf diejenigen zu, die ihre Familie und Freunde getötet hatten. Bevor sie am anderen Ende der Lichtung ankamen, spürte Kainda einen Stich an der Seite, doch sie lief weiter. Sie würde diese Mörder mit ihren Krallen auseinanderreißen, mit ihren Zähnen … Nach wenigen Metern knickten ihre Beine ein, und sie konnte sich nur noch kriechend fortbewegen. Nein! Sie konnte nicht sterben, ohne ihren Sohn gerächt zu haben …

Langsam wurde sich Kainda wieder ihrer Umgebung bewusst. Sie kauerte auf dem Boden, ihre Finger hatten sich in den Sand gegraben. Tränen liefen über ihre Wangen, ihr Atem kam keuchend. Zum ersten Mal war sie erleichtert darüber, dass Jamila nicht hier war und diesen Kummer erneut erleben musste. Ihre Schwester hatte es noch schwerer gehabt als sie selbst, denn sie hatte nicht nur ihre eigene Trauer bewältigen, sondern über ihr Band auch Kaindas furchtbaren Schmerz über den Verlust ihres Kindes ertragen müssen. Der Jäger Gowan hatte sie außer Landes geschafft und gezwungen zu tun, was er verlangte, wenn sie nicht wollten, dass irgendjemand erfuhr, was sie waren. Und wenn sie jemals wieder nach Hause kommen wollten.

Gowan war Teil der Jagdgruppe gewesen, die sämtliche Leoparden ihrer Gruppe getötet hatten, doch im Gegensatz zu den anderen war er noch da gewesen, als Jamila und sie selbst zurückgekommen waren. Wie oft hatte er ihnen erzählt, dass ihm erst klar geworden war, was er da entdeckt hatte, als sie sich verwandelten, um ihre Toten zu rächen. Die Jäger hatten es ursprünglich nur auf echte Leoparden abgesehen, keiner von ihnen hatte je von Wandlern gehört. Jede Faser in ihrem Körper schmerzte, als Kainda sich langsam aufrichtete und wieder auf die Füße kam. Nun war sie hier und Gowan schon seit Monaten tot, und trotzdem glaubte sie fast, wieder seine Blicke auf sich zu fühlen.

Doch der Wind sagte ihr, dass niemand in der Nähe war, sie war die einzige lebende Person im ehemaligen Lager der Leopardenwandler. Nach einigen tiefen Atemzügen hatte sie sich so weit gefasst, dass sie sich auf die Suche nach den Toten begeben konnte. Für einen winzigen Moment wünschte sie sich, Ryan wäre bei ihr und könnte ihr bei dieser Aufgabe beistehen.

29

Jamila wurde immer unruhiger, je näher sie Finns Hütte kam. Marisa hatte sich angekündigt und darum gebeten, dass Jamila bei dem Gespräch dabei war. Vielleicht hatte dieser Harken gelogen, und Kainda war gar nicht nach Afrika gebracht worden. War ihre Schwester doch tot, wie die abgebrochene Verbindung es ihr zu sagen schien? Da sie sich durch ihre Spekulationen nur noch verrückter machte, beschleunigte Jamila ihre Schritte und klopfte wenig später an die Tür. Sie wurde beinahe sofort aufgerissen, und Jamila trat automatisch einen Schritt zurück, als Finn über ihr aufragte.

Seine Augenbrauen schoben sich zusammen, ein Muskel zuckte in seiner Wange. „Hast du immer noch Angst vor mir?"

Jamila befeuchtete ihre plötzlich trockenen Lippen. „Nein, ich habe mich nur erschreckt, als du so schnell geöffnet hast. Warum sollte ich dich fürchten?"

Finns Anspannung löste sich etwas. Sein Mund verzog sich zu einem Lächeln. „Ich habe keine Ahnung." Mit den Fingern strich er über ihre Wange, sein Blick glitt über ihre Lippen. Langsam beugte er sich vor und küsste sie so sanft, dass ihre Augen feucht wurden. Das schmerzhafte Ziehen in ihrer Brust machte ihr Angst, aber gleichzeitig fühlte sie sich so glücklich wie lange nicht mehr. Wie von selbst glitten ihre Arme um Finns Taille, und sie schmiegte sich an ihn.

„Soll ich später noch mal wiederkommen?" Marisas amüsierte Stimme erklang hinter ihr.

Schuldbewusst löste Jamila sich von Finn. Sie wollte zur Seite treten, doch Finns Arm schlang sich um ihre Hüfte, und er zog sie an sich.

„Hallo, Marisa. Komm rein."

Jamila blickte ihn von der Seite an. Wie kam es, dass er seelenruhig dastand, während sie ein einziges Nervenbündel war, wenn sie nur über ihre Beziehung zu ihm nachdachte?

Finn drückte sanft ihre Taille, bevor er sie in die Hütte geleitete. „Später."

Wie immer schien er ihre Gedanken lesen zu können. Jamila nickte nur und konzentrierte sich dann ganz auf Marisa, die sie lächelnd betrachtete.

„Also hatte ich recht."

Finn verzog den Mund. „Ende des Themas. Möchtest du etwas zu trinken?"

„Ja, bitte." Marisa ließ sich nicht so schnell von etwas abbringen. „Warum ist das Thema schon beendet? Ich habe noch nicht einmal angefangen."

„Und so soll es auch bleiben. Beschäftigt dich Coyle nicht genug?" Er reichte ihr ein Glas. „Ich glaube, ich muss ihn mal darauf hinweisen, dass du schon wieder deine Nase in Dinge steckst, die dich nichts angehen."

Marisa schob die Unterlippe vor. „Spielverderber." Sie blies eine Haarsträhne aus ihrem Gesicht, bevor sie einen Schluck trank.

„Wo ist Coyle überhaupt? Ich hätte nicht erwartet, dass er dich allein ins Lager kommen lässt."

Lächelnd trank Marisa einen Schluck. „Das hat er auch nicht, er ist bei Amber."

Jamila wünschte sich, so zu sein wie Marisa, so offen und selbstbewusst, vor allem wünschte sie sich eine Beziehung wie zwischen Coyle und ihr. Auch die beiden hatten verschiedene Hindernisse überwinden müssen, vor allem das Misstrauen der Gruppe Marisa gegenüber, aber irgendwie hatten sie es geschafft. Ein Kribbeln lief durch Jamilas Körper, als Finn sich dicht hinter sie stellte und seine Hand besitzergreifend auf ihren Bauch legte. Wie von selbst lehnte sie sich an ihn, genoss seine Wärme an ihrem Rücken, die Länge seines Schafts an ihrem Po.

Ein Funkeln trat in Marisas dunkle Augen, aber sie sagte nichts, obwohl sie die erotische Spannung im Raum spüren musste. Andererseits war ihr Geruchssinn als Mensch weniger ausgeprägt. Ja, genau, und sie konnte sicher auch nicht sehen, wie sich Jamilas Brustwarzen unter dem Pullover aufgestellt hatten.

Marisa stellte das Glas ab und räusperte sich. „Weshalb ich nun eigentlich gekommen bin."

Sofort kehrte Jamilas Unruhe zurück, die Angst um ihre Schwester nahm überhand. „Hast du noch etwas über Kainda herausgefunden?"

Mitgefühl zeigte sich auf Marisas Gesicht. „In Escondido war nichts mehr zu erfahren, und am Flughafen Los Angeles hat man uns nur ihren Flug nach Windhoek bestätigt. Ryan Thorne ist gestern gleich losgeflogen und hat sich in Namibia verschiedene Auswilderungsprojekte angesehen. Bei einem mit dem Namen *Shapes of Life* ist er fündig geworden." Sie hob die Hand, als Jamila etwas sagen wollte. „Die Leiterin hat bestätigt, dass eine Leopardin aus Los Angeles angeliefert wurde, aber sie ist nicht mehr da."

„Was? Wo soll sie denn sein? Ist sie an einen Park verkauft worden?" Jamilas Hände ballten sich zu Fäusten.

„Nein, sie ist wohl freigelassen worden."

Finn hob die Augenbrauen. „Einfach so? Mit den Verletzungen? Das ist ungewöhnlich."

„So ähnlich, nur mit deutlicheren Worten hat Ryan das auch

gefragt. Die Antwort der Leiterin – Mia Leore heißt sie – war auch interessant. Sie meinte wohl, dass sie niemanden zwingt zu bleiben und dass Kainda ziemlich dickköpfig sei."

Jamila lachte schwach. „Das stimmt."

„Jedenfalls könnte ich mir vorstellen, dass Mia etwas mehr darüber weiß, wer beziehungsweise was Kainda ist."

Finn nickte „Es könnte durchaus sein. *Shapes of life – Formen des Lebens*."

„Ich bin sicher, sie wird dir erzählen, was du wissen willst, wenn du sie anrufst, Jamila."

„Ich werde es zumindest versuchen."

„Mia hat Ryan den Tipp gegeben, dass Kainda nach Hause geht. Da er nicht weiß, wo das ist, hat er mich angerufen."

Finns Körper spannte sich hinter ihr an. „Warum denkt er, dass du das wüsstest?"

Röte schoss in Marisas Gesicht. „Nun ja, er war so verzweifelt, und da habe ich eventuell ein wenig durchblicken lassen, dass ich Kainda auch schon vorher kannte."

Finn schüttelte den Kopf. „Wie hält Coyle es nur mit dir aus, ohne durchzudrehen?"

„Hey, lass Coyle da raus. Ich stehe zu dem, was ich getan habe. Wir können Ryan vertrauen, er möchte Kainda wirklich unbedingt wiedersehen. Er wird ihr nicht schaden." Marisas Augen blitzten trotzig.

„Und wenn er sieht, was sie ist, und sie dann doch nicht mehr so toll findet?"

Unbehaglich sah Marisa Finn an. „Das weiß ich nicht. Aber selbst wenn er damit nicht zurechtkäme, würde er sie nicht verraten, dessen bin ich mir sicher. Ryan Thorne liebt Tiere und ist ein guter Mann."

„Ich werde mich auf dein Wort verlassen müssen, jetzt können wir sowieso nichts mehr daran ändern. Die Frage ist nun: Sollten wir ihm sagen, wohin Kainda vermutlich unterwegs ist? Und wie erreichen wir ihn überhaupt?"

„Ich habe ihm gesagt, er soll sich ein Hotel suchen, nachts wird er sowieso nicht weiterfahren können. Dort müsste sein Handy funktionieren."

Finn wandte ihr seine volle Aufmerksamkeit zu. „Jamila? Es liegt an dir."

Jamila biss auf ihre Lippe. „Ich bin mit dieser Mia einer Meinung, Kainda wird in unser früheres Gebiet zurückkehren. Ob sie den Tierarzt dort sehen möchte, weiß ich nicht, aber während sie bei ihm war, habe ich durch unsere Verbindung Augenblicke des Glücks gespürt. Er hat in den wenigen Tagen geschafft, was ich in all den Monaten nicht hinbekommen habe: dass Kainda wieder am Leben teilnimmt. Ich denke also, dass er gut für sie ist, vor allem, wenn sie wieder dort ist, wo alles angefangen hat. Sie braucht jemanden, der sie aus der Vergangenheit reißt, sonst verliert sie sich womöglich darin." Allein der Gedanke daran, wie es für Kainda sein musste, dorthin zurückzukehren und die Reste ihres Lagers zu sehen … Ein Schauder lief durch ihren Körper. „Ich habe Angst, dass sie aufgibt."

Finn schloss sie fester in seine Arme. „Kainda ist stark."

Jamila drehte sich zu ihm um, ihre Hände auf seiner Brust. „Ja, aber wenn sie erledigt hat, wofür sie nach Afrika zurückgekehrt ist, wird sie nichts mehr haben, das sie aufrecht hält."

„Was will sie denn da tun?"

Stumm sah Jamila ihn an, Tränen brannten in ihren Augen. „Sich verabschieden." Sie begann zu zittern.

Finns grüne Augen verdunkelten sich. „Es tut mir leid."

Jamila wischte ihre Tränen fort und nickte. Die Worte brannten in ihrer Kehle, doch sie kamen nicht heraus.

Marisa blickte sie mitfühlend an. „Wie wäre es, wenn wir uns die Karte von Namibia anschauen, die ich mitgebracht habe, und dann sagst du mir genau, wo sich euer Lager befindet, damit ich das an Ryan weitergeben kann. Je eher er es weiß, desto weniger Zeit verliert er."

Dankbar wandte Jamila sich der Menschenfrau zu. „Eine gute Idee."

„Ist sie angekommen?" Er konnte ein scharfes Einatmen am anderen Ende der Leitung hören, dann Stille.

„Du hast sie also geschickt." Mia Leores Stimme war noch so warm und sanft, wie er sie in Erinnerung hatte.

„Wer sonst?"

Ein ersticktes Auflachen. „Keine Ahnung. Aber woher sollte ich wissen, dass du überhaupt noch lebst? Es ist ja nicht so, als wenn ich in den letzten Jahren irgendetwas von dir gehört hätte. Oder sonst jemand."

Die Erinnerung an den Moment, an dem er sie zuletzt gesehen hatte, ihr Haar in der Sonne fast golden, löste beinahe so etwas wie Bedauern in ihm aus. „Wirst du ihr helfen?"

„Das habe ich, so gut ich konnte. Sie ist bereits wieder unterwegs."

Er schwieg einen Moment, während er darüber nachdachte, welche Konsequenzen das haben konnte. „Das war schneller als erwartet. Allerdings hätte ich es wissen müssen, ihr Wille ist so stark, dass sie sich von nichts aufhalten lässt."

„Gut erkannt." Mia hatte sich eindeutig von ihrer Überraschung erholt, etwas wie Feindseligkeit klang jetzt in ihrer Stimme mit. Es versetzte ihm einen unerwarteten Stich.

„War der Tierarzt schon bei dir?"

Ein Schnauben. „Ich hatte mich schon gefragt, wie er sie so schnell gefunden hat."

„Er hätte nur weiter Unruhe geschürt, es erschien mir einfacher, ihm zu sagen, wo er sie suchen muss. Er scheint … an ihr zu hängen." Schon die Worte fühlten sich bitter in seiner Kehle an.

„Das ist etwas, das du nie verstehen wirst, oder?" Sie holte tief Luft. „Sein Geruch hing an ihr, genauso wie er auch nach ihr roch."

Als hätte er das nicht schon in Escondido bemerkt. „Was hast du ihm gesagt?"

„Dass sie vermutlich nach Hause unterwegs ist. Wo auch immer das sein mag." Ein leises Schnurren drang durch den Hörer. „Ich wette, er findet sie."

Da er keine Wetten einging, die er verlieren würde, sagte er nichts dazu. Nach einer Weile wurde das Schweigen unangenehm.

„Ist noch etwas, oder kann ich jetzt weiterschlafen?"

Vermutlich sollte er sagen, dass es ihm leidtat, sie geweckt zu haben, doch das wäre eine Lüge gewesen. Stattdessen kam etwas anderes aus seinem Mund. „Es war schön, deine Stimme zu hören." Seine Hand krampfte sich um das Handy, während er die Augen schloss. Warum hatte er das gesagt? Er konnte im Moment keinerlei zusätzliche Komplikationen gebrauchen, und schon gar nicht in Form einer braunäugigen Löwin. Ihr Schweigen zog sich in die Länge, und das war noch schlimmer. „Leb wohl, Mia." Rasch drückte er die Auflegtaste.

Er hätte sie nicht anrufen sollen, es war überhaupt nicht nötig gewesen, doch er hatte nicht widerstehen können. Mit zusammengebissenen Zähnen ließ er den Motor an und fuhr los. Es wurde Zeit, diese ganze leidige Angelegenheit hinter sich zu lassen. Wichtigere Dinge erforderten seine Aufmerksamkeit.

Völlig übermüdet bemühte Ryan sich, den Wagen in der Spur und vor allem die Augen offen zu halten. Nachdem Marisa Pérèz ihn mitten in der Nacht angerufen hatte, war an Schlaf nicht mehr zu denken gewesen. Was nicht nur daran lag, dass er eine detaillierte Anfahrtsbeschreibung erhalten hatte, sondern auch an der Frau, die sie ihm gegeben hatte. Marisa hatte das Telefon weitergereicht, und im ersten Moment war er davon überzeugt gewesen, mit Kainda zu sprechen, weil die Frau die gleiche Stimmlage und den gleichen Akzent hatte wie die Frau aus seinen Träumen. Es hatte ihn einige Mühe gekostet, die Fragen zurückzudrängen, die in ihm aufstiegen. Seine Hände krampften sich um das Lenkrad. Wenn er Etana entdeckte, würde er dann auch Kainda finden? Er wusste zwar immer noch nicht, wie das möglich sein sollte, aber er hoffte es mit allem, was in ihm war.

Beinahe genauso durcheinander gebracht hatte ihn Marisas Nachricht über Edwards Obduktion. Die Ärzte hatten natürliches Herzversagen durch einen Krampfanfall vermutet, aber wie sich herausstellte, war sein Infusionsbeutel manipuliert worden. Bisher stand noch nicht fest, welches Mittel verwendet worden war, aber der Tod war eindeutig darauf zurückzuführen. Was Ryan zu der Frage brachte, wer davon profitieren konnte, dass Edwards nicht mehr lebte.

Hatte Edwards vielleicht nicht allein gearbeitet, sondern war von jemandem geschickt worden, der ihn nun zum Schweigen gebracht hatte? Wenn ja, dann war irgendwo noch jemand, der es auf Etana abgesehen haben konnte. Aber wer immer es war, Ryan würde nicht zulassen, dass Etana noch irgendein Leid geschah.

Vermutlich war er verrückt, aber er genoss die Reise sogar. Afrika hatte ihn schon immer fasziniert, genauso wie die hier heimische Tierwelt, und nun war er endlich hier und konnte es mit eigenen Augen sehen. Die spärliche Vegetation erlaubte Ryan den Blick über weite Ebenen, die am Ende des Frühjahrs noch mit grünen Gräsern bewachsen waren, auch die Büsche und vereinzelten Akazien schimmerten in frischem Grün. Antilopen grasten nahe am Straßenrand und stoben in großen Sprüngen davon, wenn er sich näherte. Wäre da nicht das unbestimmte Gefühl, sich beeilen zu müssen, hätte er ganz sicher öfter angehalten.

So kam er nach mehrstündiger Fahrt in einem kleinen Ort in der Nähe seines Ziels an und entschied, dass er dringend eine kurze Pause brauchte, um den Tank und seine Vorräte aufzufüllen. Das Gebiet, das die Unbekannte ihm beschrieben hatte, schien sehr groß und größtenteils unbewohnt zu sein. Vor allem würde er irgendwann den Wagen zurücklassen und zu Fuß weitergehen müssen, da selbst die Schotterstraßen nicht ins Herz des Gebiets führten. Doch genau dort hielt sich Etana nach der Beschreibung vermutlich auf. Wenn sie mit ihren Verletzungen überhaupt so weit gekommen war. Noch unruhiger als vorher betrat er den kleinen, an die Tankstelle angeschlossenen Laden und suchte rasch Nahrung und Getränke zusammen, bevor er zur Kasse ging.

Nachdem er bezahlt hatte, trat er wieder nach draußen und blieb von der Sonne geblendet einen Moment stehen.

„Sie sehen nicht aus wie ein Tourist."

Erschrocken drehte Ryan sich um, er hatte überhaupt nicht gemerkt, dass jemand in der Nähe war. Ein alter Mann saß auf einem Holzstuhl im Schatten des überhängenden Dachs, die dunkelbraune Haut von tiefen Falten durchzogen. Als er den Mund öffnete, sah Ryan, dass er kaum noch Zähne im Mund hatte, doch seine Stimme war erstaunlich kräftig. „Ich bin auch keiner."

„Sie suchen jemanden, habe ich recht?" Die dunklen Augen waren zusammengekniffen, als versuchte er, Ryan deutlich zu erkennen.

„Woher wissen Sie das?"

„Sie sehen aus wie ein Suchender. Voller Unruhe und Furcht."

Ryan verzog den Mund. Wunderbar, jetzt konnte schon ein völlig Fremder seine Gedanken und Gefühle lesen. Nichtssagend nickte er dem Mann zu. „Ich habe es eilig. Einen schönen Tag noch."

„Vielleicht kann ich Ihnen bei der Suche helfen. Ich kenne die Gegend in- und auswendig, habe mein ganzes Leben hier verbracht."

Zögernd drehte Ryan sich zu dem Alten zurück. „Wissen Sie, wo hier freie Leoparden leben?"

Das Gesicht des Mannes versteinerte. „Sind Sie etwa Jäger?"

„Nein! Nein, ich bin Tierarzt. Mir wurde gesagt, dass eine Gruppe Leoparden in der Nähe lebt."

„Dann hat derjenige keine Ahnung. Hier gibt es keine Leoparden." Enttäuschung und zugleich die Furcht, Etana nie wiederzusehen, überkamen Ryan. „Zumindest nicht mehr."

Beinahe hätte er den Zusatz überhört. „Was soll das heißen? Wo sind sie hin?"

Das Gesicht des Alten schien noch zerklüfteter zu werden. „Sie sind alle tot, abgeschlachtet von Jägern."

Schwindel überkam Ryan, mit wackeligen Beinen ließ er sich auf die Stufe sinken, die zum Gebäude hochführte. Nein, es konnte nicht sein, dass er Etana endgültig verloren hatte, nicht jetzt, so kurz vor dem Ziel. „Wann … wann war das?"

Der Mann überlegte einen Moment. „Zeit bedeutet mir nicht viel. Ich schätze, es war vor einigen Monaten, vielleicht einem halben Jahr." Er nickte bekräftigend. „Ja, ich denke, das kommt ungefähr hin."

Erleichtert schloss Ryan einen Moment die Augen. Es war nicht Etana! Dann kam ihm ein anderer Gedanke. Ihr Körper war mit Narben bedeckt gewesen, könnte es möglich sein, dass sie hier eingefangen und dann nach Amerika gebracht worden war? Zeitlich würde es passen. „Wissen Sie, wer die Jäger waren?"

Der Mann hob die Schultern. „Manchmal ist es besser, nicht zu viel zu wissen. Aber ich könnte mir vorstellen, dass es etwas damit zu tun hatte, dass in der Gegend ein Touristen-Resort gebaut werden sollte. Es schien den Planern wohl zu gefährlich, wild lebende Leoparden im Vorgarten herumlaufen zu lassen."

„Und deshalb tötet man einfach alle?"

Weisheit schimmerte in den Augen des Alten. „Für manche ist es die einfachste Lösung. Besonders wenn es ein Schutzgebiet ist. Wahrscheinlich dachten sie, der Status würde aufgehoben werden, wenn dort keine Tiere mehr sind."

Übelkeit überschwemmte Ryan bei dem Gedanken, dass solche Leute Etana wehgetan hatten. „Wurde er aufgehoben?"

Ein Grinsen enthüllte lückenhafte Zahnreihen. „Nein. Das Gebiet steht weiterhin unter Naturschutz."

„Aber warum, wenn die Leoparden weg sind?"

„Sie werden es merken, wenn Sie dorthin kommen. Es ist ein mystischer Ort voller Geheimnisse."

„Danke für den Hinweis." Ryan erhob sich langsam, nicht sicher, ob ihn seine Beine tragen würden.

„Sie werden trotzdem hinfahren, oder?"

„Ja."

„Die Natur in Namibia ist unbarmherzig, außer ein paar Knochen werden Sie nichts mehr vorfinden."

Ryan biss bei der Vorstellung, was das für Etana bedeuten würde, die Zähne zusammen. „Ich werde trotzdem mein Glück versuchen." Er wandte sich ab und ging ein paar Schritte Richtung Jeep.

„Das werden Sie brauchen." Die Stimme des alten Mannes drang trotz der Entfernung genauso klar zu ihm, als würde er direkt neben ihm stehen.

Ryan drehte sich um und hob grüßend die Hand, bevor er seinen Weg fortsetzte.

Wenn er die Stelle noch vor Einbruch der Dunkelheit erreichen wollte, musste er sich beeilen. Wenigstens hatte er ein GPS-Gerät mit einer im Internet heruntergeladenen Karte der Region dabei, sodass er sich nicht verirren konnte. Ryan folgte der Straße so weit wie möglich, bevor er sich seinen Rucksack umschnallte und zu Fuß weiterging.

Lange marschierte er so durch die stille Landschaft, bis es ihm vorkam, als wäre er der einzige Mensch im Umkreis von Hunderten von Kilometern. Nun ja, vermutlich war er das in etwas kleinerem Maßstab auch, die Gegend wirkte so wild und ursprünglich, als hätte nie ein Mensch seinen Fuß hierher gesetzt. Das Land war ziemlich trocken und noch dazu felsig und mit Dornenbüschen bewachsen und damit für Ackerbau und Viehzucht wohl nicht unbedingt geeignet. Allerdings hätte er erwartet, hier mehr Tiere zu sehen, doch es schien beinahe so, als würden selbst die das Gebiet meiden. Es war … tot. Wie sollten hier Leoparden gelebt haben, wenn es keine Tiere gab, die sie jagen konnten? Das ungute Gefühl in Ryan verstärkte sich, die Warnung des Alten klang in seinen Ohren. Er ging so schnell wie möglich und machte nur dann eine kurze Pause, wenn er die Karte und das GPS-Gerät konsultierte oder einen Schluck aus der Wasserflasche nahm.

Das leichte Hemd und die Trekkinghose klebten an seinem Körper, Schweiß lief seinen Rücken hinab. Mühsam kämpfte er sich eine Anhöhe hinauf, von der er sich einen besseren Überblick erhoffte. Außer Atem blieb er schließlich auf der Hügelkuppe stehen und blickte auf die Landschaft unter sich.

Ein tiefes Tal lag vor ihm, umgeben von roten Felsen. Irgendwo musste Wasser sein: Hohe Bäume, grüne Büsche und Gräser bildeten eine überraschend dichte Vegetation. Es war unglaublich schön, ein ideales Gebiet für Leoparden, die hier ihre Jungen aufziehen oder in der hinter den Felsen liegenden Savanne jagen konnten. Aber auch der ideale Ort, um die Tiere in einen Hinterhalt zu locken. Trotz der Hitze lief Ryan ein kalter Schauer über den Rücken. Das hier war der richtige Ort, er spürte es. Mit neuer Energie lief, rutschte und schlitterte er die Felsen hinunter und tauchte in die grüne Oase ein. Auch hier hatte er wieder das Gefühl völliger Stille und Leblosigkeit – wie auf einem Friedhof. Er schüttelte den Kopf. Wahrscheinlich bildete er sich das nur ein, weil der alte Mann ihm die Geschichte erzählt hatte. Er wusste nicht einmal, ob überhaupt dieses Gebiet gemeint gewesen war, es konnte sich auch um eine ganz andere Leopardenpopulation handeln.

Langsam arbeitete er sich durch die dichte Vegetation vor und versuchte, frische Spuren zu entdecken, doch alles wirkte unberührt. *Komm schon, Etana, du musst hier sein!* Ryan duckte sich unter einem tief hängenden Ast hindurch und wollte sich gerade wieder aufrichten, als sein Fuß im Gestrüpp hängen blieb und er vorwärts katapultiert wurde. Mit Händen und Knien fing er den Sturz ab und stöhnte auf, als sich etwas schmerzhaft in sein Hosenbein bohrte.

„Verdammt noch mal!“ Mühsam rappelte er sich wieder hoch und begutachtete den Schaden. Bis auf einige Kratzer an den Handflächen und einem Riss in seiner Hose schien er unverletzt zu sein. Er musste besser aufpassen; wenn er sich hier ernsthaft verletzte, würde ihm in dieser Einsamkeit niemand zu Hilfe kommen.

Ryan machte einen vorsichtigen Schritt nach vorne, und erneut trat er auf etwas, das sich beinahe wie ein Ast anfühlte. Mit dem Fuß strich er das hohe Gras und die Dornenranken zur Seite. Nur, dass es bei näherem Hinsehen kein Ast war, sondern ein Knochen. Er hockte sich hin und schob das Gras mit den Händen zur Seite. Weitere Knochen kamen zum Vorschein, beinahe im Gestrüpp verschwunden. Es waren keine Menschenknochen, so viel war sicher, aber sie konnten durchaus von Leoparden sein. Nachdem Ryan die nähere Umgebung abgesucht hatte, fand er schließlich den Schädel. Die spitze Schnauze und die langen Reißzähne waren eindeutig. Anscheinend hatte der alte Mann recht gehabt, und die Leoparden waren lange tot.

Bedauernd strich Ryan mit einem Finger über den Schädel, bevor er ihn wieder mit Gras bedeckte. War das jemand gewesen, den Etana kannte? Vielleicht sogar ein Familienmitglied? Es musste furchtbar für sie sein, hierher zurückzukommen. Warum also tat sie es? Um sich zu verabschieden? Er konnte nicht sagen, ob dieses Verhalten bei Leoparden schon einmal beobachtet worden war, aber inzwischen hatte er oft genug bemerkt, dass Etana alles andere als eine normale Leopardin war. Ein neues Gefühl von Dringlichkeit überkam ihn. Falls Etana hier war, wollte er nicht, dass sie mit den Toten allein war.

Rasch lief er weiter, bemüht, bei jedem Schritt darauf zu achten, wo er hintrat. Schließlich wurde die Vegetation allmählich dünner, und er erreichte nach einigen Minuten eine Art Lichtung, die von den Kronen hoher Bäume überdacht war. Einzelne Sonnenstrahlen fielen auf den Boden und zeichneten Muster in den rötlichen Sand. Es wirkte fast wie das Zentrum des Gebiets, der Ort, an dem sich die Mitglieder einer Gruppe treffen würden. Zumindest bei Menschen. Ryan schüttelte den Kopf und sah sich genauer um. Es gab keine Anzeichen von menschlichen Behausungen oder Gerätschaften. Und auch keine Spur von Etana.

Entmutigt wollte er schon aufgeben, als er auf dem Boden eine frische Schleifspur entdeckte. Etwa einen Meter breit führte sie auf geradem Weg von der Mitte der Lichtung zum Rand und verschwand zwischen den Bäumen. Aufregung erfüllte ihn. Irgendjemand war hier gewesen, die Spur konnte nicht älter als ein paar Stunden sein. Ryan hockte sich hin und untersuchte den

Boden daneben nach Tatzenspuren. Doch da waren keine. Erstaunt ließ er sich auf die Hacken sinken. Wie war das möglich? Wer auch immer die Spur hinterlassen hatte, musste irgendwie in die Mitte der Lichtung gekommen sein. Oder er hatte sie verwischt.

Der Gedanke trug nicht gerade dazu bei, dass Ryan sich wohler fühlte. Dennoch folgte er der Spur. Als sich die Bäume um ihn schlossen, wurde es schwieriger, denn der Boden war mit Gras bedeckt und die Schleifspur nur noch selten zu erkennen. Schließlich führte sie ihn auf eine sonnenbeschienene Lichtung. Abrupt blieb Ryan stehen, als er am anderen Ende unter den ausladenden Ästen einer Akazie eine Frau stehen sah. Sie war nackt, und ihre Haut hatte einen warmen Braunton. Einzelne Strähnen ihrer halblangen schwarzen Haare wehten im Wind. Obwohl sie ihm den Rücken zuwandte, erkannte Ryan Kainda sofort. Die überwältigende Freude, sie wiederzusehen, zu wissen, dass es sie wirklich gab, wich der Verwirrung. Was tat sie hier, und wo war Etana?

Instinktiv duckte Ryan sich hinter ein Gebüsch und beobachtete Kainda, die unbeweglich dastand, den Kopf gesenkt, die Arme um ihren Körper geschlungen, als hätte sie Schmerzen. Er wollte zu ihr gehen, sie an sich ziehen und trösten, doch er blieb, wo er war. Es dauerte eine Weile, bis er den Blick von ihr lösen konnte und die beiden flachen Erdhaufen zu ihren Füßen entdeckte. *Gräber.* Sein Herz zog sich zusammen, als er erkannte, was sie hier tat: Sie trauerte. Seine Fingernägel bohrten sich in seine Handflächen, als Kainda in die Knie sackte und ihre Hände auf die beiden Hügel legte. Ihr schmaler Körper zuckte, und er konnte ihren Kummer tief in seinem Innern spüren. Seine Kehle schnürte sich zu, und er schloss die Augen.

30

Kainda tauchte erst wieder aus ihrer Trauer auf, als es um sie herum merklich dunkler wurde. Ihr Blick klärte sich, und sie merkte, dass sie vor den Gräbern kniete. Wann war das geschehen? Sie hatte es gar nicht mitbekommen. Alles an ihr tat weh, ihr Brustkorb war so eng, dass sie kaum Luft bekam. Es fühlte sich an, als hätte sie Sandpapier unter den Lidern, und ihre Wangen waren feucht. Seit sie betäubt von hier weggebracht worden waren, hatte sie den Schmerz nicht mehr so an sich herangelassen, dass er sie überwältigte. Auch jetzt war er noch da, erfüllte jede Zelle ihres Körpers, aber nun endlich konnte sie die Kontrolle aufgeben, die sie sich vorher auferlegt hatte. Jetzt war es egal, dass sie nicht mehr weiterkonnte und so ausgelaugt war, dass jeder Schritt zu viel schien. Ihre Aufgabe war erledigt.

Langsam erhob Kainda sich und blieb schwankend stehen. Sie hatte nichts gegessen, seit sie bei Mia aufgebrochen war, und die schwere körperliche und psychisch belastende Arbeit, alle Knochen aufzusammeln, die sie finden konnte, und sie auf einer Decke hierher zu transportieren, hatte ihre letzten Kräfte aufgezehrt. Vielleicht sollte sie sich einfach neben die Gräber legen und darauf warten, dass die Natur den Rest erledigte. Allerdings war da immer noch dieser Funke, der ihr sagte, dass sie um ihr Leben kämpfen sollte. Und Ryan …

Kaindas Kopf ruckte in die Höhe, sie atmete tief ein. Nein, das musste sie sich einbilden, es konnte hier gar nicht nach Ryan riechen. Aber es war so. Sein Duft wurde stärker, so als würde er sich ihr nähern. Voller Hoffnung, gleichzeitig aber auch Furcht drehte sie sich um. Als sie Ryan sah, wie er leibhaftig auf sie zukam, wollten ihre Beine unter ihr nachgeben, doch sie hielt sich eisern aufrecht.

Gierig ließ sie ihren Blick über ihn gleiten. Er sah so … normal aus, so stark und lebendig. Die schwarz-blau schillernden Prellungen im Gesicht erinnerten sie daran, dass er ihretwegen beinahe getötet worden wäre. Warum war er nicht im Krankenhaus? Kainda wollte etwas sagen, aber sie brachte keinen Ton heraus. Dicht vor ihr blieb Ryan stehen, seine dunkelblauen Augen schienen ihre Gesichtszüge förmlich einzusaugen, so intensiv musterte er sie. Schließlich trat er noch einen Schritt vor und schloss sie in seine Arme, ohne ein Wort zu sagen. Kainda lehnte ihre Wange an seine Brust und lauschte seinem wild hämmernden Herzschlag. Sein Duft legte sich um sie, hüllte sie genauso schützend ein wie seine Umarmung. Ein Schauder lief durch seinen Körper, und er legte seine Wange an ihre Haare. Kainda schloss die Augen und genoss einfach nur seine Nähe – dass er wie durch ein Wunder hier war, bei ihr.

Sie spürte, wie er tief einatmete. „Es wird dunkel." Seine Stimme klang gedämpft gegen ihr Haar.

So gezwungen, ihre Augen wieder zu öffnen, sah Kainda zögernd zu ihm auf. Er würde Fragen haben, das konnte sie an seinem Gesichtsausdruck sehen, aber sie war noch nicht bereit für eine Antwort. Zuerst musste sie etwas anderes erledigen. Widerwillig löste sie sich von ihm und nahm seine Hand. „Ich möchte dir jemanden vorstellen."

Ryan schien ihr zu vertrauen, denn er folgte ihr, ohne zu zögern. Vor dem größeren Grab blieb sie stehen und holte tief Luft. „Dies hier ist meine gesamte Familie, mit Ausnahme meiner Schwester Jamila." Sie spürte Ryans Blick auf sich, drehte sich aber nicht zu ihm um, sondern starrte weiter auf den Erdhügel. Schließlich wandte sie sich dem kleineren Grab zu. „Mein bester Freund seit meiner Kindheit und mein späterer Gefährte, Lando." Ihre Stimme klang erstickt, sie schaffte es kaum, die Worte herauszupressen. „Mein Sohn, Dakarai." Ihr Blick glitt in die Ferne. „Sein Name bedeutet Glück."

Ryan blieb so lange stumm, bis sie ihn ansah. In seinen Augen konnte sie Wärme und Traurigkeit erkennen. Sein Finger glitt über ihre Wange. „Sie waren bestimmt glücklich, dich als Gefährtin und Mutter zu haben."

Seine unerwarteten Worte katapultierten sie zurück in die Zeit, die sie zusammen erlebt hatten, jeder Tag ein neues Glück. „Ja, das waren sie, und ich war es, weil ich sie hatte."

Ryan nickte nur und sagte nichts weiter. Es schien, als würde er darauf warten, dass sie entschied, wie es weitergehen sollte.

„Ich habe mich von ihnen verabschiedet, sie sind jetzt für immer zusammen." Kainda warf einen letzten Blick auf die Gräber und wandte sich dann Ryan zu. „Wollen wir gehen?"

Er drückte sanft ihre Hand. „Wenn du mich führst, ich kenne mich hier nicht aus, und es wird langsam dunkel."

Die Frage war, wohin sie jetzt gehen sollten. „Wo steht dein Auto?"

Ryan verzog den Mund. „Etwa vier Stunden Fußmarsch entfernt. Und ich glaube nicht, dass ich im Dunkeln über die Felsen klettern möchte."

Ein trauriges Lächeln spielte um ihre Lippen. „Genau deshalb haben wir unser Lager hier angelegt. Dummerweise kamen die Jäger bei Tageslicht." Sie legte ihre Finger über seine Lippen, als er zu einer Frage ansetzte. „Später. Zuerst möchte ich hier weg." An seine zunehmend schlechtere Sicht angepasst, führte sie ihn langsam auf die Lichtung zurück, um die ihre Hütten in der Vegetation versteckt angeordnet waren. Zuerst wollte sie automatisch zu ihrer früheren Behausung gehen, doch sie konnte sich nicht vorstellen, Ryan dorthin zu führen, wo sie mit Lando und

Dakarai gelebt hatte. Also schlug sie einen anderen Weg ein, der ihr fast genauso vertraut war.

Kurze Zeit später schob sie eine versteckte Tür auf und führte Ryan in eine ausgebaute Erdhöhle. Kühle, abgestandene Luft schlug ihr entgegen, aber es war besser, als sie nach über einem halben Jahr erwartet hatte. Sie winkte Ryan herein und ließ die Tür offen, damit frische Luft hineinziehen konnte. Automatisch fuhr sie mit der Hand an der Wand entlang, bis sie den Lichtschalter fand. Warmes Licht ließ den Raum erstrahlen, die Solarmodule in den Wipfeln der Bäume schienen also noch zu funktionieren.

Interessiert sah Ryan sich um. „Hier hast du gelebt?"

„Nein, meine Schwester Jamila, ich hatte eine größere Hütte mit Lando und Dakarai." Ernst sah sie ihn an. „Ich kann dort nicht mehr hin, zumindest nicht …"

„… mit mir. Das verstehe ich." Ryan ging zum Schrank hinüber. „Hat deine Schwester die gleiche Größe wie du?"

Verwirrt trat Kainda zu ihm. „Ja, wieso?"

„Es ist besser, wenn du dir etwas anziehst, sonst erkältest du dich noch."

Zum ersten Mal seit mehreren Tagen spürte Kainda ein Lachen in sich aufsteigen.

„Was ist daran so lustig? Falls es dir noch nicht aufgefallen ist, du bist völlig nackt."

Kainda sah an sich hinunter. Da es ihr normaler Zustand war, merkte sie es tatsächlich nicht mehr, und vor allem machte es ihr auch nichts aus, nackt zu sein. Sie hätte daran denken sollen, dass Menschen damit ein Problem hatten. „Macht es dir etwas aus?"

Ryans Augen verdunkelten sich. „Ich sehe dich gerne an, aber es löst auch gewisse … Erinnerungen aus, wenn ich dich so sehe, und ich versuche gerade, mich gut zu benehmen."

Ein kleines Lächeln hob Kaindas Mundwinkel. „Du kannst

dich ja auch ausziehen, dann komme ich dir nicht mehr so nackt vor." Sie hob die Hand, als er etwas sagen wollte. „Aber zuerst muss ich dir etwas zeigen, denn es könnte sein, dass du mich danach nicht mehr berühren magst." Sie merkte erst jetzt, wie sehr sie sich davor fürchtete, dass Ryan sie nicht so akzeptieren könnte, wie sie war. Er mochte zwar sowohl Etana als auch Kainda, aber ob er sie in einer Person annehmen konnte?

Ryans große warme Hände legten sich auf ihre Schultern, die Berührung war so angenehm, dass sie eine Gänsehaut bekam. Er beugte sich zu ihr hinunter, bis ihre Augen auf einer Höhe waren. „Ich kann mir nicht vorstellen, dass es irgendetwas gibt, das mich von dir fernhalten könnte."

Kainda schloss die Augen, ein Zittern lief durch ihren Körper. Schließlich löste sie sich von ihm und hob die Lider. „Du bist hierhergekommen, um Etana zu finden." Es war keine Frage.

Ryan richtete sich auf. „Ja. Weißt du, wo …?"

Rasch legte sie ihre Finger auf seine Lippen. „Lass es mich erklären." Sie nahm ihre Hand weg und legte ihre Arme um ihren Körper. „Du hast vermutlich inzwischen gemerkt, dass ich kein Traum war."

Hitze stieg in Ryans Augen, seine Mundwinkel hoben sich. „Es ist mir aufgefallen. Zumindest erklärt das auch, wie deine Stimme auf dem Mitschnitt vom Notruf sein konnte. Oder warum sich die Frau, mit der ich heute Nacht telefoniert habe, fast so anhörte wie du."

„Du hast mit Jamila telefoniert? Wie …?"

Ryan unterbrach sie. „Oh nein, zuerst erklärst du mir, warum du mich hast glauben lassen, dass du ein Traum bist."

Kainda biss auf ihre Lippe, während sie um eine Antwort rang. „Anders hätte ich dich nie so berühren können, wie ich es wollte. Oder hättest du mit einer wildfremden Frau geschlafen, wenn ich an deine Tür geklopft hätte und du wach gewesen wärst?"

Ryan legte den Kopf schräg und betrachtete sie aufmerksam. „Vermutlich nicht, auch wenn du mich sehr in Versuchung geführt hättest." Er zog die Stirn kraus. „Aber warum hast du es dann nicht einfach auf die altmodische Art versucht und mich erst kennengelernt?"

„Ich hatte nicht die Zeit." Sie fuhr mit der Hand durch ihr Haar und merkte, wie sich Ryans Blick zu ihren Brüsten senkte. Rasch ließ sie den Arm fallen. „Es war mein Abschied von dir."

Das lenkte Ryans Aufmerksamkeit wieder auf ihr Gesicht. „Aber wenn wir uns doch noch gar nicht kannten, warum wolltest du dich dann verabschieden?"

Das war der Moment, in dem sie ihm die Wahrheit sagen musste und nur noch hoffen konnte, dass er sie verstand. Sie war sich ziemlich sicher, dass es sie vernichten würde, wenn er sie abwies. „Ich habe dich gekannt, aber du kanntest nur einen Teil von mir."

„Kainda, ich verstehe kein Wort." Ungeduld war in Ryans Stimme zu hören.

„Ich werde es dir zeigen. Ryan?"

„Ja?"

„Es tut mir leid." Sie stellte sich so, dass er aus der Höhle flüchten konnte, wenn er wollte, auch wenn es ihr das Herz brechen würde.

Langsam verwandelte sie sich, ihre Augen und die Gesichtszüge wurden katzenartiger, ihre Reißzähne länger, helles Fell mit dunklen Rosetten bedeckte ihre Haut. Geschmeidig fiel sie zu Boden, ihre Hände und Füße wurden zu Tatzen. Ihr Schwanz bewegte sich unruhig über das Holz. Schließlich setzte sie sich auf und blickte Ryan an. Er hatte keinen Laut von sich gegeben, doch in seinem Gesicht stand Unglaube über ihre Verwandlung. Sie konnte sich vorstellen, wie das auf jemanden wirken musste, der noch nie in seinem Leben einen Wandler gesehen hatte, doch sie hoffte inständig, dass er es nach einem kurzen Schrecken akzeptieren würde.

Ryan hockte sich vor sie, seine Augen geweitet. Zögernd streckte er eine Hand aus. „Etana?"

Kainda neigte zustimmend den Kopf. Ihre Augen schlossen sich halb, als seine Finger über ihren Kopf strichen. Auffordernd hob sie das Kinn und ließ sich von ihm kraulen. Ein Schnurren bildete sich in ihrer Kehle.

Ryan beugte sich über sie und legte seine Wange an ihre Stirn. „Ich bin so froh, dass du noch lebst. Als mir die Polizisten sagten, dass du eingeschläfert worden wärest …" Seine Stimme brach.

Kainda verwandelte sich zurück und schlang ihre Arme um seinen Hals. „Weißt du jetzt, warum ich nicht gehen konnte, ohne mich zu verabschieden?"

Er schob sie auf Armeslänge von sich. „Die Frage ist, warum wolltest du überhaupt weg und wohin?" Seine Augenbrauen zogen sich zusammen. „Und was ist mit deinen Verletzungen?"

„Mia, die Frau aus der Auswilderungsstation, in der ich kurz war, hat mich mit einer Salbe behandelt, die wahre Wunder bewirkt." Kainda schüttelte den Kopf. „Aber das ist jetzt unwichtig, die Frage ist: Kannst du akzeptieren, wer oder vielmehr *was* ich bin? Ich weiß, dass das alles neu für dich ist, und ich erwarte auch nicht …"

„Du wirst mir ganz genau erzählen müssen, wie es funktioniert, aber im Moment ist mir nur wichtig, dass ich dich wiedergefunden habe." Seine Hände legten sich um ihr Gesicht. „Kannst du dir vorstellen, wie verwirrt ich war, als ich Gefühle für eine Leopardin entwickelte?"

„Ja. Aber du hast dich gut gehalten."

Ryan starrte sie an und begann zu lachen. Liebevoll strich er mit den Daumen über ihre Lippen. „Weißt du, ich kann Etana in dir sehen, diese starke, unabhängige Art, mit der sie – du –

mich manchmal hast auflaufen lassen." Er legte seine Stirn an ihre. „Oder auch wie du mich ansiehst, wenn du berührt werden möchtest. Eure Augen sind die Gleichen." Sanft strich er mit seinen Lippen über ihren Mund. „Die einzige Frage, die ich im Moment für wichtig halte, ist, ob du dich wieder von mir verabschieden willst."

Kainda hatte Mühe, mit dem Kloß in ihrer Kehle zu sprechen. „Nein, eigentlich nicht. Ich hätte nicht erwartet, dass ich überhaupt jemals wieder irgendetwas empfinden würde. Ich wollte nur hierher zurückkommen und mich von meiner Familie verabschieden, alles andere war nebensächlich. Doch dann wurde ich angefahren, und plötzlich warst du da und hast dich so liebevoll um mich gekümmert. Selbst wenn ich es gewollt hätte, ich hätte mich dir nicht entziehen können. Du hast etwas in mir wieder mit Leben gefüllt, das seit dem Tag des Mordes an meiner Familie tot war. Den Schmerz über den Verlust genauso wie die Freude, wieder am Leben teilzunehmen."

„Ist das gut oder schlecht?" Ryans Fingerspitzen zogen die Linien ihrer Ohren nach.

„Ich weiß es noch nicht."

Ryan stellte jede Bewegung ein. „Was soll das heißen?"

„Dass es darauf ankommt, ob du vorhast, in meiner Nähe zu bleiben, oder ob du mich bald verlässt und ich noch einen Verlust überstehen muss."

Mit einem Stöhnen ließ Ryan sich zurücksinken, bis er auf dem Holzboden lag. „Du machst mich verrückt, weißt du das? Glaubst du, ich folge dir bis nach Afrika, entdecke, dass meine Leopardin und meine Traumfrau ein und dieselbe sind, um dann einfach kehrtzumachen und mein Leben ohne dich fortzusetzen?"

Kainda beugte sich über ihn. „Es ist nicht so einfach, wie du vielleicht denkst. Ich bin eine Wandlerin, du kannst mich nicht einfach so mit in dein Leben nehmen – sofern du das vorhast – und mich als deine Freundin vorstellen. Ich kann nicht irgendwo in der Stadt wohnen, wo mich jederzeit jemand entdecken könnte. Es hat seinen Grund, dass wir hier mitten im Nirgendwo gelebt haben."

Ryan ließ seine Fingerspitzen über ihre Rippen gleiten. „Du hast recht, ich kenne noch nicht alle Beschränkungen und Probleme, die auf uns zukommen werden, aber glaubst du, ich würde mich davon abhalten lassen, wenn ich etwas wirklich will?"

„Vermutlich nicht."

„Ganz genau. Warum lassen wir nicht einfach alles auf uns zukommen und sehen dann, wohin uns unser Weg führt? Vielleicht langweile ich dich ja auch in ein paar Tagen, schließlich bin ich nur ein einfacher Mensch."

Kainda ließ ihre Reißzähne aufblitzen und fuhr damit sanft an seinem Hals entlang. Ein Schauer lief durch Ryans Körper. „Ich glaube nicht, dass du mich langweilen wirst. Schon gar nicht, wenn ich dir angewöhne, nackt herumzulaufen."

Ryan stieß ein erregtes Stöhnen aus und packte ihre Schultern, als sie sich erneut zu ihm herunterbeugen wollte. „Hör lieber damit auf, wenn du möchtest, dass ich mich wie ein Gentleman benehme."

„Wer sagt, dass ich das will?"

Seine Stimme wurde sanfter. „Kainda, ich glaube, wir müssen beide heute Abend genug verdauen. Wie wäre es, wenn wir schlafen gehen und dann morgen da weitermachen, wo wir aufgehört haben?"

Schweigend sah sie ihn einen Moment an, dann nickte sie. „Du bist ein kluger Mann, Ryan Thorne." Sie schlang ihre Arme um ihren Körper. „Aber ich muss dir trotzdem noch etwas erzählen. Es kann sein, dass du danach nichts mehr von mir wissen willst."

„Das glaube ich zwar nicht, aber ich höre zu.“ Ryan setzte sich auf die Kante des Bettes und sah erwartungsvoll zu ihr auf.

Kainda befeuchtete ihre Lippen und zwang sich, ihm alles zu erzählen, was er wissen musste, bevor er entschied, ob er mit ihr zusammen sein wollte.

Finn saß auf einer Klippe, von der aus er über das gesamte Tal blicken konnte. Wie jedes Mal, wenn Jamila ihn sah, zog sich ihr Herz zusammen. Er wirkte stets so ruhig, so eins mit der Natur und sich selbst, als hätte er keinen Zweifel daran, wo er hingehörte und dass er das Richtige tat. Dagegen fühlte sie sich entwurzelt, wie ein Blatt, das der Wind mal in die eine und mal in die andere Richtung wehte. Früher war ihre Familie ihr Anker gewesen und in den letzten Monaten Kainda, doch nun trieb sie nur noch haltlos dahin. Es war eindeutig an der Zeit, das zu ändern und eine Entscheidung zu treffen.

Zögernd näherte sie sich ihm. An der Art, wie sein Rücken sich versteifte, konnte sie erkennen, dass er sie bereits gewittert hatte, doch er drehte sich nicht um. Seit Kaindas Anruf und deren Frage, ob Jamila zu ihr nach Afrika kommen würde, war Finn ihr aus dem Weg gegangen. Zuerst hatte sie es gar nicht gemerkt, weil sie zu sehr mit ihrer Freude, dass es ihrer Schwester gut ging, und mit ihren Überlegungen, was sie nun tun sollte, beschäftigt gewesen war. Doch spätestens als er sie wenig später kurz angebunden in seiner Hütte abgefertigt hatte, war es offensichtlich gewesen. Dabei hatte sie nur wissen wollen, ob er sich erklären konnte, wo Kaindas letzte Mails abgeblieben waren, die sie ihr vom Haus des Tierarztes und aus Afrika geschickt hatte. Natürlich konnte es auch sein, dass Kainda eine falsche E-Mail-Adresse eingegeben hatte, aber es verunsicherte sie, dass Finn überhaupt nicht darauf reagierte.

„Wann brichst du auf?“

Jamila zuckte zusammen, als er sie unerwartet ansprach. Sie setzte sich neben ihn. „Gar nicht."

Abrupt wandte er sich ihr zu. „Was meinst du damit?"

Nervös biss sie sich auf die Lippe, hielt aber seinem Blick stand. „Dass ich gerne hierbleiben möchte, wenn ich darf."

Finn atmete scharf aus. „Warum?"

Lange sah sie ihn schweigend an. „Weil ich herausfinden möchte, was das zwischen uns ist." Als er nicht antwortete, fuhr sie rasch fort. „Wenn ich jetzt nach Afrika zurückgehe, ist es wie eine Flucht vor dem, was ich für dich empfinde. Und das möchte ich nicht."

Finns Blick wurde wärmer, sein Mund entspannte sich ein wenig. „Gut, dass du von selbst darauf gekommen bist. Ich hatte mir schon alle möglichen Szenarien ausgedacht, wie ich dich überzeugen könnte, hierzubleiben."

Wärme breitete sich in Jamila aus. „Wirklich?"

„Ja." Finn senkte den Kopf. „Und dann habe ich sie allesamt verworfen."

Jamila erstarrte. „Warum?" Konnte es sein, dass er sie doch nicht mehr wollte oder sich überlegt hatte, dass es für die Gruppe besser war, wenn sie ging? Ihre Zähne gruben sich in ihre Unterlippe, während sie auf seine Antwort wartete.

„Weil ich wollte, dass du von selbst zu mir kommst. Dass du bleibst, weil du es möchtest, und nicht, weil ich dich dazu dränge oder weil du keine andere Möglichkeit hast." Nun sah er sie an, Hitze schimmerte in seinen Augen. „Und jetzt bist du hier."

„Ja." Wie von selbst näherten sie sich einander, bis sich ihre Lippen sanft berührten. Jamila spürte, wie sich etwas in ihrem Inneren löste und die Gefühle, die sich in ihr aufgestaut hatten, herausströmten. Sie löste sich von Finn. „Ich ..."

Sein Kopf ruckte zur Seite und er hob die Hand, um ihr zu bedeuten, leise zu sein. Ein Berglöwe tauchte lautlos auf der

Klippe auf und verwandelte sich. An Kells Gesichtsausdruck konnte sie erkennen, dass etwas nicht stimmte. „Finn, du musst sofort kommen, da trägt gerade einer Conner ins Lager. Er sieht schlimm aus, ich weiß nicht, ob er überhaupt noch lebt."

Finn war schon bei den ersten Worten aufgesprungen und hatte damit begonnen, sich auszuziehen. „Ein Mensch?"

„Nein, ein Adlerwandler, wenn mich nicht alles täuscht. Sonst hätten wir ihn gar nicht bis ins Lager durchgelassen." Kell verwandelte sich auf Finns Nicken hin und lief zum Lager zurück.

Jamila blickte Finn verwirrt an. „Wer ist dieser Conner?"

In Finns Gesicht spiegelte sich Unbehagen. „Conner ist Melvins Vater, er lebt seit etlichen Jahren nicht mehr bei uns."

Jamila konnte seine Gefühle nachvollziehen, schließlich war Melvin derjenige, der die Ereignisse, die zu Bowens Entführung und dem Angriff auf die Berglöwenwandler geführt hatten, überhaupt erst in Gang gesetzt hatte. Jetzt erinnerte sie sich: Zur Strafe war er aus dem Lager verbannt worden, und sein Vater hatte versprochen, dafür zu sorgen, dass er niemandem mehr schaden konnte. Und jetzt war Conner hier, schwer verletzt oder sogar tot. „Was bedeutet das für die Gruppe?"

Ein Muskel zuckte in Finns Wange. „Das werde ich jetzt herausfinden."

Jamila nickte. Zu gern hätte sie ihn unterstützt, doch sie wusste nicht wie, außer ihn nicht weiter aufzuhalten.

„Kannst du meine Kleidung mit ins Lager nehmen?"

„Natürlich."

„Danke." Finn drehte sich noch einmal zu ihr um. „Und Jamila …"

„Ja?" Ängstlich sah sie zu ihm hoch.

„Willkommen in unserem Chaos." Seine Augen leuchteten warm und in ihnen stand ein Versprechen.

Durch ihre Tränen lächelte Jamila ihn an. „Danke."

Epilog

Ryan wachte von sanften Berührungen auf, Pfoten, die seine Brust massierten, weiches Fell, das über seine nackten Arme strich. Lächelnd öffnete er die Augen, als jemand dicht an seinem Ohr schnurrte. Kainda lag in ihrer Leopardenform neben ihm auf dem Bett und betrachtete ihn aufmerksam. Ein Funkeln lag in ihren Augen, dem er nicht widerstehen konnte. Er ließ seine Finger durch ihr Nackenfell gleiten und begann, sie hinter dem Ohr zu kraulen. Noch immer konnte er nicht ganz begreifen, wie es möglich war, dass Kainda sich verwandeln konnte, und er würde sicher noch einige Fragen dazu haben, doch im Moment war er einfach nur glücklich, dass sie bei ihm war.

Die erste Nacht hatten sie in der Höhle verbracht, eng aneinandergeschmiegt in dem schmalen Bett, aber ohne ihrem Verlangen nachzugeben. Es wäre ihm in der Nähe ihrer toten Familie nicht richtig vorgekommen, und Kainda schien es genauso zu gehen. Stattdessen hatte er es genossen, sie neben sich zu spüren und zu wissen, dass sie auch noch da sein würde, wenn er wieder aufwachte. Und so war es. Kainda hatte ihn mit einem liebevollen Kuss geweckt und dann die Hütte verlassen, um ihrem Gefährten und ihrem Sohn ein letztes Mal nahe zu sein. Als sie einige Zeit später zurückkam, hatte sie einen Rucksack mit den wichtigsten Sachen gepackt, die sie nicht zurücklassen wollte – und sie war angezogen gewesen. Wie er feststellen musste, wirkte sie auf ihn in dem luftigen Sommerkleid kein bisschen weniger reizvoll als nackt. Nachdem er dafür gesorgt hatte, dass sie etwas aß, machten sie sich auf den Weg zu seinem Jeep.

In der Nähe von Tsumeb hatten sie sich eine Rundhütte gemietet, und die Tage waren wie im Flug vergangen. Während Kainda sich von den körperlichen und seelischen Strapazen erholte, hatten sie sich geliebt, geschlafen, geredet und gegessen. Mehr nicht, aber es hatte gereicht, um zu wissen, dass er genau das für den Rest seines Lebens haben wollte. Und es wurde Zeit herauszufinden, wie Kainda darüber dachte, bevor seine Auszeit zu Ende war und er in die USA zurückkehren musste.

Ein ungeduldiger Stupser holte ihn aus seinen Gedanken. Während er darauf wartete, dass Kainda im Bad fertig wurde, musste er eingeschlafen sein. Wie es aussah, passte ihr das nicht, sonst hätte sie ihn nicht geweckt.

„Na, möchtest du spielen, Etana?"

Ein leises Grollen ertönte, und die Spitzen ihrer Krallen pieksten in seine Brust. Ihr Kopf schnellte vor und sie biss spielerisch in seinen Arm. Das nahm er als Antwort. Ohne Vorwarnung schlang er seine Arme um sie und rollte sich mit ihr herum, sodass er auf ihr lag. Sein Herz schlug schneller als sie sich sofort verwandelte und ihr nackter Körper an seinen geschmiegt war.

„Mein Name ist Kainda."

Ryan lächelte nur und küsste sie. Seine Zunge tauchte in ihren Mund ein und kostete ihren einzigartigen Geschmack. Das Brummen tief in ihrer Kehle steigerte seine Erregung, und er hatte Mühe, sich zurückzuhalten und nicht sofort über sie herzufallen. Ungeduldig presste sie ihre Hacken in seine Oberschenkel und kratzte mit ihren Fingernägeln – oder waren es Krallen? – über seinen nackten Rücken. Ein Schauder lief durch seinen Körper und er hatte Mühe, sich zu beherrschen. Rasch stemmte er seinen Oberkörper hoch, was dazu führte, dass sich sein Schaft noch enger an Kaindas Mitte presste. Nur seine Boxershorts verhinderten noch, dass er sofort in sie glitt. Gemeinsam stöhnten sie auf.

Eigentlich hatte er sich Zeit nehmen und Kaindas Körper ausgiebig erkunden wollen, doch er konnte keine Sekunde länger warten.

„Komm zu mir.“ Kaindas raue Stimme war Versuchung pur. Ihre weiche Haut duftete wie die Landschaft, erdig mit einer exotischen Note. Während er sich über ihr aufstützte, nutzte sie die Gelegenheit und schob ihre Hände unter den Bund seiner Boxershorts. Ryan schloss die Augen, als Kainda seinen Po umfasste und ihn noch enger an sich zog. Er hatte eindeutig zu viel an. Rasch drehte er sich zur Seite und entledigte sich seiner Hose, bevor er sich wieder über Kainda rollte.

Ihre Augen leuchteten dunkelgrün, als seine Erektion sich zwischen ihre Beine schob. „Viel … besser.“

Während Sonnenstrahlen durch die Vorhänge auf das Bett fielen, blickte Ryan Kainda in die Augen und drang langsam in sie ein. Tiefer, bis sie miteinander verschmolzen. Er ließ seine Finger über ihre glatte Haut wandern, reizte ihre Brustspitzen, bis Kainda sich unruhig unter ihm bewegte und ihre Hüfte ihm immer drängender entgegenkam. Ihre Fingernägel bohrten sich in seinen Po, forderten ihn stumm dazu auf, sie härter zu nehmen.

Kainda stieß einen überraschten Schrei aus, als Ryan sich aus ihr zurückzog, sie auf den Bauch warf und sich hinter sie schob. Schamlos hob sie ihm ihr Hinterteil entgegen. Er folgte der Aufforderung und stieß seinen Schaft tief in sie. Der Atem verließ rau ihre Lunge, und sie hörte Ryans tiefes Stöhnen.

„Du bist … so … perfekt.“ Seine mit jedem Stoß hervorgepressten Worte waren ihr Untergang.

Mit einem lauten Schrei kam sie, während sie sich entgegengesetzt zu Ryan bewegte, um die Reibung zu erhöhen. Seine Hand legte sich über ihre Klitoris und stimulierte sie weiter, seine andere Hand umschloss ihre Brust. Kainda hätte nicht gedacht, dass es möglich wäre, einen Orgasmus so zu verlängern, doch ihr Innerstes zog sich wieder und wieder zusammen. Sein Brustkorb rieb über ihren Rücken, und sie konnte seinen Atem in ihrem Nacken spüren. *Ja, ja!* Kainda ließ den Kopf nach vorne fallen, als seine Lippen über ihre Haut strichen. Schließlich biss er zu, nicht zu schmerzhaft, aber doch so, dass sie es deutlich spürte. Kainda stieß einen weiteren atemlosen Schrei aus, der sich mit seinem mischte, als Ryan schließlich auch kam. Nachdem er sich noch einige Male in ihr vergraben hatte, brach er über ihr zusammen.

Lächelnd genoss Kainda sein Gewicht auf ihr und die Art, wie sein rauer Atem durch ihre Haare strich. Sie liebte es, sein Zucken in sich zu spüren und seine Hand, die noch über ihrem Hügel lag. Seine Finger strichen über ihre Klitoris und brachten sie erneut zum Zittern.

„Du solltest damit aufhören … wenn du wieder aus dem Bett herauskommen willst.“ Ihre Stimme war rau, ihr Verlangen deutlich zu hören.

„Ach, damit habe ich es nicht so eilig.“ Er knabberte an ihrem Hals, direkt über dem wild pochenden Puls. „Ich liebe es, wie du reagierst, wenn ich dich berühre.“

Ein Schauder schüttelte ihren Körper. „Ich glaube, du gehst doch besser runter, sonst bin ich gleich nicht mehr zurechnungsfähig.“

Sie dachte zuerst, Ryan würde sich weigern, doch schließlich rollte er sich von ihr hinunter. Beinahe war sie etwas enttäuscht, wie bereitwillig er nachgab, doch sie hätte wissen müssen, dass Ryan bereits einen anderen Plan im Kopf hatte. Er zog sie mit sich und legte seinen Arm um sie, sodass sie ihren Kopf auf seine Schulter betten konnte. Automatisch schob sie ihr Bein über seine Oberschenkel und legte ihre Hand auf seine Brust, beinahe so, als wären sie schon seit Jahren ein Liebespaar. Unglaublich, dass sie sich erst so kurz kannten. Kainda schloss die Augen und atmete tief seinen Duft ein.

Ryans Hand glitt über ihre Rippen und legte sich auf ihre Brust. Sanft streichelte er sie, fast so, als könnte er nicht anders, als sie ständig zu berühren. Wie gut, dass es ihr ähnlich ging. Kainda küsste seine Brust und spürte das ruhige Pochen seines Herzens unter ihrer Handfläche. Sie könnte ewig so mit ihm liegen und die Welt draußen einfach vergessen. Und das tat sie auch. Zumindest für ein paar Stunden wollte sie frei von allem anderen sein.

Ryan schien es genauso zu gehen, denn er hielt sie weiter sicher in seinen Armen, ohne etwas zu sagen. Seine Finger spielten mit ihren Haaren, mit ihrer Ohrmuschel und streichelten schließlich die Stelle hinter ihrem Ohr, wie er es bei Etana getan hatte. Sie hätte nie geglaubt, dass er ihre Verwandlung so einfach akzeptieren würde. Natürlich hatte er sie mit Fragen überhäuft, schließlich war er neugierig und vor allem Tierarzt, aber sie war sich jetzt sicher, dass es keinerlei Auswirkungen auf seine Gefühle für sie hatte. Genauso wenig wie die Tatsache, dass sie einige schlimme Dinge getan hatte, während sie in Gowans Gefangenschaft war. Ryan hatte nicht so getan, als wäre alles richtig gewesen, aber er hatte sie auch nicht verurteilt oder sich von ihr abgewandt. Ganz im Gegenteil, er hatte sie in die Arme genommen und getröstet, als wäre *ihr* ein Unrecht getan worden.

Hätte sie ihm schon in Escondido alles erzählen sollen? Sie war sich nicht sicher, und jetzt war es sowieso zu spät. Glücklicherweise war er ihr hierher gefolgt, sonst hätten sie sich vielleicht nie wiedergesehen. Selbst wenn sie zu ihm hätte zurückkehren wollen, wäre ihr das vermutlich nicht gelungen. Und wie sollte sie in Amerika leben? In einem Käfig oder versteckt in seinem Haus? Sie könnte natürlich zu den Berglöwenwandlern zurückgehen, zumindest wäre sie bei Jamila. Aber dann würde sie Ryan auch nur selten sehen, und das würde ihr vermutlich mehr wehtun, als ihn nie wiederzusehen.

Zuerst war sie verwundert gewesen, als Jamila sagte, sie wolle bleiben, doch dann hatte Kainda den Grund erkannt: Finn. Schon als sie noch Gefangene der Berglöwenwandler gewesen waren, hatte ihre Schwester so auf ihn reagiert. Das Verlangen war immer stärker geworden, so stark, dass sie es sogar über die Entfernung in Escondido hin und wieder gespürt hatte. Hoffentlich empfand Finn auch etwas für Jamila und sie wurden glücklich miteinander. Kaindas Augen flogen auf, als sie erkannte, dass es Zeit für Jamila war, ihr eigenes Leben zu führen. Auch wenn sie sich weiterhin um ihre Schwester sorgen würde, musste sie loslassen.

„Was hast du?" Ryans tiefe Stimme drang in ihre Gedanken.

Kainda hob den Kopf und sah in seine warmen blauen Augen. „Ich hoffe, es geht Jamila gut."

„Du hast doch vorgestern erst mit ihr gesprochen?"

„Ja, aber ich meine so ganz allein und als einzige Leopardenwandlerin in einem fremden Land."

„Du hast mir bisher nicht gesagt, wo genau sie ist." Ryan stützte seinen Kopf auf eine Hand und drehte sich ihr zu.

„Weil ich das selbst nicht weiß. Sie sind umgezogen, nachdem ich aufgebrochen bin. Die Berglöwen wohnen inmitten der Wälder, weit weg von der Zivilisation, damit sie nicht entdeckt werden."

„Berglöwen."

Die trockene Art, wie Ryan es sagte, brachte Kainda zum Lachen. „Wandler, wie ich es bin."

Ryan schwieg, während er die Neuigkeit verdaute. „Gibt es noch mehr von euch?"

„Ich habe von einigen Arten gehört, hier sind es unter anderem Leoparden, Geparden und Löwen, bei euch neben den Berglöwen auch Bären und Wölfe. Und Adler, wenn ich das richtig verstanden habe."

Ryans Augen weiteten sich. „Adler? Wie bekommen die ihre Kinder, in Eiern oder als Menschenbabys?"

Grinsend ließ Kainda ihre Hand über seine Seite gleiten. „Da musst du sie schon selbst fragen. Wenn du jemals einen siehst." Ihr Grinsen erlosch, und sie senkte den Blick.

Ryan legte seinen Finger unter ihr Kinn. „Was ist?"

„Nur ein kleiner egoistischer Moment, schon vorbei."

„Kainda …" Die Art, wie er ihren Namen sagte, machte klar, dass er die Wahrheit hören wollte.

„Die Vorstellung, dass du nach Amerika zurückgehst, zerreißt mich. War es das, was du hören wolltest?" Kainda schob ihr Kinn vor und blickte ihn trotzig an.

Ernst sah Ryan auf sie hinunter. „Ich muss nächste Woche zurück, das weißt du."

Kainda biss auf ihre Lippe und nickte. „Ich weiß. Ich wünschte nur …"

„Was?"

„Dass wir zusammen sein könnten. Irgendwie. Irgendwo."

Ryan hob eine Augenbraue. „Davon gehe ich aus. Du glaubst doch wohl nicht, dass ich dich jemals wieder gehen lasse, oder?"

„A… aber wie …?"

„Was hältst du davon, wenn ich nach Escondido zurückgehe, dort einen Tierarzt als Vertreter im Park einweise, mein Haus untervermiete, meine Sachen packe und dann zu dir zurückkomme?"

Sprachlos starrte Kainda ihn an. „Das würdest du tun?"

Ryan legte seine Hand an ihre Wange. „Natürlich. Auch wenn ich meine Arbeit, meine Familie und Freunde nicht gerne verlasse, ist es mir jetzt wichtiger, bei dir zu sein. Und während wir dann zusammen sind, können wir uns in Ruhe überlegen, ob wir hierbleiben wollen oder ob es eine Möglichkeit gibt, in die USA zurückzukehren und dort zu leben, ohne dich zu gefährden. Ich weiß, wie sehr du deine Schwester vermisst."

Ihre Kehle war wie zugeschnürt, sie konnte nichts anderes tun, als seine Hand auf ihr Herz zu legen und zu hoffen, dass er sie verstand.

Ryan lächelte sie an. „Ich nehme an, das heißt, du bist damit einverstanden?"

Kainda nickte heftig, Tränen traten in ihre Augen. „Was …" Sie räusperte sich. „Was willst du hier tun?"

Ein zufriedenes Grinsen breitete sich auf seinem Gesicht aus. „Ich dachte mir, ich werde Mias Angebot annehmen und für *Shapes of Life* als Tierarzt arbeiten. Und ich bin sicher, sie kann noch Hilfe gebrauchen, falls du auch dort arbeiten möchtest."

Reine Freude breitete sich in ihr aus. „Ich kann mir nicht vorstellen, dass das alles so einfach für dich ist, aber ich bin froh, dass es diese Möglichkeit gibt."

Ryan beugte sich über sie, sein Mund dicht an ihrem. „Wenn ich etwas wirklich will, dann tue ich alles dafür. Und ich will dich, mit Haut und Fell."

Kainda lachte durch ihre Tränen. „Etana hat sich schon am ersten Tag in dich verliebt, in deine sanfte Stimme und die warmen blauen Augen."

Ryan strich mit seinen Lippen über ihre. „Und Kainda?"

„Die hat nicht viel länger gebraucht." Mit den Fingerspitzen zeichnete sie seine Wangenknochen nach. „Ich liebe dich, Ryan."

Seine Antwort bestand aus einem langen, sanften Kuss, der ihr klarmachte, dass sie nie mehr allein sein würde.

Ende

Jacquelyn Frank

Schattenwandler

Jacob

Roman

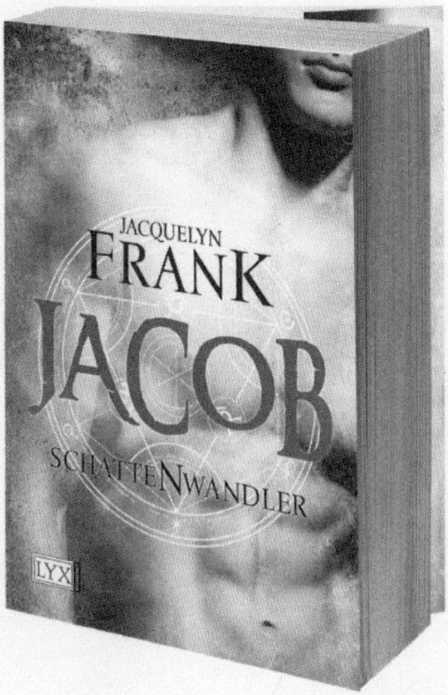

Rausch der Leidenschaft!

Seit Anbeginn der Zeit gibt es die dämonischen Schattenwandler. Die Liebe zu Sterblichen ist ihnen verboten. Ein Mann wacht darüber, dass dieses Gesetz eingehalten wird: Jacob. Siebenhundert Jahre widerstand er jeglicher Versuchung, richtete zahllose Schattenwandler, die sich bei Vollmond ihren dunklen Trieben hingaben. Doch als er die schöne Isabella rettet, flammt eine Leidenschaft in ihm auf, die er nie zuvor kannte. Und nun ist es Jacob selbst, der das eherne Gesetz der Schattenwandler bricht.

»Kraftvoll geschrieben, fesselnd und absolut überzeugend zieht dieses Buch den Leser in seinen Bann und lässt ihn nicht mehr los.« *Curled up.com*

ca. 380 Seiten, Kartoniert, Klappenbroschur
€ 9,95 [D]
ISBN 978-3-8025-8236-3

www.egmont-lyx.de

EGMONT LYX
Verlagsgesellschaften

Kresley Cole

Versuchung des Blutes

Roman

Der Krieger und die Magierin!

Bowen MacRieve vom Clan der Lykae wäre vor Trauer beinahe gestorben, als er seine Gefährtin verlor. Seitdem ist der erbarmungslose Krieger unfähig, Gefühle zu empfinden – bis die Begegnung mit der Hexe Mariketa erneut tiefes Verlangen in ihm weckt. Vorübergehend ihrer magischen Kräfte beraubt, sucht Mariketa bei ihm Schutz vor ihren Feinden. Finstere Mächte haben sich gegen die Hexe verschworen. Bowen muss all seine Fähigkeiten aufwenden, um die Frau zu retten, die eine längst verlorene Leidenschaft in ihm entfesselt hat.

»Für jeden Fan des paranormalen Genres, der eine frische unverbrauchte Geschichte mit neuen Ideen sucht, ist Kresley Cole eine Entdeckung.«
LoveLetter

432 Seiten, kartoniert mit Klappenbroschur
€ 9,95 [D]
ISBN 978-3-8025-8191-5

www.egmont-lyx.de

EGMONT
Verlagsgesellschaften
LYX